SÉLECTION
OFFICIELLE

THIERRY FRÉMAUX

SÉLECTION OFFICIELLE

Journal, notes et voyages

BERNARD GRASSET
PARIS

à M.

Remerciements à Yves Bongarçon et Luc Mathieu.

Photo de la bande : Alberto Pizzoli © AFP

Page 287 et s. : Jean Cocteau, *Le Passé défini*, tome 1, édition de Pierre Chanel © Éditions Gallimard.

ISBN : 978-2-246-86371-7

Oh mon oncle, je t'ai attendu un an et tu n'es pas venu
Tu étais parti avec une compagnie d'astronomes
qui allait inspecter le ciel sur la côte occidentale
de la Patagonie
Tu leur servais d'interprète et de guide
Dans les fjords de la Terre de Feu
Aux confins du monde
Mais je sais
Qu'il y avait encore quelque chose
La tristesse
Et le mal du pays.

Blaise CENDRARS
Le Panama ou les aventures de mes sept oncles, 1918

À mes oncles de la rue du Premier-Film,
Bernard Chardère, Raymond Chirat,
Jacques Deray et Bertrand Tavernier

C'est à toi, mon cher Abel, que je dédie ce roman, non pas de l'intelligence ni même de la sensibilité, mais de la brute et de l'animalité.

N'y cherche pas une nouvelle formule d'art, ni un nouveau mode d'écriture, mais bien l'expression de l'état de santé général de demain : on déraisonnera.

« Qui veut faire l'ange, fait la bête »

Vive l'homme !

Post-scriptum. *Toutes les philosophies ne valent pas une bonne nuit d'amour, comme a dit, je crois, Shakespeare.*

Blaise CENDRARS
Dédicace à Abel Gance
Dan Yack, Le plan de l'aiguille, 1927

… et aux copains (ceux qui sont dans ce livre, et les autres)

Lundi 25 mai 2015

Lendemain de clôture au Festival de Cannes. Dans la matinée, le temps s'est couvert et m'a ôté tout regret de quitter la ville. Autrefois, nous restions quelques jours. Plus maintenant. Tous les jurés sont partis ou sur le point de le faire, m'a dit Laure Cazeneuve, qui a veillé sur eux pendant douze jours. « Jake Gyllenhaal et Xavier Dolan très tôt, suivis par Guillermo del Toro, Rossy de Palma à 10 h 30, les Coen à 11 heures puis Rokia Traoré et Sienna Miller entre 12 heures et 13 h 30 et Sophie Marceau en fin d'après-midi. » Hier, dominait déjà un parfum de tristesse. Les artistes sont des oiseaux de passage.

Marc, le chauffeur, m'a conduit à l'aéroport de Nice. C'est notre dernier voyage. Dans le tumulte de la Croisette, sa voiture était un havre de paix. Au guichet d'Air France, l'hôtesse m'a fait un grand sourire, a parlé du Festival et n'a pas taxé mon excédent de bagages. En salle d'attente, Sophie Marceau était là avec sa fille. Nous avons bavardé quelques minutes, sans évoquer la sélection, ni le palmarès, il est trop tôt, on se reverra à l'automne. À la librairie de l'aéroport, j'ai racheté *L'Homme inquiet* de Henning Mankell, mais pas les journaux – je ne veux rien lire sur le Festival. À 17 heures, j'ai sauté dans mon 23e et dernier avion de cette édition cannoise. La mer a vite laissé place aux montagnes du Vercors que nous avons survolées à travers les nuages. J'ai repéré quelques villages, Villard-de-Lans, Méaudre et Autrans, puis le passage entre les parois de la dent de Moirans et la forêt du côté de Montaud avec ses maisons de pierre et de bois que je connais depuis toujours. Atterrissage à Saint-Exupéry et me voilà à Lyon Presqu'île, entre Rhône et Saône, sur les quais du quartier d'Ainay qui font face à ceux de Saint-Georges. J'ai presque l'impression de revenir d'exil. Je ne suis pas rentré chez moi depuis un mois. Je ne suis pas fatigué, seulement heureux. J'ai envie de revoir Marie, les enfants et les copains. Cannes 2015 est terminé. L'été sera vite là.

Mardi 26 mai

Dimanche, la pluie, qui donne parfois aux montées des marches des allures de tempête bretonne, a menacé sans tomber vraiment.

Le Festival ne se termine pas avec la révélation du palmarès et la cérémonie qui l'accompagne. Quand s'achève le direct sur Canal+, il reste, pour les 2 200 spectateurs du grand amphithéâtre Lumière, la projection du dernier film puis, à destination de 700 privilégiés dont certains aiment faire mine d'y aller à reculons, l'ultime dîner de gala et enfin, pour tout le peuple cannois, les fêtes qui s'amoncellent sur la Croisette. En clôture, c'était *La Glace et le Ciel*, de Luc Jacquet, un film qu'on aimait bien et on s'est dit que ça serait notre acte politique pour la conférence climat de la fin de l'année.

Le dernier soir a duré jusqu'à l'aube. Une nuit blanche pour les derniers feux, comme en colonie de vacances, que je passe parfois avec deux cinéastes belges, habitués des palmarès et de la fête de la bière qu'ils aiment organiser dans leurs chambres (des fêtards, les Dardenne, ce que leur cinéma intense et grave laisse peu imaginer).

Je me suis attardé sur la terrasse du 6e étage où l'on tenait à me faire goûter vin, jambon, foie gras. Un verre de mouton-rothschild 2004 à la main, pas encore tranquille car ça n'est que le lundi que nous pouvons nous relâcher, je regardais la ville. Du haut du Palais, la Croisette scintillait comme un serpent de diamants, foisonnant de piétons et de voitures agglutinées à 5 à l'heure sur le kilomètre le plus glorieux de la cinématographie planétaire. 1 800 mètres exactement, du Majestic au Martinez. Après le dîner, nous sommes allés chez Albane, notre lieu de nuit au moment de la cérémonie des adieux. Puis on a sonné la dispersion – mais personne n'avait envie d'aller se coucher. Les halls d'hôtel étaient déserts : les fêtes s'étaient pliées au couvre-feu imposé par les autorités préfectorales – tout se passait maintenant dans les chambres, les villas, les lieux privés. Les gens de l'équipe, avec lesquels nous avions vécu les trois dernières semaines sans jamais nous séparer, s'étaient enfuis chacun dans leurs dîners, leurs hôtels, leurs nuits, leurs vies. Plus de trace non plus de Fleur Pellerin, la ministre de la Culture, revenue de Paris pour célébrer la Palme d'or de Jacques Audiard.

Au petit matin, après avoir navigué à l'humeur chez les uns et les autres, nous nous sommes retrouvés seuls avec Laurent Gerra, qui n'aime pas que la nuit s'achève, et avec Tim Roth, qui est anglais et ne se couche jamais. Comme le jour pointait, on s'est installés sur la terrasse du Carlton, et on a regardé le soleil se lever sur la plus belle baie de cinéma du monde. Le restaurant était vide, à part une jeune serveuse ravie de nous tenir compagnie – visiblement, elle ne voulait pas non plus que le Festival se termine. Chaque année, Cannes commence par le trac et s'achève dans la mélancolie. Quelque chose brûlait, qui s'éteint, très vite, comme une bougie qui tressaille. Dans ces instants-là, on se dit que ce festival sera indépassable, sentiment qui ne pourra s'effacer qu'au retour de la prochaine édition – ça sera le 11 mai 2016, et l'ouverture du 69e Festival.

Ce fut l'un de ces moments où le matin dure longtemps. Toujours en smoking, nous nous sommes résolus à nous quitter. À la rotonde des palaces s'empressaient les lève-tôt qui tentaient de se retrouver dans le tournis des voitures et sur les plages, de gros tracteurs remettaient le sable à l'endroit, des grues levaient de grandes charpentes métalliques que des types qui se hurlaient des consignes incompréhensibles démontaient avec autorité.

J'ai traversé le hall du Carlton où l'on s'affairait là aussi à effacer toute trace des festivités. Quatrième étage, deux couloirs, et j'ai rejoint la chambre que j'occupe depuis 2001, et qui était autrefois celle de Gilles Jacob quand il était délégué général. J'ai éprouvé le besoin d'ouvrir la fenêtre. Une douce fraîcheur venait de cette mer qu'on ne regarde pas assez pendant le Festival. Les paillottes reprenaient leur ordonnancement balnéaire, Cannes retrouvait ses Cannois, la Croisette en double sens et les enfants. Dans quelques semaines, les plages seraient noires de monde.

Après trois heures de sommeil, j'ai passé le reste de la matinée à préparer mes bagages et à guetter les messages qui n'arrivaient pas. Depuis plusieurs mois, je vivais connecté en permanence. Mais quand la fête est finie, les sms, les emails, les coups de téléphone cessent soudainement. Il y a quelques années, je l'avais raconté à l'actrice anglaise Rachel Weisz, qui s'en était émue, alors elle m'avait envoyé un message, le lundi, pour que je me sente moins seul.

Le jour d'après, plus personne ne fait attention à personne. Des gens aux yeux fatigués défilent dans Cannes, courent de partout, tirent de lourdes valises à roulettes, sautent dans les taxis ou se précipitent à la gare. La vie normale revient brutalement. J'en serais presque à sortir sur la Croisette et dire aux gens : « Eh, vous me reconnaissez ? C'est moi ! » Comme le disait un personnage d'un film de Chabrol écrit par Paul Gégauff : « J'en ai marre qu'on m'aime pour moi-même, j'aimerais qu'on m'aime pour mon argent. » Je vais devoir me faire aimer pour moi-même jusqu'au retour des beaux jours cannois. Il s'en écoulera du temps, d'ici là. Ça m'en laissera pour tenir ce journal.

Mercredi 27 mai

Je m'appelle Thierry Frémaux, je suis délégué général du Festival de Cannes et directeur de l'Institut Lumière de Lyon. Je suis né en 1960, l'année d'*À bout de souffle*, à Tullins-Fures dans le département de l'Isère, dont je ne me suis jamais éloigné. J'ai grandi aux Minguettes, à Vénissieux, où j'ai vécu trente ans, j'habite à Lyon, où je reviens toujours et où j'ai trouvé mon premier emploi, à l'Institut Lumière, que je n'ai jamais quitté non plus. Je ne quitte jamais les endroits d'où je viens et je m'attache partout où je vais, ce qui me pose un problème, parfois, dans la vie. Et Cannes est devenu ma vie.

« Tu prends des notes sur toutes ces choses dont on sait tout et rien à la fois ? » m'a demandé Sabine Azéma il y a déjà longtemps. Oui, non, parfois. J'exerce une fonction qui oscille entre devoir médiatique et serment de silence, entre l'ostentatoire et le discret. C'est un grand privilège d'être là où je suis : la Croisette à Cannes et la rue du Premier-Film à Lyon, le plus grand festival de cinéma et le lieu de naissance du Cinématographe Lumière. Je me suis longtemps dit : il est inutile de s'en vanter.

Je ne change pas d'avis en publiant ces notes. J'ai envie de parler d'un métier, d'une époque et d'un cinéma qui change. Raconter le Festival de Cannes, aussi célébré que méconnu. À la fin des années 80, j'avais déjà tenté de ne pas perdre la mémoire vive d'un Institut Lumière qui naissait. L'amitié que m'offraient Jim Harrison, André de Toth ou Allen Ginsberg incitait au témoignage, comme les visites rue du Premier-Film de Wim Wenders, Joseph Mankiewicz ou Elia Kazan. Je notais les événements, les jours et les films, dans un « journal » dont j'étais alors le seul lecteur et qui est resté à l'état de brouillon. Nous sommes vingt-cinq ans plus tard. Mankiewicz et Kazan sont morts, Jim est souvent revenu à Lyon mais le temps a terriblement passé et je n'ai pas tenu la distance, ni mes promesses.

Depuis mon arrivée à Cannes, en 2001 (présidente : Liv Ullmann ; film d'ouverture : *Moulin Rouge* ; Palme d'or : *La*

Chambre du fils de Moretti), j'ai pris des notes, éparses, incomplètes, inachevées. Il y a quelques années, je les avais évoquées devant la productrice Juliette Favreul. Elle en avait parlé à Olivier Nora, le patron de Grasset qui, depuis, attend un signe. Alors je vais commencer, juste pour nouer le fil du temps. Et Olivier se débrouillera avec ce que je lui enverrai. Si vous êtes en train de le lire, c'est que j'y serai parvenu.

Jeudi 28 mai

Samuel Faure est celui de nous qui reste le plus longtemps, pour vérifier, avec Jean-Pierre Vidal, qui vit à Cannes, que le Palais des Festivals sera laissé en bon état. Il a aussi rendu le bateau Riva qui a permis à quelques invités d'aller naviguer et de découvrir les îles de Lérins et déguster l'excellent vin fabriqué par les moines de l'abbaye sur l'île Saint-Honorat. Jérôme Paillard, le directeur du Marché du Film, passera quelques jours dans le Sud, comme mon adjoint Christian Jeune ou Christine Aimé, en charge du bureau de presse, qui rejoignent leurs familles à Toulon et à Nice. L'équipe du Festival est comme un troupeau en transhumance qui se disperse lentement, chacun revenant vers Paris selon ses habitudes. Moi, c'est Lyon.

Sous un soleil bienvenu, je roule dans les rues étroites de la Presqu'île puis le long des berges du Rhône, près des bâtiments universitaires de ma jeunesse, pour retrouver la rue du Premier-Film et mes collaborateurs de l'Institut Lumière, impatients de préparer le Festival Lumière. Pas mieux que ce retour par le travail pour éliminer les traces de fatigue. Nous savons déjà qu'il y aura un hommage au studio Pixar, avec *Toy Story*, fabriqué il y a vingt ans, à Julien Duvivier, un cinéaste majeur qu'il faut sortir du purgatoire dans lequel le catéchisme critique français le retient encore, et Larissa Chepitko, l'étoile filante du cinéma soviétique. Il reste beaucoup à faire. Et à annoncer officiellement le récipiendaire du Prix Lumière, qui succédera à Pedro Almodóvar : Martin Scorsese.

À Cannes, le dernier soir, les oubliés du palmarès ne se montrent pas. Les autres ont quitté la Croisette, sentant qu'aucune fortune ne leur sourirait. On ne peut imaginer l'étendue de la tristesse qui s'abat sur un cinéaste qui sait qu'il n'aura pas de prix. Pourtant, s'ils étaient présents, les perdants seraient accueillis en héros d'une compétition dont ils ont contribué à la qualité en offrant leur film, auquel un autre jury aurait peut-être réservé un autre sort.

Être en Sélection officielle à Cannes est un triomphe en soi. Assister à l'ultime soirée, quel qu'en soit le verdict, serait un acte remarqué. Mais en cinéma le passage du paradis à l'enfer est étroit : John Boorman disait que figurer dans les cinq nominés aux Oscars ne vaut que pour le gagnant et que les quatre autres subissent une humiliation en mondovision, quand ceux classés à partir de la sixième position resteront anonymes.

Nous avons gardé le souvenir de la générosité d'un Pablo Trapero ou d'un Robert Rodriguez assistant à la cérémonie alors qu'ils se savaient bredouilles. Mais en 2008, Ari Folman avait assisté à toute la cérémonie en pensant, comme le lui avait assuré à tort son attaché de presse, qu'il aurait un prix. La Palme d'or étant remise en dernier, plus la soirée s'écoulait et plus il était convaincu que la plus belle des récompenses lui était destinée. Sa déception fut immense.

En revanche, c'est volontairement qu'en 2009 Tarantino s'était abstenu, pour laisser toute la lumière à Christoph Waltz, rappelé pour son rôle dans *Inglourious Basterds* et dont il ne faisait guère de doute qu'il remporterait le prix d'interprétation. Il était à Cannes, regardant la cérémonie au vu et au su de tout le monde devant l'un de ces grands écrans que le Carlton avait disséminés dans son hall. Et il ne cacha pas sa joie pour Christoph, et Tarantino joyeux, on sait ce que ça donne.

Quentin est revenu l'année dernière pour remettre la Palme d'or à Nuri Bilge Ceylan et célébrer les 20 ans de *Pulp Fiction.* Au moment où j'écris ces lignes, il termine le tournage de *The Hateful Eight* dans les montagnes du Wyoming, dont Tim Roth a réussi à s'exfiltrer pour accompagner le film mexicain de Michel Franco, qui était en compétition. J'aime bien penser que les cinéastes sont au travail partout dans le monde au moment où Cannes se termine pour des films que nous verrons peut-être l'année prochaine. Même s'il n'y a aucune chance que celui de Tarantino, qui doit sortir en décembre, puisse se retrouver sur la Croisette.

Vendredi 29 mai

Deux semaines de Festival vous infligent comme un jet lag. Quelques jours suffisent à m'en remettre. À 8 heures, je me réveille d'un sommeil de nourrisson. C'est mon anniversaire mais aussi celui de Yves Bongarçon, un ami journaliste et geek photographique, et de Christian Jeune, mon adjoint et directeur du département films cannois. Chacun se précipitera pour être le premier à fêter celui de l'autre et à entonner « Putain d'cheveu blanc », la chanson de Renaud. Je ne célèbre jamais ce genre de chose, et en 2015 moins que jamais. Mais j'ai 55 ans aujourd'hui. Le temps a filé trop vite. Jusqu'à récemment, ça n'était pas un sujet. Ça l'est devenu. Me voilà touché à mon tour par ce que Raymond Carver appelait « la vitesse foudroyante du passé ». Comme chaque année, Bertrand Tavernier m'envoie un petit mot et à Lyon, l'équipe de l'Institut Lumière me fait la surprise d'un gâteau. Je retrouve des gens qui n'ont rien à me demander, rien à me reprocher.

Jérôme Seydoux, le président de Pathé : « Votre téléphone est plein et refuse les gentillesses. » Nombreux messages, remerciements, mots d'adieux et d'affection. De consolation aussi : certains amis détaillent tel ou tel papier dont j'aurais préféré ignorer l'existence. Je sais qu'il y a eu des articles négatifs sur cette édition.

Luc Dardenne m'écrit, depuis Bruxelles : « Viens de voir *La Tête haute*. Les acteurs sont beaux d'humilité. » Luc m'envoie souvent ce type de message, pour parler de cinéma ou de littérature car il lit beaucoup et moi aussi, ou de foot car je vois beaucoup de matches et lui aussi. Son jugement est souvent imprévisible, cela le rend précieux. Il y a une semaine, il était à Cannes avec Jean-Pierre pour célébrer les 120 ans du Cinématographe Lumière, en frères, accompagnés des Taviani et des Coen. Le moment était émouvant autant qu'heureux.

Content que Luc ait aimé le film de Bercot auquel le public fait fête depuis Cannes. Pourtant, Emmanuelle était réticente à l'idée d'être alignée à l'ouverture. « Non, je préfère venir discrètement, genre Un Certain Regard, puis sortir à l'automne », s'entêtait-elle, alors que je tentais de la convaincre d'accepter une proposition dont 99 % des cinéastes rêvent. Je sais que Catherine Deneuve aimait bien l'idée et qu'elle a œuvré auprès d'Emmanuelle. De nombreux films français piaffaient : une ouverture française *en compétition*, c'est un film français de moins en compétition par la suite, alors qu'une ouverture *hors compétition*, qui offre quelque chose d'unique, est préférable pour le Festival – vous suivez ? Notre cuisine, quoi. Autre enjeu, autre négociation : que le film sorte en salles le jour même, histoire que l'efficacité médiatique cannoise profite à un film, aux salles et aux spectateurs.

Emmanuelle a remisé son vœu de discrétion et a vécu une situation inverse de celle qu'elle désirait : son film en majesté avec sortie simultanée. Il fut accueilli triomphalement à Cannes, magnifiquement en salles et très bien par la presse, sans unanimité, ce qui est normal (quand je suis arrivé à Cannes, je faisais le pari de mettre tout le monde d'accord, ça m'a vite passé). Ceux qui l'aimaient firent preuve d'un enthousiasme irrésistible et contagieux, d'où son succès. Et l'idée de choisir un film qui n'avait pas les attraits habituels d'un film d'ouverture (glamour, grand public et médiatique) a plu. Car celui-là était en effet tout le contraire des codes en vigueur, à Cannes et ailleurs : social, politique, auteur, signé d'une cinéaste peu connue à l'étranger. Nous avons été félicités d'une audace qui ne nous a pas semblé en être une : nous aimions ce film. Si *La Tête haute* n'avait pas reçu un tel accueil, Emmanuelle me l'aurait reproché. Comme c'est une fille bien, elle me dit par de nombreux messages qu'elle est heureuse.

Samedi 30 mai

Surplombant des terres familiales dans la région où je suis né, cette ferme fut construite à la fin du XIXe siècle. C'est en 1995, qui fut aussi l'année du centenaire du cinéma, que je l'acquis en secret des miens, qui habitent non loin. On m'accueillait ici quand j'étais enfant et je continue à passer des heures à arpenter les collines et les vallons. Les jours de grande chaleur approchent et l'odeur de l'été gagne partout. Face aux coteaux où s'arrêtent les Terres froides, Chartreuse et Vercors dominent la plaine de l'Isère. Tout est prêt, le vieux Dédé Thomas a fait les foins et donné aux champs une beauté photographique.

Après une matinée de vélo, je rejoins le Vercors. Conversation avec Claude Lanzmann. Claude est entré dans ma vie en 1999 à Lyon, alors qu'il présentait *Un vivant qui passe*. Essentiellement connu pour être l'auteur de *Shoah*, il est un immense écrivain, et a vécu un passé glorieux de journaliste, ce qu'on ignore le plus souvent. C'est aussi une voix magnifique qui laisse des messages formidables sur les répondeurs. Pour prendre congé, il dit : « Je t'étreins. » Il y a cinq ans, il m'a invité au restaurant pour me parler du livre qu'il écrivait et qu'il envisageait d'intituler *Le Lièvre de Patagonie*. Il m'en décrivit la genèse et me dit : « Tu vas le recevoir, l'ouvrir et le lire. Tu vas l'aimer et en le refermant tu vas te dire : quel homme ! » C'est exactement ce qui s'est passé. Il ne pouvait en aller autrement : Claude est aussi un taureau furieux qui menace toujours de foncer. Mais j'ai tellement aimé son livre.

Je lui demande des nouvelles de son jeune fils, victime d'une forme rare de cancer. « Ils sont peu nombreux en France et se connaissent tous. Mais Félix se bat, et ses amis sont à son chevet. Il sort bientôt de l'hôpital. » Claude a été heureux de l'invitation qu'avec Pierre Lescure, le président du Festival, nous lui avons envoyée et a aimé le premier film du jeune cinéaste hongrois László Nemes, *Le Fils de Saul*, qui évoque la vie d'un membre du Sonderkommando d'Auschwitz croyant reconnaître son fils dans un enfant mort et qui n'aura de cesse de lui offrir une sépulture. Comme son éthique sur la représentation au cinéma de la solution finale est d'une intransigeance absolue, on croit Lanzmann réfractaire à toute fiction sur le sujet, et on le soupçonne de penser que seul son propre film, *Shoah*, incarne de façon juste et pour toujours la question des camps de concentration au cinéma. Certains flatteurs lui emboîtent le pas de manière parfois hâtive et on avait vu des spectateurs sortir furieux de la projection d'*Inglourious Basterds*, déclarant que, tout de même, Lanzmann a raison, on ne peut pas faire n'importe quoi avec une caméra et laisser croire qu'Hitler est mort dans l'explosion d'un cinéma provoquée par l'incendie de copies en nitrate (par ailleurs, idée de génie du cinéphile Tarantino amoureux du Celluloïd). C'est bien mal connaître Lanzmann de lui attribuer pareille pensée. Il avait beaucoup aimé le film de Tarantino.

Le Fils de Saul pose cette question sensible de la mise en fiction cinématographique de la Shoah. Il la pose fortement par la manière dont le spectateur est sidéré face à la création d'un objet fictionnel réussi sur un tel sujet. On peut être d'accord avec Lanzmann (c'est mon cas) sur le soin à apporter à la « représentation de l'irreprésentable » et penser néanmoins qu'on ne peut laisser désormais ce moment de l'histoire de l'humanité hors du cinéma. « Tous les gens que tu as filmés dans *Shoah* sont morts ou sur le point de mourir, ai-je dit à Claude lorsqu'à son arrivée, il se montra intrigué par le bruit fait autour du film de Nemes. Le temps des témoignages directs est révolu. Doit-on se contenter des archives et ne plus fabriquer aucune image nouvelle ? Les jeunes générations, le cinéma lui-même, n'ont-ils pas le droit de tenter le romanesque, au risque de s'y perdre ? » « Je suis parfaitement d'accord », m'a-t-il répondu. Le parti pris de Nemes offre à son film un statut singulier sans lequel il n'obtiendrait pas la crédibilité nécessaire : la caméra se concentre sur le seul personnage de Saul, et c'est avec lui que le spectateur découvre le camp. Cette mise en scène du chaos oblige le spectateur à ressentir ce que ressent le personnage : les bruits, la menace permanente, les odeurs, l'humiliation, la mort comme enjeu quotidien, l'organisation technique de l'ordre global du grand crime. En témoin actif, Lanzmann raconte la vie des survivants par le documentaire et en héritier, Nemes celle des morts par la fiction : leurs convictions formelles les rapprochent et ne les séparent pas.

À l'Agora, où ont lieu les déjeuners officiels, László était tremblant lorsqu'il s'est trouvé face à Lanzmann. Je les ai observés avoir une longue conversation qui s'est terminée ainsi : « J'irai voir votre film. – J'ai peur de votre jugement. – Je serai impitoyable. » Claude a vu *Le Fils de Saul* et m'en a fait l'éloge. « C'est un beau film de cinéma, d'une grande force et d'une grande maturité et sur un sujet que je connais bien, m'a-t-il dit au retour de la projection. C'est très réussi. Tu peux le lui dire. » Cela vint après que, lors de sa présentation officielle, le film avait souffert de quelques lazzis venus de gens se réclamant par anticipation d'une possible indignation lanzmannienne. Quand il s'est su que Lanzmann aimait *Le Fils de Saul*, le rétropédalage de ses thuriféraires commença.

En fin d'après-midi, coup de fil de Vincent Lindon : « Thierry, je te rappelle encore, mais il faut que je te parle. Je ne redescends pas de mon nuage, tu sais. Le prix d'interprétation qu'on m'a donné, il n'est pas à moi, tu comprends, ce n'est pas mon prix, il est à tout le monde, à tout le monde ! Les gens m'arrêtent dans la rue, ce qui se passe est dingue. J'entre dans un restaurant et les gens m'applaudissent ! L'autre jour, un bus a stoppé, le type a ouvert ses portes et m'a hurlé depuis son volant des choses très très gentilles. Tu te rends compte ? Et les entrées ? T'as vu les entrées ? C'est pas un truc dément, là ? Avec Cavalier et *Pater*, ça avait été un moment extraordinaire, mais là, je n'ai pas de mots. » Façon de parler pour celui qui est l'un des plus extraordinaires « parleurs » du métier, et qui ne reste jamais longtemps muet.

Dimanche 31 mai

Aurélien Ferenczi pour *Télérama* et Laurent Cotillon du *Film français* veulent m'interviewer. Aurélien saura aborder les sujets brûlants, mais à franchise, franchise et demie : parler vrai vous place dans une position délicate. *Le Film français*, qui s'adresse aux professionnels, sera préférable.

Pierre Lescure savait sa première année de président guettée par la communauté festivalière, or elle fut réussie. Il n'imaginait pas néanmoins voir *Le Monde* utiliser une photo de lui pour mettre en cause une prétendue soumission du Festival à ses partenaires privés. Il a dit sa surprise dans un entretien avec Jean-Claude Raspiengeas de *La Croix* et sa fermeté a surpris. Naguère, j'étais souvent seul à monter au front même si Gilles Jacob faisait le nécessaire s'il estimait les intérêts du Festival en cause. Là, un président nouveau, respecté, ancien journaliste, qui ne mâche pas ses mots, a plu. J'avais prévenu Pierre que certaines années, une partie de la presse devenait nerveuse dès qu'elle mettait les pieds à Cannes et ce fut le cas : après une suite de belles éditions, certains aiment chercher la bagarre. Cette 68e Sélection officielle, en manque de grands auteurs pour la solidifier et de références vénérées pour la protéger, a fourni quelques prétextes. Dans la réussite globale (et nul ne sait, à part nous, ce que sera le reste de l'année, eh bien il ne sera pas meilleur), il y eut quelques « turbulences de ciel clair », comme disent les pilotes d'avion.

JUIN

Mais avant d'arriver à Tullins j'ai trouvé une surprise délicieuse ; par bonheur, personne ne m'avait averti. Je suis arrivé tout à coup à une des plus belles vues du monde. C'est après avoir passé le petit village de Cras, en commençant à descendre vers Tullins. Tout à coup se découvre à vos yeux un immense paysage, comparable aux plus riches du Titien.

Stendhal

Lundi 1er juin

Gare de Lyon-Perrache, TGV de 7 h 21. Retour à Paris. Dans deux heures, je poserai mes affaires dans mon appartement parisien tout proche – j'habite Lyon et j'habite Paris. Et à Paris, j'habite rue de Lyon. Les Bretons vivent autour de Montparnasse, les gens du Sud, c'est entre Bastille, Nation et gare de Lyon. « Rue de Lyon, ça me rassure ! » avait dit Bertrand Tavernier, toujours très lyonnais et plus que jamais président de l'Institut Lumière, quand j'avais été nommé à Cannes, à l'automne 2000 et que Gilles Jacob et Catherine Tasca, ministre de la Culture à l'époque, me proposèrent de conserver mes responsabilités à l'Institut Lumière.

Je reprends le rythme qui sera celui des prochaines semaines : globalement, lundi et mardi dans la capitale, puis retour à Lyon, et aller-retour le jeudi. Trois jours à Paris, deux jours à Lyon. Marie, qui ne me refuse rien de septembre à mai où je passe mes semaines à Paris ou en voyage, ne m'autorise qu'une seule nuit en dehors de la maison à partir de juin. Sauf exception : un surcroît de travail, une avant-première, un dîner avec un metteur en scène de passage, ou un double concert de Bruce Springsteen à Bercy.

Rue Amélie, 7e arrondissement de Paris, quartier général du Festival. Tout le monde se retrouve : atmosphère de rentrée des classes, satisfaction du devoir accompli. À midi, je file au ministère de la Culture : Fleur Pellerin donne un cocktail pour les lauréats cannois, et pour Agnès Varda, qui rayonne de bonheur. En recevant sa Palme d'or d'honneur, elle a montré une émotion, loin de l'image de « femme de caractère » qui lui colle à la peau, expression qui n'est qu'une autre manière de stigmatiser les femmes qui auront imposé, dans la durée et à des époques difficiles, la constance d'une présence et les cicatrices de durs combats. Dans ses apparitions publiques, Agnès affecte depuis toujours de n'être dupe de rien. Combien de fois m'appelle-t-elle pour dénoncer tel fait qui lui apparaît comme de la comédie médiatique ? Et pourtant se dégage d'elle une tendresse pour la vie, les gens, les amis, qui n'est pas feinte.

Soudain, François Hollande apparaît. La « visite surprise » était visiblement prévue mais je l'ignorais, comme Pierre, qu'un mauvais rhume a obligé à décliner les agapes à la dernière minute. Voilà qui va encore épater les Américains, me suis-je dit : ils n'en reviennent jamais de voir l'attachement d'un Président français pour la culture. Très détendu (on me prête énergie et joie de vivre, comment font les politiques pour présenter chaque jour un teint si frais ?), le Président va de groupe en groupe et dit quelques mots sur l'estrade : « On n'a pas à demander au cinéma de refléter simplement les situations de bonheur. C'est bien qu'il y ait des films qui traduisent une réalité, même si ça ne fait pas plaisir. » Quelqu'un me dit qu'il a été surpris de lire que l'existence de films français sociaux (sujet assez discuté et contesté cette année : le cinéma social français, comme une résurgence du refus de l'engagement chez les cinéphiles modernes) est un caillou dans la chaussure de l'exécutif, responsable de la crise et du chômage, et qui devrait se faire petit au lieu de se féliciter de voir la France emporter la Palme d'or. « Il y a des drames, des hommes et des femmes qui luttent et combattent : ça fait partie aussi de ce que le cinéma doit porter. » Chômage ou pas, en effet.

Mardi 2 juin

Ce matin, un taxi qui serrait de trop près la voie réservée aux deux roues a failli m'envoyer dans la Seine. C'est bon de retrouver Paris. Chaque jour, où que je sois, je roule. Je suis cycliste. De la semaine et du dimanche. De la plaine des Invalides et du col du Galibier. Pour rallier le bureau du Festival, depuis la gare de Lyon où j'habite, j'accomplis 7,5 km sur la rive gauche de la Seine. Et retour. Et tout à l'avenant dans Paris, pour les projections, les déjeuners ou les réunions. Soit, quotidiennement, 20 kilomètres en moyenne et sur environ 200 jours, 4 000 kilomètres par an. L'invention du Vélib' a désinhibé les foules qui ne regardent plus les cyclistes comme des bêtes urbaines curieuses. C'est Lyon qui a lancé l'affaire. Là-bas, on appelle ça le Vélo'v, ce qui vous a une autre allure – et on n'y jette pas les vélos dans le Rhône les soirs de beuverie. « Tu roules en Vélib' ? » me demande-t-on souvent. « Non, je roule sur mon propre matériel. » À Paris, un Look, à Lyon, un Giant, à Tullins, un Scott. Cadre carbone, roues françaises, freins italiens, cintre anglais, dérailleur japonais, vêtements américains.

Je dois me mettre à jour sur la presse. Je consulte internet, les magazines ou les sites francophones, anglophones et hispanophones ainsi que les articles que Christine Aimé et son équipe m'ont rassemblés. Je vais pouvoir lire les journalistes américains, Scott Foundas (*Variety*) ou Todd McCarthy (*The Hollywood Reporter*, après avoir longtemps officié comme Chief Critic à *Variety* où écrit aussi le très bon Justin Chang) ou encore la facétieuse Anne Thompson qui a écrit : « Cette année, les deux meilleurs films de la compétition étaient… hors compétition » ! Elle parlait de *Vice-Versa* et de *Mad Max*, et elle ne fut pas la seule à le dire. Chez les Anglais, Peter Bradshaw (*The Guardian*) ou Geoff Andrews (*Time Out*) comptent beaucoup. Mais il y a aussi des critiques formidables chez les Espagnols, les Latinos

(Argentins, Mexicains), les Japonais, les Coréens, les Allemands et aussi bien sûr en Italie. Et je terminerai avec les Français.

La mécanique médiatique est à l'œuvre, la Sélection officielle jugée avec exigence. Même si, ici et là, quelques compliments inattendus m'enchantent, l'édition 2015 est considérée comme non majeure. Rien de surprenant : avec Christian Jeune, nous avions conscience que la sélection globale était belle, et même forte, mais nous savions la compétition vulnérable. Et nous avons fait quelques erreurs de programmation qui se paient rubis sur l'ongle. De surcroît, un contre-effet du bon millésime 2014 était prévisible, en plus de films trop fragiles pour combler le désir et l'impatience que « le plus grand festival du monde » suscite.

Cannes est chaque année la raison de vivre de centaines de réalisateurs, producteurs ou distributeurs de la planète cinéma, mais il réunit aussi le gotha de la presse mondiale qui doit s'exprimer rapidement, clairement et fermement. Des journalistes de haut niveau, qui se tirent aussi la bourre entre eux. Tout cela pose sur l'événement des enjeux parfois trop forts pour des œuvres qui deviennent l'objet d'une convoitise extrêmement violente.

On me parlait du bilan peu aimable du *Monde* sur la sélection. Il l'est, peu aimable, mais je ne trouve pas l'ensemble si agressif que ça. Jacques Mandelbaum et Aureliano Tonet font leur travail de journalistes, et quelques fautes leur ont donné de quoi nous châtier. À une montée au filet hasardeuse (avoir hissé le film de Valérie Donzelli en compétition, par exemple), ils décochent un *passing shot* impitoyable (« Desplechin scandaleusement absent de la compétition »). Ajoutons-y quelques films jugés décevants et le Gus Van Sant, qui fit l'objet d'un enterrement de première classe. Aussi ce qu'ils considèrent comme un mauvais sort infligé à leurs chouchous : Philippe Garrel et Miguel Gomes relégués à la Quinzaine des réalisateurs, et Apichatpong, Mendoza, Kawase et Porumboiu cantonnés au Certain Regard (même s'ils ignorent que ce fut avec leur accord).

Quand vient l'heure du bilan, chacun reconstruit la compétition *a posteriori* – il est aisé de faire une sélection idéale en fonction d'un accueil connu entre-temps. C'est l'illusion rétrospective du vrai. D'habitude, le chemin est étroit pour nous prendre en défaut, cette année, il y avait un peu plus de place. Nous avons essayé de bouger les lignes, ils n'ont pas trouvé cela convaincant, dont acte.

Maïwenn, au Caffè Stern, passage des Panoramas, beau lieu parisien choisi par elle. Comme il y a deux ans, lorsque *Polisse* fut accueilli en compétition, elle tient à m'inviter à déjeuner pour me remercier. Geste inhabituel, je crois même qu'elle est la seule à procéder de la sorte, non que les autres soient des goujats mais elle est comme ça, élégante et fidèle. « Je sais très bien que le prix donné à Emmanuelle Bercot a protégé *Mon roi* de certaines attaques », me dit-elle, pensive et un peu perdue. Il n'est pas aisé pour une jeune cinéaste de s'imposer d'emblée à Cannes, même si la liste de ceux qui ont frappé fort dès leur première apparition en compétition est assez fournie. Ce fut le cas de Maïwenn, qui a connu le succès en 2011 avec *Polisse* et gagné le prix de la mise en scène, contre une partie de l'opinion-Croisette. Un immense succès du public a ensuite validé le choix du jury présidé par Bob De Niro. Il serait facile d'affirmer qu'elle était guettée au premier faux pas par ceux qui ne parvinrent pas à la faire trébucher jusque-là, parce que *Mon roi* est une œuvre ambitieuse et réussie, mais il est clair qu'elle aura fait l'objet d'un traitement critique rude, qui semblait aller bien au-delà de ce qu'on pensait du film, et qui ciblait plutôt sa réalisatrice. Elle en est blessée, elle ne veut plus se montrer : « Tu comprends, si j'énerve les gens, eh bien, je ne vois plus les gens. » Mais elle ne se décourage pas et veut faire le meilleur film possible : « Tu avais raison de me demander de couper un peu, et il y a encore des longueurs. J'ai le temps de travailler d'ici la sortie. »

Mercredi 3 juin

Je reviens sur le « Festival International du Film » 2015, et ce qu'il faut en retenir. Du 13 au 24 mai (autrefois, cela commençait une semaine plus tôt et c'était mieux pour les films : l'annonce de la sélection arrivait plus vite au début du printemps et ça rendait la période post-Cannes plus longue, et plus propice aux sorties de films). Maître de cérémonie (succédant à Vincent Cassel, Cécile de France, Édouard Baer, Mélanie Laurent, Bérénice Bejo ou Audrey Tautou) : Lambert Wilson, en VO et en VF.

Président(s) du jury : Joel et Ethan Coen. Pour la première fois, une co-présidence. Annonce le 19 janvier 2015. Un mois plus tard, révélation de l'affiche : une photo rarissime d'Ingrid Bergman prise par David Seymour, de l'agence Magnum.

Le 13 avril, annonce du film d'ouverture : *La Tête haute*, d'Emmanuelle Bercot avec Catherine Deneuve, Benoît Magimel, Sara Forestier et un jeune inconnu formidable, Rod Paradot, aussi un jeune homme attachant. L'usage veut que nous fassions cette annonce au cœur de l'hiver mais aucun film n'était prêt avant fin mars début avril et nous n'avons rien vu d'autre avant, sauf *Max Max Fury Road* qui n'était souhaité ni par la Warner ni par nous en ouverture – cela aurait été de surcroît une nouvelle fois un film US pour ouvrir Cannes, et la diversité nous importe.

Le 16 avril, annonce de la Sélection officielle à l'UGC Normandie, à Paris. Sélection très bien accueillie, ce qui n'a pas plus de valeur que lorsque c'est le contraire (ça arrive aussi) puisque personne n'a vu les films. Mais l'affichage compte et l'intention d'un renouvellement des têtes fut saluée. Les grimaces sur l'absence du Desplechin ont commencé là, chez les *happy few*, pour lesquels Arnaud est une icône (même si quelques-uns se sont pincé le nez en écrivant du bien de *Jimmy P.*, que nous n'avions pas hésité à mettre en compétition). Bonne ambiance générale. La France (cinq films en compétition) et l'Italie (trois films en compétition) étaient là en force, et Hollywood en faiblesse, ce qui reflétait la réalité du moment. Ce fut parfois une sélection de contrainte, ce qui signifie : nous sommes dépendants du cru de l'année.

Pierre Lescure a fait son premier acte public de président. Petit épisode remarqué sur son évocation des partenaires privés, dont je reparlerai.

La cérémonie d'ouverture a eu lieu le mercredi 13 mai à 19 h 15, avec dîner officiel au Palm Beach, au bout de la Croisette, et un vent de février. Dix-neuf films en compétition (d'habitude, c'est au moins vingt, parfois vingt-deux, certaines années vingt-quatre), dix huit au Certain Regard (idem, ce fut parfois vingt-deux ou vingt-trois), quelques films hors compétition ou en séance spéciale (surtout des documentaires), des hommages, les films restaurés de Cannes Classics et le Luc Jacquet en clôture.

Ajoutons encore notre Marché du Film (à Cannes, les gens viennent essentiellement pour travailler) et les sections *parallèles* (Semaine de la Critique et Quinzaine des réalisateurs). En tout, 58 films venus de la Sélection officielle, 350 projections, 1 000 séances au Marché, 40 000 accrédités, 4 500 journalistes, soit le plus grand rassemblement médiatique avec les Jeux olympiques (eux c'est tous les quatre ans) et l'un des quatre grands événements planétaires avec les J.O., la Coupe du monde de football et le Tour de France (tous du sport, Cannes seul, de l'art). Et en tout, annonce le maire de Cannes, 100 000 personnes qui envahissent la ville pendant douze jours.

Jeudi 4 juin

Arrivée aux aurores à Lyon et changement de décor : réunion du Sessad, une structure d'accueil et d'accompagnement pour enfants située à Limonest, au nord de l'agglomération. Engagement admirable de professionnels admirables. Le jeune Victor est embarrassé devant le flot d'explications de grandes personnes qui parlent de lui, et plus encore par leurs éloges. On ne sait ce qu'il en pense, s'il s'en moque, s'il s'en réjouit. Il est de sa génération : je suis comme je suis, je serai comme je serai. Quand sa mère et moi lui disons : « Tu es vraiment un ado », il répond : « Pré-ado ! »

Lyon, deuxième théâtre des opérations. Depuis Cannes, pas eu le temps de reprendre mon souffle. L'Institut Lumière va réclamer beaucoup d'énergie, produite par le plaisir et l'exigence que m'offre tous les jours une équipe impatiente d'en découdre. Il s'agit de préparer avec elle la nouvelle édition du festival Lumière, dont le programme doit être annoncé prochainement. Le festival en est à sa septième édition, mais rien n'est jamais acquis.

Vendredi 5 juin

L'entretien que j'ai donné au *Film français* est paru. L'AFP, qui l'a lu avant publication, le résume de façon aussi réductrice qu'inexacte : « Thierry Frémaux accuse les réseaux sociaux ». Et tous les sites de paraphraser l'ensemble, sans qu'aucun d'entre eux ne se livre à la moindre analyse de l'interview complète. Je sais d'où vient l'origine de ce titre : en décembre dernier, lors d'une conférence donnée à Buenos Aires, j'avais dit mon aversion pour l'usage généralisé des selfies, en particulier de la part de ceux qui montent les marches qu'ils encombrent de leur vanité. Personne ne s'en rend compte sauf nous qui sommes tous les soirs en haut du tapis rouge, mais cette pratique débile le transforme chaque soir en un dérisoire théâtre de narcissisme. Malheureusement, appeler à un peu de réserve et à un retour à un avant de ce que Serge Daney appelait la « boucherie cathodique » (c'était en 1983, que dirait-il aujourd'hui ?) vous place d'emblée dans le camp des réactionnaires. Sur le net, *Libération* y va de ses sarcasmes, titre à l'appui : « Lescure et Frémaux se font des films ».

Samedi 6 juin

Par une belle lumière d'un jour qui s'annonce paisible, je vais rouler le long des berges de l'Isère, désormais aménagées de Grenoble à Saint-Gervais, dont j'ai appris par le livre de Jacques Morice que c'était le village natal de Maurice Garrel. Maurice Garrel était donc de ce pays. Je ne passe plus là sans penser à lui, et à cette présence mystérieuse et essentielle à un cinéma français dont il a abordé généreusement tous les territoires, certains très différents les uns des autres, ceux de Sautet comme ceux de son fils Philippe. Ce matin, la rivière est bruyante et agitée – un mélange des pluies du printemps et des torrents de montagne qui se déversent dans le bouillonnement habituel du pied du Bec de l'Échaillon. Dans deux semaines, ce seront les 130 kilomètres de l'Ardéchoise que j'ai promis aux copains d'accomplir à leurs côtés. Je n'ai pas la condition physique nécessaire pour m'y affronter alors qu'eux roulent depuis la fin de l'hiver. Mouliner sur le plat en conversant à l'oreillette avec quelques amis suffit à ma fatigue.

Cette semaine, on a enterré René Borda, un « Cannois » mort d'une crise cardiaque à l'âge de 68 ans. Il travaillait dans les équipes d'accueil. C'était un homme débonnaire et modeste, autoritaire quand il le fallait, présent depuis toujours. Il se tenait tous les soirs en haut du tapis rouge pour régler le rythme et la circulation de la montée des marches, et quand les cortèges s'accéléraient, les soirs de chaleur, sa présence nous rassurait.

Dans la soirée, mon cas s'aggrave sur le net. Première.fr titre : « Thierry Frémaux, patron du festival le plus médiatique au monde, ne comprend plus les médias ». Ils ne font pas de faute d'orthographe à mon nom, c'est déjà beaucoup.

Dimanche 7 juin

Je reprends une existence normale, je me précipite dans les librairies, je revois des films anciens en DVD, je regarde des âneries à la télévision (Sylvie Pialat m'a dit que Maurice adorait ça, ce qui déculpabilise), et je retrouve le sommeil. Je voudrais à la fois rester seul et parler à tout le monde. J'alterne entre l'envie de raconter et celle de rester silencieux. Je me souviens de longues conversations post-Cannes avec Élisabeth Quin, Scott Foundas ou Serge Kaganski, des journalistes qui me sont précieux. Le Festival terminé, tout le monde désire le recommencer en en parlant, moi le premier. La nostalgie est là, mais tempérée d'une sorte d'apaisement. Ou est-ce peut-être le contraire : nous sommes soulagés que tout se soit bien passé, qu'il n'y ait pas eu de problèmes de sécurité, que rien de grave ne soit advenu – nos préoccupations restent avant tout liées au bon déroulement de l'événement, pas aux humeurs des uns et des autres.

Je m'interroge sur ce texte que vous avez entre les mains. J'ai souvent voulu tenir un « Journal des sélections », le commençant, l'abandonnant tout aussi vite. De quelle fierté dois-je me targuer pour éprouver le besoin de raconter ma vie ? Peut-être qu'un journal peut valoir quelque chose pour *après*, je veux dire pour qui viendra dans le futur, une femme, des enfants, des amis, des inconnus, qui sauront alors tout des occurrences d'une vie, si tant est qu'elle ait le moindre intérêt. Si l'on prend seulement le cinéma, il y a tellement de gens dont le journal intime serait un cadeau. Je donnerais cher pour celui d'Henri Langlois créant la Cinémathèque française en 1936 avec Jean Mitry et Georges Franju, de Philippe Erlanger refondant le Festival en 1946, après la guerre, et la mort de Jean Zay. J'aimerais en savoir plus sur le Cannes d'avant, celui que, dans nos conversations quotidiennes, Gilles Jacob me racontait, quand il évoquait Robert Favre Le Bret, Maurice Bessy, telle histoire qui lui revenait, de ses années 60, quand il était journaliste.

Nul repos mental ne succède à l'exaltation du Festival. Cannes, Cannes, Cannes… Le Festival domine nos esprits depuis plusieurs mois, et il n'est pas aisé de s'en défaire d'un coup.

Des regrets m'assaillent : avoir voulu que le film de Naomi Kawase et non celui d'Arnaud Desplechin fasse l'ouverture d'Un Certain Regard, car toutes les autres ouvertures étaient françaises. Ce fut une erreur et Arnaud s'est sans doute senti délaissé. Je ne voulais pas donner aux étrangers l'impression que nous favorisions notre cinéma mais les attaques sont venues des Français. Six des huit longs métrages d'Arnaud ayant été alignés en Sélection officielle, au point d'être le premier de ce que la presse appelle les « abonnés », le moment me semblait venu d'observer une pause. Erreur, et carton rouge.

Mad Max Fury Road ou *Vice-Versa*, le dessin animé Pixar, méritaient aussi la compétition. Auraient-ils eu le même accueil ? Bizarrement, ne pas aligner *Mad Max* en compétition laisse la possibilité aux critiques et au public de se l'approprier totalement, *pour leur plaisir*. Cela dit, sa présence cannoise fut parfaite, il est en train d'exploser le box-office et projeter un tel objet de gala dès le premier jeudi, c'était comme un deuxième film d'ouverture. Quant à l'animation, lorsqu'elle est en compétition, les observateurs invoquent la défense d'une certaine pureté et un fort soupçon de puérilité chez le sélectionneur. Comme avec le cinéma de genre, qu'on aime dans les discours mais pas en compétition. Je préfère me réjouir que Warner et Pixar/Disney soient venus à Cannes en formations déployées alors qu'ils pouvaient choisir une autre plateforme mondiale pour lancer les films. Et qu'un type comme John Lasseter s'y sente chez lui, comme Jeffrey Katzenberg, qui a ouvert la voie avec DreamWorks Animation. Au moins, on n'aura pas entendu la scie habituelle : « Les studios ne viennent pas à Cannes. »

Lundi 8 juin

Maelle Arnaud, l'une des sentinelles de l'Institut Lumière : « Il faut qu'on avance ! » Dès le printemps, le parc du château familial devient un enchantement – les travailleurs du quartier viennent y déjeuner sur l'herbe, nappe et couverts soigneusement préparés, les lycéens de l'établissement voisin envahissent les bancs et les lieux où il est possible de s'asseoir. On est entre *La Belle Équipe* et *Passe ton bac d'abord*. Les jeunes ont fait des alentours du parc leur quartier général, pourtant aucun tag ni dommage ne sont jamais à déplorer sur le site.

Ken Loach : « *Cher Thierry* [en français], j'espère que tu vas bien et que tu te reposes. Je voulais te dire combien j'étais d'accord avec toi sur certains tweets. Prendre le temps de penser, réfléchir avant de formuler son jugement, c'est ce que les critiques avaient l'habitude de faire. Pas de tweeter. Aussi, bien joué d'avoir demandé aux gens d'arrêter de faire des selfies de façon imbécile. Ou c'est que je me fais vieux ? D'accord, je suis vieux. Il nous reste le foot. On est en train de transformer notre petit club [il s'agit de Bath] en un bien collectif, une sorte de coopérative. La révolution commencera sur un terrain de foot ! Bien à toi, Thierry, j'espère que tout va bien à Lyon. *À bientôt.* »

Mardi 9 juin

Robert Favre Le Bret, Maurice Bessy et Gilles Jacob, qui furent délégués généraux avant moi, ont tous retenu à leurs dépens cette maxime dont je fais chaque année l'expérience : « Une bonne sélection, c'est grâce aux films ; une mauvaise sélection, c'est à cause du sélectionneur. » Sur la sélection 2015, je lis tout et son contraire. Rien de grave : tous ceux qui font un métier public apprennent vite à ingurgiter sur leur travail une énorme quantité de sottises. S'énerver est inutile, d'autant que Cannes est le lieu rêvé pour faire parler de soi et imaginer n'importe quelle théorie du complot ou toutes choses auxquelles il n'est pas nécessaire de faire publicité en s'en offusquant. Je me tais, donc.

Dîner avec Leïla Bekhti, qui part tout l'été en Suède pour tourner une série pour Canal+. Nous nous retrouvons au Café Max de Valdo Riva, la plus belle cantine du 7e arrondissement avec Thoumieux et l'Auberge Bressane (et quelques autres : nous sommes gâtés). Ce n'est pas la saison pour déguster un hachis Parmentier, mais le cuisinier, un cycliste, nous a préparé plein de bonnes choses. Et la façon qu'a Valdo de faire le baisemain à ses invitées me réjouit toujours.

Je vois beaucoup Leïla depuis qu'elle fut une ravageuse jurée du Certain Regard, l'année où Tim Roth en était le président (ils ont officié avec la réalisatrice Tonie Marshall, Sylvie Pras du Centre Georges Pompidou et Luciano Monteagudo, un journaliste argentin). C'est une jeune femme de son temps, parisienne jusqu'au bout des ongles. Elle parle une langue magnifique teintée de mots en verlan qui surgissent si soudainement que quelques secondes s'avèrent indispensables pour une rapide traduction mentale. Elle est cultivée, curieuse et se révèle aussi extravagante et drôle que réservée, lorsque son regard se laisse traverser par des éclairs de tristesse. Elle admire ses consœurs, les autres actrices qui ont toutes à ses yeux des qualités dont elle se déclare, à tort, dépourvue. La compagnie de Leïla m'est précieuse, elle est à elle seule un voyage dans cette génération de jeunes Français dont ce pays et son cinéma ne mesurent pas combien ils peuvent compter sur eux, à condition aussi de veiller sur eux. Je lui offre un recueil de poèmes d'Anna Akhmatova. Elle feuillette les pages du livre, choisissant tel ou tel vers, comprenant d'emblée l'importance de cette langue, de cette femme.

On ne peut enchaîner deux cœurs
Si tu veux t'en aller – va-t'en.
Ne promet-on pas le bonheur
À qui vit sa vie librement ?

Voilà que Tahar Rahim, son époux, surgit à la fin du repas, le sourire aux lèvres. Dans la vie, une présence solaire, à l'opposé de ce personnage sombre du *Prophète* que Jacques Audiard lui avait offert. Nous parlons de l'Algérie où ils retournent souvent, du côté d'Oran. Exclamations quand je leur dis qu'avec mes amis des Minguettes, on allait se baigner sur les côtes d'Arzew, quand nous étions en route vers le Grand Sud. Et au moment de l'addition, pas d'addition : Tahar disparu s'est déjà éclipsé pour la régler. Nul moyen de le faire changer d'avis, ni de protester.

Mercredi 10 juin

Mort de Jean Gruault, scénariste de *Paris nous appartient*, de *Jules et Jim* ou de *Mon oncle d'Amérique*. La dernière fois que son nom aura figuré au générique d'un film (et à l'écran, pour une brève apparition), ce fut pour le *Marguerite et Julien* de Valérie Donzelli, qu'il écrivit initialement pour Truffaut dont il fut le compagnon de travail. Un film que nous avons aimé mais que nous aurons fragilisé en le hissant en compétition.

À l'espace Cardin, conférence de presse de l'UEFA pour l'Euro 2016 dont je suis l'ambassadeur pour Lyon, sans Wendie Renard, ma colistière, qui joue au Canada la Coupe du monde féminine où nos représentantes font merveille. Wendie est une grande femme, au sens propre comme au sens figuré, capitaine de l'OL et de l'équipe de France. Nous avons tous deux accepté de représenter Lyon au comité d'organisation de l'Euro présidé par Jacques Lambert et Michel Platini, que je retrouve avec plaisir, comme Basile Boli et Thierry Rey, qui lui s'est engagé pour qu'on attribue les Jeux olympiques à Paris en 2024. Michel est impérial, drôle et non-conformiste. Quand un journaliste tente de l'entraîner sur le terrain sulfureux de la présidence de la FIFA et de Sepp Blatter dont il briguerait la succession, il envoie le ballon dans les arbres : « Je suis comme vous, j'ai une alerte Google sur mon portable pour savoir ce qui se passe. » Hum, il en sait plus.

17 heures, retour vers Lyon pour le vernissage de l'exposition des photos de Vincent Perez. Le TGV est d'une tranquillité que je retrouve avec plaisir. Dans un wagon presque vide, je comble le retard des sms, messages, mails, courriers. Traversée d'une France de fin d'après-midi qui attend les moissons. Splendides troupeaux éparpillés dans les vallons de Bourgogne. La galerie photo de l'Institut Lumière accueille le travail très personnel de ce Suisse ex-beau gosse du cinéma français, allant d'expériences théâtrales avec le Chéreau de Nanterre à un cinéma commercial qui ne le passionne pas vraiment. Il y a un an, nous dînions ensemble lorsqu'on a appris la mort de Chéreau. Son visage fut soudain bouleversé.

Jeudi 11 juin

Les journalistes cinéma de l'AFP veulent évoquer mon « rapport aux réseaux sociaux. » Sans doute pensent-ils qu'il y a un angle, juste pour les quelques mots de l'entretien du *Film français*, qu'ils ont eux-mêmes surlignés. Non, il n'y a pas d'angle. Inutile d'être grand philosophe pour dresser le constat que les réseaux sociaux font parfois l'objet d'un maniement inopportun ou dévoyé, à tel point qu'on se demande parfois à quoi ça sert, à part d'exhiber sous ses plus beaux attraits le supposé meilleur visage de soi-même, ce qui revient en général au contraire, et de vérifier une fois de plus la prédiction de Warhol sur la fugacité contemporaine de la célébrité. Pour le reste, rien n'indique que nos vies ont changé de nature avec l'usage des réseaux sociaux – on peut aisément penser que c'est le contraire qui s'est passé. Cela dit, sans Twitter et internet en général, l'humour de nos contemporains resterait méconnu et je dois aux réseaux sociaux quelques fous rires comme ce tweet de la dernière campagne présidentielle : « C'est tout de même dommage qu'Eva Green et Eva Joly ne puissent pas échanger leurs noms de famille. »

Vendredi 12 juin

De loin, Cannes impressionne ; de près aussi. C'est une machine fascinante. Gilles Jacob avait dit en m'accueillant : « Vous vous plairez, vous verrez. » Ça m'a plu et je ne m'en lasse pas, comme lui avant moi. « Ça doit être dingue de diriger un truc pareil », me dit-on souvent. D'abord, je ne suis pas tout seul, Cannes c'est un président (Pierre Lescure, désormais), une équipe de base de 25 salariés et une formation de combat de 1 500 personnes, en mode « la Croisette attaque. » Une organisation rodée, faite de gens mobilisés, ultra-compétents. « Oui mais ça doit être dingue quand même, non ? » Oui, quand même. Enfin, j'ai toujours pensé que diriger l'aéroport de Roissy, ça doit être dingue aussi.

L'après-midi, je file à Bayonne pour la première édition de Kulture Sport, un festival petit frère de celui que nous avons fondé il y a trois ans à l'Institut Lumière autour de « Sport, Littérature et Cinéma ». Soirée d'ouverture grandiose perturbée par la pluie dans les arènes de la ville. Je montre les films Lumière sur le sport ; l'Institut a prêté l'expo des photos de Depardon sur les Jeux olympiques. Raymond est là avec Claudine Nougaret, ils tournent dans la région un film sur « la France » et qui va s'appeler *Les Habitants*. Rien que le titre donne envie.

Samedi 13 juin

Cannes 2015 (suite). Le jury : les Américains Joel et Ethan Coen, donc, comme présidents. Accompagnés de Rokia Traoré (Mali), Sophie Marceau (France), Sienna Miller (Angleterre), Rossy de Palma (Espagne), ainsi que de Xavier Dolan (Canada), Jake Gyllenhaal (USA), Guillermo del Toro (Mexique).

Les jurés se sont aimés, je crois, et s'envoient des mails affectueux dont je suis le fier co-destinataire. Pourtant, je ne me suis guère immiscé dans le groupe, dont la cohésion est fondamentale, autant pour la qualité de leurs débats que pour le plaisir qu'ils auront eu à être ensemble. J'aimerais bien débriefer avec eux, mais nous ne le faisons pas. Nous passons quinze jours ensemble, nous nous embrassons le matin, nous nous retrouvons parfois le soir, puis tout s'évanouit. Les jurés restent discrets sur leurs envies, leurs rejets et ils observent la même réserve vis-à-vis de nous, pris à notre propre jeu d'une confidentialité maintes fois rappelée et qui s'abat sur la direction du Festival quand la porte de la salle des réunions du jury se ferme. Lorsqu'ils montent les marches, certains soirs, j'essaie de deviner dans leurs yeux ce qu'ils pensent, ce qu'ils ressentent, ce qu'ils préfèrent. Rien. Alexander Payne, avec lequel j'ai depuis plusieurs années un dialogue cinéphile permanent, vint au jury en 2012 : nous n'avons jamais aussi peu parlé ensemble. Je l'ai juste vu râler, avec Emmanuelle Devos qui était là aussi, contre un film qu'ils n'avaient pas aimé. Ce qui m'a irrité, et plus du tout donné envie d'en savoir plus.

Le palmarès 2015 :
Palme d'or : *Dheepan* de Jacques Audiard
Grand Prix : *Le Fils de Saul* de László Nemes
Prix de la mise en scène : *The Assassin* de Hou Hsiao-hsien
Prix du jury : *The Lobster* de Yórgos Lánthimos
Prix d'interprétation masculine : Vincent Lindon dans *La Loi du marché* de Stéphane Brizé

Prix d'interprétation féminine : Emmanuelle Bercot dans *Mon roi* de Maïwenn ; Rooney Mara dans *Carol* de Todd Haynes

Prix du scénario : *Chronic* de Michel Franco

Et nous (le Festival) avons décerné une Palme d'or d'honneur à Agnès Varda.

Le jury a délivré un palmarès dont il a été dit qu'il honorait notre choix d'une sélection française forte. Ils ont juste fait ce qu'ils voulaient. À la conférence de presse qui a suivi la cérémonie, Ethan Coen (qui restait debout pendant les délibérations, arpentant la pièce comme pour mieux réfléchir) a relativisé tout ça : « Nous étions neuf et avons fait nos choix. Neuf autres personnes auraient procédé différemment. » On ne saurait mieux dire. Son frère, qui est aussi un homme d'esprit, et à qui l'on disait qu'ils avaient déjoué les pronostics des journalistes, a répondu : « Vous savez quoi ? On n'est pas journalistes. »

Dimanche 14 juin

À Paris, dernier jour de l'exposition « Lumière ! Le cinéma inventé » que le Grand Palais accueillait depuis le mois de mars et dont j'étais, avec Jacques Gerber, le commissaire. Petit pincement au cœur car ce fut une belle aventure et les mois passés avec Jacques, Juliette Rajon, Nathalie Crinière, Harouth Bezdjian, Marjorie Lecointre et Jean-Paul Cluzel seront de ceux dont je me souviendrai. Grande fierté d'avoir vu l'équipe de l'Institut Lumière progresser à grands pas en se confrontant à un tel projet qui a bénéficié du soutien des équipes du Grand Palais et du CNC, jubilation de voir le nom de Lumière s'afficher sur le fronton de ce beau bâtiment de Paris, un siècle après le triomphe ici même de Louis et Auguste à l'Exposition universelle de 1900. Un risque financier aussi, qu'il nous faudra rembourser mais nous devions voir grand. Ce fut un *labor of love*, un dévouement, un engagement. Nous allons trouver d'autres villes hôtes à travers le monde et poursuivre cette noble tâche. Et préparer la prochaine étape de la célébration Lumière : un documentaire composé de 114 films restaurés, dont je prépare la réalisation avec Maelle Arnaud.

Jake Gyllenhaal est à Paris, il veut dîner, je le rate. Dommage, j'aurais adoré prolonger les conversations que nous avons eues pendant le Festival. Il s'est montré attentif et drôle, faisant avec Guillermo del Toro un numéro de duettistes accompli. Lors de la première réunion, la veille de l'ouverture, nous leur expliquons les règles, les coutumes et les modalités d'attribution des prix. Ils sont avant tout là pour ça, un bon juré est celui qui remet des prix (il est arrivé, dans d'autres festivals, qu'un jury refuse de remettre des prix pour protester contre une prétendue sélection médiocre – si ça m'arrive, je me suicide en me jetant du toit du Palais). Alors qu'on parcourait la liste des films en compétition, Guillermo et Jake s'arrêtèrent sur le *Macbeth* de Justin Kurzel avec Marion Cotillard. « On a le prix du meilleur scénariste », s'exclamèrent-ils devant un Joel Coen éberlué. « Shakespeare ! »

Lundi 15 juin

Je passe en coup de vent dans mon appartement de la rue de Lyon. Des dizaines de DVD jonchent le sol, derniers vestiges du processus de sélection. Il me faut les rapporter au bureau où ils seront renvoyés aux producteurs ou bien découpés aux ciseaux. Un DVD, pochette en plastique, provenance incertaine, titre écrit à la main, en anglais, en français, parfois en arabe ou en chinois, est à chaque fois un voyage possible. Pas toujours : nous aurons vu des centaines de longs métrages qui, disons-le, ne sont pas tous formidables. Mais ils ont été visionnés, sans distinction de pays, de style, de réputation. C'est la grande démocratie de la sélection : n'importe quel film, même réalisé par un inconnu, venu d'un pays rare, ou réalisé dans des conditions techniques précaires, sur un ordinateur, un smartphone ou en super 8, est visionné par les comités de sélection. En 2002, un ami japonais m'avait envoyé une VHS d'un film réalisé par un copain à lui. Nous l'avions vu et ça nous avait plu. Il s'appelait *Blissfully Yours* et Anne Fontaine et son jury lui avaient attribué le premier prix du Certain Regard. C'était le premier long métrage de Apichatpong Weerasethakul, qui allait représenter bientôt la Thaïlande pour la première fois en compétition et, huit ans plus tard, obtenir la Palme d'or avec *Oncle Boonmee (Celui qui se souvient de ses vies antérieures)*.

De belles pensées continuent de m'arriver, dont celles des Japonais Kore-Eda et Kawase. Une annonce de la Weinstein Company confirme la date de sortie US du Tarantino pour la fin de l'année, oublions Cannes, donc ; *Jurassic World* casse tout partout. Joachim Trier, arrivé cette année en compétition avec *Louder Than Bombs* après avoir été découvert au Certain Regard avec *Oslo 31 août*, m'écrit aussi : « J'ai été accueilli, accompagné et protégé par le Festival le soir de la première. Vous m'avez permis de me sentir le roi du monde. Tout ça est tellement important pour le cinéma si fragile que nous faisons, c'est unique. Sachez que vous avez un ami à Oslo. »

Mardi 16 juin

Autre message, celui-là de Pierre Rissient, homme de l'ombre du cinéma mondial : « Salut vieux [il commence toujours par « Salut vieux »]. Je t'ai laissé tranquille ces derniers jours, mais je te parle de Cannes quand tu veux. Tu me connais, je te dirai la vérité sur la sélection, même celle qu'on n'ose pas t'avouer. J'ai aussi des infos par nos amis américains et tu dois les entendre. » Très mystérieux, tout ça, comme la conclusion. « Tu sais que tu peux compter sur moi. » De quoi parle-t-il ? Du Rissient tout craché, qui pratique avec malice un genre de *cliffhanger* téléphonique, histoire de vous inciter à le rappeler.

La préparation du festival Lumière s'intensifie. Je replonge avec délice dans mes passions premières : l'histoire du cinéma, la rue du Premier-Film, l'équipe de l'Institut, Bertrand Tavernier et mes chers Bernard Chardère, qui en fut le premier directeur et m'a mis le pied à l'étrier, et Raymond Chirat, qui fête dans un mois ses 93 ans. Avec Maelle Arnaud, nous affinons la programmation, avec Leslie Pichot la communication, avec Cécile Bourgeat les financements, avec Juliette Rajon le Marché du film classique, avec Laurence Churlaud les invités, avec Margriet Spikman, mon assistante, les affaires courantes. Ces Lyonnaises sont valeureuses et talentueuses, comme les autres, celles de l'Olympique lyonnais féminin.

Bertrand prépare, en même temps qu'un grand documentaire sur le cinéma français, un programme spécial de découvertes sur le même sujet, genre « ce que je rapporte de mes voyages ». Le précieux Lucien Logette m'envoie quelques informations sur Duvivier dont on montrera les films restaurés, issus d'une œuvre sous-estimée. Nous aurons aussi une rétro des films Toho de Kurosawa, dont la jeune équipe de Wild Side distribution s'est assurée qu'ils seront restaurés pour octobre.

Mercredi 17 juin

Philippe Garnier : « J'ai déjà un bon souvenir de ce Cannes. Always in the minorities ! » L'aversion de Philippe pour les réussites insolentes et son inclination historique pour les losers m'amuse. Il n'empêche, je n'invente pas les vibrations négatives qui ont enrobé Cannes cette année.

Au moins les journalistes du *Monde* n'auront-ils pas caché leur jeu. Dès la mi-avril, en sachant l'absence de certains réalisateurs en compétition, nous avons senti leur mauvaise humeur dans leurs papiers. Ils n'avaient vu aucun film, mais l'effet de signature suffit à ces admirateurs des *Cahiers* post-Nouvelle Vague qui, dans une théorie élaborée en 1962, considéraient qu'en l'absence de faits permettant d'établir la supériorité d'une œuvre sur une autre, la préférence subjective liée à l'amitié valait jugement critique.

Deux semaines plus tard, ils n'allaient pas se désavouer en établissant un bilan contraire : compliments auront donc été faits à la Quinzaine qui en méritait quelques-uns (pas tant par la présence des réalisateurs susnommés que par celle de deux ou trois beaux films que nous aurions pu conserver, comme *Fatima* ou *Mustang*), ainsi qu'à la Semaine de la Critique, qui en revanche vendangea comme elle put. La Sélection officielle n'aura bénéficié d'aucune indulgence, encore moins de louanges, pas plus la compétition que le Certain Regard, considéré pourtant comme le plus réussi de ces dernières années.

L'essentiel est que la Sélection officielle continue de susciter cet extraordinaire intérêt, dont ces batailles sont les preuves paradoxales. La nouveauté, ce fut l'attaque contre l'institution elle-même. L'assaut est donc venu du *Monde* qui, le 13 mai, a tiré le premier : « Tapis rouge pour les sponsors », titre en une et cliché du président Lescure chez le tailleur. Le journal souhaitait une photo singulière de Pierre qui proposa au photographe Yann Rabanier de l'accompagner dans la boutique où il allait essayer son smoking – pour l'ancien président de Canal+ qui a encouragé les pires bêtises des Nuls ou d'Antoine de Caunes, ça paraissait anodin. Évidemment, il ignorait que cette photo viendrait illustrer un papier visant à démontrer que le Festival était aux mains de ses partenaires privés qui, il fallait l'entendre ainsi, ne lésinaient pas quand il s'agissait d'offrir des smokings. De là à insinuer que la fonction de président se confondait avec celle d'homme-sandwich, le pas était franchi. Pour une première apparition es qualités dans le quotidien, il y avait plus élégant.

Chacun sait que les journaux ne vivent pas du seul amour de leurs lecteurs, qu'ils utilisent abondamment la publicité et n'hésitent jamais à nouer des partenariats. Et aucun de ses lecteurs n'ignore plus que *Le Monde* a créé un « Festival » dont les sponsors sont les mêmes que ceux de Cannes. Mais sans doute l'auteur de l'article, journaliste salariée d'un groupe appartenant à trois milliardaires, pensait-elle qu'il est prioritaire de combattre la contribution financière d'entreprises privées qui permet au Festival de rester ce qu'il est, entreprises qui n'interviennent en rien dans le fonctionnement du Festival, et qui n'ont jamais demandé qu'il en soit autrement. Le déclin du financement de la culture par le seul argent public est un sujet intéressant, l'arrivée d'entreprises privées l'est aussi. Il y a certainement là motif à enquêter, en effet, mais pas à moquerie/raillerie ou à suspicion.

Cinq jours plus tard, au moment du bilan destiné en partie à confirmer ses propres papiers, *Le Monde* put surjouer l'inquiétude face à l'avenir en attaquant violemment non la seule sélection, mais le Festival : « Présence de plus en plus impérieuse du luxe et de l'argent, immixtion de sponsors devenus partenaires dans le programme (...). Un équilibre délicat a donc été entamé cette année, qui survient, comme un symbole, après le départ de l'homme qui porta le Festival à son niveau d'excellence, Gilles Jacob. » Conclusion : « Il reviendra au nouveau tandem dirigeant – le président, Pierre Lescure, et le délégué général, Thierry Frémaux – de nous montrer en 2016 si le déplacement du curseur tenait du tour de chauffe ou d'une inflexion concertée. »

Si le journal ne se contentait pas de distiller paresseusement cette flagornerie passéiste maquillée en leçon de morale, il saurait que le changement de gouvernance du Festival est réussi. Et que c'est une bonne nouvelle pour tout le monde, car c'en est terminé des bruits de palais et de la mise en scène des jeux de pouvoir. Élu à l'unanimité il y a un an, Pierre Lescure a parfaitement endossé l'habit. Un véritable président d'association, politique, diplomatique, au service de l'équipe. Humble, joyeux, gouailleur – un air frais est entré dans la maison. Le déroulement de la manifestation a confirmé son aisance. Je l'avais prévenu qu'il aurait des moments de solitude, comme on en éprouve lorsqu'on débarque dans une ruche aussi bien organisée que le Festival. Mais par sa personnalité, ses relations et son désir de servir, il s'est installé tout de suite en apportant beaucoup. Depuis un an, nous nous étions donné rendez-vous en juin 2015, après son premier festival. Sa présidence débute vraiment maintenant. On va faire du bon travail. Même si *Le Monde* nous a à l'œil. Cela dit, « scandale sexuel annoncé à grands frais, exhibition généralisée de la jouissance », ils ont des nuits cannoises agitées dans ce journal. Je n'ai rien vu de tout cela.

Jeudi 18 juin

Rue du Premier-Film à Lyon-Monplaisir, conférence de presse du septième festival Lumière. Beaucoup de journalistes lyonnais ou rhônalpins, des parisiens et tous les collègues de la culture de la Région. Après un café et un verre de condrieu avalés à la hâte sous le hangar de l'usine Lumière, chacun s'installe dans la grande salle de l'Institut pleine à craquer. Une foule relax et concernée pour une heure et demie d'extraits, de considérations cinéphiles diverses, de pédagogie aussi. Hommages distillés à Gaumont, qui célèbre ses 120 ans, au musicien Alexandre Desplat, aux classiques mexicains, à Jean Yanne, ce qui a permis d'évoquer, en sketches et en chansons d'une bêtise tellement drôle (dont ce chef-d'œuvre parodique : « Si tu t'en irais, si tu me laisserais seul au monde, j'crois bien que je mourirais si un jour tu t'en irais »), sa place dans le cinéma français. Et accueil triomphal à l'annonce du Prix Lumière donné à Scorsese, avec clip de ses films, Rolling Stones à l'appui, *Jumpin' Jack Flash* et *Street Fighting Man*.

Sur Facebook et Twitter, l'accueil est triomphal, chacun y va de son Scorsese préféré et tout l'après-midi, les messages affluent, dont celui de Gérard Collomb. Au début, le maire de

Lyon voulait connaître le lauréat du Prix Lumière avant qu'on le communique à la presse. Plus maintenant. « La première année, quand vous avez annoncé la présence de Clint Eastwood, j'étais impressionné mais je craignais qu'il annule au dernier moment. Il est venu. Depuis, je vous fais confiance. »

Vendredi 19 juin

S'installer dès le réveil devant l'ordinateur et reprendre un texte là où on l'a laissé la dernière fois. S'obséder d'une virgule, d'un italique, d'une phrase incompréhensible, prendre la liberté d'une traduction, ôter un mot, en dissimuler un autre dans le texte. En raison du succès de la réédition chez Actes Sud d'*Amis américains*, le grand opus magnum de Tavernier, je l'ai convaincu de reprendre avec Jean-Pierre Coursodon leur *50 ans de cinéma américain* afin d'en établir une édition définitive et très augmentée qui deviendra *100 ans de cinéma américain, 1915-2015*, en y ajoutant le cinéma muet à partir de *Naissance d'une nation*. Projet insensé, coûteux et éreintant. Je n'aurais jamais dû ! Mais je ferais n'importe quoi pour Bertrand et je suis aux premières loges pour observer le processus de recherche, d'échange, de travail critique et encyclopédique de deux aînés cinéphiles.

De Bretagne, Régis Wargnier, mélange d'indulgence et de férocité, observateur sarcastique et drôle d'un cinéma français qu'il connaît sur le bout des films : « Je ne suis pas venu à Cannes cette année mais je n'ai pas aimé l'attitude de ceux qui semblaient dicter le "bon palmarès" aux membres du jury. Eh bien, ça n'était pas le goût des présidents. Et c'est toute la beauté et l'intérêt du festival : sélection "discutée" (tant mieux), et palmarès inattendu et qui engage à la discussion… Tu sais encore mieux que moi ce qui reste, par-dessus tout, d'un festival, et là, mission accomplie. Et sans avoir vu le Matteo Garrone ou le Gus Van Sant, j'ai été frappé par l'avalanche de mépris hautain qui les a ensevelis… J'en garde sous le coude pour nos conversations futures. »

Samedi 20 juin

Hier soir j'ai séché la projection à l'Élysée de *La Loi du marché*, qui caracole en tête du box-office français. Enfants, week-end, fatigue, etc., j'ai eu envie de rentrer à la maison. « Le Président comprendra », m'a dit Audrey Azoulay, sa conseillère culture. J'aurais voulu être aux côtés de Vincent Lindon, de Stéphane Brizé, de Christophe Rossignon, le producteur, et de Michel Saint-Jean, le distributeur. Ce matin, Pierre m'envoie ce sms : « Salut Thierry. On est sorti tard. J'ai laissé Vincent aller dîner avec ses enfants et sa bande. Hollande n'est arrivé qu'à 19 h 15, retour de Bratislava. Projo. Et tout le monde après sur la terrasse pendant près de 2 h, évoquant le film, Hollande parlant de l'impact unique de Cannes. "Dépêchez-vous de faire le million d'entrées, a-t-il dit, car la croissance repart !" Demain, pas libre entre 10 h 30 et 12 h. Tout le reste du temps, c'est quand tu veux qu'on s'appelle ! »

En plus d'avoir profité d'une belle soirée d'été, le soleil radieux qui se lève ce matin entre Chartreuse et Vercors m'ôte les derniers regrets. J'en avais. Je suis un homme à regrets. Gémeaux ascendant Gémeaux – souffrance identificatoire classique, paraît-il. Le genre à peindre toute la journée un tableau en bleu en se demandant si le rouge n'aurait pas été préférable. Ça rend souvent l'existence un peu épuisante, et en amour c'est terrible. Et comme la période post-Cannes est celle des interrogations, là, le remords n'est jamais loin. « Mieux vaut mourir d'amour que d'aimer sans regrets », disait Éluard – qui avait donné son nom à notre collège aux Minguettes. Il y a ceux que je n'ai pas appelés personnellement, dont je sais que mon silence les a blessés, au nom d'une amitié, d'une histoire, d'un devoir mutuel.

Il y a les autres, qui surjouent l'affront d'une non-sélection : « Ça n'est pas que mon film n'ait pas été pris qui m'a fait mal, c'est que le sélectionneur ne m'ait pas appelé. » J'ai rarement entendu un cinéaste dont le film a été retenu en compétition se plaindre de mon absence. En fait, je parle à qui me parle, et répond à qui m'interroge. Si c'est avec le réalisateur que commencent les conversations, c'est avec lui qu'elles se concluent. S'il ne m'appelle pas, la négociation se fait avec le producteur, le distributeur ou le vendeur. Mais une méthode ne soigne pas les plaies de l'amitié. Le sentiment d'avoir manqué à quelqu'un est un dérangeant chuchotement de l'esprit. Et ce peu de bruit me réveille la nuit.

Dimanche 21 juin

Échange de messages avec Nicole Kidman, dont c'est l'anniversaire. Une relation affectueuse nous unit depuis longtemps, nouée lors de mon arrivée à Cannes. Avec Gilles, dont j'étais le fragile-éventuel-possible successeur, nous avions choisi *Moulin Rouge* comme film d'ouverture de mon premier Festival, en 2001. Nicole était dans une passe personnelle difficile, dans le moment d'une carrière jugée en danger après sa rupture avec Tom Cruise. La projection triomphale du film de Baz Luhrmann changea tout. En deux heures, elle se réimposa au monde et fit de la montée et surtout de la *descente* du tapis rouge un spectacle inoubliable. Magie et efficacité de l'opinion-Croisette, qui est ce savant dosage de clichés de diverse nature, d'élans péremptoires et d'affirmations définitives, mais aussi une vérification instantanée du thermomètre de l'état de santé des foules. L'opinion-Croisette, c'est cette capacité qu'a le Festival à créer en une seule projection l'étincelle qui mettra le feu à la plaine mondiale du cinéma, à inventer d'un coup de tonnerre et en un même élan critique un futur radieux pour un débutant, en des gestes multipliés et relayés à l'infini par la presse internationale pour permettre que des papiers pleins de louanges, des commentaires passionnés et de longs applaudissements résonnent partout dans le monde, touchant le cœur des cinéphiles et des exploitants du Japon, de Suède ou d'Australie.

Un dimanche à la campagne. À défaut d'avoir participé comme chaque année à l'Ardéchoise, la plus grande course de vélo amateur de France, j'honore la fête de la musique en écoutant quelques raretés de Dylan, dont une version de *Like a Rolling Stone* extraite des « bootlegs », qu'il déploie en ballade, comme s'il chantait en formation réduite à la fête d'un village du Montana. Dylan est le plus grand valseur de l'histoire du rock.

Lundi 22 juin

Alberto Barbera, patron de la Mostra : « En Italie, ça a grogné dès qu'on s'est aperçu qu'aucun de nos trois films ne figurait au palmarès. » Je m'en doutais un peu. Je consulte les dépêches AFP. *La Stampa* dit que les Coen ont liquidé en quelques mots la « question Italie ». *La Repubblica* semble assez énervée et, depuis Milan, le *Corriere della Sera* écrit : « Défaite italienne à Cannes, la France rafle tout. » On dirait des commentaires de Champions League. Trois Italiens en compétition m'ont valu d'être un temps populaire là-bas. Mais en France, on m'aura reproché cette générosité : pour un Moretti, qui dispose à juste titre d'un crédit illimité dans la presse, un Sorrentino est toujours soupçonné d'être surprotégé par le Festival qui l'a découvert (qu'il ait obtenu l'Oscar du meilleur film étranger n'y aura rien changé – ça aggraverait plutôt son cas) et le film de Matteo Garrone, courageuse adaptation du *Conte des contes* de Basile, belle ambition de mise en scène, choix poétiques déroutants, méritait à nos yeux de figurer en compétition, mais a suscité l'indifférence de la critique.

Le courroux des Italiens vient aussi du fait que dans le jury, il n'y avait pas… d'Italiens. Normal, avec trois compétiteurs transalpins. Mais ils sont convaincus qu'un juré à eux eût évité la déroute. Alberto le confirme dans *La Stampa* : un Italien obtient toujours une récompense pour son pays.

Mardi 23 juin

Je reviens sur la prétendue dérive de Cannes : ses sponsors. Le 16 avril dernier, lors de la traditionnelle conférence de presse de présentation de l'édition 2015, Pierre, tout à son rôle de président, dont il endossait les habits avec révérence et humilité, succession de Gilles oblige, a remercié les partenaires privés et il l'a fait à sa manière, pleine d'une joviale conviction et d'une imparable logique : une marque est partie, une autre est arrivée, mode de fonctionnement classique, semblable à celui de toutes les institutions culturelles. Mais aucun logo sur nos affiches, ni sur les écrans : c'est unique au monde pour un événement de cette ampleur et il ne faut pas confondre les partenaires « officiels » et la ribambelle de sociétés qui profitent du Festival pour manifester leur existence avec ostentation. Cannes est une association d'intérêt général dont les comptes sont surveillés par le CNC, le ministère de la Culture et Bercy. Pour se maintenir au niveau, le Festival a besoin de ressources et, en temps de crise, nous ne voulons pas abuser de l'appel à l'argent public – le monde de la culture a trop donné une image d'enfant gâté à qui tout serait dû. Gilles Jacob et Pierre Viot, qui ont fait entrer les marques à Cannes, pensaient qu'un financement privé à 50 % du budget était raisonnable. Avec Pierre Lescure, nous en avons prolongé le principe. Mais en abordant le sujet avec entrain, et comme c'était sa première intervention publique, cela a été perçu comme un virage. Mais non, aucun virage.

Mercredi 24 juin

Petite fête chez Christian Louboutin où Mélita Toscan du Plantier célèbre *Masaan* de Neeraj Ghaywan, qu'elle a produit et qui a enchanté le Certain Regard sans pour autant attirer ensuite l'attention qu'il méritait – comme quoi, ça ne marche pas à tous les coups, la magie cannoise. Avec Christian Jeune, dont l'Asie est le territoire de cœur, on est fiers d'avoir montré ce premier film, signe de la relève d'un sous-continent dont tout porte à croire qu'elle sera offensive. Le cinéma indien, l'un des plus grands de l'histoire, sort du diptyque comédies bollywoodiennes vs cinéma d'auteur bengali (Satyajit Ray, Ritwik Ghatak, Mrinal Sen, etc.) et fait émerger une nouvelle génération urbaine qui lorgne du côté de Scorsese et de Lumet, une sorte de Nouvel Hollywood à l'indienne qui à l'avenir dira beaucoup de choses sur l'état du pays, de sa police, des sphères politico-économiques corrompues, de l'ardente foi de la jeunesse en l'avenir. Les caméras et les scénarios entrent à l'intérieur des maisons et racontent les tourments des familles, des femmes et des ados, pas celles des vieilles familles indiennes qu'on voyait dans *Le Salon de musique*, mais celles des quartiers urbains remuants de Mumbai et de Delhi.

Une partie de la presse hésite entre la mise en demeure de la pensée d'autrui et la génuflexion mécanisée envers celle de sa communauté. Dans *Libé*, à un journaliste d'une telle complaisance qu'elle en serait touchante si elle ne venait d'un journal s'étant toujours targué d'une certaine dureté à l'égard des personnalités publiques, Miguel Gomes, le réalisateur des *Mille et Une Nuits* qu'on m'a fait procès de ne pas avoir retenu en compétition, me décoche quelques flèches.

Car c'est aujourd'hui la sortie de *L'Inquiet*, première des trois parties du film-gigogne réalisé par ce cinéaste portugais encore rouge de colère de n'avoir pas été invité en compétition. Aucune offense, pourtant : il nous semblait simplement que sa place était à Un Certain Regard. Après une première discussion avec Christian Jeune, mon adjoint, les producteurs m'ont écrit pour insister. Normal aussi, et très sain. Le temps que je leur réponde et tout à leur effervescente susceptibilité, ils ont accepté la proposition de la Quinzaine à qui ils avaient montré le film, au cas où, et comme de tradition : les sections parallèles sont toujours une solution pour qui veut être absolument sur la Croisette – et aujourd'hui, tout le monde veut y être.

Depuis *Tabou*, son magnifique précédent film, Miguel Gomes fait partie de ces cinéastes privilégiés par une partie de l'opinion selon une mécanique classique qui voit leurs nouveaux films consacrés chefs-d'œuvre avant d'être visionnés. Ses supporters étaient donc prêts pour la ola – nous les aurons déçus. Mais refuser la compétition ne veut pas dire que nous n'aimions pas le film : victimes nous aussi de sa pré-réputation, nous avons été déroutés par le résultat final. Notre impatience était grande : les cinéastes devraient se méfier de leurs zélateurs. Toutefois, aussi imparfait soit-il, c'est un geste de cinéma notoire que nous aurions aimé exposer au Certain Regard en attendant d'accueillir son réalisateur un jour en compétition. Mais il était aussi parfaitement à sa place à la Quinzaine, qui n'hésite pas une seconde lorsqu'un objet pareil se présente. Grâce à elle, le film était à Cannes, c'est le principal.

Jeudi 25 juin

C'est avec plaisir que je retrouve Benoît Jacquot. Depuis quelques années, et un malentendu sur l'un de ses films qui n'alla pas en sélection, on se croit mutuellement en rogne, lui parce que je lui aurais manqué, moi parce que je trouve qu'il me fait une injustice à le penser. Diriger Cannes vous expose souvent à ce genre de réactions. Benoît et moi sommes heureux, sans nous l'avouer, de constater qu'une entente sur quelques principes et des références communes sur une histoire du cinéma français, comptent plus que nos petites anicroches cannoises.

Orson Welles est né le 6 mai 1915 à Kenosha, dans le Wisconsin – j'ai toujours adoré ce nom, Kenosha. Aux États-Unis, les villes de naissance des cinéastes disent le grand rêve américain du XXe siècle : Lynch né à Missoula, Montana, Alexander Payne à Omaha, Nebraska ou Howard Hawks à Goshen, Indiana. On célèbre Welles, donc, en ce printemps 2015. L'Institut Lumière et la Cinémathèque française y vont de leur rétrospective, simultanée à défaut d'être conjointe. Welles ou une vie passée à chercher comment financer des films plutôt qu'à en réaliser. L'an dernier, à Telluride, Colorado, le festival de Tom Luddy, Gary Meyer et Julie Huntsinger avait donné la projection-spectacle de *Too Much Johnson*, que Paolo Cherchi Usai, un chercheur-cinémathécaire italien patron de la George Eastman House, a retrouvé et restauré. Découvrir le premier « vrai » film du jeune Orson (tourné en 1938, avant le projet Conrad et ses vrais débuts RKO) fut un éblouissement. Non pour ses qualités de cinéma, car ce film amateur ne laisse rien deviner du coup de tonnerre que sera l'irruption de *Citizen Kane*, mais parce qu'on y décèle quelque chose d'un geste innocent, collectif, inventif et libre. Et déjà un film en décombres, où manquent des scènes que Paolo narre de façon enlevée.

Ce soir, je présente *La Dame de Shanghaï* à l'Institut Lumière, film sublime et insolent, réalisé brillamment à la va-comme-j'te-pousse, auquel la contrainte a inoculé de l'imagination et le chagrin dans la vie de l'amour à l'écran. Au public de l'Institut, je raconterai cette blague : un jour, un homme entre dans un cinéma où joue *Citizen Kane*, qu'il n'a jamais vu. L'ouvreuse l'accompagne jusqu'à son siège et lui tend la main afin d'obtenir un petit pourboire. L'homme ne bouge pas. Avec sa lampe de poche, elle éclaire alors ostensiblement sa main pour que l'homme comprenne bien. Mais il ne bouge toujours pas. Fâchée, elle s'approche de lui et lui murmure à l'oreille : « Rosebud, c'est la luge. »

Vendredi 26 juin

La vie normale revient, comme la morosité, et le temps qui passe mal, dans des journées mal organisées et sans surprise. Comme disait Jules Renard que citait Enrique Vila-Matas dans ce livre facétieux sur Paris et Hemingway que m'avait conseillé Christian Bourgois : « La vie est courte et on trouve quand même le moyen de s'ennuyer. » Mélanie Laurent arrive rue du Premier-Film pour présenter ce soir un premier montage de *Demain*, un film qu'elle a coréalisé avec Cyril Dion, avec financement participatif, plateforme internet, etc. Dans la salle, ses « coproducteurs » lyonnais, jeunes et vieux, qui croient dur comme fer à cette œuvre écolo autant qu'au rêve de s'associer à l'existence d'un film. Comme je suis là, je sors de mon bureau pour distiller quelques compliments sur Mélanie, actrice troublante et réalisatrice en devenir, et montrer le clip du festival Lumière où elle avait ravi Tarantino en lui offrant une version lumineuse de *Bang Bang*, la chanson de Nancy Sinatra à laquelle *Kill Bill* avait redonné vie pour les nouvelles générations.

Dans la matinée, on a appris qu'un type se réclamant de Daech a commis, à quelques kilomètres de Lyon, un attentat, décapité un homme et affiché son forfait sur internet, devenu le lieu des signatures de l'horreur contemporaine. L'homme tué serait son patron, il s'appelait Hervé Cornara – je veux écrire son nom ici. Il dirigeait une petite usine de Saint-Quentin-Fallavier dont je connais les routes par cœur. Des témoignages des proches affluent, tous déchirants, la cruauté de l'acte apparaît au grand jour.

En fin de soirée, Sophie Seydoux, qui s'occupe des archives de Pathé et siège au conseil d'administration de la Cinémathèque française, me confie que Serge Toubiana, qui vient juste d'annoncer les contours de la saison 2015-2016 de la grande maison, a écrit à tous les administrateurs pour les informer de sa décision de quitter l'institution en fin d'année et non dans deux ans. Décembre, c'est demain. Je me compte parmi les proches de Serge et nous nous voyons souvent – il ne m'avait rien dit de tout cela.

Samedi 27 juin

À travers les pousses indociles des fleurs sauvages, les branches mortes et les incursions désordonnées des ronces et des orties, je poursuis la restauration du chemin par lequel on accédait jadis à cette maison et que trois décennies d'abandon et une nature irréductible ont fait disparaître. La redécouverte de vieux arbres masqués par l'envahissement m'ouvre la mémoire et les souvenirs, avec l'aide de mon fils Jules qui saura plus tard que les travaux des champs existaient, quand il n'y en aura plus. Défricher deux mètres de ce chemin en un jour me dépayse plus que les milliers de kilomètres parcourus ces derniers mois.

J'appelle Serge Toubiana. Calme, comme apaisé. « Je veux passer à autre chose, retourner à l'écriture, profiter d'Emmanuèle. On a envie d'être ensemble, de nous retrouver plus souvent en Bretagne. Et puis à la Cinémathèque, je m'épuisais, je me sentais seul, parfois. La prochaine saison est prête, elle est belle, je pars là-dessus. » On se retrouvera à la rentrée sur le projet Scorsese dont la Cinémathèque accueillera une grande exposition. Dans *L'Obs*, un collaborateur de Rémy Pflimlin, le président non renouvelé de France Télévisions qui quittera prochainement ses fonctions, dit de lui : « Depuis qu'il sait qu'il ne sera plus à la tête de la grande maison, il s'est physiquement redressé, comme si le poids de la charge s'était soudainement envolé. » Serge doit déjà ressentir le même soulagement. Notre petit monde est pris de court. Je le regretterai beaucoup.

Dimanche 28 juin

De Lyon-Satolas, vol de 20 heures, direction Bologne et le festival Il Cinema Ritrovato. Au bout d'une heure à peine, la plaine du Pô apparaît. Bologne la savante est là, au cœur de l'Italie du Nord, rues pavées bordées d'arcades, beauté mystérieuse qui ne s'offre pas aisément et ne figure jamais dans la liste des splendeurs dont on parle quand on évoque ce pays. Mais, dans nos milieux du cinéma classique, elle est LA ville, avec le Turin d'Alberto Barbera.

La Cineteca, fondée en 1960, relancée dans les années 80, est dirigée par Gian Luca Farinelli qui a eu l'idée de génie de s'éloigner de l'identité classique des archives publiques (conserver, montrer, se vanter, se plaindre) pour créer un laboratoire : avec L'Immagine Ritrovata, quelque chose d'industriel et d'économique est venu se glisser dans le geste patrimonial. Manière d'envoyer les films dans un futur qui se conjugue en numérique. Ainsi ces Italiens ont-ils placé la ville de Bologne sur la carte mondiale des cinémathèques, redonné vie à des centaines de films et offert à l'œuvre de Charlie Chaplin un éclat plastique qu'elle n'avait plus connu depuis longtemps. C'est ce pèlerinage que nous faisions ici il y a quinze ans. Je me souviens de l'émotion de Bertrand après la projection des *Lumières de la ville* dans le théâtre municipal. Tant de beauté l'avait ravi mais aussi contrarié. « Qu'est-ce qu'on a été cons, marmonnait-il. Cons d'avoir voulu faire les malins, en s'obligeant à choisir entre Chaplin et Keaton. » Il se souvenait du traitement dont Chaplin fut l'objet de la part des cinéphiles des années 60 qui préféraient Buster Keaton, moins chanceux, moins populaire, moins *successful*. Telle était la cinéphilie des temps pionniers qui ne se concevait que dans la confrontation : « Dis-moi qui tu n'aimes pas et je te dirai qui tu es. » Moment où l'amour du cinéma se jouait sur la possible cohabitation joyeuse entre passion et détestation – généreuse époque qui permettait aux *Cahiers* de rejeter Buñuel et Kurosawa et à *Positif* de faire pareil avec Hitchcock et Godard. Aujourd'hui, tout le monde aime tout le monde ou personne n'aime personne, et tout le monde s'en fiche, surtout.

En plus de Chaplin sont sorties des labos de la Cineteca d'éclatantes réussites comme la restauration des *Enfants du paradis* ou quelques Risi, Monicelli ou Pasolini, l'enfant du pays. Et c'est Bologne, associé aux laboratoires Éclair, que l'Institut Lumière a choisi pour la restauration des films Lumière quand David Pozzi, le patron du labo, nous a convaincus de faire la restauration en 4K.

À part ça, les deux salles de cinéma de la Cineteca ont pour nom « Scorsese » et « Lumière », on n'imagine pas meilleur signe de bienvenue. Chaque jour d'été, quatre mille personnes s'amassent à la tombée de la nuit sur la Piazza Maggiore, bénies par la basilique San Petronio pour des projections en plein air qui sont les plus belles d'Europe avec celles de Locarno, de La Villette et de Monplaisir. Ce soir, c'est l'hommage au très regretté critique et historien finlandais Peter von Bagh, qui prétendait, avec Aki Kaurismäki, que le tango a été inventé à Helsinki.

Lundi 29 juin

Une année, à Bologne, j'avais retrouvé Bernardo Bertolucci chez Caminetto, une trattoria familiale où la doyenne Maria accueille. Entre mille questions dont je le bombardais (les liens entre Depardieu et De Niro dans *1900*, les poèmes de son père Attilio, le travail avec Brando sur le *Dernier Tango*, son rapport au Parti communiste italien, l'admiration infinie qu'il porte à Godard et qui ne s'est jamais éteinte), Bernardo me raconta cette histoire sur Billy Wilder, l'homme le plus hilarant de l'histoire du cinéma, en plus d'être un scénariste et un réalisateur d'un niveau suprême. Je collecte les histoires drôles de Wilder, je n'aurai pas assez d'une vie pour le faire. Dans les années 70, alors qu'il est à Los Angeles, Bernardo reçoit un coup de fil du Maître qui l'invite à déjeuner. Il était alors le jeune cinéaste prometteur qui avait déjà livré *Prima della rivoluzione*, *Le Conformiste* et *La Stratégie de l'araignée*. Ils se retrouvent au restaurant et après les présentations d'usage arrive le menu. Wilder se montre très en verve, comme on sait qu'il l'était toujours. Après avoir passé commande, il s'exclame avec une impatience non dissimulée : « Maintenant, le vin. » À l'époque, Bernardo ne buvait pas d'alcool et redoutait toujours le moment où il lui fallait l'avouer. « Alors jeune homme, que préférez-vous, rouge ou blanc ? » Gêne de Bertolucci. « Eh bien, ni rouge ni blanc, je ne bois pas de vin. – Allons bon, répond Wilder, interloqué. Mais alors que buvez-vous ? – Uniquement de l'eau. – Très bien. Quelle année ? »

La compagnie de Farinelli est précieuse. La cinquantaine, un visage enjoué que même ses plus vieux amis n'ont jamais vu sans moustache, il parle haut et fort, manie un admirable français et part régulièrement dans de grands éclats de rire. Il *anime* son festival, il connaît tout et tout le monde et surtout voit vraiment ces films auxquels il redonne vie. Il y a quelques années, il a failli tout lâcher pour faire de la politique. Une aventure dont avec quelques amis nous l'avons dissuadé. Programmer des films, c'est faire de la politique.

Gian Luca est un habitué de Cannes Classics, la section que nous avons créée en 2004 pour accueillir ceux qui œuvrent sur le patrimoine partout dans le monde. Cette année, ce fut une copie restaurée de *Rocco et ses frères*, l'an dernier *La Peur* de Rossellini et il y a trois ans, la version longue d'*Il était une fois en Amérique*, dont la « reconstruction », d'après les notes de

Leone, fut produite par la Film Foundation de Scorsese. Une reconstruction jusqu'au-boutiste : la version initiale exigeait-elle l'ajout de scènes supplémentaires qu'un grain de pellicule différent rend trop reconnaissables ? Leone lui-même ne les a pas montées. Mais les cinéphiles sont comme tous les historiens d'art, ils veulent tout savoir des œuvres, et vingt-deux minutes supplémentaires, ça excite le désir d'exégèse. Comme revenues de nulle part, ces scènes-là sont très belles et la résurrection de ce qu'a tourné Leone dans sa vie, lui qui aura laissé si peu de films, produit une impression infiniment émouvante.

Mardi 30 juin

Projection des deux Duvivier restaurés par Pathé, *La Belle Équipe* et *La Fin du jour*. Le premier, le plus célèbre, est comme l'incarnation cinéma du Front populaire, désespérance comprise ; l'autre est un film méconnu : avec cette œuvre déchirante sur la vieillesse des acteurs, Duvivier a inventé l'expression « film crépusculaire ». Ils sont comme neufs – tout le monde sera aux anges, sauf Tarantino, qui aime les copies 35 mm qui ont vécu, et qui dira : « C'est ça, le problème, ils sont comme neufs. » Mais il les aimera quand même.

À 17 heures, je reçois un mail de Bertrand qui évoque les résultats d'un examen médical récent : biopsie, scanner, prise de sang. Ton enjoué à la Tavernier qui a ce chic-là, d'être capable de plaisanter tout le temps. Et qui ne prononce pas le mot cancer. Que, moi, j'ai l'impression de lire.

JUILLET

Mercredi 1er juillet

Hier à minuit, fin de projection sur la Piazza. Promenade nocturne dans la splendide Bologne. Les couleurs des bâtiments changent avec la nuit, et quelques terrasses invisibles de jour viennent encadrer le dessin des fenêtres et l'ocre des façades. La ville se referme, les gens rentrent se coucher mais pas les étudiants, qui envahissent la Piazza Santo Stefano, belle comme un décor éclairé par un chef opérateur. Ces rues dans lesquelles nous marchons avec Maelle Arnaud dans la chaleur de l'été font penser aux *Lunettes d'or*, le film de Giuliano Montaldo (et le roman de Giorgio Bassani), dont la sourde tristesse me revient soudain : à travers la solitude d'un prof homosexuel que guettent la vieillesse et la mort, a-t-on aussi bien décrit la montée du fascisme, les destins collectifs brutalisés ? Il n'est pas tourné à Bologne mais à Ferrare, me dit Philippe Garnier. Ça ne change rien : une rue, une lumière, un moment du jour et des films surgissent de notre mémoire.

Derniers instants à Bologne. Longtemps, je n'ai pas senti l'Italie pouvoir m'appartenir – sauf à travers la Molteni, l'équipe d'Eddy Merckx, le héros de mes jeunes années. Nous, notre jeunesse, c'était l'Espagne et les premières échappées en voiture vers l'Algérie, le Sahara et l'Afrique. L'Italie est arrivée après, avec le Palais Farnese à Rome et les étés de l'École française avec un ami qui s'appelle Olivier Faron. Ce livre aussi : *Il me semble désormais que Roger est en Italie*, que publia Frédéric Vitoux à la mort de Roger Tailleur, l'un des plus grands critiques ayant jamais existé, qui écrivait dans *Positif* et dont Godard, qui venait des *Cahiers*, faisait l'éloge. Et les premières Mostra. Désormais, je retourne en Italie à intervalles réguliers : Venise, Turin, Bologne, Rome, Taormina ; me reste à aller à Naples, la ville de Francesco Rosi, d'où sort aussi la nouvelle génération du cinéma italien : Paolo Sorrentino, Valeria Golino, Vincenzo Marra, les producteurs Nicola Giuliano ou Viola Prestieri, etc.

Dans l'avion, je savoure ces deux jours passés dans l'univers des cinémathèques, à retrouver les amis, la jeune génération comme les vieux grognards – grognards et grognons. Trois petites heures à Lyon et je m'engouffre dans le TGV. Paris est frappée par la canicule qui envahit la France. Je retrouve Pierre Lescure pour dîner dans le majestueux décor du Train Bleu. Alors qu'approche le conseil d'administration post-Festival, je le sens détendu et rassuré. Nous allons boire une bière à la Mécanique Ondulatoire, un café près de la rue de Charonne où, à l'approche du Tour de France, la revue *Pédale* fête la sortie de son numéro annuel. Comme moi, Pierre est capable de parler à la fois de Bud Powell et de Freddy Maertens. Il me raconte le projet Molotov, une plateforme de téléchargement de chaînes de télévision qu'avec Jean-David Blanc, le créateur d'AlloCiné, ils lancent l'an prochain : « Ma dernière chance pour faire fortune ! » dit-il en riant de lui-même.

Après un tour par la Bastille, je rentre à pied à la maison. La chaleur est telle qu'elle en devient envahissante, magnifique. Un énorme radiateur posé sur la ville et qui fait souffler le vent chaud des pays du Sud sur la nuit parisienne. Avant de pénétrer dans l'immeuble, je jette un regard sur la foule qui envahit le parvis de la gare de Lyon, dans la ronde des taxis et des parents venus chercher leurs enfants et des amoureux qui se retrouvent. Et je repense à Bertolucci. Un jour qu'il était à Los Angeles, Brando l'avait appelé. Ils étaient fâchés depuis *Le Dernier Tango à Paris* dont le prix à payer fut élevé pour tant de gens, comme la tragique Maria Schneider. Mais Brando avait appelé. Pour l'inviter à le rejoindre chez lui, sur les hauteurs de Mulholland Drive. Pour se voir, pour parler, pour pardonner.

Jeudi 2 juillet

Petit déjeuner au Flore avec les écrivains Benoît Heimermann et Adrien Bosc. Nous traçons les grandes lignes d'un sommaire autour de sport et cinéma pour un numéro d'hiver de leur revue littéraire *Desports*, à sortir début 2016, dans la perspective de la troisième édition de Sport, Littérature et Cinéma qui se déroulera en janvier prochain à l'Institut Lumière. En sortant du Flore, je me ruine comme à chaque fois à la librairie qui jouxte le café. C'est un matin semblable à mes premiers matins de jeune provincial à Saint-Germain-des-Prés : ensoleillé et prometteur.

À 17 h 53, de retour sur le quai de gare, après un contre-la-montre entre bureau et Bastille – un mois après Cannes, je pédale déjà dans l'huile. Arrivée Lyon-Perrache 20 h 10. Je retrouve Marc Lambron chez Abel, un bouchon du quartier d'Ainay, cette forteresse médiévale au cœur de la ville. Bertrand y a tourné *Une semaine de vacances* et quelques photos de plateau ornent les murs en bois de cet endroit qui donne le sentiment de manger dans la cuisine d'une « mère » lyonnaise. Comme tous les Lyonnais de Paris, Marc revient chercher à travers la compagnie d'autres animaux de voyage les signes affectueux d'une ville dont il veut être sûr qu'elle ne lui sera jamais étrangère. Notre grand romancier René Belletto a toujours dit qu'il lui avait fallu quitter Lyon pour se rendre compte combien elle comptait pour lui et enfin commencer à écrire. C'est après avoir quitté le parc de la Tête d'Or que Marc a pu écrire *Une saison sur la terre*, sur son enfance lyonnaise. Il y affiche une connaissance parfaite de l'histoire de la musique. Alors nous parlons de David Gilmour, de Jim Morrison, et des musiciens lyonnais des années 70, quand Lyon était considérée comme la capitale du rock (Starshooter, Electric Callas, Marie et les Garçons, Ganafoul, Pulsar de Victor Bosch, ces groupes formidables qu'on voyait à la Bourse du travail et qui seront battus par l'émergence de Téléphone). Grâce à Dominique Delorme, je procure à Marc, qui rêve que Clapton vienne jouer pour Scorsese en octobre, des places pour le concert de Chick Corea demain soir à Fourvière.

Vendredi 3 juillet

C'est aujourd'hui, me dit Pierre Lescure qui prend le train vers le Luberon pour le rejoindre une dernière fois, qu'on inhume Alain De Greef, vaincu par une maladie qui l'avait éloigné de Paris. Il m'en parle à nouveau longuement, avec admiration. En souvenir de lui qui, me dit-il, ne trouvait le repos qu'en écoutant du jazz, je mets Coltrane à fond dans mon bureau et une version jazz de *Aranjuez* par Jim Hall. Les hommages se multiplient sur les réseaux sociaux, avec la conviction qu'avec lui disparaît aussi une certaine idée de la télévision, dont le présent incertain de Canal+ n'est qu'un présage supplémentaire.

« Je suis un peu désespéré de faire le métier de financer des films, les proposer au public et de voir le déchaînement de la critique contre ce qui est différent de son attente, écrit Jean Labadie qui m'envoie copie de ses échanges avec quelques journalistes. Une critique qui démolit un film pendant Cannes puis le refait avec plus de plaisir à la sortie rend très risqué d'aller à Cannes. Un jour, les grands cinéastes italiens ont arrêté d'aller à Venise. » Patron du Pacte, Labadie est distributeur-producteur, l'un des meilleurs de Paris, et du monde ! Si la France reste le paradis du cinéma d'auteur et des indépendants, c'est grâce à des gens comme lui. Flair indiscutable, culture de choc, goût pour la controverse, sens de l'humour féroce, amour profond du cinéma et de la fête, tout ça explique de grands succès et plusieurs Palmes d'or (Moretti, Campion, Lynch, etc.). Les tensions entre les indépendants qui risquent la vie de leur société à chaque sortie et un critique qui n'a pas à en tenir compte ne datent pas d'hier. Mais elles sont plus fortes, ces derniers temps, et Labadie n'est pas le premier à envisager de ne plus aller à Cannes si le risque critique s'accroît. Il faudra absolument calmer tout ça.

Dans la soirée, je fais l'aller-retour à Paris pour l'anniversaire de Léa Seydoux, que je vois beaucoup et pas seulement depuis l'aventure de *La Vie d'Adèle*, préparation, tournage, Cannes et conséquences. C'est une actrice qui sait lire les scénarios et choisir ses rôles, témoignant d'un goût de cinéma très sûr, à voir les auteurs qui ponctuent sa filmographie. À part ça, elle cache un tempérament d'aventurière et d'effrontée sous le protocole bien sage des photos de mode et des promos de films. Elle connaît aussi par cœur *Avanie et Framboise* de Boby Lapointe que nous chantions ensemble à Cannes et nombre de chansons françaises à texte – comme moi, donc.

Dans un jardin secret d'une impasse de la rive gauche, la belle enfant est là, accueillant tout le monde, sa famille, ses amis, le jeune cinéma français dont elle ne s'éloigne pas, même quand elle tourne dans le prochain James Bond ou, comme en ce moment à Montréal, le nouveau film de Xavier Dolan que nous verrons l'année prochaine.

On annonce la nuit la plus chaude de la semaine, les températures battent des records, Paris prend des airs d'El Golea. Je ne reste pas, je rentre par le dernier train, envahi par les vacanciers. Je lis *Médium* de Philippe Sollers en écoutant Mercedes Sosa. De Perrache, je filerai directement à Chougnes.

Samedi 4 juillet

Samuel Benchetrit, réalisateur d'*Asphalte*, présenté en séance spéciale : « Cannes a donné un élan fou à mon film… Je viendrai te voir à Lyon… Bon Tour de France et bel été. » *Asphalte* a été projeté au 5e étage du Palais, loin du retentissement automatique de la compétition et du Certain Regard qui fait parfois peser sur les sélectionnés cet excès d'enjeux qui biaise le regard de l'opinion. De fait, avec cette présence discrète, l'originalité du film, l'engagement de ses producteurs Ivan Taïeb et Éric Heumann et une distribution parfaite (Isabelle Huppert, Gustave Kervern, Valeria Bruni Tedeschi, Michael Pitt), *Asphalte* a reçu un bel accueil. Il y a chez Samuel la conviction de faire ce qu'il a à faire, comme d'aligner films et romans, et d'assumer une origine banlieusarde qui le met à part du milieu parisien. Il fait preuve d'un sens de la généalogie éloquent quand il parle de Jean-Louis Trintignant, qui est le grand-père de son fils Jules, dont la beauté et la présence marquent *Asphalte*.

Je me souviens de Trintignant, le dimanche 27 mai 2012, lors de la soirée de clôture du 66e Festival, quand il est arrivé avec Emmanuelle Riva pour accompagner Michael Haneke dont on venait d'annoncer qu'il recevait sa deuxième Palme d'or. Lorsqu'il s'est avancé sur scène, il y eut comme un frémissement dans la grande salle du Palais. « Je vais réciter un poème », a-t-il dit. Juste avant le journal de 20 heures, de la poésie à la télévision : deuxième frémissement. Je me souviens avoir pensé à Renaud Le Van Kim et aux équipes de Canal+ qui devaient trembler à l'idée que les téléspectateurs zappent instantanément la cérémonie. Tout le monde a retenu son souffle. « Un poème *court* », a dit malicieusement le vieil acteur qui montra qu'il avait toujours le sens de la salle et du public. Dans le silence, il chuchota presque son texte :

« Et si on essayait d'être heureux
Ne serait-ce que pour donner l'exemple. »

Deux vers de Prévert. Soudainement, chacun a regretté que cela fût si court.

Dimanche 5 juillet

Sait-on jamais, en *live*, qu'on fait la rencontre de sa vie – je ne parle pas d'amour mais de cinéma. Quand devient-on cinéphile ? Comment un art fait-il irruption dans l'existence ? Je suis souvent interrogé là-dessus et je change de réponse à chaque fois : était-ce un film, une salle, un acteur, une photo, une affiche ? Cela venait-il de ce mélange d'insécurité et de plaisir qui me gagna au début de l'adolescence lorsque j'ai senti que quelque chose pouvait m'appartenir, une histoire, une communauté, une mémoire ? Il y a eu *Stromboli* de Rossellini, les films de Godard, ceux d'Eisenstein, il y eut *Gertrud* de Dreyer et *Au fil du temps* de Wim Wenders. Mais j'ai le souvenir que mon enfance du cinéma s'est ouverte avec Sergio Leone et *Il était une fois dans l'Ouest*, dont je fus pourtant longtemps privé en raison de son interdiction aux moins de 13 ans. Sans l'avoir vu, je le vénérais. Je m'étais fait offrir le disque de la BO, qu'un de mes oncles, Jean Moiroud, m'avait fait découvrir à Tullins, et j'avais lu toute l'histoire en feuilleton dans *Télé Poche*, je crois. Et un jour de grève des profs au lycée Marcel Sembat de Vénissieux, nous étions allés le voir en bande dans un cinéma lyonnais qui s'appelle le Comœdia. Depuis, Leone ne s'est jamais absenté de mes amours cinéphiles. Et c'est avec son visage diffusé sur le grand écran de la Halle Tony Garnier que nous avons ouvert le premier festival Lumière de Lyon en 2009. Une semaine plus tard, en clôture, Clint Eastwood présenta *Le Bon, la Brute et le Truand* devant cinq mille personnes qui firent pendant le générique de fin une interminable ovation.

Une étrange mauvaise réputation a toujours encombré le cinéma de Leone, en particulier dans les années 60 et 70, quand ses films sortaient et qu'on le jugeait coupable de son succès et d'un style soi-disant complaisant et vulgaire alors qu'il était strict autant que neuf – mais les zooms et les très gros plans ne plairont jamais aux puristes. On l'accusa même, et Clint fut mis dans le même sac, de tuer le western. Plus tard, on a compté sur eux pour qu'ils le sauvent : Eastwood en a parfaitement accompli la mission avec *Impitoyable*. Et il dédia justement cette toile de maître définitive (fatigant de lire toujours : crépusculaire) à Leone. (Et à Don Siegel, son autre mentor, autre cinéaste d'un supposé deuxième rayon mais ressorti récemment des étagères par l'Institut Lumière, et, me dit Tarantino, bientôt au New Beverly, sa salle de Los Angeles.)

Il s'écrivit de belles âneries au sujet de Leone et lorsque nous avons annoncé cet hommage de 2009, il s'en est encore trouvé pour perpétuer les mêmes clichés. Mais le temps a fait son œuvre et a donné, sans forcer, la leçon. C'est comme pour Tarantino, devenu inattaquable, quand *Reservoir Dogs* ou *Pulp Fiction* suscitèrent tant de commentaires négatifs aujourd'hui oubliés.

Que savait Leone de ce statut critique complexe ? Peut-être en jouissait-il, peut-être en souffrait-il. J'ai toujours pensé qu'il ressemblait, dans la vie, au personnage de Rod Steiger d'*Il était une fois la révolution* : rien à foutre de rien, laissez-moi pisser sur les fleurs, cambrioler cette banque et m'occuper des enfants. Il disparut une première fois des radars avec ce film, en 1971, il venait d'avoir 40 ans. Il produisit ici et là des westerns comme des queues de comètes de l'aventure « spaghetti » (il détestait qu'on appelle ainsi le genre), mais qu'on a aujourd'hui un plaisir coupable à revoir (*Mon nom est Personne*, *Un génie, deux associés, une cloche*), puis réapparut vingt ans plus tard quand il lança la production et le tournage de *Il était une fois en Amérique*. (Je le vis à l'UGC Concorde à Lyon à sa sortie, par bonheur, j'étais seul et personne ne vint déranger, à la fin du générique, la mélancolie et la gravité dans lesquelles cet adieu à l'amitié m'avait plongé.) Il le présenta à Cannes en 1984. Le géant n'était qu'un artiste comme les autres attendant fébrilement le jugement de la presse – Todd McCarthy dit que Hawks, qui n'avait pas tourné depuis quatre ans et le désastre de *La Terre des pharaons*, n'eut jamais autant le trac que lorsqu'il arriva le premier jour sur le plateau de *Rio Bravo*, l'une de ses plus grandes réussites. Ce jour-là, Leone fit preuve d'une tristesse inhabituelle et aborda cette question de la vieillesse qui résonne encore : « Vous êtes très gentils avec les jeunes cinéastes. Soyez gentils aussi avec les vieux cinéastes. Je présente mon nouveau film et j'ai peur comme un débutant. » Ce fut son dernier acte. Il mourut à Rome, d'une crise cardiaque, pendant qu'il regardait un film de Robert Wise. Je vérifie, c'était le 30 avril 1989. Leone préparait un film sur la bataille de Stalingrad dont, lors de sa dernière visite au festival italien d'Annecy de Jean Gili et du regretté Pierre Todeschini, il avait longuement raconté le premier plan. J'étais là, je le mangeais des yeux. Comme on ne traite bien que les morts, et que les vivants rechignent à recevoir des éloges parce qu'ils ne veulent parler que d'avenir, comment Leone aurait-il accueilli, le 18 mai 2012 à Cannes, l'acclamation faite à la résurrection d'*Il était une fois en Amérique* et l'hommage de Robert De Niro, Elizabeth McGovern, Jennifer Connelly, James Woods et Ennio Morricone ? Peut-être qu'il se serait dit qu'il faut savoir se soustraire à ses propres tourments pour profiter de la vie et de ce à quoi on a décidé de se dédier, même quand on y a gagné beaucoup de souffrance et de solitude. J'ai l'impression de parler de tellement de cinéastes, là.

Lundi 6 juillet

Il n'y a jamais eu de sortie en salles des films Lumière, pas même à l'occasion du centenaire du cinéma. L'anomalie sera bientôt réparée grâce à la conjonction d'énergies, délestées de ces querelles de préséance qui, jusque-là, auront empêché que ces merveilles de cinéma puissent être offertes au public. Grâce au CNC et à ses Archives du Film, à la Cinémathèque française et à la famille Lumière, l'Institut Lumière a pu engager la restauration des films. Parmi les 1 500 « vues cinématographiques », chacune d'une cinquantaine de secondes, nous en avons choisi environ 150 pour penser à un véritable long métrage, comme un premier voyage dans cet univers qu'Henri Langlois avait si bien décrit : « Il fut un temps où le cinéma sortait des arbres, jaillissait de la mer, où l'homme à la caméra magique s'arrêtait sur les places, entrait dans les cafés où tous les écrans offraient une fenêtre sur l'infini. Ce fut le temps des Lumière. »

Depuis mon retour de Cannes, je me rends régulièrement à Neuilly, travailler avec l'équipe d'une jeune boîte de post-production, Silverway. À Lyon, Cécile Bourgeat veille sur le financement du projet et Maelle Arnaud, qui me rejoint aujourd'hui, sur la bonne marche de sa production. Cette perspective, qu'avec Bertrand nous ne pensions pas voir advenir un jour, galvanise toute l'équipe de l'Institut Lumière.

Le court poème de Prévert qu'annonçait Trintignant, j'aurais parié que ce serait les quatre premiers vers de *Pater Noster*, qui était notre préféré à l'école et qu'on ferait bien d'apprendre à nouveau par cœur en ces temps de révérence aux dieux en tout genre :

Notre Père qui êtes aux cieux
Restez-y
Et nous nous resterons sur la terre
Qui est quelquefois si jolie.

Mardi 7 juillet

Conseil d'administration du Festival. Avec Pierre Lescure, qui le préside, nous faisons face à une trentaine de personnes, toutes représentatives de tel ou tel secteur de la profession. Association de droit privé et d'utilité publique, le Festival est financé par le ministère de la Culture et le CNC, la ville de Cannes et la région PACA, et par le ministère des Affaires étrangères : dès sa fondation, l'avortée de 1939 (pour cause de guerre, dont Jean Zay, qui avait eu l'idée du Festival, ne reviendra pas) et la réussie de 1946 (par Philippe Erlanger, chef du service des Échanges artistiques au ministère des Affaires étrangères – j'adore l'intitulé, les « échanges artistiques »), Cannes a représenté un enjeu national et fut considéré comme un fleuron français. Donc, conseil d'administration pléthorique car enjeux puissants, dont chacun a charge et conscience, et qui le rendent solennel mais agréable. Je suis à droite de Pierre et à sa gauche se tient la présidente du CNC, Frédérique Bredin, qui en est aussi la vice-présidente. Les administrateurs, tous des pointures dans leurs métiers et ténors de conseils d'administration, sont capables de formuler une question fulgurante à n'importe quel moment. Mais aucun nuage à l'horizon, la sélection est évoquée, un peu de « J'aime, j'aime pas » mais sans tomber dans la discussion de bistrot. Quelques sages, dont Guy Verrecchia, le patron d'UGC, tempèrent les ardeurs en réaffirmant une évidence : ce n'est qu'à la fin de l'année qu'on pourra vraiment la juger, une fois que tous les films seront sortis et vus. Chacun en convient. On se quitte là-dessus.

Mercredi 8 juillet

L'été est splendide, les gens ne quittent pas les terrasses. Je pense à cette phrase de Michael Powell : « Je pourrais regarder des Françaises marcher dans la rue sans me lasser. »

Jeudi 9 juillet

La canicule continue d'accabler la France et c'est un soleil déjà conquérant qui caresse de ses premières flammes les gros hangars industriels de la banlieue nord de Paris. Roissy 2E, direction New York. Je vais retrouver Martin Scorsese. Cannes 2016 réclame déjà ses droits. Nuit courte, pour pouvoir la finir dans l'avion : chacun ses trucs pour le jet lag. Surprise en arrivant, Manhattan est grise sous un climat d'automne, température fraîche et averses menaçantes. Avant d'aller sonner à la porte de la famille Scorsese, et comme je n'ai encore rien avalé, je m'arrête dans un bar de Lexington Avenue.

Tout le monde entoure Marty : Helen, son épouse au français toujours impeccable, Emma Tillinger, sa productrice, Margaret Bodde qui dirige la Film Foundation et la fidèle assistante Lisa Frechette. Bref, le premier carré féminin, il ne manque que la légendaire Thelma Schoonmaker, au travail dans les bureaux de Sikelia, sur la 57e Rue. Sujet principal : son nouveau film, *Silence*, avec lequel il aimerait faire son retour sur la Croisette. Marty a profité du succès du *Loup de Wall Street* pour embarquer la Paramount dans cette adaptation du roman de Shuzaku Endo dont il parle depuis toujours et qu'il a tourné l'hiver dernier à Taïwan. Il lui faut un an de postproduction, il l'a. Sauf que, m'explique-t-il, « je passe beaucoup de temps au montage de *Vinyl* », une série HBO coproduite avec Mick Jagger dont il a réalisé le pilote. « Je te le montrerai à Lyon ! » Il est impatient de venir, il n'a jamais vu la rue du Premier-Film et s'enflamme à l'idée de proposer une carte blanche : « Plutôt que de parler de moi, je vais montrer les films des autres. Il y en aura beaucoup ! »

Je le regarde. Nous nous connaissons depuis longtemps maintenant. C'est André de Toth, le quatrième borgne d'Hollywood, l'auteur de *La Chevauchée des bannis*, qui nous a présentés la première fois, à Los Angeles, il y a vingt ans. Je l'ai retrouvé ensuite à Cannes, comme en 2002 quand on organisa une montée de marches inédite avec lui, Leo DiCaprio et Cameron Diaz, pour projeter un extrait de *Gangs of New York* – bon, on avait aussi rendu hommage à Billy Wilder, qui venait de mourir, c'est surtout ça qui intéressait Marty.

Il a laissé pousser sa barbe, retrouvant l'allure de ses jeunes années, dans une blancheur qui le pare de beaucoup de charme. Il s'exprime de manière toujours aussi rapide, émaillant sa conversation d'interminables éclats de rire, et sa façon de s'exclamer sur le clip du festival Lumière en dit long sur ses dispositions actuelles, entre gaieté et désir. Je lui offre deux bouteilles de côte-rôtie, en lui donnant quelques explications sur le vignoble. « Donc, c'est comme pour les petits films d'auteur, conclut-il. Locaux, inconnus et formidables ? » Oui, pareil.

Deux heures plus tard, en sortant de chez lui, je me dis que je viens de passer du temps avec un vieil ami qui est juste l'un des géants de l'histoire du cinéma. Comme si j'avais rendu visite à Ozu, à Renoir ou à Fellini. Je mesure ma chance, en marchant dans Manhattan. Je fonce au musée d'Art moderne voir mes Rothko préférés, *Les Demoiselles d'Avignon* et l'expo croisée des géniales photos de Grete Stern et Horacio Coppola. Puis deux autres courts rendez-vous dans le bas de Manhattan. Je suis très en retard pour rejoindre l'aéroport. Il se met à pleuvoir violemment. La nuit tombe d'un seul coup. Le déluge recouvre New York d'un manteau noir et d'une atmosphère de drame. Des nuées de phares envahissent les rues. Pas un taxi à l'horizon. Je vais rater mon vol comme un débutant. Au croisement de Delancey et Bowery, dernier salut pour voir un taxi s'arrêter, quelqu'un me fixe, me reconnaît, m'interpelle : c'est Antonin Baudry, l'auteur et scénariste de *Quai d'Orsay*. Entre deux phrases, des nouvelles échangées sur la santé de Bertrand et une plaisanterie à la volée, il me sauve du trafic et du désastre en se faufilant comme un vrai New Yorker pour attraper un taxi.

Dans l'avion, que j'attrape de justesse, je lis les *Journaux de voyage* de Camus, achetés à Roissy (j'emmène toujours des tonnes de livres en voyage, mais j'en achète tout de même deux ou trois à chaque aéroport). « Le jour se lève sur une mer d'acier, pleine d'écailles aveuglantes, et houleuse. Le ciel est blanc de brume et de chaleur, d'un éclat mort mais insoutenable, comme si le soleil s'était liquéfié et répandu dans l'épaisseur des nuages, sur toute l'étendue de la calotte céleste. » 1949, New York, voyage en bateau, calme, repos, écriture. À l'époque, on n'y faisait pas bêtement l'aller-retour dans la journée.

Vendredi 10 juillet

« Si, je t'assure, c'est urgent ! » À la veille du 14 Juillet, Stéphane Célérier, le patron de Mars Films, un distributeur important de la place, cinéphile passionné, amoureux platonique de toutes les stars d'Hollywood et professionnel aussi brillant qu'inquiet permanent, veut me transmettre sa « liste de Cannes 2016 ». Moyennement urgent, donc, cet appel. « Stéphane, le prochain festival est en mai, comme chaque année ! » Mais il fait son métier : m'en parler, commencer à évoquer tout ça, c'est se donner à lui-même le sentiment qu'il défend ses films et ses metteurs en scène. L'amour du cinéma qui règne dans le milieu fut une belle surprise pour moi. Je venais de la cinéphilie et un reste d'arrogance juvénile me conduisait à penser que nous étions (nous : les gens des cinémathèques et des archives, les critiques, les journalistes, les historiens) les meilleurs spécialistes, les plus fous, les plus assidus. J'ai découvert que les exploitants, les vendeurs, les acheteurs, les producteurs, les distributeurs sont des spectateurs attentifs, érudits, connaisseurs et que parler cinéma avec eux, qui jettent sur les œuvres un regard différent du nôtre, est un plaisir inépuisable.

Parmi tous les films revus ces dernières semaines, *L'Ange et le mauvais garçon* de James Edward Grant, avec le jeune John Wayne (enfin, c'était déjà son 82e film depuis 1927). Photo d'un noir et blanc précis, soyeux et jamais ostentatoire. Frappant aussi, l'usage des paysages dont la nature sauvage n'apparaît jamais comme inhospitalière ni dangereuse. J'appelle Bertrand. « Un scénario dont on s'est rendu compte avec Scorsese que deux types doués et malins firent un remake caché : *Witness*, de Peter Weir, projeté à l'ouverture de Cannes. À part ça, c'est un très bon film. » Il me dit aussi que Wayne l'a en partie dirigé, ce qui peut expliquer sa réussite.

Samedi 11 juillet

Une blague circule sur le net. Angela Merkel, qui a décidé de partir en Grèce en vacances, arrive à l'aéroport.

« Nom ? lui demande le policier à la frontière.

— Merkel.

— Prénom ?

— Angela.

— Nationalité ?

— Allemande.

— Occupation ?

— Non, juste quelques jours. »

Dimanche 12 juillet

En mai 2008, la veille de l'ouverture du Festival, j'avais spécifié à Sean Penn, qui était président du jury (et qui fut très bon), que, la compétition commencée, on ne parlerait plus de la sélection, pas des films, très peu de cinéma. Bref, qu'on ne parlerait de rien, à part se dire bonjour et aller dîner. Sean avait acquiescé silencieusement. Mais dès le premier jour, il s'en était ému : « Tu es sûr qu'on ne parle pas des films ? » m'avait-il interrogé après les projections de *Leonera* de Pablo Trapero et de *Waltz with Bashir* de Ari Folman. J'avais confirmé. Il s'était alors penché vers mon oreille : « Je peux juste te dire un truc ? On vient de passer une très bonne journée. » Oui, ça il pouvait me le dire. Chaque année au cœur du printemps, j'entre dans les douze jours les plus sensibles de l'année. Une existence qui se résume à ça et qui s'arrête, comme le temps, comme la vie, comme l'amour. Tout ça pour des films qu'on a aimés, et qu'on veut faire aimer.

Ce soir, je retrouve Sean à dîner à Paris. Il est en transit vers l'Afrique du Sud où il doit faire quelques *retakes* de son film, *The Last Face*, et me confirme qu'il attendra Cannes si nous l'aimons. Bonne nouvelle. Dîner parisien heureux, en terrasse. Adèle Exarchopoulos, que Sean a fait tourner après avoir été impressionné par *La Vie d'Adèle*, est là aussi. Nous évoquons Bill Pohlad, l'ami et producteur de Sean qui vient de faire des premiers pas réussis dans la mise en scène avec son film sur les Beach Boys, *Love and Mercy*, s'attachant de belles critiques en France. Sean, qui est toujours plein d'histoires sur Hollywood, me raconte un coup de fil de Dylan. Ce dernier le félicita pour son rôle dans *Milk*, le film de Gus Van Sant, mais il se montra surtout intéressé par le régime alimentaire lui ayant permis de modifier sa physionomie. « Je crois qu'il n'appelait que pour ça. Je lui ai juste dit que c'était simple :

brûler plus de calories qu'en avaler. Ça l'a un peu déconcerté. Et il a raccroché. »

Lundi 13 juillet

Paris est léger comme le temps et nos bureaux sont désormais désertés par une équipe dont les deux tiers ne reviendront qu'à l'automne. Je regarde un Duvivier et un Kurosawa et en fin d'après-midi, je passe chez Delamain, une librairie qu'on dit en danger de fermeture pour cause de reprise des lieux par un fonds d'investissement qui préfère miser sur des joueurs de foot et les mines de diamant. J'achète le livre de Jean-Louis Comolli sur la question du passage de l'argentique au numérique et une biographie de Maurice Tourneur, et je prends pour Bertrand, que je rejoins tout à l'heure, la correspondance Victor Hugo / Alexandre Dumas, ses deux écrivains préférés. Nous nous retrouvons à dîner avec lui et son épouse Sarah (Philippe Noiret et moi étions leurs témoins de mariage), pour le plaisir de se voir et évoquer les dossiers en cours de l'Institut Lumière. Aussi pour parler de sa santé et de l'hôpital qui l'accueillera bientôt. Il a l'air préoccupé, on le serait à moins, et il parvient à le cacher tant il est toujours joyeux et énergique. Mais je sens une inquiétude, palpable – peut-être parce que c'est la mienne aussi. J'accompagne Bertrand depuis si longtemps, je l'ai connu dans tant de situations que je le vois comme un grand rocher insensible aux houles et aux tempêtes. La maladie a surgi dans l'existence de ce viveur qui n'a jamais connu de ralentissement depuis que Melville et Sautet sont allés plaider sa cause auprès de ses parents afin qu'ils le laissent entrer dans le cinéma. Il a choisi de se faire opérer, c'est fait, c'est décidé. Sarah est magnifique de dévouement et d'autorité. Mais l'heure approche. Ça sera la semaine prochaine. Il pousse un grand cri de joie à découvrir cette *Amitié capitale* et m'offre de son côté un pamphlet sur l'art contemporain dont il me lit des extraits saisissants, quand il y parvient, au milieu de ses propres éclats de rire.

Mardi 14 juillet

Une cigogne africaine s'envole dans les Pyrénées, poursuivie par un Colombien venu de l'Altiplano. Sur le Tour de France comme ailleurs, l'ancien petit monde dominé jadis par les flahutes et les Bretons est devenu global. Première étape des Pyrénées entre Tarbes et La Pierre Saint-Martin – avion spécial, hélico, foule nombreuse sur les pentes et grande démonstration du Kényan blanc Chris Froome sous l'œil des sceptiques. Je retrouve Christian Prudhomme, Pierre-Yves Thouault et toute l'équipe d'ASO avec plaisir. Un œil d'enfant sur la course, un œil de pro sur l'organisation : même quand on dirige le Festival de Cannes, on s'incline devant l'esprit qui règne dans la ruche du village-départ, la capacité du Tour à gérer le sportif, le médiatique, le populaire, le technologique, la sécurité. Jacques Lambert, qui officiera à l'Euro dans un an, est là aussi, avec Jean Durry, le grand historien du sport. Ainsi que Bruno Le Maire, l'étoile montante de la droite, pendu au téléphone, aimable avec tout le monde. Mitterrand et Chirac ont donné les codes, les mains du peuple, les joues des enfants, le cul des vaches, tout ça. Le voilà à l'aise dans le métier.

Mercredi 15 juillet

Je retrouve Maelle Arnaud pour un départ inhumainement tôt pour Roissy, escale à Vienne et arrivée à Odessa, Ukraine. Il y a là-bas, comme dans de multiples endroits dans le monde, un « petit » festival dont l'intensité vous saisit d'emblée par la ferveur de son public et la qualité de l'accueil qu'il réserve à ses invités. Et qui vous fait vite conclure qu'il n'est nullement petit. Au programme d'un séjour dont nous ressentons vite qu'il sera trop court, une masterclass sur Cannes, une conférence de presse et la projection de la copie restaurée des films Lumière. Il faudra tout faire dans la journée et on repartira demain au petit matin. C'était la seule condition pour honorer cette invitation qui m'était faite depuis longtemps – je tiens à me montrer disponible pour les collègues du monde entier.

Commentés par moi dans un anglais traduit ensuite en russe par une fille virtuose pour une foule pleine de rires et d'attention, les films Lumière connaissent un immense succès. Jeanne Labrune, la cinéaste française, assiste à la projection, comme Darren Aronofsky, étonné comme un enfant, et curieux de découvrir un pays dont sa famille serait lointainement originaire. Dans l'après-midi, nous allons sur les escaliers d'Odessa. La mer Noire ressemble à un grand lac. De là, la vue sur l'histoire du cinéma, et sur Eisenstein et les mutinés de *Potemkine*, est définitive.

Dans la soirée, épatés par l'humeur de cette ville et la douceur de l'air, nous faisons quelques pas autour de l'hôtel et admirons, dans le silence de rues très larges et peu éclairées, une architecture et des bâtiments venus d'un autre temps. Plus haut, dans le Donbass, à l'est du pays, des gens meurent encore. Nous en parlons avec notre guide puis nous rentrons. La nuit sera brève. Nous repartons demain et nous n'aurons que des regrets.

Jeudi 16 juillet

Au retour, après le survol de la mer Noire, qui donne définitivement le sentiment d'une autre présence au monde, longue escale à l'aéroport d'Istanbul dans un *lounge* qui rassemble tout ce que la terre peut compter de cultures, de visages, de religions, d'habillement, de musique. Le monde n'est pas qu'occidental et il ne l'est plutôt pas du tout, même s'il est de plus en plus mondialo-américanisé. Les aéroports sont comme des consulats pour voyageurs, confort, protection, services – j'en profite pour travailler. Je serais bien allé passer la journée à visiter cette ville que j'ai connue enfant en 1974 et que je retrouve aujourd'hui grâce aux films de Nuri Bilge Ceylan et aux livres d'Orhan Pamuk. L'avion décolle en retard. À Satolas, je rate la correspondance du TGV. Un chauffeur m'emmène à des allures de sirènes bleues en gare de la Part-Dieu où j'attrape in extremis un autre TGV. À Paris, une moto-taxi me permet de rejoindre l'Élysée à temps pour le dîner France-Mexique. Assis à la table officielle d'un François Hollande toujours attentif dès lors qu'on parle de cinéma, je retrouve avec plaisir Manuel Valls, qui a fait une apparition à Cannes et m'en parle avec perspicacité, ainsi qu'Alejandro Ramírez, le jeune patron de Cinépolis, large conglomérat de salles au Mexique et en Amérique latine, et président du festival de Morelia dont j'ai accepté l'invitation fin octobre. La soirée se termine sur les terrasses de l'Élysée où nous nous attardons – François Hollande part le premier, avec sa conseillère Audrey Azoulay, assister place de l'Hôtel de Ville, « à un bout du concert de Christine and the Queens ».

Vendredi 17 juillet

Comme pour se rappeler au bon souvenir du Festival, coup de fil d'Emir Kusturica qui tourne dans ses montagnes un film avec Monica Bellucci et lui-même comme protagonistes principaux. Derrière son énergie habituelle, son goût pour la provocation et sa curiosité inlassable pour l'état du cinéma dans le monde, je le trouve un peu mélancolique et solitaire. Considéré il y a deux décennies comme le jeune génie du cinéma mondial et le digne continuateur de ces metteurs en scène qui incarnent à eux tout seul l'histoire et l'image d'un pays (même si le sien s'est lentement et violemment décomposé depuis vingt ans), deux fois Palme d'or à Cannes, Lion d'or à Venise pour son premier film, Kusturica n'est pas parvenu à réunir l'argent de son grand projet mexicain sur la figure de Pancho Villa. Et il ne comprend toujours pas pourquoi il lui est désormais si difficile de financer ses films. « Sept millions d'euros, tu imagines ? Il y a des types qui n'ont fait qu'un film et on leur donne d'emblée 20 millions. Je fais peur à qui ? »

Alors, il est parti sur un film quasi autoproduit. Je le questionne sur le tournage, je devrais dire les tournages, car cela fait deux ans qu'il a commencé. « Tout va bien. Monica est super. On termine cet été. » Et on se voit dans un an ? Dans le documentaire d'Alexis Veller sur les Palmes d'or, qu'on a projeté à Cannes Classics, Emir commence l'une de ses phrases par : « L'année prochaine, quand je reviendrai en compétition… » Emir ! En janvier dernier, lors du festival de Küstendorf qu'il organise dans son village de Mokra Gora, il m'a montré les quinze premières minutes qui ont semblé très prometteuses. Alors que je l'en félicitais, il a plaisanté : « Je ne peux pas te dire que tout est de ce niveau… » Un temps d'arrêt. « Parfois, c'est mieux ! »

Samedi 18 juillet

Le 23 mai dernier, *Le Parisien* a analysé l'image du Festival de Cannes au moyen d'un sondage fait auprès de gens… qui n'y vont pas. Malin. Questionner un public à qui l'événement n'est pas accessible et qui en ignore tout ou ne le connaît que par ce qu'en dit la presse, ne peut qu'aboutir à une réaction hostile, en ces temps où la notoriété est suspecte. Résultat : aux yeux des sondés, le Festival oscille entre un tapis rouge dévalorisé et l'entre-soi généralisé, entre le glamour inaccessible et les films d'auteur incompréhensibles. Ce qui n'a rien d'étonnant car c'est, hélas, en effet l'image de Cannes. *Le Parisien* aurait pu économiser son argent.

Nos interrogations sont ailleurs. Pourquoi ce regard sévère porté sur la manifestation par ceux-là mêmes qui en jouissent et la vivent dans les meilleures conditions ? Quelque chose est à résoudre, dans ce changement d'humeur, chez ceux qui se transforment en contempteurs ayant oublié le désir que Cannes suscite. Combien de films maltraités sur la Croisette et réévalués à leur sortie – par les mêmes, souvent. Il en ira ainsi cet automne. Difficile d'accepter de voir des festivaliers servir de basses plaisanteries pour faire rire aux dépens des films – comme si les cinéastes, qui se terrent dans les hôtels et les salles d'interviews, étaient coupables par leur seule présence d'une faute qu'ils devaient payer d'une telle humiliation.

Il faut voir le visage rosissant de celui qui distribue un bon petit mot méprisant au sortir d'une projection. « C'est comme ça toute l'année », me dit un copain critique. Cela dit, il ne faut pas généraliser car il est des journalistes qui aiment, admirent, s'enthousiasment, rouspètent, protestent, rigolent, ne quittent pas les salles et les files d'attente, consultent les sites et les applications, voient cinq ou six longs métrages par jour, fabriquant par la rumeur des élans critiques d'une folle exubérance. Il y a des gens venus de pays lointains dont la passion qu'ils mettent dans le cinéma et dans Cannes est extraordinairement *émouvante*, comme Alongkot Maiduang (qu'on appelle Kalapapruek), un journaliste thaïlandais vivant à Londres et qui publie dans une revue qui s'appelle *Filmax*. Ce type voit chaque année cinquante films et dix courts métrages. C'est lui, ce sont eux aussi qui font le Festival, ces festivaliers ravis et gourmands qui ouvrent de nouvelles pistes dans le désert. Mais nous nous intéresserons jusqu'au dernier critique déprimé, personne, même le plus grincheux, ne doit rester au bord de la route. Ce sera l'un des chantiers à venir : comment rendre les journalistes heureux à Cannes ?

Dimanche 19 juillet

Dans le halo de mystères qui entoure le tournage de *Star Wars VII*, il en est un qui n'est pas le moins énigmatique : J.J. Abrams, le réalisateur choisi par Disney et LucasFilm pour perpétuer la saga, ne serait-il pas en train de le tourner en 35 mm plutôt qu'en numérique ? Les admirateurs des deux *revivals* de *Star Trek*, réalisés par Abrams, sont ravis de son arrivée, mais comme il est un grand défenseur du Celluloïd, qui est sa religion, il serait cocasse de le voir tourner le dos au digital dont George Lucas s'était fait le prophète – il était même venu à Cannes en parler en 2002, sous les quolibets de ceux qui ne croyaient pas au modèle économique.

Sans doute cela n'empêchera-t-il pas une profusion d'effets spéciaux spectaculaires, mais le débat sur les vertus comparées du numérique et l'obsolescence programmée du *film* (mot américain qu'on n'employait pas en France à l'époque du Cinématographe) n'en est qu'à ses débuts. D'un côté, celui des aficionados du 35 mm : Steven Spielberg, James Gray, Christopher Nolan et Tarantino, qui vient de tourner *The Hateful Eight* en 70 mm et en Ultra Panavision, format délaissé depuis des décennies (et chez les Français, Philippe Garrel ou Jean-Marie Straub) ; de l'autre, James Cameron, Lars von Trier et bien sûr George Lucas. Ainsi que David Fincher qui affirme dans *Side by Side*, le documentaire de Keanu Reeves et Chris Kenneally : « Le metteur en scène est redevenu maître à bord. Avec le numérique, il en sait autant sur ses propres images que son directeur de la photo. » Débat remarquable en tous points car il pose la question essentielle, non pas des classiques et des modernes, des réactionnaires et des progressistes, mais des choix qui s'offrent au cinéma pour survivre dans le monde des images, dont il n'est plus depuis longtemps le seul usager ni le seul acteur. Le numérique permet une autre créativité mais la pellicule chimique également, dans l'utopie renouvelée d'une invention visuelle qui était celle des pionniers et qui se perpétua, disons, jusqu'à la fin des années 60. Et je n'oublie pas ces paroles de Daney, prononcées peu de temps avant sa mort : « J'en suis sûr, dès que la lumière disparaît, dès qu'elle n'est plus un instrument de création, dès qu'elle vient d'ailleurs que du soleil (ainsi quand on travaille l'image de synthèse), une part d'humanité nous quitte. Toutes les frimes deviennent alors possibles… »

En fin d'après-midi, après l'arrivée de l'étape, rendez-vous à Pont-de-l'Isère chez le restaurateur Michel Chabran, avec Laurent Gerra et l'équipe du Tour, pour un de ces dîners qui nous réunissent souvent. La soirée se termine très tard avec un Bernard Hinault intarissable et un Christian Prudhomme déchaîné voulant nous prouver qu'il savait encore faire des roulades dans l'herbe. Ce dont chacun a convenu afin de pouvoir aller se coucher.

Lundi 20 juillet

Retour à Paris. Échange avec Tim Roth, à qui je n'ai pas parlé depuis Cannes. Nous évoquons le film de Tarantino. « Ça sera un rôle extraordinaire pour Jennifer Jason Leigh, et Kurt Russell prouvera encore qu'il est un génial acteur. » Très confraternel, Tim, qui, depuis son Angleterre natale et les années 80 qu'il a incarnées à la ville et à l'écran, n'a jamais cessé de voir des films et de parler cinéma. « Mais tu verras, ajoute-t-il, ça sera surtout le film de Sam Jackson. »

Ce soir, les pâtes de Tonino, le patron de Sardegna a Tavola dans le 12e, à qui j'ai apporté une affiche originale de *Padre Padrone*, étaient sublimes – j'ai eu l'impression que j'en profitais pour la première fois depuis longtemps. La préparation de Cannes oblige à la prudence : vie quotidienne, alimentation, sommeil. Pas d'excès, sauf au Passage à Lyon avant de descendre à Cannes ou, quand on y est installés, un dîner avec Paul Rassam chez Tétou, un restaurant de Golfe-Juan en bordure de plage, et devant la bouillabaisse duquel nous sommes quelques-uns à nous prosterner. « The Church ! » s'exclama un jour Robert De Niro, yeux plissés, toujours sur la réserve sauf là, gourmet habitué des lieux. À Cannes, trop de repas avalés trop vite, y compris ceux de Bruno Oger qui officie magnifiquement pour les déjeuners officiels dans ce lieu privé qui accueille tout ce qui fait le Festival chaque année – même Jennifer Lawrence est venue en coup de vent. Et chaque jour, pas d'alcool ni de café : l'alcool donne une sensation de fatigue, même quand tout va bien ; le café laisse croire au coup de fouet alors qu'on est en petite forme.

Mardi 21 juillet

Robert Chartoff est mort il y a un mois. Ce fut l'un des premiers producteurs hollywoodiens à qui j'ai jamais parlé quand j'ai pris mes fonctions. Avec Irwin Winkler, il était le producteur de *Rocky*, *Raging Bull* ou *L'Étoffe des héros*. Jetez un œil sur IMDb, le meilleur site de cinéma au monde, et vous verrez ce que ces deux-là ont fait. Karel Reisz l'aimait beaucoup, comme Boorman dont il avait produit *Point Blank*. Bob Chartoff aura eu le temps d'accompagner *Creed*, la nouvelle suite de *Rocky* annoncée pour l'automne. Ce « Rocky 7 » est réalisé par le jeune Ryan Coogler, venu à Cannes pour son premier film, *Fruitvale Station*, que Harvey Weinstein soutenait et avait d'abord montré à Sundance. Thomas Vinterberg et le jury du Certain Regard lui avaient décerné un prix. Ryan était resté longtemps à Cannes voir des films. À part sa langue des faubourgs difficile à comprendre, j'ai gardé de ce garçon un beau souvenir, une manière d'être, assumée, modeste et curieuse. Comme il est d'Oakland, nous avions parlé de Jack London, ça lui avait plu.

À l'hôpital Pompidou, l'opération de Bertrand a débuté ce matin et a duré toute la journée. Ce n'est que tard dans la nuit que Sarah m'envoie un message : elle est rassurée, tout s'est bien passé.

Mercredi 22 juillet

Dans le *Vanity Fair* français, un impeccable papier de Clélia Cohen sur les mythes du Chateau Marmont me ramène le souvenir de Helmut Newton. La veille de sa disparition (à la sortie de l'hôtel, d'un accident de voiture, sans doute dû à un malaise), la productrice australienne Jan Sharp nous avait réunis pour dîner avec Werner Herzog, Julie Delpy, ainsi qu'avec Helmut, accompagné de son épouse June, une magnifique artiste. Le vieux photographe était plein de vie et de tendresse, il avait illuminé la soirée et impressionné tout le monde. « Il faut être à la hauteur de sa mauvaise réputation », aimait-il dire pourtant. Il m'avait beaucoup questionné sur Cannes, qui semblait fasciner cet homme que la jet-set n'impressionnait pourtant plus. Au moment de nous séparer, il m'avait dit : « En juin, je serai chez moi à Monaco. Venez me voir. » J'avais rejoint mon hôtel, ravi à l'idée d'honorer l'invitation d'un photographe que j'admirais et dont il ne m'avait pas étonné qu'il soit aussi un bon type, curieux des choses et des autres. Et les jours suivants, tristesse et regret m'avaient envahi, qui sont toujours là quand je pense à lui.

Sur le net, le cinéaste et journaliste tunisien Férid Boughedir distribue quelques réflexions, en expliquant pourquoi le cinéma français ne doit pas ses succès au hasard et en quoi le cinéma africain connaît, dans une grande difficulté structurelle, pas mal de réussites (dont Cannes est d'ailleurs souvent le théâtre). Il ne peut s'empêcher de faire l'*insider* en rappelant qu'il fut membre du jury, ce qui l'autorise à émettre l'hypothèse farfelue – l'un des sports favoris des observateurs – que la Palme décernée à Jacques Audiard est un cadeau des Coen à la France. « Je suis bien placé pour savoir ce que les deux frères Joel et Ethan Coen, présidents du jury 2015, doivent à la France, puisque je faisais partie du jury du Festival de Cannes 1991, présidé par Roman Polanski qui, en décernant sa Palme d'or à leur film *Barton Fink*, les a installés brusquement au rang de stars aux USA où ils étaient jusque-là considérés comme des auteurs parodiques originaux mais mineurs. Quoi de plus normal qu'un renvoi d'ascenseur (conscient ou inconscient ?) au profit du cinéma d'un pays qui vous a ainsi propulsé vers la célébrité. » On se calme, Férid.

Jeudi 23 juillet

Message intrigant de la productrice de Spielberg, Kristie Macosko, rencontrée lors de Cannes 2013 dont Steven était le président du jury. « As-tu déjà ton film d'ouverture ? » me dit-elle quand je la rappelle. Non, on n'aborde jamais ce sujet avant l'automne, afin de se laisser le choix le plus large possible. « Nous pensons à quelque chose. Steven serait tellement heureux de revenir à Cannes. » Un film de lui ? Un film qu'il a produit ?

Les médecins ont confirmé à Sarah Tavernier que l'opération de Bertrand s'est déroulée au mieux. Dîner rapide avec Pierre Lescure, près de la gare de Lyon. Dans le train, je dévore un entretien avec Salman Rushdie publié par *L'Express*. Salman est un grand cinéphile, j'avais pu le vérifier quand Tom Luddy me l'avait présenté, à Cannes et à Telluride. Il nous arrive d'échanger quelques mails, ce dont je suis très fier, et plus encore après avoir lu *Joseph Anton*, son autobiographie, qu'Olivier Assayas m'avait recommandée, un jour de voyage mexicain. Adoptant un point de vue mondial et de facto universel, c'est de nous qu'il parle en défendant *Charlie Hebdo*, que certains de ses collègues écrivains du Pen Club ne voulaient pas récompenser au printemps dernier. Et il est l'un de ceux qui le fait le mieux, dans une France qui s'est peut-être révélée encore plus fracturée après qu'avant les grandes manifestations du 11 janvier. Et tout le reste donne envie de partager l'intelligence, l'humanité, la colère et la justesse de propos qui, dans la situation dans laquelle il se trouve, apparaissent très courageux : « Lors de l'affaire des *Versets sataniques*, les partisans des ayatollahs menaçaient d'abord, à Londres ou ailleurs, ceux qui n'approuvaient pas la fatwa lancée contre moi. Ce qui revient à dire qu'attaquer les extrémistes ne signifie pas attaquer la communauté musulmane. Il faut savoir pour quoi on se bat. Combattre l'extrémisme, je le répète, n'est pas combattre l'islam. Au contraire. C'est le défendre. »

Vendredi 24 juillet

Sur Ciné+, *L'Ange bleu* de Sternberg dans une belle copie et toujours avec Marlene qui chante : « De la tête aux pieds, je suis faite pour aimer… » Je n'avais pas vu depuis des années ce film qui était une étape obligatoire des parcours cinéphiles de nos générations – comme toute la production allemande de la période 1919/1933 dont le sociologue et critique Siegfried Kracauer avait démontré qu'elle portait en elle les signes du désir de l'arrivée des nazis au pouvoir. De façon éloquente, le livre s'appelait *De Caligari à Hitler* et on apprenait ça par cœur, en même temps qu'on tentait par tous les moyens de voir les œuvres qui y étaient mentionnées.

De Marlene Dietrich, jeune Allemande dodue et délurée, dotée d'une réputation sulfureuse en raison de relations saphiques à peine dissimulées dans le Berlin de Weimar, on a oublié qu'elle obtint le rôle de Lola contre Gloria Swanson, Louise Brooks ou Brigitte Helm. Est-ce que le nom de Dietrich dit encore quelque chose aux moins de 25 ans ? À Lyon, le cinéaste Claude Mouriéras ouvre une école de cinéma, la CinéFabrique, destinée aux « jeunes des cités », pour le dire vite et avec de regrettables guillemets tant l'expression même ostracise cette population qui ne devrait pas l'être. La session d'examen vient de s'achever. Pour cette génération de *geeks*, le cinéma sera-t-il le seul sujet, comme il l'était pour nous : les films, les salles, les spectateurs, le monde que ça nous promettait ?

Samedi 25 juillet

« Quand vous écrivez un scénario, arrêtez-vous toujours au milieu d'une scène en partant au lit, disait Billy Wilder, comme ça vous saurez par quoi commencer le lendemain. » Avant les congés et comme pour lancer la préparation de Cannes 2016, je recense les films promis pour l'année prochaine en reprenant la liste commencée, par habitude et par superstition, le 23 mai dernier, veille de la clôture. Enfin, films *promis*, c'est beaucoup dire et c'est le dire trop tôt. Les metteurs en scène sont au travail et pour certains à peine en préparation ; et un film qui n'en est pas au premier tour de manivelle n'est pas encore un film – même s'il n'y a plus de manivelle depuis longtemps. Du début du tournage à une arrivée possible à Cannes, il faut entre un an et dix-huit mois, voire plus, pour un gros film, américain en particulier, et moins d'un an pour les autres. Mais Eastwood est capable de tourner en octobre et d'appeler en avril pour dire que son film est prêt : ce fut le cas de *Mystic River*, arrivé par surprise en 2003 – d'où l'espoir pour *Sully*, qu'il tourne avec Tom Hanks.

C'est donc une de mes traditions : la veille du dernier jour, je prends quelques minutes pour faire le point sur les films étrangers de 2016. Une liste encore sommaire, mais excitante : Martin Scorsese, Sean Penn et Emir Kusturica, déjà cités, James Gray (qui n'a pas commencé de tourner), Nicolas Winding Refn (qui lui a déjà tourné), Luc et Jean-Pierre Dardenne, Cristian Mungiu, Cristi Puiu (l'auteur de *Lazarescu*), Terrence Malick, Bertrand Bonello, Pablo Larraín, Park Chan-wook et

Xavier Dolan : son film « français », tiré d'une pièce de Jean-Luc Lagarce, et il a un autre projet US avec Jessica Chastain mais qui ne devrait pas être prêt – enfin, je suppose tout cela car Xavier juré ne me racontait rien du Dolan cinéaste.

Pas de nouvelles de Jeff Nichols, qui avait impressionné la compétition 2013 avec *Mud* – la rumeur californienne le donne prêt pour l'automne et la campagne des Oscars avec un film qui s'appelle *Midnight Special*. Mais il en aurait un autre en tournage. En revanche, les Coen auront largement terminé *Hail Caesar*, annoncé pour l'hiver prochain (ils en ont cessé le montage pour être au jury) ; le film fera sans doute halte à Berlin. Comme le Oliver Stone, qui évoque Edward Snowden et la NSA.

Si Spielberg, Penn et Scorsese se profilent à l'horizon, c'est déjà beaucoup pour un cinéma américain qui paraît revenir en force en 2016. « La belle fortune faite à *Mad Max*, à *Vice-Versa* et à *Carol* de Todd Haynes va inciter les studios à regarder à nouveau Cannes comme une belle opportunité », me dit, depuis Los Angeles, Didier Allouch.

Enfin, il y aura Pedro Almodóvar. Comme à son habitude, il tourne cet été, montera à l'automne et sortira en Espagne au printemps. Entre-temps, il me faudra agir pour le convaincre de revenir à Cannes. Il connaît son histoire et sait que Hitchcock n'a jamais remporté d'Oscar pas plus que Bergman la Palme d'or, mais il conserve des relations complexes avec une compétition qui ne lui a jamais souri.

Dimanche 26 juillet

Guillermo del Toro : « Je suis à Paris, tu es là ? » ; Isabelle Huppert : « Je suis à Lyon, tu es là ? » Non, je suis dans le Vercors. Le soir est caniculaire, l'orage guette et arrose les champs de ses premières gouttes. Les montagnes rougeoient sur le rocher du Bec de l'Echaillon et au-dessus de Montaud. Une odeur d'herbe fanée enrobe le paysage. La température restera élevée jusqu'à tard dans la nuit. J'ai envie de partir à La Grave, dans la vallée de la Romanche, ce village alpin de mon enfance isolé du monde depuis quatre mois par un glissement de terrain qui bouche les tunnels d'accès. Les gens là-bas sont désespérés de solitude et d'isolement. On va aller y manger, en faisant le grand tour par la Maurienne et le col du Galibier. Juste pour être avec eux, pour qu'ils se sentent moins seuls. Les vacances sont là. Au retour, Cannes 2016 sera vite devant nous.

AOÛT

Jeudi 13 août

Après la Corse et l'Italie, arrêt-dîner chez Pierre et Frédérique Lescure dans un restaurant de L'Isle-sur-la-Sorgue, belle région du monde où ils passent tous leurs étés. Là-bas demeure aussi un excellent bouquiniste, le genre qui vous déniche une édition rare d'un San-Antonio ou de *La Main coupée* de Cendrars ou un exemplaire du *Voleur dans la maison vide* de Jean-François Revel, le livre que j'ai le plus relu ces dernières années.

Avec hâte et après les effusions, parce qu'on est heureux de se retrouver, nous évoquons avec Pierre quelques dossiers, dont celui des droits TV. Doit-on envisager que, pour la première fois depuis plus de vingt ans, Canal+ ne soit plus le compagnon privilégié du Festival ? Il en avait été question l'an dernier et Pierre m'avait dit : « L'année où j'arrive, ma première décision de président serait de rompre avec la chaîne que j'ai fondée et que j'ai amenée à Cannes ? Ça serait rude. Mais on fera ce qui est le mieux pour le Festival. » Rude en effet, et pas vraiment envisageable, même si nous n'étions pas toujours comblés par la façon parfois routinière dont ce partenariat évoluait, avec l'image de Cannes trop réduite aux facéties des chroniqueurs du « Grand Journal » auxquels les stars désormais rechignaient à se soumettre.

Alors nous n'avons signé que pour une seule année – c'était l'idée de Pierre : « On cède sur les points sensibles mais uniquement sur l'édition 2015. Et on reparle de tout ça à l'automne. » De fait, les conversations reprendront et elles se feront au pas de charge à observer Vincent Bolloré, qui joue sa prise de pouvoir façon puzzle et dont l'irruption spectaculaire dans le paysage change la donne. Il sera un interlocuteur coriace mais impliqué car il est entreprenant, brillant et cinéphile de surcroît – ce dont nous aurions rêvé il y a peu. France Télévisions pourrait être l'autre solution. Nous rêvons que le service public fasse avec Cannes et le cinéma ce qu'il fait pour le cyclisme avec le Tour ou pour le tennis lors de Roland-Garros.

Vendredi 14 août

Retour en Dauphiné. Encore trois jours de calme et de plein été. Je me remets au travail, je jette un œil sur ce journal auquel je n'ai guère touché ces derniers temps, je réponds aux mails arrivés en rafale, en réécoutant l'œuvre intégrale de Renaud, le chanteur qui manque. De cette vieille grange devenue bibliothèque, cinéma privé et salle de concert, je contemple le spectacle d'une nature dont la splendeur ne se dément jamais. Les agriculteurs sont au travail dans les noyeraies et dans quelques semaines, des tracteurs bizarres viendront secouer les arbres pour que tombent les plus belles noix du monde. De New York, Martin Scorsese m'envoie des messages et ajoute des films à sa carte blanche. « J'adore faire des listes », m'a-t-il dit à New York. Il n'est pas le seul ; faire des listes est l'une des manies des cinéphiles – sur internet, ça pullule d'énumérations regroupées en algorithmes assez insolites. Je fouille dans mon ordinateur, j'en ai pléthore dans le disque dur, j'en retrouve une composée il y a plus de vingt ans pour le Centre Georges Pompidou, à la demande de Jean-Loup Passek et de Sylvie Pras, lors d'un hommage rendu à l'Institut Lumière.

Bernard Chardère, Raymond Chirat et Bertrand Tavernier, mes colistiers de la rue du Premier-Film, ayant puisé dans le vivier des années 30 aux années 60, j'avais été cantonné, en junior, aux années 70 et 80 (excepté des films hors période mais vus dans ces années-là). Cela me plaisait : j'ai grandi dans une cinéphilie au panthéon déjà bien garni, et éliminer d'emblée quelques films incontournables ou des valeurs sûres me convenait, même si j'aurais bien inclus toute l'œuvre de Satyajit Ray.

Je regarde ce que j'avais choisi : *McCabe and Mrs. Miller* (1971), de Robert Altman ; *La Tragédie d'un homme ridicule* (1981), de Bernardo Bertolucci ; *Juste avant la nuit* (1971), de Claude Chabrol ; *Filmer contre l'oubli* (1991), Collectif ; *Le Parrain 3* (1990), de Francis Ford Coppola ; *La Guerre d'un seul homme* (1981), de Edgardo Cozarinsky ; *Dani, Michi, Renato et Max* (1987), de Richard Dindo ; *Renaldo and Clara* (1979), de Bob Dylan ; *La Maman et la Putain* (1973), de Jean Eustache ; *La Dernière Femme* (1976), de Marco Ferreri ; *My Beautiful Laundrette* (1985), de Stephen Frears ; *Passion* (1982), de Jean-Luc Godard ; *Two-Lane Blacktop* (1971), de Monte Hellman ; *The Big Fix* (1978), de Jeremy Paul Kagan ; *La Légende du grand judo* (1943), de Akira Kurosawa ; *Smorgarsbord* (1982), de Jerry Lewis ; *Le fond de l'air est rouge* (1977) + *La Jetée* (1962), de Chris Marker ; *Dites-lui que je l'aime* (1977), de Claude Miller ; *Zanzibar* (1989), de Christine Pascal ; *Georgia* (1981) de Arthur Penn ; *Propriété interdite* (1966), de Sydney Pollack ; *Five Easy Pieces* (1970), de Bob Rafelson ; *Cinq et la peau* (1982), de Pierre Rissient ; *Le Pont du Nord* (1981), de Jacques Rivette ; *Ma nuit chez Maud* (1969), de Éric Rohmer ; *Maine Océan* (1986), de Jacques Rozier ; *Les Trois Couronnes du matelot* (1983), de Raoul Ruiz ; *L'Épouvantail* (1973), de Jerry Schatzberg ; *Le Sud* (1988), de Fernando Solanas ; *Passe Montagne* (1978), de Jean-François Stévenin ; *Non réconciliés* (1965), de Jean-Marie Straub ; *Tirez sur le pianiste* (1960), de François Truffaut ; *Corps à cœur* (1979), de Paul Vecchiali ; *Au fil du temps* (1976), de Wim Wenders. Aldrich (*Deux Filles au tapis*), Woody Allen (*Comédie érotique d'une nuit d'été*, par exemple), Giuseppe Bertolucci, le frère (*I camelli*), Les Blank

(*Burden of Dreams*), Bertrand Blier (*Les Valseuses*), John Carpenter (*Assaut*), Cassavetes (*Opening Night*), Philippe Condroyer (*La Coupe à dix francs*), Alain Corneau (*Série noire*), Assi Dayan (*La Vie selon Agfa*), Depardon (*Faits divers* et ses courts métrages), Jacques Deray (*On ne meurt que deux fois*), Clint Eastwood (le méconnu *Chasseur blanc, cœur noir*), William Friedkin (*Police fédérale Los Angeles*), Fuller (*The Big Red One*), Werner Herzog (*Aguirre*), Laurent Heynemann (*Il faut tuer Birgitt Haas*), Barbara Kopple (*Harlan County, USA*), Sergio Leone (*Il était une fois en Amérique*), Barbara Loden (*Wanda*), Louis Malle (*Alamo Bay* et ses documentaires), Nanni Moretti (*Je suis un autarcique*), Morris (*Patti Rocks*), Paul Newman (*La Ménagerie de verre*), Emilio Pacull (*Terre sacrée*), Pasolini (*Salò ou les 120 journées de Sodome*), Peckinpah (*Pat Garrett et Billy le Kid*), Perry (*Rancho Deluxe*, en souvenir de Thomas McGuane), Ray (*We Can't Go Home Again*, une merveille), Redford (*Ordinary People*), Resnais (*Muriel*), Santoni (*La Course en tête*), Saura (*Vivre vite*), Schlöndorff (*Le Coup de grâce*), Werner Schroeter (*De l'Argentine*), Scorsese (*Alice n'est plus ici*), Tacchella (*Escalier C*).

Les séries de pas mal de ces gens restent en cours – certains ont confirmé, d'autres non, certains sont encore là, d'autres ont disparu. Chez les Français, j'aurais dû mettre Demy (*Les Parapluies de Cherbourg* est un chef-d'œuvre et j'avais adoré *Une chambre en ville* que, récemment, l'Institut Lumière a contribué à restaurer), Philippe Garrel, Jean-Claude Guiguet, avec qui je parlai de Léo Ferré à Cannes, et Jean-Claude Biette dont je voyais les films dans le cinéma de l'impasse Saint-Polycarpe, près de la place des Terreaux à Lyon. Bizarres absences des maîtres asiatiques, que j'ai peu fréquentés dans mon adolescence cinéphile, à part Kurosawa, dont les films sortaient et vers lesquels le judo me poussait. Bergman et Tarkovski, eux aussi absents, me donnaient l'impression qu'ils appartenaient à d'autres. Et pas non plus *Un revenant* de Christian-Jaque, *La Chevauchée des bannis* d'André de Toth, *Les Indomptables* de Nicholas Ray, *Luke la main froide* de Stuart Rosenberg, *I Know Where I'm Going* de Michael Powell, devenus des films intimes. Pas non plus Molinaro, le cinéaste le plus modeste que le monde du cinéma eût jamais porté (tout le monde connaît *L'Emmerdeur* mais *La Mort de Belle* est une adaptation réussie de Simenon) mais qui ne pouvait s'empêcher, quand on lui posait des questions sur ses débuts, de faire des compliments à Truffaut et Godard. Pas Rappeneau, Sautet ou de Broca, parce que je devais estimer, dans mon adolescence cinéphilique, que ça ne faisait pas assez classe – pourtant *Tout feu tout flamme*, pourtant *César et Rosalie*, pourtant *L'Homme de Rio* !

Mais il y a bien Eustache. Et la « Nouvelle Vague », avec guillemets et un peu éclatée. Aussi Coppola, dont la carrière chaotique était à l'époque un sommet d'interrogation – elle l'est toujours un peu. Je suis content de voir que j'avais choisi *Georgia* de Arthur Penn (et le film fut écrit par Steve Tesich, aujourd'hui célèbre, à titre posthume, pour son roman *Karoo* – avec lui, nous avions dîné à New York, il sortait tout le temps pour cloper, il en est mort ; Steve avait aussi écrit *La Bande des quatre* de Peter Yates, qui n'est pas un film sur la Chine post-Mao mais sur le vélo en Amérique), *The Big Fix* de Jeremy Paul Kagan (avec Richard Dreyfuss, l'un de mes acteurs préférés) et *Les Trois Couronnes du Matelot* de Raoul Ruiz, que j'aimais comparer à Orson Welles.

Les films qu'on a aimés peuvent nous appartenir, au point qu'on a même le droit de leur être infidèle. Car à tout académisme et catéchisme officiels, qui sont le drame de la cinéphilie française, il faut préférer l'idée d'un « petit cinéma sentimental » dont parlait l'historien et écrivain Nino Frank. Une liste de vos films favoris raconte toujours un moment de votre vie. On ne devrait jamais cesser d'en faire, de les relire et de les reprendre.

Samedi 15 août

Appel de Bertrand : « J'ai de bonnes nouvelles. Les prises de sang sont encourageantes. Le cancer s'éloignerait pour de bon. Je n'aurais même pas de chimio. Je pourrai aller à Venise pour l'hommage qu'ils me rendent là-bas, mais il faudra une autre intervention technique dans quelques semaines. Ça compromet un peu ma présence à Lyon. » Pour l'instant, on se fiche du festival Lumière. Je le retrouve, lui, sa voix, ses élans, le monde qui va et les projets à venir. Quand j'ai reçu le message, je roulais sur les bords de l'Isère et par-dessus le vacarme du tourbillon de l'eau, mon cri de joie a dû résonner très haut, à faire trembler sur le plateau du Vercors les grandes forêts de sapins.

Dimanche 16 août

Tout à l'heure, les bêtes du voisin se sont invitées dans nos champs. Franchissement des clôtures et cheminement paisible vers l'herbe qui y est plus verte ailleurs, pour les animaux aussi. Trois vaches, un taureau, lequel me regardait fixement, et inconscient de l'effroi qu'il suscitait, une proximité animale bienvenue dans nos vies occidentales confortables. Je ne pouvais m'attarder, je devais partir, mais j'ai retrouvé les réflexes d'antan et le sang-froid des anciens quand, enfant, je détestais qu'ils m'abandonnent à mon sort – « Démerde-toi tout seul ! » s'entendait-on crier aux oreilles, c'est ainsi que se conçoit l'apprentissage, dans le monde agricole, et c'est très bien. Me suis donc retrouvé à nouveau, isolé mais heureux, deux bâtons à la main pour les claquer l'un contre l'autre et tenir le mâle en respect, leur faire rebrousser chemin, ne pas les égarer, ne pas les affoler, ne leur donner aucun regret, ni envie de recommencer.

Roeg Sutherland est le fils de Donald. C'est un grand gaillard, qui a toujours l'air de se réveiller ou de sortir de boîte de nuit, c'est selon. Il est aussi l'un des meilleurs agents d'Hollywood. Et aimerait que l'on se voie assez vite pour évoquer 2016. « Dis-moi comment je peux t'aider. Ça serait bien de commencer tôt. Je passe par Paris la semaine prochaine. » Ça veut dire qu'il a des films à montrer, ce qui est une bonne nouvelle. Ou des artistes à proposer pour les jurys. Autre information : l'impact de la présence à Cannes de *Mad Max Fury Road*, de *Carol* ou de *Vice-Versa*, qui jouera, selon lui, un rôle positif dans nos relations avec Hollywood, toujours aléatoires et fragiles (problèmes de calendrier, le mois de mai trop loin de la campagne des Oscars, etc.).

Lundi 17 août

Rentrée lyonnaise. La ville est au ralenti mais pas le château dont les grandes terrasses qui dominent Monplaisir accueillent une éclaircie splendide – Antoine Lumière, le père, a conçu la maison pour que chaque belvédère ait un moment de soleil. L'équipe, à peine deux ou trois épisodes de vacances racontés, se remet à la tâche avec un entrain qui m'épate – effet Scorsese, encore, mais aussi la perspective d'offrir à la ville dont quasi-tous sont originaires une semaine inoubliable de cinéma. Dans trois semaines, la programmation du festival Lumière, qui commence le 9 octobre, devra être terminée, grille, invités et événements. À Paris, les bureaux cannois seront fermés jusqu'à fin août. Pour moi, comme pour ceux qui font un métier s'organisant en saisons, les bonnes résolutions se prennent à la fin de l'été – une habitude d'enfance, quand la vie se comptait en années scolaires. On arrêtait l'école en juin, en ne fichant rien les deux dernières semaines. Nous avions de longues vacances et une blague circulait pour se moquer des profs : « Devinez quelles sont les trois bonnes raisons pour devenir instituteur ?

– Juillet, août, septembre. » J'étais du genre à aimer ponctuer les mois à venir (ce qu'il faudrait, ce qu'on aimerait, ce qu'on ne pourra pas, etc.), aujourd'hui je n'ose plus affronter l'idée que le temps passe et le vertige me prend désormais en face de la page blanche des choses à faire. Ma résolution, depuis que j'ai passé la cinquantaine, c'est souvent de recommencer. Et de vérifier. Truffaut disait qu'il avait vu *La Règle du jeu* trente fois et que le film lui avait enseigné des choses différentes selon l'âge qu'il avait au moment de chacune des projections. Excellente manière d'appréhender la vie et l'avenir.

Mardi 18 août

Je reviens aux « listes des meilleurs films. » Serge Daney, qui adorait en faire, avait établi une taxinomie en huit catégories pour s'y retrouver :

« A. Indiscutable. Film-compagnon de route. Vu et revu. "Lot" primitif. Jamais épuisé.

B. Devenu indiscutable ou soupçonné tel. Mais peu de réelle "connivence" avec.

C. Aérolithe vu une fois, classé à part, second "lot" virtuel.

D. Mémoire vive mais vague d'y avoir adhéré.

E. Chef-d'œuvre pour les autres et, finalement, pour moi aussi.

F. Émotion personnelle mais pas forcément partageable.

G. Sublime ou important, un temps pour "nous". Pas revu. Crainte.

H. Nanars erratiquement présents. Liés à l'enfance. »

Une classification aussi indispensable pour les cinéphiles que le questionnaire de Proust le fut pour les lettrés au début du xxe. Et ça marche aussi avec les amours…

Mercredi 19 août

Pas de Paris cette semaine. Je rends visite à un vieil ami dont je veux raconter l'histoire. Elle commence vers 1930, au début du parlant. Un jeune garçon écume les cinémas lyonnais et chaque dimanche note d'une écriture serrée le générique des films vus dans la semaine. Rien d'exceptionnel, les cinéphiles, on l'a dit plus haut, font tous ce genre de choses. Mais il persévéra puis élargit son champ d'action à *tous* les films français qui sortaient. Cet enfant s'appelait Raymond Chirat, le deuxième dédicataire de ce livre. Dans le petit appartement de l'avenue de Saxe à Lyon où il naquit en 1922 et qu'il n'a jamais quitté, avantage suprême pour un archiviste, les petites fiches se sont accumulées. Avec une obstination oscillant entre la passion de l'amateur et la manie du scientifique, il prit en grandissant la mesure du défi qu'il s'était lancé et que les deuxièmes métiers (en bon Lyonnais, il fut même restaurateur) n'empêchèrent jamais de mener à bien : archiver le cinéma français des origines à nos jours. Opération réussie, seul, et à l'insu des spécialistes. Quelques années plus tard, on se rendit compte (et, pour le rappeler, le critique Claude Beylie le premier) que la seule source d'étude fiable sur les trois mille films français de la période antérieure à 1950 dormait dans ses cartons.

Dans les années 60, Bernard Chardère, le wonderboy de la cinéphilie lyonnaise, organisait des week-ends de cinéma français, les légendaires CICI (Congrès international du cinéma indépendant), qui réunissaient les amateurs, avec parmi eux le jeune Tavernier « qui poussait des rugissements de plaisir sans attendre la fin du générique », me racontait encore Raymond tout à l'heure. Au milieu des années 60, Bernard, qui après les années lyonnaises de *Positif*, qu'il avait fondé en 1952, était devenu éditeur à Lyon, tenta de publier les travaux de Raymond. Mais l'entreprise était trop coûteuse. L'énorme fichier s'exila alors à Bruxelles, à la Cinémathèque royale de Belgique.

Lorsqu'en 1975 sortit le *Catalogue des films français de long métrage, films sonores de fiction 1929-1939*, ce fut l'émoi chez les cinéphiles francophones : voilà ce qu'ils attendaient depuis des années. Un dictionnaire fouillé, précis, obéissant à une démarche d'historien, qui faisait état de ses sources mais aussi de ses manques à un moment où le cinéma ignorait jusqu'à ses ignorances, l'annuaire indispensable pour les programmateurs, pour les journalistes, pour les écrivains (Patrick Modiano fut toujours un fervent lecteur de Raymond), pour les collectionneurs. Deux autres catalogues sortirent dans la foulée avec le même succès. Son autorité s'étendit. Ses génériques devinrent la référence. Les cinéphiles se mirent à parler du *Chirat* comme les pharmaciens le faisaient du *Vidal*.

Raymond se tourna alors vers des ouvrages de promenade littéraire qui se lisent aujourd'hui avec une douce émotion. Cet admirateur d'Alexandre Vialatte et d'Anatole France, grand connaisseur de théâtre (sa seconde passion), de littérature ou d'art lyrique, était un écrivain, qui ne concevait pas le propos sans le style. Ses livres exhalent le parfum des souvenirs d'en France, tout droit venus des batailles d'édredons de *Zéro de conduite*, des déambulations de Max Dearly et de Saturnin Fabre, bref de ce temps où le cinéma, écrivait-il, « a constamment illustré la petite histoire de ces années, dispensé les boudoirs et les fumoirs, les cours d'assises et les cours de caserne, le bistrot du coin et les réceptions à plante verte, recueilli les rires frais des ingénus, les pâmoisons des demoiselles en combinaison, les sanglots de la Mater Dolorosa et les émois du père célibataire ».

Avec ces livres, Chirat, souvent accompagné d'Olivier Barrot, procéda à un vaste travail de réémergence du cinéma français dont il se mit à traquer sans relâche les zones les plus obscures : grâce à lui, scénaristes inconnus et réalisateurs mineurs revécurent sous une plume qui jubilait. Je n'ai pourtant jamais réussi à lui faire avouer sa préférence pour tel ou tel cinéma. Il n'a rien d'un passéiste et je l'ai toujours vu s'émerveiller devant, disait-il, « la maturité et l'intelligence » des cinéastes français contemporains.

En 1982, Bernard l'accueillit à l'Institut Lumière. Par sa personnalité, sa générosité (nul plus que lui recevait chercheurs et journalistes, jeunes étudiants ou vieux érudits), Raymond Chirat devint le phare de l'Institut. Son travail était reconnu partout, jusqu'à l'étranger. En France, lorsque Nicolas Seydoux, Martine Offroy et Pierre Philippe lui confièrent l'exploration des archives de Gaumont, il le prit, je m'en souviens, comme une reconnaissance précieuse – il était la modestie incarnée. Lorsqu'il fut élu président de l'Association française de recherche sur l'histoire du cinéma, en remplacement de Jean Mitry, la gratitude publique de ses pairs alla de soi : Chirat avait contribué à redynamiser l'histoire du cinéma. Il le fit consciencieusement, reçut en 1988 le prix du « meilleur ouvrage » sur le spectacle décerné par la SACD – ça convenait bien à l'artisan qu'il voulait être. Puis il s'en retourna à ses études et ne cessa jamais de remplir ses fiches.

Raymond n'a jamais rien eu d'un pontife qui s'autocélèbre et le pouvoir n'était pas son monde. Au contraire : amabilité à toute épreuve et patience infinie avec ses collègues cinéphiles comme avec les visiteurs qu'il accueillit longtemps après sa retraite à la médiathèque-bibliothèque de l'Institut Lumière dont il eut l'idée et qu'il anima dès 1983. J'étais à ses côtés comme bénévole, Éric Le Roy (aujourd'hui aux Archives du Film du CNC) comme stagiaire et Michel Saint-Jean (le patron de Diaphana, l'un des meilleurs distributeurs français) en objecteur de conscience. Aujourd'hui, Armelle Bourdoulous et Bruno Thévenon ont repris la charge d'un lieu que j'ai voulu qu'on baptise de son nom. Il y a peu encore, lui pour qui la transmission n'était pas un vain mot animait un cycle sur le cinéma français qu'accompagnait Maelle Arnaud d'une tendre protection. Cela s'appelait « Le cinéma de Raymond Chirat » et ça voulait tout dire. Bertrand l'a toujours appelé pour obtenir une précision, une date, un générique, ou pour évaluer tel ou tel film ou cinéaste disparu. Tellement drôle, tellement tendre : tous ceux qui l'approchaient l'adoraient. Volontiers caustique dans les jugements qu'il portait sur les films, sur les gens et sur la vie, il est resté d'un altruisme infatigable et d'une grande fidélité à ses amis. J'en fus l'heureux destinataire et le rencontrer a changé ma vie à jamais.

Comme je ne l'avais pas vu depuis Cannes, qu'il me manquait et que je culpabilisais aussi, je me suis précipité chez lui. Il a balayé d'une phrase mes excuses sur mes absences et mes trop rares appels téléphoniques (« Tu as tant à faire »), et nous avons passé ensemble le temps que nous n'avions pas eu ces derniers mois. Le corps a décliné et sa voix est faible mais l'esprit n'a pas changé. Nous avons parlé du lycée Ampère à Lyon qu'il fréquenta pendant sa jeunesse : « Tu imagines, ils sont tous partis, il ne reste plus personne », m'a-t-il dit, comme s'il oubliait qu'il avait survécu à tout le monde. On a aussi parlé bien sûr de cinéma, mais également de littérature : il vient de dévorer le *Journal* de Maurice Garçon – la période de l'Occupation reste sa grande passion. Nous avons évoqué la situation de quelques cinémathèques et la succession de Serge Toubiana à Paris, il m'a longuement questionné sur la programmation du festival Lumière à l'ouverture duquel il ne pourra pas assister. Mais son œil s'est allumé lorsque je lui ai proposé de lui faire parvenir les DVD des films de Duvivier restaurés par Pathé que nous nous apprêtons à montrer au festival, Duvivier sur lequel il a été le premier à écrire. Raymond reste un inlassable dévoreur de cinéma, dont la leçon a toujours été simple : ne parler que des films qu'on a vus, et pour cela, il faut en avoir l'appétit.

Jeudi 20 août

Échange de mails avec Jodie Foster que nous avons invitée à Lyon car elle serait une formidable ambassadrice pour l'hommage Scorsese. Marty l'avait fait tourner la première fois non dans *Taxi Driver*, qu'elle éclaboussait de sa troublante adolescence, mais dans *Alice n'est plus ici*, une belle pierre méconnue de son édifice, réalisé en 1974 après *Mean Streets* et *Italianamerican*, le documentaire sur ses parents, alors qu'il ne sait pas encore quel cinéaste il sera, ni que la Palme d'or bouleversera bientôt son existence, d'homme et d'artiste. Las, Jodie décline : elle doit rester concentrée sur le montage de son nouveau projet, qui réunit George Clooney, Julia Roberts et un gros budget de Sony-Columbia, l'un des studios majeurs d'Hollywood dont Tom Rothman dirige la production. Le film est annoncé en sortie US en avril. Il me faudra absolument en savoir plus, dans une conversation que je sais à l'avance délicate : se renseigner, c'est déjà exprimer de l'intérêt et avec le risque de le retoquer après avoir suscité de l'espoir chez ses producteurs. Le sélectionneur doit être un animal de désir et une machine à sang froid. Jodie est concentrée sur son film et me dit : « S'il te plaît, invite-moi l'an prochain. »

Vendredi 21 août

Un Viking débarquera entre Rhône et Saône : Mads Mikkelsen confirme sa venue au festival Lumière. « On pourra rouler ? » me demande-t-il en plaisantant, à moitié. Car avec Mads, quand on se voit, et comme avec Daniel Day-Lewis ou Dany Boon, on parle toujours bicyclette, matériel ou parcours. Lui, ce qu'il aime, c'est rouler aux Baléares, à Majorque. Je lui annonce que je vais acquérir un nouveau vélo. « Prends-le rouge, me dit-il, c'est ceux qui vont le plus vite ! » Je reprends la route vers Chougnes. Quand j'arrive de nuit, une lune pleine s'élève doucement pour s'installer entre Vercors et Chartreuse. Une brise d'été fait s'envoler les feuilles de tilleuls qui finissent en tapissant les recoins qui les arrêtent.

Samedi 22 août

La rentrée, c'est aussi la réactivation du « E Street Club », groupe internautique de fans de Bruce Springsteen composé d'Antoine de Caunes et Roschdy Zem, des journalistes Serge Kaganski, François Armanet, Léonard Haddad, Yves Bongarçon et Lisa Vignoli, des agents François Samuelson et David Vatinet et du patron de la Warner Olivier Snanoudj. Pendant l'été, Bruce, dont nous sommes sans nouvelles depuis longtemps, a fait une apparition surprise à New York à un concert des U2 avec qui il a chanté *I still haven't found what I'm looking for* – « Je n'ai toujours pas trouvé ce que je cherchais » : il parlait peut-être de son prochain album qui tarde à venir. Un site annonce que Bruce prépare une tournée pour 2016 et peut-être un nouveau disque. L'information n'a rien d'étonnant et la dernière fois que Bruce a été vu, à l'occasion des adieux du génial Jon Stewart, il n'avait pas l'air de quelqu'un qui va regarder les raffineries du New Jersey jusqu'à la fin de ses jours ni jouer aux roulettes pour retraités dans le casino d'Asbury Park. « Le site est bidon, s'esclaffe Roschdy, qui monte son nouveau film, *Chocolat*. Il y a deux ans, ils m'ont mis dans la liste des dix acteurs français les mieux payés. »

Dimanche 23 août

Dangereusement appuyée contre sa voiture garée en bordure d'une route de campagne bruyante, une fille sapée comme une starlette de Las Vegas consulte son smartphone en mâchouillant un chewing-gum. Débardeur sexy, short et hauts talons, regard fixé sur l'écran et visage insensible à celui des conducteurs qui la matent en klaxonnant, elle masque un garçon qui achève de boucler sa ceinture après avoir pissé dans le caniveau en contrebas. Comme si un modèle de Nan Goldin rencontrait l'héroïne de *Speed Queen* de Stewart O'Nan qu'avait traduit Philippe Garnier, dans une fin d'après-midi au soleil, un dimanche soir qu'on ne voudrait pas voir devenir lundi.

Lundi 24 août

Sous des trombes d'eau, les travailleurs-voyageurs reprennent la route ou, comme moi ce matin, le rail. Dans ce premier Lyon-Paris de la rentrée, rien ne transpire de la moindre psychose liée à l'épisode du Thalys qui, vendredi dernier, a vu un terroriste maîtrisé, au courage, par trois voyageurs. Le transport ferroviaire après le transport aérien : nos vies ne tiennent qu'à la qualité des politiques de sécurité publique et sont désormais à la merci des loups solitaires de la folie terroriste. Mais les Français reprennent vite leur sens de l'humour. Hier, au sujet du bureau d'information ouvert immédiatement par la SNCF pour prévenir tout comportement équivoque, un type a tweeté : « Je voudrais signaler une anomalie suspecte : le prix des sandwiches au bar des TGV. »

Rue Amélie, bureaux du Festival, retour partiel des équipes, une dizaine de personnes, dont la moitié au Marché du Film qui prépare le festival de Toronto. Je me souviens qu'à mes débuts, la reprise marquait le retour de l'intranquillité. Selon une technique éprouvée, Gilles Jacob faisait monter la pression dès que la Mostra annonçait sa sélection, brandissant tel ou tel danger menaçant la suprématie cannoise. Je ne comprenais guère qu'on puisse s'affaiblir en évoquant ainsi ses rivaux. J'en étais resté au judo : on ne parle pas des adversaires, on les respecte et on fait de son mieux pour les battre. Cette rivalité entre festivals, que je ne saisissais pas toujours avant d'entrer dans la danse car tous me semblaient formidables, je regrette qu'elle m'ait parfois contaminé. Les années de formation de Gilles ont été très excitantes, mais c'était aussi des temps difficiles, faits de trop grand sérieux (il est de cette génération qui pense que la décontraction est signe de relâchement) et d'une exigence glaciale à laquelle, longtemps, je n'ai pu parvenir à me soustraire. Quand j'étais en voyage, Gilles m'envoyait des mails tour à tour drôles et alarmistes. Ça le rassurait, je crois, mais moi non, pas du tout. Avec ces messages transformés en autant d'avertissements, il instillait le doute, fabriquait de l'urgence, contrôlant ainsi lui-même ses propres inquiétudes. Comment l'expliquer ? Une angoisse intime, sûrement, et la peur d'un échec qui aurait été aussi le sien. Gilles était tellement attaché à Cannes qu'il en épousait le moindre soubresaut. Non moins mobilisé, Pierre fait preuve d'une humilité qui lui permet d'interroger nos pratiques avec sagesse, en témoin actif, curieux et protecteur.

Mardi 25 août

Thomas Mahler, du *Point*, enquête sur les raisons pour lesquelles Paolo Sorrentino, le réalisateur italien de *La Grande Bellezza*, est encensé à l'étranger et pas en France. Je lui réponds que voir la France différencier ses appréciations de celles du reste du monde est insolite mais pas inhabituel. Une explication souvent invoquée par ses défenseurs, est que Sorrentino n'a pas été découvert par la critique, mais par les festivals. D'abord en 2001 par ceux de Venise, d'Annecy et du BAFICI de Buenos Aires – ce premier film s'appelait *L'uomo in più*. Trois ans plus tard, *Les Conséquences de l'amour* fut aligné en compétition à Cannes et ce cinéaste inconnu, qui ne présentait pas ses lettres de créances avec déférence en raison d'un quasi-autisme qui le rendait plutôt sympathique, fut regardé avec méfiance. Il y a donc eu une première rencontre ratée avec la France – et même s'il existe bien entendu des cinéastes dont la critique s'est entichée alors qu'ils avaient éclos dans des festivals, l'hypothèse n'est pas exclusive.

La deuxième explication, c'est que les films de Paolo ont une mise en scène voyante, ce qui lui vaut d'être traité de cinéaste « clinquant » et de « petit malin ». J'ai toujours détesté ce qualificatif : « petit malin ». Hitchcock et Kubrick, c'était quoi alors, des « gros malins » ? On peut ne pas l'aimer mais le cinéma de Sorrentino est très *auteur*. Il se retrouve coincé : il ne fait partie d'aucune coterie et ne dispose pas de quelques amis influents pour contrôler un territoire critique minimum qui lui assurerait la respectabilité qui lui manque. Il a surgi sans prévenir, avec son côté Droopy, sans rien devoir à personne, et même en se foutant un peu de tout. Tout faux, donc.

Je n'avais pas été archi-convaincu par son premier film, mais le suivant, *Les Conséquences de l'amour*, m'avait emballé, comme la dernière phrase prononcée en voix off : « Quand il pensera à moi, il saura qu'il avait un ami. » Il était normal que Cannes s'empare d'un cinéaste de sa trempe. Aujourd'hui, tous les autres festivals le veulent aussi et ses collègues lui vouent souvent une grande admiration – Gaspar Noé est exactement dans ce cas : cinéaste pour cinéastes, indépendant et indifférent, *ailleurs*. Le temps a donné raison à ceux qui soutiennent Paolo car il a grandi et fut consacré par l'Oscar chez les Anglo-Saxons. Mais il y a ce rejet français, qui reste inexplicable, sauf en salles : ses films font des entrées. Et même lorsqu'il a publié ce roman formidable, *Ils ont tous raison*, c'est la critique littéraire qui l'a encensé, et non les journalistes de cinéma. Nous vivons dans cette époque sans nuance où l'on sacralise de grandes impostures et où on voit *Les Inrocks* classer Sorrentino comme numéro 1 des « cinéastes les plus surestimés de l'époque ». Quand ce dernier l'a appris, il a dit : « Merci les gars. C'est toujours bon de gagner quelque chose. »

Chez Thoumieux, rue Saint-Dominique, déjeuner avec Dominique Delport, patron d'Havas Media. Nous nous sommes connus à Lyon il y a longtemps et nous retrouvons avec plaisir. Nous évoquons mille sujets avant d'aborder celui de la collaboration avec Canal+. Dominique, qui sait tout de l'avenir de la télévision, d'internet, des contenus, des tuyaux ou des plateformes, déploie un argumentaire très affûté en faveur de la poursuite du partenariat avec Canal+, issu du même groupe Vivendi. Sorti du restaurant, j'appelle Pierre, encore dans le Sud. Il veut organiser un rendez-vous avec France Télévisions pour évaluer leurs envies.

Mercredi 26 août

À l'improviste, projection au Club 13 du nouveau Lelouch, *Un + Une*. Plaisir des journées d'été sans rendez-vous où l'on peut ainsi à la dernière minute s'enfermer dans une salle de projection parisienne. L'avant-première du film, coproduit et distribué par les frères Hadida qui officient habituellement dans le cinéma américain de typologie auteur action musclé et qui ont défriché jadis de belle manière le cinéma de Hong Kong, est prévue ce week-end à Angoulême chez Marie-France Brière et Dominique Besnehard, dans leur festival où s'affichent les films français de l'automne. Un cinéaste aime connaître les réactions d'un public avant de livrer son film au destin. Avant Cannes, si une règle non écrite interdit les projections de presse afin que tout reste inédit (sauf dans le cas d'une sortie simultanée), j'en accepte le principe, parce que je sais l'importance stratégique qu'elles revêtent pour les attachés de presse.

Cette variation sur le hasard et les coïncidences de la vie, du voyage et de l'amour, sorte de *Un homme qui me plaît* 2015 où les eaux du Gange remplacent les déserts de l'Amérique, posera à nouveau la question de la place de Lelouch dans le présent du cinéma français – dans son histoire c'est réglé, et pas seulement pour la Palme d'or et l'Oscar du meilleur film étranger qu'il obtint en 1966. « Le cinéaste que vous adorerez détester » : la formule inventée pour Stroheim convient parfaitement à Lelouch, que Langlois accueillit avec son premier film à la Cinémathèque (Henri Langlois aimait les débutants contemporains autant que les fantômes du muet). Une partie du public l'invective à la volée quand l'autre l'idolâtre et ne l'aura jamais abandonné. Il est de ceux que Michel Houellebecq appelle : « Les gens que l'on peut insulter *sans risques.* » Lelouch est une sorte d'impensé négatif de l'histoire de la cinéphilie française, le cinéaste dont les spécialistes ne savent que faire. Il est aussi, ça n'est jamais dit, un artiste sans orgueil, qui remet l'ouvrage sur le métier avec un entrain d'adolescent, alors qu'il lui faudra subir ce complexe de supériorité dont se parent triomphalement ses détracteurs. Outre que ce statut expiatoire peut émouvoir, en particulier face au renversement médiatique contemporain qui voit des dominants s'efforcer de passer pour minoritaires quand Lelouch continue imperturbablement sa route, l'énigme demeure : à quel moment tout s'est-il déréglé ? Comment justifier que son œuvre, à laquelle on peut accorder le crédit de la cohérence et de l'obstination, soit l'objet de tant d'indignité ? Des films resteront, et ceux qui croient pouvoir dire le contraire auront-ils jamais eu, pour faire mieux, son énergie et sa créativité ? D'autant que tout ne fut pas rose, à l'entendre raconter ses faillites et ses échecs. Curieux parcours où l'insolente réussite côtoie de cinglantes dégringolades, où le découragement et l'humiliation succèdent aux unes de magazines, sans que jamais son rapport au cinéma ne s'émousse. Lelouch est respecté de ses pairs, qui n'ont pas été surpris le jour où Kubrick déclara que *La Bonne Année* était l'un de ses films favoris. L'information est étonnante pour deux hommes que tout sépare, mais c'est peut-être là que ça se joue, justement, un lien entre deux cinéastes : ce qui les sépare. Jadis, Joseph Mankiewicz me confia, en levant les yeux, que le film dont il aurait aimé être l'auteur était *Un carnet de bal* de Duvivier. Et j'ai toujours aimé cette équation : « Woody Allen aime Bergman qui aimait les westerns. » Cela dit beaucoup de choses. Souvent, les cinéastes ne sont pas amateurs de leur propre style. Lelouch est un spectateur qui voit tout (cet après-midi, il était à la séance de 14 heures de *Dheepan* qui sort aujourd'hui) et peut parler des heures durant, comme il le fit à Cannes 2013, de *L'Inconnu du lac* d'Alain Guiraudie, son film préféré cette année-là. C'est ça, donc, ce qu'un cinéaste admire : ce qui ne lui ressemble pas.

Fin de la projection, tout le monde est heureux et rassuré. Elsa Zylberstein rayonne. Je parle longuement avec Jean Dujardin, qui plaisante sur des épisodes de tournage avec Claude, qu'il obligeait au repos certains soirs (il approche des 80 ans) autant qu'il lui refusait certaines lignes de dialogue quand il les estimait trop lelouchiennes. « Les aphorismes, Claude, il ne pourra jamais s'en empêcher. Je l'avais prévenu que je ne les accepterais pas tous. Le soir, quand on répétait les scènes du lendemain, je barrais certaines répliques : "Non, Claude, ça, ça et ça, je ne le dirai pas." Il en avait tellement marre qu'un jour, il m'a dit : "Je croyais que tu étais sympa comme Belmondo, en fait, tu es emmerdant comme Ventura." »

D'un coup de vélo entre Étoile et Saint-Germain (descente puis remontée, le boulevard Saint-Germain, depuis la Seine, c'est un petit 3 %), je rejoins Vincent Lindon pour dîner chez Lipp. « Tiens, prends cette banquette, c'est là où Mitterrand adorait s'asseoir », ordonne-t-il, en connaisseur hypermnésique de la vie française contemporaine. Il me questionne sur le Lelouch, je lui raconte le bon accueil fait au film : « Ça ne m'étonne pas, il en a encore sous la pédale, Claude. » On parle de Duvivier, qu'il adore – ça tombe bien, nous voulions l'inviter à Lyon pour ouvrir le festival Lumière. « Parfait, Duvivier, il y a des choses à dire. C'est dingue, je viens de tout revoir. De quoi tu veux qu'on parle ? De Jouvet et de Michel Simon dans *La Fin du jour*, de la Casbah d'Alger dans *Pépé le Moko*, d'Henri Jeanson, des deux fins de *La Belle Équipe* et de la gueule de Charles Vanel ? De *La Bandera*, de *Panique*, de *La Fête à Henriette* ? Vas-y, dis-moi. De Gabin ? Alors Gabin, il faudra prendre du temps, je te préviens. » À minuit, il aborde un sujet avec précaution : le prochain vote de la commission qui choisira le film français qui sera envoyé à l'Oscar du meilleur film étranger. « J'ai sept points à développer, sept arguments pour vous inciter à envoyer *La Loi du marché* à Hollywood. » Démonstration précise et méthodique : tout est très convaincant.

Pour aller de chez Lipp au Flore, il n'y a qu'à traverser le boulevard Saint-Germain. Dans une belle nuit parisienne pas près de se terminer, j'y retrouve Roeg Sutherland, qui arrive du tournage irlandais du James Gray, qui pourrait être prêt l'année prochaine. Le film s'appelle *The Lost City of Z* mais ça n'est pas seulement de celui-là que Roeg veut qu'on parle. Une Sélection officielle se construit aussi comme ça, par petites touches, instants sensibles et verre de chablis.

Jeudi 27 août

Toutes les éditions cannoises cristallisent les mêmes sujets et celle de 2015 fait écho à l'une de ces hantises dont on ne sait s'il faut s'en effrayer ou s'en amuser : voir triompher ailleurs des films que nous avons refusés. À y regarder de près, et quelques spécialistes se plaisent à les recenser, la liste est assez copieuse de films dont Cannes s'est malencontreusement détourné et qui sont allés gagner trois mois plus tard le Lion d'or à Venise. C'est arrivé avant moi et je n'ai pas fait mieux. Par exemple, *Vera Drake* de Mike Leigh au triomphe duquel j'avais assisté quand il était venu recevoir la récompense vénitienne suprême au théâtre La Fenice après avoir été snobé par Cannes quelques mois plus tôt. Ce fut de ma faute : face aux inlassables remontrances sur le prétendu crédit infini que nous accordions aux « abonnés cannois », j'avais décidé un peu hâtivement de me passer de l'un d'entre eux. Ce qui fit hurler ceux-là qui nous auraient, si nous l'avions retenu, reproché le visage toujours semblable d'une sélection sans surprise.

Au moment de recevoir son Lion d'or, Mike Leigh m'aperçut dans la salle, compris-je, quand il prit un malin plaisir à conclure son discours de récipiendaire par des mots qui m'étaient directement adressés : « Et par-dessus tout, je remercie le Festival de Cannes dont le refus m'a permis de concourir ici et de gagner. » J'ai failli me lever et faire contrition en disant à voix haute : « I am the bad guy. » Cela dit, il n'aurait jamais fait partie des cinéastes ayant gagné dans deux grands festivals, ils ne sont pas si nombreux à l'avoir fait. Confirmation qu'un rejet de la Sélection officielle mâtiné d'une campagne efficace est la preuve que Cannes aide les films qu'il sélectionne mais aussi ceux qu'il ne sélectionne pas ! Car le triomphe aurait-il été le même dans l'exigence de la compétition cannoise ? Nul ne le saura jamais. Avec Mike Leigh, le froid ne dura pas – il est revenu souvent depuis dont, l'an dernier, pour son beau et sombre *Turner*.

L'histoire aura bégayé à nouveau avec Arnaud Desplechin cette année : même erreur de notre part, même bénéfice pour lui. Et avec Xavier Giannoli : depuis Telluride, Tom Luddy me dit tout le bien qu'il pense de *Marguerite*. En ne le retenant pas pour la compétition, je suis convaincu que nous avons préservé la présence future de Xavier à Cannes. La presse, qui lui fait bon accueil en septembre, l'aurait-elle choyé en mai ? Je pose juste la question. S'il gagne le Lion d'or, nous aurons permis que la France triomphe deux fois, écris-je pour me consoler (car j'aimais beaucoup son film, et Xavier enragera de lire ça).

C'est plongé dans ces pensées que, dans le train qui me ramène à Lyon, mon téléphone ne cesse de sonner. Raymond Chirat est mort. Arrivé à la Part-Dieu, je trouve à l'Institut une équipe plongée dans la stupéfaction. Tout le monde se réunit au dernier étage du château Lumière, dans la bibliothèque qui porte son nom. Je dis quelques mots, nous nous recueillons, laissant ce royaume de la mémoire où il régnait il y a peu encore, à son silence et à notre chagrin.

Vendredi 28 août

Un air italo-américain rue Édouard Herriot à Lyon. Échange téléphonique avec Robert De Niro, lui dans son bureau new-yorkais de Tribeca, moi sortant du Grand Café des Négociants. « J'adorerais venir à Lyon pour Marty mais mon agenda, je le crains, ne collera pas. – Tu ne pourras pas venir ? – Je tourne. – Quel dommage. – Je n'ai pas encore mon planning, je fais le maximum. – Dans tous les cas, nous t'inviterons une autre fois, et c'est à toi qu'on rendra hommage. – Où ? À Lyon ? C'est gentil. Si je ne viens pas, je t'envoie une vidéo. Et Cannes, tout va bien ? – Oui, oui. – Tu me réinvites quand ? » Quand tu veux, Bob, quand tu veux.

Samedi 29 août

Troisième et dernière remise en salles du triptyque de Miguel Gomes, *Les Mille et Une Nuits* (et après j'arrête d'en parler, promis). Cet opus porte comme sous-titre *L'Enchanté* et fait suite à *L'Inquiet* et *Le Désolé*. Le distributeur aura connu à chacune des trois sorties un cheminement personnel inverse : l'enchanté, l'inquiet, le désolé. Un distributeur qui n'a rien à se reprocher, à part d'avoir pris les concours de louanges pour entrées trébuchantes. Sauf à se donner les moyens d'*Hunger Games*, les films en deux ou trois parties sont toujours de gros risques, l'une des histoires les plus célèbres ayant été le diptyque d'Alain Resnais *Smoking* et *No smoking* : beaucoup moins de gens sont allés voir le deuxième parce que, disait-on dans le métier, il y avait le mot « No » dans le titre.

Paulo Branco me raconte qu'à son arrivée à la Quinzaine, Miguel Gomes a dit : « Frémaux n'a pas pris mon film, il est foutu. » Mouais. Je lui pardonne : comment un cinéaste peut-il conserver le sens de la mesure quand il est l'objet d'une telle exaltation critique ? *Les Mille et Une Nuits* est un échec parce que l'opinion de quelques laudateurs fiévreux n'est pas celle de spectateurs dont l'avis est immédiat, connaisseur et sincère. Preuve est une nouvelle fois faite qu'il y a une autre manière de parler de cinéma que de se lancer chaque mercredi dans un championnat de compliments où les adjectifs règnent, et qu'ensuite les distributeurs inscrivent sur les affiches, comme autant de convictions posées sur l'incertitude des temps. Pour *L'Inquiet* : « Stupéfiant », « Ébouriffant », « Galvanisant » ; pour *Le Désolé* : « Envoûtant », « Film-événement », « L'un des films les plus fous qu'on ait pu voir » ; et pour *L'Enchanté* : « Onirique », « Sidérant », « Dionysiaque », « Une échappée belle et farfelue », « Imprévisible ». Pas sûr que Renoir ou Welles aient eu mieux – ça n'est pas comme ça qu'on parlait de leurs films, de toute façon. Et outre que l'amoncellement de superlatifs est commercialement assez peu productif, il laisse croire qu'on peut se passer d'une véritable analyse critique qui incite à tenter l'aventure. Je serais critique de cinéma, ça m'énerverait qu'on réduise ma pensée à une demi-phrase.

Dimanche 30 août

À la fin de l'été, le mois de mai alimente encore les conversations. Anthony Bobeau, autrefois journaliste au *Film français* mais qui œuvre désormais comme distributeur chez Memento aux côtés d'Alexandre Mallet-Guy : « Refuser *Les Mille et Une Nuits* les a braqués, même si personne n'aime vraiment le film, mais ça, personne ne le dit. Ça a été le plus gros hold-up critique de l'année ! Le Van Dormael en compétition, tu mettais fin à sa carrière : le film se serait fait tailler en pièces, les critiques auraient éventré les fauteuils. Sa meilleure place était à la Quinzaine, où tout se passe toujours bien, mais surtout à Venise. En prenant le Gus Van Sant, vous l'avez crucifié, grosse erreur. Le Donzelli ne m'a pas convaincu mais elle a subi des choses qui sont anormales. J'aime le Desplechin et tu as eu tort de ne pas le prendre. Mais ça aurait été perçu comme routinier. Tu es coincé ! Le Hou Hsiao-hsien est une leçon de cinéma, vous avez fait ce que vous aviez à faire. Et on a assisté à la naissance d'un cinéaste : László Nemes. Tu as eu l'audace de l'emmener en compétition, ce qui paraît évident aujourd'hui mais ça ne devait pas l'être au moment de le faire. Une sélection où on trouve *Le Fils de Saul*, les gens veulent quoi ? »

Lundi 31 août

On enterre Raymond. Comme un Lyonnais, au cimetière de la Guillotière, là où sont les Lumière. Cet homme aura écrit la plus belle histoire du cinéma français simplement en le *cataloguant*. Son œuvre s'est bâtie sur l'amour du travail des autres dont il aura été le comptable minutieux et « l'exhumeur » définitif.

Quand je l'ai vu, il y a deux semaines, il m'a dit que Bertrand l'avait longuement appelé et que Bernard Chardère prenait de ses nouvelles tous les jours. « Tu sais, j'ai eu une enfance difficile, mais rapidement, j'ai eu les amis. Et l'amitié a été la grande affaire de ma vie. »

« Et Mijo aussi fut la grande affaire de ma vie », a ajouté Raymond. Marie-Josèphe, la Beaujolaise, a été son épouse pendant près de soixante ans. C'est dans ses bras qu'il est mort, dans l'appartement de l'avenue de Saxe à Lyon, où il aura vécu toute son existence. Il m'avait dit : « C'est aux enterrements qu'on revoit les vieux amis. » À 93 ans, sa mort apparaît comme soudaine et son souvenir n'est pas près de nous quitter. Raymond est parti en plein été pour que les derniers jours de chaleur accompagnent ceux de notre deuil.

SEPTEMBRE

Mardi 1er septembre

La programmation du festival Lumière est prête, les bulletins, les tracts, affiches, le programme, les calendriers, les catalogues, les *flyers*, les billets, les autocollants, les tee-shirts, les livres, les produits dérivés. Quatre cents bénévoles viendront prêter main-forte à l'équipe locale, qui accueillera bientôt son homologue parisienne.

Pierre Lescure : « On me fait une proposition à la télévision. C'est bien payé et c'est excitant. Mais ça ne peut pas coller avec Cannes. Je refuse. On se voit quand ? »

Mercredi 2 septembre

C'est en septembre, avec les festivals de Venise, Toronto et San Sebastian, que débute véritablement la nouvelle saison. Avant, je suis dans une période d'observation. Je réfléchis, je déjeune, je dîne, je débriefe. Ça a l'air simple, dit comme ça, mais des choses se jouent tout de même à ce moment-là. Il faut être attentif, regarder ce que font les autres et vérifier ce que deviennent « nos » films. On est très loin du prochain Festival, il n'y a rien à décider encore et très peu à faire. Une exception, parfois : un Terrence Malick proposant *The Tree of Life* dès la fin de l'été 2009, dont Cannes 2010 fut finalement privé à la dernière minute et Cannes 2011 le lieu de la consécration.

Ces dernières années, nous n'allions plus à la Mostra, qui commence ce soir. Mais Alberto Barbera, qui en 2002 avait été poussé dehors par Berlusconi, est revenu la diriger. Alors Cannes est revenu aussi – Alberto est un homme bien. Le plaisir de débarquer à l'aéroport Marco Polo est intact, comme celui de naviguer sur la lagune et d'arriver au ralenti au pied de l'hôtel Excelsior que filma Visconti.

La Mostra est un moment essentiel du grand huit de la rentrée. Née en 1932, quand Cannes fut créé en 1939, et en grande partie contre elle, elle est le plus ancien festival du monde et s'incarna longtemps comme la grande église du cinéma d'auteur et la porte d'entrée européenne du cinéma japonais (les trois grands Kurosawa, Ozu et Mizoguchi y venaient toujours), avant de connaître des difficultés chroniques de gouvernance à partir des années 70. De plus, les Italiens n'ont pas fait le choix de créer un marché du film et ça leur est aujourd'hui fatal. Car si Cannes est Cannes, c'est aussi grâce à la présence des professionnels du monde entier attirés par la perspective de faire un peu de business. De fait, le rendez-vous de Venise n'est pas toujours efficace pour porter des enjeux commerciaux d'envergure et la Mostra, qui dépend de l'entité Biennale, voit les professionnels s'absenter plus souvent qu'autrefois. Par ailleurs, la Mostra ne se déroule pas dans la cité des Doges mais sur l'une de ses îles, même si c'est la plus belle. Le festival de Venise, c'est donc le festival du Lido, lieu très extraordinaire de beauté et d'histoire mais que les festivaliers désertent en ces temps de disette économique, d'autant qu'avec intelligence, le festival de Toronto a profité de l'aubaine pour installer un marché volatil non officiel et pourtant efficace dès les jours qui suivent la Mostra. Ce sont des leçons que nous avons à l'esprit.

Jeudi 3 septembre

Ce qui saute aux yeux, c'est combien le modèle historique des festivals a muté. Les principaux festivals européens sont bâtis sur un schéma identique issu des années 30 : une petite ville et de l'eau. Venise et la lagune, Locarno et son lac, San Sebastian et la Concha et bien sûr Cannes et la Méditerranée. En 1939, l'État n'a pas décidé de faire le Festival International du Film (nom officiel et statutaire du Festival de Cannes) à Paris mais à Cannes, après avoir pensé à Biarritz. En revanche, depuis deux décennies, la mode est aux grandes villes, dotées d'installations ultra-modernes, de salles, de multiplexes, d'opéras, de théâtres, de musées : Berlin, Toronto ou Busan, en Corée, le plus grand festival asiatique, toutes dotées d'un public de feu. Elles sont devenues de redoutables concurrentes et elles le seront plus encore dans le futur. Ça aussi, nous l'avons à l'esprit.

Vendredi 4 septembre

Dans les rendez-vous de la rentrée, il y a aussi Telluride, le plus méconnu, le plus cossu des festivals. Là-bas, c'est tout le contraire de Cannes et Venise : un coin perdu, en montagne, en Amérique. Un village traversé de part en part par une rue centrale qui le fait ressembler à un décor de western. Butch Cassidy y a attaqué sa première banque et Sarah Bernhardt est montée sur la scène du Sheridan Opera House.

Installé dans cette station huppée du Colorado, le « TFF », le Telluride Film Festival, prend place aux premiers jours de septembre, autour du *Labor Day* et rassemble tout ce que le pays compte de cinéphiles accomplis, de journalistes, producteurs ou distributeurs. Sa cote n'a jamais cessé de monter depuis sa création en 1974 par Stella et Bill Pence et par le légendaire

Tom Luddy, un ami de Chris Marker et de Werner Herzog auquel il a offert une salle portant son nom (la deuxième a été baptisée Le Pierre, en hommage à Rissient), qui dirigea le Pacific Film Archive et qui apparaît au générique des productions de la Zoetrope de Coppola des années 70. L'accréditation la moins chère coûte mille dollars et nul ne connaît le programme avant d'arriver sur place – c'est mystérieux, c'est snob, et c'est le principe. Le point de désir est à son plus haut, la générosité du public nord-américain à son comble. Le sentiment du privilège et le manque d'oxygène (on est à 2 700 m d'altitude) font le reste. Je suis « né » à Telluride en 1995, lorsque avec Bertrand, j'avais montré les films Lumière devant un public en transe et une cohorte de personnalités qui leur firent un inoubliable triomphe – Todd McCarthy l'évoqua à la une de *Variety* et pour moi, quelques aventures américaines commencèrent là, dans ces montagnes bénies des dieux. Aussi la conviction que le cinéma de Lumière était aussi inconnu qu'universel.

En quatre jours et entre deux barbecues, trois bières et un concert de blues, on y croise Ethan Hawke en bras de chemise, Don DeLillo ou Todd Haynes en conversation. J'y ai fait une inoubliable rencontre : Peter O'Toole, un homme d'une grande gentillesse, en compagnie duquel je faisais des petites marches. Côté sélection, le TFF propose nombre de films montrés à Cannes ainsi que les nouveautés de l'automne, ceux qui feront la saison à venir et dont Hollywood teste secrètement la viabilité pour la course aux Oscars.

Samedi 5 septembre

Le bel été français me console de n'avoir pas traversé l'Atlantique comme chaque année. Je passe la matinée à aménager une cave à vin en écoutant Art Tatum dont le nom est venu la première fois à mes oreilles quand Patrick Dewaere le cite dans la fantastique ouverture au piano de *Beau-Père*, le film de Blier, dont l'œuvre revient de plus en plus hanter le cinéma français contemporain. Une partie de ma bibliothèque a pris l'eau à la fin de l'hiver, je trie les livres, ouvre soigneusement les pages collées les unes aux autres pour tenter de sauver l'essentiel et, accablé, je me résous à jeter des ouvrages auxquels je tenais beaucoup. Mes collections complètes des *Cahiers* et de *Positif* ont été endommagées, quand des ouvrages sans intérêt ont échappé au désastre. Comme dit Desproges : « Le jour de la mort de Brassens, j'ai pleuré comme un môme. Alors que le jour de la mort de Tino Rossi, j'ai repris deux fois des moules. »

Dimanche 6 septembre

Heureux de recevoir de bonnes nouvelles d'Aki Kaurismäki qui fait, comme chaque automne depuis plus de vingt ans, sa migration d'Helsinki vers le Portugal en traversant l'Europe dans son camping-car avec sa femme Paula et le chien. Ce grand génie vit sans bruit, attrapant dans les tourbillons du monde de quoi nourrir une histoire européenne dont il fera un film qu'on pourra encore voir dans deux siècles. J'ai connu Kaurismäki lors de la célébration du centenaire du cinéma à Lyon. Nous étions tous de fervents admirateurs de son cinéma – Bertrand adorait *Calamari Union* et moi *La Vie de bohème*. Aki avait débarqué sans crier gare et, au milieu des cinéastes venus rejouer *La Sortie de l'usine Lumière* (Jean Rouch, Paul Vecchiali, Arthur Penn, Stanley Donen, André de Toth, Mrinal Sen, Youssef Chahine), il avait manifesté un tempérament formidable. Pour justifier ses excès (il s'est beaucoup calmé depuis), ce fils du cercle polaire qui organise chaque année en juin le Midnight Sun Film Festival dans le Grand Nord lapon, aime dire : « En Finlande, l'hiver, il fait nuit tout le temps, alors on est tristes. Donc, on boit. Mais l'été, il fait jour tout le temps, alors on est contents. Donc, on boit. » À Cannes, lorsqu'il monta sur scène pour recevoir le Grand Prix pour *L'Homme sans passé*, il s'approcha de David Lynch, qui était président du jury et le fixa en lui disant : « Who are you ? »

Aki est revenu souvent à Lyon. Lors de l'avant-première de *Juha*, son film muet, il avait demandé qu'on en fasse précéder la projection par *L'Arrivée du train en gare de La Ciotat*. En guise d'introduction, il avait dit au public : « Ce soir, vous verrez deux films, l'un fait 50 secondes, il est signé Lumière et c'est un chef-d'œuvre. L'autre dure une heure et demie, il est de moi, et c'est de la merde. » La dernière fois qu'on s'est vus, c'est à la mort de Fabienne Vonier, sa productrice française que nous pleurions tous.

Je me promets d'aller voir Aki et Paula à Porto. Dans mes résolutions 2016, il y aura : « Je ne laisse plus tomber les amis. » J'avais noté quelques lignes du journal de l'écrivain et critique Matthieu Galey, elles ne m'ont jamais quitté, quand bien même je ne les ai pas toujours respectées : « Ce que d'ordinaire, j'aurais remis à plus tard – une carte postale, un signe d'amitié, une visite – je vais le faire, maintenant. Plus une minute à perdre. Je songe à Bory, à toutes ces lettres expédiées aux copains, quelque temps avant sa mort. Une symphonie des adieux que nous n'avons pas su entendre… » Le sentiment du temps qui passe, et qui se gâche, me sera venu l'année de mes 55 ans sans que, jusque-là, je me pose la moindre question sur le sujet. J'écris ça aussi naïvement que possible : avec l'âge arrivent les souvenirs, les choses qu'on a lâchées et qu'on veut retrouver, les amours abandonnées, les gens dont le visage et le souvenir réapparaissent. Quand Truffaut est mort, Godard, qui s'était violemment affronté à lui quelques années plus tôt, ne l'appela plus que « François ». Je me rappelle ce retour de flamme, d'amitié, de mémoire, ce qui les unissait, ce qui les séparait, la manière dont les désaccords avaient fait aussi leur histoire commune. Mon fils Jules, bientôt 12 ans, ne pense qu'à ses amis. Il sera comme moi un homme à copains – je lui apprendrai à ne pas laisser les choses filer.

Lundi 7 septembre

Vincent Maraval, l'un des patrons de Wild Bunch : « Je rentre en projection pour voir le premier montage de *Neon Demon*, le film de Nicolas Winding Refn. T'appelle après. » La semaine commence fort – Nicolas est l'un des candidats sérieux pour la compétition 2016. À Cannes, il fit impression avec *Drive* et perdit une partie de son crédit sur *Only God Forgives*, une œuvre radicale et déroutante qui se bonifie à la deuxième vision. Son nouveau film serait déjà terminé ? C'est presque trop tôt.

Fin de projection, Maraval me rappelle : « Bon, j'aime beaucoup mais ça sera clivant. NWR fait un cinéma de prototypes. Certains hurleront au génie. Mais pas sûr qu'il soit fait pour le public du tapis rouge et la soirée de gala. » Grosse envie de le voir. Du coup, j'appelle Nicolas, et je fais semblant de parler du festival Lumière, où il viendra accompagner son ami Mads. « Oui, je serai là, j'ai un trop bon souvenir du mâchon lyonnais. » Maraval me parle aussi du *Snowden* d'Oliver Stone : « Il est encore au montage mais les producteurs US ne veulent ou ne peuvent plus le sortir d'ici la fin de l'année. Ça pourrait être Berlin, mais vois avec Pathé et Paul Rassam, ils pourraient décider d'attendre Cannes. »

Dans l'après-midi, je retourne à Venise pour l'hommage à Bertrand. Dans un restaurant recommandé par Alberto Barbera, nous dînons avec lui, son épouse Sarah et Sabine Azéma. Je ne l'ai pas revu depuis juillet. Ça n'est pas encore la grande forme mais il va de mieux en mieux, et le montre en enchaînant sur notre dernière conversation comme si elle avait commencé hier. « Le livre de Scott Eyman sur Wayne est passionnant. Le récit de la production et du tournage d'*Alamo* est formidable. On apprend aussi que Wayne a dirigé de nombreux films officiellement signés par d'autres : *The Comancheros* ou *Big Jake* par exemple. Et plein de choses aussi sur son implication dans la

MPAA ou sur ses prises de position politiques et la manière dont il rejette le scénario des *Fous du roi* de Robert Rossen. » La soirée est d'une grande douceur. Sarah est aux petits soins pour tout le monde. Sabine nous parle de sa vie, depuis que Resnais n'est plus là. Amos Gitaï, qui présente ce soir *Le Dernier Jour d'Yitzhak Rabin* en compétition, traverse le restaurant et s'arrête devant Bertrand qu'il couvre d'affection. J'ai toujours aimé voir deux cinéastes qui n'appartiennent pas à la même famille se montrer du respect.

Mardi 8 septembre

Dans la grande salle du Palais du cinéma, Alberto Barbera remet un Lion d'or d'honneur à Bertrand, après avoir dit de belles choses sur lui. Les gens sont debout, ils viennent de voir *La Vie et rien d'autre*, l'un de ses meilleurs films, qui s'achève par une extraordinaire voix off écrite par Jean Cosmos, dite par Noiret : « Par comparaison avec le temps mis par les troupes alliées à descendre les Champs-Élysées lors du défilé de la Victoire, environ trois heures je crois, j'ai calculé que, dans les mêmes conditions de vitesse de marche et de formation réglementaire, le défilé des pauvres morts de cette inexpiable folie n'aurait pas duré moins de onze jours et onze nuits. Pardonnez-moi cette précision accablante. À vous, ma vie. » C'est bien, un film qui se termine par « À vous, ma vie ».

Dans la soirée, dîner vénitien d'adieu, et d'amitié, avec Alfonso Cuarón, qui préside le jury, Bertrand, qui m'émeut à redevenir lui-même, et Alberto Barbera qui couve ses invités d'un œil fraternel.

Mercredi 9 septembre

Au décollage, face à la beauté éternelle de ces cités lacustres, difficile de ne pas se dire que cette mer, ailleurs et plus au sud, est devenue tragique. En 2015, de la Syrie et de la Libye, vers la Grèce et la Sicile, des gens s'enfuient par dizaines de milliers dans des bateaux. En Autriche, d'autres sont retrouvés morts dans un camion frigo abandonné sur une aire de parking et des cortèges de réfugiés se pressent aux portes de l'Europe des riches.

Seigneur, la foule des pauvres pour qui vous fîtes le Sacrifice
Est ici, parquée, tassée, comme du bétail, dans les hospices.
D'immenses bateaux noirs viennent des horizons
Et les débarquent, pêle-mêle, sur les pontons.
Il y a des Italiens, des Grecs, des Espagnols,
Des Russes, des Bulgares, des Persans, des Mongols.
Ce sont des bêtes de cirque qui sautent les méridiens.
On leur jette un morceau de viande noire, comme à des chiens.
C'est leur bonheur à eux que cette sale pitance.
Seigneur, ayez pitié des peuples en souffrance.

Le poème de Blaise Cendrars, *Pâques à New York*, écrit en avril 1912, reste d'actualité.

Le papier sur le malentendu Sorrentino sort dans *Le Point. Le Figaro* et *Le Canard enchaîné* font l'éloge de son film *Youth. Libé* n'aime pas mais prend le soin d'expliquer pourquoi. *Le Monde* l'expédie en deux lignes. L'histoire de la critique est pleine de ce genre d'éreintements que le temps règle, en prenant son temps.

Jeudi 10 septembre

Ouverture hier soir du festival de Toronto qui fête ses quarante ans en pleine forme et en grande pompe. Dirigé par le vétéran Piers Handling qui a confié la sélection à Cameron Bailey, tous deux dotés d'un goût audacieux et universel, Toronto est l'antithèse de Cannes mais il n'en est pas le rival, plutôt une sorte de cousin d'Amérique. Cannes est malthusien, avec un maximum d'une soixantaine de films, quand Toronto embrasse large : 398 longs métrages annoncés, dont 39 canadiens. Cannes est réservé aux professionnels alors que Toronto est destiné au grand public, à des milliers de festivaliers dont la majorité prise dans le vivier local. Judicieuse stratégie : comme les films d'auteur qu'on a l'habitude de voir dans les salles de France ne sortent pas au Canada, le festival se déploie comme une plateforme d'exploitation géante, douze jours durant. Dans des installations top niveau avec une flopée de belles salles et une population bigarrée, loin de l'intransigeant public de Cannes.

Autre différence, et de taille : pas de compétition, seulement des invitations, en grand nombre. Au départ, le Toronto International Film Festival s'appelait le « Festival des festivals ». En gros : on prend tout ce qui a eu du succès ailleurs, de Cannes à Berlin, et on en fait un « best of » de l'année. Puis le festival se mit à accueillir quelques avant-premières, en particulier à la demande d'Hollywood qui vient renifler l'humeur de la future campagne des Oscars. Un film qui se fait remarquer à Toronto s'alignera quasi immanquablement sur le tapis rouge du Dolby Theatre de Los Angeles en février. De nombreux films « cannois » se retrouvent ici face à des spectateurs avides et connaisseurs. Comme les journalistes, les vendeurs et les acheteurs arrivent en nombre pour un marché du film qui ne dit pas son nom, Toronto est devenu le festival de la rentrée, au détriment de Venise, qui n'a pas dit son dernier mot.

Vendredi 11 septembre

Les attentats du World Trade Center et leur commémoration effacent tous les ans un peu plus le 11 septembre comme jour « anniversaire » du putsch au Chili en 1973, mais je suis de ceux qui pensent chaque année à Salvador Allende et aux siens. J'étais enfant mais je me souviens parfaitement du déroulement du coup d'État. On nous en parlait en cours. Même un enfant grandi dans une famille réactionnaire aurait été sensible à ce qui s'était joué dans ce pays lointain, dont nous avions appris l'existence en même temps que ce qu'il endurait. À cette époque, les profs ou les pions n'hésitaient pas à alerter les élèves sur l'élémentaire indignation que suscitaient telle ou telle atteinte aux droits de l'homme. Quelques mois après Allende, l'anarchiste catalan Puigi Antich, avait fait l'objet, en mars 1974, d'une minute de silence au collège Paul Éluard de la ZUP des Minguettes, le jour où il fut garroté par Franco. Aujourd'hui, cela vaudrait au professeur qui s'y aventurerait pétition des parents, attaques politiques, mise au point du ministre et exclusion de l'Éducation nationale. Gloire à eux, aujourd'hui, là où ils sont.

Samedi 12 septembre

Il n'y a rien de fatal à l'assombrissement des temps et à la domination numérique : dans le 3e arrondissement de Lyon, près des berges du Rhône, La Fourmi, un cinéma né en 1914 et fermé depuis quelques années, rouvre ses portes grâce à l'Institut Lumière qui allume les écrans de ses trois salles, dotées de 33, 39 et 63 fauteuils. Le lieu s'est refait une petite beauté. Ça sera une salle d'art et essai, une salle de reprises, une salle de quartier, comme les commerces de proximité et les épiceries arabes qui sont les seules lumières des villes, le soir, désormais. Au programme de cette première semaine : *The Lesson*, le film bulgare de Kristina Grozeva et Petar Valchanov, *Amy* de Asif Kapadia, *Les Nouveaux Sauvages* de Damián Szifrón et *Les Enfants du paradis*, dans la copie restaurée de Pathé, parce que c'est avec ce film que l'inlassable exploitant-propriétaire-animateur, François Keuroghlian, l'avait rouvert dans les années 70. C'est lui qui a souhaité que l'Institut Lumière en reprenne le flambeau. L'équilibre commercial potentiel est fragile mais la conviction est telle que la victoire nous attend.

Dimanche 13 septembre

« Salut vieux. Confirmation : Eastwood tourne cet automne. » Pierre Rissient dans ses œuvres, moitié innocent, moitié espion. « Tu connais Clint, il ira vite. Et Warner le sortira dans l'élan en juin », me dit-il, mine réjouie qui se devine au téléphone. Mais il en convient aussitôt : attirer le film à Cannes ne sera pas une mince affaire.

Comme Jean Douchet, autre silhouette essentielle de nos mythologies cinéphiles, Rissient a inventé un personnage dont il est l'exemplaire unique : critique, historien, attaché de presse, agent de renseignements, essayeur de chemises asiatiques, conversationnaliste hilarant – en 1982, il a même tourné un long métrage à Manille, *Cinq et la peau*, sur un scénario lointainement inspiré de Pessoa. Ces quarante dernières années et le plus souvent dans l'ombre, Pierre a influencé le cinéma mondial en l'élargissant à de nouvelles frontières : virtuelles, en sacrant auteurs ceux qui ne semblaient pas l'être (du « carré d'as du Mac-Mahon » à la sanctification du Eastwood cinéaste, dès *Play Misty for Me*) et géographiques, en visitant le premier quelques pays lointains (Philippines, Chine, Singapour, Australie, Corée) pour explorer leur cinéma – sans lui, aurait-on vu les films de King Hu, de Lino Brocka ? Qui aurait découvert les premiers courts métrages d'une jeune Néo-Zélandaise du nom de Jane

Campion ? Cet explorateur infatigable, que les amis américains appellent Mister Everywhere, m'a toujours fait songer à ces judokas pionniers se rendant à Tokyo pour se prosterner devant l'origine du monde et se mêler aux jeunes pousses japonaises des tatamis de l'université de Tenri ou de Meiji.

Après une première vie dédiée aux cinéastes hollywoodiens, genre virils, borgnes et westerniens, Pierre est allé s'enquérir de la modernité asiatique. Il découvrit des films que personne n'avait vus, il rencontra des cinéastes que personne ne connaissait et tressa au vieux Im Kwon-taek les lauriers qu'il méritait. De ses expéditions, il ramena des bouts de pellicules, des cartes de visite et une vénération pour quelques trésors vivants locaux dont lui seul connaissait le nom. À Manille, il prit l'habitude d'acheter des tuniques à fleurs qu'il revêt jusqu'aux dîners officiels de Cannes sous l'œil torve des profanes en smoking qui ignorent que cet homme qui parle haut a ses entrées partout. Tête de bonze et esprit caustique, Pierre a créé le concept du moine jouisseur et rigolard. Bâtisseur patient de sa propre légende qui commence par une fonction d'assistant sur le tournage d'*À bout de souffle*, un compagnonnage serré avec Raoul Walsh et Fritz Lang, des disputes avec Losey (qu'il appelle « Loci ») et, paraît-il, une nuit d'amour avec Hedy Lamarr, tout relève chez lui du Grand Récit, même lorsqu'il chuchote des poèmes de Keats. D'un caractère changeant, joyeux et ombrageux, il est d'une extrême courtoisie sauf quand il perd le peu qu'il a de nerfs, se laissant aller à des emportements qui ne sont plus de son âge. Mais qui font rire ses amis, dont Bertrand qui le couvre d'affection depuis 50 ans. Car la curiosité de Pierre ne faiblit jamais et l'amène à se rendre toujours disponible pour donner un conseil, lire un scénario, lancer un jeune cinéaste, apprécier une copie restaurée. Il peut aussi avoir la dent très dure et passer un cinéaste au détergent. Quand il s'est éloigné de Wong Kar-wai, il ne l'appelait plus que *Wrong* Kar-wai (puis il est revenu vers lui car il trouvait ses films meilleurs). Et sur la liste noire de McCarthy, il reste à fleur d'indignation au sujet des mouchards.

Pierre est diabétique depuis des années et ne commence pas un déjeuner sans se flanquer un grand coup de pique dans le ventre – au début, ça surprend un peu. Aujourd'hui, le bateau est plus souvent à quai qu'autrefois mais Pierre rêve encore de voyages et incarne l'idée d'un cinéma qui était pour sa génération un instrument de connaissance du monde.

À Venise, Alfonso Cuarón et son jury ont remis leurs prix. Quand on est du métier, on fait une lecture sentimentale d'un palmarès. Alors je suis content de voir Pablo Trapero, Fabrice Luchini et Valeria Golino récompensés. Avec l'inconnu Lorenzo Vigas en Lion d'or, c'est aussi ce jeune cinéma latino-américain qui pousse un peu plus la porte d'entrée du cinéma mondial. Elle ne s'ouvrira pas complètement si les sujets se confinent aux narcos, à l'émigration vers le nord et à la violence sociale, mais pour l'instant, c'est le cinéma et la fiction qui viennent rappeler régulièrement l'état des choses, là-bas.

Lundi 14 septembre

Ce matin, la campagne est pleine de soleil du côté du Creusot où le train fait un stop dans un silence qui donne envie de ne pas aller jusqu'à Paris et de s'échapper dans cette campagne. L'été s'achève mais l'automne n'est pas encore tout à fait là. C'est le moment de retenir le temps, et de tenter d'en gagner. Derniers réglages de la programmation du festival Lumière et des questions de communication, de billetterie, etc. L'équipe est joyeuse et brillante, Cécile impériale, Maelle motivée comme jamais, Leslie inépuisable, Fabien drôle comme toujours, Fabrice solennel et gardien du temple, et Pauline ou Juliette pas en reste pour mettre de l'énergie dans une formation qui ne fait aucune fausse note.

Tous les invités ont confirmé leur présence, sauf Jim Harrison qui ne viendra pas cette année, me dit Peter Lewis. « Jim parle souvent de faire un dernier voyage en France mais il n'est pas en grande forme et Linda non plus. » La dernière fois, il avait tenu à présenter *La Soif du mal* et dire quelques mots sur la tragédie mexicaine. On lèvera un verre de bandol de chez Tempier à sa santé. L'édition 2015 a belle allure. À un mois de l'échéance, plus de 50 % des 150 000 places sont déjà vendues. Bientôt, ça ne sera que plaisir de voir, de parler et de recevoir. Comme disait Hitchcock : « Mon film est terminé, il ne me reste plus qu'à le tourner. »

Content de retrouver Laurent Gerra, qui n'est pas sur scène le lundi, ni à Paris, ni en tournée. Mais à la radio oui, dans ce drôlissime moment des matinées d'info où les imitations fusent. Avec comme toujours chez lui, un fond d'Histoire, des références culturelles, une distance politique – ceux qui le connaissent savent cette grâce innocente qui l'habite, sa saine volonté de juste faire l'imbécile pour faire rire autour de lui. « Mais que c'est bête ! » me dit-il parfois, après avoir proféré, dans un sourire d'enfant qui éclaire son visage, une belle grossièreté.

Nous dînons dans la trattoria de Tonino. Comme d'habitude, on parle des Alpes, de cinéma muet et de chanson française *classique*. Laurent est plus fort que moi sur Salvador, Bécaud, Jean-Claude Pascal et Aznavour – je suis plus calé que lui sur Henri Tachan, Pierre Tisserand et Leny Escudero. On se rejoint sur Brassens, Ferré, Reggiani et Pierre Perret. Et nous savons que Bernard Dimey a écrit *Si tu me payes un verre* pour nous, comme nous connaissons par cœur les paroles de *Mon camarade* de Caussimon/Ferré. À la fin de la soirée, on laisse un message à Serge Lama pour lui fredonner une de ses chansons rares, en sachant que, comme d'habitude, il nous rappellera demain pour nous avouer, stupéfait et amusé, qu'il l'avait oubliée.

Mardi 15 septembre

Costa-Gavras n'a jamais voulu que la Cinémathèque française célèbre son travail, n'estimant pas convenable que son œuvre soit projetée sur les écrans d'une institution dont il était le président. Résultat : pas d'hommages à Paris, et rien dans le pays. Ce soir à l'Institut, on répare l'anomalie en ouvrant une rétrospective de ses films, dont quelques-uns tiennent vraiment le coup (*Z*, *Missing*, *Section spéciale*) et d'autres restent des entreprises pour le moins audacieuses – Costa est le genre de type qui n'a jamais pris la caméra pour rien. L'an dernier, lors du festival Lumière, j'avais noté son extraordinaire popularité quand j'avais salué sa présence devant les cinq mille personnes de la Halle Tony Garnier – impression confirmée dès la fin de l'été : les places se sont arrachées et l'exposition de ses photos à la galerie de l'Institut, en Presqu'île, ne désemplit pas.

Costa était là, ce soir, dans la salle du Hangar du Premier-Film, entouré de ses amis. Modeste jusqu'au chuchotement, il a livré ses souvenirs à une foule pleine de ferveur. J'aime ces soirées où l'on prend le temps de l'éloge et du compliment, où l'on redit ce qu'on doit aux artistes, ce qu'ils apportent dans une vie. Costa fut un rouage essentiel d'une prise de conscience politique pour des générations de spectateurs. Je me souviens d'un exposé fait par un copain – il s'appelait Philippe Vitry – en classe de troisième au collège Paul Éluard des Minguettes sur *Section spéciale* – j'avais vu ensuite le film qui, plus encore que le livre, donnait à *ressentir* l'engagement des jeunes résistants et la fragilité d'une existence qu'ils n'hésitaient pas à mettre en jeu. Quand on voyait *Z* à la sainte soirée télévisée du dimanche soir, en famille, je ne crois pas que les enfants de 2015, qui ne font plus que dans la catch TV (en tout cas les miens !), puissent se rendre compte de l'énergie que ça insufflait dans les consciences en formation de leurs futurs pères. Adolescents, nous aimions ce cinéma de dénonciation, le cinéma politique qui racontait des histoires d'injustices qui se terminaient bien, d'innocents que le destin ne condamnait pas, de révoltes rejointes par ceux qui en avaient été d'abord les adversaires.

Puis un jour, dans des revues que nous lisions, sont apparus des textes terribles contre ce cinéma-là qui fut emblématisé dans une formule méprisante : la « fiction de gauche ». Drôle peut-être, ironique sûrement et improductif, on le sait maintenant. Parce qu'aujourd'hui, on aimerait en voir des fictions de gauche sur les écrans français *mainstream* désertés par la politique, et la question se pose de savoir où elles sont, et si elles peuvent encore exister. Et que font aujourd'hui ceux qui en dénonçaient la prétendue inefficacité et en raillaient l'esprit ? Et où sont même les instances qui permettraient de débattre de tout ça ?

Georges Képénékian, ému, a remis à Costa la médaille de la ville de Lyon. Serge Toubiana a dit quel président de la Cinémathèque il était, alors que leur aventure commune s'achève bientôt. Jacques Perrin s'est souvenu de la production de *Z*, entre Paris, Alger, Cannes (où il fut présenté en compétition) et Los Angeles (où il remporta l'Oscar). Et Régis Debray est venu sur scène pour dire de belles choses : « Costa est un Français jusqu'au bout des ongles, par immigration et transfert jusqu'à nous des plus belles qualités de l'homme grec. Il est né dans le Péloponnèse, Constantin, ne l'oublions pas, et il a de qui tenir. Il ne sort pas de nulle part, il a de la poudre et des balles dans ses bagages. Tout citoyen du monde qu'il soit, il porte haut la flamme d'un pays qui nous a beaucoup donné. L'homme grec a inventé la philosophie, la politique, le grand voyage, la géométrie, les Jeux olympiques, le civisme, le cosmopolitisme, et j'en passe. Le Grec est un visuel, un homme qui regarde et qui a inauguré non seulement la tragédie, mais le spectacle, le théâtre, qui vient de *thea*, la vision. Voilà un migrant qui nous a beaucoup donné. Costa est l'héritier de cette longue lignée et cela nous fait bien de l'honneur à tous, de l'avoir avec nous, en France, ici et maintenant. Merci de nous donner l'occasion de payer notre dette à un créancier de cette envergure. »

Mercredi 16 septembre

Au CNC, le « ministère du Cinéma », première réunion pour décider du film envoyé par la France aux Oscars. Autrefois, à Cannes, les pays choisissaient eux-mêmes le film qui les représentait, d'où l'expression sélection *officielle*. Puis le Festival décida lui-même quels films inviter, quand les Oscars demandent encore aux pays de choisir eux-mêmes. En France, parmi les votants, des membres de droit (Cannes, les César, Unifrance, le président de l'avance sur recettes) et des artistes. J'y siège es qualités et ça n'est pas simple : ne pas prendre un film « à nous », c'est le trahir, et se battre ostensiblement pour un film issu de Cannes ne serait pas honnête.

Le principe est simple : les pays font leur choix, l'Académie US opère une première sélection de neuf films puis, fin janvier 2016, désigne les cinq élus qui concourront en finale. Notre mission, rappelle Frédérique Bredin, qui préside avec élégance aux débats, ne consiste pas à se faire plaisir mais à ne pas se tromper. La présidente du CNC est très mobilisée pour que la France aille au bout, les années antérieures ayant suscité quelques déboires. Avec Nathalie Baye, Michel Hazanavicius, Mélanie Laurent, Jean-Paul Salomé, Alain Terzian et Serge Toubiana, nous tombons rapidement d'accord sur *La Loi du marché* et *Dheepan* ; *Marguerite* a quelques défenseurs, d'autant qu'il sort aujourd'hui, et deux outsiders se dégagent : *La Belle Saison* de Catherine Corsini et *Mustang* de la jeune cinéaste franco-turque Deniz Gamze Ergüven. On se retrouve dans une semaine pour le choix final.

Sur le trottoir de la rue de Lübeck, nous réglons avec Serge Toubiana les derniers détails de la venue de Martin Scorsese, qui passera par la Cinémathèque avant le festival Lumière, tandis que Michel Hazanavicius se lance, très fier, dans un long éloge de son vélo électrique : « Performance sportive et confort familial, sensation de liberté et d'allégresse de vos premiers instants passés sur une selle », rigole-t-il. « C'est un Riese und Müller, modèle Homage, recommence-t-il de plus belle. Batterie Bosch, frein à disque et suspension hydraulique. Bon, sans déconner, c'est génial. Et dix vitesses, les gars, je monte à 45 ! » Moi aussi, sans moteur. Nous partons ensemble et roulons sous une pluie fine sur la rive droite de la Seine pour rejoindre nos pénates, lui son bureau dans le 10e et moi la gare de Lyon et le wagon n° 1 du TGV 2555.

Jeudi 17 septembre

En 1997, à l'invitation de Fernando Solanas, on s'était retrouvés à Buenos Aires avec Bertrand, Michel Gomez et Costa-Gavras – et ce dernier trimballait avec lui un appareil photo. « Je prends des photos depuis toujours », m'avait-il dit. Un jour, grâce à la Maison européenne de la photographie, on a vu apparaître son travail. « Photographe par intermittence, Costa prend des photos par inadvertance », écrit Toubiana dans le catalogue. Ce sont ces photos dont nous avons inauguré hier l'exposition, dans la galerie photo-cinéma de l'Institut Lumière. Costa était là, parlant avec tout le monde, évoquant ce travail qui n'était pas destiné à être rendu public. Le soir, projection de deux autres de ses films, dont *État de siège* (musique formidable de Los Calchakis) et *Compartiment tueurs* dans une copie rare. En cabine, Anthony, le projectionniste de l'Institut, s'est régalé à projeter du 35 mm en double poste, bobine après bobine. Quand je l'ai annoncé en début de séance, les spectateurs lui ont réservé un tonnerre d'applaudissements.

Pendant le dîner, avec Costa et Michèle, son épouse, et ma Marie, nous parlons longuement de Chris Marker. C'était un cinéaste extraordinaire, au sens propre du mot. Et un personnage singulier, dont les images sont rares. Wenders le filma, de dos, dans *Tokyo-Ga*, silhouette furtive passant dans ce bistrot de Shinjuku qui s'appelle La Jetée – tous les cinéastes n'ont pas eu ça : avoir un bar qui porte le nom d'un de leurs films.

Marker laissa Costa le photographier, la photo est dans l'expo. C'est tout, et pour une vie, c'est peu. Michèle, en plus d'une existence qui l'a menée à être journaliste, mannequin et productrice (et pas seulement des films de son mari), aura aussi su se transformer en agent immobilier pour les amis. Elle a hébergé Marker après qu'il eut quitté la roulotte de Signoret et Montand. Et c'est d'une voix émouvante et douce qu'elle nous raconte les derniers jours de la vie de Marker, né et mort un 29 juillet. La façon dont il a vu venir la fin, dont il a tranquillement classé ses affaires, dont, assis dans un fauteuil et presque apaisé, légèrement sur le côté, il s'est doucement laissé glisser.

Vendredi 18 septembre

Je vais continuer sur nos morts. Chaque 18 septembre, les amis de la productrice Pascale Dauman se souviennent d'elle. Non qu'elle ait disparu un 18 septembre mais parce qu'elle est née un 18 septembre. Ce que Jérôme Jouneaux me rappelle. Il y a quelques années, Frédérique Berthet a publié un entretien posthume avec elle dont la lecture m'avait bouleversé : une distributrice-productrice à la personnalité hors norme qui, cachée derrière les cinéastes qu'elle admirait, n'avait jamais pris soin de parler d'elle, revenait le faire alors qu'elle n'était plus parmi nous. Qu'un tel texte existât fut un événement capital pour ceux qui l'avaient aimée. Lorsque Frédérique me demanda d'en écrire la préface, j'acceptai immédiatement. Vu la place qu'a tenue Pascale Dauman à un moment de ma vie, j'éprouvais juste une grande fierté de m'associer à l'hommage qui lui était rendu à travers ce livre qui lui ressemblait et qui ramenait soudainement de beaux morceaux du passé.

Car sur la route qui m'a conduit de l'Institut Lumière, à Lyon, dans les années 80, au Festival de Cannes, en 2000, j'ai eu beaucoup de pères de cinéma, de frères et d'oncles, venus de la rue du Premier-Film, de la Croisette et d'ailleurs. Beaucoup d'anges aussi qui ont veillé sur mes jeunes années professionnelles. Et j'ai eu Pascale.

Après plusieurs années d'un bénévolat dévoué aux collections de l'Institut Lumière, là même où sont rassemblées aujourd'hui les archives d'Anatole Dauman et de nombreuses copies déposées par Pascale, j'en suis devenu officiellement le programmateur en 1990. Je formulai alors le projet d'une rétrospective intégrale des films de Wim Wenders, qui avait marqué mon apprentissage cinéphilique. L'idée était que les cinémathèques devaient aussi se préoccuper de cinéma contemporain et pas seulement de patrimoine, que montrer sur un grand écran *Au fil du temps* ou *Summer in the City* (dont les droits étaient bloqués car Wim ne s'était jamais préoccupé de ceux de la musique) valait autant que le faire pour les films français des années 30 chers à mes irremplaçables tuteurs lyonnais Chirat & Chardère. La préparation de l'événement me conduisit tout naturellement sur la piste de *Jusqu'au bout du monde*, produit par Anatole Dauman et dont Pascale préparait la sortie, prévue pour octobre 1991.

J'avais rencontré Anatole lorsqu'il était venu à Lyon rendre visite à Chardère, en compagnie de Jacques Gerber qui, en 1989, lui avait consacré un ouvrage, *Souvenir-écran*, à l'occasion d'une exposition organisée par le Centre Pompidou. Anatole, plein d'amitié pour une jeune institution qu'il préféra à la Cinémathèque française au moment de déposer ses archives, m'enjoignit de me mettre en rapport avec Pascale.

Je ne connaissais Pascale que de nom, de réputation, et d'énergie. D'elle, je savais juste qu'elle organisait des rétrospectives de cinéastes qui avaient besoin d'aide, qu'elle avait sauvé Wenders dans le désert du Texas et qu'elle travaillait avec Raymond Depardon, le (presque) Lyonnais. Elle me donna rendez-vous à Paris. Je me revois, attendant fiévreusement dans un bar de la rue Charonne qu'elle me reçoive. Je me revois et je la revois, elle, survoltée, étonnante, géante. Compréhensive aussi : aujourd'hui que j'en sais (un peu) plus sur le métier, je me rends compte à quel point mes naïvetés et mon ignorance d'alors devaient agacer Pascale l'impatiente. Et je n'en reviens toujours pas de la confiance et de l'affection qu'elle me témoigna dès les premières minutes de notre rencontre.

J'avais avec le cinéma un rapport d'utopie. Porter des bobines de films, comme je le faisais depuis quelques années entre les compétitions de judo et la préparation de ma thèse, c'était déjà en être. Participer au lancement d'un film, comme elle m'y invita, c'était atteindre le sommet de l'Annapurna, en attendant d'autres Everest. Je ne savais pas ce qu'était une « soirée chiffres », ce moment particulier de la vie d'un film : le mercredi soir, dans le bureau de la distribution, les gens réunis pour compter les entrées. Les fêter, les soirs de bonheur. Les pleurer, parfois. Ce fut le cas. La tristesse, la fatalité presque, s'abattit sur la planète Dauman. *Jusqu'au bout du monde* n'irait pas très loin, nous le sûmes d'emblée.

Je pourrais me dire que je suis arrivé au mauvais moment dans la vie de Pascale et d'Anatole : le moment de la chute, et de la fin. Je n'éprouve rien de cela. Certes, en dépit de ses coups de fil nombreux, et si affectueux – il me parlait d'avenir, alors que les créances l'encerclaient – qui ne portaient jamais le sceau de la défaite, Anatole ne se remit jamais de l'échec du film de Wenders. Pascale n'allait pas bien non plus, mais n'en disait rien. Serge Daney, déjà malade, veillait sur elle, la défendait tellement. Quelque chose prenait fin. « La faillite de Pari Films, ce n'est pas seulement une tragédie pour Pascale, c'est une idée de cinéma qui s'en va », me disait Serge, que je voyais beaucoup, et qui m'avait donné un beau texte sur le film de Wim, « La surface de réparation », qu'il publia ensuite dans le premier numéro de *Trafic*. Non, je ne suis pas arrivé au mauvais moment parce que ces instants, auxquels l'intensité des confessions de Pascale dans ce livre a donné un prix inestimable, sont de ceux que je conserverai ma vie entière.

Un sentiment indéfinissable m'a envahi lorsque je me suis plongé dans la lecture des propos de Pascale : une façon de s'engager pour le cinéma est toujours là, vivante, par la seule force invincible de celle qui l'incarna. Les artistes ne se trouvent pas uniquement devant ou immédiatement derrière la caméra. Il y a aussi des créateurs du côté de l'industrie et du commerce, des gens dont l'acte poétique prend des atours différents pour faire exister les œuvres, gestes souvent invisibles, peu spectaculaires, mais fondamentaux. Pascale était de ceux-là. Elle n'était pas metteur en scène, elle n'était pas comédienne (ou si peu : Truffaut lui aura fait cadeau de cette inoubliable silhouette dans *Baisers volés*, pour qu'on n'oublie pas ses « longues jambes », comme le souligne Frédérique Berthet) mais elle fut nécessaire au cinéma, là où elle l'a défendu, de la *façon* dont elle l'a défendu. Aujourd'hui que d'autres pratiques sont en vigueur dans le métier, de jeunes professionnels vivent toujours sous sa souveraine influence, même s'ils l'ignorent.

Quelqu'un que nous aimions est parti, en nous donnant de ses nouvelles en une pirouette d'amitié, de bouleversants mémoires d'outre-tombe qui nous plongent dans la mélancolie. Pascale était pourtant si drôle. Elle aura bien vécu, malheurs compris. Nous ne sommes jamais tristes pour elle, si digne dans cette façon qu'elle avait de nous parler sans masquer le tumulte de son existence et sa souffrance de la solitude. Nous sommes tristes pour nous-mêmes, de vivre dans des temps différents et de n'avoir pas fait assez attention à elle quand elle était encore là. Quand j'ai lu ses mémoires, j'étais au festival de San Sebastian, dans une chambre de l'hôtel Maria Cristina, pour les derniers jours de la fête. Ce matin-là, nous prîmes le petit déjeuner avec Mikel Olaciregui, le patron des lieux (José Luis Rebordinos, un cinéphile, venu des ténèbres et des marges cinéphiles, lui a brillamment succédé), Gilles Jacob, Paul Thomas Anderson, Diego Galán et Chema Prado, le directeur de la Filmoteca española, le grand ami de Jim Jarmusch, qui était le grand ami de Pascale. Le soleil inondait la ville et on devinait le bruit des vagues se briser sur les rochers près des bâtiments de Rafael Moneo. Soudainement, j'ai eu envie d'appeler Raymond Depardon, Frédéric Mitterrand, Bernard Eisenschitz ou Henri

Deleuse, ses amis, pour leur dire qu'après avoir lu « le livre de Pascale », j'avais cru la voir nager dans l'océan.

Samedi 19 septembre

Ce week-end, Michel Ciment vient animer à l'Institut Lumière un « stage Richard Brooks », à l'ancienne, comme les ciné-clubs en proposaient dans les années 60. La revue *Positif*, dont Michel est le jeune doyen en même temps que l'excitateur permanent, consacre son numéro à ce fils de juifs russes immigrés qui, avec d'autres, a construit le Hollywood de l'après-guerre, réalisant quelques trésors qui se revoient avec un plaisir sans mélange. *Sergent la Terreur*, *La Chatte sur un toit brûlant*, *Elmer Gantry*, *De sang-froid*, *Les Professionnels*, c'est Richard Brooks, les amis. Ainsi que *Graine de violence* ou *Bas les masques* (titre original : *Deadline USA*), qui fut l'un des premiers films qu'au début des années 80 j'enregistrai en VHS. Bogart y joue un patron de presse aux prises avec la Mafia et veut reconquérir sa femme, et à la fin s'adresse au méchant qui s'étonne au bout du fil du vacarme qu'il entend, alors qu'on va révéler ses turpitudes à la une du *Day* : « That's the press, baby. And there's nothing you can do about it. » Je l'avais regardé des dizaines de fois.

Face au ragoût de homard du Passage, Michel, comme il le fait au « Masque et la Plume », se montre très en forme. Il balaie l'actualité de façon brillante et ne met que peu de temps à s'emporter contre certains de ses collègues et le mauvais sort fait à des films ou à des cinéastes qu'il chérit. Il a tout vu, en projection de presse, en avant-première, en salles, en festivals. Pas assagi, pas repenti : à bientôt 78 ans, après soixante ans d'un engagement irréductible (maître de conférences à la fac, ses ex-étudiants disent qu'il fut un enseignant précieux, mais ses ambitions étaient ailleurs que dans la hiérarchie universitaire), les années ne le changent pas. Suractif, boulimique, amateur fou de peinture et de littérature, intellectuel jamais rassasié, il prend à témoin qui passe à sa portée pour le gagner à ses causes qui, dégagées des humeurs momentanées qui permettent à ses détracteurs d'en moquer le caractère obsessif et la mauvaise foi, ne sont que la permanence d'un dévouement sans faille. Il y va au fer dans la plaie, et mes propres introspections sur l'état de la critique ne sont que de sages appréciations à côté de ses emportements, excessifs mais argumentés et qui sont portés par une analyse historique ininterrompue depuis les années 60. À *Positif*, Ciment est l'héritier et l'animateur d'une revue qui s'opposa longtemps aux *Cahiers du cinéma*, et livre des éditos pleins d'ironie et de provocation envers ce qu'il a nommé « le triangle des Bermudes », c'est-à-dire *Le Monde*, *Libé*, *Les Inrocks*, dont il aime railler les perfidies collusoires. Quelqu'un comme Serge Kaganski, des *Inrocks*, s'amuse de tout cela et moque Michel autant qu'il le respecte. Il ne s'agit là que de reprendre une tradition d'escrimeur qui faisait s'affronter autrefois Truffaut du côté des *Cahiers* et Kyrou de celui de *Positif*. Dans une époque qui déteste l'outrance, Michel Ciment exagère, exaspère, donne le sentiment d'être en boucle, de chasser les mêmes lunes, et de fatiguer tout le monde. Mais c'est lui qui a raison de ne pas lâcher, d'adorer son objet sacré et d'en faire la chose la plus importante au monde. Il ne faudrait pas qu'il soit le seul : voir un débat plein de bagarres et d'excommunications revenir fertiliser les terres actuellement arides de la pensée-cinéma serait la meilleure des nouvelles.

Dimanche 20 septembre

On est dimanche, je me lève tard, ce qui est inhabituel, j'écoute Charles Lloyd et Jacques Brel, celui de 1967. Il est rare que je passe un week-end entier à Lyon. Le temps devait être maussade, il se révèle rayonnant, ce qui augmente ma déception de ne pas être allé prendre l'air en montagne, et les entrées en salles ne seront pas aussi bonnes que prévu. Quand je suis là, j'arpente inlassablement les rues, les places, les quartiers. Lyon est une ville qui se marche. Rien de mieux pour saisir une organisation urbaine qui fait se croiser deux fleuves et deux collines et permet d'enjamber de Fourvière à la Saône, de la Croix-Rousse vers les berges du Rhône où se retrouve tout ce que la ville compte de jeunes, de vieux, de poussettes, de bébés, de parents, de skaters, de joggers et de cyclistes. Virer les voitures et accueillir les guitaristes : l'aménagement des rives des fleuves est la vraie révolution culturelle de cette ville. Le Vieux Lyon pour un peu d'Italie (et il y eut un homme : Régis Neyret, pour en sauvegarder le souvenir), le nouveau quartier Confluence pour un peu de modernité, les arabes et les chinois près de la Fosse aux Ours, les ZUP pour l'entourer (aux Minguettes, à Rillieux ou à Vaulx-en-Velin), les bobos sur les pentes de la Croix-Rousse, Lyon n'est plus celle d'Édouard Herriot. Le cliché consiste à dire que c'est une ville secrète. Sauf que c'est vrai car tout étonne chez ceux qui s'y attardent un peu et décident de percer les traboules. Lyon hésite entre la conscience de son charme et la crainte de trop l'afficher. Mais depuis l'arrivée de Michel Noir à la mairie il y a vingt-cinq ans, et plus encore grâce à l'implication tous azimuts de Gérard Collomb, tout a changé : Lyon a décidé de s'inscrire dans les concours de beauté internationaux et, ô surprise, les Lyonnais se sont montrés plutôt fiers de ça.

Lundi 21 septembre

Au Théâtre du Rond-Point, rencontre-conférence *Télérama*, avec Fabienne Pascaud en ambassadrice et Aurélien Ferenczi en meneur de jeu. La petite salle est emplie de regards attentifs, et deux personnes m'abordent très gentiment en me disant, alors que nous prenions le soleil, être venus spécialement de loin pour m'écouter. Parmi elles, une dame venue de… Saint-Étienne. Le jour est clair et plein de soleil, mais j'ai dû rougir, et le supporter de l'OL que je suis mesure le compliment. Une audience nourrie, composée de têtes blanches, vu l'heure, et devant laquelle on peut sans aucune forme de pédagogie enchaîner les sujets, les références et les propositions. Souvent, les gens disent : « C'était formidable, c'était un public jeune. » Comme si l'abaissement de la moyenne d'âge était le seul prestige de nos métiers. Comme si Brassens n'avait jamais chanté *Le temps ne fait rien à l'affaire.*

En sortant, je croise Deniz Gamze Ergüven, la réalisatrice de *Mustang* qui m'assure que son film serait le meilleur atout pour la France aux Oscars (car il n'a pas été retenu par la Turquie), et Éric Cantona qui me succède sur la scène du théâtre. Avec ses documentaires sociologiques sur le foot mondial, le bad boy de ManU est devenu un très bon auteur-réalisateur. Il me parle aussi d'un film du photographe Richard Aujard qu'il a produit avec ses frères, « un doc sur Mickey Rourke, tu verras, très extraordinaire, au sens propre du terme ».

Mardi 22 septembre

On est le 22 septembre, comme dans la chanson de Brassens.

Un vingt-deux de septembre au diable vous partîtes,
Et, depuis, chaque année, à la date susdite,
Je mouillais mon mouchoir en souvenir de vous…
Or, nous y revoilà, mais je reste de pierre,
Plus une seule larme à me mettre aux paupières :
Le vingt-deux de septembre, aujourd'hui, je m'en fous.

Un chagrin d'amour, Georges ?

Décision finale pour les Oscars. *Le Figaro* a sorti un papier dans lequel il est démontré que je domine la commission, puisque je disposerais de deux voix en plus de la mienne, celles de Mélanie Laurent et Michel Hazanavicius : Mélanie parce qu'elle ne peut rien me refuser depuis qu'elle a été maîtresse de cérémonie du Festival ; Michel parce que l'aventure de *The Artist* a commencé à Cannes. Peut-être qu'au *Figaro*, ça fonctionne comme ça. Ils feraient mieux d'écrire sur le nouveau Jim Harrison, *Péchés capitaux*.

L'atmosphère est potache, Serge Toubiana parle du PSG, Mélanie ne bougera pas sans avoir bu un thé, Michel dévore les légendaires chouquettes sucrées de la rue de Lübeck et Alain Terzian, qui vient de se marier à l'âge de soixante-cinq ans (« Mais avec ma femme ! » précise-t-il), démarre bille en tête. Débats menés par un groupe qui ne méconnaît pas le sérieux des enjeux, avec Nathalie Baye en tournage hors de Paris qui se tient au courant au téléphone. Derrière la porte, les producteurs et les vendeurs des cinq films pré-sélectionnés attendent. Nous les recevons un par un, écoutant les arguments précis qui font de chaque film le candidat idéal, soutien des distributeurs US à l'appui. J'attire l'attention sur le fait que *Dheepan* et *La Loi du marché* furent récompensés par un jury étranger, preuve de leur « exportabilité », mais un consensus semble se dégager pour *Mustang*, en dépit de sa nationalité : sa réalisatrice est née à Ankara, son film est tourné en Turquie, dans la langue du pays. Mais elle a grandi en France, a étudié à la Fémis et son producteur, Charles Gillibert, est français. Chaque argument se retourne : est-ce un mauvais signe envoyé à la profession ? Est-ce au contraire montrer définitivement au monde que la France est ce territoire ouvert où les cinéastes venus d'ailleurs trouvent de quoi travailler ? « Une jeune réalisatrice turque, ça serait formidable ! » dit Terzian, qui ajoute : « Et c'est un Arménien qui le dit. » Vote à bulletin secret. Résultat : *Mustang*.

Dîner avec Jérôme et Sophie Seydoux au Stresa, dans le 8e arrondissement de Paris qui logeait autrefois le carré d'or du cinéma français, alors qu'aujourd'hui les jeunes maisons de production s'installent le plus souvent entre le 9e et le

12e arrondissement. Le Stresa est le genre d'endroit miraculeusement protégé par le temps. Dès l'entrée se dégage l'impression que les grands barons de la presse et des affaires y ont leur rond de serviette, comme les vedettes de cinéma dont les portraits ornent les murs. Ce qu'on y mange est excellent et on y est très bien accueilli par des Transalpins sans âge mais d'une allure folle, dont l'un ressemble à Fred Mella, des Compagnons de la chanson.

Sophie arrive de sa Fondation, dans le 13e, et Jérôme de la rue Lamennais toute proche où il a installé les bureaux de Pathé, dont il est l'actif président. Une vie de cinéma qui succède à mille autres existences. Un homme avec qui je me sens bien, même quand je lui refuse des films, ce à quoi il oppose toujours une réaction calme et argumentée. Il est aussi une sorte de vice-président de l'OL et sait nous enchanter ou nous consoler d'une belle bouteille lorsque nous rentrons les soirs de match, de victoire ou de doute.

Mercredi 23 septembre

Pierre Lescure est sur le petit nuage où les audiences de « C à vous » l'ont hissé depuis la rentrée. Jamais rassasié des montagnes russes médiatiques, Pierre garde des étonnements d'enfant face aux chiffres chaque jour meilleurs que ceux du « Grand Journal », vaincu par une rentrée médiatique agitée mais surtout par l'usure qui menaçait depuis longtemps. Le premier jour, le talk-show autrefois branché a reçu Manuel Valls dans un moment médiatique bien prévisible, qui a valu à l'un des chroniqueurs, jugé trop sympa, d'être comparé sur internet à Michel Droit recevant Alain Peyrefitte aux beaux jours de l'ORTF gaulliste triomphante. Un comble pour la chaîne de l'impertinence et de la révolution permanente, et une victoire de plus de l'establishment, de la mode et de la société du spectacle. La boucle est bouclée et au bar du grand paradis, Guy Debord lève son verre une fois encore – si tant est que le show navrant et répété à l'infini qui fait triomphe à ses hypothèses l'intéresse encore. Dans les années 60, un Michel Polac et quelques autres étaient tapis dans l'ombre et guettaient le moment de surgir – ils le firent dans les années 70 et 80. Là, on ne voit guère ce qui pourrait advenir.

Jeudi 24 septembre

Cannes. Comme tous les jours, je fais avec François Desrousseaux un tour d'horizon des grands et des petits sujets : budgets, composition des équipes, modifications de certains espaces du Palais, configuration du dîner d'ouverture, etc., bien qu'il n'y ait pas, ici comme partout ailleurs, de choses plus importantes que d'autres. François est arrivé il y a sept ou huit ans comme directeur administratif et financier, et s'est imposé par ses compétences, ainsi qu'un tempérament qui mêle calme et pugnacité – à ses débuts, Gilles l'appelait « le comptable », il en fallait plus pour l'énerver.

Il est en permanence à mes côtés. En matière de management des entreprises, j'ai une conviction très simple : on ne se contrôle pas soi-même. Le directeur (à Cannes, c'est : délégué général) doit avoir quelqu'un capable de lui dire non, porter la contradiction et surveiller les budgets. C'est le rôle de François, comme celui de Cécile Bourgeat à l'Institut Lumière. C'est avec lui que je gère la maison au quotidien, que nous vérifions ensemble la bonne marche des choses, c'est lui qui rencontre régulièrement les délégués du personnel qui jadis n'existaient pas à Cannes – procéder à une élection, leur permettre de travailler, d'interroger, de protester, et d'exister, ça n'était que respecter le code du travail. Entre juin et septembre, l'équipe permanente est réduite : une quinzaine de personnes. Puis le chiffre va augmenter tout l'automne pour culminer au cœur de l'hiver, puis pendant le Festival.

Loin des affaires de Clearstream qui l'ont rendu célèbre, l'écrivain Denis Robert vient à l'Institut Lumière pour parler de Cavanna, à qui il a consacré un documentaire, coréalisé avec sa fille. Salle pleine, beau débat public autour de la figure de l'écrivain auquel s'ajoute une évocation émouvante de l'histoire de *Charlie Hebdo* qui a connu un épisode si tragique en janvier dernier.

Vendredi 25 septembre

À 12 heures, mise en vente sur internet des trois mille places pour la cérémonie de remise du Prix Lumière à Martin Scorsese. Elles s'arrachent en 59 secondes. « Vive la France », dit-il, le soir, en savourant la nouvelle.

Samedi 26 septembre

Fin des festivals de rentrée, un bilan est possible, le visage final de 2015 se dessine un peu mieux. Et confirme, à lire et à sentir, que l'année était chiche en grands films. San Sebastian s'est achevé hier avec la victoire de *Sparrows*, un film islandais. Et à Venise, Telluride et Toronto sont apparus quelques films américains : *Spotlight*, *Black Mass*, *Steve Jobs*, *Anomalisa*, le dessin animé de Charlie Kaufman ou *Room,* le genre d'objet inattendu et indépendant que la critique US adore choyer. Hâte de voir tout ça.

Il reste le vénérable festival de New York mais cette forteresse du cinéma moderne permettra de découvrir ce qui ne l'est pas trop à ses yeux : un film de Spielberg, qui s'appelle *Le Pont des espions*. Sinon, depuis Cannes, *Le Fils de Saul* fait sensation partout où il passe, comme *Béliers*, le film islandais vainqueur du Certain Regard ; et la désignation de *Mustang* pour les Oscars lui a octroyé une belle lumière. Il faudra également miser sur *Taxi Téhéran* de Jafar Panahi et *45 Years* qui ont triomphé à Berlin début 2015. Avec les films de Tarantino et d'Iñárritu, qui sortiront à la toute fin de décembre, l'année sera complète.

« Commandante speaking. Call me back. » Dans le TGV, entre deux wagons et un son improbable, échanges avec Emir Kusturica. « Je devrais terminer le tournage fin octobre. J'ai déjà monté quelques morceaux. Je devrais être prêt pour ton festival, *if you don't mind.* » I don't mind. Emir est bien sur la liste des candidats potentiels, que je consulte de plus en plus souvent.

Dimanche 27 septembre

Grand beau sur le Dauphiné. Il est encore temps d'aller rouler, avant que le festival Lumière et les voyages de l'automne n'engloutissent toute velléité de faire autre chose. Le soleil venu de la Chartreuse perce le mince voile de brume qui s'était posé au petit matin sur la plaine de l'Isère. L'automne est une saison bénie en ce pays qui verra d'ici peu les gens se regrouper au pied des arbres pour ramasser le fruit qui fait la fortune du pays : la noix. La « noix de Grenoble », en vérité, c'est la noix de Tullins. Les gens de Vinay, la ville d'à côté, disent : « la noix de Vinay ». Pas loin, les frères Larrieu ont tourné *Peindre ou faire l'amour*, un beau film incompris (pour le dire vite : à Cannes, cela se passa moyen) et le saint-marcellin, le fromage, est fabriqué ici, à Saint-Marcellin. Barbara fut recueillie là, pendant la guerre. Son retour la bouleversa, elle écrivit *Mon enfance.*

Oh mes printemps, oh mes soleils,
Oh mes folles années perdues,
Oh mes quinze ans, oh mes merveilles,
Que j'ai mal d'être revenue…

L'après-midi, conversation dominicale avec Pierre Lescure. Nous passons bientôt aux négociations concrètes du partenariat média. Autre sujet : la 70e édition, qui se déroulera en mai 2017. Nous avons déjà quelques idées, Pierre les écoute, en ajoute et en débat avec enthousiasme. C'est un type enthousiaste.

Lundi 28 septembre

À l'heure où les apprentis allument les fourneaux, j'accueille les chefs lyonnais menés par Christophe Marguin pour un remake de *La Sortie des usines Lumière* que nous organisons rue du Premier-Film avec Françoise Monnet, une journaliste du *Progrès* de Lyon. Bravant leur timidité devant la caméra, une trentaine de cuisiniers (et une cuisinière !) sortent du Hangar avec allégresse, toques blanches et tabliers irisés de bleu-blanc-rouge, bouteilles de beaujolais et baguettes de pain à la main en plus d'un coq vivant pour animer tout ça – *super Frenchie*, trois prises et c'est dans la boîte.

Puis direction gare de la Part-Dieu et le TGV de 11 h 34. Et la rue Amélie. Tout le monde est rentré de vacances ou de différents festivals, quelques-uns tout récemment. L'été s'est prolongé de lui-même. La séquence qui commence nous mènera à Noël, seulement interrompue pour moi par la semaine du festival Lumière. À partir de janvier, nous n'aurons plus une minute à nous. Jusque-là, c'est le désert des Tartares : on guette, on observe et on attend la suite.

Nous occupons tout l'immeuble de cette petite rue du 7e arrondissement. Au rez-de-chaussée, les accréditations dirigées par Fabrice Allard et la presse audiovisuelle dont s'occupe Fred Cassoly. Au premier étage, Jérôme Paillard et le Marché du Film. Au deuxième le département films, Laure Cazeneuve pour le jury et les affaires spéciales, et le service des partenariats de Samuel Faure. Au troisième et quatrième sont installés divers services, dont la communication, internet, la comptabilité, la Cinéfondation, etc. ; on y trouve aussi Michel Mirabella, la cheville ouvrière la plus méconnue du Festival. Et au cinquième, la presse écrite de Christine Aimé et ses équipes. Au sommet de l'immeuble, il y a une salle commune pour les réunions et les déjeuners d'équipe ainsi qu'une terrasse pour les fumeurs. Et au sous-sol, la cabine de projection, le royaume de Patrick Lami, où officient aussi les informaticiens. Je suis au deuxième étage, avec Christian tout à côté, et Pierre Lescure au troisième, comme François Desrousseaux ainsi que Nicole Petit et Marie-Caroline, les assistantes de direction et piliers de la maison. De ma fenêtre, je distingue l'annexe du commissariat de police du 7e, la Maison des associations et un restaurant argentin.

Quand j'arrive, je me mets d'emblée au travail. Une fois bu le premier café du matin, j'en prends deux autres en rasade, mais comme je sais que ça n'est pas bien, je tente de ralentir, et il m'arrive d'y parvenir. Marie-Caroline, mon assistante, a renoncé à dompter mes habitudes : au début, à Lyon ou à Cannes, je n'avais pas d'assistante et comme je ne suis pas du genre à demander à ce qu'on range mes affaires à ma place, la stratégie de l'empilement m'a toujours convenu. Au milieu du désordre savamment masqué et transformé peu à peu en une organisation donnant toutes les apparences du contrôle, ce qui est en grande partie le cas, on trouve ici et là un livre, des articles photocopiés, une photo, des cartes de visite et autres documents dont nul autre que moi ne sait l'impérieuse pertinence. Seule concession : Marie-Caroline aménage chaque matin une petite place pour poser les parapheurs sur la table. Et elle m'impose à la fin de chaque saison qu'on vide en partie la pièce afin de conserver un minimum d'espace vital. Un costume de secours est accroché en permanence au portemanteau, une cravate déjà nouée, et une chemise propre. Plus des vêtements cyclistes de pluie et l'hiver, et lorsque le surpeuplement nous guette, je monte mon vélo et le pose contre le canapé. Il y a aussi un grand écran de télévision, d'innombrables DVD, une imprimante qui marche une fois sur quatre, et mon MacBook Pro qui ne me quitte *jamais*. Et au mur, le portrait des cinéastes ayant reçu la Palme d'or : Nanni Moretti en 2001, Roman Polanski l'année suivante et Gus Van Sant en 2003. Ce sont ceux de mes trois premières années. Évidemment, j'ambitionnais d'alimenter le panthéon et de poursuivre l'exposition de « mes » Palmes d'or pour faire de mon bureau une sorte de Cannes Portrait Gallery, comme à Londres. Tout à l'idée que l'énergie qu'on consacre à soi-même n'est pas celle qu'on dévoue à des choses plus importantes, je n'en ai rien fait. Je sais, c'est nul.

Mardi 29 septembre

Aujourd'hui, quelques semaines après Cannes et Odessa et avant le Mexique, la Roumanie et la Grèce et d'autres villes à venir en 2016, nous célébrons les 120 ans du Cinématographe Lumière dans sa ville, à Lyon. À 20 h 30, alors que l'Olympique Lyonnais joue sa vie en Champions League dans son antre de Gerland, je monte sur la scène de l'Auditorium Maurice Ravel, accompagné du jeune pianiste lyonnais Romain Camiolo, qui improvise un brillant intermède jazzy lorsque le projecteur tombe momentanément en panne. Incident vite oublié tant la qualité des films et la force du voyage frappent les esprits. Au bout d'une soirée magique, les 1 800 personnes font un triomphe au spectacle. Le moment est sérieux. Max Lefrancq-Lumière, le petit-fils de Louis Lumière, tombe dans mes bras : entouré des siens, il est heureux de voir ce patrimoine universel redevenu une fierté lyonnaise comme un trésor familial.

Avec cette célébration qui fait suite, vingt ans après, à celle de 1995, Lumière retrouve sa place de cinéaste, celle que Rohmer, Renoir et Langlois lui avaient assignée dans les années 60. Maurice Pialat en avait également parlé à Kaganski et Fevret dans *Les Inrocks* : « Ils sont nombreux, dans l'histoire du cinéma, les exemples d'échappées où, tout d'un coup, on sent qu'on tient quelque chose d'extraordinaire… Le plus beau, c'est Lumière. C'est même plus important que le fait qu'il ait inventé la projection. Parce que là, il y a… oui… une forme de miracle. Lumière, comme réaliste, c'est le champion toutes catégories. Eh bien, moi, je trouve pourtant que les films de Lumière, c'est du fantastique. C'est curieux, parce que ce fantastique-là, qui devrait être dans tous les films, ne s'est pas retrouvé après. Il s'est fatigué, il s'est usé car ensuite, tout a été truqué. Le cinéma de Lumière montre la vie comme on ne l'avait jamais vue… Quelques films d'Edison traînaient mais, c'est frappant, ils ne valent rien. Lumière, c'est pas réaliste, c'est du domaine du miracle. Et c'est pourtant la réalité pour la première fois. Après, il y a une ingénuité, une pureté qui s'est perdue. » Il faudra que je demande à Sylvie d'où vient cette analyse si inspirée, s'ils avaient vu ensemble des films Lumière, parce qu'il avait tout compris, Maurice.

Mercredi 30 septembre

À l'Institut Lumière, avant-première de *La Glace et le Ciel* de Luc Jacquet, reçu avec ferveur par un public très concerné par les questions de réchauffement climatique. Je reste à Lyon pour une matinée de travail et un déjeuner d'équipe plein de chahut. La soirée Lumière nous a rendus heureux. Ça s'active de partout, dans le jardin de la rue du Premier-Film où se monte le village du festival, dans les anciens ateliers de l'usine Lumière où nous installerons le Marché du film classique, et dans toutes les pièces disponibles du château Lumière. On fait un point sur les réservations, les invités, les films à venir, la trentaine de salles et de lieux qui les accueilleront. Vincent Lindon fera l'ouverture en présentant *La Fin du jour*, le chef-d'œuvre triste et méconnu de Duvivier, John Lasseter, qui quitte rarement ses vignobles de Glen Ellen et ses studios de Pixar, nous fera l'honneur d'une visite, Sophia Loren viendra par la route, en voisine de Genève, et Jean-Paul Belmondo a confirmé sa venue pour accompagner son fils Paul qui lui consacre un documentaire et retrouver Sophia avec qui il a tourné *La Ciociara* de De Sica. Et tout le monde attend Scorsese. L'excitation monte, la billetterie s'envole, l'humeur est au beau fixe, comme sur le pays la météo.

OCTOBRE

Jeudi 1er octobre

Au congrès des exploitants, à Deauville, c'est la « Journée des distributeurs », moment de gourmandise auquel je n'assisterai pas. J'aurais voulu être aux côtés de Richard Patry, le président de la fédération qui fête ses 70 ans, pas lui, la fédération. De 9 heures à 19 heures, dans l'immense Palais des congrès, les distributeurs montrent les premières images de leurs films, les bandes-annonces défilent pour dessiner en une journée le visage complet de la saison. Par texto depuis la salle, les copains m'en font le commentaire, certains enthousiastes, d'autres pas archi-convaincus : « Le Tarantino et le Iñárritu ont l'air très forts et le film-annonce du Malick est sublime, m'écrit un copain. Sinon, pas vu grand-chose de super excitant, les Marvel, ça lasse un peu, et je n'en peux plus des comédies de bourrins français limite racistes. »

Vendredi 2 octobre

TGV de 7 h 30, arrivée 9 h 34. De la gare de Lyon au siège de France Télévisions à l'autre bout de Paris, 22'34" : chronomètre au guidon, sous un ciel d'été et pas un brin de vent, je me prends pour Peter Sagan venant de gagner le championnat du monde de cyclisme.

En entrant dans le grand bâtiment de la télévision publique, Pierre et moi sommes habités par un sentiment vaguement adultérin – on n'efface pas comme ça vingt années de mariage avec Canal+, même si rien n'indique que nous allions vers la rupture. Mais Cannes 2016 avance, des choses se mettent en place, il nous faut régler cette question du partenaire média. Caroline Got, l'une des nouvelles têtes du nouvel organigramme de Delphine Ernotte, nous accueille dans un bel endroit avec vue sur Seine, accompagnée de David Djaoui, qui avait déjà travaillé l'an dernier sur un projet de collaboration.

Cette première réunion commence timidement : il nous est demandé de préciser « de quoi il s'agit vraiment », puis on nous explique que la soirée d'ouverture sera retransmise sur France 5 et présentée par un animateur de la chaîne sur le modèle des Victoires de la musique, bref il y a du chemin à faire, on en viendrait à regretter le bagout de Renaud Le Van Kim. Mais dès qu'on entre dans le vif du sujet, Caroline et David dégainent quelques arguments solides qui nous rassurent.

Au moment où nous sortons du bâtiment, je reçois un sms de la journaliste du *Monde* qui avait publié en mai un papier dénonçant la supposée connivence entre le Festival de Cannes et les marques, approche douteuse et photo détournée de Pierre en représentant de commerce. En plein festival, j'avais manifesté notre étonnement (enfin je fais dans la litote : j'étais très énervé) en envoyant un mail auquel elle n'avait pas répondu : sans doute est-elle plus occupée que moi pendant le Festival. Quatre mois plus tard, la journaliste revient comme si de rien n'était : « Bonjour Thierry Frémaux, je fais un papier sur Canal et le cinéma. Est-ce que je peux vous joindre ? Je vous remercie. Clarisse Fabre. » Pierre ne sait s'il faut rire ou s'offusquer de cet appel à service malvenu ou pleurer sur ce métier qu'il a tant aimé, lorsque son téléphone vibre, annonçant l'arrivée d'un message, une minute après le mien. « Bonjour Pierre Lescure, je fais un papier sur Canal et le cinéma. Est-ce que je peux vous joindre ? Je vous remercie. Clarisse Fabre. »

Samedi 3 octobre

La carte blanche de Marty aurait pu dépasser les cent titres, si nous avions disposé de la place et du temps pour les montrer et si je ne l'avais pas coupé dans son élan. Quelques raretés font très envie comme *Culloden* de Peter Watkins, *Il pleut dans mon village* d'Aleksandar Petrovic, *La Blonde de la station 6* de Seth Holt, *Strange Fascination* de Hugo Haas, *Une femme et ses masseurs* de Hiroshi Shimizu ou *Violent Saturday* de Richard Fleischer. Scorsese ne serait pas Scorsese s'il n'y avait pas aussi deux Italiens, deux Palmes d'or : Ermanno Olmi et son *Métier des armes* et Francesco Rosi, dont la mort, au début de l'année, fut si triste. De lui, Marty a choisi *Salvatore Giuliano* et le méconnu *Lucky Luciano*, que sa Film Foundation a fait restaurer.

Commencée à Naples, où il est né, la carrière de Rosi aurait pu passer par Hollywood, où il voulait tourner. Un jour que nous nous promenions dans le Vieux Lyon, il m'avait raconté une histoire formidable. Il était donc au sommet de sa réussite et fut invité à Los Angeles par des producteurs qui lui ouvraient les bras. Dès le premier dîner, on évoqua sa carrière, on lui fit des compliments, puis des offres. On lui demanda aussi quel projet en langue anglaise lui tiendrait le plus à cœur et il répondit : « Réaliser une adaptation de *Richard III*. – Impossible, lui répliqua-t-on. Le film ne marchera pas. – Pourquoi ? – Le public américain n'ira jamais voir *Richard III* car il pensera qu'il a raté les deux premiers. »

Dimanche 4 octobre

Derniers moments de calme. Dans une semaine, ça sera le début du festival Lumière, puis les voyages à l'étranger s'enchaîneront, ne me laissant guère de répit, ni la possibilité de reculer. Mais je n'ai nulle envie de reculer.

Le week-end est toujours consacré aux films. Ceux de la sélection pendant l'hiver et cinéma classique le reste de l'année. Depuis cet été, j'ai revu les Kurosawa restaurés par Toho que nous allons montrer à Lyon ; les Duvivier exhumés par Pathé (*La Belle Équipe*, *La Fin du jour*), Gaumont (le génial *Un carnet de bal*, le méconnu *David Golder*) ou de TF1 (*Panique*, pour lequel Nonce Paolini, le PDG en partance, est aux petits soins). Plongées rendues possibles grâce aux DVD. Rien à voir avec les équipées sauvages que les nickelodéoniens des années 60 s'offraient en allant à Bruxelles, Luxembourg ou Lausanne, territoires sacrés des grandes cinémathèques européennes, copies 35 mm et trésors retrouvés. Maintenant, le voyage se fait à la maison, en surfant sur internet. Un type dans la Creuse peut devenir le plus grand cinéphile du monde sans sortir de chez lui, juste en passant commande. Je viens de faire une recherche sur *La Roue* d'Abel Gance, indisponible depuis des années, or on le trouve facilement en import.

« Courte est la vie des fleurs / Infinie est leur douleur » est le haïku figurant à la fin de *Nuages flottants* que je revois ce matin. Des grands Japonais, Naruse, que Scorsese a inclus dans sa liste en choisissant le très beau *Grondement de la montagne*, est sans doute le moins couru des cinéphiles (sauf du critique Jean Narboni, qui en parlait magnifiquement) et il est inconnu du grand public. Il est aussi celui dont l'œuvre fut longtemps la plus inaccessible, ce qui la rendait encore plus mystérieuse – la cinéphilie aime se nourrir de quêtes impossibles : on connaissait son nom qui traversait les histoires du cinéma japonais, mais on ne voyait jamais rien. *Nuages flottants* : beauté du noir et blanc, puissance du format 1.37, mélange d'exigence et de noblesse.

Naruse livre un film chuchoté, dont le scénario s'accroche à un fil invisible, illuminé par la présence troublante d'Hideko Takamine, son actrice favorite, sa princesse, sa muse, sa lumière, qu'il fit tourner dans plus de dix films. « Quand on marche ensemble, on a l'air d'un couple », dit-elle, cherchant partout les signes de l'assentiment d'un amour que la vie ne lui donne pas.

Lundi 5 octobre

La France se met en automne et la vitesse du TGV donne au paysage des allures de tourmente. Rue Amélie, réunion avec les attachés de presse, personnages clés de la vie des films et gardiens invisibles du bon déroulement du Festival de Cannes. Sans eux, tout le monde serait orphelin, des cinéastes anxieux de la réception critique de leur film, aux producteurs qui leur confient fébrilement leur destin, jusqu'à Michel Mirabella, responsable chez nous du protocole des marches, à qui ils assurent la ponctualité des équipes sur le tapis rouge. Les attachés de presse me sont précieux, ils donnent les renseignements les plus fiables sur l'accès à la critique des films. Et ils ne sont pas du genre à raconter des histoires, ce qu'ils disent n'est que vérité, parce qu'ils l'affrontent chaque minute. Sont là Jean-Pierre Vincent, Laurence Granec, François Frey, Jérôme Jouneaux et Alexis Delage-Toriel. Il aurait pu y avoir aussi Marie-Christine Damiens, Matilde Incerti, Hassan Guerrar ou Agnès Chabot.

L'existence même de cette réunion, première du genre, est le signe d'un désir partagé que les choses bougent. On aborde des sujets qui sortent même de la juridiction propre des attachés de presse. Comme l'expression d'une grosse envie de dire leur amour du Festival de Cannes, qu'ils voudraient plus cool, moins guerrier, qu'il cesse d'être parfois cette foire d'empoigne, et s'éloigne des rivalités et des fausses batailles. Je suis bien d'accord.

J'évoque aussi un projet sans cesse reporté : qu'à Cannes, les séances presse et les séances gala se déroulent simultanément, de sorte que les artistes n'aient plus à souffrir d'un éventuel mauvais accueil fait par la critique, *avant* de fouler le tapis rouge. C'est une demande récurrente des distributeurs et des producteurs : avant-première mondiale pour tout le monde et au même moment ! Las, les présents à la réunion sont d'accord sur le principe mais refusent techniquement pour cause d'incapacité à être au four et au moulin, ne pouvant s'occuper en même temps des équipes de film et des journalistes. J'ai le sentiment qu'ils ont également peur d'un raidissement de la presse, avec laquelle ils travaillent toute l'année. Je n'argumente pas, je sais aussi que cette mesure serait impopulaire chez les journalistes à qui on ôterait un privilège historique. « Ne les énervons pas plus qu'ils ne le sont déjà », me répond l'un d'entre eux. Personnages clés, disais-je. C'est leur rayon, je remballe.

Le soir au Châtelet autour d'Ingrid Bergman, pour une lecture-spectacle d'Isabella Rossellini qui monte sur scène avec Fanny Ardant et Gérard Depardieu pour l'hommage au centenaire de sa mère. On est toujours surpris, quand on fréquente Isabella, de l'entendre dire : « Ma mère et mon père… » Après un quart de seconde de rêverie, on se rend compte qu'elle parle d'Ingrid Bergman et de Roberto Rossellini. En sortant, je croise Jane Birkin, venue en mai dernier remettre la Palme d'or d'honneur à Agnès Varda.

Mardi 6 octobre

Premier chantier d'automne directement lié à la prochaine édition du Festival : l'affiche. Hervé Chigioni, qui a imaginé avec beaucoup de réussite celles des deux dernières éditions, est invité à y réfléchir à nouveau. Nous évoquons quelques thèmes, un paysage, une salle de cinéma, une scène collective, pour éviter la redite d'un acteur ou d'une actrice. Un couple ? On s'épargnerait les interprétations récurrentes et sans issue du genre, un homme : « Cannes ne met pas les femmes en valeur », ou une femme : « Cannes n'envisage les femmes que comme des ornements ou des objets. » Ça pourrait être Richard Burton et Liz Taylor – j'aime bien la figure oubliée de l'acteur élisabéthain, qui n'a jamais quitté le podium des comédiens alcooliques et géniaux dont John Barrymore inaugura la lignée.

La première affiche du festival fut dessinée par Jean-Gabriel Domergue, qui donna son nom à la villa située sur les hauteurs de Cannes, aujourd'hui propriété de la ville et où s'est longtemps réuni le jury : son motif art déco anticipe sur les dizaines d'affiches peintes ou dessinées qui feront l'image du Festival baignant dans sa Côte d'Azur. En 1960, l'affiche ressemble à celle d'une exposition florale et dans les deux premières décennies, on ne craignait pas la métaphore graphique du ticket de cinéma, d'un projecteur, de la pellicule, etc. Dans les années 70, les affiches du Festival se confondent avec les couvertures du magazine *Lui* par l'utilisation rêvée de silhouettes féminines. Quand il est arrivé à la direction du Festival, Gilles Jacob eut la belle idée de faire appel à des cinéastes : ainsi Fellini ou Kurosawa ont livré des choses inoubliables. Récemment, Pierre Collier, l'affichiste 2008, a choisi une photo de David Lynch, et Kitano, qui est un peintre admirable, m'a dit souhaiter nous en proposer une. Un seul risque, être déçu : comment refuser la proposition d'un auteur qu'on respecte et qu'on aime ?

Il faut dire qu'une affiche de Cannes porte quelques enjeux. En 2012, au moment de la polémique visant le Festival sur son supposé manque de représentativité des femmes en sélection, les attaques s'étaient élargies jusqu'à des interprétations quasi cosmiques. Ainsi une cinéaste avait-elle considéré l'affiche représentant Marilyn Monroe dont la bouche s'approchait avec gourmandise d'un gâteau pour en souffler la bougie comme une inacceptable allusion sexuelle ! Presque, entre deux rires avec Florence Gastaud qui me rapporta l'histoire, on était vexés de ne pas y avoir pensé nous-mêmes.

Hier, le grand Henning Mankell est mort et c'est une très mauvaise nouvelle. Dans *Libération*, Philippe Lançon, qui en janvier a échappé aux tueurs de *Charlie Hebdo* et dont Mathieu Lindon dévoile le courage dans *Jours de Libération* que j'ai lu cet été, a ces mots magnifiques : « Mankell aimait la solidarité et il avait peur du temps : voir l'une disparaître l'indignait, perdre l'autre le terrifiait. (...) Il avait vu de très nombreux films avec son beau-père Ingmar Bergman, sur l'île interdite de celui-ci. Il aimait Albert Camus et le sancerre rouge. On peut être un excellent conteur, un bon vivant, un homme inquiet et un juste. »

C'est après la lecture de ce papier que je reçois un mail de Nicola Mazzanti, le patron de la Cinémathèque royale de Belgique qui, la semaine prochaine, accompagne à Lyon Chantal Akerman, qui nous a dit être heureuse de venir présenter son premier film, *Je, tu, il, elle*, qu'il a fait restaurer : « C'est avec une douleur atroce que je t'informe que Chantal est décédée hier soir, à Paris. J'ai des difficultés à l'accepter moi-même. Je ne connais pas encore les détails. Tu sais, la mort de sa mère au début de l'année a été très difficile pour Chantal. Je pense qu'elle a tenu le coup pour finir son film et puis... Amitiés. Nicola »

Mercredi 7 octobre

Dans le train, je jette un œil à la liste des films que nous devrions voir l'hiver prochain, liste constituée à partir de quelques journaux spécialisés français et étrangers (*Variety* ou *Le Film français*), sur des sites internet et évidemment avec des informations échangées avec producteurs et distributeurs. Avec les réalisateurs aussi, quand ils me donnent directement des nouvelles. Certains, qui sont des amis, se cachent de moi – normal, les bourdonnements cannois ne doivent pas les déconcentrer. À fin septembre, le contour français se précise : Bruno Dumont (une comédie avec Juliette Binoche et Fabrice Luchini), Noémie Lvovsky (qui jouera dans son film aux côtés de Mathieu Amalric), Danièle Thompson (*Cézanne et moi*, sur l'amitié de Zola et Cézanne), Émilie Deleuze (dont j'avais vu *Peau neuve* au Certain Regard en 1999, une paille), Philippe Lioret (qui n'est jamais venu en Sélection officielle), Bertrand Bonello (*Paris est une fête*, après son *Saint Laurent*), Gilles Marchand (venu deux fois mais jamais en compétiton), Stéphane Brizé (qui change d'univers après *La Loi du marché* et adapte *Une vie* de Maupassant), Alain Guiraudie (attendu très haut après son très extraordinaire *Inconnu du lac*), Olivier Assayas (qui tourne à nouveau avec Kristen Stewart). Cannes 2016 pourrait aussi marquer le retour du cinéaste franco-vietnamien Tran Anh Hung, alors que deux cinéastes asiatiques, Kiyoshi Kurosawa et Tsai Ming-liang, ont aussi fait des films produits par la France, comme Paul Verhoeven, qui a tourné *Elle* à Paris, avec Isabelle Huppert et Laurent Lafitte. Ça n'est qu'un mince aperçu puisqu'on verra plus de 150 films français d'ici la mi-avril. Et les grands absents de ce type de listes, ce sont, par définition, les inconnus, ceux dont rien à lire leur nom ne peut laisser deviner qu'ils seront peut-être les grandes découvertes de 2016. L'an dernier à la même époque, j'ignorais qu'un jeune Hongrois préparait un premier film qui s'appelait *Le Fils de Saul*.

Un ami : « J'arrive à Los Angeles. Dans l'avion, j'étais à côté de Rihanna. Tu devrais la mettre au jury. – Au jury ? – Qu'elle vienne à Cannes, quoi. Invite-la où tu veux, en compétition, au Certain Regard, à Cannes Classics, même à la leçon de cinéma. – Elle est comment ? – Sublime. – À ce point ? – Dingue. – Et tu lui as parlé ? – Non. Je l'ai regardée dormir. »

Jeudi 8 octobre

Ce matin, *Libération* ouvre sur Chantal A., promue avec son beau visage qui irradie la une au rang des icônes qui ont fait la légende graphique du quotidien. Le journal retrouve parfois les élans de son style même si ses traditions questionnent ce qu'il doit être aujourd'hui. « Comment Akerman peut-elle arriver en une de *Libé* dans le monde de 2015 au bord de l'explosion ? Comment en est-on arrivé à une situation où ce cinéma confidentiel, aux marges, devient la chose la plus importante sur terre pour un journal d'actualité ? » s'insurge un ami. Mais l'éloge, même dans la sentimentalité propre à tout papier nécrologique, est légitime pour une artiste aussi singulière dont les beaux témoignages lus sur Twitter montrent bien combien elle a marqué ceux qui se sont laissé happer par son cinéma. Au moins pour cela, *Libé* reste *Libé*, quand d'autres exercices d'admiration d'Akerman apparaissent comme la énième tentative de description autosatisfaite d'une famille de pensée qui ne cesse de se célébrer.

D'un coup de TGV (combien de fois aurai-je écrit ces trois initiales ?), je file à l'anniversaire d'Albane Cleret, belle personnalité du milieu dont le seul prénom est devenue une marque, celle des soirées huppées qu'elle organise sur la terrasse de l'hôtel Marriott à Cannes ou pendant l'année à Paris. Le tout-cinéma est là, artistes, producteurs, attachés de presse. Je suis assis à côté d'Isabelle Adjani, vive et tendre, et de Roschdy Zem, en plein montage de *Chocolat*. On s'échange les dernières infos sur Springsteen puis comme François Berléand débarque en coup de vent, on parle du PSG.

Chacun repart en scooter, en métro ou dans de belles voitures de livrée. Je roule avec un plaisir immense dans la nuit de Paris.

Vendredi 9 octobre

« Il est constitué à Paris, sous le nom d'Association française du Festival International du Film, une association placée sous le régime de la loi du 1er juillet 1901. (...) Cette association a pour objet : l'organisation sur le territoire français métropolitain des festivals internationaux du cinéma, la préparation et l'exécution de tous actes ou formalités nécessaires ou utiles à cette organisation. » Voilà le texte des premiers statuts de ce qui deviendra le Festival de Cannes – ça aurait pu être Biarritz si ce paysage méditerranéen définitif n'avait pas séduit Jean Zay en 1939, et si la ville de Cannes n'avait pas montré des trésors de séduction.

Ce matin, le CNC organise une réunion sur la rénovation des statuts, dont la dernière mouture date de février 1948. Ils doivent donc être à nouveau toilettés. Techniquement Christophe Tardieu, le numéro deux du CNC, mène ça de main de maître, avec François Desrousseaux qui maîtrise lui aussi un débat juridique complexe et nécessaire. En pure politique, Frédérique Bredin insiste sur la nécessité de lancer le Festival dans l'avenir, et rappelle que les tutelles du Festival, en 2015 comme 1946, sont l'État et la communauté professionnelle.

À 11 heures, je retrouve Vincent Bolloré pour un café au Plaza Athénée. Le nouveau *mogul* du cinéma et de l'audiovisuel français se montre accueillant, charmeur et amateur de cinéma – l'imposture est facile à déjouer, dans ces cas-là. Coïncidence pure, au même moment, Pierre revoit nos interlocuteurs de la télévision publique. France Télévisions assume le jeu et augmente son offre. Je dis à Pierre que le président de Vivendi s'est montré lui aussi convaincant, même si on n'en attendait pas moins de lui : la perte de Cannes serait une défaite, et l'annonce en serait catastrophique au pire moment de cette rentrée chahutée. « S'ils nous veulent tous les deux, ça va compliquer les négociations mais c'est tant mieux », conclut Pierre.

À la tombée du jour et sous la pluie, on inaugure à Lyon le village du Festival Lumière devant une foule gourmande. Bernard Pivot, le Lyonnais, confirme sa venue, comme des dizaines d'invités. Mais pas Bertrand Tavernier, en convalescence. Mais ça ne l'empêche pas de m'envoyer des notules sur deux westerns de Jesse Hibbs : *L'Homme de San Carlos* (*Walk the Proud Land*) qu'il date de 1956 et *Black Horse Canyon*, réalisé deux ans plus tôt, écrit par le grand Daniel Mainwaring sous pseudonyme en plein maccarthysme, et qu'il tient pour son meilleur film.

Samedi 10 octobre

Mercredi est sorti le nouveau Woody Allen, *L'Homme irrationnel*, que nous avons présenté hors compétition, puisque Woody n'accepte pas le principe du concours en matière artistique, pas plus à Cannes qu'aux Oscars où il n'était pas venu chercher le sien pour *Annie Hall*, préférant jouer de la clarinette dans un club de New York avec son groupe. Ce nouveau film succède à la cinquantaine que Woody a donnés au monde depuis *Prends l'oseille et tire-toi*, en 1969 et *Bananas*, deux ans plus tard. C'est dans ce dernier film qu'il campe un révolutionnaire de pacotille qui rencontre une militante ardente qui se refuse à lui car elle n'est fascinée que par les grands leaders politiques charismatiques : « Tout le monde ne peut pas être Hitler », lui répond Woody. Et n'est-ce pas aussi dans ce film qu'il dit à une femme qui le félicite de si bien faire l'amour : « Je me suis beaucoup entraîné tout seul » ?

Comme d'habitude, le public se précipite et comme d'habitude, les opinions vont du pire au meilleur, moins dans le jugement objectif que dans la gestion du rapport joie/déception en fonction de l'attente qu'à chaque fois il suscite. C'est qu'il devient de plus en plus compliqué de s'y retrouver dans l'œuvre d'un cinéaste devenu totalement insaisissable. Mais bizarrement, alors qu'il est fêté et célébré depuis quarante ans, particulièrement en France, Woody Allen reste sous-estimé. Notre capacité à l'admirer s'est sans doute émoussée, il y a eu tant de belles années et une projection légendaire à Cannes de *Manhattan* et en son absence l'interminable ovation en direction… du rideau. Sans doute ne mesure-t-on plus l'importance de son travail et la place qu'il a prise dans nos vies.

C'est en 2002 que Woody est venu pour la première fois, à l'occasion de *Hollywood Ending*. Ce soir-là, en ouvrant le Festival, il avait fait rire tout le monde : « On me prend pour un intellectuel parce que je porte des lunettes, et on me prend pour un auteur parce que mes films perdent de l'argent. Je ne suis rien de tout ça. » Comme Shakespeare, Kurosawa ou Proust (et disons : les Stones et Brassens), il est de ces artistes qui ont façonné leur époque, en même temps qu'ils en sont l'incarnation. On serait quoi, en Occident, sans les films, les livres et sans l'esprit de Woody ? Sans lui comme réalisateur, auteur, acteur ? Il est comme Bob Dylan : une créativité inépuisable dont même les œuvres mineures sont de belles choses. De son vivant, sa place dans l'Histoire est immense. Et un jour, on racontera tous à nos petits-enfants : je vivais au temps où certains mercredis, un nouveau film de Woody Allen sortait au cinéma.

Dimanche 11 octobre

Dans la ville des frères Lumière, il n'y avait pas de festival de cinéma. Gérard Collomb, le maire de Lyon, s'était engagé à financer un projet avec la Métropole. Il passa à l'acte en 2009. La Région Rhône-Alpes, très active en production, animation et courts métrages, voulait participer, ainsi que le Centre national du cinéma. Le concept du festival Lumière, c'est le patrimoine, sans compétition ni protocole. Localement, cela suscita quelques doutes, à une époque qui ne pense qu'aux paillettes. Mais la mémoire n'empêche pas le glamour.

Louis Lumière, qui fut en 1939 le président de la « vraie-fausse » première édition de Cannes, aura finalement son nom sur un festival et c'est là où il inventa le Cinématographe. Des années que Lyon attendait ça, même s'il n'y avait pas évidence : être « ville natale » ne lui donne aucun droit. Mais celui d'y organiser un festival d'histoire du cinéma lui revenait, comme celui de relever ce défi capital : qu'on ne parle plus de *vieux* cinéma. Aucun film ne sera jamais plus vieux qu'une pièce de Molière ! Qu'on dise plutôt du cinéma non contemporain qu'il est *classique* comme on le fait pour la littérature, la peinture ou la musique. Que l'on contribue à rendre possible de voir *Voyage à Tokyo* sur grand écran et dans des copies restaurées, comme on achète *Martin Eden* en librairie.

Plus de cinquante ans après la naissance des événements cinématographiques majeurs, nous n'avons pas prétendu organiser « un festival de plus », dans un pays qui en compte autant que de fromages. Nous avons préféré essayer un événement *différent*, dont le modèle n'existait pas. Nous avons voulu confronter à grande échelle quelques convictions dont l'Institut Lumière éprouve depuis longtemps le bien-fondé : partager avec les cinéastes, décloisonner les dogmes, briser les plafonds de verre cinéphiliques, croire en la vertu des émotions collectives. 371 séances, toutes présentées, dans 43 salles. Conçu comme le point visible d'une institution encore jeune, il est devenu un rendez-vous important où l'on veille sur les œuvres, les artistes et le public.

En plus du seul centre-ville, vers lequel il eût été facile de concentrer nos efforts, nous sommes partis dans la haute banlieue lyonnaise, le « Grand Lyon », où il y a des salles et des exploitants magnifiques : Villeurbanne, Vénissieux, Bron, Décines, Vaulx-en-Velin, Sainte-Foy-lès-lyon, et d'autres encore. Des invités s'y rendent, comme Keanu Reeves qui a épaté les spectateurs de Décines, ou Jean-Paul Gaultier, venu présenter *Falbalas*, le film de Becker qui a tant compté dans sa vocation. On y a ajouté un village, un journal quotidien, une web-radio, une péniche pour danser le soir. Et on a inventé le Prix Lumière, qui sera remis vendredi à Martin Scorsese. Dès 2009, il m'avait dit : « Ce festival est fait pour moi, je viens ! » Il voulait montrer des films, être là. Chaque année, il m'envoyait une lettre où il me disait regretter son absence. Il y a un an, comme il savait qu'il allait tourner *Silence* pendant l'hiver et qu'il serait libre à l'automne 2015, pendant le montage, il m'a dit : « Tu veux toujours de moi ? » Tu parles !

Demain, c'est la grande ouverture. La ville est pavoisée aux couleurs de la fête, avec le visage de Marty partout dans les rues, les voies de bus et les stations de métro. À Cannes, la veillée d'armes dure la semaine qui précède l'ouverture. À Lyon, c'est une journée et deux repas. À midi, avec Marie, nous accueillons John Lasseter, l'extravagant créateur de Pixar et son épouse au Café des Fédérations, un bouchon au nom légendaire situé dans une petite rue de la presqu'île, auquel nous faisons honneur – le côtes-du-rhône n'aura pas eu raison du jet lag du réalisateur de *Toy Story* qui en a vu d'autres. Il se déplace peu, c'est un grand privilège de l'avoir avec nous. Le soir, Laurence Churlaud, qui a créé pour moi un métier qu'elle exerce à Lyon et à Cannes en le réinventant sans cesse (en gros : s'occuper des artistes et des invités), organise un grand dîner rue des Marronniers avec tous ceux qui sont déjà là.

Lundi 12 octobre

Le soleil irradiant l'intérieur de la maison masque au lever du jour un vent patagonien. Pour circuler pendant « Lumière » où je présente dix films par jour, rien de mieux que la bicyclette. Avant de sortir, je consulte un catalogue britannique de vêtements de vélo. Petit bulletin en noir et blanc, chef-d'œuvre de marketing qui exalte les valeurs du froid nordique et le bonheur de découvrir ces bandes de bitume longeant les mers et les fjords. Une photo suggestive, un paysage inconnu, des lacets de montagne, tout donne envie de rouler et d'acheter. Beau concept, la souffrance dans l'élégance (et souvenirs merveilleux du bleu ciel des maillots d'Anquetil et de Coppi). Même si on n'a pas attendu les Anglais pour aller rouler près des ravins.

Vincent Lindon est au rendez-vous : il parle magnifiquement de Julien Duvivier, en matinée avec *Voici le temps des assassins*, et en soirée, avec *La Fin du jour*. En évoquant la noirceur du premier et la tendresse du deuxième, il donne et surprend avec éloquence. La parole d'un artiste aura toujours une valeur singulière et inattendue. Projeté devant cinq mille personnes, *La Fin du jour* est un film si rare et si méconnu qu'il en devient radical, et Duvivier si ignoré et maltraité que le programmer est audacieux. On n'a pas choisi la facilité : un film de 1937 (« vieux », donc), en noir et blanc, format 1.37 (quasi carré), avec des acteurs oubliés de l'époque (Louis Jouvet, Michel Simon et Victor Francen) et un scénariste inconnu (Charles Spaak). Personne ne sort. Les « gens » sont formidables. Le festival est lancé.

Mardi 13 octobre

Bertrand manque déjà. Traditionnellement, c'est lui qui ouvre l'Institut Lumière à la première séance du matin, accompagné de Maelle Arnaud. Les spectateurs adorent l'entendre raconter des histoires de cinéma à dormir debout et ne jamais préciser qui sont ces inconnus dont il parle comme d'une évidence, comme s'il allait en oublier alors qu'il vient d'en citer trente. Quand Tavernier présente un film, vous savez que vous êtes dans la bonne salle, que c'est la chose la plus importante à voir. Il aurait aimé parler de Gabin, de Jouvet et des scénaristes des années 30. Il aurait prononcé dix fois le mot « formidable », et répété cette saillie d'Henri Jeanson évoquant un producteur « qui n'a jamais rien produit d'autre qu'une très mauvaise impression ».

De nombreux invités sont là, ils étaient une quarantaine hier soir sur scène, à se déployer dans les salles. Car au festival Lumière, ce sont les artistes, les professionnels et les journalistes d'aujourd'hui qui présentent les films d'hier. C'est beau d'écouter Stephen Frears sur *Casque d'or* ou Benicio del Toro, grand cinéphile devant l'éternel, pointu, curieux, radical (au jury de Cannes, en 2010, il ne cacha pas son admiration pour Apichatpong Weerasethakul et son *Oncle Boonmee*), se plier à l'exercice en disant : « D'habitude, lorsque j'apparais en public, c'est pour la promotion d'un film. Là, je suis venu pour parler de *L'Ile nue* de Kaneto Shindo et aucun contrat ne m'y oblige. Mais je veux vous dire pourquoi j'aime ce film. » Ils ont plaisir à le faire et le public à les entendre. À table, les conversations vont bon train : « J'avais une salle pleine, je pétochais mais je suis très fier de ma présentation », ou « J'ai raté la mienne, je l'avais trop travaillée ». Je suis celui qui fait le plus de présentations, c'est ainsi que je conçois mon métier : du matin au soir, des salles pleines attendent quelques mots, un rappel historique, des histoires inconnues.

Les repas sont sacrés. Grâce à l'Institut Lumière, le Passage est devenu le restaurant lyonnais du cinéma. Fondé au début des années 80 par Vincent Carteron et récemment repris par Guillaume Duvert, rien n'a changé de ce qui en fait le prix : une carte suprême, une cantine familiale, un quartier général. D'une traboule élargie, le Passage fait se rejoindre deux jolies ruelles de Lyon, la rue du Plâtre et la rue Longue, où l'on tombe sur le CNP Terreaux, l'un de ces cinémas que nous voulons sauver. *Le Passage*, c'est aussi le titre du roman le plus célèbre de Jean Reverzy, l'histoire d'un homme de retour dans sa ville après des années passées dans les îles, un homme malade auquel, « s'il existe une autre vie de châtiments et de félicités, il sera beaucoup pardonné parce qu'il a beaucoup aimé la mer ». Il décrit le sud du monde, le soleil et les îles avec la même justesse que le brouillard des ponts du Rhône. Le « passage » évoqué est le chemin qui mène à la mort, la ville est Lyon et le roman un chef-d'œuvre dont on pourrait citer chaque phrase.

Ce soir, côté Bistrot, nous retrouvons Jean-Paul Belmondo autour duquel se tient une partie de la jeune garde du cinéma français, fascinée par sa présence, séduite par le charisme d'un homme auquel les années n'ont rien ôté de son charme. Hier, son entrée dans la Halle, sur la musique du *Professionnel* (Morricone !) de l'ami Georges Lautner, a fait un certain effet : les gens debout, émus, enthousiastes. Il y a trois ans, lorsqu'il est venu présenter *Un singe en hiver*, ce fut plus extraordinaire encore et Gérard Collomb n'avait pu cacher ses larmes. « C'est bon pour les subventions ! » m'avait lancé Laurent Gerra, assis ce soir face à son copain Jean-Paul qui enchaîne les plaisanteries. Ses retrouvailles avec Sophia Loren ont eu lieu dans l'après-midi à l'hôtel. Puis Sophia, tout en rouge et en beauté, a enchanté les 1 800 personnes de l'Auditorium, à raconter sa vie avec humour et tendresse. Ce soir, elle et Jean-Paul dînent côte à côte, portant à eux deux une belle partie de la mythologie du cinéma mondial. Laurent veut absolument savoir s'il s'est passé « quelque chose » sur le tournage de *La Ciociara* : « C'est pour l'histoire du cinéma ! » rigole-t-il – mais il n'obtient aucune réponse, juste des singeries de Jean-Paul. « Il était irrésistible », dit Sophia en le couvant du regard. « Elle était mariée », ajoute Jean-Paul. On ne saura jamais.

Mercredi 14 octobre

En plus des deux fleuves (la plaisanterie locale en donne un troisième : le beaujolais), Lyon possède deux collines : Fourvière, la religieuse, qui se confesse, et la Croix-Rousse, la travailleuse, qui proteste. « Canuts » était le nom donné aux ouvriers de la soie de la Croix-Rousse. Comme ils commençaient le travail vers 4 heures du matin, à 8 heures, ils avaient faim et prenaient un véritable déjeuner, un « mâchon », devenu une tradition lyonnaise que des chefs perpétuent, regroupés en une association qui s'appelle les Francs-Mâchons.

Depuis plusieurs années, le mâchon est devenu un rituel du festival Lumière, pour les invités comme pour le public. Rituel auquel Quentin Tarantino a sacrifié, ou Nicolas Winding Refn qui, pour la première fois, a trempé ses lèvres dans un verre de vin. Il faut bien justifier notre slogan : « Good Films, Good Food, Good Friends. » Ce matin, pour offrir le plaisir de la chose à de nouveaux profanes, nous avons invité une vingtaine de personnes, prêtes à toutes les audaces gastronomiques. S'être couché tard n'aide pas, ni le type de nourriture servi chez Georges, rue du Garet, qui nous ouvre ses portes. Mais le moment est unique et délicieux : café au comptoir, puis tablier de sapeur, tripes, andouillettes, gâteau de foies de volaille et boissons à l'avenant (mâcon blanc, beaujolais, côtes-du-rhône). Devant la consistance bizarre de certains plats, Tarantino avait demandé : « C'est excellent mais c'est *quoi* ? » À 10 heures, la bombance terminée, vous vous sentez bien : un léger état d'ébriété et un énorme complexe de supériorité sur le reste du monde. Comme disait Frédéric Dard le Lyonnais : « Si Dieu n'existe pas, il fait bien semblant. »

Pendant la sélection cannoise, l'amitié s'arrête à la porte de la salle de projection ; commence alors le travail du goût, du jugement. À Lyon, l'évaluation critique a déjà eu lieu, le temps a fait son œuvre et voir des films n'est que prétexte à la générosité. Les journées se déroulent en rencontres, présentations, projections. L'hommage aux « années Toho » de Kurosawa, à Larissa Chepitko, la figure tragique du cinéma russe, à Géraldine Chaplin, au musicien Alexandre Desplat pour célébrer son Oscar, à des raretés mexicaines et à quelques trésors proposés par des cinémathèques venues du monde entier. Bref, un autre genre de festin.

À 20 heures, c'est « Un soir au Gaumont-Palace », un ciné-concert des primitifs du cinéma français. Chez Gaumont,

Nicolas Seydoux a toujours pris soin du « catalogue », expression du métier désignant la liste des droits appartenant à une société. Bien avant que cela ne se généralise, il a restauré, exhumé, édité, ressorti des films oubliés. Ça en valait la peine : née en même temps que le cinéma, Gaumont n'a jamais cessé ses activités. Cette année, elle célèbre également ses 120 ans, comme Lumière. Et nous la fêtons ce soir, à l'Auditorium de Lyon. Normal : Louis Lumière était grand ami avec Léon Gaumont.

De la scène où je joue le Monsieur Loyal pour un programme de cinéma des premiers temps, je regarde Nicolas Seydoux, assis au premier balcon. Il a un air d'enfance qui ne le quitte jamais tout à fait, comme si d'avoir passé la main à sa fille Sidonie lui permettait désormais toutes les audaces, toutes les facéties et de goûter enfin à tous les plaisirs. À Paris, quand il désire un déjeuner, par exemple, j'obtempère. Par amitié, et pour la joie de retrouver son inépuisable et malicieuse conversation. Comme l'usage qu'il fait de son savoir-vivre l'amène à lancer ses invitations dans des établissements de bonne réputation dont il aura vérifié préalablement la qualité et l'ampleur de la carte des vins, elles ne déçoivent jamais. Un personnage, Nicolas Seydoux, qui se régale visiblement à retrouver ce soir les films d'Onésime, Louis Feuillade, Bout de Zan, Félix Mayol et Léonce Perret ou Alice Guy, la première femme réalisatrice. Ce soir, la firme à la marguerite a pleinement justifié son nouveau slogan : « Gaumont, depuis que le cinéma existe »…

Jeudi 15 octobre

Le festival Lumière est la célébration d'une histoire du cinéma qui accède désormais à la plus haute technologie. Ici comme ailleurs, le numérique l'a emporté (sécurité supposée de la projection, lumière, point, erreur humaine moindre) et les projections 35 mm (à main d'homme, bobine après bobine) se sont raréfiées. Mais on ne veut pas les délaisser, ni assister impuissant à leur mort programmée. Et on veut encore entendre du bruit dans les cabines. Alors, nous sommes allés rôder dans nos entrepôts et fouiller dans les collections. On y a déniché cinq films issus d'un cinéma indépendant post-70 que le mouvement des restaurations n'a pas encore abordé : *Maine Océan* de Jacques Rozier, *Passe montagne* de Jean-François Stévenin, *Hôtel des Amériques* d'André Téchiné, *Zanzibar* de Christine Pascal et *Dans la ville blanche* d'Alain Tanner – lequel, âgé mais vaillant, ne peut néanmoins se déplacer ; son producteur, le Portugais Paulo Branco, le représente (la ville blanche, c'est Lisbonne).

Ce sont des films et des cinéastes pour lesquels j'ai une affection infinie, et je m'aperçois qu'ils figuraient déjà dans la carte blanche de Beaubourg. Les copies ne sont pas excellentes, certaines bobines flirtent avec le rose des premières décompositions de couleurs, mais la volupté est intacte, comme le plaisir des yeux et du cerveau à retrouver les sensations d'un voyage dans le temps et d'une idée du cinéma qui voyait les familles de pensée se rassembler plus souvent qu'aujourd'hui. Puisque le travail de restauration est bien amorcé sur le cinéma français des années 30 à 60, il faut montrer que celui-là doit en faire également l'objet. Il reste qualifié de « cinéma moderne », tiendra-t-il le coup ? Nous verrons. Et nous testons la projection 35 mm que nous avons conservée dans notre deuxième salle, le CNP Bellecour, qui ouvre ses portes pour le festival.

Il n'y a pas d'amour du cinéma sans amour des livres de cinéma. Parmi eux, celui de Nicolas Winding Refn fera date. Édité chez Actes Sud par Manuel Chiche, l'inlassable bretteur cinéphile de La Rabbia, *L'Art du regard* dit en trois cents affiches et plusieurs centaines de pages les passions cinéphiles d'un cinéaste dont la joviale radicalité ne s'arrête pas à la mise en scène. Nicolas, qui donne des interviews très drôles, rend à ce cinéma bizarre qu'il connaît par cœur une visite pleine de dévotion. « Tu as vu, on publie un livre super luxueux pour parler de films à petit budget ! » rigole-t-il. À l'époque, le côté fauché de certaines productions ne signifiait pas : 1) que les films ne marchaient pas : les amateurs existaient, les marges et les ténèbres rapportaient parfois beaucoup d'argent, 2) que ceux qui s'y engageaient faisaient ça par-dessus la jambe : en témoigne la qualité graphique des posters, des tracts et du matériel publicitaire. Et à lire certains titres ou « catchlines », on voit aussi que les as du marketing ne travaillaient pas uniquement chez Coca-Cola et IBM : *Quatre fois cette nuit-là* ou *Je suis né femme, laissez-moi mourir comme un homme*. Ce genre de choses. Ou encore : *Confession d'une nonne innocente à la beauté inflammable* ou *Même les mauvaises filles pleurent*, qui avait comme sous-titre : *Filmé à Hollywood, là où ça arrive tous les jours* (que les mauvaises filles pleurent). Et sur l'affiche de *Lui et elle, mari et femme*, il était précisé : « À la caisse, prouvez que vous avez plus de 18 ans ou montrez votre certificat de mariage. » Mon titre préféré : *Elle annonça une jouissance sauvage et elle tint ses promesses*. Pourquoi a-t-on mis fin à tout ça ? Soudainement, j'ai pensé aux salles mal famées de Lyon, le Paris, le Petit Coucou, le Club, l'ABC, l'Aiglon et à ces réalisateurs qui avaient le génie des pseudos : Stan Lee Lubrick ou Max Turbay.

En fin d'après-midi, venant de Paris où il a inauguré l'exposition que lui consacre la Cinémathèque française, Martin Scorsese arrive à Lyon. Nous l'attendions depuis des années.

Vendredi 16 octobre

Ce matin, mon fils Jules m'a dit que, plus tard, il voudrait devenir « créateur de jeux vidéo ». Rien d'étonnant, il passe ses journées devant son ordinateur. Il m'a confié aussi que, lorsqu'il doit décrire le métier de son père, à l'école, il ne sait jamais quoi dire. C'est le genre de discussion qu'on ne peut improviser alors que la journée commence. Et j'ai une activité difficile à expliquer à un enfant. Est-ce un métier ? Hier, j'ai présenté *Yojimbo* de Kurosawa, le *Journal d'une femme en blanc* d'Autant-Lara, *La Chasse* de Vinterberg, *The 50 Year Argument* de Scorsese et Tedeschi, l'hommage à Alexandre Desplat et *Le Couteau dans l'eau* avec Roman Polanski, le documentaire de Scorsese sur George Harrison en présence d'Olivia, sa veuve, *Le Docteur Jivago* de Lean, *Lucky Luciano* de Rosi, *Quatre de l'infanterie* de Pabst et *Je, tu, il, elle* d'Akerman. J'ai également fait l'éloge de Mads Mikkelsen avant sa masterclass, animé déjeuner et dîner au Passage, prononcé quelques discours, échangé avec de jeunes cinéphiles, ouvert une table ronde du Marché du film classique sur les « œuvres orphelines » et accueilli avec la Préfecture et EDF des personnes immigrées auxquelles est donnée la possibilité d'une démarche d'insertion professionnelle à travers une mission au festival. Alors que je remonte le cours Gambetta à vélo avec mon casque posé sur une casquette en laine à visière pour ressembler à Eddy Merckx gagnant le Tour des Flandres en 1969, je mesure le grand privilège d'exercer cette indéfinissable profession. Sans doute est-ce pour cela que je la laisse me voler ce temps que je ne consacre pas à mes enfants.

À 15 heures, Martin Scorsese est monté sur la scène du théâtre des Célestins pour rencontrer un public entassé jusqu'au troisième balcon. Ma première question était : « Te considères-tu comme un survivant ? » Il m'a répondu : « Je vais bientôt avoir 73 ans et quand je jette un œil sur mon parcours, je m'aperçois que rien ne fut facile. J'y ai laissé des plumes mais en ayant réussi à continuer à faire des films. J'ai connu des moments atroces, vraiment atroces. Mais je suis encore là, oui. J'ai survécu. » Aucun grand cinéaste n'aurait fait une réponse différente.

La rencontre fut mémorable. Quand il parle de cinéma, Marty adopte un point de vue d'artiste. Je ne crois pas l'avoir jamais entendu émettre une opinion négative sur un film et il en alla ainsi aujourd'hui encore. Il a parlé pendant près de deux heures et ce fut un instant très extraordinaire de le voir totalement dédié aux huit cents personnes venues l'écouter. Un enfant issu du prolétariat de Little Italy, inventant avec quelques collègues le cinéma new-yorkais des années 70, est devenu cet homme dont la cinéphilie est géographiquement et artistiquement sans limites, et qui connaît aussi bien la littérature, la musique classique, l'histoire du rock.

Il nous avait apporté un cadeau, la bande-annonce de *Vinyl*, la série TV qu'il a conçue et produite pour HBO avec Mick Jagger et dont il a dirigé le premier épisode. C'était bien d'entendre des riffs de guitare électrique résonner dans le beau théâtre italien rouge et or de la place des Célestins. Massoumeh Lahidji a livré comme d'habitude une impeccable traduction dont la fluidité et l'intelligence ont stupéfié l'assistance. Marty a dit aussi : « Je suis content d'être là car le festival Lumière me permet de revoir des gens qui me sont chers. »

Parmi eux, il y avait Abbas Kiarostami – sa présence comptait beaucoup pour lui. Dans la matinée, arrivant de Chine où il tournera bientôt, Abbas a sorti un à un de son ordinateur des films courts, extraordinairement inventifs, et m'a demandé de décider lequel serait projeté en hommage à son ami américain pour le Prix Lumière. Parmi tous ces joyaux, j'ai choisi *The Horse*, un film de voiture, de neige et de chevaux, un ballet expérimental, abstrait et émouvant. Inoubliable. Je ne sais si les gens mesureront ce qui se passe. Ces deux géants se vouent un respect et une amitié qui feront date dans l'histoire du cinéma. L'humilité de Marty, lorsqu'il s'adresse à Abbas, n'est pas feinte.

La remise du Prix Lumière a eu lieu devant trois mille personnes, sans télévision ni paillettes. François Cluzet a formidablement évoqué l'acteur Scorsese qu'il a eu face à lui dans *Autour de minuit* dont on a projeté un extrait pour montrer qu'il avait raison. Jane Birkin a chanté *As Time Goes By*, la chanson de *Casablanca*, dont la mélancolie a failli nous foutre le cafard, et Camélia Jordana a donné une inoubliable version de *New York, New York*. Dans un message vidéo, Robert De Niro a félicité son frère de sang. Nous avons également projeté quelques films Lumière tournés aux États-Unis à la fin du XIXe siècle et un extrait musical de Laurel et Hardy en hommage à Alain Resnais, que Scorsese respectait beaucoup. Un jour, à Venise, quand Bertrand avait eu un accident à l'œil, nous avions engagé avec Marty et Alain une discussion insolite : « Quand on est cinéaste et cinéphile, quelle est la pire chose qui puisse arriver : ne plus *faire* de films, ou ne plus *voir* de films ? » Resnais avait nettement répondu : « Ne plus voir de films. »

La tradition de ce festival veut qu'à la fin de la cérémonie, Bertrand fasse le dernier éloge. Comme il n'était pas là, il a envoyé un texte dans lequel il disait que Martin Scorsese méritait « cinq, dix Prix Lumière » et qui se terminait par une citation de saint Augustin : « Celui qui se perd dans sa passion perd moins que celui qui perd sa passion. » Sur la scène envahie par les amis, les collaborateurs et la famille de Marty, c'est Salma Hayek qui a remis le Prix Lumière, un objet inspiré du Cinématographe, fait du même bois et du même métal que l'appareil Lumière. Marty a prononcé un long discours, grave, très beau. Il savourait visiblement ce moment et moi aussi : j'avais l'impression de ne pas l'avoir déçu. Et quand on a lancé sur l'écran un karaoké géant pour que trois mille personnes chantent ensemble *New York, New York* en son honneur, il est parti d'un grand éclat de rire.

Samedi 17 octobre

C'est chemin Saint-Victor que Louis Lumière a tourné son premier film, *Sortie d'usine.* Godard l'a dit avant moi, quand vous vous appelez *lumière,* que voulez-vous faire d'autre qu'inventer le cinéma ? De plus, le quartier s'appelle « Monplaisir » : face à de telles origines, les autres inventeurs ne pouvaient pas rivaliser. « Et en plus, ils habitaient rue du Premier-Film ! » m'a dit un jour un enfant. Non, pas à ce point : ce fut plus tard, dans les années 20, que la rue fut rebaptisée ainsi. Les Lyonnais n'ont pas toujours été les plus érudits, un autre enfant m'ayant dit fièrement : « Le premier film tourné à Lyon, c'est *L'Arrivée du train en gare de La Ciotat* ! »

Ici, il y a un grand projet immobilier : celui de reconquérir le territoire historique des Lumière en le dédiant au cinéma et à la photographie – Gérard Collomb m'a promis de s'intéresser à la question. C'est dans cette rue du Premier-Film, face au hangar des origines, que je le retrouve cet après-midi pour une nouvelle *Sortie d'usine*, mise en scène par Scorsese, après Almodóvar, Tarantino, Dolan, Sorrentino, Cimino ou Schatzberg les autres années. Des actrices, des acteurs, des réalisateurs, des amis, du public défilent devant la caméra de Pierre-William Glenn, tous impressionnés, et moi le premier, d'accueillir un tournage du maître new-yorkais. Marty est très détendu, heureux de cette petite fantaisie à laquelle il se prête de bonne grâce. Quelques indications, un faux accident de vélo, un dernier éclat de rire, va pour trois prises. Il existera un nouveau film Lumière « directed by Martin Scorsese ».

Nous repartons présenter des films dans les salles, les grandes comme les petites, le festival n'en évite aucune, du centre à l'agglomération de Lyon. Partout, il y a un monde fou, des jeunes, des vieux, des familles, des spécialistes, des amateurs, des professionnels, des occasionnels. Au village, les gens se jettent sur les livres et les DVD. J'accompagne Pablo Trapero pour parler des *Infiltrés* après la projection de *Laisse aller... c'est une valse !* pour l'hommage à Jean Yanne, dont il était temps de raviver le souvenir. Cinéaste dilettante, Yanne avait du génie pour tout le reste. « Qu'est-ce que je me suis amusée avec lui, a confié Nicole Calfan qui l'aima beaucoup et est venue en parler. Il m'appelait "ma Puce". Mais c'était un oiseau de nuit. Il fallait le suivre quand on allait en boîtes, au pluriel car on les faisait toutes ! Je n'avais pas son énergie, les noctambules sont des gens à part. Parfois, quand on arrivait très tard chez Castel, je m'installais à l'écart et je m'endormais. Jean, lui, était dans ses nuits blanches. Puis il rentrait. C'est quand il arrivait à la maison qu'il se rendait compte de mon absence : "Merde, ma Puce !" Il m'avait oubliée. Ça arrivait tellement souvent. »

Pour terminer la journée, Nuit de la peur à la Halle Tony Garnier : *The Thing* de John Carpenter, *La Nuit des morts-vivants* de George Romero, *Insidious* de James Wan, *Evil Dead* de Sam Raimi. Un programme suprême et pour le présenter, un artiste qui ne l'est pas moins : Alain Chabat, qui déroule une belle érudition sur le genre. D'une plaisanterie et d'une provocation, il embrase la salle sous l'œil admiratif de Pierre Lescure, qui reste son fan numéro un. Ça respire la fraternité de les voir ensemble, un côté « reconstitution de la ligue dissoute ». Dans la nuit, j'ai roulé comme un fou pour retourner en ville. Au moment de traverser le Rhône, comme j'étais heureux, je me suis mis en danseuse.

Quand il débute, un auteur trouve au fond de lui-même toute son inspiration rentrée et sort sa jeunesse fougueuse de la nuit avec l'envie de renverser le monde. C'est ce qu'a fait Marty avec ses premiers films new-yorkais, avec Robert De Niro et Harvey Keitel pour les incarner dans les pics que furent *Mean Streets* et *Taxi Driver*, et cette Palme d'or qui fut celle d'une flamboyante décennie américaine. Aujourd'hui, ses aspirations ne sont plus les mêmes que lorsqu'il avait 30 ans, quand il donnait de la voix pour sa génération. Il n'est pas le même homme non plus, les excès sont loin, mais il continue d'imposer une vision dont le registre a évolué. Il se sera attaché la fidélité des studios, dont il se sentait mal aimé. Aujourd'hui, avec Eastwood et Spielberg, Scorsese incarne la pérennité des cinéastes-auteurs venus d'Amérique et prolonge le cinéma classique des années 30.

C'est le cinéaste Scorsese que nous avons célébré mais aussi son inlassable activité au service du cinéma classique. Marty est de ceux qui ont compris très tôt qu'il fallait se donner de nouveaux moyens pour attirer l'attention sur la conservation des films et il a entraîné de beaux compagnons avec lui, dont le silencieux Stanley Kubrick. Les États-Unis ont, comme chez nous avec la Cinémathèque française et l'Institut Lumière, des archives étincelantes (le MoMA, l'Académie des Oscars, UCLA, la George Eastman House, la Bibliothèque du Congrès) et en créant la Film Foundation, Scorsese leur a permis de lever des fonds importants. Quand je parle avec Martin Scorsese, je ne sais jamais si c'est avec l'artiste, le cinéphile, le cinémathécaire ou le militant.

C'est ce qu'au Passage, tous nos invités se disaient sans doute en regardant ce héros auquel ils réclamaient une photo, un bout de conversation. Assis à côté d'Abbas Kiarostami, il était souriant, disponible, parlant longuement à Gaspar Noé, le chat de gouttière du cinéma français. À un moment, Marty s'est levé pour prendre la parole : « Je n'avais vu jamais ça. Je n'avais pas imaginé que ça puisse être possible. C'est magnifique d'être tous réunis. Je regrette que Bob et Leo ne soient pas là. Mais ma femme et ma fille, Helen et Francesca, m'accompagnent ici à Lyon, et je passe les meilleurs moments de ma vie. » J'ai cru que Maelle, Leslie, Denis, Pauline, Fabien et les autres, qui s'impliquent tant dans ce festival, allaient éclater en sanglots.

Dimanche 18 octobre

Parmi ceux qui contribuent à la réussite de l'événement, il y a les bénévoles, une troupe de belles âmes que Cécile Bourgeat réunit chaque année, au total près de cinq cents personnes occupant tous les postes, accueil, contrôle, voitures, presse, restaurants, accompagnement des invités, etc. Une année, j'avais proposé à un chauffeur de rester dîner avec Clint Eastwood, Pierre Rissient et moi, il a eu du mal à s'en remettre (moi aussi, comme toujours, de dîner avec Clint). Ils sont partout dans l'organisation. Les uns prennent une semaine de congé, les autres passent après leur journée de travail. D'autres sont au chômage mais viennent aider, et il arrive qu'ils retrouvent du boulot. Sans tous ces gens, le festival n'aurait pas le même visage, ici à Lyon mais je pourrais aussi parler de Clermont-Ferrand (le court métrage) ou Annecy (l'animation), et tant d'autres encore qui font la même chose. Le « vivre ensemble » est une expression galvaudée mais enfin, elle dit ce qu'elle dit. Ma sœur aînée, Marie-Pierre, s'est fait embaucher ici, au village cinéma de la villa Lumière, section librairie et DVD. Avec son mari Alain, qui travaillait chez EDF, ils ont passé leur vie dans le service public, fait trois enfants et on les a mis en préretraite. Alors, ils se dévouent aux autres, cours d'alphabétisation, Restos du cœur et convoyage d'enfants des colonies de vacances CCAS. Marie-Pierre est admirable et épatante, enfin, c'est ma sœur, mais des femmes comme elle, on en trouve beaucoup dans ce pays.

Le dimanche, une trentaine de projections rassemblent plusieurs milliers de spectateurs dans toute la ville et vers 15 heures, pour le final, l'équipe de l'Institut Lumière et tous les bénévoles montent sur la scène de la Halle Tony Garnier devant cinq mille spectateurs, qui ne se font pas prier pour les fêter. Entendre les acclamations monter et résonner dans la belle charpente d'acier et de métal me donne des frissons de plaisir. Martin Scorsese applaudissait lui aussi à tout rompre et quand ce fut son tour de monter, j'ai senti qu'il était impressionné. Comme le veut la tradition, Gérard Collomb a renouvelé ses engagements financiers pour l'année prochaine et lui a remis un jéroboam de côte-rôtie, le vin que je lui avais fait connaître à New York. Marty a remercié chaleureusement puis a présenté *Les Affranchis* en évoquant Robert De Niro. L'histoire du cinéma s'écrit souvent à deux : Sternberg et Marlene, Fellini et Giulietta Masina, Kurosawa et Mifune, Truffaut et Léaud ou Marilyn irradiant les films de Billy Wilder. Encore que ce dernier était excédé par ses absences, ses retards, ses manques, ses oublis. Il disait : « J'ai une tante à San Diego qui dirait mieux ses textes qu'elle. Mais personne n'irait voir le film. » Ce qui est sans doute la meilleure définition qu'on puisse donner d'une star.

Pour les adieux au public du festival Lumière, plutôt que d'aller en coulisses, solution toujours prisée par la sécurité, nous avons fait tout le contraire : que peut-il arriver d'autre que de voir les gens debout ovationner un artiste qui compte dans leurs vies ? Au son de *Jumpin' Jack Flash*, ce fut grandiose, même les ouvreuses étaient de la partie. Marty a traversé la Halle sous les ovations et les hourras, en signant des autographes et en serrant des dizaines de mains, comme s'il était Elvis Presley. Il est Elvis Presley.

Lundi 19 octobre

Couché tard, dormi peu. Belle fête avec les équipes hier soir, la dernière de ce festival qui atteint son âge de raison. Et qui confirme la leçon, venue du public, des salles, des artistes, des critiques et du cinéma : tout n'est pas perdu.

Mardi 20 octobre

Couché tôt, dormi beaucoup. Pour une fois, la SNCF a placé la voiture de tête en tête. Je marche le long du quai, dos à la colline de Sainte-Foy-lès-Lyon. À travers les enchevêtrements de câbles et de poteaux électriques, le soleil naissant perce et éveille des envies de montagne – de Lyon, il suffit d'en suivre la lumière. Je me souviendrai de cette lueur en filant vers le nord, les quais de la Seine et la rue Amélie. L'air est frais, le festival Lumière nous fait toujours changer de saison, quand l'odeur du froid recouvre enfin les petits matins.

Au bureau, c'est le retour de l'effervescence. L'équipe d'automne est au complet, chacun réactive ses contacts, prépare ses dossiers (d'accréditations, de locations de salles, de ventes d'espaces). Il faut reprendre de l'élan, ne pas se perdre, aller à l'essentiel, se souvenir des notes prises en mai dernier et des promesses de réflexion que nous nous sommes faites cet été. Novembre est un mois crucial : c'est la fin de la veillée d'armes, mais pas encore les grandes batailles, juste le début de la drôle de guerre annuelle de position et d'observation. Tout plus grand événement culturel du monde qu'il est, Cannes n'exige pas une attention de chaque jour, en tout cas pas pour toute l'équipe. Et cette entreprise ne s'organise pas de façon très orthodoxe. Ainsi, entre le 1er juin et le 1er novembre, l'équipe tourne au ralenti, se déleste des journées de congés qu'elle ne pourra guère prendre à partir de janvier. Travailler pour le Festival de Cannes exige de se plier à un ordre social bizarre, de s'acclimater à ce faux rythme annuel, nonchalance d'abord, folie ensuite.

Je devais aller à Los Angeles puis à Morelia pour le premier voyage sérieux de Cannes 2016, mais comme Scorsese reste à Lyon toute la semaine, d'où il s'envolera pour Macao, je fais de même, je ne partirai que jeudi pour le Mexique. Aller-retour à Paris, donc. À 13 heures, rendez-vous aux Gobelins avec Jérôme Seydoux pour visiter le chantier quasi terminé des Fauvettes, cet ancien cinéma Gaumont qu'il a décidé de dédier au patrimoine et aux copies restaurées. Ouverture prévue en novembre. L'endroit, décoré par Jacques Grange, est somptueux, l'histoire des cinémas de quartier circule entre les salles, sur le jardin, jusqu'à la modernité de la décoration et d'une façade numérique : jamais cinéma classique n'aura eu écrin si beau. En face, littéralement de l'autre côté du trottoir, trône la Fondation Jérôme Seydoux-Pathé, construite par Renzo Piano et dont s'occupe son épouse Sophie. En un an, Jérôme aura construit en miroir deux lieux dédiés à l'histoire du cinéma dans la capitale mondiale des salles. On se quitte après un rapide déjeuner, comme ceux que je faisais avec Claude Sautet qui habitait là et dont le beau fantôme hante toujours les lieux.

Le soir, je retourne à Lyon pour voir le premier épisode de *Vinyl*, que Marty veut me projeter dans la salle de l'Institut – Emma Tillinger, sa productrice, a organisé tout ça, avec David Tedeschi, le monteur (et par ailleurs coréalisateur du magnifique *50 Year Argument*, qui dit tout de la belle survivance du New York des écrivains et des critiques littéraires). Même quand il officie pour la télévision, Scorsese fait du cinéma : *Vinyl*, qui le montre en pleine possession de son style, commence par une éblouissante séquence d'ouverture et déploie une chronique des ténèbres du rock new-yorkais des années 70, une histoire pleine de furie et de tendresse pour une ville, une musique et une époque dont il est décidément le chroniqueur exalté et le héraut définitif. Ce pilote est déjà un film, emballant et dérangeant, il donne furieusement envie de voir la suite, ce qui est le principe. Les *showrunners*, ces nouveaux dieux de la planète télé, auront du travail pour continuer sur le même rythme.

Après la projection, je retrouve Marty pour dîner à la Villa Florentine, un hôtel majestueux situé sur les hauteurs de Fourvière. On l'a installé là pour qu'il puisse travailler à sa guise et ne perde aucune journée de labeur. Deux chambres ont été aménagées pour Thelma Schoonmaker, venue de New York pour avancer le montage de *Silence*, son long métrage – je fais tout pour qu'il soit prêt pour Cannes, même le faire travailler à Lyon ! Pour l'instant, c'est *Vinyl*. Marty s'enquiert de mon avis, écoutant attentivement comme il le fait toujours. À New York, il m'avait montré dans sa salle une première version de son doc sur Dylan, *No Direction Home*, et son ouverture d'esprit m'avait frappé, quand tant de metteurs en scène ont du mal avec l'épreuve du montage provisoire montré à ceux qui ignorent tout de ce qui a amené un film à trouver sa longueur, son rythme et son identité. Il est toujours délicat d'amener un cinéaste à saisir la nature d'une remarque, il ne faut pas le froisser, il faut l'assurer que l'affection qu'on peut ressentir pour un film n'exonère pas un examen honnête.

Mercredi 21 octobre

« La relation fondamentale qu'elle avait avec sa mère et le cauchemar de la Shoah dont cette dernière lui entretenait à la fois la mémoire terrorisante et la révolte, répondit aux dangers d'une santé fragile jusqu'au jour où sa mère disparut. Et le dernier film *No Home Movie* en dit l'infinie douleur. De ce jour, je sais que rien ne la retenait véritablement à la vie. » Dominique Païni, ancien directeur de la Cinémathèque française, personnalité enjouée et brillant écrivain, m'envoie le texte qu'il a lu à l'enterrement de Chantal Akerman.

De retour à Paris, réunion avec Pierre sur le partenaire média. France Télévisions fait de séduisantes propositions et obligés de choisir maintenant, nous serions bien incapables de trancher. Idée de Pierre, on pourrait proposer des lots, comme en foot. Faisons ça. Partenaire officiel ne veut pas dire partenaire exclusif. À Canal+ et France TV, nous ajouterions Arte, qui pourrait faire un travail de fond sur le cinéma, grands classiques et idées innovantes. Ça n'est pas tant la couverture télévisée du Festival qui nous importe seulement, mais que grâce à Cannes le cinéma retrouve sur les antennes de France une place qu'il a symboliquement perdue.

À la Villa Florentine, Thelma Schoonmaker règne sur une batterie d'ordinateurs et fait comme si passer de l'île de Manhattan à la colline de Fourvière lui était parfaitement naturel. Miracle du montage numérique qui se délocalise avec aisance. Pour notre dernière soirée, elle me montre de somptueuses images de *Silence* : cadre et ampleur à la Kurosawa, photographie puissante de Rodrigo Prieto. Dommage de ne pouvoir découvrir la suite, et l'ensemble. Je serre Marty dans mes bras, j'embrasse Lisa Frechette, qui veille sur son quotidien à New York et dans le monde, et je rentre à pied, en descendant les marches d'escalier qui mènent au Vieux Lyon. Dans le silence de Saint-Jean, les pavés de la rue du Bœuf luisent d'une lumière simenonienne. Dans deux jours, le Prix Lumière 2015 s'envole vers l'Asie. Moi, demain, départ pour le Mexique.

Jeudi 22 octobre

Maintenant, grâce à internet, on vit dans les hôtels avec nos chansons, nos radios, notre musique. Quand je m'installe dans une chambre, comme une manière de baptiser les lieux, j'écoute toujours les quatre mêmes chansons. La première est *Adios Nonino* d'Astor Piazzolla, version Central Park 1987, avec ce moment de grâce qu'est l'apparition du thème central, au piano, jusque-là masqué par quelques banderilles d'improvisation, à la jazz. Cette chanson d'adieu à son père est une grandiose création piazzollesque, à la fois musique d'Europe centrale et jazz des faubourgs où se croisent les larmes du violon et celles du bandonéon, pour commencer à Budapest et vous envoyer à Buenos Aires.

Puis *La Mémoire et la mer* de Léo Ferré, joyau splendide du répertoire français, dont on a du mal à percer les mystères, même après un millier d'écoutes – Lavilliers dit que tout est signifiant dans cette lamentation versifiée : « Et le diable des soirs conquis / Avec ses pâleurs de rescousse / Et le squale des paradis / Dans le matin mouillé de mousse / Reviens fille verte des fjords / Reviens violon des violonades / Dans le port fanfarent les cors / Pour le retour des camarades. »

Ensuite, *This Hard Land* de Springsteen, version tirée du concert acoustique du 25 mai 1997 au Palais des Congrès, que j'écoutai en boucle dans ma chambre de l'hôtel Marriott de Berlin, les heures ayant suivi le suicide du cher Humbert Balsan, un producteur qui jouait sa vie sur ses films. Et parce que les derniers vers disent : « Stay hard, stay hungry, stay alive if you can. »

Et enfin, diamant secret de la discographie de Nino Ferrer, *L'Arbre noir*, un morceau sombre et beau qu'on trouve à la fin de *Blanat*, l'album maudit de cet autre suicidé, ce fils d'Italie fou de sa mère que nous avions invité à Lyon pour une soirée de feu à la salle Rameau. C'était ce qu'on appelait un « concert de soutien », de soutien à une radio libre, Radio Canut. Il était au fond du trou, il jouait sa musique, sans concession, il avait englouti une bouteille de whisky qui était posée sur l'enceinte de retour, et il avait chanté *La Rua Madureira* et *L'Arbre noir*, avec ce dernier vers qui sonnait déjà comme un adieu : « Peut-être est-ce ton absence, mon cœur… »

Autrefois, il était rare que je prenne d'emblée la chambre d'hôtel qui m'était désignée. Une première visite et puis, en général, je changeais. Trop près de l'ascenseur, trop bruyante, trop ceci ou cela. Je me suis soigné, ça va mieux, je note les numéros de celles qui me conviennent et j'essaie qu'elles me soient attribuées le voyage d'après. Comme chaque année, je suis dans la chambre 7 de l'hôtel Casa Grande, calle Portal Matamoros, pour le festival de Morelia, capitale de l'État de Michoacán de Ocampo, Mexique.

Vendredi 23 octobre

J'ai été surpris de me réveiller ici – nos vies passent trop vite d'une chose à l'autre. Je reste une partie de la matinée à répondre au courrier (ils passaient du temps à cela, les gens, autrefois : répondre au courrier ; on fait la même chose aujourd'hui, dans l'infinie sécheresse de la rapidité numérique, sans le romantisme des papiers à lettres avec l'en-tête à logo de l'hôtel). Je reprends ce journal aussi – ce que vous aurez lu des dernières semaines, c'est d'ici que je le rédige.

Promenade-travail dans les rues de Morelia avec Maelle Arnaud. Nous débriefons le festival Lumière, nous évoquons les projets de l'Institut et, devant le succès désormais avéré des films Lumière, nous évaluons les conditions dans lesquelles nous pourrions produire un film pour les salles, tout ça en arpentant les rues étroites irisées d'échoppes, d'une église à l'autre. Un type se promène avec un tee-shirt sur lequel est marqué : « Jesus comes. Look busy ». Notre déambulation nous conduit à nous perdre dans le dédale des rues pavées et des passerelles, dans le vacarme et la chaleur, à atterrir dans une banlieue de centres commerciaux et de casses de voitures. Dans nos métiers, on finit par très bien maîtriser certaines villes, quand elles sont des villes de cinéma. Je suis toujours épaté par la manière dont certains festivaliers étrangers connaissent de Cannes toutes les rues, les beaux quartiers et les palaces, les gargotes et les bars louches, et sont capables ensuite, quand vous les rencontrez à l'autre bout du monde, de vous donner de mémoire le prénom du patron d'un restaurant du Suquet ou d'une serveuse de la rue d'Antibes.

De Los Angeles, mail de Tarantino au sujet d'un hommage qu'il rend dans sa salle du New Beverly à John Cassevetes, l'acteur, pas le metteur en scène : il appelle ça « Tribute to John Cassavetes, the Actor ». Il cherche une copie 35 mm de *Face au crime* de Don Siegel dont il sait que nous avions montré les films à Lyon. Mais pas *Face au crime* : on n'a jamais pu trouver une copie lors de la première édition. Les services de l'Institut tentent d'en traquer une. Chou blanc à nouveau.

Le soir, à la volée et à la demande de Daniela et Alejandro Ramírez, les deux fortes têtes de Morelia, j'ouvre le festival par des compliments en espagnol sur Guillermo del Toro avant la projection du sombre et beau *Crimson Peak*. Guillermo voulait que je dise quelques mots en son absence, je m'exécute, trop heureux de parler de lui, de l'irruption de son cinéma dans nos territoires cinéphiliques trop bien réglés, de ce que fut la projection à Cannes en 2006 du *Labyrinthe de Pan* (un triomphe, et l'entrée du pur cinéma d'horreur en compétition), de sa fascination pour la littérature mondiale (il est capable de parler de Simenon pendant des heures), de ses carnets de notes et de ses dessins, de sa collection de 20 000 DVD. Un cinéaste de la poésie des monstres qui fait le lien entre les années 20 et aujourd'hui, entre Murnau et Argento, entre *Freaks* et *Les Yeux sans visage*. Et qui est un amour de copain.

Samedi 24 octobre

Petit déjeuner avec Tim Roth, que je croise partout dans le monde, place des Vosges à Paris, ou dans un restaurant italien de Los Angeles. En 2012, il avait, comme président du Certain Regard, récompensé *Después de Lucía* de Michel Franco. Ils avaient alors décidé de travailler ensemble. Ça a donné cette œuvre présentée en compétition cette année : *Chronic*, plus aimé des critiques anglo-saxons que des français, qui ont posé sur le film un regard souvent violent, détestant sa froideur impénétrable et sa fin abrupte et incompréhensible. Nous avions nous-mêmes quelques réserves sur le film mais la compétition nous semblait jouable. Bien nous en a pris, le jury l'a récompensé. Mais cela ne doit pas empêcher Michel Franco de montrer autre chose et de rentrer au pays faire un film chez lui – je le lui ai dit tout à l'heure.

Réunions avec des producteurs mexicains. Skype et internet ne connaissent pas le goût du mescal, je veux dire, rien n'est plus précieux que rencontrer les gens, professionnels ou artistes chez eux, dans leur ville, dans leur vie, de les voir en situation, au travail, dans leurs restaurants favoris, dans les bars de nuit. Là, je ne suis plus le type qu'on vient saluer en haut des marches ou auquel on demande audience pendant le Festival comme s'il était le pape, mais quelqu'un qui s'intéresse à eux, et tente de comprendre dans chaque pays ce mécanisme étrange et singulier qui conduit des gens, tête baissée et conviction irrésistible, à financer et à faire exister le cinéma. Je ne verrai pas de films, rien n'est encore prêt, à part quelques *trailers* destinés aux vendeurs et aux prochains marchés. Les projections des films terminés se feront d'ici quatre mois dans notre salle de la rue Amélie.

Au début de l'été 1896, le jeune opérateur Lumière Gabriel Veyre, qui s'avérera être le meilleur de tous, fait le grand voyage de Lyon à New York et Mexico où il s'installe plusieurs semaines. Le 16 août, il écrit à sa mère : « Avant-hier, nous avons donné notre première représentation. Nous avons eu plus de mille cinq cents invités, à tel point que nous ne savions plus où les mettre. Leurs applaudissements et bravos nous font prévoir un gros succès. En somme, soirée d'inauguration splendide. » Gabriel Veyre tournera trente-deux films « mexicains » dont dix-sept seront retenus par Louis Lumière pour figurer au catalogue de 1897. Il filmera, à Mexico ou à Guadalajara, des fêtes patriotiques, des fermes et des paysans, des baignades de chevaux, des combats de coqs, des lassages de taureaux, des marchés indiens, un bal espagnol, la cloche de l'indépendance, le président Porfirio Díaz et un extraordinaire *Duel au pistolet dans le bois de Chapultepec* (n° 35 du catalogue Lumière) où la mort, ou son simulacre, est filmée pour la première fois. C'est sur ses traces que je montre ces films cet après-midi au Cinépolis de Morelia, où ils connaissent le même succès qu'il y a 120 ans.

Dimanche 25 octobre

« Chimborozo, Popocatepetl – disait le poème aimé du Consul – lui avaient volé son cœur ! Mais dans la tragique légende indienne, Popocatepetl était, chose étrange, le rêveur : les feux de son amour de guerrier, jamais éteints au cœur du poète, brûlaient éternellement pour Iztaccihuatl, pas plus tôt trouvée que perdue, sur le sommeil sans fin de laquelle il veillait. » Au Mexique, j'emporte toujours le roman de Malcolm

Lowry, *Au-dessous du volcan* (ou désormais : *Sous le volcan*) avec l'espoir de le terminer un jour. Je le lis depuis vingt-cinq ans, je picore, j'en relis certains passages à l'infini. Tout à l'heure, je cherchais cette réplique que Geoffrey Firmin répète sans cesse : « No se puede vivir sin amar » et n'ai jamais réussi à la trouver. À moins qu'elle ne figure que dans le film de Huston, avec Albert Finney pour le rugir et dont on pense vraiment que l'alcool a ravagé l'acteur autant que le personnage, et Jacqueline Bisset qui court à sa recherche dans un orage de pluie, d'angoisse et d'amour.

Depuis que je viens dans cette ville épargnée par la violence des cartels (elle ne le fut pas toujours), je me suis attaché à ce pays que j'ai fréquenté tardivement mais que je sentais confusément connaître grâce au cinéma, aux films d'exil de Buñuel, aux mélos des années 50, à la photo noir et blanc de Gabriel Figueroa, à l'éloge de Ninón Sevilla par Raymond Borde lu dans *Positif*, aux films d'Emilio « El Indio » Fernández, qui clamait partout que, jeune et à la demande de Dolores del Río, c'est lui qui avait posé nu comme modèle de la statuette des Oscars (ce qui n'a jamais été prouvé) et dont chacun se souvient de la mort déchirante dans *Pat Garrett et Billy le Kid*. On dit aussi qu'il aurait tiré sur un critique et fut acquitté, le juge ayant considéré qu'il n'avait fait que laver son honneur – le Mexique, quoi. Mais ça non plus, ça n'a jamais été prouvé.

J'aimais aussi le Mexique parce que Big Jim en a toujours beaucoup parlé, comme dans la première *novela* de *Légendes d'automne*, et parce que le cinéma américain n'a jamais semblé pouvoir s'en passer, d'Anthony Quinn à Salma Hayek. Après avoir montré *Les Orgueilleux* à Morelia, parce qu'il y a aussi une forte présence française dans ce pays et dans son cinéma (ajoutons-y même Martin LaSalle, le légendaire pickpocket de Bresson qui y coule une retraite paisible), Bertrand a eu l'idée de demander à Daniela de prolonger cette programmation des films étrangers dans lequel le Mexique est présent. Cette année, c'était le merveilleux *L'Aventurier du Rio Grande* de Robert Parrish avec Mitchum barbu, dans une copie 35 mm un peu fatiguée mais aux couleurs splendides.

Depuis quinze ans, le Mexique aura vu émerger une extraordinaire nouvelle génération de cinéastes. En 2001, j'ai eu la chance d'arriver à Cannes pour accueillir cette tempête et les quatre grands qui en ont fait souffler les grands vents : Alfonso Cuarón, Carlos Reygadas, Guillermo del Toro et Alejandro González Iñárritu. Quatre metteurs en scène totalement différents et pourtant unis. El Loco, El Flaco, El Gordo et El Negro – les Latinos aiment bien les surnoms.

Le soir, grand dîner avec Barbet Schroeder le cosmopolite (né en Iran, élevé en Colombie, de nationalité suisse, vivant à Los Angeles et à Paris), Édgar Ramírez, le Carlos d'Olivier Assayas, autre habitué de Morelia, Alfonso Cuarón présent en père-producteur du deuxième film de son fils Jonas et la globe-trotter Isabelle Huppert que je ne verrai qu'un soir, puisque pour nous, il est temps de partir.

Lundi 26 octobre

Survol du golfe du Mexique dans l'avion d'Alejandro. Deux heures plus tard, à l'aérodrome de Houston, nous retrouvons la grosse limousine noire du chauffeur, qui s'appelle Ray, un type enjoué qui a monté sa boîte de transports de clients parce qu'il aime les gens. Il est de La Nouvelle-Orléans, et nous le prouve en disant triomphalement quelques mots en français. Il est heureux d'y retourner prochainement, moi je me réjouis de retourner au réel, et aux préparatifs de Cannes 2016. La Berlinale vient d'annoncer son président de jury. C'est une présidente et pas la première venue : Meryl Streep. L'ami Dieter Kosslick a bien travaillé, faisant un joli coup dont la logique antériorité (le festival de Berlin se déroule en février) peut amoindrir l'effet de conviction que nous aurions pu faire en choisissant à notre tour une femme, seulement deux ans après Jane Campion – ce qui était, avec Pierre Lescure, notre intention. Les commentaires iraient bon train sur une comparaison Cannes/Berlin et la presse people ferait des gorges chaudes quel que soit notre choix car personne ne peut rivaliser avec la grande actrice new-yorkaise.

Mardi 27 octobre

Arrivée 8 h 50 à Roissy et sortie rapide de l'aéroport. La moto-taxi slalome sur le périphérique en filant vers la gare de Lyon que nous atteignons trente minutes plus tard, alors que quelques passagers du même vol doivent en être à récupérer leurs bagages. Retrouver Paris et la France m'émeut, je n'ai pas encore vu les couleurs de l'automne. Je pose mes affaires à la maison, puis vélo jusqu'au bureau où, avec Pierre, nous retrouvons Maxime Saada, le patron de Canal+, et Didier Lupfer, le nouveau directeur cinéma. Leur offre, parfaitement élaborée, rédigée et présentée, s'est étoffée. On va réfléchir et regarder avec attention les propositions de France TV mais on sent qu'ils mettent le paquet : financièrement, et ça sera à l'avantage du Festival, mais aussi sur le contenu, en jouant les synergies d'un dispositif mettant à contribution toutes leurs filiales, dont Dailymotion et surtout Universal Music, puisque notre intention est d'organiser un concert sur la plage le dernier week-end. « Facile », nous disent-ils.

Ce jour est un grand jour : projection dans notre petite salle de la rue Amélie du premier film soumis pour l'édition 2016 : *Captain Fantastic*, un film américain réalisé par Matt Ross, avec Viggo Mortensen, en veuf et père hippie d'une bande d'enfants qu'il veut élever à sa guise. Le film est prêt tôt, Viggo m'a prévenu de son arrivée. Nous le voyons avec grand plaisir. Il est déjà sélectionné au festival de Sundance en janvier prochain : cela ne le disqualifie pas pour nous mais ôte toute urgence de choix – avant de se décider, attendons de voir comment le film est reçu là-bas, dans les montagnes enneigées de Robert Redford. Christian Jeune est en voyage à l'étranger mais avec Virginie Apiou, Paul Grandsard et Laurent Jacob, les membres du comité de sélection des films étrangers, nous savons le moment solennel : au bout de la 1800e projection (à peu près), il y aura une Sélection officielle. C'était aujourd'hui la première, la route est encore longue.

Le soir, à l'Institut Lumière (une autre course de vélo dans Paris, un autre TGV), je retrouve László Nemes pour l'avant-première du *Fils de Saul*. Alexandra Henochsberg, grande distributrice découvreuse de talents et spectatrice hors pair, ne le quitte pas des yeux, encore épatée de voir ce que la planète cinéma est capable chaque année de s'inventer. Là, un premier film hongrois qui a sidéré le jury, le monde et le philosophe Georges Didi-Huberman qui publie aux éditions de Minuit *Sortir du noir*, un essai en forme de lettre à László dans lequel, en référence à Walter Benjamin, il dit : « *Le Fils de Saul* nous raconte quelque chose d'essentiel à propos de *l'autorité du mourant.* »

Mercredi 28 octobre

À peine quelques heures de sommeil à la maison. Départ aux aurores pour la Roumanie où je rejoins le festival organisé par Cristian Mungiu et qui s'appelle simplement : « Les Films de Cannes à Bucarest. » Cristian, Palme d'or 2007 pour *4 mois, 3 semaines, 2 jours*, en eut l'idée, m'a-t-il confié, après nos premières agapes à Buenos Aires et à Lyon, avec la même envie d'accueillir des amis, professionnels ou artistes, dans cette ville qui est la sienne et où il travaille. Laure Cazeneuve m'accompagne. Jacques Audiard est là aussi, en repérage pour son prochain film, qui sera un western, heureux d'avoir trouvé ce qu'il cherchait dans ce pays plus sauvage et inattendu qu'on ne le sait. Son producteur, Pascal Caucheteux (qui est aussi celui, depuis toujours, d'Arnaud Desplechin) est également présent, ce qui est rare : Pascal ne quitte jamais Paris, sauf quand son idole Bernard Hinault débarque rue du Premier-Film. On a vu alors ce supporter absolu du PSG les yeux plus brillants que lorsqu'il a reçu les innombrables Césars, Palmes et prix divers qui ont récompensé une carrière pleine de conviction et d'autorité.

Le soir, je présente Corneliu Porumboiu et son film *Le Trésor*, produit par Julie Gayet et Sylvie Pialat (les Française(s) sont partout, quand il s'agit d'aller dénicher les auteurs), et qui fut sélectionné au Certain Regard. Un film audacieux et drôle, non dénué d'une lenteur pas toujours utile qui a rebuté certains spectateurs, mais d'autres auraient vu le film en compétition – on entend souvent ça, quand ils sont bien reçus : « Mais pourquoi ils ne l'ont pas mis en compétition ? » Parce que.

Jeudi 29 octobre

Deuxième jour à Bucarest, ce mélange urbain de Paris, Madrid et Moscou. Un peu de presse à l'hôtel, journalistes roumains enchantés de rencontrer le Festival de Cannes, moi enchanté de tricoter des éloges à leur cinéma et d'inciter les politiques locaux à le soutenir.

Déjeuner avec Cristian Mungiu et Corneliu Porumboiu, ainsi que Radu Muntean, malheureusement méconnu mais dont le travail dessine un portrait marquant de la Roumanie contemporaine. Je retrouve aussi avec plaisir Andrei Ujica, qui avait montré à Cannes le saisissant *L'Autobiographie de Nicolae Ceausescu*. Il est en plein montage d'un projet original dont j'attends qu'il soit enfin terminé (« Mais ça ne sera encore pas pour cette année ! » se lamente-t-il, et moi avec) : l'histoire du concert légendaire des Beatles du 15 août 1965 à New York, premier show de l'histoire du rock à se dérouler dans un stade. Pourquoi l'idée d'un film sur un tel sujet est-elle venue à un Roumain ? Mystère, mais beau mystère. Quant à Mungiu, qui est la discrétion incarnée, il achève un film que nous verrons en mars. Il ne m'en dit pas un mot.

Ces garçons s'aiment bien, et ne cessent de se chambrer et de plaisanter. Il ne manque que Cristi Puiu : *La Mort de Dante Lazarescu* fit aussi sensation sur la Croisette et l'a inscrit comme un cinéaste qui compte, en particulier pour la presse « moderne » (*Les Inrocks*, *Le Monde*, *Libération*, *Cahiers*, etc.). Cristi met la dernière main au montage de son nouveau film, *Sieranevada*, que nous devrions voir très vite et que j'attends également avec impatience. L'année prochaine sera-t-elle roumaine ?

Comme au Mexique, il y a ici une génération spontanée dont Cannes a accompagné le surgissement. Un pays qui a un grand passé de cinéma restera toujours un pays de cinéma (hum, est-ce toujours vrai ? La Russie, par exemple, peine à retrouver son niveau), comme si le passé garantissait l'avenir. Certains États européens, qui ne veulent encourager que les consommateurs et pas les créateurs, et qui font parfois la loi à Bruxelles, devraient le comprendre. Des cinéastes doués, des scénaristes prolixes, des producteurs inventifs (un film coûte trois à quatre fois moins cher ici qu'en France), et à eux tous un répertoire infini. Tout est en place pour que ça dure, en dépit de bagarres avec les pouvoirs publics qui, comme souvent, ne comprennent pas que leur cinéma d'auteur consacré dans les grands festivals étrangers ne soit pas systématiquement populaire chez eux. « Mais quand mon film a gagné la Palme d'or, me dit Mungiu, il y a eu le soir même des défilés de klaxons dans les rues, comme si on avait remporté la Coupe du monde de foot ! » Ça sert aussi à ça, Cannes.

Vendredi 30 octobre

Pour terminer, show Lumière hier soir, en duo avec Mungiu qui me traduit en roumain devant une foule remuante et applaudissante. Un triomphe, *as usual* : le cinéma de Lumière plaît partout. Dernier dîner formidable avec tous les copains et notre ambassadeur, François Saint-Paul. Mais nuit courte : rendez-vous à 5 h 30 avec Laure et le chauffeur dans le lobby de l'hôtel Mercure de Bucarest. Deux avions, trois aéroports, me voici de retour en milieu de journée rue du Premier-Film. La séquence voyage est terminée, je ne reprendrai la route et les airs que fin novembre pour Buenos Aires et Ventana Sur.

À Lyon, après-midi de travail avec l'équipe de l'Institut Lumière que je n'ai pas revue depuis deux semaines. Il faut relancer la machine après le festival et reprendre le rythme d'une activité quotidienne, les spectateurs, les enfants, les visiteurs du musée. Je quitte les lieux trop tardivement, je passe à la maison prendre des livres, des DVD et le chat. Quand la voiture s'engage sur l'autoroute dans la plaine entre Saint-Laurent-de-Mure et la route d'Heyrieux, la fin du jour dégage une lune montante qui découpe les sommets des Alpes sur un ciel bleu et déjà sombre. J'arrive à la tombée de la nuit, pour déranger une horde de sangliers en train de gloutonner les champs. Le ronflement du moteur et de grands coups de klaxon les incitent à fuir, ils passent à quelques mètres de la voiture dans un grondement de terre et de galop tonitruant. Ils sont une dizaine, gros et gras, grands et petits, mâles et femelles. Fascinants. La nature sauvage nous rappelle parfois heureusement ce qu'elle est, en ces temps de désastre écologique.

Samedi 31 octobre

Hier soir, pas eu l'énergie de regarder Pumas-Springboks jusqu'au bout (c'est la Coupe du monde de rugby) – les Argentins perdaient quand je suis monté me coucher, triste pour eux, bien qu'on doive être toujours heureux de ce qui peut arriver à l'Afrique du Sud.

Au bas de la maison, j'aperçois Jeannot Thomas, 86 ans, et un ami à lui, un jeune de 75 ans. Ils sont en habits de chasseurs, cartouchière sur le dos et fusils en bandoulière, et marchent dans les coteaux à la recherche des sangliers, qu'ils auront le droit d'abattre, me disent-ils, s'ils leur font face. Ils prennent mes informations avec une satisfaction gourmande et après une dissertation savante comparant l'activité des blaireaux et des planteurs de cannabis, repartent d'un bon pas, déclinant le verre de blanc que je leur propose. C'est la Toussaint. Le cimetière est tout près d'ici et demain, je célébrerai nos morts, ceux dont j'ai parlé et les autres, Michael Wilson, critique, historien réalisateur (et coauteur du *Voyage à travers le cinéma américain* de Scorsese) parti brutalement il y a un an à sa propre surprise et à la nôtre ; et mes amis d'enfance Michel Marchand des Minguettes, Freddy Aguerra du Judo-Club de Décines, Jean-François Guérin de celui de Vénissieux Parilly qui vendait des bateaux et que la maladie des années 80 a finalement vaincu. Ils devraient tous être encore là. Même à 93 ans, Raymond est parti trop tôt.

NOVEMBRE

Dimanche 1er novembre

Une journée qui commence de bonne manière par un de ces mails de Tavernier à Coursodon qui ponctuent leur *work in progress* permanent : « Jean-Pierre, en écoutant une émission historique sur la Statue de la liberté, passionnante, j'ai redécouvert une scène de *Saboteur* d'Hitchcock durant laquelle l'héroïne lit le magnifique poème d'Emma Lazarus inscrit sur le socle. Ce texte avait été ignoré, oublié, bafoué durant les décennies précédentes durant des campagnes populistes, démagogiques, xénophobes (un dessin montrait la statue se bouchant le nez devant l'afflux des étrangers). Or, Hitchcock redonne au texte sa valeur originelle, ce message d'hospitalité et de soutien et l'auteur du livre sur la Statue insistait sur la symbolique de cette prise de position profondément démocratique et progressiste. Je crois que c'est le genre de choses à rajouter dans notre texte sur Hitchcock, à la lumière du livre de McGilligan qui montre très clairement : 1) l'engagement politique et démocratique d'Hitchcock depuis 1937 jusqu'en 1950. Ses actions contre l'isolationnisme américain, sa participation financière à des documentaires, le fait de rompre le contrat avec Selznick pour tourner *Aventure malgache. Lifeboat* est un film exemplaire, très audacieux, de ce point de vue. 2) sa participation aux scénarios de tous ses films. Là encore, *Lifeboat* devient un cas d'école et on peut citer le témoignage de Jo Swerling. 3) ses batailles pour être le maître de ses films. Contre Selznick par exemple : ses efforts pour déjouer le contrat, le faire échouer et réaliser des films dans les interstices (*L'Ombre d'un doute*, *Saboteur*, *Correspondant 17*). »

Je résiste à l'envie de consigner dans ce journal tout ce que je reçois. C'est gigantesque. Bertrand fait ça depuis des années, envoyer des lettres et des emails dans le monde entier pour commenter un film, un texte ou juste une séquence à laquelle il veut redonner vie. J'ai tenté de les compiler, mais c'est vite devenu impossible – des centaines de ses mails dorment dans le disque dur de mon ordinateur, il me faudra, un jour, affronter le vertige de la mémoire de nos vies cinéphiles et aller chercher tout ça.

Lundi 2 novembre

Déjeuner avec Margaret Ménégoz, l'impératrice du cinéma français. Productrice d'Éric Rohmer et de Michael Haneke, elle est, plus encore, une *accompagnatrice* qui prouve tous les jours que le cinéma, art industriel s'il en est, exige la présence de quelqu'un qui sente les gens et les choses et sache rester indifférent à l'euphorie comme à la détresse. Margaret est la légende d'une profession qui aime les femmes fortes et compte sur elles depuis toujours – la très regrettée Fabienne Vonier était dans ce cas. Non dénuée d'une tendresse réelle qu'elle masque d'un sérieux austro-hongrois qui rend son visage aussi attachant qu'inimitable, Margaret ne le fait jamais au charme, mais un sentiment de bonté se dégage d'un moment passé avec elle. L'intelligence suscite de la séduction, comme la conviction de la grâce. Elle est à la fois proche de Gilles et de moi, et joua les premières années et dans l'ombre (comme ce fut le cas du patron d'Artmedia, Bertrand de Labbey) un rôle de *go-between* efficace pour la gouvernance du Festival. On se voit très souvent et nos petits rendez-vous prennent une place particulière dans nos agendas. Une information, une rumeur persistante, une idée, et la voilà qui m'appelle. Et j'accours. Pour le plaisir de la voir, aussi. Je sais que nous parlerons de cinéma, de son histoire, et des chênes truffiers qu'elle cultive dans sa maison du Gard.

Mardi 3 novembre

J'ai des fourmis dans les jambes à l'idée de commencer les projections. Il n'y a rien à voir encore, alors je consulte mes notes. Par principe, il y aura forcément trois à quatre bons films français. Si les États-Unis fournissent un contingent de qualité, et que nous avons quelques grandes signatures internationales, la compétition se structurera d'emblée. C'est à la marge que ça se passe : les surprises et découvertes, sur lesquelles pèsent désormais de gros enjeux et qui peuvent faire la réussite d'une sélection, comme une ou deux erreurs peuvent lui être fatales.

Il faut ré-instiller de la parole pendant le Festival, retrouver le prix des idées, le sens des débats – souvenirs d'un Rossellini président du jury en 1977 et de multiples colloques dont il encouragea l'existence, jusqu'à s'épuiser, il mourra un mois plus tard. Je parle de tout cela avec Jean-Michel Frodon, qui s'y connaît en la matière, des idées comme des colloques. Le thème en serait la salle de cinéma à l'heure d'internet. Non plus la seule vérité classique des enjeux des cinémas dans les villes et les campagnes (technique, sociologique, économique), même pas de ce qu'elles incarnent comme résistance à l'ordre numérique qui vient, mais comme préservation d'une pratique qui a 120 ans et qui ne sera jamais remplacée. Nos enfants, qui s'en fichent pour l'instant, nous remercieront un jour de n'avoir pas cédé sur ce terrain. Dans sa *Querelle des dispositifs* (tout un programme), Raymond Bellour avait eu ces mots superbes : « Je ne demande rien d'autre pour le cinéma, serait-il appelé un jour à vraiment disparaître sous la forme que nous avons connue :

seulement la reconnaissance que cette forme aura été et demeure unique, à travers l'expérience vécue dans la communauté d'une séance, de la perception du temps, de la mémoire et de l'oubli mêlés que seul son dispositif induit, grâce à l'immobilité forcée du corps dans le silence et l'obscurité. Rien de plus, rien de moins. » Voilà.

Pendant ce temps (du déjeuner avec Jean-Michel), le prix Goncourt est attribué à Mathias Énard, publié depuis toujours par Actes Sud. Le soir, je passe au Quartier latin (j'adore cette expression qu'on ne lit plus nulle part et dont Ferré a fait une si belle chanson) embrasser Françoise Nyssen, Jean-Paul Capitani et Bertrand Py, venus d'Arles pour célébrer ce nouveau prix, qui succède pour eux au Nobel de littérature attribué à l'extraordinaire Svletana Alexievitch.

Mercredi 4 novembre

Nouvelle réunion chez France Télévisions. Ils ont définitivement garni leur offre. Novembre est le mois où tout s'accélère, on sent le Festival approcher. Une question nous taraude : serait-il raisonnable d'entamer à six mois de l'événement un partenariat nouveau avec tout ce que ça implique de formation des équipes et de définition de projets ? Aurons-nous seulement le temps de le faire ?

Au Mexique, il y a quinze jours, j'avais fait signe à Monica Bellucci qui veut produire un film sur la photographe Tina Modotti. Elle me répond, fougueuse comme toujours. « Thierry. Oui, je continue à lire sur Tina… Toute la dernière partie de sa vie où elle a travaillé au sein du Secours rouge international, alors qu'elle croyait à l'utopie communiste, alors qu'elle venait d'une famille pauvre et socialiste et qu'elle a été victime de la manipulation autoritaire stalinienne, est très importante. Il faut un réalisateur qui aime les femmes et soit capable de raconter ce personnage entouré d'ombre et de mystère avec une puissante aura érotique, et une âme d'artiste. Et en même temps, un réal qui saura montrer la dernière partie qui, à travers Tina, raconte toute une époque, le monde intellectuel des années 1930 si lié à la politique... On a des personnages masculins *encroyables* [l'italique est de moi] : Robo son premier mari, Weston son maître, Xavier Guerrero, Juan Antonio Mella, l'amour de sa vie et cette pourriture de Vidali, stalinien, terroriste, mafioso, son dernier homme... Comme tu peux voir, j'ai envie de bouger. Il faudrait trouver le réal ! »

Jeudi 5 novembre

Sortie hier du *Fils de Saul* : presse enthousiaste d'un côté, partagée de l'autre. *Télérama* fait un pour, un contre et dans *Le Monde*, appel en une et pleine page intérieure. Mais ils n'aiment pas. Magnanime, ils gratifient néanmoins *Le Fils de Saul* de la mention « À voir ». C'est mieux que le « À éviter » souvent octroyé cette année aux films cannois.

Laetitia Casta me montre son premier court métrage, tourné à l'Opéra Garnier, un objet audacieux et émouvant qui décrit ce milieu des mannequins qui fut si longtemps le sien. « Je n'ai pas appris le cinéma, mais j'avais envie de raconter ça et de cette façon-là », me dit-elle lorsqu'on se retrouve à déjeuner et que je la questionne sur ses partis pris visuels. Les comédiens filment toujours de façon singulière.

Le soir, inauguration des Fauvettes, envahies par une foule admirative. Je tombe nez à nez avec Mathieu Kassovitz, qui se fend d'un large sourire en me voyant, sourire que je lui renvoie avec soulagement. Le garçon est déroutant et nous avons eu ces dernières années tellement d'aventures et de non-aventures ensemble que le voir fâché n'eût pas été si saugrenu, et quand il se fâche, ça fait des étincelles. Mais là, non. En forme, ouvert, amical. Je l'attends à Cannes dans les années qui viennent.

La pente descendante de l'avenue des Gobelins mène tout droit d'Austerlitz à la gare de Lyon et à la voiture n° 1 du TGV. La France est dans la nuit, je voyage dans le noir.

Vendredi 6 novembre

Aujourd'hui, sortie du volume 12 des *Bootleg Series* de Dylan issues des sessions pour les albums *Bringing It All Back Home*, *Highway 61 Revisited* et *Blonde on Blonde*. « Trois indépassables chefs-d'œuvre sortis en un an et deux mois. Du pain pour un siècle entier de musique », dit Grégoire Leménager dans *L'Obs*.

Sur la terrasse de mon bureau lyonnais qui donne sur la place Ambroise-Courtois, longue conversation téléphonique avec René Chateau, dans sa maison de Saint-Tropez où il écrit ses Mémoires : « Je dirai tout et on s'étonnera que l'homme dont je dis le plus de bien soit Jean-Paul Belmondo ! » On s'en étonnera en effet car un conflit les opposa, aussi violent que leur lien était fort. De ce jour, René s'est retiré du cinéma contemporain pour revenir au patrimoine. Il avait commencé par l'Institut Lumière, je me rappelle précisément le jour où nous l'avons vu débarquer rue du Premier-Film. Je savais qui il était avant Jean-Paul, qu'il avait lancé une revue dans les années 60, *La Méthode*, puis qu'il avait sorti les premiers Bruce Lee dans une salle parisienne dédiée, le Hollywood Boulevard. J'ignorais en revanche que, comme Raymond Chirat à qui il venait rendre visite, il avait une passion pour le cinéma de l'Occupation. Comme un prince en exil à la recherche de nouvelles conquêtes, René s'est investi dans le cinéma classique, loin des institutions, avec son argent, rachetant des catalogues entiers à des ayants droit et des affiches de collection, des documents rares, des livres anciens, des dossiers de presse d'époque, déployant des méthodes d'industriel dans nos sages métiers. Il créa un titre générique, « La Mémoire du Cinéma Français », et commença par éditer tous les films d'avant la Nouvelle Vague, en VHS puis en DVD, publiant Audiard, Jeanson et cet extraordinaire album sur le cinéma français pendant l'Occupation. Tout le monde se souvient de la panthère noire de son logo qui ornait l'entrée du Majestic. C'est dans cette collection qu'on trouve l'un des plus beaux films tournés à Lyon : *Un revenant* de Christian-Jaque avec Jouvet qui revient se venger de l'esprit d'une ville qui l'avait chassé des années plus tôt.

Samedi 7 novembre

Mail de Claude Lanzmann : « Cher Thierry – On me dit que la fête Scorsese était sans pareille, et toi, à l'acmé de ta forme. J'ai été très touché que tu m'invites dans la capitale des Gaules et des bouchons. Hélas hélas, je suis parti pour la Corée du Nord, le voyage le plus éreintant que j'ai jamais fait. Mais je vais en rapporter le plus insolite des films. Tu seras, si tu le veux, le premier à le juger et à décider. Amitié intacte et croissante. Je t'étreins. Ton Claude. » Comment ça, un film ?

De Manille, Brillante Mendoza tient à ce que Christian Jeune et moi lui rendions visite chez lui, aux Philippines. Il confie avoir été très heureux du passage de *Taklub* au Certain Regard, parce qu'il tenait beaucoup à ce film qui revenait sur les conséquences du typhon Haiyan qui a dévasté la ville de Tacloban et fait six mille morts. Cette invitation au voyage est autant une manière de signifier sa gratitude pour toutes ces années que de se connaître mieux et plus longtemps que pendant le Festival. Brillante, qui a maintenant une cinquantaine d'années, est une belle découverte de Cannes, avec son cinéma qui dit la beauté indisciplinée des pays du Sud. Comme le fulgurant Lino Brocka, son grand aîné qui réalisa soixante-six films en vingt ans, qui était capable de tourner en quinze jours, monter en quatre et sortir un mois à peine après avoir conçu un projet, il est déjà au travail. Les commentaires vont toujours bon train sur les « habitués » du Festival, mais partout à travers le monde, au moment où j'écris ces lignes, des cinéastes n'ont qu'une obsession : montrer leur nouveau film à Cannes.

Dimanche 8 novembre

Un sommeil d'adolescent m'a laissé dormir près de onze heures. Une brume matinale onctueuse et fraîche recouvre la plaine de l'Isère. Les couleurs de l'automne sont exhaussées par le soleil naissant. S'annonce l'une de ces journées bénies par le hasard, la littérature et le cinéma, quand s'y ajoutent le silence et le repos. Journée de travail, au soleil et aux derniers instants de chaleur de l'été indien du Dauphiné. Je transporte du bois, je range, je répare, je prépare. Et je pars rouler sur les pistes cyclables réécouter, en moulinant, le vieux Ferré de *Et... Basta !* : « Je sais que je suis là, à reverdir, dans cette campagne toscane. »

Conversation dominicale avec Pierre. Nous décidons que Canal+ restera le partenaire audiovisuel du Festival. Le moment est important, même si j'ai l'air de le dire en passant. L'évidence est là : les négociations ont beaucoup duré et il est impossible de changer d'interlocuteur à quelques mois du Festival. En outre, Canal a fait valoir les arguments que nous attendions. Fin 2014, nous n'avions signé qu'une année avec la chaîne ; si nous donnons notre accord pour deux années supplémentaires, 2016 et 2017 donc, nous reviendrons à l'étiage naturel d'un contrat de trois ans. Or 2017 sera l'année du 70e anniversaire. Il est logique que Canal+, qui accompagne Cannes depuis longtemps, soit de la célébration. Je sens Pierre satisfait et soulagé.

L'Olympique Lyonnais vit une saison difficile, loin de celle de l'an dernier et alors que le Grand Stade censé en magnifier l'image et les performances ouvre bientôt ses portes. Mais les grandes équipe ne meurent jamais : ce soir, et pour la dernière fois dans le vieux stade de Gerland, nous battons Saint-Étienne. Normal : pour un derby, tout le monde se surpasse. Trois à zéro, et grand retour d'Alexandre Lacazette. Battre les Verts est d'une volupté sans équivalent et c'est pareil pour eux quand ils nous tapent. Depuis toujours, les deux villes, les joueurs, les entraîneurs et les présidents entretiennent soigneusement une querelle de maillots qui, autrefois, n'était pas que sportive : le peuple contre l'élite, les mineurs contre les bourgeois, la ville ouvrière contre la ville commerçante. Les bourgeois, c'était nous et, adolescents, on avait un peu de mal avec ça. J'adorais Lavilliers qui chantait bien sa ville et accompagnait nos révoltes de jeunesse (*Utopia*, qui date de 1978, un texte qui disait tout de l'avenir de la France, les politiques devraient consacrer du temps aux poètes, on n'en serait pas là aujourd'hui). En plus, Saint-Étienne écrivait la légende du foot français pendant que Lyon se traînait dans les classements et se faisait étriller à domicile par une équipe devenue l'idole du pays – et de moi aussi, puis-je désormais l'avouer, quand j'observe le *coming out* de Vincent Duluc, la plus belle plume de *L'Équipe* et de la presse française (avec Philippe Brunel et Florence Aubenas) qui est aussi quasi lyonnais et supporter de l'OL, et qui s'apprête néanmoins à publier un livre sur son printemps 76 où l'épopée des Stéphanois frisa la perfection. Ce printemps fut le nôtre aussi, oui, et je ne désapprouve aucune des bonnes feuilles que m'envoie Vincent (mais on va quand même l'interdire de stade). Puis, les choses ont changé : Lyon et Saint-Étienne sont descendus en deuxième division puis remontés, avec Jean-Michel Aulas et Jérôme Seydoux qui hissent les Lyonnais au sommet du foot français, sans que jamais, et c'est heureux, les Stéphanois ne renoncent à bagarrer pour la suprématie régionale. Ils en ont après nous, depuis toujours, et on le leur rend bien (mais j'ai de nombreux copains stéphanois, dont, avec Lavilliers, les judokas du JC Loire, Pierre Gagnaire, le plus grand chef français, et ça ne me coûte rien de le dire, et le producteur et distributeur Michel Saint-Jean – on a débuté ensemble à l'Institut Lumière). À la 42e minute de chaque match, les supporters lyonnais entament une chanson dédiée à ceux de Saint-Étienne, qui commence, sur un air d'Aznavour, par « Emmenez-moi à Geoffroy-Guichard » dont la bienséance empêche que j'en détaille la suite. À Gerland, il y a souvent cette banderole : « À Saint-Étienne, une seule radio : Radio Nostalgie ! » Et le 14 juillet, place Bellecour, quand une fumée verte illumine le feu d'artifice, on siffle ! J'aime ce folklore qui est celui de mon enfance. Mais ce soir, en tribune, j'étais ému de croiser Dominique Rocheteau.

Lundi 9 novembre

Long coup de fil de Patrick Wachsberger, un Français installé depuis des décennies en Californie, qui a fait fortune avec sa société Summit Entertainment qui produisit les *Twilight* et est maintenant le co-chairman de Lionsgate, un mini-studio avec lequel Cannes a toujours bien travaillé. Avec Patrick, nous nous retrouvons souvent à Los Angeles, mais une fois n'est pas coutume, c'est de Madrid qu'il m'appelle. On évoque le film de Sean Penn, qu'il vend à l'international, ainsi que Damien Chazelle, le jeune réalisateur de *Whiplash*. Damien, aux pieds duquel tout Hollywood se prosterne, est au montage de son deuxième film, *La La Land*, « qui ferait un parfait film d'ouverture », me dit Patrick. On entre dans les choses sérieuses. Stéphane Célérier, qui m'appelle juste après depuis Los Angeles pour me raconter sa vie, confirme : « Le Chazelle a l'air canon, j'ai vu des images fantastiques. Et je te le dis comme un spectateur, car ce n'est pas moi mais SND qui sort le film en France. » S'il est réussi et qu'on puisse l'envisager en Sélection officielle, voire à l'ouverture, j'espère que SND, une filiale de distribution liée à M6 et dirigée par l'éclectique Thierry Desmichelle, n'aura pas vu ses ardeurs cannoises refroidies par le mauvais accueil fait au Gus Van Sant en mai dernier. Damien Chazelle, donc, sur la liste.

Mardi 10 novembre

Retour à Lyon à l'heure du déjeuner. Je file directement chez Chabert, le bouchon du « Xav », pour retrouver Yarol Poupaud. Musicien talentueux, arpenteur érudit de l'histoire du rock, admirateur fondu de Dylan comme son frère Melvil, il est devenu le guitariste en chef de Johnny Hallyday auquel il offre sur scène une compagnie agile et énergique. Au cœur du triomphe d'une tournée française qui se prolonge à l'infini, Johnny s'est installé quelques jours à Lyon et c'est ce soir le dernier des trois concerts organisés par Jean-Pierre Pommier et Thierry Téodori à la Halle Tony Garnier. Je suis encore dans le train quand Yarol m'annonce que Johnny s'invite à notre table, ravi de profiter de l'aubaine et du gâteau de foie qu'il aime par-dessus tout. Moi aussi, ravi, je l'aime beaucoup, Johnny, depuis toujours, y compris quand ça n'était pas ou plus la mode – je préfère ce qui n'est pas à la mode. J'aime sa conversation, même quand il la parsème de ces fulgurantes évidences à mourir de rire qui font le tour d'internet. Entre deux questions personnelles témoignant d'une touchante attention aux êtres et aux autres, Johnny vous sort des histoires magnifiques sur la chanson française, comme celle de Brassens lui prêtant des cordes de guitare alors qu'il faisait sa première partie, comme la façon dont Aznavour l'aida à ses débuts. « Toute ma vie, je n'ai fait que chanter, me dit-il. Parfois, on sortait un album en janvier et un autre en novembre. » Mais son grand rêve, c'est le cinéma. Avec Johnny, je sais qu'on parlera de ces films américains 1930/1960 dont il est grand amateur. Partout où il est, chez lui, à l'hôtel, en vacances, il passe son temps en projection. Godard lui a donné une belle légitimité avec *Détective*, comme Tarantino, à l'admirer dans *Le Spécialiste* de Corbucci : au festival Lumière, il avait été d'une grande éloquence à son égard. Nous avions accueilli Johnny à Cannes pour *Vengeance*, le film de Johnnie To, et je le croise parfois à Los Angeles où il vit désormais. Il y a trois ans, le lendemain de l'Oscar de Michael Haneke, je l'avais retrouvé dans un restaurant japonais de Santa Monica, et Alexander Payne, qui m'accompagnait, avait été sidéré de l'entendre évoquer ses films.

Rue des Marronniers, la rumeur de sa présence l'a déjà précédé, une nuée de fans l'attendent dans la rue pavée, blocs de papier, posters et photos à faire signer. Accompagné de sa femme Lætícia et de son manager Sébastien Farran, il se prête à l'exercice avec patience et m'embrasse affectueusement. Au milieu des fétiches et gris-gris de l'histoire de la cuisine lyonnaise accrochés au mur, nous descendons à l'étage intermédiaire nous installer à une table garnie d'assiettes de salades de harengs et de museau, de pieds de veau ou de lentilles, de pâtés, de jambon et évidemment de saucisson. « J'ai faim ! » dit Johnny. Il y a trois ans, on a failli le perdre. Il est très amical, il a de beaux yeux bleus, il est habillé comme un rocker, plein de chaînes, de bagues et de tatouages : un homme non repenti, qui allume cigarette sur cigarette. Tout le monde l'aime désormais. On se reverra ce soir et j'espère qu'il chantera : « Si vous me laissez cette nuit, à l'aube je vous donnerai ma vie… »

Mercredi 11 novembre

Lorenzo Codelli est un cinéphile italien d'une soixantaine d'année, un homme charmant qui fait précéder ses rares paroles d'un petit geste de la main vers sa bouche. Voyageur-cinéphile, il arpente avec discrétion tous les festivals de la planète cinéma et livre ses impressions et ses critiques dans quelques revues en France et en Italie. Et quand il ne voit pas de films à Paris, à

Rome, à Cannes ou à Berlin, il est à Londres pour en découvrir le meilleur du théâtre. Il est consciencieux, encyclopédique, d'une intégrité et d'une amabilité jamais prises en défaut. Les années n'ont pas de prise sur lui et c'est heureux : notre monde est fait de ces figures dont la présence sur cette terre est comme une garantie de la nôtre – l'idée rassurante qu'on les connaît depuis toujours et que ce toujours durera tant qu'ils sont là. Animateur de la cinémathèque du Frioul et des extraordinaires Journées du cinéma muet de Pordenone, c'est un Italien du Nord originaire de Trieste, comme son ami le grand écrivain Claudio Magris, qui disait : « La correction de la langue est la prémisse de la netteté morale et de l'honnêteté », ce qui va bien à ce polyglotte citoyen du monde. Au téléphone, Lorenzo est hilare, et m'implore de m'intéresser au cinéaste russe Ivan Pyriev : « Tu imagines, ses deux premiers films s'appellent *Fonctionnaire de l'État* et *La Carte du Parti*. Artiste du peuple en 1948, trois fois Prix Lénine, quatre fois nommé dans l'ordre du Drapeau rouge en 1944, 1950, 1951 et 1961, et surtout six fois lauréat du Prix Staline : 1941, 1942, 1943, 1946, 1948, 1951. Le général en chef de la propagande. Ça donne quand même envie d'y aller voir, non ? »

Jeudi 12 novembre

Travail cannois non-stop, rendez-vous, réunions, mails, téléphone : la place du Marché du Film dans le dispositif général, le site internet que Vinca Van Eecke va rénover de fond en comble, la télévision du Festival (quel en sera le prestataire, au milieu de nos négociations audiovisuelles générales), les projets d'accueil dans quelques villes du monde et le « développement de la marque », comme on dit dans les écoles de commerce. On attend le retour de la sélection, de ces journées de projection qui interdisent tout contact avec l'extérieur, de ces semaines monastiques où le retour au monde ne se fait que le soir tard, quand nous émergeons dans Paris à la recherche de quelque chose à manger et d'un peu de sommeil. Côté Spielberg, ça avance : il est à Berlin et passe par Paris samedi où nous prévoyons de déjeuner. Demain matin, je vois son film, *Le Pont des espions.*

Chez Valdo, déjeuner avec John Landis, de passage à Paris pour la ressortie en copie neuve des *Blues Brothers* et l'hommage du festival d'Amiens, auquel le cher Michael Wilson était si attaché. Sa femme Deborah, costumière de cinéma et de théâtre, est là, naturellement, ils sont ensemble aujourd'hui et depuis toujours. Le rencontrer m'épate, outre de jouir du plaisir de sa conversation. Il y aurait beaucoup à dire sur la place qu'occupe Landis dans le cinéma US des années 80 et 90. Je le questionne sur *Thriller* et sa collaboration avec Michael Jackson, pour m'enquérir aussi de ce que deviennent tous les clips réalisés en 35 mm – les cinémathèques devraient les conserver aussi. On évoque l'idée de le montrer à Cannes, avec une copie restaurée.

Vendredi 13 novembre

Au saut du lit, sur France Inter et par la voix de Patrick Cohen qui lui rend un hommage appuyé, j'apprends avec stupéfaction la mort de l'ami Jean-Jacques Bernard. C'est un coup de tonnerre : cet homme de radio et de cinéma assurait il y a peu l'animation de Radio Lumière avec Yves Bongarçon, nous devions nous voir bientôt pour en imaginer l'avenir. Ses amis vérifient, s'appellent, l'émotion est palpable dans notre petite communauté. Laurent Gerra, son « pays » de Bresse, qui le connaissait bien (Jean-Jacques avait tenu à prononcer son éloge lorsqu'il fut élu Bressan de l'année), n'y croit pas. Jean-Jacques était notre aîné, on a l'impression qu'on le fréquentait depuis toujours. Il était érudit, doué, drôle, généreux, il disait s'imaginer que John Ford avait filmé le Bugey et Pont-d'Ain. Les lecteurs de *Première*, les auditeurs de France Inter, les téléspectateurs de Ciné+

connaissaient sa voix et son esprit. Et en vrai, il était encore mieux. C'est au festival de Sarlat, un des bons (aux deux sens du mot) rendez-vous de l'automne, qu'il a succombé à une crise cardiaque. Ce journal devient une éphéméride nécrologique.

À l'heure du déjeuner, projection de presse du Spielberg, qui sort en décembre. *Le Pont des espions* est une œuvre de sagesse, comme l'était déjà ce chef-d'œuvre qu'est *Lincoln*. À l'approche de ses 70 ans, Steven poursuit sa visite à l'histoire de l'Amérique, et prend une place nouvelle dans celle du cinéma hollywoodien. Qui pouvait imaginer le jeune surdoué de *Duel* et des *Dents de la mer* capable de ce cinéma d'introspection collective et de méditation politique ?

La journée est tranquille, sans rendez-vous ni réunions. Ce week-end, je reste à Paris. Pas de TGV vers lequel se précipiter sous la pluie, ça me change. En fin d'après-midi, je file au Grand Palais pour Paris Photo, un éblouissement annuel pour l'amateur que je suis. Plaisir de retrouver de grandes galeries internationales qui présentent leurs derniers trésors. En 2014, l'exposition très simple des salles de cinéma de Sugimoto était de fait l'une des plus belles de l'année : on n'est pas près de retrouver ces photos exposées ainsi en totalité, et à 25 000 dollars l'exemplaire, pas près d'en acquérir non plus.

Je retrouve aussi Catherine Dérioz et Jacques Damez, du Réverbère, ainsi que Marion Pranal et Philippe Jacquier, de Lumière des roses. Philippe est l'arrière-petit-fils de Gabriel Veyre, l'opérateur Lumière, et après une première vie de producteur de cinéma (il accompagna les premiers pas de Christophe Honoré dans *17 fois Cécile Cassard*), il est devenu expert en photos anciennes et galeriste. Il est ravi, ce soir : il vient de vendre à prix fort à un grand musée américain une photo dénichée pour rien dans un de ses territoires secrets. Son salon est déjà une réussite.

En rentrant en vélo vers la rue de Lyon, je décide de ne pas aller voir France-Allemagne chez un ami mais de rester seul à la maison, pour une fois. Marie et les enfants me rejoignent demain, la soirée sera tranquille. Alors que je regarde le match, comme je suis un zappeur impénitent, je me rends vite compte qu'il se passe quelque chose d'anormal. Sur Twitter et les chaînes d'info, la tragique évidence est là : dans Paris, pas loin d'ici, entre la rue de Charonne et le boulevard Voltaire (le trajet que j'aurais emprunté comme à chaque fois que je me rends chez cet ami), il vient d'y avoir des attentats organisés, un assassinat public, une attaque collective.

Samedi 14 novembre

…

Ce matin, j'ai préféré rejoindre Lyon. Nous avons jugé avec Marie que ce n'était pas une bonne idée d'accueillir des enfants dans une ville qui sentait le drame, la mort et le danger. Sur le quai de la gare, l'atmosphère était étrange, le silence qui régnait dans les rues était celui d'une grande question sans réponse. Hier soir, devant l'effroi, et contrairement aux consignes, je n'ai pu m'empêcher de sortir, mais vite, de rentrer. Ce qui s'est passé est sans nom.

Dimanche 15 novembre

…

Difficile de reprendre ce journal, de se remettre au travail et écouter de la musique quand tant de gens sont morts parce qu'ils voulaient juste boire une bière et assister à un concert. Rien ne pèse face au drame qui occupe nos esprits, et celui du pays tout entier. Comment réfléchir à ce qui se passera en mai prochain, dans un festival du bord de mer ? Laurent m'appelle du nord de la France où il est en tournée, désemparé. Des artistes annulent leurs spectacles, il se demande quoi faire : « Il faut continuer à vivre et à rire, non ? »

Lundi 16 novembre

L'ironie veut que les attentats aient visé un match de football opposant les deux ennemis du XXe siècle, la France et l'Allemagne, qui n'auront eu de cesse depuis 1945 d'afficher leur amitié, leurs liens, leur projet commun à la tête de l'Europe. Dans les guerres à l'ancienne dont parlait Michael Powell dans *Colonel Blimp* (et dans le film, réalisé en 1943, c'était pour dénoncer le manque de « civilité » des conflits du XXe siècle), les affrontements étaient soumis à des règles, à des « lois », les ennemis se respectaient. Dans *Le Pont des espions,* Steven Spielberg (avec qui je devais déjeuner samedi mais qui a annulé en raison des attaques terroristes sur Paris, rentrant directement de Berlin, où son film était présenté vendredi, vers New York) parle de cette guerre froide qui faillit faire exploser la planète mais dont le film démontre que les belligérants s'obligeaient à des comportements relevant d'un minimum d'humanité. En ce début du XXIe siècle, on assiste impuissants à la montée d'une nouvelle forme de combats. On peut penser que cela relève d'une réponse à la domination occidentale à l'échelle mondiale et que cela se fertilise sur le désespoir des exclus dans une France qui ne s'est pas occupée de ses enfants mais ça n'en est pas moins une nouvelle barbarie. Je me dis souvent qu'il nous faut décider qu'en 2015, nous sommes en 1945, dans une après-guerre sans guerre à inventer et où la culture et le cinéma, comme après la Deuxième Guerre, auront leur mot à dire quand plus rien ne parvient à organiser l'ordre du monde. Mais ce matin, j'ai l'impression qu'on est au contraire dans une avant-guerre qu'on ne connaît pas et qui ne s'annonce pas clairement. Les jeunes s'approprient désormais *La Marseillaise*, que nous avons toujours considérée comme un chant lié à un passé qui n'était pas le nôtre. Nos grands-parents se sont élevés contre les nazis, j'ai eu l'honneur d'accueillir Daniel Cordier à l'Institut Lumière qui racontait le caractère instantané d'une décision qu'il lui fallait prendre, lui, le jeune maurrassien : rejoindre la Résistance en juin 1940, tout de suite. Mais tout échappe à l'analyse, les télévisions rejettent l'info à peine digérée, le politique s'empare du sujet, et serait violemment critiqué s'il ne le faisait. Il faudrait ne pas rester sans rien faire et c'est pourtant ce qui se passera sans doute. À Paris, l'atmosphère est dramatique, on compte littéralement les morts, on tente de dire qui ils étaient. En province, l'atmosphère est différente, mais la sidération est là. Ce pays ne sera plus le même.

Mardi 17 novembre

Rue Amélie, projection de *Snowden*, le nouveau film d'Oliver Stone, qui succède au pas si mal *Savages* – j'adore cette expression : pas si mal, qui va à tant de films, et permet d'éviter de s'expliquer. Un Stone assagi (nul ne peut aimer tout ce qu'il fait et dit, mais personne ne restera indifférent à ses films – mes préférés sont *Salvador*, le premier, et *L'Enfer du dimanche*) se dévoue humblement à dresser le portrait biographique d'Edward Snowden, ce jeune homme brillant qui entre dans les services secrets par conscience nationale après le 11 Septembre, et qui s'aperçoit que quelque chose ne va pas dans une société qui laisse une pieuvre comme la NSA se déployer sans contrôle. Le film complète par la fiction l'admirable documentaire de Laura

Poitras, *Citizenfour*, et s'ouvre sur la même chambre d'hôtel de Hong Kong dans laquelle on voit le lanceur d'alerte réfléchir avec autorité au mode d'action le plus efficace lui permettant de révéler les dérives obsessionnelles de la société de surveillance. Aux États-Unis, le film est produit par Moritz Borman et ses associés, qui sortent *Spotlight* cet automne, et en France, c'est Jérôme Seydoux et Paul Rassam qui le coproduisent et le distribuent. Jérôme a très envie de Cannes, Paul un peu moins : « Si on sort à l'automne, Cannes arrivera trop tôt. » « Si vous le voulez, il est à vous », prédit l'un des vendeurs. Difficile de se faire une idée définitive à partir d'une version encore inachevée et non sous-titrée, mais avec les membres du comité, ça nous plaît. Ce qui est sûr, c'est qu'ils n'iront pas à Berlin. Nul besoin de se presser pour décider, donc, et pour nous, c'est encore le *warm up*, moteur froid et pneus durs. On convient donc de le revoir totalement terminé, au début de l'année prochaine. Il sera alors temps de prendre une décision.

Mercredi 18 novembre

Attentats : du monde entier, des cinéastes, des comédiens, des collègues, hommes, femmes, jeunes et vieux nous envoient des messages de fraternité, que je reçois avec émotion et remords. Que n'en avons-nous fait autant, que n'avons-nous écrit à tous les amis quand leur propre pays était touché et meurtri, aux États-Unis, en Espagne, en Asie, en Afrique ? Quelque chose est là, peu mentionné : le 11 Septembre. La façon, pleine de solennité et de compréhension, dont les Américains nous remercient aujourd'hui renvoie à la manière peu empressée voire condescendante dont nous (ne) l'avons (pas vraiment) fait en 2001. Les Français ont une excuse : ils détestent tout le monde et eux-mêmes avant toute chose. Nous voilà à nous rendre compte avec étonnement que notre pays est célébré partout dans le monde et à être émus quand *La Marseillaise* est chantée dans les hémicycles et les restaurants à travers la planète ou quand Madonna, comme samedi dernier à Stockholm, improvise une déchirante *Vie en rose* en pleurant sur sa guitare.

Déjeuner rue Saint-Dominique avec Patrick Brouiller, l'ancien président de l'AFCAE et de Jean-Jacques Geynet. Patrick dirige des salles à Marly-le-Roi, Nanterre et Asnières, passages traditionnels des auteurs en avant-première, et Jean-Jacques possède le Cinespace de Beauvais où il entrepose objets, documents et affiches accumulés en quarante ans de labeur ; Jean-Jacques écrit aussi des livres sur les salles de cinéma – un homme de bien, donc. Ce pays est plein d'exploitants comme eux : courageux, actifs, indisciplinés et militants de l'intérêt général. Comme il voit tous les films, Patrick est un compagnon agréable, qui lève la fourchette devant un râble de lièvre aussi bien que les bâtons pour filer en godille dans la neige fraîche de Val-d'Isère. Esprit syndical et inquiétude de paysan, il reste ferme sur les prix et les combats : « Le plus important pour nos salles, c'est l'accès aux films ! » martèle-t-il. C'est vrai depuis toujours mais contemplant un paysage qui a évolué, tous ces gens qui ont encouragé les premiers pas d'Almodóvar, de Guédiguian ou de Desplechin veulent continuer à montrer leurs films maintenant que le succès les emporte ailleurs, tout en faisant des paris sur les jeunes auteurs contemporains.

En fin de journée, on apprend aussi la mort de Jonah Lomu. Il n'était pas seulement un grand joueur de rugby, mais un novateur, un enfant des îles et un fils de la zone.

Jeudi 19 novembre

Chaque année, une fois les vacances de Toussaint et le pont du 11 Novembre derrière nous, arrive le choix du président du jury. C'est le premier geste concret, le déclenchement symbolique du grand voyage. On ne s'y prend pas plus tôt car rien ne sert de se presser : un(e) artiste de cinéma, ça tourne (un film), ça va tourner, ou ça se repose parce que ça vient de tourner. On a beau *être Cannes*, les plannings des stars sont ce qu'ils sont. Et il nous faut coller au plus près de l'actualité : un artiste qui paraît idéal l'été ne le sera peut-être plus au printemps suivant. En procrastinateur non repenti, j'aime bien attendre, sentir l'humeur du moment, tourner le plus longtemps possible autour du pot. À la seule exception de Steven Spielberg, avec qui j'avais engagé les discussions trois ans à l'avance (on se voyait, on en parlait, parfois à Los Angeles, parfois à Paris, il en avait très envie, on a pris notre temps, il s'est rendu disponible, il est venu), il est inutile de penser à quelqu'un sans avoir vérifié son agenda, avant même de rêver qu'il puisse en avoir envie. Le jury de Cannes, c'est deux semaines de *travail*, une tâche studieuse et bénévole opérée par des gens dont certains sont habitués à gagner beaucoup d'argent et parfois, pour certains comédiens, en quelque jours de tournage – s'ils acceptent l'augure d'une telle proposition, qui n'est pas de tout repos, c'est avant tout par un profond désir de le faire. Hors les questions d'agenda, nous n'avons en général aucun mal à les convaincre.

Je dispose d'une liste d'une quinzaine de noms putatifs que je réactualise régulièrement et qu'une fois par an, nous commentons en conseil d'administration. Des gens que nous savons aptes à incarner la fonction. Il s'agit de cela : un président du jury doit faire preuve de qualités relationnelles, être capable de diriger un groupe et d'aimer les films de son prochain comme les siens.

Surtout, du titre de président du jury de Cannes, l'élu doit avoir la *légitimité*. Avec ses jurés, il va évaluer l'élite du cinéma mondial et les derniers films des meilleurs réalisateurs de la planète. Il doit d'emblée imposer le respect, créer l'évidence, susciter l'envie de l'opinion, du public, des journalistes, des futurs sélectionnés. Le bien-fondé de notre choix ne doit faire aucun doute.

Avec Pierre, la méthode est la même que celle que nous avions avec Gilles Jacob. D'abord une conversation : nous procédons par petites touches, d'allusions rapides en discussions de fond, juste animés par la volonté de bien faire... et la peur de décevoir. Des questions simples : qui est disponible, qui ne l'est pas, faut-il un Européen, un Américain, un Asiatique, un homme, une femme, un réalisateur, un comédien ? Ensuite, un peu d'air du temps, de l'amitié, du désir, et parfois de l'inattendu comme en 2015 lorsqu'on a opté pour une double présidence. Jusque-là, les frères Coen avaient toujours décliné le jury de Cannes et n'avaient d'ailleurs participé à aucun exercice de ce style dans leur vie. Par texto, j'ai joint Joel, l'aîné, qui m'a rappelé de New York. Nous avons ensuite échangé quelques mails (je crois, je ne me souviens déjà plus !), nous nous sommes parlé à nouveau le 27 décembre (ça, je m'en souviens, j'étais à Marseille, tranquillement installé sur le Vieux-Port de cette ville sublime). Il m'a remercié, et m'a confié qu'avec Ethan, ils en avaient très envie mais avec le montage de leur nouveau film, *Hail Caesar !*, avec le studio qui n'allait pas être d'accord (c'était Universal), tout ça ne laissait guère de chance. Puis, comme souvent, Joel a fait une blague en sortant un truc très drôle, ce qui m'a donné encore plus envie de les avoir avec nous. Comme il m'a promis de me rappeler « vite », je ne me suis pas fait d'illusions : quand c'est vite, c'est que c'est non. Ce fut oui. Pierre était aux anges à l'idée d'ouvrir son mandat avec de tels cinéastes.

Pour 2016, nous voulions désigner une présidente, après Jane Campion l'an dernier et Isabelle Huppert en 2009. La surprise, toujours. Le Festival n'a jamais été très exemplaire sur la question féminine – comme le cinéma en général. Après sa naissance en 1946, vingt ans se sont écoulés avant qu'une femme soit nommée : Olivia de Havilland, en 1965, une comédienne magnifique, parisienne de cœur et femme de combat (c'est elle qui mit fin à la dépendance des acteurs vis-à-vis des studios à Hollywood). Jusque-là, que des hommes. Paradoxe, c'est une femme qui succéda à Olivia : Sophia Loren, il y a cinquante ans, qui décerna une double Palme d'or à Claude Lelouch et à Pietro Germi. Deux femmes consécutivement, ça n'est plus jamais arrivé. Mais la décennie 70 fut plus féminine : Michèle Morgan en 1971, Ingrid Bergman en 1973, Jeanne Moreau en 1975, Françoise Sagan en 1979 – trois actrices, une romancière. Après, il faut attendre plus de quinze ans avec le retour de Jeanne Moreau, l'année du centenaire du cinéma en 1995. Puis Isabelle Adjani deux ans plus tard et Liv Ullmann en 2001. Cette année-là, qui fut celle de mon arrivée, Jodie Foster fut d'abord annoncée, avant qu'un tournage ne la contraigne à annuler. Liv la remplaça et fut la présidente exigeante d'un groupe où régnaient deux fortes têtes, Terry Gilliam et Mathieu Kassovitz.

Si la parité est toujours respectée chez les jurés, côté présidence, c'est donc moins ça, même si aucune règle écrite n'impose quoi que ce soit. Comme les femmes réalisatrices pouvant prétendre à la fonction ne sont pas très nombreuses (j'entends : si on prend les mêmes critères que pour les hommes), des actrices ont été plus naturellement choisies. Sauf il y a deux ans avec la grande Jane Campion. Gilles m'a confié avoir essayé de convaincre Meryl Streep de venir, en vain. Comme elle sera à Berlin, ça n'est pas demain qu'on la verra à Cannes. Kathryn Bigelow, la réalisatrice de *Zero Dark Thirty* et de *Point Break*, est de ces artistes qui sont moins connus que leurs œuvres (Joseph Mankiewicz était dans ce cas) mais elle paraît toute désignée. Juliette Binoche sait que nous avons rendez-vous un jour, mais pas en 2016, puisqu'elle joue dans le film de Bruno Dumont qui viendra postuler à la compétition d'ici peu. Nous aimerions une femme, disais-je. Ça se révèle compliqué.

Vendredi 20 novembre

Un petit cimetière sous une pluie glacée, comme dans *La Comtesse aux pieds nus*. Ce matin, au Chesnay, un petit village des Yvelines au nom renoirien, on enterre Jean-Jacques Bernard, mort la veille des attentats. Ses proches sont là, ses copains aussi – le mot avait tellement de sens pour lui –, certains venus de sa Bresse natale, de Lyon, de Paris et de partout. Plein de gens du métier aussi, dont Emmanuelle Bercot qui devait jouer dans ce qui aurait été son premier film. Un jour, Jean-Jacques avait décidé de quitter la critique, trouvant ridicule de livrer une opinion éphémère qui lui semblait vite dérisoire. Il était l'un des meilleurs pour mettre les autres en valeur mais il avait décidé qu'il était temps de penser à lui. « Tu imagines, s'émerveillait-il, découvrir ça à mon âge : le plaisir d'écrire un scénario, la crainte de le faire lire, l'excitation d'inventer un monde, rencontrer des techniciens, faire des lectures avec des acteurs. Pourquoi ai-je attendu si longtemps ? »

Son immense portrait domine l'église – ce regard bienveillant est le dernier qu'il envoie à ses amis. Journée de deuil qui se superpose à l'autre, celui d'un peuple tout entier : Jean-Jacques est enterré sept jours après un « 13 novembre » dont il n'aura pas connu l'effroi, le sens et les conséquences. Nous sommes une semaine plus tard. Ce soir, les gens ont décidé de se rassembler à Paris sur les lieux mêmes, sur les terrasses des bars mitraillés de la rue de Charonne.

D'un coup de voiture, je retrouve Pierre à temps pour déjeuner à Issy-les-Moulineaux, au siège de Canal+, avec Maxime Saada et Didier Lupfer. On signe, et ils ont l'air contents. Nous aussi d'ailleurs. Je rentre à Lyon, je suis comme tout le monde dans le pays, j'ai envie d'être chez moi. Ce week-end, Laurent sera là aussi, pour deux concerts à la Halle Tony Garnier, et plein de dîners en perspective.

Samedi 21 novembre

J'observais Pierre, cette semaine, c'est le deuxième round sur le jury auquel il participe et il le fait avec une grande ouverture d'esprit, comme un journaliste qui a l'opinion publique en tête. Je sollicite également l'avis de Christian Jeune dont l'expression spontanée du visage suffit à exprimer un avis et de Laure Cazeneuve, qui s'occupe du jury pendant le Festival et sent les choses. La méthode est identique à celle de la sélection : quand le *final cut* vous appartient, consulter largement n'est pas un problème et autant faire tomber d'emblée les fausses illusions. Première décision prise avec Pierre : nous ne choisirons pas un Américain car ce fut très souvent le cas ces dernières années. Cannes est un festival *international.* Une pause, donc, côté États-Unis. Leur tour reviendra.

Dimanche 22 novembre

Chaque année, depuis toujours, un nom s'impose pour la présidence du jury : Godard. Il revient pour Cannes, et pour tant d'autres choses, tant l'ombre portée de Jean-Luc est prégnante. Rivette gravement malade, il devient le seul cinéaste actif des cinq mousquetaires ex-jeunes turcs devenus Nouvelle Vague. Je ne vais pas faire dans la métaphysique nécrologique mais il est touchant d'observer comme les deux figures majeures du groupe, frères amis-ennemis, Truffaut et Godard, l'auront aussi encadré dans le cycle de la vie : Truffaut est mort le premier en 1984 (il semblait alors âgé au jeune homme que j'étais, âgé d'un âge que je viens de dépasser), Godard est encore là.

Je n'ai jamais demandé à Gilles Jacob si, dans les années 80 ou 90, la proposition lui fut faite ou non, et le cas échéant s'il l'avait déclinée. Godard n'est pas le seul grand cinéaste qui n'aura jamais été président de jury. Bergman, Tarkovski, Fellini et tant d'autres. Comme dit Tarantino : « La liste est belle de ceux qui ont remporté la Palme d'or mais il en est une plus belle encore : celle de ceux qui ne l'ont pas obtenue ! » Pareil pour les présidents du jury. Rater les grands artistes de l'époque est une hantise que j'éprouve à mon tour. Toscan m'a dit que

Maurice Pialat en rêvait, et Sylvie me l'a confirmé. Le Festival aurait eu peur de gérer un tel personnage. « Je me mets à la place de Gilles, m'avait dit Toscan. Maurice pouvait mettre le feu à tout, à tout le monde, et à tout instant. Tout aurait pu arriver, le pire et le meilleur. » Sylvie dit que Maurice se serait comporté comme un ange et qu'il fut affecté qu'on pense le contraire.

Il y a quelques années, dans son bureau parisien de l'avenue Pierre-Ier-de-Serbie, j'en avais parlé à Jean-Luc. « Un jour, ça serait bien que vous acceptiez la présidence du jury. » Il m'avait dit : « Oui, j'aimerais beaucoup. Dans les jurys, il y a toujours des gens venus d'ailleurs qu'on n'aurait, sinon, aucune opportunité de rencontrer, genre un chef opérateur bulgare. » Un chef opérateur bulgare, ça m'avait marqué. Je m'étais dit : on devrait prendre plus souvent des chefs opérateurs bulgares au jury ! Il y a deux ans, je lui avais également proposé la présidence du jury du Certain Regard, car il aime beaucoup la salle Debussy dans laquelle les films sont projetés – et c'est là qu'on montre le plus de ces films dont nous imaginions qu'il les verrait avec appétit. Il avait décliné. Avec Pierre, nous convenons tout de même de le solliciter à nouveau.

Lundi 23 novembre

Après la Corée en octobre, Christian a poursuivi sa tournée dans ses pays de prédilection et il revient du festival de Goa en Inde avec pas mal d'infos, quelques listes et une vision globale de ce qui nous viendra d'Asie cette année. Il a visionné une demi-heure d'*Apprentice*, un film singapourien dont la version terminée nous est arrivée ce matin en DVD. Après un début narrativement nonchalant, le film décolle. Je retrouve un sentiment familier : l'espoir que ça dure, que la tension se maintienne, que le cinéaste tienne ses enjeux jusqu'au bout. C'est le cas. Un Certain Regard semble fait pour une œuvre comme celle-là, issue d'un pays lointain, qui assure sur les écrans mondiaux une présence discrète mais forte. On va voir ce qu'en pense le comité de sélection, dont j'attends toujours l'avis avant de prendre une décision. Rien ne presse mais Dieter Kosslick, en pleine manœuvre car la Berlinale est dans moins de deux mois, sera vite sur les rangs si nous tardons. *Apprentice* de Boo Junfeng s'annonce comme notre premier film de la sélection 2016.

Dense activité à l'Institut Lumière : rétrospective Billy Wilder vers laquelle se précipitent les jeunes spectateurs autant que les vieux cinéphiles ; ressortie de l'intégrale de *Out 1 : Noli me tangere* de Rivette avec plus d'une centaine d'enragés ayant acheté le pass pour les douze heures et demie de film (ah Rivette !) ; montage avec Thomas Valette d'un court métrage autour de Lumière que la Fédération des exploitants veut diffuser dans les salles pour le 28 décembre prochain, jour anniversaire de la première séance publique du Cinématographe Lumière ; relance de la collection de livres de cinéma que nous animons avec Bertrand Tavernier chez Actes Sud après un beau travail de lustrage du journaliste Pierre Sorgue ; préparation du festival Sport, Littérature et Cinéma qui aura lieu en janvier pour la troisième année consécutive. L'Institut Lumière est une ruche qui ne s'apaise jamais. Normal : en raison de subventions publiques moindres que celles des institutions parisiennes (« Paris et le désert français », titraient les géographes il y a déjà plusieurs décennies, le pays est comme ça depuis toujours), il faut aller de l'avant, trouver d'autres ressources, de nouvelles recettes et des partenaires privés, attirer les plus grands auteurs sur le lieu de naissance de leur art. L'irremplaçable Cécile Bourgeat a tout de la rigueur et de la prudence d'une administratrice d'institution publique mais n'est pas dépourvue d'audace quand il s'agit de tisser des liens financiers inédits avec des partenaires privés, des banques ou des mécènes. Comment faire sinon ?

À la Cinémathèque française, Costa-Gavras, qui prend son rôle de président à la lettre, avance en toute discrétion dans le choix du successeur de Serge Toubiana. Je suis au cœur de ce milieu mais on ne me demande pas mon avis, ce qui est très bien. J'ai quelques infos, mais pas tant que ça. Des noms circulent, avec des gens qui annoncent eux-mêmes être en première ligne. Je sais juste que quatre personnes ont été retenues dont Marc Nicolas, qui a fait du très bon travail à la Fémis, et Frédéric Bonnaud, le patron des *Inrocks*, qui m'ont tous deux appelé.

Mardi 24 novembre

Le soleil cannois dans la grisaille parisienne. Catalan d'origine (et supporter irréductible du Barça), Jean-Pierre Vidal a longtemps dirigé les services techniques du Palais dans les années 80. Un jour, il s'est mis à son compte et François Erlenbach, lui-même ancien patron du Palais, et qui administrait le Festival dans les années 90, l'a chargé de l'ensemble de ses réalisations techniques. Visage souriant et yeux perçants, maniant un accent du Sud qui transcende une argumentation toujours percutante et concrète, Jean-Pierre est la mémoire technique de la manifestation, et son autorité fait merveille lorsqu'il s'agit de réaliser à Cannes des projets que nous formulons parfois de manière fantaisiste depuis Paris. Il débarque d'Orly pour prendre le pouls de l'édition à venir et, avec François Desrousseaux, établir les premiers budgets 2016. Quand les gens de l'équipe le croisent dans les couloirs, chacun sait que les choses sérieuses s'approchent.

À midi, après le visionnage de *Good Luck Algeria*, un premier film de Farid Bentoumi que m'a recommandé Alexandra Henochsberg pour le festival Sport, Littérature et Cinéma de janvier, je retrouve Vincent Cassel qui descend de son scooter avec détermination, dans une avenue de La Motte-Picquet balayée par le vent. Ce Carioca de passion et d'adoption veut lancer un festival de cinéma et de musique à Copacabana où il vit. Il souhaite me consulter mais n'en a nul besoin : programmation, lieux, artistes, public, partenaires, mécènes, il a pensé à tout. Il aimerait que Cannes s'associe au projet, comme nous le faisons à Bucarest ou à Buenos Aires. On va étudier ça : son projet est séduisant, et l'idée d'essaimer Cannes fait partie des nôtres.

Mercredi 25 novembre

Après une première vie dans la politique, poste de ministre à la clé, et une deuxième dans le privé (dans le groupe Lagardère), Frédérique Bredin a succédé il y a deux ans à l'actif Éric Garandeau à la présidence du Centre national du cinéma, un poste convoité comme tout lieu de pouvoir mais redouté parce que la communauté cinéma n'est pas la plus calme du pays. Frédérique s'y est parfaitement installée, hors une discrétion que les ténors lui reprochent mais qui va avec une sensibilité aux choses et aux gens qui la rend précieuse. Sous un ciel qui se couvre momentanément de nuages gorgés d'eau, elle m'attend dans un restaurant du pont de l'Alma. Calme, souriante, intelligente, sa disponibilité n'est pas feinte, elle n'est pas du genre à consulter sans cesse son portable, n'arguant d'aucun empressement pour échapper aux desserts et vite passer au café. Elle redit son envie de voir la France bien figurer aux Oscars, égrène quelques souvenirs, et évoque l'ancien président Pierre Viot avec beaucoup de tendresse. Pour le reste, on parle de tout, grandes et petites histoires mais aucun problème à l'horizon : Cannes n'est pas et ne doit pas être un sujet de conflit.

En fin d'après-midi, je saute dans le TGV pour retrouver le public de la rue du Premier-Film. Ils sont nombreux, les grands films qui s'ouvrent par une voix off. Comme celle-là, qui n'est pas la moins énigmatique : « Un homme a été retrouvé flottant dans la piscine de la star, avec deux balles dans le dos et une dans le ventre. Ce n'était personne. Un petit scénariste qui avait fait une ou deux séries B. Pauvre type ! Il avait toujours voulu une piscine. » Vous avez deviné ? Sur l'écran de la salle du Hangar de l'usine Lumière, une sublime copie du sublime *Sunset Boulevard*, qui propose, à côté de ce texte liminaire inoubliable (« il avait toujours voulu une piscine » et voilà les chimères hollywoodiennes froissées pour de bon), une magnifique séquence d'ouverture, de sirènes de police et de petit matin.

À une foule nombreuse à qui il y aurait tant à dire sur le film (mais une bonne présentation ne doit jamais excéder douze minutes), j'évoque les artistes qui se font les historiens de leur discipline, et Billy Wilder celui du cinéma muet qu'il fait revivre en réunissant Stroheim, Keaton, DeMille et Gloria Swanson (dont il faut lire l'autobiographie). Et je termine par l'une des blagues les plus drôles de Wilder. Un jour, un producteur lui dit : « Il est difficile de ne pas vous confondre avec William Wyler. Vous voyez, Billy *Wilder*, William *Wyler*. » Et Wilder de répondre : « Oh vous savez : *Monet*, *Manet*. » J'ai toujours beaucoup de plaisir et de fierté à présenter des films en salles, je ne m'en lasse pas, ni à Cannes, ni à Lyon. L'attention du public, son désir d'apprendre et sa bienveillance, donnent de la valeur à notre travail. À la fin de mon intervention, quand je demande qui a déjà vu *Sunset Boulevard*, moins d'un quart de la salle lève le doigt : le potentiel du cinéma classique reste infini.

Jeudi 26 novembre

À l'été 2017, le Festival de Cannes quittera la rue Amélie et le 7e arrondissement de Paris pour déménager dans le Marais. Avec tristesse, car chacun avait ses habitudes ici et moi-même, je m'éloignerai avec regret du Café Max, mais nous déménagerons vers des locaux plus adaptés. Quand je suis arrivé, Cannes était encore installé boulevard Malesherbes, « et avant, me dit la précieuse Nicole Petit, l'assistante de Pierre après avoir été celle de Gilles Jacob, rue du Faubourg Saint-Honoré, et plus loin encore : rue d'Astorg ». Bottes en caoutchouc et casques de chantier obligatoires, Pierre, Jérôme, Christian, François et moi visitons les locaux. Petit moment de goguette avant l'accélération de décembre.

Jérôme Seydoux : « Almodóvar est au montage, Thierry. Il a l'air content. Il est temps de lui faire signe. » Depuis *Parle avec elle* qui n'avait pas été proposé à Cannes (en 2002, j'en avais conçu un vif dépit), je suis très attentif à Pedro. Et nous procédons ainsi : il tourne l'été, monte à l'automne et s'il est satisfait, il nous le fait savoir. Alors je fais au milieu de l'hiver le voyage à Madrid. Pathé coproduit et distribue ce film qui s'appelle *Julieta*. J'ajoute Almodóvar à mes listes. Juste trois mois à attendre.

Ce soir, je m'envole vers l'Argentine. Embarquement Roissy 22 h 30, décollage du vol Air France 23 h 20 direction Buenos Aires.

Vendredi 27 novembre

Treize heures de grande traversée, calme au début, moyen pendant, chahuté à l'arrivée. Et au moment d'approcher cette « rade immense et bienheureuse » dont parle Saint-Exupéry, une fine pluie en guise d'accueil. C'est bien la peine d'avoir quitté l'hiver parisien. Dormi six heures et vu *Mission : Impossible* et *Les Quatre Fantastiques* pour penser aux enfants et parler avec eux de leurs films. Malgré l'heure précoce, Delfina Peña, l'une des belles personnes de l'INCAA, le CNC local, m'accueille avec Christian, le chauffeur qui, comme chaque année, s'empresse d'enregistrer mon iPhone sur le bluetooth de sa voiture afin qu'on puisse écouter Springsteen et Aznavour. Je suis heureux d'être là. Buenos Aires est ma ville de cœur, l'endroit du monde qui m'appartient, le lieu où je reviens toujours – autrefois pour les voyages, quand je me prenais pour Blaise Cendrars, puis pour l'amour et désormais pour Cannes.

Je me prends d'emblée une rafale d'interviews avec Luciano Monteagudo de *Página 12*, le *Libé* local, Pablo Scholz de *Clarin* (en gros, *Le Monde*), Diego Batlle de *La Nación* (*Le Figaro*), et Claudio Minghetti de l'agence Telam, des gens que j'ai plaisir à revoir, comme je suis heureux de les croiser pendant Cannes. Leurs avis critiques et les échos qu'ils me renvoient du Festival sont précieux. Partout dans le monde, je vois des journalistes exigeants qui ont de l'amour dans les yeux dès lors qu'on parle de Cannes. Cette année, on me pose aussi de nombreuses questions sur les attentats, personne ne comprend ce qui s'est passé.

Après le déjeuner d'accueil annuel à Las Lilas, un restaurant de Puerto Madero, je retrouve Jérôme Paillard, débarqué quelques jours avant moi. Le patron du Marché est ici pour Ventana Sur (Fenêtre sur le Sud), l'événement de coproduction de cinéma latino-américain que nous organisons avec l'INCAA, et que la 7e Cannes Film Week complète : ouverture lundi avec *La Loi du marché*, en présence de Vincent Lindon.

Samedi 28 novembre

Il y a dans cette ville des gens que j'ai aimés et dont j'ai perdu la trace mais pas le souvenir. Nous partions rejoindre le sud du Sud. À Río Gallegos en Patagonie côtière, une patrouille nous avait arrêtés alors qu'on tuait le temps, un soir, sur la plage. Contrôle des passeports, poste de police. Pour nous, tout ce qui portait un uniforme argentin était forcément un tortionnaire, un complice de ces types de l'École de mécanique de la marine, de ce capitaine Astiz, soupçonné de l'enlèvement de deux religieuses françaises – on a retrouvé leurs corps récemment. Vingt-deux Français comptaient parmi les trente mille disparus de la dictature et vingt-deux Français, c'était le nombre de footballeurs envoyés par la France pour le Mondial à Buenos Aires en 1978. Nous militions pour le boycott de la Coupe du monde, premier acte militant d'envergure, après nos premières grèves au collège Paul Éluard des Minguettes. Choix crucial de se battre pour dire la bêtise du sport quand de grands principes sont en cause alors que nous adorions le foot. Même si César Luis Menotti, le sélectionneur argentin, m'avait facilité la tâche en refusant de sélectionner Diego Maradona, la nouvelle idole, née comme moi en 1960, on se battait contre ça. Aujourd'hui, je continue de penser que ce Mondial aurait dû être annulé. Les trucs du style : « le sport ne doit pas se mêler de politique », c'est des âneries. Idem pour le Festival de Cannes, d'ailleurs.

À Lyon, une manif agitée marqua la cérémonie d'ouverture, les flics tapèrent un peu fort, embarquant tout ce qui passait à leur portée, dont mon meilleur ami Paquito Exposito, un Espagnol qui se retrouva sous la menace d'être expulsé à Madrid, où il n'avait jamais vécu. Son père convoqué à la hâte, avec le mien pour l'aider, tout rentra dans l'ordre. Ce fut ma seule visite à un commissariat, je suis toujours passé entre les gouttes. Dehors nous attendait un couple d'Argentins exilés avec deux enfants en bas âge. Ils restèrent plusieurs années en France et lors de mes premiers voyages ici, je leur parlais de leur pays, de ce qu'il était devenu. À la fin des années 80, lui décida de rentrer pour un court séjour et me demanda de l'accompagner. Ensemble, nous parcourûmes les rues de Buenos Aires qu'hantaient quelques fantômes envahissant et de douloureux souvenirs. C'est dans les silences que je compris la difficulté d'une vie où les questions sans réponses sont trop nombreuses et dans ce mutisme qu'un homme refaisait le parcours de ses convictions, de ses rêves, de ses erreurs. Un jour, du côté de San Miguel de Tucumán, où il avait participé aux mouvements de la gauche péroniste, j'ai failli lui poser la question de savoir s'il avait pris les armes. J'ai vu qu'il s'attendait à cette question et qu'il en avait peur – alors je me suis tu moi aussi. Il y a quelques années, lui et sa femme sont rentrés définitivement au pays, on ne s'est jamais perdu de vue et ils seront là lundi, pour l'ouverture de la « Semaine de Cannes ».

Avant de dormir, dans cette chambre avec vue que je connais bien, je regarde sur internet la cérémonie d'hommage aux victimes organisée aux Invalides. Je retiens mes larmes. Non, je ne retiens pas mes larmes.

Dimanche 29 novembre

Le beau temps est revenu. En marchant de l'hôtel Madero vers San Telmo où je retrouve l'un de mes bistrots préférés, me revient la façon dont la nomination de Robert De Niro s'était déroulée. Être président du jury, il m'avait confié que ça l'intéresserait si d'aventure, nous lui en faisions la proposition et que ça pouvait coller avec son agenda. J'étais ici, à Buenos Aires. Je dispose d'un numéro pour le joindre et en me le confiant, il m'avait dit : « Je ne réponds presque jamais, mais tu me laisses un message et je te rappelle. » Surprise, quelqu'un avait décroché. « Bob ? – Who's this ? Who's this ? » C'était lui, cette voix et cet accent reconnaissables entre mille, qui vous donnent l'impression immédiate d'être dans *Les Affranchis*. Oui, ça l'intéressait toujours, le jury. « Two weeks in May, right ? » Il lui fallait s'organiser, il avait des tournages. Rien n'était sûr mais quelque chose m'avait dit que ça allait marcher. Et cela marcha, au-delà des espérances. Robert De Niro, président du jury du 64e Festival de Cannes, ce fut un beau début pour une édition 2011 qui fut l'une des meilleures de Cannes, palmarès étincelant compris (la Palme d'or pour *The Tree of Life*, le reste pour *Il était une fois en Anatolie*, *Melancholia*, *The Artist*).

Rendez-vous avec Fernando Solanas. Au milieu de la foule, j'ai distingué d'emblée le visage impérial de cet homme auquel les années n'ont rien coûté, juste donné plus de sagesse sans lui enlever sa colère. Fernando, que tout le monde à Buenos Aires appelle Pino, est un trésor vivant du cinéma mondial et de la vie politique argentine. Réalisateur de *L'Heure des brasiers* et de *Tangos, l'exil de Gardel* (plus quelques chefs-d'œuvre moins connus comme *Le Sud* ou *Los Hijos de Fierro*), il est comme ces écrivains du Río de la Plata des années 30 qui faisaient dans leur coin trembler les revues littéraires d'Europe sans jamais s'éloigner de la Croix du Sud.

Il n'est pas de voyage à Buenos Aires sans que je lui rende visite. Engagé en politique, sénateur élu du peuple capable de réunir ses partisans dans un grand meeting populaire, il tient à ce qu'on déjeune ou qu'on dîne. Les serveurs l'accueillent avec respect, les gens le hèlent dans la rue. Il me parle des années d'exil, comment la France et son cinéma l'ont accueilli après le coup d'État à la fin des années 70. Il évoque avec émotion Bertrand Tavernier qui lui permit de travailler, Gilles Jacob qui montra ses films à Cannes et Jean Labadie qui fut son actif distributeur. À 79 ans, alors qu'il vient d'achever un documentaire sur Perón, la politique reste son obsession. Mais il souhaite revenir à la fiction. « Querido, j'ai encore des films d'amour à faire ! » me dit-il.

Tout à l'heure, j'ai marché plus de quatre heures, sans impatience, de Constitución à Once, de Recoleta à la Plaza de Mayo. J'ai vérifié si les librairies étaient toujours là (et, hélas, pas toujours), ce qu'on vendait chez les disquaires (en trouvant quelques inédits de Mercedes Sosa et le nouvel album de Jean-Michel Jarre), ce que les cinémas montraient (ici la dernière séance commence à minuit). Ce fut une grande inspiration de solitude et de réflexion. « Que Dieu vous garde », dit le roi. « Oh, je ne suis que Son indigne moineau », répond Charles Laughton dans *Capitaine Kidd* de Rowland Lee. À partir de demain et pendant trois jours, je n'aurai plus une minute à moi.

Lundi 30 novembre

Arrivée ce matin de Vincent Lindon, invité d'honneur de la Cannes Film Week que nous ouvrons ce soir. Nous montrerons *La Loi du marché*, *Dheepan*, *Love*, *The Lobster* et *Carol*. Vincent succède à Abdel Kechiche, aux Dardenne ainsi qu'à Michel Hazanavicius et Bérénice Bejo, qui est argentine d'origine, comme Gaspar Noé, qu'on attend demain – enfin, avec lui, on ne sait jamais. On part déjeuner à Las Lilas : Vincent vient ici pour la première fois et on lui infligera tous les fondamentaux porteños, viande de La Pampa et malbec de Mendoza. Il pose des questions sur tout, s'enquiert de ce qu'est ce pays, sa politique, ses origines, ce qui permet à Bernardo Bergeret de lui sortir la célèbre plaisanterie locale sur la construction de l'Argentine : « L'homme descend du singe, l'Argentin descend du bateau. » Bon, il y avait aussi des « Indiens » avant l'arrivée des Blancs.

De retour à l'hôtel, alors que je m'aperçois que j'ai un peu délaissé Cannes ce week-end, je me reconcentre sur la seule préoccupation du moment : le président du jury 2016. Il faut avancer. J'appelle Pierre, nous décidons de la proposer officiellement à Jean-Luc Godard. Ça serait un miracle qu'il accepte. J'envoie une lettre à Jean-Paul Battaglia, son assistant. Exercice délicat – il n'est pas facile de dire son admiration à un homme d'une telle envergure sans verser dans la flatterie –, je dis à Jean-Luc que sa « présence à Cannes, douze jours durant, aurait une signification très forte pour le cinéma mondial, pour les cinéphiles, les artistes, la profession ou la critique. Et que, même si le suspense serait garanti et le questionnement sur la nature du Festival ou des festivals sans doute nourri, nous aimerions en relever le défi ». Oui, avec lui, dont les apparitions cannoises n'ont jamais été banales, le suspense serait garanti.

À 19 heures, on nous conduit à la salle Gaumont, du côté de Congreso. Imaginée par Bernardo Bergeret, le patron exécutif de l'INCAA, un Urugayen aux vies multiples et à la jeunesse éternelle, la Cannes Film Week consiste à montrer ici des films de la Sélection officielle. Buenos Aires est avide de tout ce qui vient d'ailleurs, d'Europe en particulier et attend ça avec impatience. Et je me retrouve, ce matin comme chaque année et suite aux interviews de vendredi, à la une des journaux du pays.

Présentation de *La Loi du marché*, salle pleine (de près de mille personnes !), public aussi attentif qu'exigeant et qui applaudit Vincent, pour le film mais aussi quand il explique qu'il tente dans sa vie de rester cohérent avec les personnages qu'il incarne. Tout dans son existence comme dans sa vie quotidienne, tient à un engagement, une raison, une conviction. Il ne fait pas de presse en dehors de la promotion des films. Il ne pose pas pour les magazines et n'a jamais accepté de faire de la publicité. Il préfère aller contre l'époque, questionner les modes, comme s'énerver de cette manie qu'ont les serveurs de vouloir le photographier. En France, il lui arrive de s'emporter et combien de fois l'ai-je entendu dire : « Vous voulez me photographier pour m'avoir dans votre tableau de chasse ? Venez, restez près de moi, parlons, ça vous fera un meilleur souvenir que ces photos que vous exhiberez comme un trophée » – tête des serveurs. Ici il est calme, affable, et heureux. C'est sa première fois à Buenos Aires et les premières heures comme le très beau débat de ce soir le comblent de joie. Après le film, nous filons dîner à La Brigada, un restaurant de San Telmo aux murs constellés de maillots de foot d'équipes du monde entier (dont l'Olympique Lyonnais) et d'un grand poster signé par Diego Maradona. « On n'y va que si c'est moi qui invite, hein ! » dit Vincent.

DÉCEMBRE

Mardi 1er décembre

Café matinal avec le producteur argentin Guido Rud et un réalisateur qui achève un film que nous verrons bientôt. L'hôtel ressemble à une ruche cannoise. Nombreux vendeurs étrangers, distributeurs français : ce rendez-vous argentin est aussi, alors qu'approche le vrai début de la sélection, une excellente occasion de faire le point au calme, de manière plus rapide qu'à Paris.

Conférence de presse avec Vincent et Gaspar Noé, arrivé ce matin, et déjeuner chez l'ambassadeur de France, Jean-Michel Casa, pour qui réunir tout le monde n'est pas qu'un geste diplomatique : c'est avec beaucoup de conviction qu'il parle de *La Loi du marché* dans son speech de fin de repas. Je me sens un brin nostalgique de me retrouver dans ce bâtiment où je venais jadis les 14 juillet pour fêter la France qui me manquait quand j'étais seul, triste et inutile – solitude, tristesse et sentiment d'inutilité (le « Qu'est-ce que je fais là ? » de Bruce Chatwin) qui étaient précisément ce que je venais chercher, dans les nuits d'hiver du Río de la Plata.

À pied, nous allons en bande visiter l'étonnante exposition de Luis Felipe Noé, que tout le monde ici appelle Yuyo, un peintre reconnu et un professeur à la retraite regretté que Gaspar, son fils, donc, m'emmène chaque année rencontrer dans sa vieille maison de San Telmo ou dans ses ateliers de Barracas, près de la Plaza Constitución. De Buenos Aires à Paris, le père et le fils se téléphonent tous les jours et sont pareils, des autodidactes théoriciens, des érudits sauvages. À voir le peintre, on comprend le cinéaste, ses méthodes de travail, son style de montage, sa douce autorité qui ôte tout pouvoir à ses producteurs.

Retour au cinéma Gaumont. Pablo Trapero interroge Vincent Lindon sur scène pendant plus d'une heure pour un débat de haute volée. Puis nous présentons *Pépé le Moko*, qu'on regarde à nouveau, Vincent et moi, assis au premier rang. Voir un classique français à dix mille kilomètres de Paris provoque une sensation stimulante. Et c'est dans une salle bondée et branchée qu'à 21 h 30, nous projetons *Love*, avec les précautions d'usage que ce film d'amour sexuel impose. Sa réputation l'a précédé, et Gaspar invite au bar d'à côté une trentaine de jeunes gens qui n'ont pu entrer pour une bière et une discussion. Lindon reste un moment voir le film, debout, sans pouvoir quitter l'écran des yeux. Quand je retourne le chercher, il me dit : « Dis donc, le cinéma, il prend ça au sérieux, Gaspar. »

Mercredi 2 décembre

Nous passons la journée sur un bateau et dans les îles du delta du Tigre, une ville lacustre à une vingtaine de kilomètres de Buenos Aires, là où se jette le río Paraná, avec ses eaux rouges qui arrivent de la Cordillère et des jungles du Nord. Sur la Isla El Descanso, après l'asado du déjeuner, quand nos hôtes, Felipe Durán et Claudio Stamato, proposent qu'on aille se promener dans les jardins d'art de l'île, Vincent dit : « Depuis que je suis gosse, j'ai réussi à échapper aux *visites*. De musée, d'un parc, de n'importe quoi. Je ne l'ai jamais fait, et personne n'est parvenu à m'y obliger. Ne le prenez pas mal, mais je m'installe là-bas près de la piscine, je serai bien. Vous, prenez votre temps. » On ne le prend pas mal, surtout qu'on finit tous par le rejoindre dans la piscine. Au retour, après le bateau, les embruns, les vagues et les remous, ainsi que l'extraordinaire arrivée en cinémascope dans le port de Buenos Aires, Vincent nous raconte ses liens avec Renaud, qui est en studio à Bruxelles : qu'il soit en train d'écrire et de chanter, c'est un gros scoop, mais lui nous le dit tranquillement et en parle avec une infinie tendresse. Puis il nous lit sur son iPhone les paroles d'une chanson de l'album : *La vie est moche et c'est trop court.* Un ange passe. Il y a un autre titre qui s'appelle *J'ai embrassé un flic*, sur les manifestations après l'attentat contre *Charlie Hebdo* – la France du 11 janvier résumée en un titre. Renaud est de retour.

Le soir, après la masterclass de Gaspar et la présentation de *Dheepan*, dîner d'adieu traditionnel à San Telmo à la Gran Parrilla del Plata, entre les rues Perú et Chile. On se retrouve toujours là avec Damian Szifrón, le réalisateur des *Nouveaux Sauvages*, Lisandro Alonso, Daniel Burman, Juan Campanella, qui avait gagné l'Oscar pour *Dans ses yeux*, Pablo Fendrik et Pablo Trapero, qui est passé nous embrasser avant d'embarquer pour Cuba. Dîner joyeux où les histoires fusent – j'évoquais la Roumanie et le Mexique comme forces vitales du cinéma mondial, il y a aussi l'Argentine.

Jeudi 3 décembre

Nous nous installons dans les nouvelles cabines individuelles d'Air France. Douze heures de vol et onze mille kilomètres, et une abondante offre de films – je choisis de commencer par *La Fièvre du samedi soir* que je n'ai pas vu depuis des lustres. Vincent : « On laisse passer le décollage et on va boire un coup. On ne va quand même pas rester douze heures sans se parler ! » L'avion part d'Ezeiza pour aller à l'ouest en direction de

La Pampa, puis opère un grand tour pour se remettre dans le bon sens direction l'Europe. Il survole Buenos Aires et file vers l'Atlantique. Les *cuadras* démultiplient à l'infini le quadrillé de la ville qui s'éloigne peu à peu, avant que le Río de la Plata et l'Uruguay surgissent. C'est la fin du jour, tout s'évanouit avec l'altitude, domine la mer et vient la nuit.

Vendredi 4 décembre

« Un dernier truc, me dit l'intarissable Vincent Lindon, en traversant les couloirs de Roissy. Tu vois, tu aurais dit : "Cette année sera celle du cinéma français : j'en mets un en ouverture et trois autres remporteront trois prix majeurs", on aurait dit : "Frémaux est maboul." Ben voilà, t'es un maboul. » D'un signe de la main, nous nous saluons, chacun sur sa moto-taxi qui s'engouffre sur le périphérique par une journée froide et ensoleillée.

Après un rapide passage à la maison, je file sur les Champs-Élysées au Gaumont Marignan voir le Tarantino, que je trouve génial, au sens propre du terme – l'œuvre d'un type unique, d'un génie. Avec *The Hateful Eight* (qui sortira sous le titre *Les Huits Salopards*), la chanson de geste tarantinesque s'orne d'un nouveau couplet qui emballera ses admirateurs et irritera à nouveau ses détracteurs. On est habitué à ses secousses telluriques, et à leurs répliques. La mise en scène est brillante, le récit d'une mécanique diabolique autant que joyeuse et les acteurs, extravagants et talentueux, s'amusent.

Pendant ce temps, le spectateur suffoque – je vois d'ici Tarantino éclater de rire en se délectant de ses prouesses. Sous les excès apparents, il avance dans sa carrière en affichant des convictions qui étonnent chez celui qu'on considérait autrefois comme un cinéphile monomaniaque californien dépourvu de sens moral et politique. Quelque chose entrevu dans *Inglourious Basterds* puis dans *Django Unchained* se précise : au-delà du brio d'une langue extraordinairement personnelle et maximaliste, une sorte de maturité l'emmène, lui et le spectateur, ailleurs à chaque film. Et il le fait d'un ton différent, dans un style de plus en plus classique. J'entends déjà les arguments de ceux qui n'aimeront pas cette œuvre théâtrale et outrée et n'accepteront pas l'invitation à l'extravagance. Ils ne prendront pas de plaisir (et le film est suffisamment peu aimable pour qu'ils aient quelques arguments) mais ignoreront que d'autres, qui repéreront les hommages et les morceaux de bravoure, et qui verront le cinéma, rien que le cinéma dans tout ça, seront fous de joie. C'est mon cas. Le film est une belle pièce de mise en scène, un truc qu'on n'a pas vu sur un écran depuis longtemps. Tarantino n'est pas dans le souci du réel et rien ne respire plus la fiction que ses scénarios, son sens du dialogue et son rapport au romanesque et à l'histoire, et pourtant ses films sont ultra-contemporains.

Projeté dans son format d'origine, 70 mm et Ultra Panavision, *Les Huit Salopards* s'ouvre à l'ancienne, comme un péplum, par un panneau fixe avec musique (celle de Morricone, discrète et forte), et le premier carton du premier chapitre, il y en a cinq en tout, trois plus deux entrecoupés par un entracte de douze minutes, suivi, à nouveau, d'un peu de musique pour se concentrer et reprendre la suite de l'histoire. Quel voyage ! On parlera encore de l'objet dans quelques années : c'est un film dont la force, la conviction et le brio vieilliront très bien. Et qui trouve sa place dans une filmographie qui reste pleine de mystères. Tarantino poursuit une œuvre qui consiste à visiter sa propre cinéphilie, à explorer la nuit des cinéastes. Il est le Borges du cinéma – son cinéma n'existerait pas sans LE cinéma.

Euphorique et secoué, je passe au bureau. Les voyages peuvent vite déstabiliser une vie professionnelle, même s'ils en font partie. Mais il faut revenir, s'obliger à prendre soin de la vie quotidienne, accepter les contraintes et les obligations. Je suis parti depuis plus d'une semaine, et les collègues ont besoin de ma présence. Cet après-midi, nous faisons le point avec Michel Mirabella, François Desrousseaux, Christian Jeune, Bruno Munoz qui reprend son poste et l'infatigable Marie-Caroline qui ne quitte jamais le sien. Je reste jusqu'en début de soirée pour travailler, écrire, téléphoner et ne sors que pour sauter dans le TGV. Mes jambes tournent mal, mais en traversant la Seine à la hauteur de l'île Saint-Louis, je mesure, le nez au vent, le plaisir de retrouver Paris.

Samedi 5 décembre

Six mois que je tiens ce journal. Je n'ai guère raconté ce que sera Cannes 2016. À dire vrai, je n'en sais rien, nul ne connaît les contours précis de l'édition à venir. Je note, j'emmagasine. Je tâtonne. J'essaie de me souvenir de tout et j'attends. En octobre et novembre, entre deux voyages et des réunions de préparation, quinze films étrangers nous ont été proposés, venus de Pologne, Roumanie, Bulgarie, Autriche, Chili, Grèce, Lettonie, Singapour, Espagne et Serbie et cinq films américains dont deux iront en janvier à Sundance : *Captain Fantastic*, dont j'ai déjà parlé, et *Christine*, un film d'Antonio Campos, qui vint à Un Certain Regard pour son premier long, *Afterschool*, en 2008.

Hier à Berlin, Dieter Kosslick a annoncé son film d'ouverture : *Hail Caesar !*, des frères Coen. Bien joué. Il se dit qu'il prendrait deux films français dans sa compétition. Petite pointe de jalousie. Mais quand un film est terminé, normal de préférer une garantie en février à l'incertitude de mai. Et normal aussi de respecter les saisons : les films sont prêts, ils sortent. Qu'importe, Christian a fait ses listes de son côté, moi du mien, nos conclusions sont identiques : Cannes s'annonce bien.

Mais en décembre, on est encore dans un faux rythme et certains sujets restent en l'air. Le président du jury, on ne l'a pas. L'affiche, on ne l'a pas. Les premiers essais (Richard Burton, etc.) ne sont pas concluants. Ça n'est pas inquiétant mais ça peut vite le devenir. Côté jury, nous n'imaginons pas Jean-Luc Godard accepter la charge même si nous en rêvons. Ces dernières années, il ne venait déjà plus à Cannes – la dernière fois, il nous avait envoyé une (merveilleuse) vidéo. Lui avoir proposé est déjà une grande fierté. En fin d'après-midi, j'appelle Jean-Paul Battaglia, son assistant (de plateau, de production, de tournage, de vie), un homme exquis, aussi efficace que courtois. Il me confirme que Jean-Luc décline l'invitation. « On travaille sur le nouveau film. Il veut concentrer tous ses efforts sur ça. Votre intention, votre lettre l'ont touché. Il dit non, mais il vous envoie un mail. »

Dimanche 6 décembre

Hier, chez nous, à Gerland, on a perdu deux fois contre Angers : le match et la possibilité de remonter au classement. L'OL est dans le dur. Ce matin, rayon de soleil dans la brume lyonnaise, Jean-Michel Aulas, accompagné de Gilbert Giorgi et Jean-Paul Révillon, deux dirigeants du club, m'emmène visiter le chantier du nouveau stade à Décines. Pour l'inauguration de ce somptueux écrin, en janvier, il faut que l'équipe soit en meilleure posture. Je sens Jean-Michel, qui ne vit que pour elle, préoccupé, mais face à la magnificence des installations qui font songer à celles de Barcelone, Munich ou Arsenal, il semble heureux d'être parvenu au bout de cette aventure d'entrepreneur qui lui vaut d'être supporté par les supporters et critiqué par les critiqueurs. Pour l'instant, le lieu s'appelle le Stade des Lumières, en attendant qu'une grande société s'empare du « naming » pour quelques millions. Pour les faire rire, je propose qu'on enlève le « s », ce qui permettrait à l'Institut Lumière d'investir momentanément dix mille euros. J'aurais été bien embêté qu'ils me disent oui.

Dans l'après-midi, projection de *Sieranevada*, de Cristi Puiu, vu une première fois par lien internet à Buenos Aires et que j'ai beaucoup aimé, comme le comité étranger, unanime sauf une voix (donc pas unanime – Coluche se moquait des manies des commentateurs hippiques genre : « Tous les chevaux ont couru sauf huit »). Les membres du comité rédigent systématiquement des notes, que Christian et moi conservons soigneusement car elles sont irremplaçables quand il faut se référer en avril à des films que nous avons vus à l'automne. Celle de Laurent Jacob sur *Sieranevada* est formidable : « Après la parenthèse en forme de tour d'ivoire un peu autiste que représentait *Aurora*, Puiu revient à la veine de *Lazarescu* avec une maturité nouvelle dans la représentation de la tragi-comédie humaine. Il élabore une mise en scène dont la sophistication ne nuit pas au naturel, filme avec un plaisir communicatif cette journée particulière qui part dans tous les sens au gré des psychodrames familiaux et laisse ses merveilleux comédiens exercer leur verve sur des dialogues crépitants. Malgré quelques longueurs, le film est chargé d'une vitalité profonde, d'une dimension philosophique et d'un humour qui évoquent ce que Kundera aurait pu apporter au cinéma s'il n'avait pas choisi d'aller vers la littérature après ses premiers pas à la Famu. Le rire salvateur final s'accompagne d'une émotion durable. Ce film me semble au niveau de la compétition. » Il a raison, Laurent, c'est la compétition. Je m'empresse d'écrire à Cristi, qui est également approché par Berlin. Ne traînons pas.

En soirée, coup de fil rapide de Jérôme Seydoux : « Vous avez déjà un déjeuner demain ? – Oui. – J'aurais aimé vous voir vite. – Je peux passer au bureau si vous voulez. – Ça serait bien. Fin de matinée ? – Oui, très bien. – Parfait, à demain. »

Lundi 7 décembre

Résultat du premier tour des régionales, défaite de la gauche, reconquête de la droite et Front national en position de gagner quelques régions dont PACA. Bertrand Tavernier me dit : « La gauche a fait une campagne comme si elle allait perdre. Alors qu'il lui fallait parler comme Jaurès et déconner comme Coluche ! À Cannes, vous serez mal barrés avec Marion Maréchal-Le Pen comme présidente de région. » À Pierre et moi, les journalistes demandent de réagir : « Comment ferez-vous quand elle sera sur le tapis rouge ? » Attendons le deuxième tour mais si elle est élue présidente, nous l'accueillerons en haut des marches en lui disant : « Bonjour Madame la présidente. » Si problème il y a, il fallait s'en occuper plus tôt et ne pas en arriver là. C'est aussi l'avis de David Lisnard, le maire de Cannes, que je vois dans un café des Invalides. Engagé derrière Christian Estrosi, il n'est pas optimiste. David est un type jeune et revigorant, qui parle clair et ne s'embarrasse pas de précautions oratoires. Comme il est drôle, tout passe, dans la vie, sur le plateau d'I-télé ou sur Twitter auquel, il y a quelques années lorsqu'il n'était que premier adjoint de Bernard Brochand, il m'a incité à m'intéresser. Nous faisons le point sur différents sujets dont la construction d'une salle de 500 places dans le Palais, ce qui permettrait de résoudre une partie de nos capacités d'accueil.

À midi, rendez-vous avec Jérôme Seydoux. Sur le court chemin qui sépare la rue Amélie de la rue Lamennais, je m'interroge sur ce qui semble être une petite urgence : Oliver Stone ? Almodóvar ? Les Fauvettes, dont Pathé ouvrirait une antenne lyonnaise ? Je ne sais pas. Jérôme m'accueille très affectueusement et, après quelques rapides impressions échangées sur l'OL, va droit au but : « Resterez-vous au Festival de Cannes toute votre vie ? » Je comprends tout de suite. « Il s'agit de Pathé à l'avenir duquel je réfléchis, poursuit-il. C'est à vous que j'ai pensé. Je vous propose de me succéder et de devenir président de la société. »

Mardi 8 décembre

Nous sommes le 8 décembre. Pour les Lyonnais, c'est un jour important : les illuminations, ce qu'on appelle la « fête des Lumières », avec un « s ». Les anciens continuent à l'appeler le « 8 décembre » car les agapes, au départ une célébration de la Vierge Marie (dont le nom est écrit en gros sur la colline de Fourvière, comme, disons, les lettres Hollywood sur la colline de Los Angeles, l'année de notre rencontre, j'avais tenté de faire croire à ma Marie que je les avais fait installer pour elle), avaient lieu ce jour-là, avec les lumignons posés sur les bords des fenêtres et la population, les vieux, les jeunes, les familles, sortant à la tombée de la nuit pour flâner dans les rues, les places et les traboules, dîner dans les bouchons, avaler des saucisses, des crêpes et boire du vin chaud. Si cette tradition avait lieu en été, le monde entier saurait que les Lyonnais sont des gros fêtards, tellement le moment est fantastique, alors que nous sommes au début de l'hiver et que les grands froids guettent.

Je ne rate jamais le 8 décembre. Où que je sois dans le monde, je reviens pour être de la partie. Sauf ce soir : donc, il m'arrive de ne pas être à Lyon le 8 décembre. Ce soir, je dîne avec Pierre Lescure. Hier, comme annoncé par Jean-Paul Battaglia, Godard nous a écrit : « Chers amis Frémaux et Lescure, voici venus les temps obscurs qui m'empêchent d'être adoubé par deux vaillants chevaliers. Mille et un mercy quand m'M. JLG. » Il a pris la peine de le faire et même si nous sommes tristes de ne pouvoir le compter parmi nous, nous sommes heureux d'avoir de ses nouvelles.

Avec Jérôme Seydoux, le rendez-vous a été rapide : s'éterniser n'est pas son genre. Nous nous sommes vite compris, et promis d'en parler en détail bientôt. Aucune réponse immédiate exigée, ça n'est pas mon genre non plus. Mais je prends cela très au sérieux car j'en saisis la portée, au-delà de la fierté de voir un homme de cette envergure me faire une telle confiance. Je disais hier avoir saisi d'emblée ses intentions. Aucune arrogance de ma part, mais le sentiment impérieux de se rencontrer vite dans son bureau alors qu'on se voit souvent par ailleurs, l'extrême bonne entente qui est la nôtre et savoir les interrogations qui sont les siennes sur l'avenir de Pathé, surtout ce troisième point, tout ça m'a mis sur la piste et m'a fait comprendre que le moment était important pour lui. Je suis excité et inquiet. Si j'accepte, cela signifie changer de métier et de vie, quitter le Festival de Cannes, quitter l'Institut Lumière, quitter Lyon peut-être et même en restant dans le cinéma, changer d'univers. J'abandonnerai le symbolique pour l'économique, le lyrique pour le réel, la culture pour l'industrie, et le tapis rouge pour les rapports financiers. Et tout ça pour la bonne cause : le cinéma. Je ne ferai pas l'économie d'une réflexion profonde. Depuis hier, cette proposition explosive occupe l'essentiel de mes pensées, pour dire le moins. Je dois prendre mon temps mais ne pas me mettre la tête à l'envers. Cannes 2016 approche.

Mercredi 9 décembre

Dans la matinée, réunion avec Fabrice Allard en charge du service des accréditations : il est l'homme qui distribue, ou non, les précieux sésames permettant d'assister aux projections. La discussion tourne autour d'un sujet rebattu et quasi insoluble : comment faire lorsque de plus en plus de gens souhaitent assister au Festival alors qu'il n'y a pas un fauteuil supplémentaire dans nos salles ? Comment accueillir toujours plus d'étrangers, avec l'augmentation des Chinois pour qui Cannes est une mythologie absolue, quand plus de Français et d'Européens souhaitent également être de la fête ? On n'imagine pas les interrogations que le Festival doit affronter : un événement réussi l'est aussi *techniquement*. Or, la réflexion générale reste empreinte des mêmes questions : le Festival de Cannes doit-il rester sur sa ligne (« un festival de professionnels avant tout ») ou s'ouvrir un peu plus à ceux qui ne comprennent pas qu'il ne le soit pas depuis toujours ? Cannes ne peut recevoir une quantité infinie de public. Et dans ce monde où la croissance est la sainte vérité partout, doit-il obligatoirement se développer, au risque d'endommager son identité ? L'ADN de Cannes, c'est : « Nous sommes un festival de professionnels », cela date de 1946 mais, dans les années 80, tout a changé avec la destruction de l'ancien Palais et l'arrivée d'une structure nouvelle et avec elle l'invasion massive de la presse audiovisuelle. Le bâtiment qui nous abrite depuis 1983, et dont j'ai toujours détesté ce surnom de « Bunker » (car j'aime beaucoup ce Palais des Festivals), on l'appelle encore le « nouveau Palais », alors qu'il a bientôt 35 ans. Cannes est devenue une ville de congrès, et la mairie a mené une réflexion sur divers développements possibles et investi beaucoup d'argent ces dernières années. « Il faut détruire le Palais », a déclaré Gilles Jacob, l'année de son départ, à *Nice-Matin*, dans un accès de franchise aussi soudain qu'aventureux, ce qui n'est pas le style de la maison. Il a eu trois décennies pour y réfléchir et nous n'avons aucune autre solution que le Palais actuel. Mais Gilles ne fait rien au hasard et défend systématiquement les intérêts du Festival. Sa sortie médiatique a le mérite d'ouvrir un débat simple : pour un événement mondial de cette ampleur, la question des moyens et des infrastructures est essentielle.

Reprise des projections avec le comité au complet. Depuis quelques semaines, nous avons vu des films canadiens, estoniens, norvégiens, kazakhs, italiens, dont celui de Roberto Andò qui avait réalisé un attachant *Viva la libertà* il y a deux ans, et le nouveau film de Paolo Virzì, *La Pazza Gioia*, que ses producteurs nous présentent comme la nouvelle merveille du monde, ce qu'il ne faut jamais faire ! Mais ce sont deux cinéastes qui toquent avec raison à la porte de la sélection officielle. Vu aussi le nouveau film de Kelly Reichardt, dont nous avions montré *Wendy and Lucy* au Certain Regard et qui est ensuite allée en compétition à Venise avec *La Dernière Piste*, un excellent « western d'auteur ». Celui-là s'appelle *Livingston* et Virginie Apiou est celle d'entre nous qui en parle le mieux : « En mode apparemment mineur, il gagne en puissance grâce à une énergie sourde qui le remplit complètement. Avec un parti pris visuel totalement dépressif sur des paysages entre deux saisons inhospitalières, Kelly Reichardt réussit très bien à restituer les états d'âme humains en mode désarroi mineur, humour compris. » On aime tous le film mais si Kelly doit revenir à Cannes, c'est en compétition. À cette époque de l'année, difficile de prendre une telle décision, même si Todd Haynes m'envoie un message très élogieux à son sujet. Le film est sélectionné à Sundance, comme les bons américains en ce moment. On le laisse partir là-bas, on verra.

En revanche, lundi, j'ai confirmé à Cristi Puiu que nous invitions son *Sieranevada* en compétition. « C'est un grand honneur pour moi ! » me répond-il. Après le Certain Regard, ça sera notre première fois ensemble sur les marches rouges, et c'est le premier film de l'édition 2016. Une œuvre extrêmement originale, un véritable film d'auteur, un cinéaste qui mérite d'être regardé comme l'un des grands de sa génération. Et nous, un bon signe d'avoir un tel film sélectionné avant Noël.

Dîner avec le cinéaste brésilien Walter Salles qui vient d'achever un documentaire sur le cinéaste chinois Jia Zhang-ke qui sort bientôt *Au-delà des montagnes*, présenté en compétition. De cette heureuse rencontre entre deux mondes qui est aussi le témoignage d'une belle abnégation d'un artiste envers l'un de ses collègues, apparaissent les enjeux de ce nouveau grand territoire de cinéma qu'est la Chine.

Jeudi 10 décembre

Chaque jour, *Le Monde* publie de déchirants portraits des morts du 13 novembre. Pas de discours, la vie, la mort, l'absence et rien d'autre.

Le soir, retour à Lyon, pour une double séance de films Lumière devant un demi-millier de personnes – la célébration des 120 ans continue, et nous avons décidé de la poursuivre à l'infini, il reste tant de films et de beautés photographiques à faire découvrir. Après le spectacle, nous projetons avec Gérard Pascal et Jean-Marc Lamotte la première « vue » du Cinématographe, *La Sortie des usines Lumière*, là où elle a été tournée, dans ce chemin Saint-Victor devenu rue du Premier-Film, en 35 mm, avec un appareil d'origine, devant des spectateurs émus qui applaudissent pendant les 50 secondes que dure le film. Les films Lumière sont la mémoire du monde et de chacun.

Vendredi 11 décembre

TGV de retour vers Paris, voiture 12, place 14, l'une de mes préférées. Empressement dans le petit matin lyonnais, alors que la brume d'hiver s'élève lentement au-dessus des eaux du Rhône. Un petit déjeuner de voyageur, les journaux achetés à la gare, la traversée de la France, voilà déjà de belles certitudes. J'écoute trois versions différentes de *Take the A Train* de Duke Ellington. Je fais ça quand je suis triste et en ce moment tout le monde est triste. Je retrouve quelques mots de Godard, puisés il y a longtemps dans une interview des *Cahiers* : « Par moment, on a besoin, non pas d'être dorloté sans arrêt, mais de vivre un peu moins dans la haine. » Je commence à relire mes notes – Olivier Nora, mon éditeur, veut faire le point à Noël.

Quentin Tarantino, en pleine promo mondiale des *Huit Salopards*, débarque au Grand Rex pour la grande première française. En 70 mm, comme il se doit, projection orchestrée par Richard Patry et ses équipiers normands. La sublime salle à la façade art déco dominant les Grands Boulevards est bourrée, orchestre et balcon prêts pour la grosse ambiance, Béatrice Wachsberger appelle un par un les invités sur scène : Kurt Russell, Tim Roth et le nouveau venu Walton Goggins qui joue brillamment le shérif Chris Mannix. Tarantino monte le dernier et fait le spectacle – il est tellement populaire. Parlant de la genèse du film, il confirme qu'il songeait d'abord à écrire la suite de *Django* puis qu'il a changé d'avis… à Lyon, l'année où il était là. « À Lyon où j'ai reçu le Prix Lumière ! » annonce-t-il fièrement. Et où il a laissé une trace ineffaçable.

On dîne chez Les Lyonnais (!). Guillermo del Toro, qui est à Paris, se joint à nous. Moment animé : en plus de Quentin qui est hors concours, Tim, Kurt et Guillermo sont de grands bavards (de grands conteurs d'histoires, et de grands cinéphiles) et Walton se révèle lui aussi ne pas avoir sa langue dans sa poche. La contagion Tarantino. On se reverra demain soir.

Samedi 12 décembre

Petit café à la Bastille pour une journée parisienne qui achève un retour qui m'a vite remis à l'endroit. À Lyon, on vient d'annoncer la troisième édition, pour fin janvier, de Sport, Littérature et Cinéma, on a envoyé le programme et ouvert les réservations. Raymond Poulidor sera de la partie avec le documentaire de Patrick Jeudy où l'on voit « l'éternel second » (mais homme intelligent, matois et résolu) taire son encombrante légende d'un magnifique : « Deuxième en course, premier à la banque ! » Nous exposerons également les photos de sport début de siècle de Jacques Henri Lartigue quand le monde, ou à tout le moins son propre monde, croyait aux après-midi à la plage, aux courses de vélo en famille et à l'élégance des courts de tennis. Le jet lag transatlantique ne m'atteint guère en général mais celui de Paris me tue : en ce moment, je me couche trop tard. Laurent est à l'Olympia et je le rejoins après ses spectacles. Je ne détaille pas tout dans ces pages et je fais cette découverte, à rédiger ce journal : je croyais me laisser aller au fil de la plume et retenir le cours des journées, les faits, les pensées, les rencontres, les films, les DVD, les chansons, style télégraphique, paragraphes, deux points, tiret à la ligne, une pensée sérieuse, une pensée idiote, deux blagues et voilà. Impossible, je dois éliminer, préférer, choisir.

L'après-midi, tirage au sort de l'Euro (pas le loto, le foot). Je me rends porte Maillot où, après m'être disputé avec un flic qui me parlait mal, j'assiste à un spectacle très élaboré qui met en scène le grand rendez-vous de juin prochain. Quelques ambassadeurs sont là : Basile Boli (pour Marseille), Grand Corps Malade (pour Saint-Denis) ou Daniel Bravo (pour Nice). Le tirage gâte Lyon qui accueillera quatre matches de poule intéressants (Belgique-Italie, Ukraine-Irlande du Nord, Roumanie-Albanie et Portugal-Hongrie), le 8e de finale où la France figurera si elle sort première de son groupe, et la demi-finale. La cérémonie est bon enfant, d'anciens joueurs procèdent au tirage des matches, dont le légendaire Antonín Panenka, l'homme qui a réinventé le tir du pénalty. David Guetta composera la chanson officielle et Anne Hidalgo, dont j'adore le tempérament et pas seulement parce qu'elle fut lyonnaise bien avant de devenir maire de Paris, se fait l'ambassadrice efficace et discrète de la candidature de sa ville aux Jeux olympiques. Les réjouissances se déroulent sans Michel Platini, suspendu, empêché, accusé, empêtré dans une affaire interne à la FIFA dont il brigue pourtant toujours la présidence. Signe que son image reste intacte : sa jeunesse ardente est longuement applaudie lorsqu'il apparaît en habit de parade sur le grand écran et que crépitent quelques secondes du grand feu qu'il avait allumé pendant l'Euro 1984.

Le soir, on se retrouve à dîner avec Tarantino et Rissient que Quentin aime beaucoup. Bertrand n'a pu se joindre à nous, il se repose dans le Sud avec Sarah. Cette semaine, il a projeté à ses deux coproducteurs Pathé et Gaumont un premier montage de ce qui va s'appeler *Voyage à travers le cinéma français*, en référence explicite au travail de Scorsese et Michael Wilson. « Un ours à peu près léché, dit-il. Mais on n'a pas terminé et on est déjà à plus de trois heures ! Je ne vois pas comment faire plus court et j'ai le reste qui arrive. J'ai traité Renoir, Becker et Carné et aussi Maurice Jaubert, Edmond T. Gréville et Eddie Constantine. On va finir avec deux films de trois heures. Personne ne voudra voir ça ! » Un cinéaste dans le doute est un homme dans le vrai.

Quentin est heureux de l'accueil que le Grand Rex a fait à son film. Et Rissient lui met une bonne couche de compliments, en particulier sur les qualités du montage. Tarantino est conscient qu'il livre un objet difficile, exigeant, complexe et pas aimable au premier abord. Mais il connaît son histoire et n'ignore rien des embûches d'une carrière d'auteur aux États-Unis et les films que, quoi qu'il arrive, un cinéaste doit faire. Je ne connais personne qui respecte plus son propre travail que lui. Mêmes ses interventions publiques, il les travaille, comme lorsqu'il avait prononcé, à l'ouverture du festival Lumière 2013, un extraordinaire éloge de Jean-Paul Belmondo, demandé à la dernière minute et qui se terminait ainsi : « Ce nom, Bel-mon-do [en appuyant sur chaque syllabe], ça n'est pas le nom d'une star de cinéma, ça n'est pas le nom d'un homme. Bel-mon-do, c'est un VERBE ! »

L'existence de l'homme Tarantino ne se sépare pas de sa biographie artistique et il n'hésite pas à prédire le déroulé d'une carrière qui se révèle plus passionnante à chaque film. Je n'avais pas été séduit par certains aspects de *Reservoir Dogs* (trop de violence, un humour au bord de l'arrogance, etc.), je n'étais pas prêt, je méconnaissais juste son désir profond de renouveler les choses et ne percevais pas cette généalogie esthétique dans laquelle il inscrivait sa carrière. Un jour, alors que *Pulp Fiction* avait mis tout le monde d'accord et moi le premier, j'ai revu le film et, avec ceux qu'il a donnés depuis, je lui fais une confiance totale. Sa cinéphilie est toujours en mouvement et si on lui connaît quelques marottes, il reste un imprévisible défricheur. Récemment, il était en plein visionnage de tous les films sortis… en 1970. « J'ai pris une année, et je me suis tout tapé, les films américains, les films français, japonais, italiens. » Ça a l'air simple et facile, comme ça, on meurt tous d'envie de faire la même chose, mais lui, il passe à l'acte. Il prend des notes aussi, il m'a montré ses carnets et me parle depuis toujours d'un livre à venir. Si le style inimitable de sa conversation se double de son équivalent littéraire, ça fera du bruit.

Le dîner est très agréable, Quentin fait honneur à la cuisine et il est devenu en quelques années un très bon amateur de vin, lui le Californien buveur de coca. Mais un moment de frayeur vient troubler la fin du repas : Pierre prend soudainement un coup de fatigue. D'un coup, il s'affaisse contre le mur, se tient absent, yeux dans le vide, sans réaction, comme s'il était en train de partir et, ai-je pensé un court instant, de mourir. Quentin, assis en face de lui, s'en aperçoit le premier et lui prend la main, comme pour le réchauffer, en me jetant des regards de détresse. Au bout de quelques minutes interminables, Pierre retrouve soudainement ses esprits et nous les nôtres, bouleversés de l'avoir vu comme ça et soulagés d'avoir évité le pire.

Dimanche 13 décembre

À l'aurore, le TGV traverse une France sans neige. Hier soir, à Berlin, avaient lieu les European Film Awards, première étape d'une saison des prix qui se terminera fin février avec les Oscars : les films de Cannes étaient bien représentés dans les nominations. Outre *Youth*, *Amy* et *The Lobster* qui ont gagné dans leurs catégories, et *Mustang* dans la sienne et dont la réputation grandit, on trouve l'islandais *Béliers*, le suédois *Snow Therapy* ou le hongrois *White God*, lauréats du Certain Regard ces deux dernières années, ou le superbe *Leviathan* d'Andrey Zvyagintsev, aligné en compétition en 2014. Bons résultats, donc. Ce genre de choses compte.

Deuxième tour des régionales : je vote encore à Vénissieux, dans l'un des bureaux de la ZUP des Minguettes, à l'école primaire Louis Pergaud où j'emmenais ma petite sœur Macha. Même en coup de vent, me trouver sur les chemins de mon enfance me retourne le cœur. Le candidat des Républicains Christian Estrosi est élu en PACA et Laurent Wauquiez dans la nouvelle région Auvergne-Rhône-Alpes. Le balancier gauche-droite repart en sens inverse. On pourrait titrer comme *Charlie* (ils le firent pour la droite) : « À gauche, la machine à perdre est réparée. »

Lundi 14 décembre

Chamonix. L'hôtel Albert 1er accueille l'Institut Lumière dans le chalet où séjourna Clint Eastwood en octobre 2009 lorsque après Lyon où il reçut le premier Prix Lumière, il vint tourner ici les premières scènes de *Au-delà* avec Cécile de France. Nous nous retrouvons là, tous les deux ou trois ans, pour un séminaire de deux jours, et pour prendre un peu d'hiver avant l'hiver.

Après un copieux petit déjeuner, nous évoquons la célébration des 120 ans de la naissance du Cinématographe, à quelques jours du « 28 décembre ». Le patrimoine Lumière est depuis toujours au cœur de mes préoccupations – on aura compris que c'est pour cette raison que je n'ai jamais voulu quitter Lyon. Des cinémathèques, des institutions culturelles cinématographiques, il y en a de nombreuses et de plus somptueuses que nous. Mais une « rue du Premier-Film », il n'y en a qu'une au monde. Il faut en prendre soin. À la naissance de l'Institut Lumière, en

1982-1983, dans ce quartier où est né le cinéma, il n'y avait rien, juste un château sans mémoire et un vieux hangar battu par les vents, seul vestige d'une usine remplacée par un terrain vague. Tout était devant nous : bâtir une institution, un musée, une image, une programmation, un public. Dire au monde, et aux cinéastes, qu'il y a sur terre un lieu où l'on a accompli le geste originel de « faire un film ». Peu à peu, nous avons reçu des cinéastes : Marcel Carné, Elia Kazan, Joseph Mankiewicz, Jerry Schatzberg, etc. André de Toth l'appelait la Bethléem du cinéma, il voulait qu'on répande ses cendres à trois endroits sur terre : Budapest où il était né, Los Angeles où il avait vécu et le jardin du château Lumière dont il aimait les grands arbres et les fantômes d'Auguste et Louis.

Après le centenaire de 1995, nous avons ouvert en 1998 une salle de cinéma dans le Hangar Lumière avec une idée simple : par là où les premiers « acteurs » ont été filmés en sortant de l'usine, les spectateurs d'aujourd'hui retournent au cinéma.

Depuis deux ans, nous avons repris l'exploitation des films Lumière, en accord avec le CNC et la famille, grâce à l'inlassable soutien de Max Lefrancq-Lumière et Jacques Trarieux-Lumière, et on n'aura pas traîné : exposition internationale au Grand Palais, restauration de 120 films Lumière en 4K, célébration du 19 mars, jour anniversaire du premier tour de manivelle, et travail pédagogique fait par Fabrice Calzettoni et ses équipes.

À partir de 2016, l'exposition « Lumière ! Le cinéma inventé » ira peut-être à Bologne et plus tard à Buenos Aires, Évian, Lyon, au tout nouveau Musée des Confluences, et peut-être d'autres villes encore. On aimerait sortir le film *Lumière !* en salles, Peter Becker et Fumiko Takagi voudraient l'éditer chez Criterion, la Pléiade US du DVD. Le spectacle Lumière sera en tournée permanente, comme les opérateurs du Cinématographe, ces jeunes Lyonnais que Louis Lumière recruta pour les envoyer à travers le monde. Il sera alors temps de sortir une deuxième série de films Lumière. Puis un troisième, un quatrième, etc. Nous avons de quoi faire.

Une séance de débats et de discussions agrémentée d'une promenade sous le mont Blanc dans le froid qui vient. Ce fut une belle journée passée à rêver le futur de l'Institut Lumière. Travailler en équipe est la plus belle chose qui soit. Après une fondue dans le décor paysan et chaleureux de la Calèche, dans la rue centrale de Chamonix, chacun rejoint sa chambre. On remet ça demain. Toute la journée, je me suis rendu compte que la question Pathé me laisse sans repos, comme le tourment d'en cacher l'importance à des collaborateurs à qui je parle d'un avenir qui ne sera peut-être plus le mien.

Mardi 15 décembre

Je voulais me lever de bon matin pour faire une promenade au pied des Grandes Jorasses, mais après une nuit difficile, j'ai dû reconnaître mon échec. Deux échecs, même : ne pas l'avoir fait, partir tôt pour marcher, et avoir tenté de me persuader moi-même que j'y parviendrais. Ce genre de résolution est toujours calamiteux. À Paris, quoi qu'il arrive, je grimpe sur mon vélo et roule vingt-cinq minutes. Du coup, je suis resté dans la chambre avant le petit déjeuner, j'ai rattrapé mes mails, réglé deux ou trois choses à venir, remercié José Covo, le patron de la Fox, qui me permet de voir le film d'Iñárritu à mon retour. Repris ce journal, aussi, que l'intensité des jours m'oblige à délaisser.

On ouvre la journée en parlant de la Cinémathèque française, et de Frédéric Bonnaud, finalement nommé directeur par Costa-Gavras. Issu des médias, il aura du pain sur la planche mais son originalité et sa gentillesse profonde (sauf quand il était féroce critique, à *Libé*, aux *Inrocks*) feront merveille dans un milieu où les gens se toisent facilement. Comme il est un enfant de la Cinémathèque – il y a fait ses premiers pas avant de basculer dans la presse –, il trouvera vite sa place pour maintenir celle de la vieille maison. Mais là où Serge Toubiana devait lui restituer image, activité et public (ce qu'il fit parfaitement), Fred devra lui inventer un avenir. À l'heure du numérique, les enjeux ne sont plus les mêmes et les cinémathèques doivent reconsidérer leur objet, leur raison d'être et leurs manières de faire. Inventer de nouveaux programmes, revenir à des missions d'éducation, produire du public, de l'événement et de l'Histoire et continuer à *préserver* quand elles ne sont plus les seules à *montrer*. Les grandes batailles du passé sont gagnées : le cinéma classique est partout. Mais parce qu'il est partout, les cinémathèques devront trouver une place renouvelée dans les cœurs et les esprits. Sinon, leur victoire sera leur défaite.

Dans la contemplation du mont Blanc, je ne perds pas Cannes des yeux. Il y a quelques jours, Alexandre Mallet-Guy, le distributeur de Memento, un type capable de rassembler un million de spectateurs pour des films iraniens (« Mais comment vous réussissez ça, en France ? » m'avait demandé Nanni Moretti), a annoncé la sortie de *Ma Loute*, le prochain film de Bruno Dumont, le mercredi 11 mai 2016, soit… le jour de l'ouverture du Festival ! Ce qui veut dire : 1) il est content du film, 2) il veut aller à Cannes, 3) si jamais on ne le prend pas, il n'a aucun doute que la Quinzaine des réalisateurs le montrera. Donc, il peut communiquer sur une sortie pendant Cannes. Et donc 4) un film de Bruno Dumont, chouchou de la presse, avec un gros cast : la pression est sur nous.

Sauf que non, aucune pression : 1) s'ils poussent, c'est que le film est réussi, ce qui est une bonne nouvelle, 2) c'est en effet un casting de gala : Fabrice Luchini (extrêmement rare à Cannes), Juliette Binoche et Valeria Bruni Tedeschi, 3) même si le film est annoncé comme une comédie grand public dans la ligne de *P'tit Quinquin*, je ne suis pas sûr que ça légitime totalement un tel positionnement, ça reste un film de l'auteur de *L'Humanité* et *Flandres*. Mais un premier candidat à l'ouverture, ce n'est pas du luxe. Quelqu'un me dit : « Ils veulent t'obliger à te positionner, tu devrais refuser de le voir, juste pour faire preuve d'autorité. » Mais j'aime bien quand on me met la pression avec des projets excitants comme ça. Et je n'ai aucune envie de faire preuve d'autorité envers des gens qui veulent venir à Cannes. Les bagarres viendront bien assez tôt.

Mercredi 16 décembre

Suis rentré de Chamonix en fin de matinée. Après-midi au bureau puis, comme chaque semaine, je retrouve Pierre Lescure à dîner chez Sardegna a Tavola. Hors de sa conversation sur l'actualité dont je ne me lasse pas, trois sujets à aborder : le président du jury, le film d'ouverture, l'affiche. Ce sont les premières annonces que le Festival fait habituellement en janvier-février et on s'en approche. L'idéal étant cet ordre-là mais on ne va pas faire les difficiles.

L'affiche est entre nos mains, on vient de recevoir quelques projets ; le film d'ouverture : ça ne dépend pas de nous, mais j'ai comme principe de ne pas m'en inquiéter outre mesure. Au plus tard mi-avril, nous trouverons un film de la compétition qui pourra prétendre à l'ouverture, et l'expérience de *La Tête haute* nous rassure ; le président du jury : il faut qu'on accélère car tout le monde en attend l'annonce pour bientôt – les radios du matin aiment commencer l'année avec ce type d'actualité. Et nous aussi, on aime bien que Cannes donne de ses nouvelles aux premiers jours de janvier.

Le choix du président devient plus ardu avec le temps, et il suffit de consulter la liste étincelante de ceux qui ont accepté la charge ces dernières années pour comprendre la difficulté de la tâche : Quentin Tarantino (2004), Emir Kusturica (2005), Wong Kar-wai (2006), Stephen Frears (2007), Sean Penn (2008), Isabelle Huppert (2009), Tim Burton (2010), Robert De Niro (2011), Nanni Moretti (2012), Steven Spielberg (2013), Jane Campion (2014) et les Coen l'année dernière. À ce rythme-là, et si on se prive volontairement des Américains, les prétendants de ce niveau sont rares. Alfonso Cuarón, Zhang Yimou et quelques autres ont récemment occupé la fonction à Venise ou Berlin. J'ai sondé discrètement François Samuelson au sujet de Michael Haneke dont il est l'agent. Michael tourne l'été prochain donc est libre aux dates de Cannes mais veut rester concentré sur son film. « Je ne sais pas faire deux choses à la fois ! » a-t-il dit. OK, OK. Nous faudra-t-il réfléchir à quelqu'un qui n'est pas du cinéma, un écrivain, un photographe, un chanteur. Mick Jagger ? C'est un familier du Festival, il vient souvent et se glisse discrètement dans la salle pour voir des films (Ringo Starr aussi, pour tout dire, et David Bowie avait émis le désir d'être dans le jury). Avec Pierre, on trouve que tout cela serait parfait mais on se dit que notre amour pour le rock nous égare, que non, ça n'irait pas, Mick Jagger, sauf en rêve.

À la fin du dîner, alors que nous évoquons quelques noms supplémentaires et que nous essayons de résister au limoncello de Tonino, nous parlons de George Miller et de l'extraordinaire destin de *Mad Max Fury Road* qui aura eu tous les honneurs, ceux de la critique comme du grand public. Soudainement, l'évidence surgit : George Miller, président du jury, ça aurait aussi beaucoup d'allure.

Jeudi 17 décembre

C'est aujourd'hui la sortie de *Star Wars Episode VII : Le Réveil de la force*. Dès la séance de 9 heures à l'UGC des Halles, qui dit chaque mercredi matin la vérité du box-office français, le film de J.J. Abrams bat tous les records. Il en ira ainsi partout dans le monde, comme depuis le premier épisode. Ça me rappelle cette histoire formidable qu'on trouve dans le documentaire *Easy Riders, Raging Bulls* que sortit Manuel Chiche : on est au début 1977, George Lucas a terminé son nouveau film, une histoire de science-fiction qu'il a baptisée *Star Wars*. Par parenthèse, il me semble me souvenir que George m'avait confié en avoir signé le contrat de production au Carlton à Cannes, et c'est ainsi que même devenu milliardaire, il préférait, par superstition, descendre dans cet hôtel plutôt que dans quelques endroits très luxueux qui entourent la baie de Cannes. Bref, comme de tradition, mais conscient que c'est un objet inhabituel, Lucas commence à montrer un premier montage du film et en particulier à ses copains cinéastes – ça fonctionnait en bande, à cette époque. Il y a là Coppola qui est le grand aîné, Spielberg le jeune prodige, Scorsese le New-Yorkais, De Palma le bad boy et quelques autres. À la fin de la projection, gros silence. Puis Brian De Palma prend la parole : « Dis George, c'est quoi, ces conneries, que la force soit avec toi et tout le reste ? » À ce moment-là, le jeune Spielberg, encore auréolé du succès des *Dents de la mer* (et en plein montage de *Rencontres du troisième type*) se lève et dit : « Hum, il peut marcher, ton film, George ! »

Déjeuner avec les deux patrons du *Monde*, Louis Dreyfus et Jérôme Fenoglio, le tout nouveau directeur de la rédaction. Il est cinéphile, lecteur des *Cahiers* époque Daney-Toubiana mais ne dédaigne pas Sautet. Il veut, avec Louis, tenter de renouer le fil et l'esprit d'un partenariat qui aura été malmené cette année. Je leur dis que notre irritation s'est apaisée et ils me disent que Cannes compte pour *Le Monde*. Au moins n'avons-nous pas besoin de nous répéter qu'un partenariat n'implique aucune soumission mutuelle et encore moins une exigence venue du Festival d'obtenir un traitement de faveur.

Retour à Lyon le soir pour l'inauguration au musée Miniature et Cinéma d'une exposition dont je suis le parrain. Réunies par Dan Ohlmann, lui-même miniaturiste de grand talent (et Ardéchois d'origine, comme son nom ne l'indique pas), les maquettes des décors des films de Wes Anderson (*The Grand Budapest Hotel*, *Fantastic Mr. Fox* ou *Moonrise Kingdom* qui fit l'ouverture de Cannes) rendent hommage non seulement à la créativité de Wes mais aussi à ces génies que sont Jeremy Dawson ou Simon Weiss, ses *set directors*. Et à écouter les grands décorateurs (dont on parle moins que les chefs opérateurs, les scénaristes ou les musiciens), on se dit que le cinéma est un magnifique sport d'équipe.

Vendredi 18 décembre

Message déposé dans la nuit par Xavier Dolan, toujours juré mais à nouveau cinéaste : « Salut Thierry. Comment vas-tu ? Ça fait longtemps. Tout a passé vite depuis mai. Quelle magnifique expérience, qui grandit et se dépose dans ma mémoire. Je suis à Los Angeles, à finir le montage de mon film. J'espère pouvoir te montrer quelque chose dès le début de l'année. Dis-moi si tu comptes venir à Montréal. Ce serait bête que je sois je ne sais où pendant que tu affrontes les calamités de l'hiver québécois. Enfin, petites calamités cette année, tu peux laisser ta Canada Goose à Lyon. Xavier »

Je fais un point avec Christian sur les films américains… que nous ne verrons pas, histoire de cesser définitivement d'en rêver : James Cameron, par exemple, loin d'être prêt : il annonce quatre suites d'*Avatar*, dont la première ne sortira pas avant 2018. Pareil pour *Live by Night* de Ben Affleck, pas commencé – un bon metteur en scène, Affleck, et du bon sang dans les veines : son frère Casey est un extraordinaire artiste. *Batman contre Superman* de Zack Snyder, qui peut être excitant, sort avant Cannes. Ang Lee serait au travail sur un film avec Kristen Stewart (qu'on verra potentiellement dans deux autres films : celui de Woody et celui d'Assayas) mais qui ne sortirait que fin 2016. Et dans le cas contraire, il m'aurait fait signe.

J'ai déjà parlé de *La La Land* de Damien Chazelle, que nous espérions voir : mauvaise nouvelle, les gens de SND qui le distribuent en France n'ont aucun espoir qu'il soit prêt pour Cannes. En revanche, Denis Villeneuve dont on vient d'accueillir *Sicario*, l'un des films les plus sous-estimés de la compétition 2015, terminerait *Story of Your Life*. Ça, ça peut être prêt. Mais rien de sûr, of course, comme le *War Machine* de David Michôd, présenté comme « un *M*A*S*H* en Afghanistan » – intention formidable, si tant est que l'époque est encore capable de se prêter au rire et à la moquerie sur de tels sujets. Le film d'Altman était un objet de la plus haute subversion comique en 1970, à le revoir aujourd'hui, on se demande même comment un studio (en l'occurrence la Fox) a pu produire ça dans l'Amérique de Nixon.

Deux remakes sont dans l'air : un *Ben-Hur* par Timur Bekmambetov (qui ne comble pas totalement ce qu'il promettait) et un *Sept Mercenaires* qui est annoncé comme remake des *Sept Mercenaires*, qui est comme on le sait un remake des *Sept Samouraïs*, mais c'est à partir des remakes qu'on fait des remakes, aujourd'hui.

Ce sont là les films repérés et repérables, gros poissons qui fonceront bientôt dans les filets du cinéma mondial. Mais sans doute pas les nôtres. Je ne parle même pas des blockbusters dont l'estampille cannoise amoindrirait l'image auprès du public mondial et auxquels elle ferait perdre des entrées. Comme dit Clint Eastwood : avec le budget de certains de ces films, l'Amérique pourrait envahir un pays. Et même quand ils sont réussis, si leur sortie n'est pas fixée en mai ou juin, il y a peu de chance que des films à gros budgets et larges publics modifient leur calendrier pour aller à Cannes et prendre le risque d'aller s'y faire déchiqueter.

Samedi 19 décembre

La cave à vin est presque terminée. Je ne suis pas spécialement érudit mais j'ai un goût sûr et je sais reconnaître, à l'étiquette, certaines bonnes choses. L'un de mes vins préférés est portugais. Il est produit au sud du pays, dans l'Alentejo et s'appelle Incognito – peut-être parce qu'il est rare. Nous l'avions découvert ensemble avec Jim Harrison. Quand arrive la fin de l'année, ce genre de souvenir vous revient. Me voilà de retour à la campagne où je m'installe pour deux semaines – je travaillerai d'ici. La pluie, des bûches à couper, un arbre tombé, la prairie verte qui monte vers le brouillard, tout cela me met d'excellente humeur, comme de voir ces jeunes chênes verts sauvés l'automne dernier et auxquels la lumière retrouvée redonnera la force de s'élancer au printemps. Je termine de revoir les Naruse : *Le Repas* s'ouvre par une citation formidable, et formidablement japonaise, de Hayashi Fumiko : « J'aime à la folie l'être humain / Et sa vaine agitation dans l'immensité de l'univers ».

Dimanche 20 décembre

Concernant l'affiche, on sait avec Pierre que poursuivre l'évocation photographique de grandes stars est une impasse. Nous avons besoin de sensations nouvelles. Gisela Blanc, de l'agence Bronx, auteur de l'affiche de 2012 avec Marilyn Monroe, a déniché de sublimes photos du tournage de *Pierrot le fou* avec Jean-Paul Belmondo et Anna Karina, costume bleu ciel et robe rouge dansant dans l'île de Porquerolles, au cœur de cette Méditerranée que nous voudrions mettre en valeur. Hervé a proposé aussi une image étonnante du *Mépris*. Deux films de Godard, décidément. Choisir une affiche est un long processus. Avec Pierre, nous solliciterons tout le monde, chaque avis compte. Il nous faudra notre projet définitif en janvier.

Coup de fil de Rissient : « Rien de spécial, j'appelle pour bavarder un peu. Tu sais qu'il y a moins de bons films qu'avant.

Tu le sais, ça ? Les gens calculent trop et à Hollywood, il y a trop d'intermédiaires, trop d'influences. Ils font des films pour les festivals ou pour les entrées. Ils ne décident plus de simplement "faire des films". Autrefois, les cinéastes avaient un rapport à la vie aventureuse, soit qu'ils la menaient, soit qu'ils l'avaient menée. Stroheim, tu imagines d'où il arrivait ? Maintenant, tout paraît académique. En France, pareil. Bon, *La Guerre des étoiles* casse tout, mais ça a toujours existé, ce type de films, et plein de gens aiment ça. Dans leur catégorie, ils délivrent ce qu'ils doivent. La presse ne sait plus comment faire pour exister, entre trop de journalistes qui racontent n'importe quoi et leurs patrons qui veulent courir après le succès et n'ont aucun goût. Le rôle des critiques s'est enfui, leurs servitudes diverses les empêchent d'être libres. Une grande partie ne travaille pas, ne lit plus, certains sont très doués pourtant et leur conversation est souvent plus passionnante que ce qu'ils écrivent. D'autres ont leur petite histoire des *Cahiers* officielle sous le bras et pensent que ça suffit. On ne s'amuse pas beaucoup, en plus. Bon, j'appelais juste comme ça. Je voulais te dire aussi que j'ai été bouleversé hier par le film syndicaliste de Roger Vailland et Louis Daquin qui s'appelle *La Grande Lutte des mineurs*. Tu devrais t'y intéresser pour Cannes Classics. Que fais-tu pour les fêtes ? »

Lundi 21 décembre

Composer un jury n'est pas une affaire qu'on improvise. Pourtant, Cannes reste une aventure sans cesse renouvelée où le hasard, la chance, l'amitié, l'affection, les coïncidences et les intuitions et même l'improvisation jouent une grande place. C'est peut-être mieux ainsi. Tout prévoir des mois à l'avance conduit à tout figer, je ne suis guère partisan de la méthode consistant à avant tout se rassurer soi-même.

En 2014 ou 2013, ou même les années d'avant, nous n'avions pas de président confirmé à ce jour. Tout va bien, donc. En consultant l'histoire du jury (comme quoi, ça me tracasse tout de même), je découvre une chose extraordinaire. À l'exception de Maurice Lehmann, en 1956, mais qui était moins un homme de cinéma que de théâtre, le Festival n'a sollicité, de 1946 à 1963, soit en quasiment vingt ans, que des Français, et uniquement des écrivains : Georges Huisman (les trois premières années), puis André Maurois, Maurice Genevois, Jean Cocteau (certes, le prince des poètes réalisait aussi des films), Marcel Pagnol, André Maurois (une deuxième fois), puis Marcel Achard (deux fois), Jean Giono (qui fut également un merveilleux cinéaste), Tetsuro Furukaki (un ambassadeur japonais quasi français, écrivain, poète) et Armand Salacrou, en 1963.

L'année suivante, le premier président-cinéaste fut Fritz Lang. Beau début pour, ensuite, une belle lignée de cinéastes. Bandeau sur l'œil (droit), Lang avait 73 ans, était apparu dans *Le Mépris* l'année précédente et ne ferait plus de films – le savait-il ? À partir de là, des gens de cinéma furent choisis, avec les notables exceptions d'André Chamson (en 1968), Miguel Angel Asturias (en 1970), Tennessee Williams (en 1976), Françoise Sagan (en 1979) et de William Styron (en 1983), qui succéda à un homme de théâtre, Giogio Strehler. Aucun écrivain n'a plus jamais été président du jury depuis longtemps. Voilà pourquoi Régis Debray me chambrait, il y a deux mois, lors du dîner du Passage avec Costa : selon lui, la part des écrivains s'est trop amoindrie. Je reprends son *Candide à sa fenêtre*, que je lis en ce moment : « La composition du jury confirme que le passage de la dominante littéraire à la dominante "image" a bien eu lieu aux alentours de 68. Jusque-là, tous les présidents du jury de la Palme d'or étaient rituellement des écrivains (locaux de surcroît). » Bon, jusqu'en 1963, pas 1968, mais la tendance observée est juste. « Pas de quoi affriander le *Los Angeles Times* ni inciter Brad Pitt et Angelina Jolie à prendre l'avion. » Là, Régis saute trois décennies mais en grand écrivain qu'il est, ajoute : « Cela fait des siècles que la beauté et l'argent s'attirent l'une l'autre, mais Cannes a cette vertu de donner à l'immémorial champ magnétique l'éclat d'un rêve ultramoderne à la portée du téléobjectif. »

L'avantage d'avoir un écrivain comme président du jury, c'est qu'il... écrit. Le journal de Jean Cocteau, *Le Passé défini*, publié par Gallimard et que j'ai acheté il y a quelques années chez le bouquiniste lyonnais Diogène, est précieux en général et il l'est aussi pour la mémoire de Cannes tant Cocteau fut attaché à la Côte d'Azur et au Festival. C'est fou comme, à le lire, on a l'impression que rien n'a changé d'une humeur générale qui oscille entre l'exaltation et la dépression, comme si le Festival depuis toujours empêchait ceux qui en sont les invités d'en jouir totalement. Qu'on en juge : on est en avril-mai 1953 et chose curieuse, les membres du jury voient les films avant le début du festival, puis les revoient avec le public.

« *8 avril 1953*. Drôle de jury. Chauvet doit expliquer les films (qu'il comprend mal) à [Charles] Spaak qui ne les comprend pas. Hier, comme nous sortions du film américain, Maurois arrivait pour conférencer dans la grande salle assez froide, escorté d'une cinquantaine de personnes qui formaient son maigre public.

10 avril. Je sais maintenant par expérience comment un jury procède et rejette la beauté accidentelle si quelqu'un n'est pas là pour l'influencer et pour le secouer. Voir de très mauvais films rend malade. On en sort diminué, honteux.

11 avril. Que fais-je dans ce festival ? Je me le demande. C'est aussi peu ma place que possible. (...) Peu à peu nous apprenons à nous connaître. Par exemple Spaak qui jouait les lourdauds se prouve très clairvoyant, et si certaine féerie lui échappe, c'est qu'elle n'est pas assez puissante pour le convaincre. Il était dégoûté par le sentimentalisme grotesque de l'*Hélène Boucher*, par la vulgarité du dialogue, alors que Lang que je croyais plus fin s'y est laissé prendre.

Je redoute la séance de ce soir. On nous montre le film de Clouzot, *Le Salaire de la peur*, qui se déroule à mille lieues au-dessus des autres œuvres de la course aux prix. Mais, outre que mes collègues ne semblent pas goûter beaucoup l'équilibre et la force, il y en a parmi nous que mon désir de primer ce film indispose. Ils prendront le contre-pied systématiquement (Lang).

(…) Comme de juste quelques membres de notre jury aiment mieux *Blanche-Neige* que *Peter Pan*. Les nains et les champignons ne furent pas pour leur déplaire.

Le triste est de se brouiller avec des nations sans raison valable. Un véritable Autrichien ne peut pas approuver la farce autrichienne, mais les Autrichiens du Festival y comptent et préparent de grandes fêtes où nous serons gênés, notre opinion étant faite et unanime. Gêne aussi vis-à-vis de l'Angleterre qui méprise ses bons films (comme les Italiens) et nous envoie une barbe sinistre, ce qui étonne de Graham Greene après des films comme *Le Rocher de Brighton* et le gosse (j'ai oublié le titre).

(…) Il résulte de ce festival que je constate (et il le faut) combien toute la beauté véritable ne se montre qu'à très peu de personnes dont pas une n'habite Cannes. Combien, dans le monde, on ignore l'audace et les secrets de beauté. Combien le cinématographe est entre les mains de pignoufs sans le moindre contact avec les pointes de l'époque. Ce qui fait le prestige des *Rapaces*, du *Sang d'un poète*, de *L'Âge d'or*, des *Enfants terribles*, d'*Orphée* leur demeure lettre morte. Ils aiment les films astiqués à la peau de chamois, le technicolor tendre, les problèmes superficiels, les acteurs agréables.

Difficulté des places. Nous devons avoir toujours la même place. J'ai choisi la mienne, un dix-sept au bord d'une traversée de balcon. Mais si je manque des films déjà vus on dira que ma place était vide, même si je la passe à une personne désireuse d'assister au film (ce que je ne ferai pas, puisque je manquerai seulement les films médiocres). Ce qui signifiera que ces films sont condamnés d'avance.

14 avril. Je compte proposer ce matin un palmarès idéal (à mes yeux) en tenant compte de tout ce que j'ai entendu dire aux uns et aux autres. Je demanderai qu'on discute sur la base de ce palmarès. [Philippe] Erlanger me propose un prix Jean-Cocteau qu'on donnerait à l'Amérique, assez mal servie.

16 avril. Le film de Clouzot était comme un bélier qui enfonce le mur et ouvre une brèche pour les séances. Grosse impression. Picasso ne trouve pas ses places. Je lui donne la mienne et Erlanger donne la sienne à Françoise. Nous nous installons aux places de secours. Après *Le Salaire*, souper aux Ambassadeurs. Très luxueux et très ennuyeux. Je quitte avant la fin, avec Arletty ma voisine.

20 avril. Film mexicain nul (*Les Trois Femmes*). L'après-midi, le film de Dréville, *Horizons sans fin* (*Hélène Boucher*). Meilleur public que le soir. Dréville avait placé des claqueurs qui ne savaient pas au juste où applaudir. Ils ont applaudi un looping d'appareil. Succès. Fleurs. Embrassades. Foule à la sortie. La vulgarité plaît.

23 avril. Surprise du festival : le court métrage *Crin blanc*. C'est le seul film qui mérite le voyage et nos fatigues. Le film espagnol, *Bonjour M. Marshall*, reste charmant. Chaque fois qu'on moquait l'Amérique la salle applaudissait.

1er mai. Dans l'ensemble, le Festival était une réussite. Le dernier soir, aux Ambassadeurs, toute la salle m'a jeté des œillets des tables. J'ai dit au micro que je souhaitais voir le Festival prendre son sens véritable : une rencontre des esprits et des cœurs. Après moi ont parlé Robinson et Gary Cooper. Hier, l'hôtel m'a présenté une note de suppléments de cinquante mille francs. Voilà comment la France paye les services qu'elle vous demande. »

Et il termine par une saillie d'une franchise désarmante : « J'avais accepté ce rôle pour obtenir les grands prix à Clouzot et à Charles Vanel. Pour les obtenir j'ai dû lâcher du lest. »

Mardi 22 décembre

Je m'éveille tôt pour voir le soleil se lever, au moment où son éclat efface les traces de givre du petit matin. Sean Penn m'a écrit dans la nuit : « J'ai terminé un premier montage du film il y a exactement cinq minutes et voulais te le dire. Hâte que tu le voies. Je n'en ai jamais autant bavé mais j'en suis fier. Charlize et Javier sont à couper le souffle. Joyeux Noël à toi. » Hier, longue conversation avec Pedro Almodóvar qui a tenté d'en savoir plus sur le président du jury, ce qui est bon signe : il a la compétition à l'esprit. Il ne m'a sans doute pas cru lorsque je lui dis que nul n'était encore désigné, même s'il sait que dans le cas contraire, je ne lui dirais pas. Le secret cannois est très respecté. À part ça, nous n'avons toujours pas de président du jury.

Après-midi avec Marie et notre Victor qui rentrera à l'hôpital Femme-Mère-Enfant de Bron pendant l'hiver pour une opération délicate de la colonne vertébrale. Le médecin est pédagogue, drôle et déjà proche de cet enfant qui visiblement se sent bien avec lui – immenses qualités de l'hôpital public français et de ces gens des Hospices civils de Lyon qui rassurent, expliquent et proposent, entre la technique la plus moderne et l'humanité jamais prise en défaut.

Dans l'immense hall où se croisent les familles rassemblées et les médecins qui le traversent au pas de charge, je bavarde au téléphone avec Michel Hazanavicius, qui s'est fait remarquer, après les attentats, en publiant sur son compte Facebook un texte politique et drôle, destiné aux « Daechois et Daechoises », un acte de saltimbanque où il résume tout d'une France qui se révoltera autant qu'elle continuera à tenter de comprendre. Avec ce morceau de bravoure : « En tuant comme ça, à l'aveugle, avec un objectif uniquement comptable, vous prenez le risque de tuer des Français de plus en plus représentatifs de la France. À la limite en ne tuant que des juifs, ou que des dessinateurs, les non juifs qui ne savent pas dessiner pouvaient toujours vous trouver des excuses ou se sentir étrangers à cette guerre, mais là ça va être de plus en plus dur. Parce qu'en atteignant un échantillon représentatif de la France, vous allez toucher à ce que nous sommes vraiment. »

Michel a tout connu de Cannes, l'envers et l'endroit, la gloire et le bannissement. Avec *The Artist*, il a marqué l'histoire du Festival avant d'aller secouer celle des Oscars ; avec *The Search*, il aura enduré, sur la Croisette et ailleurs, un accueil qui oscilla entre indifférence et rejet, et se consola à peine d'une séance de gala réparatrice car la sortie fut ensuite sanctionnée d'un gros échec au box-office. Deux ans après, il lui faut remonter en selle, repartir en écriture, retrouver sa place derrière la caméra. « J'ai deux propositions américaines mais ça prend tellement de temps que j'ai décidé d'écrire seul, sans attendre d'avoir un producteur. – C'est quoi ? – J'ai acheté les droits du livre de Anne Wiazemsky sur ses années Godard. Pour l'instant, j'avance et on verra bien. »

Le soir, dîner de travail et d'amitié avec Gian Luca Farinelli au Passage, où je ne suis pas revenu depuis le festival Lumière. Gian Luca me confirme vouloir accueillir l'exposition du Grand Palais à Bologne pour l'été 2016. L'aventure Lumière continue…

Mercredi 23 décembre

Ces jours de congés n'en sont pas vraiment : des dizaines de personnes à appeler pour réactiver les contacts, préparer l'hiver et vérifier que tel ou tel film sera prêt et nous sera montré. Christian a ses propres listes et nous les comparerons bientôt. J'ai quelques films à voir pendant les fêtes, certains en DVD ou Blu-ray, d'autres par lien internet. Ce dernier cas se présente de plus en plus souvent. C'est fou comme les pratiques ont changé : autrefois, une sélection, c'était des copies 35 mm en cabine à Paris ou des voyages à l'étranger pour voir les films sur place. Sont arrivées les VHS, puis les DVD, qui ont multiplié de façon étourdissante le nombre d'œuvres présentées. Un jour, les copies se sont raréfiées dans la cabine de la rue Amélie, au grand désespoir de Patrick Lami, notre projectionniste adoré. Sont alors apparus les DCP, les *Digital Cinema Package*, devenus aujourd'hui le standard des projections haute définition (celui qu'on retrouve en salles commerciales). Des petites boîtes à peine plus grandes qu'un Smartphone d'où sortent des films en scope et en couleurs, une qualité équivalente à celle des copies argentiques – Louis Lumière et Thomas Edison n'en reviendraient pas. Mais on nous envoie aussi très souvent un DVD test en quelques exemplaires que nous nous répartissons, ce qui permet de les voir à la maison. En février, quand la sélection battra son plein, chacun rentrera le soir et le week-end avec des dizaines de films à visionner et autant de notes à produire.

Longue conversation avec Alain Attal, l'un des producteurs les plus actifs de la place de Paris. Il nous présentera un premier film français sur la danseuse Loïe Fuller et *Pericle il Nero*, un film italien avec Riccardo Scamarcio qu'il a coproduit avec Valeria Golino et les Dardenne. « Et le film de Nicole Garcia ? – En cours, il sort à l'automne 2016. – Tu nous le montreras ? – Il a déjà été vendu partout. – Et alors ? – Pas sûr que la stratégie soit de passer par Cannes. – Tu nous le montreras quand même ? – Il faut que j'en parle avec Nicole et StudioCanal. – Et quoi d'autre ? – Rien pour toi. Nous démarrons les tournages du Canet et de Cédric Anger. Et de Gilles Lellouche, qui fera son premier film. – Tu traces ta route, quoi. – Oui, mais parfois, je me sens seul. J'aimerais avoir un partenaire, quelqu'un avec qui j'échangerais des balles. »

Jeudi 24 décembre

Je retrouve cinq cartes postales jadis accrochées sur le mur de mon bureau, quand j'étais étudiant : Coluche, dans la photo qui orna à sa disparition l'une des plus belles unes de *Libé*, Clint Eastwood et Paul Newman dans un cliché rare pris lorsqu'ils se rencontrèrent à l'improviste dans un motel de Tucson en 1972, une représentation de Henry Miller en vieil écrivain serein et narquois, les deux mains appuyées sur une canne et un exemplaire de *Sexus* sur les genoux, la photo de Sartre de Henri Cartier Bresson parce qu'à l'époque *La Nausée* était mon livre de chevet, et celle de Truffaut, sur un tournage, en manteau de cuir. Ces cartes postales sont ma jeunesse, je n'avais guère de quoi acheter des livres, elles étaient mes biens d'alors. Elles le sont toujours : je m'empresse de les accrocher dans mon nouveau bureau.

Vendredi 25 décembre

Noël, donc. Agapes heureuses d'une famille qui pointe désormais, des parents (Victor, Geneviève) aux enfants (mes frères et sœurs, deux filles, deux garçons avec moi), conjoints, petits-enfants et une arrière-petite-fille, à trente et une unités. De retour à la maison, langoureuse fin d'après-midi au feu de bois. Plus bon à grand-chose et plus d'appétit pour quinze jours. Je range les DVD accumulés en vrac au cours de l'automne. Mais ça donne des envies. J'ouvre le coffret de l'intégrale des films de Monteiro (et la belle voix off de *Souvenirs de la maison jaune*, une comédie « lusitanienne » : « Dans mon pays, on disait la maison jaune pour parler de la prison »), je jette un œil sur les David Lean anglais (*Les Grandes Espérances*, vu enfant, m'a marqué à jamais), et sur *McCabe and Mrs. Miller*, histoire de vérifier si les premières minutes du film d'Altman sont toujours aussi saisissantes. J'adore les débuts de films : un plan, un dialogue, un cri dans la nuit, une voix qui lit un texte, une musique, la typographie d'un générique donnent souvent le tempo de l'œuvre à venir. Essayez : l'ouverture de *En quatrième vitesse* d'Aldrich est extraordinaire (une femme paniquée court sur une route de nuit, seulement éclairée par les feux de voitures qui ne s'arrêtent pas), comme celle de *Faux Mouvement* de Wenders ou du *Juge et l'assassin* de Tavernier. *John McCabe* montre Warren Beatty arriver à cheval dans un village de montagne recouvert de neige, avec les lignes de générique qui se chassent l'une l'autre alors qu'on entend *The Stranger Song*, une chanson de Leonard Cohen au sujet d'un joueur de poker qui perd la main (« Tu as vu cet homme déjà / donner ses cartes avec son bras en or »). Chose curieuse, dans ce DVD édité par Warner, sur la VF qu'on trouve en piste 2, le morceau est interprété par Graeme Allwright, qui adaptait les chansons de Cohen et *L'Étranger* était un gros hit des années 70 et des colonies de vacances de notre enfance.

Mes voyages cannois me conduisirent à croiser furtivement la route de Robert Altman. Nous étions chez lui à New York avec Paul Thomas Anderson qui lui était très attaché (son *Inherent Vice*, grandiose bizarrerie sortie l'an dernier, est comme un petit frère de *The Long Goodbye*) et il nous projeta l'un de ses films. Nous partîmes ensuite dîner chez Elaine's, le restaurant qui ouvre *Manhattan* de Woody Allen – autre film doté d'un extraordinaire envoi, le *Rhapsody in Blue* de Gershwin, le texte en voix off de Woody (« Chapter one », « Chapter two »), le noir et blanc de Gordon Willis, New York sous la neige, etc. Altman tournait beaucoup : il est crédité dans les filmographies complètes de 89 films/documentaires/séries. Au sein de cette œuvre pléthorique, quelques chefs-d'œuvre. On ne parle plus beaucoup de lui mais il sortira de l'oubli car c'était un cinéaste immense – nous l'honorerons un de ces jours rue du Premier-Film. Le type qui a fait *Trois Femmes* ne devait jamais mourir mais il est parti discrètement alors qu'on le croyait immortel

– à vérifier ce matin, il avait pourtant plus de 80 ans. J'observe aussi qu'il a gagné les trois grands festivals : Palme d'or pour *M*A*S*H* en 1970, Ours d'or à Berlin pour *Buffalo Bill et les Indiens* en 1976 et Lion d'or à Venise pour *Short Cuts* en 1993. Il est mort en 2006, juste après avoir reçu un Oscar d'honneur de la communauté hollywoodienne. Et j'avais envie de lui consacrer quelques lignes.

Samedi 26 décembre

Mes pensées sont constamment tournées vers Pathé. Avec Jérôme Seydoux, nous nous sommes donné rendez-vous aux premiers jours de janvier pour parler de vive voix, en dehors des sms que nous échangeons depuis quelques jours. Je pense sérieusement à l'hypothèse. Nous en parlons avec Marie. Elle ne se mêle jamais des affaires du Festival et n'a jamais commenté un jury, un film, un article. Elle me dit juste : « J'aime beaucoup Jérôme et Sophie. Ils ne t'offrent pas un tel poste à la légère. Si tu acceptes d'en discuter sérieusement avec Jérôme, va jusqu'au bout. » Aujourd'hui, la tentation est grande. D'autant que Marie conclut : « Imagine : tu restes en poste jusqu'au soixante-dixième anniversaire, en 2017, puis tu quittes Cannes. Cela laisse du temps à tout le monde pour penser à la suite. Tu auras fait ton temps, tu ne te seras pas incrusté et tu pars avant qu'on se fatigue de toi. » Vu comme ça, évidemment…

Dimanche 27 décembre

C'est aujourd'hui l'anniversaire de ma mère, fille d'une Suisse de Berne et d'un Ardéchois de Lalouvesc. Née à Voiron et mariée à un garçon de Tullins, à dix kilomètres de distance – Geneviève et Victor sont toujours ensemble et vivent dans ce

Dauphiné qu'ils ont retrouvé après de nombreux voyages autour du monde. En fin d'après-midi, je décide d'aller faire un peu de vélo. Le temps est beau et le soleil a encore adouci des températures élevées pour la saison. « Dans la soirée, les hautes pressions feront le ménage dans le ciel », prédit un poète-météorologue. On annonce du grand beau jusqu'à la fin de l'année et à Cannes, les gens se baignent. C'est l'hiver et ce n'est pas l'hiver. Je voulais des aubes de neige et des terres froides, du gel, de la pluie, de la nuit. Je roule dans la plaine de l'Isère au milieu des noyers et des champs retournés. À bonne allure, ce qui me surprend. Comme les contreforts du Vercors narguent ma belle assurance, je bifurque et file vers Montaud et le col du Mortier qui permettait autrefois d'arriver en une vingtaine de kilomètres sur le plateau du Vercors et la station d'Autrans. En espérant du froid au sommet, en sachant que la route sera bloquée, et sûr que la fatigue m'obligera à faire demi-tour au bout de quelques kilomètres. Mais la montée me semble facile et, vers le haut, les forêts saupoudrées de neige m'encouragent à poursuivre. La fin du jour m'impressionne et m'envoûte. J'entends l'eau des torrents se frayer son passage dans la glace, je devine les blocs de neige se détacher soudainement de la pente. À mi-hauteur, je décide de filer vers le sommet. Au retour, alors que la nuit tombe, des pourcentages de 8 % en déclivité, les plaques de verglas sur le bitume gelé, le manque de visibilité et les yeux qui pleurent, tout frôle un danger bienvenu.

Lundi 28 décembre

Une dernière chose sur Lumière, et pas la moindre. Les arts, je veux dire la peinture, la danse, la musique, la sculpture, la poésie, l'architecture, pour parler des six premiers, nul ne sait quand ils sont nés et nul ne le saura jamais. Mais le septième, le cinéma, c'est à Lyon et à Paris. À Lyon, le 19 mars 1895 quand Louis Lumière posa son appareil devant les portes de l'usine et filma les ouvrières et les ouvriers ; et à Paris, le 22 mars et le 28 décembre, aujourd'hui, donc lorsqu'il présenta cette « vue » devant ses collègues scientifiques de la Société d'encouragement pour l'industrie nationale, boulevard Saint-Germain, puis au public.

De juin à août, Louis a perfectionné l'usage de son Cinématographe en tournant d'autres sujets à Lyon et à La Ciotat, qu'il projette ensuite à ses proches pour s'amuser. Ça commence à ressembler à quelque chose, ces séances qui épatent et impressionnent les gens. À la fin de l'été 1895, il s'interroge. Ses idées, comme celles de son frère Auguste, ne sont pas encore tout à fait arrêtées sur la suite : faut-il le rendre public ? N'est-il pas préférable de le cantonner au domaine scientifique ? Il s'enquiert auprès de son père Antoine, à l'origine de la sollicitation initiale, un an plus tôt. « Je m'en occupe », dit-il. Il décide sur-le-champ de commercialiser la nouvelle invention et lui qui est un Parisien d'adoption et de plaisir n'envisage rien en dehors de la capitale. Il trouve un local sur les Grands Boulevards où se presse la bonne société, au sous-sol du Grand Café, boulevard des Capucines. Le propriétaire, M. Borgoni, l'appelle le Salon indien. Il accepte de louer sa salle. Parmi les trente-trois invités de la première séance, un homme d'une trentaine d'années s'installe au premier rang. À la fin de la séance, qui propose dix films de 50 secondes projetés l'un après l'autre, il se précipite vers Antoine Lumière et lui dit : « J'achète ! » L'autre lui répond : « Non, jeune homme, cette invention n'est pas à vendre. Et remerciez-moi : elle ferait votre ruine car elle n'a aucun avenir. » Le jeune type, c'est Georges Méliès, qui décidera vite de faire du cinéma tout seul.

On voit donc que la célèbre parole de Lumière (« le cinéma est un art sans avenir ») fut prononcée par Antoine et non par Louis, et surtout le fut à contresens de ce qui fut consigné par l'histoire : les Lumière ont toujours cru à leur invention, n'en ont jamais annoncé la disparition. Au contraire : ils vont réaliser et produire plus de 1 500 films. Mais il en va chez Lumière comme dans *Liberty Valance* : la légende est restée quand elle était plus belle que la réalité. Il s'agit bien de ça : d'une légende, d'une magie, d'une thaumaturgie, d'un rêve, d'une illusion, d'un enchantement, d'une utopie. Ça l'est toujours ! En 1895, les journalistes vont d'ailleurs faire quelques considérations cosmiques, genre « grâce au Cinématographe, la mort cessera d'être éternelle ».

Le premier soir, M. Borgoni ne regretta pas d'avoir loué sa salle au forfait : il n'y eut guère de monde. Mais les jours et les semaines suivants, la foule se précipita. Il lui eût fallu procéder comme les exploitants aujourd'hui : prendre une part de la billetterie. Bernard Chardère le dit avec malice : cet Italien de Paris réalisa la première mauvaise affaire de l'histoire du cinéma.

Dans ce Salon indien du Grand Café à Paris (aujourd'hui le sous-sol de l'hôtel Scribe), se tient la première séance publique payante du Cinématographe Lumière. Il s'agit bien de la fondation du « spectacle cinématographique », c'est-à-dire : une salle, un projecteur, des films, un public. S'inspirant des travaux de quelques glorieux prédécesseurs (Edison, Marey, Muybridge, Reynaud, etc.), Lumière s'empara de l'idée, attrapa l'évidence du spectacle collectif. Les gens en attendaient l'avènement au XIXe siècle et nous en avons toujours besoin aujourd'hui : être tous ensemble dans une salle de cinéma pour y partager la vie, la joie, les larmes et l'émotion du monde.

Mardi 29 décembre

Christian Jeune, avec qui je fais le point au téléphone, est convaincu que 2016 sera une belle année pour la Corée. La Corée a émergé au monde à la fin des années 90 mais c'est depuis toujours un grand pays de cinéma. Dans le sillage de Im Kwon-taek, qui reçut en 2002 des mains de David Lynch le prix de la mise en scène pour *Ivre de femmes et de peinture*, s'est engouffré un nombre croissant d'extraordinaires talents. Ça m'a toujours amusé de les citer en parade pour donner à mes interlocuteurs l'impression de maîtriser en partie la langue locale : Park Chan-wook, Shin Sang-ok, Kim Jee-woon, Im Sang-soo, Lee Chang-dong, Bong Joon-ho, Hong Sang-soo, Na Hong-jin, Kim Ki-duk, etc.

Ajoutons-y le nom de Kim Dong-ho, le président du festival de Busan, où je fais habituellement le voyage d'octobre (sauf cette année), un président qui paie de sa personne dans les bars, les dîners et les karaokés. Car le pays du matin calme ne l'est pas tant que ça : une passion hystérique pour le cinéma, des hordes de jeunes cinéphiles Smartphone à la main pour accueillir les stars auprès desquelles les nôtres ressemblent à des vedettes de province, des journalistes extrêmement pointus et connaisseurs, capables d'interviewer Claire Denis aussi bien que *Les Inrocks*. Busan est une ville portuaire du sud du pays, avec une grande baie et plein d'hôtels – schéma cannois, réussite identique. En quelques années, le cinéma coréen s'est exporté partout, et avec son marché et ses nouvelles installations, le festival est devenu le plus grand rendez-vous international de l'Asie. Les artistes font honneur aux traditions locales en mettant de l'ardeur à enfiler les verres de soju immergés dans la bière (à la coréenne : après absorption, chacun renverse le verre sur sa tête pour prouver aux autres qu'il est bien vide, ce qui leur permet de vous en servir un autre et ainsi de suite) et je n'ai pas de meilleur souvenir que ces terrasses marines du quartier des pêcheurs où nous nous retrouvions, au sortir des nuits agitées du Tiger Club, un groupe de drinkers que nous avions fondé avec Mister Kim, Peter van Bueren, Simon Field et Hou Hsiao-hsien qui chantait de la variété chinoise avec une élégante conviction (puis il s'endormait d'un seul coup).

Il se confirme que Park Chan-wook, Hong Sang-soo, Kim Ki-duk et Na Hong-jin sont au travail. Et aussi Yeon Sang-ho qui réaliserait un film horrifique et prometteur qui s'appelle justement *Train to Busan*. Ce sont de bonnes informations, ça : il n'y a pas de bon Cannes sans une forte présence asiatique.

Mercredi 30 décembre

Chaque soir, le ciel se dégage de ses nuages, pour laisser une lune pleine éclairer les vallons. Il ne fait décidément pas froid. Nous étions en montagne aujourd'hui, pas eu le temps d'écrire. Le journaliste Carlos Gomez, un supporter du Real et un homme de goût en général, m'envoie un « Questionnaire de Proust » qu'il m'avait soumis et qu'il vient de retrouver. Le voilà ! Ça sera la livraison du jour.

Votre premier souvenir du Festival de Cannes ?
À la télévision, enfant, le scandale provoqué par la projection de *La Grande Bouffe*. Et 1979, mon premier Cannes, permis de conduire en poche, arrivée sur la Croisette depuis Lyon. Je n'ai vu aucun film, je ne savais même pas comment rentrer dans les salles. Mais j'étais LÀ. Le soir, je dormais dans ma voiture sur les stations d'autoroute.

Le meilleur ?
« Ma » première montée de marches, avec *Moulin Rouge*, Baz Luhrmann et Nicole Kidman en 2001. Sinon, le concert improvisé de U2 sur les marches pour les 60 ans de Cannes.

Le pire ?
Aucun. Pour paraphraser Woody Allen, Cannes, c'est comme le sexe, même quand ce n'est pas bien, c'est bien.

La Palme d'or idéale ?
Un film d'auteur, avec des stars, et qui a du succès. À part ça, elles sont toutes idéales, les Palmes, si on regarde bien.

Ce qui manque au Festival ?
Je sais ce qui manque mais je ne vous le dévoilerai pas.

Le film que vous auriez aimé réaliser ?
Pierrot le fou de Jean-Luc Godard ou *Fanny et Alexandre* de Bergman.

Celui où vous auriez aimé apparaître ?
Les Camarades de Mario Monicelli.

Le film que vous n'avez toujours pas compris ?
Mulholland Drive de David Lynch. Et je ne veux surtout pas qu'on m'explique.

Une bobine (au sens de visage) qui ne vous revient pas ?
Ça ne me revient pas, justement.

Votre héros préféré sur grand écran ?
Robert Mitchum dans *Les Indomptables* de Nicholas Ray.

Et dans la vie ?
Muhammad Ali.

Trois raisons de vivre à Lyon ?
Le Vieux Lyon, les bouchons, l'Olympique Lyonnais. Et la colline de Fourvière parce que d'en haut, on voit la mer (Méditerranée).

Trois adresses lyonnaises incontournables ?
Le restaurant Le Passage, l'abbaye d'Ainay et la librairie Decitre, place Bellecour.

Si vous étiez président de l'OL, trois joueurs que vous recruteriez ?
Seulement deux, pour le style et le souvenir : Karim Benzema, qui reviendrait au bercail, et Juninho parce qu'il est parti sans qu'on lui dise au revoir.

La rencontre la plus improbable que vous ayez faite ?
Eddy Merckx, mon idole, dans les tribunes du Camp Nou, à Barcelone.

La plus inoubliable ?
Michael Jackson, à l'Institut Lumière, grâce à Tarak Ben Ammar. Je lui ai montré des films Lumière et il a enlevé ses lunettes noires.

Ce que vous n'aimez pas dans le monde moderne ?
Que le monde moderne n'aime pas le monde ancien.

Qui inviteriez-vous à votre dîner idéal (six convives maximum morts ou vivants) ?
Barbara Stanwyck, Astor Piazzolla, Blaise Cendrars, Léo Ferré et la poétesse russe Anna Akhmatova. Et John Ford pour le whisky irlandais. Que des morts : les vivants sont là, et on se rencontrera.

De quoi avez-vous peur ?
De rien pour moi, de tout pour mes (nos) enfants.

Quel est votre défaut principal ?
Dans la vie, de ne pas savoir dire non.

Quelle est votre qualité principale ?
Dans mes fonctions cannoises, de savoir dire non.

Quel est votre réseau ?
Je n'en ai pas.

Une date que vous n'oublierez jamais ?
Le 11 février 1990, la libération de Mandela.

À quoi avez-vous renoncé ?
À réaliser un film. Simenon disait : « Chacun porte un roman à écrire. » Ou un film. Mais la vie m'a conduit à montrer ceux des autres. Ce qui me rend parfaitement heureux.

Ce qu'il y a de droite en vous ?
Clint Eastwood. Un ami.

Ce qu'il y a de gauche ?
Ken Loach. Un ami.

Ce que vous direz au bon Dieu en arrivant au Ciel ?
On peut voir la salle de projection ?

Votre réplique de cinéma préférée ?
Dans *Jeremiah Johnson*, quelqu'un à Redford : « Alors, ça valait la peine, le voyage ? »

Jeudi 31 décembre

Dernier jour d'une année que nous avons tous hâte de voir finir. Une drôle d'atmosphère règne dans le pays : tout le monde veut mettre 2015 derrière soi, sans s'empêcher de penser que 2016 sera peut-être pire. Nous réveillonnons en famille et comme tous les 31 décembre, Marie et moi terminerons par un film. La tradition est venue de Martin Scorsese qui invite ses amis à voir un film dans sa salle le dernier jour de l'année : un Melville, un Walsh, un Renoir. Sa fille Francesca, à qui il montre tout ce qu'il aime, deviendra une excellente cinéphile.

L'an dernier, ce fut *César et Rosalie*, cet irrésistible objet de Claude Sautet, et l'année d'avant *La Règle du jeu*. Nous choisissons ce soir (enfin, moi, Marie se laisse faire) de projeter sur le grand écran de la grange *Journal intime* de Nanni Moretti, pour penser à lui et voir si ça tient le coup. Ça tient le coup.

Nanni est venu de nombreuses fois à Cannes – il est dans cette catégorie de gens que la presse appelle péjorativement les « abonnés ». Que le ciel nous en offre plein, des abonnés comme lui. Il fut aussi un excellent président de jury. Légitime, convaincu, secret. Et très italien. Les cinéastes en compétition ont besoin de savoir que leurs films seront jugés par un artiste et une personnalité d'une certaine envergure. Nanni est cinéaste, cinéphile, exploitant (il anime une merveilleuse salle à Rome, le Nuovo Sacher), producteur, distributeur, auteur, homme politique, sportif pratiquant et il aime Mercedes Sosa, la Piaf argentine, ainsi que Bruce Springsteen : il est l'un des rares cinéastes avec Darren Aronofsky, Roschdy Zem, Cameron Crowe à avoir obtenu le droit d'utiliser l'une de ses chansons : *I'm on Fire*, dans *Palombella Rossa*. Un homme exigeant et impétueux qui fait partie de l'histoire du Festival depuis sa première fois sur la Croisette : *Ecce bombo*, tourné en 16 mm en 1978, que Gilles sélectionna audacieusement en compétition. Et en 2001, lors de ma première année, il a reçu la Palme d'or pour *La Chambre du fils* – quelques semaines plus tôt, après la projection du film, nous avions dû interrompre la séance de visionnage, tant il nous avait bouleversés.

En 1994, le festivalier que j'étais avait découvert, dans la grande salle Lumière, *Journal intime*. C'est une splendeur qui aurait dû inventer le genre « Journal d'un cinéaste » dans le cinéma moderne, si l'exercice était si aisé (César Monteiro faisait ça très bien aussi). C'était un film en trois épisodes. Acte 1 : Un homme (Moretti lui-même) parcourt en Vespa les rues de Rome comme s'il découvrait sa ville pour la première fois (sublimes plans en Vespa, chanson de Leonard Cohen, rencontre impromptue avec l'actrice de *Flashdance* : « Jennifer Beals ? Jennifer Beals ? »). Acte 2 : Il navigue dans les îles Éoliennes pour y chercher le calme, le repos et l'inspiration. Ce que nous apprend l'acte 3, c'est qu'il arrive de l'enfer de la maladie, et qu'à chaque instant de la vie, il en mesure la valeur.

La sérénité des hystériques est précieuse parce qu'elle est radicale. Dans *Journal intime*, les silences de Moretti sont des tempêtes plus violentes que ses crises d'antan quand il se roulait par terre en hurlant. Jouir du vent et du soleil quand on vogue sur la mer, arpenter la campagne avec un vieil ami et ne parler que de choses futiles, jouer seul au football en shootant de longues chandelles vers le ciel, visiter les lieux d'une histoire du cinéma dont on se sent faire partie : la plage d'Ostie où Pasolini fut assassiné, dans l'inoubliable séquence illuminée par le *Köln Concert* de Keith Jarrett, le *Stromboli* de Roberto Rossellini où Bergman fut touchée par la grâce. Délaissant Michele, le personnage-jumeau des films précédents, il regarde dans ce film les choses (une ville), le monde (les îles), lui-même (la maladie), à la recherche d'une Italie qui n'avait pas encore voté Berlusconi.

Depuis, Moretti s'est apaisé, loin de la colère de ses débuts, mais reste empli d'une même conviction : que les défaitistes se défassent entre eux. Quelques années après ce film, il est entré en politique pour réveiller un pays, dans l'invention des *girontodis*, ces rondes de protestation dont il prenait la tête pour dénoncer celui qu'il appellera le « Caïman ». Rossellini évaluait nos chances d'un monde meilleur à la capacité des intellectuels à devenir pédagogues et à ne pas craindre de perdre la face.

JANVIER

Vendredi 1er janvier 2016

Ce matin, Wong Kar-wai, dont la journée à Hong Kong a commencé avant la nôtre, aura été le premier à m'envoyer ses vœux. La nouvelle année commence, quand les vacances s'achèvent. Le retour à Paris est pour demain. Le soir, juste avant d'aller au lit, je fais le tour de la maison, dans le noir éclairé par une pleine lune descendante qui découpe le Vercors avec précision et donne à la plaine de l'Isère un éclat sombre et bleu de nuit américaine. On entend les chiens de la vallée arrière et l'âne des voisins en contrebas. Je touche le moteur encore chaud de mon tracteur, que j'ai fait tourner aujourd'hui, pour en entendre le son, et l'histoire. Et pour éviter que les grands froids ne le contraignent au silence. C'est un Massey Ferguson MF 65. La présence de cet engin m'émeut autant que d'avoir revu récemment *1900* dans lequel Bertolucci dit ce que fut le siècle des paysans. Les communicants ont des Porsche, moi j'ai ce tracteur auquel je devrai par le souvenir l'instant de sérénité qui me sera nécessaire au cœur du tumulte parisien.

Samedi 2 janvier

La proposition de Jérôme et le changement d'existence qu'elle impliquerait me renvoient aux conditions dans lesquelles je fus nommé délégué général de Cannes. Nous étions au début de l'été 2000, je venais juste de refuser la direction de la Cinémathèque française : j'avais expliqué à Dominique Païni qui me sollicitait que seul l'avenir de l'Institut Lumière m'intéressait. L'Euro de football battait son plein et Bertrand Tavernier avait déclaré que j'étais « intransférable ». C'est alors que la productrice et distributrice Fabienne Vonier me parla de Cannes. « Gilles Jacob, me dit-elle, se cherche un successeur. M'autorises-tu à lui parler de toi ? » Oui, j'autorisais – et je ne prenais guère tout cela au sérieux. Où allais-je imaginer que Gilles Jacob, le légendaire délégué général du Festival de Cannes et désormais nouveau président, pouvait s'intéresser à un jeune coq de province ? L'édition 2000, qui venait de s'achever sur un air de Nat King Cole, choisi par Wong Kar-wai pour *In the Mood for Love* (« Quizás, Quizás, Quizás… ») et par la Palme d'or justement accordée à Lars von Trier par le jury de Luc Besson pour *Dancer in the Dark*, fut un triomphe. Gilles était au sommet de son prestige, de son pouvoir, de son mystère, ce qui rendait la question de sa succession extrêmement aiguë et les velléités de quiconque osait y prétendre totalement dérisoires.

La fidèle Fabienne tint parole et m'annonça que Gilles souhaitait me rencontrer. Un jour de juin, c'était le 28, jour de la demi-finale entre la France et le Portugal, elle organisa une entrevue secrète dans l'appartement qu'elle et Francis Boespflug habitaient parc Monceau. Le TGV avait pris du retard, je connaissais mal les correspondances de métro, bref, j'arrivai à la bourre. On décala le rendez-vous d'une heure. Gilles fut attentif avec moi et affectueux avec Fabienne. « Vous n'avez pas voulu de la Cinémathèque française, me dit-il d'emblée. Mais que pensez-vous de Cannes ? » De sa manière courtoise et réservée que je découvrais, il me questionna sur mon rapport au cinéma, au Festival, sur les films que j'avais vus un mois plus tôt. Nous parlâmes des frères Coen, d'Edward Yang et d'Olivier Assayas. Des classiques et des modernes, de patrimoine et de mise en scène. Pourquoi avait-il accepté de me rencontrer ? Sans doute faisait-il confiance à Fabienne mais il était aussi pressé par le temps : pendant l'hiver, une première solution n'avait pas abouti et devenu président fin 1999, il ne pouvait faire une année supplémentaire comme sélectionneur de recours. Il lui fallait trouver quelqu'un.

Gilles me confia également s'intéresser à ce que nous faisions à l'Institut Lumière. Il connaissait évidemment bien Bertrand, et Claude Miller et Pierre Rissient lui avaient parlé de moi. Nous avions quelques amis en commun, aussi : Bernard Chardère, qui avait publié à Lyon au début des années 60 son premier livre, *Le Cinéma moderne*, et Raymond Chirat, dont il avait été lui-même l'éditeur dans les années 80. D'ailleurs, avec Gilles, nous avions eu quelques contacts. En 1997, lors du cinquantième anniversaire de Cannes, j'avais organisé à Lyon, à la Halle Tony Garnier (déjà !), une « Nuit des Palmes d'or » à laquelle il avait apporté son aide. Une fois que je le croisai pendant le Festival, il m'avait félicité pour les livres que nous publiions chez Actes Sud. Comme tout le monde, je l'admirais – seulement de loin car je ne montais jamais les marches à cette époque. Gilles était le patron du grand royaume éphémère, splendide, merveilleux, incomparable. Il était éditeur, écrivain, journaliste. Pour moi, qui avais travaillé à l'histoire de la cinéphilie, il était aussi le fondateur de l'une de ces revues des années 50 qui avaient rendu la France célèbre : *Raccords*, née en 1950, un an avant les *Cahiers du cinéma*. Quand je travaillais sur la naissance de *Positif*, à Lyon, en 1952, j'avais été amené à prendre contact avec lui : il était, avec Kyrou, Benayoun, Tailleur, Truffaut, Chabrol et d'autres, le témoin vivant de l'âge d'or de la cinéphilie française. À l'époque, il déclina mon invitation mais m'écrivit pour me le dire. J'avais 22 ans, et recevoir sa lettre m'avait rendu tout fier. J'essuyai d'ailleurs un autre refus, celui de Jérôme Lindon, auquel Gilles ressemble par bien des côtés, à lire le livre que lui a consacré Jean Echenoz : secret, janséniste, solitaire. Et tout autant penché sur son objet avec passion, engagement et rigueur.

En sortant du grand appartement de Fabienne, je marchais sur l'eau : je venais de rencontrer *pour de vrai* Gilles Jacob, l'homme le plus énigmatique du cinéma français. Dans le TGV, je me disais que j'étais devenu quelques instants l'un des candidats possibles à sa succession. À l'époque, le Tout-Paris cinéma, et même plus, bruissait de rumeurs et il m'arrivait de me trouver dans des dîners où l'on prétendait savoir qui Gilles avait choisi. Ça n'était bien entendu jamais moi. Qui aurait pu imaginer que Gilles rencontrait un cinéphile de Lyon, un rat de cinémathèque ? Je crois que c'était ça aussi qui l'intéressait, l'idée de surprendre, de prendre une décision inattendue, de choisir un inconnu.

Nous sommes restés en contact tout l'été. Nous avions besoin de temps pour apprendre à nous connaître, enfin surtout lui qui, sans doute, me jaugeait, me jugeait ; moi, j'étais juste flatté de l'intérêt qu'il me portait et n'avais aucune impatience ni vanité. Lui jouait gros. Et je ne pense pas – je ne l'ai jamais su – qu'il voyait quelqu'un d'autre. Un parfum de clandestinité enrobait nos rencontres dont Gilles ne révélait le lieu qu'à la dernière minute. Fin juillet, il m'invita à lui rendre visite dans le Sud-Ouest où il était en vacances et après déjeuner, lorsque nous fîmes quelques pas et qu'il me raconta sa façon de concevoir le métier de sélectionneur avec détails et une certaine solennité, je compris que si c'était oui de mon côté, ça le serait du sien. Quelques jours plus tard, en balade dans le Luberon, je finis par évoquer l'hypothèse avec le critique et historien du cinéma Pascal Mérigeau, qui était membre du comité de sélection et connaissait bien Gilles. Il me poussa à accepter ou, à tout le moins, à considérer tout cela avec sérieux.

Avec Fabienne aussi, nous nous appelions souvent. Ce dont il était question provoquerait un changement radical d'existence et elle sentait que j'avais un peu de mal avec ça. Quelques années plus tôt, j'avais refusé l'offre qu'elle et Francis m'avaient faite de rejoindre Pyramide, leur société. Elle savait mes réticences vis-à-vis des mirages parisiens et elle ne se trompait pas. À la fin de l'été, Gilles commença à me faire comprendre qu'il attendait une réponse. Les vacances étaient terminées, comme la période de séduction mutuelle. Je devais passer d'une aimable conversation à une décision qu'il espérait positive. J'étais au pied du mur. Mais début septembre 2000, un élément nouveau entra dans le débat : Gilles m'avertit que, en même temps que moi, Véronique Cayla rejoindrait l'équipe de Cannes en qualité de directrice générale. Il insista beaucoup sur l'idée d'un couple pour diriger Cannes après lui. Or, je sortais d'une direction bicéphale à Lyon et n'avais nulle envie de recommencer. Le duo que je devais former avec lui devenait trio, on était loin de la configuration prévue. Je ne connaissais pas Véronique mais lors de notre première rencontre, j'eus l'impression que le caractère inédit de cette gouvernance cannoise la rendait tout aussi perplexe.

Si j'avais besoin d'un prétexte pour décliner la proposition de Gilles, je venais de le trouver. Tout le monde affirmait qu'il cherchait à ne rien lâcher de son pouvoir et que, de toute façon, le poste était de la plus grande dangerosité car personne ne pourrait lui succéder avec une même réussite. Certains avançaient également que son candidat réel était son fils Laurent (ce qui était faux, je le sus rapidement). Enfin, on savait que le conseil d'administration du Festival avait lieu début octobre, et qu'il lui fallait absolument livrer un nom. Ces considérations complotistes me dépassaient. Gilles et moi avions passé d'agréables semaines à nous parler, à nous rencontrer, à nous connaître. J'avais beaucoup d'admiration pour lui et il m'avait fait faire un beau voyage mental à me laisser imaginer la perspective d'être un jour à sa place.

Nulle ambition ne me guidait. Il y a des moments comme ça, dans la vie : vous ne demandez rien, on vous propose tout. Je ne faisais pas la fine bouche car j'avais un amour profond pour le Festival, à tel point que je voulais continuer à le vivre comme depuis toujours : voir cinq films par jour, bouffer avec les copains, et nous retrouver pour les finales de Champions League avec les amis italiens dans les chambres d'hôtel. Je ne voulais pas changer de vie. Je ne voulais pas quitter l'Institut Lumière, pas être infidèle à Bertrand Tavernier, ni m'éloigner du milieu des cinémathèques, des archives et du Cinématographe Lumière, ni me couper des montagnes et du public lyonnais. Pourtant, Gilles ne m'offrait pas rien : être au cœur de la plus grande manifestation culturelle internationale, de l'événement le plus unique au monde. Occuper, dans le métier qu'on a choisi, le poste le plus convoité et le plus prestigieux. C'était comme devenir le patron du Tour de France, enseigner au Collège de France, devenir l'ambassadeur mondial du cinéma (si, si, c'est de ça dont il s'agit). Mais j'avais le sentiment que ça n'était pas le moment. J'avais 40 ans, je voulais reprendre ma thèse d'histoire, obtenir mon cinquième dan de judo et, dis-je à Gilles pour l'amuser, revoir plusieurs fois tous les films de Billy Wilder.

Gilles se montra surpris. Fabienne aussi, mais elle ne me fit aucun reproche. C'était une femme d'une telle empathie, d'une telle tendresse qu'elle ne me rendait coupable de rien et était sans doute aussi désemparée que moi. Avec Gilles, nous restâmes une quinzaine de jours sans communiquer. Je m'en voulais de l'avoir mis en difficulté. Je sus qu'il proposa le poste à Pascal Mérigeau car ce dernier m'appela pour m'annoncer qu'il refusait : « C'est à toi d'y aller, ce boulot est fait pour toi » (je ne le remercierai jamais assez). Le dernier dimanche de septembre 2000, j'étais en montagne, à La Grave, et je vis que Fabienne tentait désespérément de me joindre. « Rappelle Gilles, il veut te parler à nouveau. » Gilles Jacob revenait à la charge avec une proposition ferme : « J'ai compris. Votre problème, c'est Lyon. Je vous offre donc de me rejoindre au Festival tout en conservant vos fonctions à l'Institut Lumière. Au fond, nous avons les mêmes tutelles et Catherine Tasca, la ministre de la Culture, est d'accord si Bertrand, que j'appellerai, l'est aussi. Il faudra juste aménager votre temps : de janvier à mai, quatre jours à Paris, un jour à Lyon ; de juin à décembre, quatre jours à Lyon, un jour à Paris. Plus les voyages. » Et il ajouta : « Véronique Cayla sera directrice générale et vous délégué artistique. Cela vous convient-il ? » Cela me convenait, et peu m'importait de ne pas être nommé délégué *général* si cela me permettait de conserver mes fonctions à l'Institut Lumière. D'autant que cela faisait de Véronique, dont j'appréciais déjà la compagnie, une directrice à part entière. Ce dimanche-là, à 23 heures, je mis Fabienne Vonier et Pascal Mérigeau dans le secret, j'appelai Olivier Barrot, N.T. Binh (un journaliste de *Positif*, également membre du comité de sélection) et Michel Ciment, qui connaissait bien Gilles (il est l'un des rares à le tutoyer). Tous m'encouragèrent, même Olivier Barrot qui avait pourtant échoué quelques mois plus tôt. Deux jours plus tard, Véronique et moi étions nommés par le conseil d'administration.

Dimanche 3 janvier

Plaisir rare d'être à Paris un dimanche. Visites de l'expo Bruno Barbey à la Maison européenne de la photographie et Anselm Kiefer à la BNF. À pied de l'une à l'autre, sous le plus beau ciel de Paris, pour éliminer les toxines d'une soirée qui s'est trop prolongée. Valérie Fignon, ma voisine du dessous, écoute *Que Marianne était jolie* de Michel Delpech. C'était hier soir la dernière de Laurent à l'Olympia et nous avons appris pendant le dîner la mort du chanteur. Chacun y est allé de ses souvenirs, de la façon dont cet homme attachant, que nous avions accueilli en haut des marches il y a quelques années, avait marqué nos vies. À l'improviste et au souvenir, Serge Lama a fredonné, et toute la tablée avec lui, quelques titres de Delpech, quelques-unes de ces chansons de *variété* qui font notre mémoire commune.

Lundi 4 janvier

Je prends mes quartiers d'hiver. L'organisation initiale proposée par Gilles, qui m'autorisait un jour hebdomadaire à Lyon pendant l'hiver et quatre le reste du temps, n'a jamais pu être respectée : de décembre à mai, depuis quinze ans, c'est toute la semaine à Paris, et presque pareil de septembre à décembre. Et, où que je sois, disponible pour le monde entier, branché 24 heures sur 24 heures : téléphone fixes, portable, mails, messages directs sur Twitter, le matin, la journée, le soir, la nuit. Je réponds chaque jour à des rafales de sms et de mails. J'ai la réputation de le faire rapidement, voire instantanément. C'est pour ne rien oublier et ne manquer à personne que je procède ainsi. Une réponse qui tarde, une demi-incompréhension, un mot de travers, c'est le feu à la plaine. Aucune négligence n'est permise sauf en avril, au moment des décisions finales : là, mes silences seront calculés et tolérés, voire compris.

À déjeuner, je reçois Vincent Pomarède et Stéphane Malfettes au Café Max : le musée du Louvre, qu'ils représentent, aimerait un petit festival de cinéma, et quelques conseils. Puis dans l'après-midi, les représentants des salles d'art et essai pour préparer les « journées AFCAE de Cannes », précieuses pour tous les exploitants et distributeurs de France. Journée studieuse et agréable, comme le dîner, le soir, chez Pascal Mérigeau et sa femme Christine.

Un retour tranquille aux affaires, donc : aucune communication publique à faire aux journalistes en cette rentrée 2016, juste confirmation, à ceux qui s'enquièrent et s'impatientent, que l'annonce de la sélection aura lieu jeudi 14 avril. Dans 103 jours.

Mardi 5 janvier

En janvier, on compte une trentaine de personnes dans les bureaux. Depuis l'été dernier, les uns étaient retournés à leurs vies personnelles et familiales, les autres s'étaient embarqués dans quelques aventures festivalières (Toronto, Morelia, Dubaï, etc.). Un retour progressif s'est opéré depuis l'automne selon les secteurs d'activité, et le nombre de collaborateurs augmentera encore dans les prochains mois pour dépasser le millier pendant la manifestation. Christian Jeune a récupéré sa jeune équipe du département films et Geneviève Pons prépare l'arrivée des films du Certain Regard, comme Gérald Duchaussoy ceux de Cannes Classics. Le service des badges que dirige Fabrice Allard est au complet : l'ouverture des accréditations est un moment crucial de la vie du Festival… et des festivaliers. Vinca Van Eecke, qui officie côté internet, travaille d'arrache-pied depuis octobre à un site totalement rénové promis pour mai et Caroline Vautrot fera sa première année à la communication, succédant à Marie-Pierre Hauville, une « Cannoise historique », partie à la fin de l'année. Ajoutons les équipes de presse et celles du Marché du Film. Et je n'oublie pas Michel Mirabella, présent toute l'année, au rôle essentiel chez les professionnels. Il me plairait de citer toutes celles et ceux qui vont faire le Cannes 2016 mais mon éditeur se fâcherait. Quand tout notre petit monde est au complet, ça veut dire que les choses sérieuses commencent. À mon arrivée, Christian m'avait dit : « Ne sois pas surpris, mais tu vas t'apercevoir que le Festival est avant tout une entreprise artisanale. » Il avait raison. Et, nonobstant quelques projets d'avenir et d'ampleur, il doit le rester.

Mercredi 6 janvier

Les discussions reprennent : jury, film d'ouverture, préparation des cérémonies d'ouverture et de clôture. Hier soir, avec Pierre, nous avons décidé de proposer la présidence du jury à George Miller. Lorsque nous évoquions le sujet, pendant les fêtes, son nom revenait sans cesse. S'il accepte, nous surprendrons : ça sera un hommage au cinéma australien, au cinéma de genre, à un auteur singulier. Dimanche prochain, il concourra pour les deux Golden Globes les plus prestigieux, meilleur réalisateur et meilleur film, et on attend qu'il en fasse autant aux Oscars. George est un cinéaste dont le travail est souvent inattendu (son magnifique sketch de *La Quatrième Dimension*) et qui ne se résume pas aux quatre *Mad Max* : *Lorenzo* est un film admirable, comme *Les Sorcières d'Eastwick*, deux projets qu'on n'imagine pas avoir été les siens, pas plus que le film d'animation *Happy Feet*. Cet ancien médecin détourné de la cause par sa passion des images est de surcroît un homme sympathique, jovial et attachant, et qui s'intéresse aux cinémas du monde entier. Ça serait une première pour l'Australie, deux ans après la Néo-Zélandaise Jane Campion. Oui, plus nous y réfléchissons, plus nous serions heureux qu'il accepte. Je suis chargé de le contacter.

Dîner avec Nathanaël Karmitz. Nous parlons des salles que MK2 a reprises en Espagne et qui ont de très bons résultats : le cinéma n'est pas mort, quand on s'occupe de lui, il n'est même pas malade. Nathanaël me donne des nouvelles récentes de Xavier Dolan mais aussi d'Abbas Kiarostami, toujours fidèle à la famille Karmitz, même s'il sera directement produit pour son nouveau film par Charles Gillibert. Après l'Iran, l'Afrique, l'Italie, le Japon, après tous ces voyages où je le croisais régulièrement, Abbas travaille à ce projet chinois dont il m'a parlé à Lyon en octobre. Nathanaël le dit fatigué, il est chez lui à Téhéran, il se repose.

Jeudi 7 janvier

Nous attendions avec impatience le Paul Verhoeven, *Elle*, tourné en France avec des acteurs français. Le voilà aujourd'hui, quasi terminé. Nous aimons ce film à la fois très personnel et fruit d'un mélange inattendu Chabrol-Haneke. Personne chez nous n'a lu le roman de Philippe Djian dont il est adapté (et auquel les Larrieu ont fait un beau cadeau avec *L'amour est un crime parfait*, le cinéma lui réussit), la surprise n'en est que plus grande. Après la projection, Saïd Ben Saïd, le producteur, m'appelle, sans afficher ses intentions. Il me dit vouloir sortir le film très vite en salles si on ne le retient pas, ou pendant Cannes s'il est sélectionné. Ou peut-être carrément à l'automne 2016. En revanche, il n'est pas complètement sûr d'être en mesure d'aller à la Berlinale, à laquelle il n'a pas montré le film. Notre premier réflexe n'est pas de penser à la compétition, plutôt à un « hors compétition », une projection de gala qui irait bien à cette œuvre dont la dimension comique éclate à chaque plan à travers le personnage loufoque joué par une Huppert au sommet de son art – dans le grand amphithéâtre Lumière, ça sera démultiplié. Saïd est rassuré par notre réaction : « C'était la première projection, je partais dans l'inconnu. Pour Cannes, reparlons-nous dans quelques semaines, on a du temps pour prendre une décision. » Il ne faut pas me le dire deux fois.

7 janvier. Cela fait un an que le ciel nous est tombé sur la tête et les balles sur les caricaturistes de *Charlie Hebdo*, les juifs de l'Hyper Cacher, les policiers qui nous protègent et tous ceux dont le sacrifice a ouvert ce cycle de haine dans lequel nous vivons désormais. Un an que Pierre Lescure m'a appelé ce matin-là, des larmes dans la voix, pour me raconter ce qui venait de se passer.

Vendredi 8 janvier

Écrit comme j'ai pu cette semaine. Je me demande comment je vais pouvoir poursuivre ce livre alors que chaque minute de mon temps est maintenant dévouée à la préparation du Festival. Un autre journal commence, celui de Cannes 2016.

Déjà quelques mails reçus, hier et ce matin, comme celui de Pierre Filmon, qui m'annonce la mort du grand chef opérateur Vilmos Zsigmond, auquel il a consacré un documentaire qu'il veut soumettre à Cannes Classics 2016. Vilmos, venu au Festival en 2014, était l'un de ces émigrés est-européens, hongrois en l'occurrence, qui ont façonné l'imaginaire visuel du Hollywood des années 70 comme personne d'autre (si, comme quelques autres : Nestor Almendros, Gordon Willis, Haskell Wexler, Bruce Surtees), de *Rencontres du troisième type* de Spielberg et *Obsession* de De Palma à *L'Epouvantail* de Schatzberg, jusqu'à *La Porte du paradis* de Michael Cimino. Un géant.

Mail encore, de Bárbara Peiró, la fidèle assistante de Pedro Almodóvar, qui me propose de voir *Julieta* à Madrid, le 10 février prochain. Mail aussi de Kristie Macosko, la productrice de Steven Spielberg, qui peut me montrer son film, qui s'appelle donc *The Big Friendly Giant*, à Los Angeles d'ici un mois.

Mail du cinéaste américain Jeff Nichols qui avait fait forte impression pour son arrivée en compétition avec *Mud*, en 2012. Il est sollicité pour le jury de la Semaine de la Critique, qui avait accueilli *Take Shelter*, mais il préfère tout miser sur la présence de *Loving*, le film dont il me confirme qu'il sera terminé dans les temps.

Mail enfin de Sal Ladestro, de Sony-Columbia, car parmi les films qui s'approchent de nous, il y a *Money Monster*, le Jodie Foster. Sal y avait fait allusion en décembre, l'agenda a changé : initialement prévue pour avril, la sortie du film est fixée au… 11 mai prochain, jour de l'ouverture de Cannes. Et sur le papier, c'est appétissant : un casting prometteur (Julia Roberts, George

Clooney) et un sujet excitant autour des méfaits des médias et de la finance. Et Jodie est une bonne cinéaste.

Voilà de bonnes nouvelles pour ouvrir l'année. Qui augmentent le plaisir que j'ai, en cette fin de première semaine, à traverser le boulevard Saint-Germain pour rejoindre la gare de Lyon, même avec des jambes rouillées par l'hiver.

Samedi 9 janvier

Conversation ultra-matinale avec George Miller, qui multiplie les allers-retours entre Sydney et Los Angeles, où il se trouve. Il m'appelle avant de filer au lit. Je lui formule très rapidement notre proposition. « Président du jury ? Moi ? Tu es bien sûr ? » Il est venu deux fois comme juré et demande si c'est gênant. George était très lié à Johnny Friedkin, un ancien de la Warner, qui était aussi le mari de Tatiana Friedkin, qui travaillait pour Gilles Jacob, puis pour moi, à Los Angeles. Gilles l'a sans doute connu ainsi – il faudrait que je le lui demande. J'explique à George que ça n'est pas rédhibitoire. « Bon, alors laisse-moi regarder mon planning, appeler mes producteurs et voir si c'est jouable et je te réponds vite. Tu me donnes deux semaines ? » Argh, deux semaines, c'est long. S'il décline, et que nous n'avons personne fin janvier, nous serons en risque.

Journée lyonnaise et familiale, soleil éclatant, temps sec et doux. Librairies, cinéma et promenade avec Marie et les enfants. J'aurais préféré une pluie de tempête pour m'inciter à rester au chaud. Je voulais travailler un peu, rattraper des films du coffret des César et commencer cette biographie de John Wayne dont Bertrand ne cesse de me parler et qu'il veut qu'on publie chez Actes Sud. La lumière qui inonde la Saône donne envie de remonter à pied les quais du fleuve jusqu'à l'île Barbe. Le soir, inauguration du Grand Stade, que l'Olympique Lyonnais a baptisé Parc OL. Par tradition, car c'est mon habitude depuis toujours, je m'y rends en vélo, même si quarante minutes entre la Presqu'île et Décines, c'est beaucoup plus que les dix minutes qui me séparaient de Gerland. Jean-Michel Aulas, qui n'aura pas été ménagé par les critiques, prend soin des uns et des autres, se préoccupant, comme les vrais supporters, du match contre Troyes. Que, sous la conduite du nouvel entraîneur, Bruno Génésio, un enfant de la balle lyonnaise, nous remportons aisément, avec la star Alexandre Lacazette comme premier buteur de ce nouvel antre, dont on a entendu, à chaque célébration des quatre buts marqués, qu'il faisait le vacarme nécessaire pour que les supporters s'y sentent bien.

Jérôme Seydoux est là, bien sûr, accompagné de Sophie. Ils rentrent de vacances. On ne se parle pas de nos petites affaires, tout juste se confirme-t-on discrètement que nous déjeunons ensemble lundi. Pour les aborder en détail.

Dimanche 10 janvier

Premier point de rentrée sur la sélection en cours. Le rythme des projections est encore calme, juste quatre ou cinq cette semaine : lorsqu'il s'intensifiera, nous n'aurons plus le temps de rien. Depuis novembre, nous avons vu vingt-neuf films. Trente, si l'on compte celui qui s'est présenté en juin dernier et qui était loin du niveau requis. « Cannes est dans onze mois ! » ai-je dit à son producteur, pensant avoir trouvé une façon élégante de l'éconduire. « Pas de problème, je peux attendre ! » m'a-t-il répondu. Ils m'épateront toujours.

Nous avons une première sélection ferme en compétition (le Roumain Cristi Puiu) et, dans le viseur du Certain Regard, *Captain Fantastic*, de Matt Ross, avec Viggo Mortensen, et *Livingston*, le Kelly Reichardt, mais il nous faudra choisir entre deux films venus de Sundance. Et il y a donc le Paul Verhoeven dont la couleur du drapeau est imprécise : est-ce un film français, par son mode de production ? Un film néerlandais, comme la nationalité de son réalisateur ? Dans le premier cas, impossible de se prononcer avant le 14 avril, ainsi que le stipule la règle sur les films français qui veut qu'on n'annonce notre verdict qu'après les avoir tous vus, pour des questions d'égalité de traitement. Dans le deuxième cas, celui des films « étrangers », la réponse peut être donnée à n'importe quel moment. C'est bien ainsi que Verhoeven et Saïd Ben Saïd l'entendent.

À George Miller, tant qu'il n'a pas dit oui, je n'enverrai pas ces phrases désespérées de Cocteau : « On imagine ma gêne d'être juge. Car je ne voudrais pas faire subir mon sort aux autres et le nombre des films, l'obligation de choisir m'obligent à prendre cette attitude. En outre un président de jury ne possède pas une voix plus haute que celles de ses camarades et s'ils se penchent vers moi il est normal, naturel, que je me penche vers eux. Bref les grandes fatigues d'un festival aboutissent nécessairement à une atmosphère de gêne et de mauvaise humeur. Je le déplore. Il me plairait que les festivals ne distribuassent pas de prix et ne fussent qu'un lieu de rencontre et d'échanges. Présider le jury de Cannes est une expérience que je ne renouvellerai pas. »

La fonction ne lui fut pas si désagréable puisqu'il effectuera un second mandat l'année suivante et sera ensuite nommé président d'honneur. Faisant du Festival son jardin et son plaisir, il sera du surgissement des *400 Coups* sur la Croisette, en 1959, accompagnant la naissance cinématographique de Truffaut et Léaud.

Lundi 11 janvier

TGV matinal Lyon-Paris. Je ne me rendors pas, comme cela m'arrive parfois. Après un passage par la voiture-bar, j'ouvre l'ordinateur pour relire quelques pages de ce journal, en écoutant les Pink Floyd, pour que le réveil soit total – *Shine On You Crazy Diamond.* Le wagon est bondé mais calme. Dehors, le brouillard enveloppe la campagne d'une épaisse protection. La nature est belle et laisse entrer l'hiver. On sent l'odeur du froid qui revient parfumer les petits matins. En Bourgogne, à 320 km/h, le soleil commence à percer. Le ciel est d'un bleu éclatant qui tranche sur l'horizon des forêts.

À l'heure du déjeuner, je me rends à pied au domicile de Jérôme Seydoux. Après quelques échanges sur le match de samedi, nous abordons « le » sujet. J'ouvre par une question simple : « Pourquoi moi ? » Il me répond : « Parce qu'en affaires, il faut avoir du bon sens, et je pense que vous en avez. » Il me dit que Pathé est une belle entreprise et qu'une fois aux affaires, je ferai ce que je veux. Il ajoute que l'exploitation marche très bien, que la distribution est plus aléatoire, et qu'en production, seules les comédies permettent d'assurer ses arrières. Et il conclut : « Il me faut une réponse fin janvier. »

Je prends le risque de le décevoir en posant peu de questions, de crainte que cela nous entraîne trop loin. Pendant les fêtes, j'ai changé d'avis tous les jours. Mais j'en suis arrivé à la conclusion que si Jérôme me laisse aller jusqu'au 70e anniversaire de Cannes et qu'il me laisse continuer à m'occuper, d'une manière ou d'une autre, de l'Institut Lumière, alors je peux envisager de bouger.

Il me redonne les contours du poste : lui succéder, devenir président de l'un des plus prestigieux studios au monde, entrer, par la grande porte, au sein d'une entreprise qui produit des films, les distribue et les exploite dans un réseau de salles très efficace, l'un des plus populaires de France. « Et ça comprend aussi mes activités à l'Olympique Lyonnais ! » ajoute-t-il, ce qui ajoute à ma stupéfaction.

Quand je traverse la place des Invalides, je suis assez bouleversé par notre conversation. Quelques regrets m'assaillent : j'aurais aimé lui en dire plus car j'ai réfléchi à un projet, un projet à la fois innocent et engagé qui, volontairement, ne tient compte d'aucune contrainte – c'est comme ça que je procède, sachant que le réel a toujours le temps de vous rattraper. Je me souviens de Ciby 2000, cette façon qu'eut Francis Bouygues de se lancer dans le cinéma avec passion… et argent. Certes, les choses se sont arrêtées avec la disparition du néo-*mogul* car nul ne pouvait se permettre une telle prodigalité financière, mais cela eut une sacrée allure et verra-t-on encore réunis sous une même bannière les noms de David Lynch, Abbas Kiarostami, Jane Campion, Bernardo Bertolucci ou Emir Kusturica, pour livrer de beaux films et gagner quatre Palmes d'or en six ans ?

Au retour, je détaille la situation à Pierre Lescure. Depuis décembre, je ne l'avais pas mis dans la confidence car il était inutile de parler de tout cela tant que je n'avais pas les idées claires. Il m'apparaît normal de le faire maintenant. Comme toujours, il réagit avec curiosité et ouverture d'esprit. « Tu dois te sentir fier qu'une telle offre te soit faite par un homme pareil ? » Et générosité aussi, car il ne pense visiblement pas une seconde à son cas personnel, ni à ce qu'il ferait si je l'abandonne. « Qu'est-ce que tu vas décider ? » m'interroge-t-il. Je n'en sais rien, c'est bien le problème.

Mardi 12 janvier

Déjeuner avec Samuel Blumenfeld, avec lequel je partage une passion pour le cinéma américain des années 70. Critique solitaire qui ne s'embarrasse d'aucune contrainte doctrinale, conversationnaliste parfois féroce, observateur ironique de la vie politique, Samuel écrit régulièrement de beaux reportages pour le magazine *M* du *Monde* et publiera, dans notre collection Institut Lumière/Actes Sud, un livre d'entretiens avec Rissient. « Pierre a tellement fait pour les journalistes qu'il était normal que l'un d'entre eux lui consacre un livre. » *Mister Everywhere* sortira en septembre, Clint Eastwood en a écrit la préface et Bertrand Tavernier la postface : les deux hommes qui ont compté dans la vie de Pierre.

Retour en projection. Rien de sensass, comme on disait dans les années 60. Pendant les fêtes, nous avons vu le film du Philippin Lav Diaz, un cinéaste qui mène depuis longtemps une œuvre très personnelle, avec des films de 4 heures et plus, comme *Mula sa kung ano ang noon*, qui dure 5 h 38, et le dernier, *A Lullaby for the Sorrowful Mystery*, qui atteint ses huit heures (son record : trois films de 9 heures, dont *Évolution d'une famille philippine*, que l'ancien critique Scott Foundas juge excellent). *Lullaby* nous parvient en lien internet et l'écran de l'ordinateur ne rend pas hommage à son ambition visuelle et narrative : scènes admirablement filmées, une histoire mystérieuse du peuple philippin, un noir et blanc qui en dit le tragique et le crépusculaire, des plans fixes dont l'intime secret de fabrication fait songer aux vues Lumière. Malgré ces prodigieuses vertus de mise en scène, difficile de se décider pour la compétition. *Norte, la fin de l'histoire*, montré au Certain Regard en 2013, un petit 4 h 10, nous avait enthousiasmés et avait permis à Diaz d'accéder à plus de visibilité. Mais il est difficile de le hisser au niveau supérieur dès le mois de janvier sans connaître l'équilibre final de la Sélection officielle. Nous le laissons partir à la Berlinale de Dieter Kosslick. Lav Diaz est un auteur productif, nous le retrouverons.

Mercredi 13 janvier

Après avoir longé les quais d'une Seine baignée d'une lumière maritime, je retrouve Pierre Lescure et Samuel Faure pour une réunion avec l'équipe de KM qui, comme chaque année, produira les cérémonies d'ouverture et de clôture. Le chantier est à reprendre : Renaud Le Van Kim, qui officia pendant des années, a quitté ses fonctions et il faut repenser le décor, la mise en scène, les moments musicaux. Il faut aussi désigner la maîtresse ou le maître de cérémonie. « Plutôt un homme », avancent nos interlocuteurs, ayant visiblement cogité la question. Et proposent un nom : Laurent Lafitte. Comédien, cinéma et théâtre, un type très drôle, sociétaire de la Comédie-Française, parlant un anglais parfait. Et très bon dans le Paul Verhoeven, en voisin troublant d'Isabelle Huppert. Mais ça, ils ne le savent pas, personne n'a vu le film.

À 17 heures, dans la salle Pathé de la rue Lamennais, près des Champs-Élysées, projection d'un montage assez abouti du documentaire de Bertrand Tavernier sur le cinéma français. Un long voyage : plus de trois heures, qui passent comme un enchantement. Pierre Rissient et Frédéric Bourboulon, le producteur de Bertrand, sont là, comme Jean Ollé-Laprune, Stéphane Lerouge et Emmanuelle Sterpin, qui ont travaillé sur le film, ainsi que Romain Le Grand de Pathé et Jérôme Soulet de Gaumont, qui le coproduisent. Le résultat est superbe : Bertrand offre une mémoire, un héritage et une histoire de manière très douce, généreusement, joyeusement, presque. C'est le gai savoir, dans une impeccable érudition et des choix qui assemblent l'attendu et l'inattendu, où les outsiders (Edmond T. Gréville, Jean Sacha, Eddie Constantine) sont traités comme les grands personnages (Becker, Gabin, Prévert, Renoir, etc.). L'approche personnelle gagne vite le pari de l'universalité et atteint quelque chose d'aussi pédagogique que simple : il suffit d'aimer, et de vouloir donner, pour savoir transmettre. Bertrand fait du cinéma avec le cinéma, comme les écrivains le font avec la littérature quand ils en écrivent l'histoire. Encore quelques scories de montage, des processus techniques, du son à harmoniser, le travail musical de Bruno Coulais, des extraits à négocier, mais le résultat final sera somptueux.

Et Bertrand Tavernier de Montchat fait un beau cadeau aux Lyonnais en commençant rue Chambovet, du côté de Grange-Blanche où il a grandi et en terminant rue du Premier-Film où l'on nous voit lui et moi en train de parler de cinéma, comme nous le faisons si souvent depuis si longtemps.

Deux rangées plus haut, je sens le regard de Frédéric Bourboulon penché sur moi. N'importe quel sélectionneur au monde se précipiterait sur un tel objet mais je me morfonds instantanément dans des introspections complexes, dans la crainte de l'accusation de me voir retenir le film d'un homme dont on sait dans le métier qu'il est un cinéaste que j'admire, un président de l'Institut Lumière à qui je dois beaucoup et un ami qui m'est cher. Repoussant les discussions à plus tard, je ne dis donc mot de Cannes et me précipite sur Bertrand pour l'embrasser.

Jeudi 14 janvier

« Je te présenterai sept films cette année ! » s'exclame Paulo Branco, le roi des producteurs indépendants, le flibustier number one du métier, champion du monde de cheval d'endurance, portugais à Paris, parisien à Lisbonne, chez lui partout. Quelqu'un avec qui je me dispute régulièrement, tant il me harcèle pour que ses films soient sélectionnés. Trois cents films en bandoulière, paraît-il, un chiffre qui ne doit pas être loin de la vérité. Chez lui, la petite lumière, même recouverte de ses imprécations et de son bagout de voyageur de commerce, brille toujours d'un bel amour du cinéma. Les grands films d'Oliveira, de Monteiro et de Ruiz, c'est lui. On le croit mort, le voilà qui ressuscite ; on le pense rangé des affaires, juste concentré à remettre son titre de cavalier en jeu, et il surgit à nouveau, comme ce matin, prêt à toutes les batailles. Je lui offre un café, nous bavardons en évoquant la figure de Manoel de Oliveira : « Tout était tellement différent. Tu vois, *Francisca* a eu une telle importance qu'on croit que ce fut un grand succès. Pas du tout. Il a fait 800 entrées première semaine, mais personne ne le savait car il n'y avait pas le box-office commenté à l'infini par les journaux. Truffaut l'avait vu en salles et avait écrit un papier pour exprimer son admiration. Cela avait suffi. »

Je laisse le boulimique Paulo détailler un *line-up* qui remplirait à lui seul deux mois de programmation d'hiver au Quartier latin. Et je l'écoute en le regardant droit dans les yeux, histoire de percevoir ce qui dans sa voix et son regard ferait la part du vrai, du faux, du réel, du rêve. « J'ai beaucoup d'espoir dans le premier film de Grégoire Leprince-Ringuet. Laisse-le un peu nager, s'il te plaît, dans l'océan de films français que tu verras. »

Réunion avec Laurence Churlaud, qui occupe une place grandissante dans l'organisation de Cannes pour l'accueil des artistes et des invités. Par son efficacité et son style, Laurence, moitié mère de famille, moitié amazone branchée, femme de l'ombre et pasionaria des réfugiés, nous est devenue indispensable. Martine Offroy, qui régna avec force et majesté sur le protocole avant elle, m'avait dit : « Elle est bien, cette petite. » Cela disait beaucoup et valait blanc-seing. Avec Laurence, nous devions travailler mais j'ai évoqué l'idée que je puisse partir chez Pathé. Ce qu'elle m'a confié m'a ébranlé. « Je viens au Festival depuis près de vingt ans. J'ai commencé comme stagiaire chez Bruno Barde. Je sais ce qu'on est en train de construire. Tu ne peux pas partir maintenant. » On ne mesure le prix des choses que lorsqu'elles semblent vous filer entre les doigts, a-t-elle poursuivi, et elle a trouvé des mots justes pour dire ce que Cannes promet pour l'avenir.

Vendredi 15 janvier

Pour l'instant, mais j'ai l'air de me répéter, nous avons peu à nous mettre sous la dent, ni quantitativement, ni qualitativement. Les festivals de début d'année vont se déployer bientôt : Sundance, à flanc de montagnes, à Park City dans l'Utah, commence jeudi prochain – il s'agit là-bas essentiellement de productions indépendantes américaines sur le meilleur desquelles les Studios ont pris l'habitude de se précipiter pour signer leurs futurs grands noms. Puis ça sera Rotterdam une semaine plus tard, un festival international avec des centaines de films présentés à un public friand d'art alternatif, de cinéma d'auteur et de premières œuvres – le Mexicain Reygadas a été découvert là-bas avec *Japón*. En point d'orgue : la Berlinale. Au milieu de tout ça, les Golden Globes (à Los Angeles), les BAFTA (à Londres), les César et les Oscars, qui clôtureront la valse. L'esprit des producteurs, distributeurs ou vendeurs est occupé par cette séquence qui nous mènera fin février. Ça nous laissera le loisir, en attendant la réponse de George Miller, de penser aux présidents des deux autres jurys de la Sélection officielle : le Certain Regard et la Caméra d'or. Pour le jury des courts métrages et de la Cinéfondation, c'est Gilles qui a gardé la main et comme il n'est pas du genre à être en retard, je le soupçonne d'avoir déjà son groupe au complet.

Fin de semaine. TGV pour Lyon, puis voiture pour L'Alpe d'Huez et son festival du cinéma de comédie dirigé par Fred Cassoly et Clément Lemoine, qui travaillent pour Cannes et qui ont fait de L'Alpe un rendez-vous cinéma important pour le genre, outre qu'il est sympathique et familial. En ouverture de la soirée, je dois montrer quelques films Lumière drôles – Jamel Debbouze, présent ce soir, en est friand, je n'ai jamais entendu quelqu'un rire autant qu'il le fit lors d'une projection à l'Institut Lumière. Je roule vite pour ne pas arriver en retard mais cette route Grenoble-Le Bourg-d'Oisans-L'Alpe d'Huez, que je fréquente depuis toujours, je la connais par cœur, comme les vingt et un virages qui mènent à la station où la neige tombe enfin.

Samedi 16 janvier

Retour vers Lyon, détour par Chougnes. L'hiver a enveloppé les lieux d'un grand silence. J'erre dans la maison, je vérifie que le congélateur n'a pas disjoncté, que la cave à vin n'est pas inondée, je jette tout de même un œil à quelques DVD (merveilleuse séquence d'ouverture de *Une question de vie ou de mort* de Michael Powell), j'essaie laborieusement de rédiger quelques lignes mais le froid m'en empêche et me donne une meilleure idée : je pars me promener dans les bois et les chemins. La bruine, qui tombe par intermittence à travers le vent, me nettoie le visage et les pensées. À mon retour, je démarre les engins entassés sous le hangar : une Jeep, trois tronçonneuses, une débroussailleuse, un tracteur, une tondeuse. Tout marche au poil. Après une petite flambée, je reprends la route à la tombée de la nuit. Quand j'arrive à Lyon, je me dis en longeant les usines chimiques de Saint-Fons et de La Mulatière dont les lumières industrielles scintillent depuis l'autoroute, que ce matin, je me réveillais en apercevant la Meije et les Écrins. Ce soir, nous restons en famille et je sais déjà que les enfants se disputeront lorsqu'il faudra choisir un film.

Dimanche 17 janvier

Jacques Demy était fils de garagiste, à Nantes, et il était cinéaste, comme sa femme Agnès Varda. À eux deux, avec le frère aîné Resnais (monteur de *La Pointe courte*, le premier film d'Agnès !), et dans l'élan des hussards de la Nouvelle Vague, ils ont rendu le cinéma français différent. Jacques est mort jeune et Agnès, qui a poursuivi une œuvre empreinte de liberté et de beauté, de tendresse et de colère, veille avec ses amis sur des films qui irriguent encore le cinéma mondial – ah ! ce Damien Chazelle que nous verrons peut-être, un « Demy à l'américaine », me dit-on. Ces dernières années, Agnès a transmis le flambeau à Mathieu Demy, un comédien toujours étonnant, et à Rosalie Varda. Pugnace autant qu'exigeante, cette dernière s'est engagée à faire briller le nom de Demy, et tout le monde l'a aidée : les labos, la Cinémathèque française par une exposition, le Festival de Cannes par une contribution à la restauration des *Parapluies de Cherbourg*, resté longtemps l'une des rares Palmes d'or françaises (en 1964) et l'Institut Lumière pour *Une chambre en ville*, le chef-d'œuvre méconnu.

Au Festival, où elle travaille, tout le monde l'aime : il émane d'elle une bonté propre à consoler tous les damnés de la terre, et cette artiste multiforme trouve un terrain de jeu partout où elle peut s'exprimer. Ce matin, nous faisons le point au téléphone : embellissement des lieux, organisation du salon des Ambassadeurs dans le Palais et, déjà, amorces de réflexion sur 2017 et le soixante-dixième anniversaire auquel, avec Pierre, nous commençons à penser.

Lundi 18 janvier

TGV pour aller à Paris, vélo pour y circuler, la routine, en mode hiver, calfeutrage, écharpe, gants et bonnet. Avec Christian, nous parlons des films à venir en consultant des listes qui se compléteront quasiment chaque jour. C'est un moment toujours amusant de consulter cet amoncellement de titres qui dessinent une carte pléthorique du cinéma mondial, car sur le papier, tous les films ont l'air formidable, excitant et engageant. Ce n'est que lorsque nous commençons à les voir que les choses se gâtent.

Déjeuner au Café Max avec Audrey Azoulay, la conseillère culture de François Hollande, qui a officié longtemps comme directrice générale du CNC. Comme tout le monde dans le métier, j'ai été heureux de la voir appelée à de telles fonctions. Pour elle, pour nous. Et elle y fait merveille. Nous évoquons la question Pathé. Elle me dit : « Si tu restes à Cannes, ça sera une bonne nouvelle pour le Festival, et c'est mon devoir de te le faire savoir. Si tu rejoins Jérôme Seydoux, et la proposition qu'il te fait est très intelligente, ça sera une bonne nouvelle pour Pathé, donc pour le cinéma français. » La discussion m'aide à réfléchir.

« Bien entendu, conclut Audrey, je n'ai pas à te dire ce que tu dois décider, ça doit être déjà bien assez compliqué. » Ça l'est.

Le soir, avant-première parisienne du *Revenant*, le film d'Alejandro González Iñárritu, en présence de Leo DiCaprio à qui l'Oscar semble enfin promis. José Covo, le patron de Fox France, organise la soirée de main de maître avec la complicité de Jean-Pierre Vincent, l'attaché de presse attitré des grands auteurs américains (Scorsese, les Coen, Tarantino, James Gray, etc.), un homme au goût sûr, dont les cinéastes étrangers réclament la présence à leurs côtés et qui pourrait écrire des mémoires savoureux s'il se décidait à raconter tout ce qu'il a vécu depuis trente ans. À dîner, je retrouve Alejandro, heureux de cette pause parisienne dans une tournée mondiale qui l'exténue autant qu'elle l'excite.

Son film est spectaculaire, d'une ambition folle, d'une grande réussite formelle et d'une discrète tristesse de fond. *The Revenant* me plonge dans l'admiration pour ce cinéma hollywoodien capable de produire des films d'une ampleur pareille, et pour Alejandro qui me parlait de ce projet depuis si longtemps. Le démarrage au box-office US est très fulgurant, il le fallait pour un film d'auteur de… 135 millions de dollars. Qui dit que le public américain n'aime que les blockbusters pour multiplexes ? *The Revenant* vient de rafler quelques Golden Globes et chez les bookmakers de l'Academy (c'est ainsi qu'on appelle les Oscars aux États-Unis), sa cote est au plus haut. Alejandro n'est pas encore ultra-connu du grand public mondial mais c'est un artiste respecté qui a convaincu la critique avec *Birdman*, pour lequel il a remporté un double Oscar. Ceux qui ont aimé ses premiers films se sont amusés de ce ralliement tardif à un auteur dont les qualités éclataient dès *Amores perros*, mais ce succès vient couronner la belle génération mexicaine dont je parlais. Le saisissement suscité par le cinéaste est à la hauteur de ce qu'est l'homme : nous avions été présentés dans un restaurant de Los Angeles par Walter Salles qui est un peu le grand frère de tous les Latinos du cinéma. Iñárritu est venu deux fois en compétition avec *Babel* et *Biutiful*. Je lui lance une invitation pour le Festival, juste pour le plaisir de l'avoir avec nous. Il me dit être pour l'instant dans le long tunnel de ces campagnes (médias, lobbys, cocktails, partys, etc.) qui mènent (peut-être) aux récompenses suprêmes. Il n'a pas trop la tête à penser au mois de mai, et en mai, il n'est pas sûr qu'il ait envie de cinéma, de tapis rouge et de presse, après deux films consécutifs et quatre ans de travail acharné. Nous parlons longuement de notre projet, commun avec l'autre Alejandro (Ramírez), d'ouvrir à Mexico un cinéma d'art et essai capable d'accueillir les films et les auteurs du monde entier. Et on se quitte après un dernier verre de bordeaux : Alejandro adore le vin français.

Mardi 19 janvier

Conseil d'administration du Festival au siège du CNC, rue de Lübeck. Habituellement, en janvier, nous avons déjà président du jury et affiche.

Gilles Jacob est présent et en bonne forme. À son départ, il a été nommé président d'honneur du Festival et il est encore celui de la Cinéfondation qui complète, avec la compétition des courts métrages et le Short Film Corner, le geste du Festival envers le jeune cinéma. La Cinéfondation accueille une compétition de films d'école et un atelier de coproduction pendant le Festival, ainsi qu'une résidence d'artistes à Paris. Pas mal de jeunes cinéastes sont passés par là avant d'affronter la Sélection officielle. C'est un jury unique qui englobe la Cinéfondation et les courts métrages et Gilles est chargé de sa désignation. Hier en fin d'après-midi, il nous a annoncé que la cinéaste japonais Naomi Kawase en sera la présidente. Reste donc à décider pour la Compétition, Un Certain Regard et la Caméra d'or. En tout quatre jurys et quatre président(e)s.

Dans, l'après-midi, je croise Xavier Dolan qui apporte lui-même le DCP de son film. « Pas tout à fait terminé, me dit-il. Mais je rentre vite à Montréal. Tu m'appelles quand tu l'as vu ? »

Après un dîner avec la journaliste Vanessa Schneider, qui veut réfléchir à ses reportages cannois pour le magazine *M* du *Monde*, et un karaoké chez les boxeurs Louis et Michel Acariès, à la merveilleuse affection desquels je ne sais pas résister, on apprend la mort d'Ettore Scola. Mon portable ne cesse de sonner. Je suis souvent sollicité pour parler de nos morts sur les télés et radios d'information, et je préfère décliner ce type d'intervention – je refuse de passer pour le nécrologue officiel du cinéma mondial. Mais je fais des exceptions pour ceux que j'ai vraiment connus et Ettore Scola est l'un d'eux. Je ne sais départager l'artiste et l'homme. J'ai envie d'insister sur sa brillante carrière de scénariste que celle de réalisateur a recouverte, la trace esthétique et le projet humaniste intimement mêlés, dans un regard sur le monde que ses films nous auront aidé à parfaire. En 1977, *Une journée particulière* aura frôlé la Palme d'or, et la légende cannoise dit que Robert Favre Le Bret la désirait ardemment pour lui, avant que Roberto Rossellini et son jury n'en décident autrement. Ettore Scola (on prononce « Ettoré » mais le même Favre Le Bret l'appela sur scène « Ettéro » Scola – Rissient en rit encore en évoquant l'anecdote) aura eu la consolation de voir que son film, récemment restauré, avait passé les ans et franchi le jugement le plus important, celui du temps.

Mercredi 20 janvier

Au Café Max, déjeuner avec Édouard Waintrop, patron de la Quinzaine des réalisateurs depuis trois ans : nous nous fréquentions beaucoup autrefois et nous nous lamentons que cela ne soit plus le cas. C'est sans doute pour cela qu'il m'a appelé, pour que ce silence cesse. Lorsqu'il était journaliste à *Libération*,

Édouard a chaleureusement accompagné mes premiers pas à l'Institut, écrivant de beaux papiers sur les invitations faites à Joseph Mankiewicz, André de Toth ou Stanley Donen et nos routes ne se sont jamais séparées. C'est un grand cinéphile-historien, capable de disserter sur la guerre d'Espagne autant que sur Capra ou Lubitsch. Puis il a quitté le journalisme, et s'en est allé faire les beaux jours du festival de Fribourg et désormais ceux de la Quinzaine, qu'il dirige comme un skipper réglant ses voiles au plus près pour tracer la meilleure route dans des vents complexes. En 2015, il a livré une belle sélection et se dit toutefois conscient de ne pas avoir, en invitant des cinéastes reconnus et délaissés par nous, totalement rempli sa mission vis-à-vis du jeune cinéma. Mais rester à l'affût ne fait-il pas partie de son rôle ? Il me rappelle que lors de sa première année, nous n'avions pas sélectionné *No* de Pablo Larraín. « Quand on a su que nous pouvions l'avoir, je n'en dormais plus, je me disais : "Thierry va le voir et me le reprendre." » Depuis mon arrivée à Cannes, je n'ai jamais pensé que le Festival s'affaiblissait quand les sections parallèles étaient fortes – c'est un truc d'observateurs ignorants de penser le contraire. « Justement, me dit Édouard, nous ne travaillons pas contre vous, je voulais te le dire. Nous avons besoin que la Sélection officielle soit forte, nous sommes Cannes *aussi*. » Il n'a pas apprécié certaines polémiques, pas plus, cet homme au sang chaud a-t-il l'honnêteté de le reconnaître, certaines de ses propres réactions, ni de voir le rôle du vilain systématiquement attribué au Festival. Il est vrai que nous bénéficions d'un traitement de défaveur et ne voyons pas notre travail jugé de la même manière que les sections parallèles. On nous dit souvent : « Vous êtes les plus forts, vous voudriez en plus qu'on vous tresse des lauriers ? » Oui, nous le voudrions. On sait que l'époque n'est pas à l'admiration de la grandeur, encore moins lorsqu'elle se leste d'une ostensible domination, mais nous ne sommes pas maîtres de notre propre image fabriquée à l'infini par la presse.

Je suis touché par l'attitude d'Édouard qui, sans renoncer à veiller jalousement sur son pré carré, n'entend pas que notre amitié fasse les frais de ces rivalités artificielles. Le déjeuner est très agréable, juste entrecoupé par quelques traits d'esprit de Valdo, le maître des lieux. J'ai la sensation de retrouver un proche et je m'en veux de n'avoir pas fait cette démarche moi-même, sans doute estimé-je que le Festival a eu l'an dernier sa part d'offenses. Quand on se quitte en s'embrassant, on sait que pendant les trois prochains mois, nous nous disputerons des films : Édouard guettera mes erreurs et je ne lui ferai aucun cadeau, mais nous savons que tout cela n'aura guère d'importance, s'il s'agit de choses que nous défendons avec la même ardeur.

Jeudi 21 janvier

Ce matin, George Miller annonce par sms qu'il a « nettoyé son agenda » et qu'il est en mesure de nous dire que, pour la présidence du jury, c'est oui. Je transmets la bonne nouvelle à Pierre Lescure, ainsi qu'aux collègues de l'équipe qui en ignoraient tout, car le secret cannois règne également dans les bureaux. Leurs belles réactions confortent notre choix. George nous promet quelques mots pour le communiqué de presse. Il nous restera à l'annoncer d'ici fin janvier, ce qui laissera, en gros, deux mois pour composer le jury.

Le soir, j'ouvre à l'Institut Lumière la troisième édition de Sport, Littérature et Cinéma, que je ne raterais pour rien au monde. Le cinéma a connu différents âges : l'illusionnisme, le cirque, le feuilleton littéraire, le théâtre, le jazz et le rock. Maintenant, c'est l'âge du sport. J'ai toutes mes chances : Bertrand Tavernier est le savoir incarné, mais je le bats aisément sur la composition de l'Ajax d'Amsterdam 1973.

Raymond Poulidor est l'invité d'honneur des journées, avec projection du documentaire que lui consacre Patrick Jeudy. Dans une salle comble et sur une scène habituellement fréquentée par les artistes, le vieux champion de bientôt 80 ans fait preuve d'une grande aisance et rappelle avec humour que lui qu'on surnommait « l'éternel deuxième » gagna aussi beaucoup de courses.

Vendredi 22 janvier

SLC 2016, suite. Journée de colloque et de débats autour du sport, de la littérature, de la télévision, de la photo et du cinéma. Cette variation entre une pratique sociale (le sport) et trois disciplines artistiques éloignées de lui mais qu'il fascine relève de l'idée impure d'imposer le sport dans un lieu de culture. Autrefois le sacrilège était total quand les intellectuels considéraient le sport comme l'opium du peuple. Née dans les années 60 et 70 où pourtant le monde n'était pas aussi corrompu qu'aujourd'hui, l'idée, qui ne cessera jamais de sous-entendre que les amateurs de sport sont tous de louches abrutis, reste amusante à combattre. Car l'art y a trouvé de quoi produire d'authentiques œuvres de création et il n'est nul besoin d'aller loin pour y trouver tous les ingrédients propres à l'acte poétique. Sport moderne et cinéma disent les êtres humains que nous sommes. Ils sont nés en même temps, ils sont populaires, ils inventent du rêve et du drame, et dans les deux cas l'argent domine trop. Mais dans le Tour comme au Festival de Cannes, il y a les grands maîtres, les artisans, les étoiles filantes, les oubliés, les jeunes prometteurs et les fausses valeurs dans une hiérarchie aristocratique acceptée par tous. Avec les mêmes miracles : la victoire incertaine d'un *outsider* à Paris-Roubaix fait légende, comme lorsque *La Vie d'Adèle* gagne la Palme d'or.

Ce soir, succédant à Poulidor hier, Eddy Merckx et Éric Cantona en 2014, Jean-Claude Killy et Hugh Hudson en 2015, et après la projection de *Continental Circus* de Jérôme Laperrousaz, Giacomo Agostini, un empereur de la moto trop oublié aujourd'hui, envoûte la salle de sa légende et de son charme : « Tous les week-ends, quand on allait courir, nous savions que l'un d'entre nous serait peut-être mort. » Demain, ça sera Louis Acariès pour présenter *Gentleman Jim*, Gérard Houllier pour *The Damned United* et l'avant-première d'un formidable documentaire qui s'appelle *Free to Run*, signé Pierre Morath. Il y aura aussi Antoine de Baecque qui d'historien est devenu marcheur. On termine dimanche avec Thierry Rey, le premier Français champion olympique de judo, pour une copie 35 mm de *La Légende du grand judo*, le premier film de Kurosawa.

Samedi 23 janvier

À l'occasion de la sortie des *Las Elegidas*, le film de David Pablos, un type des *Inrocks* évoque l'« infect cinéma mexicain ». Comme ça en passant, dans un élan d'inconséquence critique et de perpétuation d'une haine de l'autre chez les modernes dont ce qui fut une extraordinaire revue ne se rend visiblement plus compte.

Autrefois, il fallait honnir le sport, avant qu'il ne devienne de bon ton de parler tennis, par exemple. Godard et Daney ont rendu Borg et McEnroe fréquentables auprès de quelques critiques de cinéma qui, même dans ce domaine, ont besoin de maîtres-penseurs. Car on partait de loin : si Camus aimait le football, les oukases de Sartre, qui était l'exemple parfait de l'intellectuel étranger à la question du corps, affaiblissaient sa voix.

Mais la qualité de l'écriture des journalistes sportifs est une chose désormais reconnue – j'ai acheté pour la première fois

L'Équipe à l'âge de douze ans, lorsque Eddy Merckx a chuté dans le Paris-Nice à l'arrivée à Saint-Étienne – et j'aime leur compagnie, comme celle de Benoît Heimermann, Vincent Duluc et Philippe Brunel, qui viennent chaque année à ce festival. Et pas loin se tient Didier Roustan, l'homme qui parle de football différemment à la télévision depuis trente ans.

Dimanche 24 janvier

Pour finir les rencontres en beauté, on se rend, en bande, au Stade des Lumières pour le match des Olympiques, Lyon et Marseille. Jamel Debbouze est là avec son fils, mes collaborateurs aussi, Maelle Arnaud avec son frère, Fabrice Calzettoni en famille, en virage nord, comme mes neveux et plein d'amis que je sais présents, un peu partout dans ce nouveau stade qui les faisait râler mais auquel, comme Gerland pendant des décennies, ils sont déjà fidèles.

Pathé me trotte dans la tête. Ce week-end m'a redonné de l'énergie. Autrefois, les patrons des cinémathèques européennes ne partaient pas : Freddy Buache (Lausanne), Enno Patalas (Munich) ou Fred Junck (Luxembourg), on les trouvait chez eux, penchés sur le métier et présentant des films qu'ils avaient sauvés, dans des copies qu'ils connaissaient bobine par bobine. Comme Henri Langlois, bien sûr, ou Jacques Ledoux, à Bruxelles, que je n'ai pas connus. Les gens restaient au même endroit, toute leur vie, comme des paysans, comme des chefs de restaurant. Ce sont de grands aînés dont l'exemple m'a inspiré. Chema Prado, qui dirigeait la Filmoteca española à Madrid depuis le retour de la démocratie, s'arrêtant, je serai bientôt l'un des plus anciens dirigeants de cinémathèque (j'ai commencé jeune). Et je m'en serais largement contenté, je l'ai dit, si Gilles ne m'avait pas placé là où il l'a voulu. Et, je l'ai dit aussi, le Festival de Cannes est irremplaçable pour moi. Ces deux métiers n'en font qu'un, se nourrissent et se complètent. Je suis à Paris, je suis sur la Croisette, je suis rue du Premier-Film : animer une équipe, présenter des films, accueillir les spectateurs, entretenir une histoire permanente du cinéma, un jour, Bernard Chardère m'a dit que j'étais fait pour ça. Comme disait Cendrars, « je suis né prodigue ».

Lundi 25 janvier

Les vingt-cinq minutes de retard du TGV qu'un homme à l'accent du Midi annonce aux voyageurs m'apparaissent soudainement comme un cadeau. Je resterai plus longtemps sur ce fauteuil de la voiture n° 2 à lire, écrire, et à écouter *Ma France* et quelques autres chansons de Jean Ferrat. « Ma France / Celle qui ne possède en or que ses nuits blanches / Pour la lutte obstinée de ce temps quotidien / Du journal que l'on vend le matin d'un dimanche / À l'affiche qu'on colle au mur du lendemain. »

J'ai dans mon ADN les restes d'une scolarité qui s'est faite dans les années 70 aux Minguettes, à Vénissieux, une ville « communiste » dont le mode d'éducation m'a imprégné durablement, par romantisme peut-être, par la nostalgie de l'enfance sûrement, et le temps passant, par désir de ne pas laisser s'envoler ce qu'on nous enseignait, le sentiment du peuple, les ouvriers de Berliet et le sacrifice de l'URSS face aux nazis que tout nous rappelait, par les affiches ou les slogans : le nom des rues (boulevard Lénine, avenue des Martyrs de la Résistance) ou celui des écoles (Louis Aragon, Paul Éluard, Elsa Triolet). La mixité internationale de la ZUP des années 70, c'était quelque chose : chaque été, il y avait les « zupiades », pétanque, belote, couscous et paella pour tout le monde. Tout cela m'a été donné par transfusion, doucement, sans forcer, sans excès, loin de Brejnev et du colonel général Jdanov – je n'ai jamais été communiste ni militant. C'était avant les années 80, l'argent partout, la publicité et la décérébration généralisée. Le poids du monde et de ses peuples, de son histoire et de ses douleurs, nous était enseigné dès le plus jeune âge par des parents, des instituteurs, des professeurs de judo et par un sentiment public qui nous tenait lieu de famille collective. Le cadeau fut précieux.

Le train repart, rattrape une partie de son retard, et arrive gare de Lyon. Une semaine parisienne commence. Nadine Famien, qui trône à l'entrée de notre bâtiment, se régale d'accueillir de plus en plus de monde chaque matin. « Tu as bien pédalé ? » me demande-t-elle tous les jours. À 13 heures, à vélo, donc, je rejoins Pierre pour déjeuner à l'Hôtel de Ville avec la maire et son adjoint à la culture, Bruno Julliard. Quand elle vous salue, Anne Hidalgo dégage quelque chose d'intelligent et d'humain, alliage rare, en ces temps. Au programme, culture et sport, en particulier la candidature de la ville aux Jeux olympiques de 2024. Est-ce que Cannes peut aider ? Comment ? Si on peut, à coup sûr, comment, on ne sait pas.

Mardi 26 janvier

L'Ardéchois Jean-Marie Barbe, créateur et directeur des États généraux du film documentaire de Lussas, passe prendre un café au bureau. Nous discutons de ses projets, de cette aventure qu'il a mise en place sur le plateau ardéchois autour d'un cinéma différent, « d'intervention », disait-on autrefois, dont les ramifications l'amènent aujourd'hui en Afrique. On a plaisir à se voir, car l'instant est plus rare qu'avant, quand Lussas n'en était qu'à ses débuts et que je traversais le Rhône d'un coup de voiture. Jean-Marie me donne aussi le DVD du montage provisoire d'un film sur Chris Marker. Dès qu'il part, je m'empresse d'en regarder quelques extraits, d'en écouter l'humeur sonore, de retrouver les premiers mots de *La Jetée* : « Ceci est l'histoire d'un homme marqué par une image d'enfance. »

De Sundance, l'indispensable Didier Allouch : « Mon petit point du jour. Vu aujourd'hui *Southside With You*, le film sur la rencontre entre Michelle et Barack Obama. Leur premier rendez-vous qui dura une journée entière. Il l'emmène au parc, à un meeting de quartier et voir *Do the Right Thing*. Ils tomberont amoureux. C'est donc le premier film sur les Obama, il y en aura surement 24 987 autres. Vu aussi le Kevin Smith, *Yoga Hosers*, un n'importe quoi potache traversé d'idées rigolotes et d'une révélation : Lily-Rose Depp. Elle a un truc cette gamine, c'est une évidence. Sinon, *Manchester by the Sea* reste une des bonnes choses que j'ai vues ici. Et *Captain Fantastic* est très bien reçu. Et *Birth of a Nation* fera un malheur. » Vincent Maraval, qui y assiste pour la première fois, est épaté par la générosité du public mais renâcle devant l'unanimisme qui règne dans les rangs : « N'importe quel bon film se fait démonter à Cannes, et là, il y a des gens qui aiment tout, se pâment et s'extasient devant des choses insignifiantes. »

Mercredi 27 janvier

Un homme seul monte les marches d'une villa méditerranéenne baignée d'un soleil dont le graphiste a saturé l'éclat dans un embrasement d'ambré et de jaune qui donne à une image pourtant célèbre un retentissement inattendu. Un photogramme du *Mépris*, Michel Piccoli, et la légendaire villa de l'écrivain Curzio Malaparte à Capri… Nous avions exploré ce visuel il y a quelques années sans aboutir à un résultat satisfaisant pour le conseil d'administration qui l'avait retoqué. Le traitement visuel choisi par les graphistes Hervé Chigioni et Gilles Frappier lui donne une force renouvelée. On songe à *Soleil vert*, le film de Richard Fleisher, qui disait la beauté d'une planète qui se mourait et à *En Méditerranée*, la chanson de Georges Moustaki, écrite il y a quarante ans en hommage au berceau de la civilisation taché alors de violence, et qui prend un sens nouveau en 2016 – il suffirait d'ajouter un paragraphe sur les migrants :

Dans ce bassin où jouent
Des enfants aux yeux noirs
Il y a trois continents
Et des siècles d'histoire
Des prophètes, des dieux
Le Messie en personne
Il y a un bel été
Qui ne craint pas l'automne
En Méditerranée…

On a l'affiche de Cannes 2016.

Jeudi 28 janvier

Reçu cette nuit quelques lignes de George Miller qu'il souhaite inclure dans le communiqué de presse, ainsi que son approbation d'un cliché de lui que nous aimons bien, signé Carl Court, un photographe de l'AFP.

On ne commence jamais à réfléchir à la composition du jury sans le nom d'un président en poche. Maintenant, on peut y aller. Cette semaine, j'ai envoyé une lettre à Penélope Cruz, qui me rappelle ce matin. Comme Nicole Kidman, qui n'accepta qu'après plusieurs demandes (et un long processus d'explication et de séduction – elle ne le regretta pas et nous non plus), Penélope ne se sentait jusque-là pas armée pour endosser la fonction. Sa timidité l'empêchait de pouvoir considérer pour elle-même cette proposition avec sérieux. Au téléphone, la belle et tendre Espagnole se dit désormais prête. Reste les questions d'agenda. Cette année sera-t-elle la bonne ? Elle n'en est pas sûre, me dit-elle, car un tournage devrait la retenir en mai.

Vu le Dolan. Comme souvent avec les candidats potentiels à la compétition, c'est sur un petit battement de cœur qu'on a lancé la projection, de peur d'une déception. D'autant que, dans sa première demi-heure, le film désarçonne par son agitation, après une douce séquence d'ouverture visuellement impressionnante, qui voit un jeune homme revenir au pays pour annoncer aux siens qu'il va mourir. Ce qu'il ne fera pas, compte tenu des rapports familiaux tissés de bagarres rentrées, de non-dits et de névrose impudemment affichée. Toute cette hystérie déroute d'abord, avec un filmage en gros plan et des dialogues jetés comme des anathèmes qui en redoublent le malaise. Puis, une confession entre la mère et le fils produit une émotion infinie qui, dès lors, ne cesse plus jusqu'à une scène collective finale hallucinante de tristesse. *Juste la fin du monde*, adapté de la pièce de Jean-Luc Lagarce et doté d'une somptueuse distribution française (Vincent Cassel, Nathalie Baye, Gaspard Ulliel, Marion Cotillard, Léa Seydoux) laisse épuisé, dans un enivrant mélange de jeunesse, d'amour, de colère, de culpabilité, de fraternité, de nostalgie. Sans craindre l'inconfort de s'éloigner de *Mommy*, Dolan montre une belle capacité à changer de style, alors qu'il lui eût été facile d'en poursuivre l'élan. Le film dérangera et plaira pour cela : il est différent.

Vendredi 29 janvier

Dans la matinée, on apprend la mort de Jacques Rivette qui fait immédiatement l'objet de multiples hommages. Justifiés et parfois excessifs. Comme dit Godard, les gens parlent de nous mais ont-ils vu nos films ? Que savent-ils réellement de l'œuvre de Rivette ? De ses films-fleuves, de ses films rares, de ses films perdus ? L'un de mes préférés était *Le Pont du Nord*, avec Jeff Stévenin et Pascale Ogier, qui avait co-écrit le scénario. Musique de Piazzolla que Rivette aimait beaucoup, je crois. Je ne suis même pas sûr qu'il existe en DVD. Je n'avais rencontré Rivette qu'une seule fois, lors de ma première sélection, en 2001, le film s'appelait *Va savoir*, avec Jeanne Balibar, Sergio Castellitto et Hélène de Fougerolles. Je garde le souvenir d'un homme très aimable, souriant, et d'un cinéaste très concerné par la qualité de la projection, obsédé par le son. Le film était une comédie théâtrale, qui avait déclenché de formidables vagues de rires dans la grande salle du Palais. En novembre dernier, Carlotta a ressorti *Out 1 : Noli me tangere*, qui dure douze heures trente. Le programmer à l'Institut Lumière fut un sacré moment, avec des spectateurs volontaires, les uns enchantés, les autres décontenancés par une telle expérience *physique* de cinéma, qui me fait songer aujourd'hui à ces grandioses créations que sont les romans de Jonathan Franzen ou de Roberto Bolaño.

Stéphane Célérier, de Mars Distribution, m'appelle de Park Avenue, à New York, la projection du nouveau Woody Allen à peine terminée. « Le film est super. » Stéphane est le supporter numéro un de ses propres films et n'a jamais le sentiment d'en faire trop. « Pour l'instant, ça s'appelle *The Untitled Woody Allen's Project*. Je viens de parler à Letty, Woody n'est pas contre l'idée de revenir à Cannes. C'est pour ça que je t'appelle. » Letty Aronson est la sœur de Woody, sa productrice aussi. « Deux années de suite à Cannes, ça ne fait pas trop ? – Ça dépend du film. Woody est toujours le bienvenu. – C'est une comédie mélancolique et légère sur le Hollywood des années 30. – Montrons-le en deuxième semaine, pour changer. – Tu sais bien que Woody préfère le premier week-end. – L'an dernier, on a placé *Vice-Versa* le lundi. Une comédie après les gros films du début, c'est bien. – Dis-moi si ça t'intéresse ou pas, je ne veux pas faire attendre Woody et Letty. – Bien sûr que ça nous intéresse. Même si l'année américaine semble forte. – Les miens en particulier… – C'est quoi les tiens, déjà ? » Je savais que ça allait le vexer. « Tu es pénible de faire exprès de ne pas t'en souvenir, je te l'ai dit cent fois. J'ai le Sean Penn, le Jeff Nichols et le film avec Viggo Mortensen ovationné à Sundance. – Il paraît que tout le monde aime tout à Sundance. – N'importe quoi ! Le film a juste été l'un des plus acclamés. Bon, dis-moi vite comment tu sens les choses pour Woody. – Il faudrait qu'on voie le film. – À New York ? – Organisons plutôt une projection à Paris. Le film sort quand ? – Pas avant l'automne prochain. »

Le soir, appel de Léa Seydoux qui veut savoir si j'ai aimé le Dolan. Hier, Xavier m'a dit vouloir ajouter une indication de lieu et de temps, de cette époque où des gens mouraient jeunes d'une maladie d'amour et de sang. Je l'ai revu avec le comité français cette semaine et la deuxième vision est plus forte encore. Tandis que j'arpente de nuit les rues pavées qui entourent l'abbaye d'Ainay, Léa se remémore le tournage, glisse quelques compliments sur ses partenaires, s'inquiète comme toujours de sa propre performance.

Samedi 30 janvier

Un ami feint de s'étonner : « Qui est ce Rivette auquel *Libé* et *Le Monde* consacrent leur une, et des pages à l'infini ? Il a sauvé la France ? Il a trouvé un vaccin important ? Il a volé les riches pour donner aux pauvres ? » Cet ami vit à Marseille et il est cinéphile, sans doute pas assez pour goûter un tel amoncellement d'éloges (il déteste l'idée qu'un artiste ne puisse se tromper de temps en temps) mais suffisamment pour se moquer d'une pensée critique française qui ne conçoit son existence que dans l'unanimisme. De surcroît, cet insurgé non repenti des années 80 aime ferrailler contre les académismes postmodernes dont il dit qu'ils sont les pires parce qu'il y a une forme de trahison de voir des gens jadis opposés à l'establishment être ensuite décrits en saints hommes par des zélateurs gambadant après des légendes ressassées à l'infini. De Rivette, Bertrand me dit beaucoup de bien, il l'a connu aux *Cahiers* quand il en était le directeur. « Parler cinéma avec lui était passionnant. Et il me laissait écrire ce que je voulais. » Aux *Cahiers*, Rivette avait succédé à Rohmer, ça s'était mal passé entre eux mais on ne lit pas un mot sur cette révolution de palais qui avait laissé Rohmer et Jean Douchet meurtris. Il faudrait revenir un jour sur les emballements politiques des gens de la Nouvelle Vague : la droite des années 50, le gauchisme des années 60, Chabrol qui s'en amuse et Rohmer qui réalise *L'Anglaise et le Duc* à la fin de sa vie.

Cela dit, comment Rivette, qui connaissait son Histoire, qui était fou de Hawks, le cinéaste le plus indifférent au jugement d'autrui, Rivette qui avait la dent très dure sur ce qu'il n'aimait pas et avait attaqué *ad hominem* certains cinéastes, a-t-il pu accepter de se laisser peindre en gourou et devenir ce cinéaste ultra-choyé par la presse ? Peur de se retrouver seul ou désir de profiter de l'impeccable machine critique à protéger la communauté qu'on a mise soi-même en place ? Les contradictions d'un homme seront toujours plus passionnantes qu'une existence sans relief. Son truc, à Rivette, c'était le cinéma : il a commencé à écrire après la guerre, et toute sa vie et presque jusqu'à la fin, il a continué à aller voir des films en salles, plusieurs fois par jour.

Sur Pathé, j'ai informé autour de moi, il était temps. Au Festival, Christian Jeune me dit ne pas pouvoir m'imaginer parti, idem pour Jérôme Paillard. Il est vrai que je n'aimerais pas qu'à leur tour ces deux-là s'en aillent. François Desrousseaux se cantonne à sa réserve habituelle mais je l'ai senti inquiet, même dans la perspective d'un départ qui n'aurait pas lieu avant 2017. Pierre Lescure fait preuve d'un flegme bienvenu. Frédérique Bredin, la présidente du CNC, m'a appelé mais n'a pas voulu m'influencer, comme s'il s'agissait juste de m'aider à décider, dans un sens ou dans l'autre. À Lyon, où règne une atmosphère plus sentimentale, Cécile Bourgeat, Leslie Pichot ou Fabrice Calzettoni m'ont clairement fait comprendre qu'ils seront incapables de mener nos projets sans moi et Maelle Arnaud, qui m'est si précieuse, semble tétanisée par le sujet. L'adjoint à la culture de la ville de Lyon, Georges Képénékian, m'appelle en se demandant s'il faut y croire. Bertrand, lui, ne sait rien de tout cela. Je l'ai tenu à l'écart : son dernier film, *Quai d'Orsay*, et celui qui sortira en 2016, *Voyage à travers le cinéma français*, sont distribués par Pathé, je ne veux pas l'obliger à se prononcer.

Cette semaine, c'était jeudi, je crois, je me suis réveillé un matin en me disant : « Je n'y vais pas. » Ou plutôt : je reste. Accepter la proposition de Jérôme n'est pas le problème en soi – c'eût été un rêve de se la voir offrir, dans une autre vie. C'est quitter Cannes qui en est un. Puis j'ai changé d'avis, je me suis dit qu'après tout, je serais idiot de refuser une opportunité qui ne se représentera pas de sitôt. À vingt-quatre heures d'une réponse que j'ai promise à Jérôme Seydoux, l'incertitude est absolue. Comme me dit Marie : « Gémeaux ascendant Gémeaux, ce sont les pires. »

Dimanche 31 janvier

Je déteste téléphoner sans rien faire. Il me faut être en mouvement, sur la plateforme des TGV, en voiture, sur mon vélo, en train de marcher et je procède ainsi à Paris, Los Angeles, Buenos Aires, sur la Croisette ou partout ailleurs. Ce matin, je décide de faire une longue promenade dans Lyon, partant des voûtes de Perrache pour rejoindre le cours Charlemagne qui ressemble, depuis que le tramway en partage les allées, à une avenue berlinoise, avant de revenir par Gerland et la Guillotière. Il est tôt, le temps est maussade et il pleut par intermittence. La journée va s'étirer lentement. Coup sur coup, j'appelle Vincent Lindon, Paul Rassam et Juliette Favreul. Et je marche dans Lyon.

Je m'arrête boire un café dans un bistrot de la place du Pont. Autrefois, il y avait ici de nombreux cinémas, dont un seul subsiste, réaffecté en théâtre alternatif : l'Élysée, avec du style et un balcon. Plus loin, se tenait l'Eldorado, aujourd'hui détruit, Chéreau le Lyonnais d'adoption y a tourné des scènes de son premier film : *La Chair de l'orchidée*. Il y avait un autre cinéma de quartier, le Gambetta, je crois, où j'ai vu mon premier Bruce Lee, *Opération Dragon*, pendant l'hiver 1974. On a ça, les cinéphiles : la mémoire des lieux. Quand je mourrai, je ne verrai pas défiler ma vie, mais les salles et les films qui en auront fait la valeur.

Je suis rentré les écouteurs sur les oreilles en repassant deux fois de suite l'addictif *Not Dark Yet* de Dylan. À la maison, Marie s'est étonnée de cette longue absence. La sélection, les voyages, l'opération à venir de Victor, je crois qu'elle a trouvé que ça faisait beaucoup. « Et puis, ce livre, maintenant. Tu vas encore faire parler de toi. Était-ce bien nécessaire ? » Nous avons parlé un peu. Je lui ai dit que George Miller serait le prochain président du jury et qu'on l'annonçait cette semaine. Elle a trouvé ça bien.

Bertrand surgit toujours pour distraire les existences des autres. En fin d'après-midi, le voilà qui distille, pour Jean-Pierre Coursodon et moi, des infos sur *Phase IV*, un film d'horreur et d'insectes, le seul long métrage réalisé par Saul Bass, le grand génie créateur des admirables génériques de *Vertigo*, *West Side Story* ou *Tempête à Washington*. Tous les cinéphiles connaissent Saul Bass, même à leur insu, tant il a ébloui débuts de films et séquences d'ouverture. À la fin de sa vie, Saul Bass travailla avec Martin Scorsese et ses derniers ouvrages furent les génériques de *Casino* (vous vous souvenez, l'explosion de la voiture de De Niro, les flammes, etc.), le *Voyage à travers le cinéma américain*, avec cette idée lumineuse de l'apparition du visage de Marty dessiné au crayon.

Je reverrais bien *Phase IV*, moi, plutôt que de réfléchir à ce que je vais dire à Jérôme Seydoux. Le mail de Bertrand me rappelle soudainement une évidence, comme si j'allais l'oublier : je ne peux m'éloigner de nos tâches communes, je ne peux délaisser la rue du Premier-Film où il y a tant à faire encore. Et je ne peux quitter Cannes, tout simplement, m'éloigner du haut des marches rouges, où la vue sur le cinéma est imprenable, et interrompre un dialogue permanent avec Martin Scorsese, Lars von Trier ou Wong Kar-wai.

Dans la soirée, je retourne dans la rue et traverse la Saône vers le Vieux Lyon, téléphone collé à l'oreille. J'appelle Jérôme Seydoux, qui ne répond pas, puis qui me rappelle. Je lui dis que je ne peux accepter sa proposition. Il me confie sans détour sa déception mais a une réaction magnifique en me parlant de mon propre avenir. Puis il me dit quelque chose de très gentil, qui renforce mon sentiment de culpabilité à son égard. Et nous parlons de l'OL, d'Almodóvar, de Chamonix et de la neige qui tombe enfin là-bas, sur les Grands Montets où il m'invite à le rejoindre fin mars.

En rentrant, alors que je remonte la rue Saint-Georges pour traverser la Saône au pont Bonaparte, où habitait Michel Deruelle, le maquilleur du cinéma, j'informe Pierre Lescure qui me dit : « Je respecte infiniment l'offre que Jérôme t'a faite mais comme président de Cannes, je suis heureux et soulagé. » Lui-même souvent en proie à l'incertitude des choses, je le sens apaisé à la pensée que rien ne change, que la vie va continuer. Demain, nous préparons l'annonce officielle du président du jury et mardi, je file en Grèce. Ça me remettra les idées en place.

FÉVRIER

Lundi 1er février

Margriet est néerlandaise, grande et blonde. Et néo-lyonnaise ou quasi : elle habite un petit village de l'ouest de la métropole, mariée à un rugbyman de Bourgoin-Jallieu. Jadis, elle a fait à Paris des études de lettres, a fréquenté les cours de Francis Marmande et est restée une grande admiratrice de Kundera. Depuis bientôt vingt ans, elle est aussi mon assistante. L'été dernier, alors que nous étions avec Laurent Gerra dans le port de Gênes et que nous nous dirigions vers une trattoria sur les hauteurs de la ville, elle m'a envoyé un sms me demandant de la rappeler. « J'ai une pizza sur le feu. C'est urgent ? » lui ai-je demandé en plaisantant. « Oui », m'a-t-elle répondu d'un mot. J'ai tout de suite pensé que c'était grave, alors j'ai arrêté de plaisanter. Après plusieurs mois d'arrêt maladie, nous la retrouvons ce matin. À l'Institut Lumière, les gens ont pleuré en apprenant la nouvelle de sa maladie, ils pleurent de la savoir guérie. Ce matin, je n'ai pas pris le premier train pour Paris car je voulais être au château Lumière pour l'accueillir.

J'en profite pour informer l'équipe dirigeante de l'Institut de ma décision et, arrivé au bureau rue Amélie, je fais de même avec celle de Cannes. Christian qui, dans la vie, n'est pas du genre à manifester sa satisfaction, me décoche un sourire avenant : « Ça tombe bien, il y a des films à voir ! » Dans l'après-midi, nous préparons avec Vinca Van Eecke, Christine Aimé et Caroline Vautrot le communiqué de presse du président du jury. Relectures, modifications, relectures, traduction. Pierre approuve. On enverra ça à l'AFP sous embargo et demain à 6 heures du matin à la terre entière.

En fin d'après-midi, je confirme à Xavier Dolan que *Juste la fin du monde* est sélectionné en compétition. Il manifeste une joie spontanée et nourrie : ce garçon, plus souvent harcelé par le doute qu'on ne le pense, est le contraire de la réputation d'arrogance qui colle à sa jeunesse flamboyante. Deux films en compétition, donc, avec le Roumain Cristi Puiu. Plus que dix-huit ! Saïd Ben Saïd va vite l'apprendre (rien ne filtre dans la presse, mais tout se sait chez les professionnels) et me demander une réponse ferme sur le Verhoeven.

Le soir, je m'aperçois que le nom de George Miller fuite sur le site du *Parisien*. Un joli coup d'Alain Grasset, le journaliste-détective privé du quotidien. Sophie Laubie de l'AFP, qui fait son travail, me harcèle de sms : « L'embargo est-il rompu ? Pouvons-nous donner l'info ? » Il est tard, je ne lui réponds pas. La rumeur enfle sur les réseaux sociaux, pour le meilleur : les réactions sont enthousiastes.

Mardi 2 février

« Quel plaisir absolu ! Être au cœur de ce festival chargé d'histoire au moment du dévoilement de joyaux de cinéma venus du monde entier ! Passer du temps à en débattre passionnément avec mes compagnons de jury ! C'est un grand honneur. J'ai déjà hâte d'y être. » À 6 h 27 ce matin, Christine Aimé a envoyé le communiqué de presse officiel sur le président du jury, incluant cette citation de George Miller. Toute la matinée, les réactions s'enchaînent, sans fausse note.

À 9 h 45, j'embarque à Roissy pour le vol d'Air France à destination d'Athènes, où je mets les pieds pour la première fois. Quand nous atterrissons, j'apprends que le site d'information Salade Lyonnaise affirme, sous la plume du malin Luc Hernandez, que je suis sur le point de quitter le Festival de Cannes pour rejoindre une grande entreprise privée, genre Orange ou Canal+. Je me retrouve bombardé de sms, la tenace Sophie Laubie de l'AFP en tête.

Passage à l'hôtel Grande-Bretagne, deux interviews, et je retrouve le sympathique Panos Koutras, le réalisateur de *L'Attaque de la moussaka géante*, qui est venu l'an dernier au Certain Regard avec *Xenia*, un beau film insolent et tendre. Comme Cristian Mungiu à Bucarest, il m'accompagne pour les films Lumière que je présente à la Fondation Onassis devant une foule considérable. Dans une salle de spectacle qui se transforme instantanément en un bel écrin, ces vues épatent à nouveau. Panos a révisé le texte que je lui ai envoyé et ajoute à mes explications soigneusement minutées quelques commentaires de son cru, en grec, qui accroissent les rires de l'assistance.

Après un grand et beau dîner avec les responsables du cinéma grec et le président de l'Académie, sur la terrasse de l'hôtel qui domine la ville et laisse deviner les promesses qu'une visite de plusieurs jours doit aisément combler, je m'enfonce dans les rues pour téléphoner. En une journée, la rumeur sur mon départ a enflé. Victor Hadida, qui anime avec son frère Samuel Metropolitan Filmexport, préside le syndicat français des distributeurs et, à ce titre, siège comme membre du conseil d'administration de Cannes, s'émeut de cette offre mystérieuse, ne cherche pas à en connaître le détail, mais me dit explicitement et avec des mots qui me touchent que mon départ est inenvisageable.

Mercredi 3 février

Le producteur, agent et impresario (la désuétude charmante du mot m'enchante) Olivier Gluzman, dont le compagnon est grec, a facilité ce voyage dans cette ville qu'il connaît bien. Je fais avec lui et Polydoros, et Maelle Arnaud qui m'accompagne, quelques pas dans la ville. Très ému de voir des photos de Melina Mercouri sur les murs de certains restaurants, et plus encore de la voir accompagnée de son mari Jules Dassin, l'homme qui réalisa en trois années consécutives (de 1947 à 1950) trois grands films : *Les Démons de la liberté*, *La Cité sans voiles* et *Les Bas-fonds de Frisco*. L'année suivante, quand il est chassé des États-Unis par le maccarthysme, il trouve refuge à Londres, où il réalise *Les Forbans de la nuit*, autre chef-d'œuvre. Après un passage en France et le formidable *Du rififi chez les hommes*, il s'installe en Grèce. Je me reproche de ne l'avoir jamais invité à Lyon, quand c'était possible.

Avant même que nous n'escaladions l'Acropole, je découvre les raisons pour lesquelles Athènes compte depuis toujours. Comme l'a dit Godard, questionné sur la dette financière du pays : « Il semble que c'est surtout nous qui avons une dette de civilisation à l'égard de la Grèce. »

Après un (excellent) déjeuner avec l'ambassadeur de France Christophe Chantepy, je rejoins l'Alliance française pour rencontrer les professionnels locaux et quelques journalistes, comme le valeureux Alexis Grivas, appuyé sur des béquilles. Je trouve face à moi des gens attentifs, curieux de l'histoire de Cannes, de ses missions et de ses devoirs. Il y a là des producteurs et des cinéastes et certains font preuve d'une trop grande modestie quand je leur demande d'évoquer leur travail – je m'aperçois à nouveau que Cannes est le graal absolu pour les gens de cinéma du monde entier. Après ce beau moment, je change de pièce pour une conférence-discussion menée par Michel Démopoulos, ex-collègue du Festival de Thessalonique, qui travaille désormais à la télévision. « Ou ce qu'il en reste ! » me dit-il – les Grecs gardent, dans cette météo de tempête permanente qui est la leur depuis plus de cinq ans, la tête politique froide et de l'humour en réserve.

Le soir nous sommes restés longtemps sur la terrasse, un verre de rouge local à la main. Depuis l'Acropole, le Parthénon dominait la ville en l'éclairant. Plus loin, vers le Pirée et la Méditerranée, le ciel s'était lentement assombri. Demain, rien ne changerait de cette beauté définitive ni de la splendide indiscipline de son peuple. C'était déjà beaucoup.

Jeudi 4 février

Retour à Paris. Parler de cinéma en Grèce m'a ramené aux années cannoises de Theo Angelopoulos, suivies comme festivalier puisque le sacre de *L'Éternité et un jour* date de 1998. Trois ans plus tôt, il avait reçu le Grand Prix pour *Le Regard d'Ulysse* et on lui fit l'injuste procès de le portraiturer en mauvais joueur car la Palme d'or lui avait échappé. N'avait-il pas le droit d'être déçu ? Ce film, qui visitait l'histoire du cinéma primitif dans les Balkans à travers d'autres frères de cinéma, Yannakis et Milton Manákis, était une splendeur. La dernière fois que j'ai croisé Theo, c'était dans le Carré d'or de Cannes, il sortait de la Mère Besson, une institution culinaire festivalière. Eric Heumann, qui l'avait produit et distribué, l'accompagnait. Theo était blagueur, chambreur, dans une grande forme. L'année d'après, alors qu'il était en repérage à Athènes pour un film à venir, une moto le renversa et cette mort aussi absurde que triste ouvrit les yeux de tous, mais bien tard, sur l'importance de sa présence, de son exigence et de son travail.

Arrivée à l'aéroport de Genève, retour à Lyon puis Paris. Le maire de Lyon, Gérard Collomb : « Je ne commente pas les rumeurs mais rassurez-moi, vous ne partez pas ? »

Vendredi 5 février

L'annonce de la sélection aura lieu le jeudi 14 avril. Autrefois, cela se faisait au Grand Hôtel, boulevard des Capucines, désormais c'est à l'UGC Normandie, un cinéma des Champs-Élysées : presse mondiale, télévisions, etc., un gros machin. Avec Pierre, nous nous demandons s'il faut s'obliger à cette grand-messe. Les journalistes sont entassés dans l'ombre, ressentis par nous comme vaguement hostiles alors qu'il y a plein de copains, les questions-réponses ne sont jamais passionnantes et *Libé* dit chaque année à quel point on a l'air à la ramasse, fatigués, les traits tirés, la cravate de travers – ce qui est en général vrai. Peut-être est-ce l'approche du 70e anniversaire, mais on se pose des questions sur quelques-unes de nos traditions.

L'actrice américaine Kirsten Dunst est entrée dans l'histoire du Festival avec son prix d'interprétation féminine (pour *Melancholia* de Lars von Trier) et un coup d'œil à sa filmographie prouve qu'elle a le sens du cinéma d'auteur. Nous étions très désireux de l'avoir au jury. Cette nuit, elle nous a fait savoir qu'elle accepte avec joie. Elle est notre première jurée 2016.

En fin de soirée, coup de fil très chaleureux de Bernard Brochand, un homme qui, succès acquis et fortune faite (dans la publicité), est revenu dans sa région natale, pour se faire élire maire et député de Cannes, avant de préparer sa succession pour David Lisnard. Il est contrarié par mon éventuel départ. Son amour du Festival ne s'est jamais démenti et nous avons passé de belles années ensemble, même quand il s'alarmait de ce marronnier local : la « possible absence des Américains ». J'adorais l'avoir en haut du tapis rouge, corpulence et style Troisième République plutôt qu'air branché des pubards, on parlait foot, politique, et on regardait monter les filles. Sur les débuts de soirée, il serrait beaucoup plus de mains que moi : celles de ses administrés – les Cannois sont aussi présents aux séances. Puis je le devinais dans l'obscurité de sa loge, s'émerveillant de certains films, souffrant devant d'autres, ces films d'auteur auxquels il était rétif mais dont il savait que c'était le sel de notre terre. Les années nous ont filé entre les doigts. Bernard était encore là, c'était hier. Ses mots me touchent, ce genre de conversation compte, comme le poids d'une parole publique.

Samedi 6 février

La Sélection va entrer dans sa phase concrète. Il me faut expliquer comment Cannes fonctionne. Nommer les choses et, par exemple, dire que l'appellation originelle de la manifestation de cinéma qui se déroule à Cannes chaque mois de mai n'est pas le « Festival de Cannes » mais l'« Association française du Festival international du film ». « Festival de Cannes » est venu ces dernières années. Les anciens, dans l'équipe, disent encore : le « FIF », avec l'accent du Sud.

Le Festival de Cannes a deux activités principales : la Sélection officielle et le Marché du Film. D'un côté, des œuvres projetées en avant-première pour le public et la presse dans des conditions prestigieuses, auteurs, glamour et tapis rouge ; et de l'autre des films à venir ou des films achevés mais non soumis à la sélection, proposés aux acheteurs du monde entier.

Lors de la première édition du Festival, en septembre 1946, il n'y avait que la Sélection officielle (le Marché n'arrivera qu'en 1959), laquelle comprenait la compétition et quelques films aux alentours. La Palme d'or, qui en constitue le plus beau symbole, apparaît en 1955 et fut attribuée à *Marty* de Delbert Mann. Avant, le Festival remettait des Grands Prix. Autour de la compétition, des programmations prenaient différentes appellations jusqu'à ce que Gilles Jacob les regroupe en 1978 sous celle de « Un Certain Regard », qui dispose également d'un jury et distribue des prix.

Quand on parle de la « compétition officielle », l'expression est incorrecte. C'est la *Sélection* tout entière qui est *officielle*. Le Certain Regard en fait partie, comme les séances de minuit, les films hors compétition et les séances spéciales. Tout cela, avec bien entendu la compétition, c'est la Sélection officielle, celle qu'avec mes collègues nous fabriquons chaque année, nous présentons, illustrons, valorisons, défendons et pour laquelle nous sommes prêts à mourir.

En tout, une vingtaine de films en compétition, autant au Certain Regard, une dizaine en séances spéciales ou hors compétition, trois « séances de minuit », sans oublier l'ouverture et la clôture. Soit soixante longs métrages sélectionnés quand 1800 nous ont été soumis. 1854 exactement en 2015 ! Tous ne sont pas bons, certains ne survivent qu'une demi-heure, mais tous sont considérés. C'est la grande règle de la démocratie cannoise : quiconque fait un film d'au moins une heure a le droit de l'inscrire et l'assurance qu'il sera vu.

Aux côtés du Festival, il y a deux « sections parallèles » : la Semaine de la Critique et la Quinzaine des réalisateurs. La première, voulue et favorisée par Robert Favre Le Bret, qui fut délégué général et président du Festival pendant trente ans (le Gilles de son époque, quoi), a été créée en 1962 par le Syndicat de la critique. Au programme, premiers et deuxièmes films, découverte et défense de la jeune création, une compétition de sept films, plus quelques friandises autour. Gaspar Noé ou Leos Carax y ont fait leurs premiers pas, avant d'aller jouer dans la « cour des grands ».

La deuxième, créée en 1969 par la Société des réalisateurs de films, issue des brasiers de mai et de celui de Cannes qui ne fut pas le moindre d'entre eux, avec Godard et quelques autres pendus aux rideaux de l'ancien Palais pour arrêter le Festival et la projection de *Peppermint frappé*, le film de Saura. Contrairement à la Semaine, la Quinzaine ne fut pas la bienvenue : Favre Le Bret fut ulcéré par l'édition 68 et le gauchisme n'était pas sa tasse de thé – il aimait beaucoup le thé. Pourtant hébergée, soutenue financièrement par le Festival et vivant de son prestige, elle fut considérée d'emblée comme un contre-festival. C'est comme ça que les gens de la SRF (Costa-Gavras, Albicocco, Kast, Malle ou Deray qui me l'a raconté) l'entendaient. Que reprochaient-ils à « l'officielle » ? D'être trop officielle, justement. Trop mondaine, trop de smokings, d'argent, d'agents, de faux scandales et de censure (cf. l'épisode, en 1966, de *La Religieuse* de Rivette, quoiqu'il fut, *in fine*, projeté en compétition).

Comme il y a sur la planète cinéma plus de films produits que de places en Sélection officielle, toujours très malthusienne, créer une nouvelle section était la bonne idée. C'est ainsi que Pierre-Henri Deleau s'imposa à la tête de la Quinzaine. Il resta vingt ans à son poste, avec autant d'idées nouvelles que de pugnacité – avec Gilles, ça n'était pas le grand amour mais ils firent la paix des braves, dans l'intérêt de tous. Style, légende et clichés à l'appui, avec aussi de beaux films car le Festival ne pouvait pas tout prendre non plus, la Quinzaine aura accompagné le cinéma indépendant mondial des années 70, jouant, comme la Semaine sa consœur de vie parallèle, les premières œuvres, les pays émergents, les cinéastes impubères mais prometteurs. Un futur grand, qui deviendra un habitué de la compétition, n'a pas forcément dès son premier essai la taille requise pour elle, d'où l'utilité de ces sections dont, festivalier anonyme, j'avais déjà du mal à comprendre pourquoi elles devaient se concurrencer quand elles me semblaient parfaitement complémentaires. C'est ainsi que les trois premiers films de Michael Haneke sont allés à la Quinzaine. Et un rendez-vous comme le Festival des trois continents à Nantes, où Kiarostami fit ses débuts dans le monde, était aussi une belle antichambre cannoise.

Pour résumer, la Sélection officielle consacrait, la Semaine découvrait et la Quinzaine étonnait. Il ne faudrait néanmoins pas identifier la compétition à une vieille dame rétive aux nouvelles formes de son époque. Pas du tout. Et cela doit beaucoup, d'après Pierre Rissient, à Maurice Bessy qui succéda à

Robert Favre Le Bret. Regardez les Palmes d'or des années 70 : *M*A*S*H* pour commencer et *All That Jazz* et *Kagemusha* pour terminer. Entre-temps, *L'Épouvantail*, *Taxi Driver*, *L'Affaire Mattei*, *Conversation secrète*, *Le Messager*, *L'Arbre aux sabots*, *Padre padrone*, *Apocalypse Now*, *Le Tambour*, etc., soit Scorsese, Coppola, Schatzberg, les Taviani, Rosi, Losey, Kurosawa, Fosse, Petri, Schlöndorff, etc. La compétition cannoise, c'est comme Paris-Roubaix : une loterie mais toujours un grand champion qui gagne. Et le Festival, qui avait découvert Bergman, Antonioni, Fellini ou Tarkovski bien avant 68, alignait *Au fil du temps* de Wim Wenders, *Profession : reporter* d'Antonioni ou *A Touch of Zen* de King Hu. Pas si académique que ça, donc. Mais les clichés ont la vie dure, et durent.

Les sections parallèles furent utiles à la grande machine cannoise : la Semaine, Ken Loach, Guillermo del Toro ou Bernardo Bertolucci, et la Quinzaine dans les années 90, les Dardenne, Bruno Dumont, Béla Tarr, etc. Cela n'a jamais remis en cause la Sélection officielle et sa suprématie. Vers 1998/2000, j'entendais dire, par Marie-Pierre Macia qui dirigeait alors la Quinzaine et que je voyais beaucoup grâce à Jacques Gerber et Régine Hatchondo, que la concurrence était rude avec la Sélection officielle, et à mon arrivée Gilles m'expliqua tout ça. Il se montra dubitatif quand je tentai d'avoir des relations plus cordiales avec les sections parallèles – j'allai même présenter un film à la Quinzaine et sur scène je fis une plaisanterie : « Je viens pour prendre les noms de ceux qui sont là. » Elle ne fit rire que moi, et calma mes naïves ardeurs. La guerre froide durait depuis longtemps, je n'allais pas régler tout ça d'un coup de baguette magique.

Avant 2001, ma vision du Festival, que je fréquentais depuis les années 80, était assez fleur bleue, rien ne comptait plus à mes yeux que le grand rendez-vous cinéma de l'année et ma seule envie en arrivant sur la Croisette était de voir le plus grand nombre de films – comme des milliers de festivaliers. Allant d'une salle à l'autre, porté par un œcuménisme cinéphile volontairement ingénu, il ne me venait pas à l'idée de questionner la guerre de tranchées, ni même d'imaginer qu'il en existât une. Alors que oui, et de premier ordre. De fait, Gilles ne put que constater, en le déplorant comme moi, que je ne parvenais pas mieux que lui à obtenir que la presse cesse de créer ces rivalités artificielles. D'où mon agacement face aux manipulations à l'œuvre pour laisser croire à des conflits. Pour les professionnels, une présence cannoise est le must. Bientôt, une projection au Star de la rue d'Antibes, pas loin du sex-shop et des marchandes de fringues, deviendra *hype*. La Quinzaine, qui vit à la fois *contre* et *de* la Sélection Officielle, aime à se comparer à une sorte de Salon des refusés alors qu'elle n'a qu'à se baisser pour ramasser les déçus que le Festival engendre et agrandir ses filets pour accueillir plus large. Il est certain que si elle avait lieu à Roubaix et en janvier, elle aurait moins de choix (je dis juste Roubaix pour prendre une ville du Nord, aucune attaque, mon grand-père était de Roubaix, de Wattrelos, même). Mais pour les étrangers et les profanes, qui ne font pas la différence dans la myriade de possibles présences, « tout est Cannes » et ils n'ont que faire de ces rivalités éphémères montées en épingle.

Dimanche 7 février

Discussion avec le producteur américain Alex Walton autour de *The Nice Guys*, vu ces jours-ci. Une comédie policière stylée seventies avec Russell Crowe et Ryan Gosling en contre-emplois hilarants, une jeune actrice formidable et la revenante Kim Basinger. Réalisé par Shane Black, le réalisateur de *Kiss Kiss Bang Bang*, objet en 2005 d'une mémorable séance de minuit, *The Nice Guys* est produit par Alex et par l'excentrique Joel Silver (excentrique ET sympathique, mais je sais bien qu'avec moi, tout le monde est sympathique) dont chaque apparition cannoise n'est jamais banale. Joel Silver, ce sont des films de Walter Hill, les quatre *Arme fatale*, les *Piège de cristal* et suites, *Predator*, *Matrix* et un homme avec qui on peut parler de

Kubrick. Il reconnaît que le film n'a rien à gagner à aller en compétition (trop fun, pas assez « auteur », pas pour la presse, etc.) mais n'accepte pas mon offre d'une séance de minuit. Je vais devoir résister à ses assauts. En France, le film est distribué par EuropaCorp, la société de Luc Besson, qui ne tardera sans doute pas à m'appeler aussi.

Hier soir, l'Olympique Lyonnais est allé gagner à Angers 3 à 0. Elle va mieux, cette équipe.

Lundi 8 février

Chaque année, nous aimons énerver Christian Jeune : « Il y a moins de films à voir, non ? » Non, réplique-t-il, le triomphe modeste, on a déjà dépassé les cent films visionnés et les inscriptions affluent. Son équipe du département films est à pied d'œuvre pour accueillir et répartir les DVD aux uns et aux autres.

Semaine chargée. Les films s'inscrivent en meute, on va s'enfouir bientôt dans la salle de projection. Différentes demandes : Valérie Mouroux, de l'Institut français, propose Jia Zhang-ke comme tuteur des cinéastes en herbe pour les Cinémas du Monde qui se tiennent au Village international. Comment résister ? Pierre Assouline et Maurice Szafran veulent consacrer un numéro spécial du *Magazine littéraire* au thème « Les écrivains, le cinéma et Cannes ». Comment résister ? La productrice française Kristina Larsen veut des conseils pour lancer un festival dans le sultanat d'Oman. Comment résister à la tentation d'aider ceux qui veulent mettre le cinéma partout ?

À 15 heures, nous traversons la Seine avec Christian voir chez Universal *Ave César*, le film des Coen. Pas pour Cannes, puisque le film ouvre la Berlinale. Juste pour le plaisir, et plus que ça encore. On peut discuter certains détails, un problème de rythme, peut-être, et un air entendu sur certains aspects de la montée du communisme dans le Hollywood des *Forties* qu'ils rendent tordants pour nous et peut-être incompréhensibles pour les profanes, mais c'est un film magnifique. J'aime aussi cette puissante et émouvante façon qu'on les grands auteurs américains de donner aux grands acteurs de quoi rappeler pourquoi ils sont grands.

Le soir, je retrouve Michel Saint-Jean près de la gare de Lyon où il a ses bureaux. Nous avons débuté à l'Institut Lumière dans les années 80, lui comme objecteur de conscience, moi comme bénévole. Puis il est monté à Paris, a fondé Diaphana et a imposé sa marque avec les Ken Loach des années 90 et le triomphe de *Harry, un ami qui vous veut du bien* de Dominik Moll. Depuis, il n'est pas un Festival sans qu'il ait un film en compétition. « Cette année, on te présentera les Dardenne, Stéphane Brizé, Andrea Arnold et quelques jeunes cinéastes français. » C'est un batailleur habile qui sait parler cinéma. Un Stéphanois aussi, comme quoi il arrive à des supporters des Verts et de l'OL de dîner ensemble.

Mardi 9 février

Deuxième réunion ce matin chez Stéphane Courbit avec l'équipe de KM (Gaspard de Chavagnac, François Jougneau, Clément Chovin) pour préparer ouverture et clôture dont Laurent Lafitte a accepté d'être le maître de cérémonie. Il y a l'idée d'illustrer la chanson de Trenet, *Revoir Paris*, comme un rappel discret des meurtrissures de la ville. Tristan Carné, en charge de la mise en scène, nous montre les maquettes des nouveaux décors et deux ou trois idées visuelles de réalisation. Pierre Lescure a l'air content. La télévision, c'est son truc, ça se sent.

Au café Costes de la rue du Faubourg Saint-Honoré, le lieu parisien branché par excellence, déjeuner avec Jean-Claude Darmon, « argentier du foot », ancien publicitaire, gueule d'acteur, sens de l'amitié, passionné de cinéma et conversation toujours passionnante : il écrit ses mémoires dont il me livre quelques savoureux passages en *live*. Ces moments-là, déjeuner avec un ami, ne seront bientôt plus pour moi. À partir de fin février, ça sera sandwich et salade verte.

Maxime Saada, le directeur général du groupe Canal+, nous envoie un projet d'annonce de nos accords. François Desrousseaux est penché sur la révision des statuts du Festival, Michel Mirabella me soumet les nouvelles tenues du personnel d'accueil, Jérôme Paillard déplore de devoir refuser, par manque de place, la présence de certains pays au Village international et Laure Cazeneuve a activé tous les contacts nécessaires pour constituer le jury. L'équipe sait qu'il me reste quelques voyages et qu'à mon retour, je disparaîtrai dans la salle de projection. Je ne dois pas leur manquer. Je devais aller à Montréal, à Rio, à Miami. J'annule tout. Je ne conserve que Madrid, où je me rends demain, Berlin, jeudi, puis Los Angeles, à partir de dimanche. Les rumeurs de mon éventuel départ semblent loin : j'ai annoncé officiellement que je ne quittais pas le Festival et cela a suscité une émotion que je n'ai guère le temps de goûter, messages en rafales et témoignages affectueux, de Lyonnais anonymes aux gens du métier, de Cannes à Paris, de Vincent Lindon à Jeffrey Katzenberg, le patron de DreamWorks (« Not ready to lose you, my friend !!! »).

Mercredi 10 février

Cannes a longtemps fait patienter Pedro Almodóvar pour lui offrir les honneurs de sa compétition. *Tout sur ma mère* était déjà son quatorzième long métrage quand il débarqua sur la Croisette, le samedi 15 mai 1999. Ce matin-là, à 8 h 30 dans la grande salle Lumière, il entra avec fracas dans le panthéon des grands auteurs contemporains, en même temps qu'il offrait à l'Espagne du cinéma sa renaissance au monde, plus de vingt ans après la Movida dont il fut l'un des héros.

Le « voyage à Madrid pour voir le nouveau Almodóvar » fait partie des rituels du métier de sélectionneur – comme d'aller à Copenhague découvrir le nouveau Lars von Trier. Ce privilège n'est pas sans risque, en cas de ratage. Mais aucun danger en l'occurrence : *Julieta* est très réussi. Et c'est, des films récents de Pedro, celui qui suscite le plus de tristesse : au moment du générique, mes yeux s'embuent, mon cœur se serre. Si les motifs habituels du cinéaste parcourent l'ensemble, parfois explicitement, parfois pas, je suis frappé par le caractère nouveau de ce film. Probablement parce que le scénario repose sur l'imaginaire de quelqu'un d'autre que lui, la romancière canadienne Alice Munro. Mais aussi par sa mélancolie générale, une réflexion sur le temps, sur l'amour maternel et sur la jeunesse. *Julieta* donne vite le sentiment qu'il est un pas supplémentaire vers ce qu'il faut bien appeler l'œuvre de vieillesse de l'ex-enfant terrible du Madrid renaissant des années 80. Pourtant, un plan, un visage, une musique, on *sait* qu'on est dans un film d'Almodóvar. C'est ça, un auteur. D'ailleurs, dans ses génériques, on ne dit jamais « un film de *Pedro* Almodóvar mais un « *film d'Almodóvar* », comme dans le cinéma français des années 30, quand il était écrit « Un film de *Renoir* », « Un film de *Vigo* ». Almodóvar est un artiste qui a façonné notre vision esthétique et sociale du monde, il se fait rare et l'importance de son travail s'affirme d'année en année. L'avoir de retour en compétition sera merveilleux.

À une heure espagnole, nous nous retrouvons dans un restaurant que les frères Almodóvar aiment bien : El Landó (8, Plaza Gabriel Miró, le regretté Jean-Pierre Fougeat m'a dit un jour que je devrais faire un guide culinaire avec tous les restaurants fréquentés par les cinéastes). Pedro et Agustin sont là, entouré des reines d'El Deseo (Esther, Lola, Bárbara), ainsi que de Jérôme et Sophie Seydoux – Pathé est le coproducteur et le distributeur français de *Julieta*. Je ne les fais pas attendre : j'invite le film en compétition. Le repas était joyeux, il le devient plus encore, avec un Pedro de très bonne humeur qui tente de me soutirer le nom des jurés. Au retour, les Seydoux me déposent à leur hôtel car je veux rejoindre le mien en marchant. La nuit est belle, la température très douce. Ce séjour est trop court et je n'ai guère touché au rioja, l'un de mes vins préférés. Demain, je me lève aux aurores.

Jeudi 11 février

Lorsqu'on sait que la nuit sera courte, elle l'est plus encore parce qu'on ne parvient pas à dormir. Après un café offert par le gardien de nuit de l'hôtel NH Plaza Santa Ana, chambre 301, je file à l'aéroport à tombeau ouvert (habituellement, je trouve toujours les taxis trop lents, là, je suis servi). Le chauffeur, loquace à cette heure matinale, se lamente du désaccord politique au sommet de l'État qui prive le peuple de gouvernement. Il se plaint également de la crise économique dont l'Espagne ne sort pas, du sort des plus démunis dont le nombre augmente. « La vie est difficile, dit-il. Et depuis longtemps. Mais les gens s'organisent, mangent en famille, les jeunes retournent vivre chez leurs parents. Nous les Espagnols, le soir, on va dans la rue avec un verre et une cigarette. Et là, avec les amis, on s'assoit sur un banc et on parle. Ça remplace le restaurant. Vous les Français, vous sauriez faire ça, non ? » Non, pas sûr.

Le vol Iberia 3676 m'emmène d'une traite à Berlin. La Berlinale est un grand festival et Dieter Kosslick tient son territoire de façon parfaite. C'est un homme affable et drôle, humaniste et cinéphile, et très volontariste sur les sujets qui lui tiennent à cœur : la question des réfugiés, le *slow food*, la rigolade. Ici, les enjeux ne sont pas ceux de Cannes, jugé sur le moindre détail, et le festival de Berlin est en grande partie destiné au public.

Les installations sont fantastiques et la capitale allemande est pleine de salles de cinéma ravissantes et chargées d'histoire. Sur la programmation, c'est la quantité de films qui l'emporte, la garantie que les « petites » sections comme le Panorama ou le Forum recéleront quelques pépites, une compétition qui ne sera jugée qu'à l'aune de ses meilleures armes, un marché d'une grande efficacité, un jury qui a fière allure. Et une grande et belle ville peu onéreuse où chacun retrouve ses habitudes.

Dieter Kosslick qui, avec les années, ressemble de plus en plus à Groucho Marx, est le plus affectueux des hommes. Il y a deux jours, il m'a envoyé un message : « Glad you're staying on our wild tapis rouge. » Il officie sur le sien avec une joviale autorité et un humour sans limite : « À Venise, si tu vois un mauvais film, tu sors et tu te dis, bon, je suis quand même à Venise. À Cannes, tu vois un mauvais film, tu regardes autour de toi et tu te dis, c'est quand même Cannes. À Berlin, quand tu sors d'un mauvais film, tu te dis : "Merde, je suis à Berlin !" » Cela dit, Dieter est plus malin que ça et, entre ses mains, la Berlinale n'a rien à craindre. Surtout cette année : les Coen en ouverture, Meryl Streep en présidente du jury, il a de belles cartes à jouer.

Avant la projection d'*Ave César*, j'embrasse les Coen avec un brin de nostalgie avant de rejoindre le dîner annuel que j'organise à Sale e Tabacchi, un italien de Rudi Dutschke Strasse, où nous accueille le fidèle Piero Chiara. Un dîner d'amitié où s'échangent informations et nouvelles des uns et des autres. Il y a là Alberto Barbera, le patron de Venise et du musée de Turin, Scott Foundas, Gian Luca Farinelli de Bologne, Paulo Branco, Michael Barker de Sony Classics, cinéphile intarrissable et tout fier d'intégrer le Texas Hall of Fame, et Chema Prado, le bientôt ex-patron de la Filmoteca española, qui m'a fait découvrir les lieux. Et Christian Jeune, qui vient pour la première fois… en Allemagne ! Vers minuit, Maraval nous rejoint pour la grappa et pour lancer les concours annuels : « Citez cinq films de zombies italiens », « Quel est le meilleur film français de l'année 1967 ? », « Quel est votre classement des plus grands films japonais en scope noir et blanc ? », etc. La soirée se termine dans les hurlements, les superlatifs et la joie.

Vendredi 12 février

Cette Europe qui fonctionne tant bien que mal mais à laquelle on a envie de croire lorsqu'on visite nos voisins m'a fait penser à un truc désopilant que j'avais lu dans un bar californien (allez savoir pourquoi, californien) : « Le paradis, c'est quand la police est anglaise, les cuisiniers italiens, les mécaniciens allemands, les amants français et que tout est organisé par les Suisses. L'enfer, c'est quand les cuisiniers sont anglais, les mécaniciens français, les policiers allemands, les amants suisses, et que tout est organisé par les Italiens. »

Cette année, je ne serai pas allé à Rome, ni à Londres, comme de tradition. Ni à Katowice, Karlovy Vary, Luxembourg ou Göteborg où il y a de beaux festivals, ni à Amsterdam ou Bruxelles où il y a de belles cinémathèques. Pas allé non plus à Küstendorf, le festival de cinéma et musique qu'organisent Emir Kusturica et sa fille Dunja, que je manque rarement. Emir est au montage de son film avec quelques « retakes » en tête, me dit le soldat Monica Bellucci.

Dimanche, la cavalcade des long-courriers reprendra avec Los Angeles puis la semaine prochaine, Buenos Aires : Audrey Azoulay m'avait demandé d'être présent pour le voyage officiel du président de la République en Amérique latine. C'est en ministre de la Culture que je la retrouverai là-bas, puisqu'elle a été nommée hier en remplacement de Fleur Pellerin.

Pendant que j'étais absent, les autres ont vu le nouveau film du Philippin Brillante Mendoza, qu'ils ont aimé, comme en témoigne la note de Paul Grandsard : « Mendoza excelle à filmer la vie des petites gens, le foisonnement et la pauvreté dans les rues, les rapports d'argent, la violence et la corruption. Une très belle fin aussi. Pour moi, l'un de ses meilleurs films. » Je vois le film, je suis d'accord avec eux et avec Laurent Jacob : « Un cinéaste moins scrupuleux aurait pu aisément en rajouter dans le pathos ou insister sur la violence. » C'est évidemment la Sélection officielle. La compétition ? À voir.

Samedi 13 février

Remise du 8e Prix Jacques Deray, créé pour se souvenir de ce cinéaste, qui naquit à Lyon et était le vice-président de l'Institut Lumière. Il réalisait des polars français, le prix récompense… un polar français. L'an dernier, c'était *L'Affaire SK1*, de Frédéric Tellier, cette année le prix est attribué à *L'Enquête* de Vincent Garenq avec Gilles Lellouche, tous deux présents en compagnie de Denis Robert, personnage principal de ce film qui raconte ses aventures aux temps de l'affaire Clearstream. Accompagnant Agnès Vincent, la veuve de Jacques Deray et de nombreux amis qui font le voyage chaque année, la présence de Jacques Toubon n'est pas anodine : c'est lui qui, ministre de la Culture en 1995, avait fait classer le hangar de l'usine Lumière comme monument historique (soit dans la même catégorie que le château de Versailles – mais pas pour les mêmes raisons !) et rendu impossible sa destruction.

La soirée est belle, comme est intact le souvenir qu'a laissé Jacques Deray. Pour la deuxième année consécutive, son ami Bernard Maris, assassiné il y a un an dans l'attaque contre *Charlie Hebdo*, n'est pas là. « J'adore venir parler de cinéma une fois par an », me disait-il quand on passait à table.

Normalement, le rendez-vous lyonnais d'octobre ne revient à la surface qu'après Cannes, mais l'attribution du Prix Lumière est un sujet qui nous hante assez tôt. Depuis longtemps, il est question de Catherine Deneuve. Créé au départ pour des cinéastes (et la première idée émergea en 1991 pour Billy Wilder et Ingmar Bergman, alors très oubliés), une actrice ferait exception, mais Catherine Deneuve n'est-elle pas une exception ? Une artiste qui se donne, une femme qui se dérobe. Hier, Claire Blondel, son agent, m'a dit que c'était une « bonne idée » de lui proposer, ce qui veut dire : appelle vite Catherine. Même si, ajoute-t-elle, « elle ne goûte guère les hommages et encore moins quand il s'agit d'elle-même. C'est une femme qui regarde devant elle, tu sais ». Pendant la projection, nous échangeons des sms avec Catherine qui conclut : « Appelez-moi quand vous voulez ! » Je la rappelle immédiatement : « Catherine, je vais vous proposer quelque chose que vous n'aimez pas trop : nous voudrions vous célébrer à Lyon. » Elle me laisse à peine le temps de vanter les mérites du festival Lumière. « J'en ai entendu parler, me dit-elle. Oui, je suis d'accord. »

Dimanche 14 février

Me voilà reparti. Un sélectionneur est un voyageur. TGV matinal Lyon-Part-Dieu : 5 h 51. Arrivée Roissy TGV : 7 h 59. Décollage vers Los Angeles : 10 h 50. Atterrissage terminal international Tom Bradley : 13 h 25. Vol Air France 066. Mon assistante Marie-Caroline Leroy est une agence de voyage à elle seule.

Je trouve un peu de sommeil dans l'avion et me réveille au moment où le personnel de bord plonge la cabine dans le noir, alors que dehors le jour commence à se lever. Je me mets toujours du côté du hublot pour pouvoir regarder. Difficile d'imaginer, dans la contemplation de sa beauté, que la terre est souillée jusque dans les océans. Quand les glaces du Canada apparaissent, je pense à ce grand silence blanc dont parlait Jack London, en me demandant ce qui s'est passé pour qu'on en soit arrivé là, à ce siècle qui débute à peine et pourrait finir en désastre. Les grandes plaines sont couvertes de neige, au-dessus de Winnipeg, Thunder Bay, Fort George, de Sioux Lookout, de Winisk, jusqu'à Fargo (normal...), tous ces lieux mythiques qui s'affichent l'un après l'autre sur l'écran.

Ces dunes blanches, les routes devinées comme des fils invisibles, les vastes prairies qui n'en finissent plus, puis le désert de Vegas et l'accueil dans la brume pâle de Los Angeles, tout cela m'est familier. Je n'oublierai jamais mes premières arrivées à Los Angeles, les longues files d'attente à la douane, le sentiment de solitude, la difficulté à trouver la compagnie de location de voitures, un taxi conduit par un Afghan qui m'avait jadis raconté sa vie d'exilé, c'était bien avant 2001. Dans les années 90, je venais souvent, rendant visite à André de Toth, le réalisateur de *La Chevauchée des bannis* (un beau western de neige avec Burl Ives et Robert Ryan découvert grâce à Eddy Mitchell, on voyait ce genre de curiosité à 20 h 30 à la télévision). André est l'un des hommes qui a le plus compté dans ma vie – mon fils s'appelle Victor *André*, cela l'avait rendu fou de joie. Il m'installait à l'Hotel Roosevelt sur Hollywood Boulevard, à deux pas du Chinese Theatre. Sur les conseils de Philippe Garnier, mon autre consul californien qui connaissait les meilleurs bars, les anciens plateaux du muet et les *mansions* des stars, j'avais aussi mes quartiers et mes habitudes au Highland Gardens où Janis Joplin a passé ses dernières heures.

C'est donc en terrain connu qu'en janvier 2001, j'effectuai mon premier « voyage officiel ». Gilles Jacob m'avait demandé de remédier au désamour hollywoodien pour la Croisette. Un désamour dont profitait le Festival de Berlin, idéalement placé en février pour accueillir la sortie européenne des « films à Oscars ». En 2000, la Berlinale, dirigée alors par Moritz de Halden, avait accueilli en compétition *L'Enfer du dimanche* d'Oliver Stone, *Hurricane Carter* de Norman Jewison, *Man on the Moon* de Milos Forman, et *Magnolia* de Paul Thomas Anderson, qui gagna l'Ours d'or. Excusez du peu. Le meilleur du cinéma d'auteur commercial US concourait pour les Oscars et faisait de Berlin la plateforme idéale de son lancement sur les marchés européens. Pour Cannes, la concurrence était rude et j'ai pris rapidement l'habitude de venir deux à trois fois par an aux États-Unis et de correspondre régulièrement avec producteurs et cinéastes. Au cours des années 2000, le numérique et le piratage généralisé incitèrent les films américains de l'automne à ne plus attendre Berlin pour sortir sur les écrans. Et de l'autre côté, nous avons fait ce qu'il fallait pour qu'Hollywood soit de retour à Cannes.

Didier Allouch est un journaliste de cinéma respecté et connaisseur. Habitant Los Angeles, il est le nouveau correspondant du Festival, remplaçant Tatiana Friedkin, qui officia pendant des décennies et joua un rôle fondamental dans le retour en grâce dont je parle. Didier m'accueille à l'aéroport, me donne immédiatement le détail de mon agenda serré, puis me laisse au Four Seasons, sur Doheny Drive. Je dors rarement quatre nuits dans le même lit : ça sera le cas cette semaine.

Lundi 15 février

Levé tôt comme toute victime du jet lag, prêt à 5 heures du matin à déplacer une montagne, repeindre tout l'hôtel avec un pinceau de soie, aller jusqu'à Griffith Park en courant. Je passe les premières heures du jour à parler avec Paris, avec Londres, où vit Paul Rassam avec lequel j'ai séjourné tant de fois ici. Puis petit déjeuner à l'hôtel avec Saïd Ben Saïd, qui produit le nouveau film de Walter Hill. Il fait un temps merveilleux. En fin de matinée, je prends l'apéritif avec Paolo Sorrentino, qui termine à Los Angeles quelques plans de *The Young Pope*, une série qu'il tourne pour HBO. Jane Fonda nous rejoint, resplendissante, sur la terrasse du Chateau Marmont pour déjeuner avec Paolo.

Avec Didier, nous déjeunons au LACMA, le grand musée de la ville, et visitons le chantier de l'Académie des Oscars. À 17 heures, il me dépose sur les hauteurs de Mount Olympus

Drive dans une maison surplombant une vue magnifique. Sean Penn m'accueille. « Bienvenue ! » s'exclame-t-il, un sourire éclairant son visage. Il est de plus en plus détendu avec les années. Il me conduit dans un immense auditorium de projection où un technicien s'affaire devant une console de mixage grande comme deux tables de ping-pong. « Je te laisse avec le film », me dit Sean. Et il disparaît.

The Last Face est une histoire d'amour au temps des missions humanitaires, et une belle ambition de cinéma : la façon qu'a Sean de tremper sa caméra dans le sang d'une Afrique ravagée par les guerres renvoie à ses propres engagements, en Haïti et ailleurs. Sur la mise en scène, on retrouve ses partis pris visuels avec usage puissant de la caméra et ralentis parfois intempestifs. Le film a du charme et est traversé par des éclairs de force. La complexité narrative voulue n'est pas encore aboutie et certaines scènes sont inutiles mais Sean le sait : « Je te l'ai montré tel quel », me dit-il, alors qu'on se retrouve à dîner au Sunset Tower, dans le bas du Strip. Il me détaille les changements qui restent à faire. Exercice toujours délicat de commenter le travail des cinéastes : la part de l'amitié le dispute à celle de l'exigence et il ne faut ni complaire ni blesser. Ce qu'il m'a montré est prometteur mais aura-t-il terminé à temps ? « Il me reste beaucoup à faire, me dit-il. Je sais ce qui cloche. » Comme tout cinéaste, il défend très bien son travail.

Avec lui, les sujets de conversations sont inépuisables, de Marlon Brando (qu'il imite à merveille) à l'écrivain américain David Foster Wallace. Il me parle aussi de Jack Nicholson dont il me donne de bonnes nouvelles – j'ai toujours pensé que, dans *The Pledge*, Nicholson s'était fait la tête de son copain Jim Harrison, dont il avait été le mécène pour qu'il puisse devenir écrivain. J'interroge Sean sur El Chapo, sur lequel il a publié un article retentissant dans *Rolling Stone* qui lui a valu l'ire des conservateurs et des rumeurs bizarres : il travaillerait pour la CIA et aurait favorisé en le contactant l'arrestation du narcotrafiquant. « On fait raconter à la presse que j'ai quelque chose à voir avec ça. Les Mexicains disent ça car ils veulent l'extrader. Ce type dispose d'une telle armée qu'il peut s'évader n'importe quand, et ils ne veulent pas perdre la face si ça arrive. En même temps, aux États-Unis, il peut devenir encombrant : sur la corruption de la classe politique, il en connaît un rayon. » N'empêche, la police américaine lui a conseillé de se protéger. « J'ai vu des types, ici, pour leur dire que je ne travaillais pas pour le gouvernement, comme ça a été écrit. Mais les flics m'ont prévenu qu'il y a tellement de gangs mexicains qu'il y aura toujours un jeune écervelé qui voudra me shooter juste pour devenir un héros. » Bigre.

Quand on quitte le restaurant, Sean est hélé par Lionel Richie, qui dîne avec des amis. Puis il me ramène à l'hôtel. Nous sommes convenus qu'il me montrera l'ultime mouture du film vers la fin mars, mais je le sens dans un grand état d'impatience. Plutôt que de rejoindre ma chambre, je fais quelques pas autour de l'hôtel en téléphonant à Stéphane Célérier, le distributeur du film, déjà débout à Paris. Il a vu lui aussi une première version et pousse pour Cannes. « Sean Penn, Charlize Theron et Javier Bardem, dit-il avec son enthousiasme habituel, tu imagines la montée des marches ?! »

Mardi 16 février

Avec les vendeurs, les agents jouent un rôle essentiel pour les festivals et en particulier dans le dialogue entre Cannes et le cinéma américain. On en trouve qui jouent aux vedettes et se donnent de l'importance, à tel point qu'on attend le jour où les agents auront des agents. Celui de Presley, qu'on appelait le Colonel Parker, avait ce type de comportement. À Paris, dans les années 60, Bruno Coquatrix se démenait pour qu'Elvis vienne chanter à l'Olympia. Un jour, il parvient à faire une offre mirobolante : « Un million de francs, qu'en pensez-vous ? » Le Colonel avait répondu : « OK pour moi. Et pour Elvis, combien ? »

Mais il est de nombreux agents avec lesquels on parle cinéma comme avec de vieux camarades cinéphiles et ce sont eux qui ont les clés pour accéder aux artistes. Même, comme c'est souvent mon cas, lorsqu'on a un dialogue direct avec telle ou telle star, il est important, pour établir un climat de confiance, de ne pas les enjamber. Mon premier rendez-vous du jour est avec la délicieuse Elyse Scherz et Graham Taylor de la William Morris Agency. Au menu : des nouvelles de leurs films et leurs propositions pour le jury (« Paul McCartney y serait parfait ! »… euh, oui, quand il veut).

Avec Didier, nous filons ensuite à Culver City chez Sony-Columbia, aux murs enchantés par de grandes photos de ses étoiles Frank Capra et James Stewart et hantés par la figure de Harry Cohn, le dingue excentrique fondateur du studio. Nous déjeunons avec Tom Rothman, le patron de Sony Pictures, ainsi qu'avec Susan van der Werff, Sal Ladestro et Josh Greenstein. L'ambiance est excellente – je connais Tom depuis quinze ans – mais, à l'américaine, nous allons droit au but : la sortie du film de Jodie Foster est fixée début mai. Faut-il aller ou non à Cannes ? Ils acceptent de me montrer le film demain.

À 15 h 30, la productrice Kristie Macosko m'accueille chez Steven Spielberg (non, je ne dirai pas où c'est) pour une projection de *The BFG*. Inspiré d'un roman de Roald Dahl pour enfants, célèbre dans le monde entier (mais pas vraiment en France) et écrit par Melissa Mathison, la scénariste de *E.T.*, disparue en novembre dernier, le film est encore privé des effets spéciaux qui lui donneront sa singularité mais le génie de Spielberg pour diriger les enfants et les scènes de confrontation avec le monde adulte reste intact. Loin du *Pont des espions* ou de *Lincoln*, largement au niveau de la compétition à Cannes, *The BFG* peut faire une jolie séance de gala en week-end. Steven, qui n'est pas à Los Angeles, m'appelle pour en parler. Affable et joyeux, comme il l'est toujours.

Jim Gianopulos chez Madeo, haut lieu de la cuisine italienne de Beverly Hills : cet Américain d'origine grecque n'est rien de moins que le président de la Twentieth Century Fox et il est devenu au fil des années un ami fidèle, que je vois à chacun de mes séjours. Il n'a pas de films à me proposer mais nous avons d'autres sujets en commun : le cyclisme (il roule régulièrement), Steve Jobs (qu'il côtoya et auquel il rendit un bel hommage à sa mort), l'Europe, les vieilles voitures, la situation politique mondiale. Et le cinéma, bien sûr. Il est capable de distiller une conversation mordante sur Hollywood dont il est un excellent mémorialiste. « Un jour, Samuel Goldwyn s'enquiert des projets du studio auprès de ses producteurs. L'un d'eux dit : "On a un scénario formidable sur Van Gogh que Kirk Douglas pourrait incarner. – Qui est Van Gogh ? demande Goldwyn. – C'est un peintre. – Un peintre connu ? – Oh oui, très connu, célèbre dans le monde entier, extrêmement populaire. – Très bon, ça. On fait le film : on est déjà sûrs que tous ceux qui possèdent un Van Gogh iront le voir." » C'est Jim qui, en 2001, nous projeta au petit matin, à Gilles Jacob et moi, un film auquel il tenait beaucoup : *Moulin Rouge*. « J'étais assis derrière vous pendant la projection et je me faisais un sang d'encre. » On aima beaucoup et le film fit l'une des plus belles ouvertures de Cannes – celle du 54e Festival.

Mercredi 17 février

J'ai passé l'âge de me précipiter sur les buffets d'hôtel et n'aurai pas le temps d'aller à la salle de gym. À 9 heures, *petit* déjeuner, donc, avec Nic Crawley et Dora Candelaria, en charge du marketing chez Paramount. Ils me torturent en mentionnant deux films… qui ne seront pas prêts : celui de Darren Aronofsky, et le prochain Denis Villeneuve, dont on dit déjà grand bien. Nous parlons aussi de l'enfant chéri du studio, J.J. Abrams, mais cet homme que j'aimerais accueillir, écrit, réalise, produit et voit plein de films, bref travaille trop pour passer par Cannes cette année.

Enfin : projection chez Sony du Jodie Foster, *Money Monster*, qui raconte, dans un suspense calculé, comment une émission de télévision animée par un prophète du marché permet à un jeune type ruiné par ses conseils hasardeux de démasquer un pirate de la Bourse et de la haute finance. Mise en scène efficace, acteurs au cordeau (George Clooney, Jack O'Connell et Dominic West) et Julia Roberts qui n'a rien perdu de son éclat. Un début formidable et un final prévisible, cela peut faire un hors compétition parfait, une belle montée de marches et la joie des salles puisque le film sortirait en même temps en France, aux USA et dans le monde. « Mais vu le cast, n'est-ce pas un beau film d'ouverture ? » se demande Didier. J'allais presque oublier que nous n'avons toujours pas de film d'ouverture.

D'un coup de voiture, nous filons à Glendale, dans la vallée, pour rejoindre Jeffrey Katzenberg et DreamWorks Animation. Petite pensée en passant à Burbank pour Sue Kroll de Warner, qui a tant fait depuis quinze ans pour le rapprochement entre Hollywood et Cannes. Avec Jeffrey, quelques minutes de *Trolls*, un café et le plaisir de se voir. On me félicite souvent pour mon audace d'avoir amené *Shrek* et l'animation à Cannes, prélude à ce que de nombreux festivals feront ensuite : c'est Jeffrey qui fut audacieux de le proposer à Cannes et Gilles, qui m'accueillait juste, de m'avoir laissé faire. « *Trolls* ne sera pas prêt, me dit Jeffrey, mais nous pourrions nous déplacer à Cannes avec Justin Timberlake et Anna Kendrick. Tu n'es pas contre ? » Non, pas contre du tout.

Le bar du Four Seasons est un des meilleurs lieux de rencontres de Beverly Hills. En 2010, juste après la première projection de *The Tree of Life*, j'étais tombé sur Jessica Chastain, alors inconnue, sans oser l'aborder – ce qu'elle faisait dans le film de Malick m'avait terrassé. Quelques années plus tôt, Michael Cimino, que j'inondais de messages depuis longtemps, était venu vers moi : « Non, je ne veux pas venir à Lyon pour célébrer *Heaven's Gate* – ce film est un MAUVAIS SOUVENIR ! *Let's have a drink* » (il changea heureusement d'avis en 2012). Hier, le photographe Marcel Hartmann buvait une bière, tout à l'heure j'ai croisé Luc Besson que je croyais en plein tournage de *Valérian* à Saint-Denis (« Je ne suis là que quelques heures pour la famille, je rentre vite à paris ») et me voilà à accueillir William Friedkin, qui a accepté de donner la Leçon de cinéma à Cannes. Le réalisateur de *French Connection*, de *L'Exorciste* et de *Sorcerer* aura des choses à raconter. D'ailleurs, Billy l'érudit dévie vite sur maints sujets : la littérature (« J'ai une passion pour Proust ! »), l'opéra, la musique. Et l'histoire du cinéma : il se montre intarissable sur *Citizen Kane*, sur la Nouvelle Vague et sur son ami Lino Ventura. « Quand il venait à Los Angeles, je passais exprès sur Ventura Boulevard, ça faisait beaucoup rire Lino. »

À 20 heures, retrouvailles en famille avec Tim et Nikki Roth sur West Hollywood. The Little Door est un endroit charmant et qui ne possède pas les défauts de ces restaurants américains dont la mode gagne Paris : un éclairage tellement bas qu'on voit à peine ce qu'on mange et une musique outrancièrement forte qui empêche qu'on se parle normalement. Quand on se quitte, on sait qu'on se reverra en Europe tôt ou tard. De retour à l'hôtel, je télécharge *Le Monde* et *L'Équipe*, je remets mes notes à jour pour ce journal dont je m'éloigne trop et ne sais toujours pas si je le mènerai à son terme, j'appelle la maison, je m'écroule.

Jeudi 18 février

Dernières heures, derniers rendez-vous, dès 8 h 30 avec Rena Ronson et Richard Klubeck, des agents de chez UTA, et un café avec Saïd Ben Saïd et Walter Hill, qui a aussi ses histoires de Billy Wilder : « À Vienne, c'est les plus forts, disait Billy, en parlant de ses compatriotes, ils ont réussi à faire croire qu'Hitler était allemand et Mozart autrichien. » Puis déjeuner avec Vincent Paul-Boncour, un formidable distributeur de films de patrimoine, en salles comme en DVD, qui a installé sa famille et sa société, Carlotta, aux États-Unis. Des allers-retours réguliers à Paris, un œil sur la concurrence, une pugnacité à toute épreuve lui permettent de continuer à œuvrer des deux côtés de l'Atlantique. Il me raconte sa nouvelle vie californienne et évoque son travail sur une édition collector de *Panique à Needle Park* de Jerry Schatzberg. Il faut veiller sur les cinéastes : hier, on a appris la mort d'Andrzej Zulawski, nous resterons heureux de l'avoir célébré à Lyon alors qu'il ne tournait plus et qu'il ait une plaque à son nom, rue du Premier-Film.

À 14 heures, Didier, qui a parfaitement endossé les habits de son nouveau rôle (et dégotté quelques raretés de Springsteen), me ramène à l'aéroport. Dix heures de vol, 5 659 miles, nous passerons par la route du Nord, Salt Lake City puis Canada – on frôlera le Groenland pour revenir par l'Irlande et l'Angleterre. On est partis en retard – le commandant de bord promet qu'on sera à l'heure. Un voyage en avion permet de se retrouver seul, au calme. Je pense à la sélection, qui connaîtra bientôt son vrai visage, et au jury, que nous n'avons pas encore véritablement constitué. Je ne travaille jamais dans la sécurité, car ce ne serait que la gestion de mon propre stress et pas celle de la qualité du travail qu'on exigera de nous. Mais la vérité est que nous sommes en retard. Ce matin, j'ai reçu des infos du Oliver Stone, que ses producteurs, qui sont aussi ceux de *Spotlight*, au cœur d'une belle campagne pour les Oscars, veulent repousser à l'automne 2016 ; et du James Gray qui ne sera pas prêt non plus. Deux mauvaises nouvelles. J'essaie de penser à autre chose, j'ai juste envie de rentrer pour reprendre pied dans une existence normale, être en famille, lire les journaux, retrouver les copains, parler politique avec mon père, qui se désespère de la dégradation des choses. Ce matin, il m'a envoyé un mail qu'il terminait par une citation de Confucius. « Je ne peux rien pour qui ne se pose pas de questions. » C'est bien, un père qui envoie du Confucius à ses enfants. Je m'endors là-dessus, dans la blancheur de la neige et des nuages.

Vendredi 19 février

Jet lag, mal de gorge, un peu de fièvre, le retour dans l'hiver européen se passe comme prévu : moyen. Pourquoi suis-je sur mon vélo à traverser Paris au lieu de rentrer pour le week-end ? Le point avec Christian Jeune est vite expédié : rien de notable sur une quarantaine de films vus en mon absence. L'an dernier, à la même époque, nous avions déjà une énorme surprise : *Le Fils de Saul.* Aurons-nous en 2016 un tel étonnement ? Laure Cazeneuve, avec qui j'ai une première réunion concrète sur le jury, me dit : « Ça va être une belle année. » Elle me dit ça pour me rassurer. Elle ajoute : « Sur le jury, on n'est pas en retard. » Ça, ça me rassure. « Mais il faut s'y mettre. » D'autant qu'une « grosse star » vient de faire savoir qu'elle adorerait venir.

Réminiscences de Cannes 2015 : ce soir, Hou Hsiao-hsien est à l'Institut Lumière pour l'avant-première de *The Assassin.* Le grand maître taïwanais, dont on ignore qu'il a débuté en réalisant des comédies, fait rire le public, avant de le calmer en lui laissant ce film énigmatique dans lequel Shu Qi lâche ses éclats de beauté au milieu du déploiement de parures et du chuchotement des sabres. Cette visite dérobée au Wu Xia Pian, le genre cinématographique chinois par excellence, lui donne matière à une inspiration nouvelle autant qu'à rendre son œuvre toujours plus insaisissable.

Samedi 20 février

La nuit qui suit un retour d'Amérique est toujours fantastique. Dix heures d'un sommeil invincible et tout est réparé, du corps, de l'esprit et des inquiétudes. Et Lucien Logette, dans la première d'une série de notes de projections que je consulte, ne pouvait me réveiller de manière plus gaie : « Premier vrai nanar de l'année, d'une pureté rare. Fait selon la méthode dadaïste qui consistait à mélanger des bouts de films sans rapports entre eux. Les intermèdes musicaux surgissent inopinément, un vrai régal. Les dialogues sont désynchronisés, aussi, mais je ne sais pas pourquoi. Évidemment, on est supposés prendre tout cela très au sérieux. Bref, un film qui pourrait être inclus dans une anthologie du *nonsense*. On en redemande. » Il n'empêche, Lucien a regardé le film en entier : nous prenons la sélection au sérieux.

Lyon est une ville idéale pour passer les week-ends d'hiver : cinémas, librairies, bars, promenades sur le quai Saint-Antoine, un verre de châteauneuf-du-pape au bar à vin de la Cour des loges, dans le Vieux Lyon, marché aux puces de Vaulx-en-Velin le dimanche matin, un déjeuner au Garet, le restaurant de Jean Moulin, un dîner chez la Mère Brazier, tout vous ramène à la vie, ce dont j'ai besoin, même si des DVD venus du monde entier alourdissent mon sac et vont raccourcir mes heures. En fin d'après-midi, un long footing le long des rails des entrepôts de la Sucrière m'emmène côté Perrache, quand le bout de la Presqu'île fait face à la colline de Sainte-Foy, vers La Mulatière et le nouveau Musée des Confluences où Rhône et Saône se rejoignent – l'exposition Lumière du Grand Palais y sera accueillie à l'été 2017. Retour par les berges de la rive gauche du Rhône foisonnant de ses eaux grises et froides tandis qu'en face les phares de milliers de voitures qui remontent de l'autoroute du Sud allument l'entrée du tunnel de Fourvière. En courant, j'écoute Maxime Le Forestier chanter les inédits de Brassens. Les chanteurs à texte sont d'inestimables compagnons de solitude. Umberto Eco vient de mourir : nous murmurions chaque année son nom pour le jury. On a été idiots de ne jamais le lui proposer.

Dimanche 21 février

Sans doute étais-je encore mentalement en Californie. Résultat : je me réveille en pleine nuit, j'allume, je lis un peu, je surfe sur internet. Et j'échange des messages avec Sean Penn : « Je te l'ai dit et ne prends pas cela pour de l'arrogance : je ne veux pas aller à Cannes juste pour faire aimable figure, je veux m'affronter à la compétition. » Cette conversation me réveille définitivement, je regarde deux films. Enfin, deux moitiés de film. Christian Jeune m'avait dit : « Pose au moins un œil dessus. » Quatre jours à l'étranger, c'est du retard à Paris. Je ne peux tout rattraper mais j'ai promis d'être vigilant. Chacun reprend son rôle et anime les correspondances sur ses territoires – je le fais sur les miens, dont le cinéma français *touchy*. D'Iran, Alexandre Mallet-Guy m'annonce le Bruno Dumont pour la mi-mars et me dit qu'à Téhéran Asghar Farhadi, le réalisateur d'*Une séparation*, s'active pour être prêt. Peu à peu, une sélection se dessine, dans l'espoir que des découvertes, des cinéastes inconnus, de jeunes auteurs, des histoires invraisemblables la déséquilibrent, la déstabilisent, la bousculent. Et lui offrent, le 14 avril prochain, le visage que nous attendons sans le connaître. La sélection est un voyage dont le but et le gain sont inconnus d'avance.

Hier soir, à Berlin, Meryl Streep et son jury ont récompensé l'Italien Gianfranco Rosi pour *Fuocoammare*, un documentaire sur les migrants. Il était visiblement le favori. Ce Rosi-là se fait un prénom : l'Ours d'or en 2016, après le Lion d'or en 2013. Mia Hansen-Løve revient à Paris avec le Prix de la mise en scène, et le Téchiné comme le Nicloux se sont fait remarquer : le cinéma français est aimé à travers le monde. Résultat d'une politique d'engagement public et d'une communauté professionnelle remuante : la France veille sur son cinéma, qui le lui rend bien.

Le soir, l'Olympique Lyonnais s'incline à Lille. Demain, je ne lirai pas *L'Équipe*. On est à dix points de Monaco et à deux mille du PSG que nous recevons dimanche prochain.

Lundi 22 février

L'approche de la fin de l'hiver génère toujours un troublant sentiment de mélancolie et de plénitude. Dans le TGV de 7 h 21 qui traverse les brumes du matin, l'envie me reprend d'écrire. Mes notes de sélection seront désormais mêlées à celles de ce journal. Dans une semaine, les rendez-vous vont se raréfier : on nous sait au travail et on ne nous importune plus. Deux films à voir cet après-midi et, dans la soirée, je m'envolerai pour Buenos Aires. Ça sera mon dernier voyage.

J'ai confirmé à Sean que son film était pris en compétition. Je n'ai rien revu mais je fais confiance au réalisateur de *The Indian Runner* et *Into the Wild*. Premier film américain sélectionné, donc.

L'euphorie ne dure pas. À 17 h 51, je reçois un mail de Sal Ladestro m'annonçant que la Columbia ne nous présente plus le Jodie Foster. Sans plus d'explication. À 20 h 30, pendant le cocktail du Prix Toscan du Plantier qu'organise l'académie des César, j'apprends par Thierry Desmichelle que nous ne verrons pas le Damien Chazelle, *La La Land*. Deuxième mauvaise nouvelle. « Damien doit prendre son temps et ne pas travailler sous pression », ce qui peut vouloir dire deux choses : soit le film est un chef-d'œuvre et on nous fait un petit mensonge parce que les producteurs veulent attendre l'automne pour jouer les Oscars 2017 ; soit le montage est plus long que prévu, manière de dire que le film a des difficultés à trouver sa forme.

De surcroît, Iris Knobloch et Olivier Snanoudj, de Warner France, m'ont annoncé que le Eastwood sera repoussé à l'automne. Et Rick Yorn, l'agent de Martin Scorsese, confirme mon pressentiment que *Silence* ne sera pas prêt, « de loin ». J'étais sans nouvelles de Marty, ce qui est rarement de bon augure.

Ce n'est pas mon jour de chance : Jodie Foster, Martin Scorsese, Clint Eastwood, Damien Chazelle ainsi que James Gray et Oliver Stone, six cinéastes américains qui, à l'automne, alimentaient une sélection virtuelle viennent de partir en fumée. Soudainement, il faut faire comme si ces films n'existaient plus, alors qu'ils se trouvent encore dans toutes les listes qui circulent sur internet. Certes, c'est l'époque où l'on s'inflige quelques tortures imaginaires mais quand j'embarque pour le vol de 23 h 20, une légère panique m'étreint.

Mardi 23 février

On s'ennuie dans les avions, on regarde par le hublot aussi longtemps qu'on peut, on bouquine, on se lève, on bavarde avec les hôtesses. Un magazine fait les recommandations d'usage pour mieux boire, mieux manger et éviter le cancer. Je m'empresse de faire le contraire en absorbant tout ce qu'on me propose, dans une compulsion nutritionnelle qui n'a d'égale que celle consistant à ne regarder que des bouts de film de l'excellent programme d'Air France. J'éloignerai la mort une autre fois.

À une heure matinale et sous une pluie fine qui rafraîchit l'air déjà très chaud, je retrouve Christian, mon chauffeur préféré, et Delfina Peña, de l'INCAA, qui me conduisent à l'hôtel Madero où je reprends d'emblée mes visionnages de DVD commencés ce matin alors que nous arrivions au-dessus du Brésil, dont un très bon documentaire sur l'immigration de la famille Coppola du petit village de Bernalda, dans le sud de l'Italie, jusqu'à l'Amérique. Ça s'appelle *The Family Whistle*, on y retrouve avec plaisir la sœur de Coppola, Talia Shire. Si Francis est d'accord, ça ira tout droit à Cannes Classics.

Daniel Burman, qui est un excellent réalisateur argentin se doublant d'un producteur, éditeur, réalisateur de télévision et exploitant, me montre le magnifique cinéma de quartier qu'il a sauvé, Plaza Constitución, puis m'emmène déjeuner avec Bernardo Bergeret. Nous évoquons un projet cinéma que Len Blavatnik, le patron de Warner Music, aimerait monter à Miami. Dans l'après-midi, accueilli par Hernán Lombardi, l'ancien ministre de la Culture, nous visitons le nouveau Centre culturel Néstor Kirchner où se tiendront les prochaines journées de Ventana Sur.

Le soir, Pablo Trapero et Martina Gusman m'accueillent dans leur maison de Colegiales, un quartier populaire de Buenos Aires qui s'est boboïsé avec les années. Martina est une formidable actrice qui, en 2007, flirta avec un prix d'interprétation pour *Leonera*, puis fut membre du jury de Robert De Niro, en 2011. Pablo est venu de nombreuses fois en sélection officielle et fut une année président du Certain Regard. C'est un enfant de Cannes (et du BAFICI, le festival de Buenos Aires, un vivier du jeune cinéma latino). Presque trop : l'an dernier, il nous avait soumis une version de *El Clan* montée à la hâte. Je lui avais recommandé de ne pas s'obséder de la Sélection officielle et de prendre du temps. D'aller à Venise par exemple, pour se légitimer ailleurs qu'à Cannes. « Passée la déception, me dit Pablo, je suis retourné au montage et j'ai tenu compte de toutes les remarques que tu m'avais faites. Du coup, à Venise, j'ai gagné un prix et en Argentine, on a dépassé les deux millions de spectateurs. » « Ça n'est plus du tout le même film ! » m'a assuré Michel Saint-Jean, qui le distribue en France. Dans son pays, Pablo tient ce territoire symbolique et réel, d'être un auteur qui parle à un large public. La dernière marche n'est pas loin car il lui manque peu de chose pour trouver la grande reconnaissance internationale. Elle viendra.

Retour dans la nuit, une demi-heure de voiture à travers la ville, à retrouver des sensations connues. Il y a des publicités partout pour le *Vinyl* de Martin Scorsese – le festival Lumière semble si loin. Un vent frais balaie des bouffées de chaleur. Je pourrais tout donner pour une nuit d'été à Buenos Aires.

Mercredi 24 février

Réveillé par Pierre Rissient, qui surmonte une période de dépression physique, comme cela lui arrive parfois – en août prochain, il aura tout de même 80 ans. Je lui dis que j'écris un livre. « Tu me rends curieux. Et mon livre à moi, il sort quand ? – En septembre. Tom Luddy a envoyé ton portrait dessiné du festival de Telluride. – C'est quoi ton livre ? – Un journal. – Méfie-toi de me le montrer : je suis un grand lecteur de celui du cardinal de Retz. » Et puis quoi encore ! Je dévie la conversation sur Clint. Pierre sait qu'il n'ira pas à Cannes et s'en désole. « Et sur l'Asie, tu es comment ? » dit-il pour changer de sujet et me faire lâcher quelques infos avec lesquelles il s'empressera d'aller narguer Michel Ciment.

En fin d'après-midi, je rejoins la visite officielle de François Hollande à Mauricio Macri, son homologue argentin récemment élu. Le dîner présidentiel a lieu au musée du bicentenaire de la Casa Rosada, « l'Élysée » du pays. Le Centre culturel Kirchner tout près est éclairé de bleu-blanc-rouge et il y a dans toute la ville des panneaux publicitaires souhaitant la bienvenue au président français. Lequel prononce un beau discours empli d'une générosité simple dont il aurait dû faire plus souvent usage contre la violence de la vie publique parisienne. « Vive la Révolution française », me dit l'un de mes voisins de table, un riche porteño ayant décidé de consacrer sa fortune à l'éducation des plus pauvres. Le nouveau président suscite la ferveur de partisans dont on ne saurait définir la tendance politique et qui se donnent visiblement la mission de redresser le pays. Schéma politique classique mais la démocratie fonctionne et je suis heureux de me trouver au milieu de ces gens, à parler espagnol, à répondre à leurs questions sur Cannes, la Côte d'Azur et le cinéma mondial.

Au moment des adieux, je retrouve Audrey Azoulay dont d'abondants portraits ont récemment orné, en France, les pages des magazines, qui s'interrogeaient sur le surgissement énigmatique de cette femme inconnue du grand public, non élue et très bien accueillie par les milieux culturels. François Hollande s'enquiert de notre programme, alors que le président argentin prend congé. « Je voulais emmener la ministre à San Telmo. » Sous le regard étonné de Christian le chauffeur, nous voilà tous partis en direction du berceau historique du tango puis, à peine revenus à l'hôtel de la délégation, repartis chez Don Julio, un restaurant de Palermo Viejo recommandé par le cuisinier Mauro Colagreco (un deux étoiles de Menton) qui est là avec quelques Argentins de Paris dont Alfredo Arias ou Omar da Fonseca. Nous nous installons et je parle un peu avec François Hollande, heureux du déroulement de ce périple chez les Latinos, et visiblement peu pressé de retrouver la froidure de Paris. L'établissement est bondé, les clients le reconnaissent, il se met à signer des autographes tandis que Thierry Braillard, le secrétaire d'État aux Sports, commence dans le vacarme une courageuse *Marseillaise*, reprise en chœur par la délégation et applaudie par tout l'établissement sous le regard épaté des serveurs.

Jeudi 25 février

Dans la matinée, pendant un visionnage dans ma chambre du 7e étage, j'apprends la mort de François Dupeyron, que nous savions malade. Il vint en compétition en 2001 avec *La Chambre des officiers*, ce fut le premier cinéaste avec qui je parlai montage – je crois me souvenir qu'il avait des problèmes avec la fin. J'appelle sa productrice, Michèle Halberstadt, qui m'en parle longuement. Il y en a qui meurent, là. J'ai envie de rentrer à Paris.

Je pense à notre ouverture. Pour l'instant, deux solutions s'offrent à nous : Bruno Dumont, annoncé donc comme une comédie. Seule réserve : après Emmanuelle Bercot l'an dernier, ce serait avantager à nouveau le cinéma français. Deuxième solution : Woody Allen. Il est déjà venu deux fois en ouverture et le film ne sortira au mieux qu'à l'été, mais c'est une hypothèse toujours plausible : Woody est définitivement notre genre de beauté. Quoi d'autre ? Rien pour l'instant.

Retour au CCK : installé dans l'ancienne poste de la capitale, cet énorme bâtiment construit au XIXe siècle par un Français dispose d'auditoriums de première qualité, de grandes salles d'exposition et de terrasses somptueuses qui dominent le centre-ville en prolongeant la vue jusqu'aux confins de l'Uruguay. Avec sa « baleine bleue » de 1 700 places, il peut devenir un très grand lieu culturel, une sorte de Beaubourg de l'Amérique latine. François Hollande parraine une signature d'accords tous azimuts. La France vend aussi son savoir-faire culturel et, si elle s'en donne les moyens, peut incarner quelque chose d'important. Pour le cinéma français, il y a une belle carte à jouer dans le cône Sud. Cannes reviendra chaque année avec Ventana Sur, et l'actif Bernardo Bergeret aimerait accueillir l'exposition Lumière et réfléchir à une version locale du festival Lumière : sur le patrimoine, il y a tout à faire en Argentine, au Chili et ailleurs. À peine le temps de goûter au minispectacle de tango, avec morceaux de Piazzolla que je commente pour le président, qu'il est déjà l'heure de se précipiter à l'aéroport d'Ezeiza pour attraper le vol du jour et arriver demain à Paris.

Vendredi 26 février

« Cannes, c'était les Jeux olympiques, là, c'est le championnat de France ! Si je ne l'ai pas, ce n'est pas grave », me dit Vincent Lindon, au sujet des César qui se déroulent au théâtre du Châtelet, où nous nous installons avec Pierre Lescure, curieux de ce que deviendront « nos » films. Eh bien, Vincent l'obtient, et de belle manière. Comme Mélanie Laurent, assise à mes côtés et qui empoche celui du meilleur documentaire pour *Demain* : « Tu me portes chance », me dit-elle. La soirée est réussie, animée par Florence Foresti la Lyonnaise au sommet de son style et de sa drôlerie (dans son spectacle, *Madame Foresti*, elle déclare que la cinquantaine, c'est « l'adolescence avec la carte bleue » – elle m'a donné dix ans de vie joyeuse).

Grâce à KM et à l'excellent travail d'Alain Terzian, le président de l'Académie, et d'Alain Rocca, Canal+ la désormais mal aimée se requinque en s'obligeant à des règles précises : surveillance du rythme, mise en scène changée, raccourcissement des remerciements. Sans doute un petit manque de *cinéma* dans les discours et dans les montages hommages à Claude Lelouch et Michael Douglas mais rien de grave : aucune autocitation parisienne, moins d'humour téléviso-référentiel, pas de prolongement festif du « Grand Journal », la cérémonie s'est jouée de ses passages obligés, avec émotion et esprit.

Les César concluent l'année 2015. Les prix ont été bien répartis et tout le monde est heureux de voir *Fatima* de Philippe Faucon récompensé, dont Vincent Maraval, qui l'a adoré, mais qui me textote : « Fatima se serait appelée Martine, on en parlerait moins. Et d'ailleurs, on ne parle pas des Fatima en général, sauf ce soir… » Plus-value traditionnelle octroyée aux « petits films », le schéma est classique, et rien pour Jacques Audiard qui a eu tort d'avoir la Palme d'or et repart bredouille mais pas énervé, à la Jacques, tranquille. Voir Arnaud Desplechin consacré meilleur réalisateur n'est que justice, tant il le méritait, et depuis si longtemps. Il est l'un de nos meilleurs cinéastes.

Samedi 27 février

Stéphane Célérier : « J'ai appelé le bureau de Woody à New York : si tu le souhaites, ils ne sont pas contre l'ouverture. Je t'organise la projection la semaine prochaine. » Ces types aiment Cannes autant que nous.

De New York, Magaret Bodde, de la Film Foundation, propose, pour Cannes Classics, *La Vengeance aux deux visages*, le seul film réalisé par Marlon Brando, dont j'ai toujours aimé la démesure narrative et les blessures de tournage qui lui donnent une allure inoubliable, comme la photo nocturne de Charles Lang. Elle me dit que Marty aimerait également montrer une rareté du cher ami disparu Edward Yang, *Taipei Story*, dont la restauration a été supervisée par Hou Hsiao-hsien.

Dimanche 28 février

Bon à rien. Une dizaine de films en retard mais pas envie. Si je suis là, c'est que j'aimais par-dessus tout voir des films et lire des livres. Mais je ne peux en jouir normalement. Ce type d'existence dessine ses propres limites. C'est un grand classique que connaissent les cinéphiles : lorsqu'on commence à travailler dans le cinéma, on y va moins. Se précipiter dans une salle pour passer deux heures et oublier sa vie relève d'un comportement qui ne nous est plus offert. Le travail est un plaisir mais le plaisir est devenu un travail. Je traîne une partie de la journée et j'hésite entre tout et ne fais rien – Marie et les enfants sont partis voir *Amis publics*, le nouveau Kev Adams. Plutôt que de me jeter sur des films dont les vendeurs ou les producteurs attendent des nouvelles, je visionne *Le Vaisseau fantôme* de Michael Curtiz – Jack London a tellement compté dans ma vie. Dans ce beau noir et blanc Warner de 1941, Edward G. Robinson *est* Loup Larsen, Ida Lupino belle, brune, un peu voyoute, et Alexander Knox à l'opposé exact de son personnage de *None Shall Escape* de De Toth auquel je l'ai identifié à jamais. Je culpabilise, j'arrête. J'opte pour le vélo, écouteurs à l'oreille, pour quelques coups de fil impérieux, et rouler le nez au vent et le froid dans le corps afin d'oublier cette journée qui n'a pas vraiment commencé. Le soir, je ne vais même pas au stade voir l'Olympique Lyonnais infliger sa première défaite au PSG, c'est dire.

Lundi 29 février

Tout va mieux – une bonne nuit de récupération et ce matin, on apprend que l'Oscar du meilleur film étranger a été remis à László Nemes sur la scène du Dolby Theatre de Los Angeles. Ce point d'orgue à la sélection 2015 me met d'excellente humeur et prêt à accueillir tous les films inconnus de la terre. J'aime ce moment où la vie change pour nous : elle se ralentit au rythme des projections et elle s'accélère à l'aperçu du compte à rebours. Il nous reste sept semaines.

Au bureau, l'ambiance des grands jours est de retour : du monde partout, des jeunes gens surmotivés, des collaborateurs que l'on retrouve, des visages inconnus, des rires, des cris et de la circulation dans les couloirs et les escaliers, plus un mètre carré de disponible et nulle part où ranger mon vélo le matin, à part dans mon bureau où Marie-Caroline m'accueille de mes trois cafés consécutifs. Réunion avec Pierre Lescure (la révision des statuts, le prochain bureau du conseil d'administration), Jérôme

Paillard (« le Marché s'annonce bien »), Fabrice Allard (« les accréditations sont en hausse de 15 %, normal à cette époque de l'année ») et avec François Desrousseaux pour tout le reste.

Pour moi, c'est presque une journée de rentrée, je ne partirai plus à l'étranger sauf contrainte de dernière minute. Je savoure mon dernier café en regardant les toits du 7e arrondissement de Paris depuis notre terrasse : fini tout cet arsenal sécuritaire qui tue l'amour du voyage, terminés les aéroports, les files d'attente, les ceintures à dégrafer, les chaussures à enlever, les ordinateurs à sortir, les passeports à montrer, le désarmement des toboggans, les vérifications des portes opposées. « Tu dois être content de rentrer », me dit Christian en me ramenant à la réalité. C'est avec lui que je vais passer désormais le plus clair de mon temps. Son bureau jouxte le mien et notre dialogue ne s'interrompra plus jusqu'à fin mai. Lui d'ordinaire si secret (il n'a même pas de téléphone portable), si jaloux de son agenda, de ses fréquentations, de ses lectures, se rendra totalement disponible. Il est le maître du déroulement des projections, avec un entourage d'une belle efficacité : Bruno Munoz, Fanny Beauville et Zoé Klein ainsi qu'un jeune stagiaire, Sam Hewison, qui a succédé à son frère Charley, tous deux fils de James Hewison, un distributeur-acquisiteur-producteur-exploitant australien et buveur de bières que j'avais connu à Telluride il y a vingt-cinq ans. C'est vers eux que convergent les inscriptions et que le matériel est livré.

Sur les films d'ouverture et de clôture, je l'ai dit, la situation est simple : nous n'avons ni l'un ni l'autre. Mais pour l'ouverture, nous voyons le Woody Allen demain matin et le Bruno Dumont mi-mars. Les dieux seront avec nous.

Le soir, dîner avec Régis Wargnier, jamais en manque d'une blague – les siennes sont drôles parce qu'elles sont vaches et je ne peux rien en dire, tant elles visent toujours des gens célèbres. Pour rire, *Mustang*, il l'appelle *Poney*. Mais sa conversation est instructive car le regard d'un cinéaste sur sa discipline n'est pas un discours d'historien ou de critique, mais de praticien. Francis Girod, qui fut le mentor de Régis, reconnaissait qu'il était meilleur spectateur qu'auteur. Et il lui arrivait de s'accabler lui-même : « En somme, nous sommes d'accord sur tout sauf sur mes films ! » avait-il dit au critique Pascal Mérigeau. Avec Régis, qui sait tout sur tout et qu'on peut brancher sur Mizoguchi, nous faisons le bilan de l'année, des César, des Oscars. Il a une conviction : « Cannes est au-dessus de tout. » À ce jour, *Indochine* reste le dernier Oscar français du meilleur film étranger. Avec Catherine Deneuve, à laquelle je pense.

MARS

Mardi 1er mars

Projection du Woody Allen. Avant de pénétrer dans la salle de Technicolor, à Boulogne, Carole Bouvier, de Mars Films, me transmet un message de Woody : « This is a workprint that has not been color-corrected and the sound has not yet been mixed. There are a few visual effects still to come, main titles are temporary and there are currently no end titles. » Une copie de travail, donc, sans sous-titres, sans le confort classique d'une projection en salle, un samedi soir en ville.

Le film nous enchante, Kristen Stewart y livre une partition absolument étonnante : cette fille sait tout faire, peut tout incarner, les Français ont eu raison de lui donner un César. Avec elle, et à ses côtés Jesse Eisenberg et Steve Carell, Woody retrouve l'inspiration de ses années 90 : un petit film historique, qui emmène un jeune arriviste de sa famille juive new-yorkaise à un destin californien, un *Radio Days* version love story hollywoodienne. « Tu le vois à l'ouverture ? » me demande Stéphane Célérier. Oui, absolument. Mais réponse impossible tant que nous n'avons pas vu le Bruno Dumont, dont nous avons promis d'examiner la candidature. Une nouvelle attente commence, mais elle est désormais plus sereine. Dans tous les cas, j'invite le film de Woody en Sélection officielle.

D'un coup de vélo et sous le petit crachin parisien qui atténue ma fatigue (j'adore rouler sous la pluie), je rejoins Pierre Lescure et le déjeuner *Télérama*, en compagnie de Fabienne Pascaud, Bruno Icher et Pierre Murat, qui pensent à leurs pages cannoises et souhaitent une interview de George Miller : ils sont les premiers à la demander officiellement, nous répondons oui officiellement puisque George a promis de se plier à ses devoirs de président de jury – Aurélien Ferenczi fera l'entretien par Skype. Dans le flot de nos conversations, je rappelle de manière trop véhémente à Pierre (Murat) ses sautes d'humeur de l'an dernier sur la compétition. J'aime bien me disputer mais Pierre (Lescure) fronce les sourcils. C'est lui qui a raison, je ne devrais pas.

Mercredi 2 mars

J'ai fait, hier soir, un saut à l'Institut Lumière pour accueillir Jack Lang : le professeur de droit qu'il est resté ouvrait le festival « Droit, Justice et Cinéma ». C'était ça, le « garder un pied à Lyon » que m'avait accordé Gilles Jacob et que Catherine Tasca, de passage au château Lumière, avait approuvé d'un : « Je comprends ça » en regardant la beauté des lieux. Manière pour moi de revenir rue du Premier-Film, de sentir le public, de retrouver mes équipes. Après la projection du *Citizenfour* de Laura Poitras, Jack Lang disserte brillamment sur Edward Snowden et sur les lanceurs d'alerte. Intéressant pour moi de revoir ce film, Oscar du meilleur documentaire l'an dernier, après la version, plus intime et romanesque, d'Oliver Stone, qui le complète parfaitement. Et regrets accrus d'avoir perdu le film.

Dans la soirée, je me suis isolé un moment dans le jardin du château Lumière pour parler à Tom Rothman de Sony-Columbia qui, depuis Los Angeles, m'a annoncé que le Jodie Foster revenait dans le jeu. J'avais proposé le premier jeudi 19 heures, « la place de *Mad Max* », un hors compétition glamour en début de Festival. Ils sont d'accord. Seule réserve de ma part : que la distribution soit au complet sur les marches. « Jodie et George seront là », m'a-t-il promis. Et Julia Roberts ? Elle se montre peu et n'est encore jamais venue à Cannes. D'où l'importance de l'accueillir mais j'ai l'impression que ça n'est pas encore acquis.

Je passe la matinée à converser avec quelques producteurs, à les rassurer, à leur dire que nous verrons leurs films avec plaisir : à ceux qui se manifestent directement, je le fais personnellement (au téléphone, par mail, par sms, souvent) pour montrer que sur la ligne de départ, tout le monde a ses chances et que le délégué général du Festival de Cannes n'a pas mieux à faire que de parler avec ceux qui font des films. Apprendre, comme me le confirme ce matin Charles Gillibert, que le film d'Olivier Assayas nous sera présenté est le genre d'information qui compte. Entendre quelqu'un vous annoncer l'arrivée d'une projection, le ton qu'il emploie, est aussi une manière, impalpable mais sensible, d'en mesurer déjà l'importance.

Le Woody Allen, le Jodie Foster, les films rentrent. D'après Christian, on est dans le rythme. Et demain, me confirme leur producteur Denis Freyd, nous voyons le film des Dardenne.

Jeudi 3 mars

Réveillé à 4 heures du matin. Plus aucune trace de jet lag, juste une insomnie, cette « lucidité vertigineuse qui convertirait le paradis en un lieu de torture », disait Cioran. Je m'y connais en insomnies, elles reviennent souvent en préparation, le cerveau ne cesse jamais de travailler, tout prend une importance démesurée dans le noir, et dans le doute. J'ai rallumé pour lire un peu (en ce moment : le roman de David Cronenberg) et à l'aide de quelques trucs (éloigner la sélection de mon esprit, refaire le Kime-no-kata, une série de mouvements de judo, se souvenir du tracé intégral du col du Galibier), j'ai pu me rendormir. Mais cinq heures de sommeil seront à peine suffisantes : les jours de sélection ne sont pas des jours ordinaires, ils exigent une concentration aiguë et se révèlent parfois interminables.

Les « Dardenne ». Pour deux frères un seul mot, devenu une marque. Ils ont révélé de formidables talents : Jérémie Renier, Déborah François, Olivier Gourmet ou Émilie Dequenne et dans leurs deux derniers films, ont invité une actrice déjà consacrée à entrer dans leur monde : Cécile de France pour *Le Gamin au vélo* ou Marion Cotillard pour *Deux jours, une nuit*. Dans *La Fille inconnue*, que nous avons vu cet après-midi, c'est Adèle Haenel, éblouissante de beauté, effrayante de froideur, qui incarne une jeune médecin retraçant les dernières heures d'une femme africaine, cette « fille inconnue » à laquelle elle n'a pas porté secours.

Si un auteur se juge à la constance de ses thèmes, alors on en retrouve quelques-uns : un engagement social de chaque instant, la solitude dans les sociétés industrielles, le sort fait aux minorités, l'intransigeance d'une démarche qui mêle la rigueur d'une mise en scène et le refus des compromis scénaristiques. Trop, peut-être et de façon trop homogène : on atteint les limites d'un style qui semble se répéter (ce que personnellement, je ne trouve pas) et un mode dramaturgique volontairement atone mais qui déconcerte. De fait, le film suscite quelques réserves dans le comité, mais sa présence en compétition ne fait aucun doute. Nous donnerons du grain à moudre à ceux qui fustigeront leur présence renouvelée. Quand la presse évoque les « abonnés cannois », c'est souvent les Dardenne qu'elle vise. On s'en fiche. Ce cinéma-là reste impérieux. Compétition 2016 : ça en fait cinq.

Le hasard est facétieux : il arrive parfois que la vision de deux films oblige à une certaine élasticité de jugement. Dans *Le Cancre*, Paul Vecchiali, le réalisateur-acteur de *Femmes femmes*, convoque celles de sa vie ou ce qu'elles incarnent à ses yeux :

Françoise Arnoul, Annie Cordy, Françoise Lebrun, Marianne Basler, Édith Scob et Catherine Deneuve. Film d'auteur français, intime, scènes fortes et moments de nonchalance, le résultat est émouvant et Paul Vecchiali n'est jamais venu à Cannes. Il faudra penser à lui.

On enchaîne avec *Blood Father* de Jean-François Richet : une comédie policière américaine évoquant la résurrection d'un père alcoolique qui sauve sa fille de méchants gangsters mexicains, avec Mel Gibson dans un come-back convaincant, Erin Moriarty qui vient ajouter son nom à la liste des bonnes jeunes actrices US, Diego Luna qui s'amuse à jouer les vilains et William H. Macy, acteur très attachant (et par ailleurs réalisateur d'un film très personnel, *Rudderless*). Le film est produit par Pascal Caucheteux, le producteur de Desplechin et Audiard, qui sait lui aussi faire preuve d'élasticité. Il est content qu'on ait aimé. Ça peut faire une séance de minuit.

Fin d'une belle journée de cinéma, je file. J'ai rendez-vous. Le quartet Cartet porte le nom d'un restaurant de la place de la République et désigne un groupe de quatre personnes (Sylvie Pialat, Serge Kaganski, Régine Hatchondo et moi) qui y dînent régulièrement. Un lieu habituellement chuchoteur que nous égaierons de nos chansons, un moment sauvé du vent, béni des dieux et réparateur des âmes, une petite fête à quatre pour parler du temps qui passe, et où, d'une blague, d'une façon de se raconter l'existence, nous repousserons le néant et reprendrons goût au combat.

Vendredi 4 mars

À la brasserie L'Européen, rendez-vous matinal avec Isabelle Danel, la présidente du Syndicat français de la critique de cinéma et des films de télévision et qui, à ce titre, siège au conseil d'administration du Festival pour représenter la Semaine de la Critique. Chose curieuse, le Festival de Cannes ne dispose d'aucun siège au Syndicat – pas plus qu'à la Société des réalisateurs de films, présente également en notre CA et qui organise la Quinzaine. Isabelle souhaite évoquer le mode d'accréditation de leur comité de sélection (vaste sujet, les accréditations), les défraiements de ses membres et un hommage à la FIPRESCI, le syndicat international de la presse, qui décerne chaque année à Cannes un prix assez couru.

Puis vélo, pluie, bureau, cafés. Hier, six films visionnés dans la journée : un chinois, un anglais, deux américains, un équatorien et les Dardenne. Aujourd'hui, rien. Que des réunions. Et retour en province pour le week-end.

Au Grand Café des Négociants, dîner avec Alain Guiraudie, de passage à Lyon pour le festival Écrans mixtes. En 2013, Guiraudie a fait sensation avec *L'Inconnu du lac*, qui l'a hissé au rang des cinéastes français qui comptent – j'adorais son travail depuis longtemps et *Le Roi de l'évasion* était une œuvre extravagante de liberté et d'originalité. Venu du Sud-Ouest où il fait ses films, cycliste, volubile, inattendu dans ses références (il fait devant le public un éloge de Boisset et de Costa-Gavras), il est le cinéaste des provinciaux, paysans, ouvriers, vieux, jeunes, et des homosexuels : « Dans mon cinéma, dit-il d'un accent à couper au couteau, il y a plus de paysans homos que dans la société en général mais sinon, qui en parlerait ? » Il est au montage de son nouveau film que Sylvie Pialat (qui en est la productrice et qui ne m'en a pas touché un mot hier soir) nous présentera début avril. Alain m'en parle juste parce que je lui en parle – « Je ne suis pas venu à Lyon pour ça, hein ? »

Samedi 5 mars

De Budapest où il accompagne Eva Gardos sur un tournage, mail du légendaire Philippe Garnier, natif du Havre mais

Angeleno définitif, écrivain, journaliste, historien traducteur, fidèle des premiers jours de l'Institut Lumière, ami d'André de Toth, connaisseur absolu de Chandler et de John Fante. Programmateur rarement en manque d'idées aussi : « Tu n'as peut-être pas la tête à ça mais j'aimerais faire un jour un hommage à Sterling Hayden en cinq ou six films, avec quelques films peu vus, dont deux Stuart Heisler et un film noir. *Journey into Light* (Heisler, 1950). Hayden joue un pasteur sur la côte Est (!) qui quitte la profession quand sa femme alcoolique se suicide (avec un tesson de bouteille), il devient alors drifter et alcoolique lui-même. Échoue sur le "skid row" de Los Angeles. Devient grouillot dans une Mission pour clodos, et est plus ou moins ramené à la foi par Viveca Lindfors (Mme Don Siegel) et un bataillon de poivrots clodos. Weegee était consultant sur le film pour l'authenticité de scènes de skid row et drunk tanks, etc. Pas un bon film mais très curieux.

Il y aurait aussi *The Star*, toujours d'Heisler, en 1952. Encore Hayden, mais cette fois dans un rôle très proche de ce qu'il était en 1952 et avait été précédemment, un ancien acteur qui se méprise de faire ce métier et son ex-femme (Bette Davis), la star insupportable qui fait son come-back. Très curieux.

Ensuite : *Naked Alibi*. *La Soif du mal* du pauvre, Hayden très bien, Gloria Grahame encore meilleure, toujours avec la cafetière. *Crime Wave*, De Toth, évidemment. Oui, quand même. Et *Asphalt Jungle*, parce que c'est un film parfait et qu'il y est très bien.

Il faudrait rester sur cette période où il est encore beau et pas détruit par l'alcool (comme dans *1900*).

Bon. Tu me dis. On pourrait passer l'interview *Cinéma Cinémas* en complément dans la petite salle et j'ai une bande son avec des trucs étonnants dessus.

Viens à Budapest. Sinon, téléphone, ça ferait plaisir.

Philippe

PS : À Lyon, il y a toujours le bon équilibre entre "découverte" ou carrément pionnier (Eddie Muller, Charles Brabin, les japonais de la mort) et le spectaculaire et *crowd friendly*. Là, ça serait un peu les deux. Ceci dit, ça peut aussi se faire une autre année s'il y a trop d'américains. C'est qui le Prix Lumière cette année ? Ah ah. *Abrazos*. »

Toujours formidables, ses messages, déjà presque le début d'un de ses légendaires articles. À part ça, j'ignore ce qu'est un « skid row ».

Dimanche 6 mars

Scott Foundas, né à Tampa en Floride et habitant Los Angeles, est capable de disserter à l'infini sur les classiques hollywoodiens ou sur le Portugais Manoel de Oliveira ou le Russe Andreï Zviaguintsev, en citoyen d'un cinéma international qui l'a conduit dans tous les festivals de la planète et le fait aimer pareillement Straub et Lelouch. Jusqu'à l'an dernier, il était critique de cinéma : personnel, incisif et encyclopédique. Redouté, ce qui est normal, mais imprévisible, ce qui est une qualité moins courante. L'action a toujours tenté Scott, quoique, en pur intellectuel, il sache à peine se tenir sur un vélo, en tout cas à Lyon entre la place Carnot et la place des Terreaux. Il y a cinq ans, il fit une première infidélité à *Variety* pour rejoindre la Film Society du Lincoln Center où il organisa la première rétrospective new-yorkaise sérieuse consacrée à Claude Sautet, après quoi il écrivit au *Village Voice* puis retourna à *Variety*. Mais il a franchi un pas décisif en filant, l'été dernier, chez Amazon Studios, la division cinéma créée par la « World Company ». Désormais en charge des films d'auteur, il passe de l'autre côté de la barrière – il s'apercevra vite que c'est une autre chanson. Mais il y a quelques jours, il m'a livré un excitant programme 2016 : « Les deux films de Jim Jarmusch : *Paterson* et *Gimme*

Danger (qui fera peut-être sa première mondiale au festival d'Austin, ne te fâche pas ! [Si, je me fâche]). Nous avons aussi acheté *The Neon Demon* de Nicolas Winding Refn et *The Handmaiden* de Park Chan-wook. Et on aura peut-être le Woody Allen mais je ne sais pas s'ils veulent aller à Cannes. » Nous, on le sait, en tout cas, tout ça est sous le radar.

Scott m'explique longuement leur approche, que leurs premiers choix valident. Il travaillera avec Bob Berney, qui est un as du marketing auteur, et avec Ted Hope qui, à l'époque de Good Machine, une maison de prod de la côte Est, accompagna Jarmusch, Hal Hartley, Solondz, Iñárritu ou Ang Lee. Amazon défend une idée indépendante du cinéma d'auteur international, veut en acheter les droits, dont celui de le sortir en salles et le produire. Ça n'est pas Netflix, qui privilégie son propre support, consistant à vous coller au siège de votre salon, c'est véritablement mettre un pied pour ouvrir plus grand la porte aux États-Unis de ce que nous appelons en France, depuis les années 50, le cinéma d'« art et essai ».

Lundi 7 mars

Brume et gel, la France est blanche et belle. La semaine s'ouvre par une réunion-séminaire avec l'équipe rapprochée du Festival, que viennent rejoindre les « Cannois ». Une matinée pour évoquer tous les sujets, se donner les grandes lignes, partager quelques convictions, celle en particulier de voir le Festival, dont l'image n'est pas vraiment celle de la facilité, donner plus souvent des gages de sympathie, d'amabilité et d'ouverture. L'an dernier, le zèle appuyé d'un contrôleur d'entrée du tapis rouge qui n'aimait pas les femmes en chaussures basses a provoqué un raz-de-marée médiatique lancé par la revue *Screen*, relayée par *Libé*, nous accusant de marcher à la tête du client (genre : les stars font ce qu'elles veulent quand de pauvres femmes moches sont maltraitées), et que la presse américaine, trop heureuse de moucher les Français, a eu vite fait de baptiser « *talon-gate* ». Au désespoir des équipes qui accueillent de leur mieux les trente mille personnes qui entrent quotidiennement dans le Palais. Toutefois, ce genre de chose ne doit plus arriver et cette réunion est utile pour apprendre à questionner nos propres pratiques. Nous abordons aussi la question sensible des fêtes, en baisse notoire, d'ambiance, d'envie, de nombre et auxquelles un arrêté (préfectoral, moral ?) met fin chaque soir à 2 heures du matin, à peine le temps de boire un verre en sortie de projection. Que serait le Festival de Cannes sans les fêtes ? Sous ses aspects futiles, la question est fondamentale.

L'après-midi, Pierre, qui n'aime pas les longues délibérations, réunit au pas de course les administrateurs du Festival : examen des statuts, évocation des relations entre les différentes tutelles et adoption officielle de l'affiche qui fera l'objet de notre prochaine annonce. Tout roule.

Christian : « Demain, les affaires sérieuses commencent, on aura des projections tous les jours jusqu'à la conférence de presse. » Nous n'avons pas non plus de film de clôture. Chaque année, la question est de plus en plus délicate à régler : les productions qui y viennent renâclent, leurs acteurs remettent les prix à *d'autres* films, tout le monde est épuisé, une partie de la presse n'est plus là, le Festival est terminé. Il est loin le temps où la clôture était un must et Cannes en a connu de mémorables : *E.T.* de Spielberg, qui ferma l'ancien Palais d'une tornade d'émotion, ou *Thelma et Louise* en 1991, dont le triomphe anticipa le culte dont il bénéficie depuis. Une curiosité : celle de 1975 fut… *Tommy* de Ken Russell, en présence des Who – Michael Jackson, Madonna ou U2, qui plus tard ont enflammé les marches à leur tour, ont donc eu de glorieux prédécesseurs. Récemment, nous avons eu de belles clôtures (*Les Bien-Aimés* de Christophe Honoré, *Zulu* de Jérôme Salle ou la présentation de la copie restaurée de *Pour une poignée de dollars* de Leone par Tarantino) et la plus émouvante fut *Thérèse Desqueyroux*, le dernier film de Claude Miller. En général, je déteste qu'on dise le *dernier* film de tel ou tel cinéaste, il faut dire le *nouveau* film. Question de superstition, sans doute, manière de balayer la disparition artistique qui guette les cinéastes au moindre faux pas. Malheureusement, c'était vraiment le dernier film de Claude Miller, mort d'un cancer un mois plus tôt et qui eut le temps, avant Cannes, de terminer le montage, de valider l'affiche et d'approuver la campagne publicitaire. Comme si sa victoire contre la maladie, c'était ça : tourner et achever à temps un film qui serait ce qu'il voulait qu'il soit. Quelques semaines auparavant, dans la chambre d'un hôpital du 12e arrondissement de Paris où ses amis défilaient depuis plusieurs semaines dans la consternation et déjà le recueillement, j'avais eu le temps de lui dire, lui qui aimait tant le Festival, que je souhaitais inviter *Thérèse Desqueyroux* en Sélection officielle. Son visage, que la maigreur et la souffrance avaient rendu méconnaissable, a laissé vivre un bref sourire.

Dans les enterrements d'artistes, les cercueils sortent des églises sous les applaudissements de la foule. Ce soir-là, le visage de Claude affiché sur l'écran immense de la salle Lumière fut longuement ovationné, comme pour redire la place singulière qu'il occupait dans le cinéma français et que Claude Sautet et François Truffaut lui avaient très tôt reconnue.

Nous mettons momentanément fin à la discussion avec une idée : pourquoi ne pas décider qu'en clôture, nous n'aurons… pas de film de clôture ? À la place, nous projetterions celui qui, quelques instants plus tôt, aurait reçu la Palme d'or. « Ça me plaît », dit Pierre que j'appelle dans la soirée. Son regard s'aiguise de semaine en semaine : du Festival, il a une expérience de spectateur, de journaliste, d'ancien partenaire et joue parfaitement son rôle de président.

Le soir, deux bons films français possibles candidats pour Un Certain Regard : *Mercenaire* de Sacha Wolff et *Voir du pays* des sœurs Coulin, avec Soko et la fascinante Ariane Labed.

Mardi 8 mars

Plaisir de se trouver au Café de Flore de bon matin, et plaisir d'un petit déjeuner avec Didier Duverger, le banquier des producteurs, le feu follet du financement, homme d'argent évidemment, attentif à un monde qui le nourrit (il fait de très bonnes affaires) mais qu'il couve d'une bienveillance qui n'est pas feinte. Toujours au courant de tout, des gens, des films, des rumeurs, son survol de la communauté, qui est en bonne santé ou en risque, qui écrit, tourne ou sort bientôt, est un régal. « Pour Pathé, tu as pris la bonne décision. Mais si tu avais choisi d'y aller, ça aurait été aussi une bonne décision. » Ouais, merci, Didier.

Hier soir, Donald Sutherland a donné son accord de principe pour être du jury. Nous l'avions déjà sollicité, cette année semble la bonne. Là comme pour la sélection, il faut gérer les informations avec sérénité. L'autre « grosse star » ne pourra pas, finalement – dommage, c'eût été un gros coup, un acteur immense, un homme sympathique, un rappeur de premier ordre. « Je veux vraiment le faire un jour », promet-il. Accueillir des stars relève chaque année d'une gageure : elles doivent se libérer pendant deux semaines, donc jongler avec leurs tournages. Elles se trouvent souvent inaptes à la fonction. Il faut savoir expliquer et convaincre d'où, là encore, l'importance des agents. Pour Donald, c'est son fils Roeg qui a joué les bons offices. Easy.

Le jury est composé de quatre femmes et quatre hommes, majoritairement actrices, acteurs, réalisatrices, réalisateurs. Michel Ciment et quelques autres se plaignent d'une certaine *peopolisation*, doutant du discernement des artistes quand, à ses yeux, devinez, des critiques feraient mieux. Mais des scénaristes, des musiciens, des écrivains, des directeurs de festivals, des techniciens, des historiens, des chefs opérateurs ou des producteurs sont également sollicités. Pas chaque année, et il faut faire mieux, dis-je à Laure, avec qui je parle de tout cela cet après-midi.

Avant de commencer, il faut savoir comment l'année est faite et, par exemple, ne pas demander à Valeria Bruni Tedeschi, que l'on sait dans le Dumont, si elle est disponible. Et la vérité d'une année n'est pas celle de la suivante. Les bonnes idées sont éphémères. S'atteler à la tâche à l'automne est inutile, les comédiens même libres rechignent à s'engager longtemps à l'avance, guettant le rôle inattendu. Cannes ou pas Cannes, n'allons pas les croire au garde-à-vous, leur travail reste prioritaire. Et s'y prendre tardivement, comme on a compris que j'aime le faire, frise l'indélicatesse : la star à qui vous offrez une place dans le jury en avril pensera automatiquement qu'elle vient pallier le refus de quelqu'un à qui vous avez pensé avant elle, ce qui n'est pas toujours vrai.

La composition du jury doit respecter plusieurs équilibres : générations, métiers, pays, continents, styles, etc. Aux Oscars, la question noire a surgi de façon extrêmement vive et nous a interpellés, même si nous avons toujours veillé à ne pas laisser, par exemple, l'Afrique de côté. Et si Cannes a été attaqué il y a trois ans sur la faible présence des femmes réalisatrices en compétition quand, comme le disait Marguerite Yourcenar que cita François Samuelson en plein conseil d'administration, nous ne considérons pas qu'on puisse « créer avec son sexe », nous respectons la parité dans le jury puisque cela ne dépend d'aucun autre critère.

La tentation est grande d'y inviter des amis mais mieux vaut s'en éloigner : une belle relation peut prendre fin pour de mauvaises raisons, un juré va vous reprocher la sélection d'une œuvre haïe, un autre d'avoir passé une mauvaise journée, un troisième de s'être vu infliger la projection d'un film-fleuve ou d'un acte de cinéma trop radical.

Dans l'histoire des jurys, Cannes aura eu sa part de conflits d'intérêts, d'inimitiés personnelles, de déclarations fracassantes (« Si Untel est récompensé, je quitte le jury », « Si vous ne nous autorisez pas à donner plusieurs prix à ce film, nous rendrons un palmarès incomplet », etc.) et de gros plantages. Ce sont des aléas que nous avons à l'esprit. Récemment, Sandrine Kiberlain et Charlotte Gainsbourg, sans se concerter, m'ont toutes deux dit : « J'étais trop jeune quand je suis venue au jury. C'est aujourd'hui que j'aimerais le faire. »

En quinze ans d'expérience, je n'ai rien vu de ce que l'on colporte, soupçonne et affirme sur une prétendue corruption de l'âme ou autres rapports de domination entre jurés ou entre président et jury. Un bon président est celui qui règne avec autorité mais qui sait n'oublier personne au moment de rassembler le groupe. Et je n'ai jamais vu quiconque galvauder sa voix et la mettre aux enchères de la négociation.

Enfin, nous veillons à ne pas favoriser la France : tradition d'hospitalité mondiale oblige et, avec le temps, le constat que le juré français n'est pas toujours généreux avec… les Français. En effet, le comportement d'un juré est toujours très révélateur de quelque chose de lui, de son histoire, de sa culture, de son pays. Gilles Jacob affirmait : « Quand vous avez un Italien dans un jury, il ne quitte pas les délibérations tant que l'Italie n'obtient pas une récompense. Et quand vous mettez un Français, il ne part pas tant que la France a quelque chose. »

Mercredi 9 mars

« C'est pour ces soirées que je continue à désirer faire ce métier ! Car ça devient de plus en plus difficile de prendre des risques et heureusement que parfois au bout il y a des motifs de joies inespérées comme notre *Party Girl* ! Merci de t'être rendu disponible dans cette brûlante période pour nous redonner du courage et de l'envie (d'avoir envie…). Bon travail et mille baisers. Marie » Avec presque deux ans de retard, nous avons remis hier soir à Claire Burger, Samuel Theis et Marie Amachoukeli les trois trophées Caméra d'or qu'ils n'avaient reçus qu'à un exemplaire lors de la clôture 2014. Ce message de Marie Masmonteil, la coproductrice avec Denis Carot, Sandrine Brauer et Éric Lagesse, à moi aussi me fait un bien fou.

Saïd Ben Saïd voulait sortir le Paul Verhoeven pendant l'hiver, puis au printemps, il souhaite désormais que le film postule officiellement pour Cannes. Je l'ai montré à Julien Gester, un journaliste de *Libé* admirateur de longue date du cinéaste néerlandais : « Je l'attendais avec grande impatience. Je ne suis pas déçu. C'est une œuvre passionnante, tous les thèmes sont là. Il divisera aussi. » Quand je l'ai questionné sur une éventuelle sélection en compétition, il a été plus hésitant : « Ça, je ne sais pas, c'est votre boulot. » En effet, ça n'est pas le même que le sien. À Cannes, où règne le « J'aime/Je n'aime pas », la mise en débat d'une œuvre ou d'un cinéaste dont nous savons à l'avance les contradictions qu'il porte, souvent stimulantes, parfois non abouties, devient impossible. Mais le Verhoeven sera aimé. Sauf que s'il a sa place en compétition, c'est un film francophone, produit depuis Paris, même réalisé par un Néerlandais ayant fait carrière à Hollywood. Or les films Français ne sont choisis que lorsqu'ils ont été tous vus. Nous ferions une exception, sauf à le considérer comme un film étranger, ce qu'il n'est pas vraiment. La compétition comprendra forcément trois ou quatre films réalisés par des Français avec un choix qui s'annonce délicat (Assayas, Bonello, Zlotowski, Dumont, Quillévéré, Guiraudie, Ozon, etc.). Il ne faut pas que la sélection parle trop français.

Mais il faut trancher : d'un sms à Saïd Ben Saïd, j'invite en compétition Verhoeven, qui concourra pour les Pays-Bas. Il veut sortir pendant Cannes, craint la concurrence du Jodie Foster qui sortira le premier jeudi du Festival, du Almodóvar que Pathé a programmé le mardi suivant, préfère être en fin de Festival. On se met d'accord pour le placer dans les derniers jours « à la place de Roman », là où étaient *Le Pianiste* ou *La Vénus à la fourrure*. Il me rappelle juste après : Paul Verhoeven et Isabelle Huppert sont très heureux.

Quatre films aujourd'hui, dont un excellent premier long métrage, *Câini*, de Bogdan Mirica, un western transylvanien, avec Vlad Ivanov, notre acteur roumain préféré, le médecin avorteur de *4 mois…*, le personnage de *Policier, adjectif* de Corneliu Poremboiu, celui-là on l'aime bien et on devrait le retrouver dans le nouveau film de Mungiu. Les nouvelles vagues de réalisateurs, ça marche toujours avec l'apparition de nouveaux acteurs.

Jeudi 10 mars

On n'a jamais été si prolixes : à mi-mars, nous avons six films en compétition, Sean Penn, Pedro Almodóvar, Xavier Dolan, frères Dardenne, Cristi Puiu et Paul Verhoeven, et un hors compétition, le Jodie Foster. Nous avons aussi deux hypothèses pour l'ouverture et une envie d'expérimenter quelque chose de nouveau pour la clôture. Le jury est lancé et la Leçon de cinéma sera donnée par William Friedkin, qui nous a promis, pour Cannes Classics, une copie restaurée de *Police fédérale Los Angeles*. Nous avons une affiche et deux ou trois idées nouvelles en tête. Les accréditations sont ouvertes, le Marché du Film et le Village international déroulent leurs nouveaux projets, les partenaires sont au contact, les affaires juridiques, administratives et financières bien en place. Bref, la machine tourne rond.

Heureux de retrouver Daniel Auteuil à déjeuner. Très heureux même. « Ça va la sélection ? » s'enquiert-il, à peine assis. Il aime bien tout savoir. On s'est connus en 2002, mais depuis qu'il vint au jury il y a quelques années, on ne s'est plus quittés. Ce qui ne veut pas dire qu'on se voie souvent. Il travaille beaucoup, ne sort quasiment pas et se réfugie dès que possible dans ses coins secrets. Mais Daniel est de ceux qui, de loin, veillent sur leurs amis, même quand son existence l'oblige à être, comme en ce moment, tous les soirs au théâtre, dans *L'Envers du décor*, la pièce de Florian Zeller, qu'il dirige également. Comédien, metteur en scène, il aime de plus en plus contrôler son destin, lui, l'acteur qui s'est mis près de cent fois entre les mains d'un cinéaste. Promenant dans la vie une gaieté contagieuse, c'est un faux tranquille. Prendre le temps de se poser toutes les questions possibles évite de réfléchir aux réponses, comme dans le film de Roberto Andò que nous avons vu et qu'il leste d'une mélancolie énigmatique. Alors Daniel fait ça, poser des questions, et cela rend sa fréquentation pleine de surprises. Il poursuit un chemin dont il connaît seul le parcours, car dans le genre « insaisissable », il se pose là : célébrité ou solitude ? Paris ou province ? Cinéma ou théâtre ? Chéreau ou Berri ? Haneke ou Veber ? Peu lui importe mais rien ne lui est indifférent. Il lit beaucoup, consulte internet et se tient au courant de l'actualité, même lorsqu'il semble s'en éloigner. Nous nous verrons en Corse cet été. J'y étais presque, ce midi, à passer ce moment avec lui.

Pas de projection en salle aujourd'hui, tout est en DVD. Dans l'après-midi, je file à Lyon rejoindre Marie à l'hôpital Femme-Mère-Enfant de Bron où notre Victor est opéré. Son chemin de croix s'allège avec les ans, mais cet enfant me fait penser aux paroles de Flannery O'Connor : « Je n'ai jamais visité d'autres pays que la maladie. »

Vendredi 11 mars

Si je ne réponds pas aujourd'hui sur le Woody Allen, je perds le film. Pour gagner du temps, je lui envoie un mail d'éloge. J'aurais dû le faire bien avant, les choses vont tellement vite que nous ne prenons pas le temps de parler cinéma. Alors je lui dis combien nous avons aimé son film. J'implore sa patience aussi, quelques jours seulement, ceux qui nous séparent de la projection du film de Bruno Dumont.

Depuis mercredi, ça s'agite côté Canal+ qui réduirait sérieusement la voilure de sa présence cannoise, sans qu'on en soit officiellement prévenus : l'information n'est pas venue de la haute hiérarchie, genre tout le monde se planque. Nous nous renseignons, on nous le confirme : la chaîne annule sa présence « physique » sur la Croisette, supprime ses émissions en direct, n'organisera pas sa grande fête, ne construit plus le « Patio Canal » où tout le cinéma français se donnait rendez-vous. Elle enverra beaucoup moins de journalistes. La presse fait gorge chaude de ce qui semble être un nouveau coup de sang de Vincent Bolloré, le maire de Cannes s'émeut des retombées négatives pour sa ville, Jérôme Paillard est furieux d'avoir à relouer si tardivement leurs espaces non occupés et Pierre et moi avons le sentiment de nous être fait avoir : on nous promettait la nouveauté d'un effet de groupe, un « gros environnement Dailymotion », des relais abondants sur I-télé, un concert sur la plage. Nous ne sommes pas contents : ce sont des problèmes qu'on ne devrait pas avoir.

Samedi 12 mars

C'est en passant par Hollywood que Valeria Golino est devenue célèbre – elle jouait la fiancée de Tom Cruise dans *Rain Man* –, mais c'est une pure Italienne qui ne s'est jamais éloignée de la baie de Naples ni du cinéma italien depuis *Storia d'amore* ou *Respiro*. À la Mostra, l'an dernier, elle a à nouveau gagné le Prix de la meilleure interprétation féminine. Nous l'avons accueillie au Certain Regard en 2013 pour son premier film, *Miele*, avec l'exquise Jasmine Trinca. Et nous avons envie de la voir revenir : rien de mieux que de l'inviter au jury. Ce que j'ai fait hier. Elle me répond aujourd'hui que c'est d'accord. Femmes 2 (Kirsten, Valeria) – Hommes 1 (Donald).

Marie et moi sommes rassurés : Victor a très bien récupéré de son opération mais doit encore rester une semaine à l'hôpital. Demain, nous passerons une grande partie de la journée avec lui, dans cette chambre dont les grandes fenêtres donnent sur des jardins où gambadent quelques animaux. Avec les deux films du jour, je n'aurai pas le temps d'écrire, je parlerai donc de Bruce Springsteen. Il y en a pour quatre pages, ceux qui s'en fichent peuvent aller directement à lundi prochain, je comprendrai.

Dimanche 13 mars

Bruce Springsteen, donc. Il vient d'annoncer la sortie de son autobiographie pour le 27 septembre. Pour les gens comme nous, c'est une information importante. Plus de deux ans se sont écoulés sans un concert, c'est long. Je l'ai vu dix-sept fois sur scène, Roschdy Zem plus encore. David Vatinet, l'agent français, prend carrément l'avion pour les concerts américains.

En 2013, sa tournée mondiale aurait pu être un ultime tour de piste tant elle fut la quintessence de ce qu'il était, comme musicien et comme symbole incancatoire d'une certaine façon de voir le monde. Mais son nouvel album, *Wrecking Ball*, qu'il était venu nous faire écouter avec Antoine de Caunes (et quelques autres) au Théâtre Marigny de Pierre Lescure, n'avait rien d'une cérémonie d'adieux. Dans les dernières semaines de la sélection, cette année-là, puis pendant Cannes, je suivais ça sur des sites, officiels ou non, où tout figure des dates, des villes, de l'ordre des chansons jouées. Le web regorge de concours et de statistiques. Quelle ville a le plus beau concert, le plus grand nombre de morceaux, les inédits jamais chantés sur scène ? On savait que chaque fois qu'il pleuvait, il ouvrait la soirée par *Who'll Stop the*

Rain, le single de Creedence Clearwater Revival, qui donne aussi son titre et sa mélodie au « vietnam movie » de Karel Reisz, *Les Guerriers de l'enfer*. J'échangeais des infos avec les E Streeters, notre club de springsteeniens, ou avec Méziane Hammadi, un autre de mes correspondants : il m'affirma qu'avec 3 h 40 et 33 chansons, Milan venait de devenir le deuxième plus long concert du E Street Band après celui, mythique chez les aficionados, du 31 décembre 1980 au Nassau Coliseum de Long Island. Nous VOULIONS que, dans un mois, le record tombe à Bercy. On savait déjà beaucoup de choses sur la tournée, le nombre de musiciens, les cuivres, les choristes et aussi comment Jake Clemons avait remplacé son oncle Clarence Clemons, le *Big Man*, le saxophoniste indétrônable à qui Bruce donnait des baisers sur la bouche quand il traversait la scène en glissant sur les genoux au final de *Thunder Road*. Clarence était un colosse, un homme noir à la grande carcasse qui mettait l'ambiance dans les premiers rangs et je me souviens de lui, si ému par sa première fois en Afrique lors de la tournée Amnesty International que fit le groupe en compagnie de Sting, Peter Gabriel, Youssou N'Dour et Tracy Chapman (où ils donnèrent une inoubliable version de *Chimes of Freedom* de Dylan). La tristesse, c'est que Clarence Clemons venait de mourir et sa disparition, qui venait après celle de Danny Federici, brisait l'image d'éternelle jeunesse que le groupe renvoyait depuis les années 70.

La dernière fois qu'on s'est donc tous retrouvés, c'était pour le double concert de Bercy il y a deux ans, le 4 juillet, puis le lendemain. Dans les années 70, c'était rock de se faire attendre (pas sûr que Rostropovitch arrivait en retard sur scène, Glenn Gould, avant le recueillement, pas sûr non plus). Au Palais des Sports de Gerland, à Lyon, les Pink Floyd montèrent sur scène avec deux heures de retard. Au milieu des vapeurs, chacun trouvait ça normal. Le E Street Band a toujours été ponctuel. Mais pas ce soir-là. Après une attente inhabituelle, Antoine de Caunes apparut sur scène pour annoncer dans son anglais drolatique qu'il y avait un problème d'électricité et que l'indulgence était réclamée si tout foirait au beau milieu du show. Le public s'en fichait et voulait passer à la suite, qui surgit par l'extinction soudaine des lumières et un gros vacarme. Quelques notes de *La Vie en rose* à l'accordéon rompues par la batterie de Max Weinberg et Bruce a déboulé sur scène avec l'ensemble du groupe, plus étoffé que jamais. Le bal rock a commencé. Seize musiciens, le groupe classique plus cinq cuivres, le violon de Soozie Tyrell et le jeune Jake Clemons en guest star. Passées la surprise et la tristesse de voir le saxophoniste géant s'être définitivement absenté du E Street Band (ceux qui avaient lu son autobiographie où il confiait ses innombrables soucis de santé le pressentaient, et on voyait bien qu'il n'avait plus depuis longtemps le même abattage sur scène), on s'est vite aperçu que son neveu le remplaçait avantageusement : le jeune héritier à la tignasse afro s'est aisément fondu dans le groupe, s'installant plusieurs fois au centre de la scène avec une audace extraordinairement mâture aux côtés des vétérans Nils Lofgren et Miami Steve, sous l'œil bienveillant du Boss.

En écoutant les nouveaux albums, il faut toujours repérer les chansons qui deviendront des hymnes pour les stades. *We Take Care of Our Own* en est un et a lancé la cavalcade. Installés aux premières loges avec François Samuelson, Serge Kaganski, Roschdy Zem, Olivier Snanoudj et les autres copains, rien ne pouvait troubler la soirée, à part une fille aux allures sages qui est devenue comme folle dès les premières notes et n'a cessé de gesticuler, nous donnant envie de l'envoyer directement dans la fosse où elle rêvait de toute façon d'aller. Vingt-neuf chansons, des attendues, des inattendues, des connues, des pas connues, et les pierres angulaires du show éternel, dont *Badlands*, *Born to Run*, ou *4th of July, Asbury Park*, qu'il n'avait pas encore jouée dans la tournée. Dans une forme étincelante, le E Street Band a incendié Bercy pendant près de trois heures et demie, frôlant le record de l'été. Bruce fut plus que jamais patron du groupe, du spectacle et de la salle et offrit ce que les gens attendaient. Dans une mythologie simple construite sur une saga née des premiers concerts dans les bars d'Asbury Park, il n'aura jamais endossé aucun des masques dont Bowie ou Dylan auront composé leurs apparitions publiques et c'est ce manque de mystère qu'on lui aura reproché, de ne pas se grimer, de ne pas être autre chose que lui-même. Mais il est qui il est : un *rocker américain*. Même si avec les beaux détours de ces dernières années par la musique irlandaise, les intros gospel torrentielles et les chansons folk de Pete Seeger, son rock New Jersey se découvre de fructueuses impuretés et une intensité renouvelée.

Comme on était le 4 juillet, il a chanté *Independence Day*, seul au piano, ainsi que *We Are Alive*, ce qui allait bien à tous ceux qui étaient là – c'est une chanson pour le peuple. Dans le dernier quart du concert, on a eu droit à une version bruyante de *Born In the USA*, dans sa version initiale rock des années 80. Ce fut en 1984-85 l'objet d'un tel malentendu politique que Springsteen l'a ensuite longtemps donné seul à la guitare pour que les rednecks reaganiens et les journalistes de *Libé* comprennent bien les paroles : cette chanson est tout le contraire d'un hymne à une Amérique dominante que tenta de récupérer Reagan et que dénoncèrent les modernes. Puis, sans laisser Max Weinberg respirer, il a enchaîné directement avec *Born to Run*.

Vers la fin du show, Bruce, qui est à la fois le gardien du troupeau et le chef de meute, a secoué ce qu'il restait d'énergie dans la salle : c'est lui qui relançait les guitares, qui alignait les musiciens en bord de scène, inventant, comme dans un western, la figure des *long riders* du rock, les Telecasters en évidence – Bruce a rééquipé la sienne comme la Fender Esquire qu'il utilisa à ses débuts. Vint l'hommage à Clarence, avec la projection pendant *Tenth Avenue Freeze-Out* d'un court film qui figea Bercy dans le silence. Il y avait déjà plus de trois heures de concert et nous avions oublié les problèmes d'électricité depuis longtemps. Mais arriva le moment des rappels et des adieux, et encore des rappels, cette gloire revécue par lui, par eux, par nous et le souvenir qui remontait de tous les concerts auxquels on a assisté ou qu'on a entendus dans des enregistrements clandestins.

On dit, c'est connu, qu'il y a deux types de gens sur terre : ceux qui aiment Bruce, et ceux qui ne l'ont jamais vu en concert. L'élogieuse prophétie formulée par Jon Landau (« J'ai vu le futur du rock'n roll et il s'appelle Bruce Springsteen ») a toujours failli se retourner contre lui et comme l'excès en appelle d'autres, Bruce suscite aussi de la détestation. Quand on a été le futur, le temps risque de vous rattraper. C'est en n'ayant pas changé qu'il est resté moderne, en ne laissant pas s'éteindre une légende née dans les bars surchauffés du New Jersey et qui depuis sème la tempête dans une Cadillac rose sur fond de rêve américain dont il ne cessera jamais de glorifier et de critiquer le bien-fondé.

Un concert de Bruce envoie toujours de l'air pur. Celui de Paris en fut changé, ce soir-là. Je suis rentré à pied de Bercy à la rue de Lyon. Quand je suis arrivé à la maison, la *setlist* était déjà sur le web. Le surlendemain, le deuxième concert, tout aussi majestueux, fit dire à Samuelson : « Deux fois trois heures et demie dans la même ville, c'est Paris le record ! »

Lundi 14 mars

Désormais, les projections rythment nos existences. Tous les jours, je vois un premier film à la maison, pendant le petit déjeuner. Arrivé au bureau, le matin est consacré à la discussion de ceux de la veille et aux négociations : distributeurs, producteurs, vendeurs et parfois cinéastes. Les Asiatiques avant midi, les Européens en journée, les Américains le soir – et les Australiens, je ne me souviens jamais quelle est la meilleure heure. « Tout va bien ? » m'a récemment demandé George Miller, sans insister. Il sait que le jury se constitue sans lui et en a accepté le principe.

Les après-midi sont partagés en deux, les films étrangers à 13 heures et les français à partir de 18 heures. Au sous-sol de la rue Amélie, dans une grande cave parfaitement aménagée, nous avons notre salle de projection, murs de velours rouge, bel écran de cinq mètres de base et deux rangées de six fauteuils bleus.

En cabine, le meilleur matériel, image et son, numérique et argentique. Là règne Patrick Lami, le projectionniste, un homme qu'aucun problème ou panne ne viennent perturber. Un savant langage des signes élaboré avec les années nous permet de nous parler à travers la vitre insonorisée. Parfois, Patrick est plus attentif que de coutume, il s'installe sur un haut tabouret, monte le son et regarde le film. Son avis ne m'est jamais indifférent.

À mon arrivée, il y avait deux comités, l'un pour les films étrangers et l'autre pour les films français. Je n'ai rien changé, sauf à ajouter un troisième groupe de jeunes gens, à qui Christian confie le tout-venant des DVD qui arrivent par centaine chaque jour.

Le principal comité, celui des films étrangers, est composé de trois personnes : Laurent Jacob, Paul Grandsard et Virginie Apiou. Laurent est le fils de Gilles, nous avons le même âge, il est là depuis toujours et c'est un gros avantage. Cinéphile perspicace, homme de mémoire cannoise et très bon connaisseur de l'histoire du cinéma, il est difficile de contredire ses jugements : il a des convictions très tranchées avec, comme tout le monde et quoiqu'il s'en défende, ses chouchous et ses détestations. Paul Grandsard a commencé à travailler pour le festival d'Angers et s'est vraiment installé parmi nous lorsque je suis arrivé. Il est franco-américain et très à cheval sur quelques principes moraux, ce qui nous pousse à quelques plaisanteries dont il ne soupçonne pas toujours qu'elles sont seulement destinées à le faire enrager. Photographe amateur de talent, il pratique le jiu-jitsu, s'y connaît aussi en musique et pendant Cannes, comme il a tout vu chez nous, il va voir… les films de la Quinzaine. Virginie Apiou n'est plus la nouvelle venue à qui j'ai demandé de féminiser les débats : cela fait plus de dix ans qu'elle enrichit le comité de sa rigueur et de son encyclopédisme. Journaliste free-lance après avoir officié à *Première* (gros vivier de bons journalistes, ce magazine qu'on dit mal en point), elle travaille maintenant pour Arte. Quand nous perdons le fil et que nos bavardages couvrent les dialogues d'un film, c'est elle qui nous ramène dans l'histoire. Car nous parlons dans la salle, quand un film ne fait pas l'affaire. D'ailleurs, s'il ne sait pas s'attacher toute notre concentration, c'est précisément qu'il ne fait pas l'affaire.

Chacun a ses marottes et ses habitudes, sa façon de se tenir, de bouger, de réagir. Guy Braucourt, longtemps membre du comité, et grand lecteur de scénarios, comparait le film terminé avec ce qu'il avait lu : « Ah, c'est moins bien que le script » ou « C'est beaucoup mieux que ce que j'avais lu ! » Dès qu'un tracteur ou une vieille ferme apparaît sur l'écran, c'est moi qu'on interpelle, mais au premier oiseau aperçu, Paul nous dispense une rapide leçon d'ornithologie dont il est un amateur très éclairé. Laurent, c'est la musique classique qu'il connaît sur le bout des doigts : plus rapide qu'un ordinateur, il est capable d'en donner instantanément l'auteur, l'opus et le chef. Pour le rock ou la chanson française, c'est moi.

Chaque jour à 18 heures, le comité étranger laisse la place au comité français. Ce *turn-over* ne change pas ma propre place dans la salle, et chacun s'assoit, depuis des années, au même endroit. Le comité français se réunit moins souvent et a moins de films à juger mais son importance est cruciale : il s'agit du *cinéma français*. Il rassemble trois journalistes, selon une pratique issue des années 60, renforcée par Gilles Jacob (lui-même ancien journaliste) dans les années 70 et 80. Mes prédécesseurs ont en effet toujours pensé que faire siéger des critiques permettrait de se soustraire aux éventuelles attaques… des critiques. Hum, pas sûr que ça marche mais c'est devenu la tradition. Il est vrai que le cinéma français à Cannes est aussi délicat que le cinéma italien à Venise ou le cinéma allemand à Berlin – un peu comme gagner ou non la Coupe du monde de football à la maison. Mon collègue Dieter Kosslick a réussi ses débuts car il a d'emblée réconcilié la Berlinale avec le cinéma allemand : *Good Bye Lenin!* de Wolfgang Becker en 2003 et *Head-On* de Fatih Akin l'année suivante.

De nombreux critiques français sont venus dans le passé, chacun officiant dans un organe de prestige : Jean de Baroncelli (*Le*

Monde), Danièle Heymann (*L'Express*), Pierre Billard (*Le Point*), Jean-Pierre Dufreigne (*L'Express*), N.T. Binh (*Positif*), Serge Toubiana (les *Cahiers du cinéma*), Pierre Murat (*Télérama*) ou encore Pascal Mérigeau (*Le Nouvel Observateur*). Aujourd'hui, ce sont Stéphanie Lamome (ex-*Première*), Éric Libiot (*L'Express*) et Lucien Logette, le doyen, qui travaille à *Jeune Cinéma*. Leur complémentarité fait merveille : Stéphanie est celle qui prend des notes et ne rate rien de la continuité d'une histoire, elle est toujours imprévisible et rédige des notules très drôles, Lucien est autant historien que curieux du moindre cinéaste en herbe et Éric écrit des éditos qui suscitent divers commentaires chez les refusés. Je crains d'ailleurs toujours qu'on assimile ses partis pris à une sorte de post-scriptum officieux, ce commentaire que je me refuse à faire. Les opinions d'Éric lui appartiennent, c'est son métier que de les écrire et elles sont loin d'être identiques aux miennes. De surcroît, il revoit en projection de presse tous les films qu'il a vus en sélection, histoire d'occuper normalement son rôle. Mais notre milieu, semblable à tous les autres, guette le moindre signe : un papier critique sur un film refusé dans *L'Express* ou *Jeune Cinéma* et l'on y verra ma main ou celle du Festival. Il m'avait proposé de quitter le comité si cela gênait le Festival. Il n'en était pas question.

Mais la question du secret et de la confidentialité est au cœur de nos métiers, d'autant que « prêcher le faux pour débusquer le vrai » est une pratique courante, comme la déstabilisation permanente des membres du comité français, soumis à des rumeurs et des accusations la plupart du temps infondées. La plupart du temps, dis-je, car une phrase, une moue, un silence seront rapidement interprétés : chacun s'y est fait prendre à son tour, et a appris à ne manifester aucun sentiment. Situation douloureuse : vous voyez des films avant tout le monde, vous pourriez régaler n'importe quelle assistance d'un savoir inédit et vous devez vous taire.

Christian Jeune ne fait pas partie des comités, mais il voit tout. Il ne participe pas aux discussions collectives car je préfère l'éloigner des *humeurs* de projections. Il apporte un autre type de spontanéité, une autre manière de sentir ou de juger. Et au moment du sprint final, quand certains films sont sur la corde raide, le moindre indice est inestimable. Les comités sont composés de gens qui parviennent à étaler leurs désaccords, à se fâcher, à se convaincre. Le processus de sélection est une conversation permanente. Ce sont des cinéphiles à l'esprit conquérant et généreux, des spectateurs, des connaisseurs. Des gens auprès de qui j'apprends énormément tant ils sont brillants, engagés, et teigneux. Parfois ils ont des opinions si contradictoires que j'ai quelque retenue à devoir jouer de mon « final cut ». Je suis heureux de ça. J'ai la chance d'avoir des collaborateurs dont je guette et respecte énormément les jugements.

Cette existence obsessionnelle tournée vers la fabrication de la Sélection officielle, à le croire ou non, est aussi une vie reposante. Car rien ne compte plus que l'instant présent et le film suivant, les listes qui se constituent peu à peu, la conférence de presse qui approche. Nous vivons dans la salle du sous-sol de la rue Amélie. C'est une existence bizarre, mais nous l'aimons bien. Les déjeuners (salade, sandwichs, eau minérale) ont lieu pendant les projections, pour ne pas perdre de temps. Les coups de fil se raccourcissent, comme les réponses aux mails, toute l'équipe sait que nous sommes dans la salle, comme des cardinaux réunis en conclave, les relations sociales sont réduites au strict minimum.

Et les dîners en ville se raréfient. Sauf ce soir, où je rejoins Bruno Barde, directeur du Public Système, organisateur des festivals de Deauville, Marrakech, Beaune et Gérardmer et grand attaché de presse. Bruno possède l'une des plus belles convictions de spectateur de la place de Paris, une cinéphilie intransigeante (« Il y a les grands cinéastes et les autres »), une capacité immédiate à la réprobation pour qui ne s'intéresse pas à la mise en scène et rêve d'un retour à une presse qui « a de quoi bien faire son boulot » et de débats qui se feraient entre gens « qui arrêtent de dire n'importe quoi ». « Je te parlerai des films que nous te présenterons : le petit singapourien, le Mendoza et le Almodóvar que tu as déjà vus. Mais aussi le Nicolas Winding Refn, que tu vois demain et qui va faire causer, et quelques autres, dont le Na Hong-jin et surtout le Park Chan-wook. Aussi le Frédéric Beigbeder qui est très réussi. À tout à l'heure, quand tu arriveras, j'aurai commandé un bon vin. »

Mardi 15 mars

Au réveil, sms de Forest Whitaker que j'ai sollicité pour le jury. Homme de Cannes, prix d'interprétation pour le *Bird* d'Eastwood, venu récemment en producteur de *Fruitvale Station* et en clôture avec *Zulu*. Il doit résoudre un conflit d'agenda. « Type parfait, image extraordinaire, dignité qui en impose, s'exclame Pierre. Et la carrière, dingue ! »

À 13 heures, le gros morceau de la journée : Nicolas Winding Refn. 1 h 45 de pop culture, d'un Helmut Newton cinéaste qui vient questionner ce qu'il montre et pour qui l'exaltation de la beauté (des corps) n'est pas si loin de la laideur (de l'âme). Un travail visuel estampillé « NWR », extrêmement bien filmé, d'une lenteur calculée dans un esthétisme froid et composé qui en énervera plus d'un, et pour ses détracteurs, le qualificatif de « petit malin » ne sera pas loin. Le film est moins abscons que *Only God Forgives* dont une seule vision ne permettait de comprendre l'enjeu (pourquoi devrait-on ne voir les films qu'une fois ? Retient-on une chanson de 3 minutes à la première écoute ?). J'ai quelques réserves sur la fin, qui s'éternise et qui laisse l'histoire principale et Elle Fanning se faire oublier, mais Nicolas va jusqu'au bout du registre « film d'horreur cannibale dans le milieu de la mode » avec quelques scènes qui feront hurler. Dans le comité, les opinions vont de « ridicule » à « c'est formidable ». Cette radicalité d'appréciation est voulue : Nicolas, qui est un cinéphile enragé, a presque mal vécu le succès planétaire de *Drive*. « J'aimais bien aussi quand mon cinéma déplaisait ! » m'a-t-il dit un jour à la terrasse du Chateau Marmont, sans vraiment plaisanter. Malgré cet épilogue qui me perd, je suis de ceux qui aiment beaucoup. En tout cas, le film mérite la compétition, même ceux qui ne l'aiment pas en conviennent.

Je rentre à Lyon pour une invitation à Emmanuel Carrère : signature à la librairie Passages et à l'Institut Lumière, conférence et projection de son très beau *Retour à Kotelnitch*. On parle de Werner Herzog, de René Belletto et de la Russie qu'il analyse de façon toujours étonnante. « Parfois, je me demande si le but réel de Poutine n'est pas de devenir l'homme le plus riche du monde. » Ça, on ne l'entend pas souvent. Il évoque son expérience dans le jury, l'année où Tim Burton en était le président – il n'aurait pas donné la Palme d'or à Apichatpong Weerasethakul, plutôt le Grand Prix. Le nouveau livre d'Emmanuel s'appelle *Il est avantageux d'avoir où aller*, un recueil d'articles dont le titre sonne étrangement, en pleine sélection. Je ne suis pas encore sûr de savoir où nous allons. Et ce soir, je regarde Emmanuel d'un autre œil. C'est un écrivain, lui.

Mercredi 16 mars

Avant de rentrer à Paris, je fais un saut à l'hôpital pour voir mon fils. Victor va mieux et peut enfin se lever. Une grande cicatrice lui barre un dos qui renferme désormais deux tiges de fer. « Je vais sonner aux contrôles des aéroports », rigole-t-il. Moi pas du tout, de le laisser seul dans cette chambre.

Arrivé au bureau, je vois un premier film d'animation que Vincent Maraval, grand admirateur du genre, m'avait signalé : *The Red Turtle*, du Néerlandais Dudok de Wit, co-écrit par Pascale Ferran et coproduit par les Japonais du studio Ghibli. Le comité, qui l'a vu la semaine dernière alors que j'étais retenu en réunion, a aimé. Je trouve ça également très bien, quoiqu'un peu lisse et presque fragile. Vu les réactions des acheteurs, Maraval lui promet un grand succès et ne comprend pas qu'on ne propose « que » le Certain Regard. Mais il ne conteste jamais nos décisions, il sait la perte de temps qu'est une négociation mal engagée. Un film à Cannes, c'est une histoire à deux. « C'est toi qui vois les films, c'est toi qui sais ce que tu as », me répète-t-il souvent. On décide d'en reparler début avril.

La cavalcade reprend. Baz Lurhmann, qui émergea au monde avec la légendaire séance de minuit cannoise de *Strictly Ballroom*, m'écrit pour me dire qu'il tourne une série sur la naissance du hip-hop et adorerait venir la montrer à Cannes – sujet sensible : le conseil d'administration a voté contre la présence de séries TV en Sélection officielle, avec les voix de la SRF qui n'empêche pas, de son côté, la Quinzaine de le faire.

Dans l'après-midi, nous voyons trois films dont un thriller espagnol signé d'un inconnu, Raúl Arévalo, suspense sentimental et bon polar filmé dans la chaleur, qui démarre en ville et se termine en voyage, d'allure classique mais pas tant que ça, photo 16 mm couleur à gros grain. Pas sûr que ça soit pour nous, alors qu'il régalera n'importe quel autre festival. Son côté film de genre sans doute, l'écho déjà entendu : « On ne vient pas à Cannes pour voir *ça.* » C'est un premier film, c'est prometteur, espérons que les sections parallèles seront séduites.

Pierre, le soir. On se voit peu, en ces temps de sélection, et lui est très pris par sa quotidienne à la télévision et par le projet de plateforme Molotov, qui sera lancé au début de l'été. Nous passons en revue tous les dossiers dont celui de Canal. Les dommages collatéraux sont réels, pas tant pour le Festival (le contractuel est respecté), mais pour l'antenne, pour les films, pour l'ambiance, pour les hôteliers aussi car Canal+, c'était cinq cents personnes pendant deux semaines sur la Croisette. Pierre a écrit à Vincent Bolloré pour s'étonner de tout cela, et du silence dans lequel le Festival est tenu.

Le jury progresse, nous passons plusieurs noms en revue : nous sommes à deux femmes (Kirsten Dunst et Valeria Golino) et un « homme et demi » (Donald Sutherland et, espérons-le, Forest Whitaker). Ajoutons-y un(e) Français(e) et chez les femmes, une réalisatrice ou une productrice. Il ne faut pas réduire l'image des femmes du cinéma aux seules actrices. À Cannes, scruté à l'infini par les bookmakers de l'esprit, tout doit être calculé.

Jeudi 17 mars

Le Bruno Dumont est très réussi, très beau, très unique et bien plus que l'équivalent cinéma du *P'tit Quinquin*. Il s'appelle *Ma Loute*, du nom d'un adolescent du Nord s'attachant à un être énigmatique, un « garçon-fille » issu(e) du sang bourgeois d'une grande famille en villégiature. On y trouve une émotion inhabituelle chez Dumont et des rôles très casse-gueule attribués à des comédiens connus (Luchini, Binoche, Bruni Tedeschi), quand les autres acteurs sont impressionnants de vérité, même le cocasse commissaire de police obèse qui s'envole dans les airs, comme la réplique d'un protagoniste excentrique du cinéma français des années 30. Vastes paysages du Nord (Boulogne ? Calais ?) filmés somptueusement dans l'évidence de leur clarté, comme des autochromes Lumière *animés* dont le grain, parfaitement reproduit, enrichit une photo laissant apparaître dans le ciel des nuances insoupçonnables. Le film me fait penser à ce que Raymond Bellour avait écrit : « Le cinéma a eu parmi bien des fonctions celle de rapporter les corps à la masse physique et sociale dont chacun est issu. » Il le disait de la « magie Lumière, magie Griffith », cela s'applique à *Ma Loute*. Pour le reste, le vent, la terre, la mer et les visages, Dumont est à son meilleur et à sa place : un grand metteur en scène.

Depuis une dispute trop médiatisée entre lui et moi, un soir de dîner officiel au Carlton, la nervosité règne. Mais il y a des choses plus graves dans la vie et je sais Bruno en attente de ma réaction : je ne veux pas le froisser et laisser le silence nous dominer. Je lui envoie un petit mot, il me répond. J'en suis heureux. On en reste là pour l'instant. Au 17 mars, il nous reste encore 80 films français à voir. Je fais signe à Jean Bréhat, le producteur, Mathilde Incerti l'attachée de presse, et Alexandre Mallet-Guy, le coproducteur et distributeur (qui me répond : « Pas sûr que tu verras aussi fort ! », j'adore la conviction et l'envie de bagarre de ces types-là) mais ils connaissent les règles : verdict le 13 avril au soir, lorsque nous procéderons au choix des films français de la Sélection officielle.

Ce que je dis de mon affection pour le Dumont peut laisser croire que je le mets déjà en compétition. Il n'en est rien. La décision finale sur la sélection française ne se prend qu'après visionnement de tous les films, histoire de les placer à égalité, règle qui permet à ceux qui sont encore en montage de travailler sereinement sans penser que les films déjà prêts occupent les meilleures positions. Donc : les premiers arrivés ne sont pas les premiers servis. Une règle édictée par le Festival depuis toujours, qui prête à moult controverses : la Quinzaine n'y est pas soumise et peut répondre au cas par cas, par exemple.

Mais l'urgence domine. Dans l'après-midi, le comité étranger a exprimé sur le film admiration et réserves. Il y aura donc des réticences, pour le dire comme ça, et c'est un signe : l'ouverture ne rendrait pas justice à ce film et un public étranger ne goûtera pas les dialogues et les intonations ch'ti, ni ne comprendra l'outrance narquoise avec laquelle Luchini and Co moquent les mœurs provinciales de l'époque. Un comité sert à ça, que ceux qui le composent incarnent à quelques-uns le goût de milliers de festivaliers. Le soir, j'annonce à Alexandre que le film de Bruno ne sera pas à l'ouverture – pour eux, une longue attente commence. Je confirme à Pierre que c'est Woody Allen qui ouvrira Cannes et j'appelle Stéphane Célérier, aux anges, mais qui ne perd pas le nord : « Tu annonces quand ? » Il me donne le titre définitif du film : *Café Society*. Très beau. Si le Assayas dont elle est la vedette est en compétition, Kristen Stewart sera la reine de Cannes 2016.

Vendredi 18 mars

Mi-mars, le mal de dos revient, on ne bouge pas assez dans la salle. Il faudrait faire un peu d'exercice le matin, mais le matin il y a des films à voir. Depuis plusieurs jours, les journaux regorgent d'infos sur la sélection – ce matin c'est *Le Parisien*. Alain Grasset est un bon *insider*, il le prouve à nouveau. Partout, Cannes est annoncé comme somptueux – ce qui est toujours dangereux. Mais ça se précise. Nous avons fait une excellente semaine, vu pas mal de belles choses et deux premiers films étonnants : *Toril* de Laurent Teyssier et *Hibou* de Ramzy Bedia ; ainsi que des dizaines de films étrangers, en salles et à la maison. Dès que quelque chose d'intéressant semble émerger, les DVD tournent, nous parlons, nous évaluons, nous comparons, nous soupesons. Les notes affluent, toutes très intéressantes, même pour des films qui ne le sont pas, car elles dessinent en s'additionnant une carte du monde passionnante. Certaines sont très fouillées, d'autres plus expéditives : « Nul », « Chiant », « Atterrant », « Télé », « Mou », « Amateur », « Niche », « Approximatif », « Fausse bonne idée », « Démonstratif », etc. En plus des deux comités *suprêmes*, les jeunes gens du « troisième comité » sont entrés en action et font un travail essentiel. Chaque début de saison, nous sommes très clairs avec eux : « C'est un travail bénévole, c'est anonyme et vous verrez les pires films. » Ce matin, Emmanuel a écrit : « Autant de films indiens irregardables dans un seul lot de DVD, si j'étais pas dans le comité depuis si longtemps, je pourrais prendre ça pour du bizutage ! » Il faut aimer le cinéma pour faire ça.

Dans la soirée, à 21 h 07 (les mails et les sms permettent désormais la fabrication instantanée d'une archive digne des échanges diplomatiques de l'époque napoléonienne), Mads Mikkelsen confirme sa présence dans le jury : « Ça sera douze jours magiques ! » Très heureux de l'avoir à bord : acteur formidable, carrière internationale, cinéma populaire et cinéma d'auteur, mec drôle. Pas de nouvelles de Forest Whitaker.

Samedi 19 mars

Discrètement, David Lynch m'envoie un petit mot au sujet d'un film réalisé par son fils Austin et veut savoir ce que j'en ai pensé : du bien. Une œuvre quasi expérimentale, presque sans dialogues, extrêmement bien filmée, proche de l'usage que l'art contemporain fait des images, narration sur un fil. Du bien et pourtant *Gray House* ne trouvera sans doute pas le chemin de Cannes. Ainsi va la vie d'une sélection.

J'en profite pour échanger avec David, que je dois décevoir mais qui n'en montre rien, me confirmant qu'il tourne un « new *Twin Peaks* » : « On en est au 117e jour de tournage. Je m'amuse beaucoup ! » Ces dernières années, il s'est consacré aux expos, à la photographie, à la lithographie, il s'est occupé de son site web (« mais moins qu'avant », déplore-t-il), il peint, réfléchit et médite. Mais il ne tourne plus pour le cinéma. Quand je le lui reproche, il en rit mais n'oublie pas Cannes : « Je reviendrai. En France, vous savez mieux qu'ailleurs parler de cinéma. Vous y mettez tant de passion. Le cinéma est une chose fragile, aux États-Unis, il est aux mains d'argentiers qui ne s'adressent qu'aux ados et font passer les anciens *moguls* des studios pour de grands intellectuels humanistes. »

Je me souviens qu'un soir où nous étions installés à la terrasse d'un café de Saint-Germain-des-Prés, il m'avait dit : « Quand le cinéma mourra, la France sera le dernier pays où il respirera. » Drôle de penser à tout ça aujourd'hui, jour anniversaire du premier tour de manivelle de Louis Lumière. Avec son Cinématographe, c'est le 19 mars 1895 qu'il a tourné *Sortie d'usine* en filmant les ouvrières et les ouvriers. Le peuple de Monplaisir. Alors, la tradition est de faire la même chose. Le temps est radieux et il y a un monde fou. De ce matin jusqu'à ce soir, toutes les quinze minutes (pour une *Sortie* ne dépassant pas les 120 secondes), nous tournons un remake du film Lumière avec le peuple lyonnais de 2016. Familles, enfants, jeunes, vieux, célibataires, baisers sur la bouche, acrobaties de vélo, cascades organisées, chacun fait preuve d'inventivité pour laisser sa trace dans cette rue du Premier-Film qui occupe dans les cœurs une place incomparable.

En fin d'après-midi, je file à Lanslebourg sur cette route du Mont-Cenis que nous empruntions jadis pour aller en Italie par le val de Suse, avant la construction du tunnel de Fréjus, à l'époque où tout le monde avait du temps. Là-bas, Laurent Gerra organise chaque année un festival de chansons, de théâtre et spectacles divers. Hier soir, c'est Yves Berneron, un conteur de montagne, qui est monté sur scène, avec la violoniste Sonia Bouvier. Ce soir c'est Pierre Perret, que je ne raterais pour rien au monde. Laurent lui a demandé secrètement de jouer *Marcel*, une chanson que j'adore. « Je l'ai répétée tout l'après-midi, je ne l'avais plus jouée depuis des années », me confie Pierre Perret, que je rencontre pour la première fois. Ce type est un génie de la chanson française et on est quelques-uns à entonner *Ma nouvelle adresse*, *La porte de ta douche est restée entr'ouverte* ou *La Corinne*, notre préférée.

Dimanche 20 mars

Retour de la Maurienne à l'aube, j'y serais bien resté. Mais outre que Victor sort de l'hôpital, je dois prendre ma part du tout-venant et visionner, et visionner encore. Quand on voit énormément de films, et énormément de mauvais, le « pas mal » devient super, on est convaincu d'avoir déniché une perle, on le fait circuler, avant d'être violemment contré par les copains… qui à leur tour ont des trémolos dans la voix pour parler d'un film qu'on trouve à son tour moyen. Mais sur les 1 800 films à voir, nous ferons, statistiquement, peu d'erreurs. Il y a beaucoup plus de films au niveau, sur le plan artistique, que de places pour les accueillir. Une Sélection officielle reste donc ce mélange de choix et de renoncements, d'emballements et de crève-cœur. Il y a quinze jours, nous avons vu une première version de *Oppenheimer Strategies*, le nouveau film de Joseph Cedar dont Cannes avait accueilli *Footnote*, qui fut récompensé au palmarès. Richard Gere, qui joue le rôle principal (et qui y est très surprenant – voilà encore une autre énigme du cinéma américain, Richard Gere), m'appelle pour en parler, savoir s'ils doivent accélérer, si le film a une chance d'être sélectionné. C'est un homme courtois, amical même, qu'on n'a pas envie de décevoir, tant il est impliqué dans ses projets. Pas facile, ce genre de conversation.

Je suis inondé de mails et de messages. C'est fou ce que les gens travaillent, semaine, week-end et congés. Je reprends avec les uns et les autres les mêmes conversations, longues, complexes et souvent fructueuses, même quand elles échouent. Pour certains, on ne s'est pas parlé, et à peine vus, depuis un an. Nous avons des amitiés professionnelles sincères mais éphémères. Souvent, ça commence comme ça : « Tu sais pourquoi je t'appelle ? » Oui, je sais. On négocie, on s'émerveille, on se fait la tête, on se dispute. Il faut bien prendre des décisions.

Il sera toujours temps d'aller déjeuner après le Festival. Et de recommencer l'année suivante.

Lundi 21 mars

En milieu d'après-midi, après trois films déjà visionnés depuis ce matin et sous un beau ciel comme je n'en ai pas vu depuis longtemps, je traverse la Seine en sprintant sur le pont de l'Alma, rendez-vous au Plaza Athénée avec Harvey Weinstein pour évoquer ses films de l'année. J'ai quitté la salle de projection après vingt minutes d'un film allemand étonnant et drôle. Je serais bien resté.

J'ai rencontré Harvey en 2001, lors de mon premier voyage cannois à Hollywood, celui que j'évoquais plus haut, voulu par Gilles. Émerveillé et timide, je rencontrai tous les patrons de studio, les agents, ainsi que Sean Penn et son producteur Michael Fitzgerald : j'avais vu *The Pledge* au Chinese Theatre sur Hollywood Boulevard, que je subtilisai à Berlin. Harvey Weinstein me reçut dans une suite luxueuse du Peninsula Hotel. J'étais face à une légende. Avec son frère Bob, il avait fondé Miramax qui, dans un style flamboyant, produisait ou distribuait une bonne part du cinéma indépendant, les films montrés à Sundance par exemple, et ceux de Tarantino, surtout, avec la Palme de *Pulp Fiction* comme preuve interplanétaire de sa réussite. Harvey achetait aussi beaucoup de films étrangers pour le territoire américain mais là les échos étaient parfois mitigés. Bertrand Tavernier, dont Miramax sortit *La Fille de d'Artagnan*, n'en garda pas un bon souvenir : « Je me suis senti comme un Indien dans une réserve. » De nombreux articles ou livres disaient tout des excès en tout genre auxquels Harvey Weinstein se livrait et je ne faisais pas le malin lorsqu'on me conduisit jusqu'à sa suite. Il était alors au sommet de lui-même, un mélange de Fatty Arbuckle et de Harry Cohn, goguenard et menaçant (« Let me tell you : I *HATE* Cannes, I love Berlin ») et pourtant cinéphile, très connaisseur du cinéma étranger, asiatique en particulier et, je le sentis, désireux d'être aimé de la Croisette. Une réputation sulfureuse, disais-je, mais ça n'était pas Caligula non plus. Il me toisa et me mit au défi, puisque j'étais le nouveau venu, de l'impressionner et de le ramener au Festival. Ce que je fis l'année suivante lors de la légendaire et monstrueuse montée de marches, juste pour un *teaser* de vingt minutes de *Gangs of New York*. On me reprocha cette faveur faite à un Américain « qui venait encombrer les marches rouges de sa puissance, etc. », mais ça faisait partie d'une stratégie précise. Si le Festival de Cannes veut rester lui-même, il doit *aussi* avoir les Américains avec lui.

Quinze ans plus tard, je retrouve Harvey tel qu'en lui-même, entouré d'assistants et trois téléphones à la main. Barbe de trois jours, légèrement amaigri, très avenant. Avec les années, il a fait preuve de sa fidélité même s'il n'est pas du genre à multiplier les effusions (son frère Bob est plus bourru encore : lorsqu'il me remercia pour la sélection de *Sin City* en 2005, je crus qu'il m'engueulait !). Quand il est à Paris, Harvey fait toujours signe, surtout si son avion le dépose à 22 heures au Bourget et qu'il veut me rejoindre au restaurant. Il ne descend que dans les grands hôtels et on trouve toutes sortes de célébrités à ses côtés. Quand la sélection approche, nous échangeons énormément. « Je ne suis pas très riche cette année, me dit-il. Sauf *Hands of Stone*, le film de De Niro et Édgar Ramírez. » En fait, *Hands of Stone* (un film au point de vue quasi tiers-mondiste sur le boxeur panaméen Roberto Durán) est réalisé par Jonathan Jakubowicz, un jeune cinéaste vénézuélien. « Bob est super, non ? » En effet, De Niro déroule un abattage des grands jours et chose touchante, il a maintenant l'âge et le physique du personnage de Noodles vieux dans *Il était une fois en Amérique*. Mais sans maquillage. Le nombre de places hors compétition étant réduit, je lui propose une séance de minuit, qu'il repousse : « Come on ! Let's try to make a good deal. » Je lui promets d'y réfléchir en lui laissant quelques jours pour nous garantir la présence de

Bob, d'Edgar et celle de Roberto Durán, un personnage fascinant. « Évidemment, ils seront tous là. Il y aura même Usher Raymond qui joue Sugar Ray Leonard. Tu imagines, Usher Raymond, le musicien, ça va être dingue. » J'ai l'impression que je devrais savoir qui est Usher Raymond, mais n'ose pas demander – je ne suis qu'un springsteenien monomaniaque.

Je m'enquiers de ses affaires. On dit la Weinstein Company mal en point. Ça le fait rire. « Tu sais combien de fois on a annoncé ma mort ? L'important, c'est le catalogue. Celui que j'ai bâti avec Miramax vaut encore beaucoup d'argent. Tiens, il vient encore de changer de mains, c'est le patron de l'équipe de foot à Paris qui l'a acheté. Oui, l'important, c'est le catalogue, et la Weinstein Company possède un patrimoine de grande valeur. » Il me dit aussi qu'il a un film australien superbe, loin d'être prêt encore et me demande des tuyaux sur « les belles choses que tu as au Festival, des films que tu me conseilles, que je peux acheter ».

« Une dernière question, me dit-il au moment de se séparer. C'est vrai que tu as failli partir ? » Il me laisse à peine lui raconter qu'il enchaîne : « Ne pars pas. Mais profite pour faire autre chose en plus de Cannes, il y a plein de milliardaires qui aiment l'art et qui voudraient avoir un type comme toi. Tu deviendrais *curator* ou je ne sais quoi dans des grands musées. Je peux t'aider, si tu veux. En tout cas, j'espère que tu en as profité pour te faire augmenter à Cannes ? Non ? Tu es nul. Bon, demande-leur qu'ils te laissent au moins faire autre chose en plus. Il faut fructifier. – Je fais déjà quelque chose en plus, j'ai Lyon. – Ah oui, c'est vrai. C'était super l'année de Quentin. Eh, je reviens en octobre ! »

Il n'est là que quelques heures. Et je dois prendre congé. Fin d'un moment sauvé du vent, je retourne en salle de projection. « Voir quoi ? » demande-t-il au cas où ça l'intéresse. Quatre films français d'ici ce soir. « Get out of the screening room sometimes and watch your kids », me dit Harvey qui s'amuse de me voir partir sur mon vélo.

Quand j'arrive dans la salle pour les films français de la soirée, je croise les membres du comité étranger : « On l'a vu jusqu'au bout, le film allemand, me disent-ils, il est super. Rattrape-le bien demain. »

Mardi 22 mars

Tôt le matin, je reprends au début ce film allemand, qui s'appelle *Toni Erdmann*, du nom d'un personnage discrètement excentrique, divorcé, père d'une femme d'affaires empêtrée dans une vie de pouvoir et d'argent qui ne la rend pas heureuse et qu'il va protéger de son affection maladroite, de ses plaisanteries graveleuses et de la philosophie invincible de ceux qui sont dans la défaite. Un film assez long (donc, un peu trop) qui d'abord ne ressemble à rien de connu, sauf le filmage qui l'apparente à un téléfilm allemand, mais dont peu à peu la mise en scène apparaît comme très sûre et le récit très assumé. Le cinéma présent tout le temps : Maren Ade, la réalisatrice, s'entête à juste titre à contourner les codes narratifs classiques pour livrer un objet extraordinairement original et drôle. Je riais tout seul aux facéties de cet homme, je pleurais aussi avec cette fin émouvante, qui voit la jeune femme serrer dans ses bras un immense gorille qui n'est autre que ce père qui voulait la faire rire une dernière fois avant qu'il ne lui dise : « Le temps a passé si vite, je me souviens qu'il y a peu, tu étais là, tu étais ma petite fille. »

Déjeuner avec l'équipe cinéma du *Figaro*, pour notre rencontre rituelle à un mois de l'annonce de la Sélection. Je laisse les autres visionner *Money Monster*, dont la copie est arrivée de Los Angeles. Le film est déjà sélectionné mais tout le monde doit tout voir. Chacun convient que le hors compétition, en début de Festival, est parfait. Me voilà rassuré et Stéphane Huard, le nouveau patron de Sony-Columbia France aussi : comme *Money*

Monster sort le même jour que sa présentation (les salles seront contentes car elles aiment être associées à l'actualité cannoise), il peut commencer à travailler.

Un film attendu et pas le moindre : le Cristian Mungiu, Palme d'or 2007 pour *4 mois, 3 semaines, 2 jours*. Celui-là s'appelle *Recycling Feelings* et il nous impressionne beaucoup. Plusieurs sujets s'entremêlent dans cette évocation de la vie quotidienne d'un médecin quinquagénaire qu'un incident vient bouleverser : sa fille, qui doit passer le bac, se fait agresser et il va tout faire pour qu'elle puisse l'obtenir, jusqu'à en oublier sa propre intégrité et laisser ce qu'il avait construit se défaire sous ses yeux. *Recycling Feelings* est un film profondément *adulte*, qui fait songer à ce cinéma que l'Europe de l'Est produisait dans les années 60. Les acteurs sont remarquablement dirigés par un Mungiu qui analyse la société roumaine avec une lucidité désespérante et un thème nouveau (dans son cinéma car ceux qui le connaissent ou reçoivent ses sms de foot savent que c'est un grand pessimiste), dans l'écho de l'émouvante confession du père : « Notre génération a tout raté. On n'est pas parvenus à changer ce pays. Partez les enfants, partez, il n'y a plus rien à en attendre. » Quand la lumière se rallume, nous sommes tous d'accord : compétition. La constance du travail de Mungiu, sa présence dans le cinéma international dont il devient un poids lourd, est admirable. Déjà trois films roumains en Sélection officielle (deux en compétition, un au Certain Regard) et d'autres encore à voir. Ce pays est un miracle du cinéma.

Le soir, quand les gens du comité français arrivent en salle, je change le programme et leur demande de voir d'abord *Toni Erdmann*. Peut-être qu'on s'est emballés. Peut-être pas.

Mercredi 23 mars

Travailler dans une salle de cinéma est le point de départ et le rêve de tout cinéphile. J'ai toujours pensé qu'accueillir les spectateurs et déchirer des billets était un genre de consécration. Peut-être que je finirai ma vie comme ça.

Après La Fourmi en septembre et le CNP Bellecour en novembre, l'Institut Lumière ouvre ce jour son troisième cinéma. L'an dernier, j'ai convaincu Galeshka Moravioff, un exploitant-distributeur-producteur parisien, compositeur et musicien à ses heures, patron de Films sans frontières, éditeur de DVD de patrimoine, personnage énigmatique comme il y en a dans tous les métiers mais spécialement dans le nôtre, actif, malin, secret (rien n'indique d'ailleurs que ce patronyme aux accents russes soit le sien, et on est même sûrs que non), je l'ai convaincu, disais-je, de céder ses deux salles lyonnaises, le CNP Bellecour et le CNP Terreaux, à l'Institut Lumière. CNP, comme Cinéma national populaire, fondé dans les années 70 par Roger Planchon, patron après Vilar du Théâtre national populaire.

La disparition guettait ces temples historiques de l'art et essai lyonnais et nul repreneur ne se manifestait. Avec Bertrand Tavernier et l'équipe de l'Institut, nous n'en acceptions pas l'augure. Didier Duverger, le banquier, et quelques investisseurs de Lyon et d'ailleurs, non plus. Le devoir des cinémathèques est de conserver films et archives, sauver ces salles relève d'une même sauvegarde de la mémoire des peuples que celle conservée par le Celluloïd. De surcroît, l'idée qu'une association culturelle investisse l'économie réelle et infléchisse la vie de la cité nous excitait beaucoup.

Le danger était imminent : un cinéma, quand il ferme ses portes et devient autre chose qu'un cinéma, ne redevient jamais un cinéma. Nanni Moretti et son Nuovo Sacher à Rome, Mocky et son Brady à Paris, ou Tarantino, qui a racheté le New Beverly à Los Angeles, ont ouvert de belles voies. Avec ces deux CNP et La Fourmi, nous serons à la tête de trois lieux et de dix écrans. Des « complexes », disait-on dans les années 70 où ces salles étaient les reines des villes. La marche ne sera pas triomphale : des devantures improbables, des capacités réduites en fauteuils, de petits écrans, les jeunes générations qui courent les multiplexes.

Mais les lieux sont beaux et coquets, comme une résurgence miraculeuse de ces anciens temples cinéphiles. Leur acquisition et leur restauration occupaient nos conversations depuis des mois. Ces derniers jours, Juliette Rajon a veillé sur les derniers essais techniques. Une jeune exploitante, Sylvie Da Rocha, a été recrutée, avec à ses côtés Martin Bidou, qui programme depuis Paris. Les emplois ont été sauvés et si une autre salle lyonnaise s'inquiète de ce projet qui pourrait lui faire de l'ombre, les grands circuits UGC et Pathé lui font un bel accueil : « Plus il y a de salles et mieux c'est pour le cinéma », soutient Guy Verrecchia, le patron d'UGC.

Il faudra imposer une programmation pointue mais l'émotion est partout. Nous préservons ces lieux que nous chérissions quand nous étions jeunes cinéphiles, ils sont à nous et en les sauvant, nous les rendons au public (et rembourserons la dette !), manière d'appliquer dans les faits des théories qu'on aime brandir sans les réaliser. Nous savons avoir gagné quelque chose contre le sort, la fatalité et le temps et partons à l'aventure, dans l'irrésistible désir que survivent, dans le centre d'une grande ville européenne, des commerces sur le fronton desquels il est marqué : Cinéma.

Jeudi 24 mars

Mauvaise nuit – et rien qui permette de retrouver un peu de calme. Entre deux vagues moments de sommeil, je fais mes calculs, reprends la liste des films. La compétition sera riche en « favoris » mais il faut des surprises, et si jamais on en trouve, comme ce film allemand, elles viendront en surnombre. Tout ne rentrera pas. Allez vous rendormir après ça.

On ne s'est pas emballés à tort : les membres du comité français ont adoré *Toni Erdmann.* J'ai laissé passé trois jours avant d'en parler à nouveau au comité étranger. On fait souvent ça, temporiser un peu, être sûrs de ne pas se laisser submerger par l'émotion d'un soir. Ce film, nonobstant une durée qui ne se justifie pas toujours, est un petit bijou, et fera merveille en compétition. Par prudence, et parce que je ne veux créer aucune sorte de surexcitation, j'ai demandé à Christian d'offrir le Certain Regard à Maren Ade et à Michael Weber, son vendeur. Ils ont accepté avec joie. Ils seront encore plus heureux quand on leur parlera de compétition.

Le Salon du livre, qui a fermé ses portes dimanche, a annoncé une baisse de 15 % de son affluence. Idem pour le « Printemps du cinéma ». Difficile à interpréter : est-ce une perte « naturelle » des entrées, genre « Il faisait beau, la programmation était moins forte », ou un effet structurel de la peur des attentats sur la fréquentation des gros événements ? Ce matin, Melanie Goodfellow, une très bonne journaliste de Screendaily habituée de Cannes, évoque les mesures prises par le MIPTV, qui se tiendra début avril sur la Croisette. Visiblement, la question devient sensible et prioritaire. « Oui, cette année, on va devoir parler sécurité », me confirme François Desrousseaux, très en contact avec les gens du Palais.

Vendredi 25 mars

Il a plu toute la nuit, le bruit des gouttes tombant sur les rebords de la fenêtre de ma chambre m'a empêché de trouver correctement le sommeil. Me suis levé tard, n'ai rien vu ce matin, sentiment d'être en retard. Nous approchons de la fin mars et nous sommes encore loin de voir la sélection se dessiner. Sensation familière à cette époque : l'an dernier, nous n'avions quasiment rien. Je peux paraphraser Mikhaïl Gorbatchev en disant de la sélection ce qu'il disait de l'économie soviétique en un mot. Sa réponse était : « Bonne. » Et en deux mots ? « Pas bonne. »

Il arrive toujours un moment où l'on éprouve le besoin de refaire nos listes, pour mieux guetter ce qui vient. Au 25 mars, huit films sont sélectionnés en compétition :

— Cristi Puiu (Roumanie)
— Xavier Dolan (Canada)
— Sean Penn (USA)
— les Dardenne (Belgique)
— Cristian Mungiu (Roumanie)
— Pedro Almodóvar (Espagne)
— Paul Verhoeven (Hollande)
— Nicolas Winding Refn (Danemark)

Une compétition c'est vingt films en moyenne. Sauf catastrophe, il y aura trois ou quatre films français, que je peux déjà inclure dans les listes, cela fait donc onze ou douze. Il nous faut trancher sur le Mendoza : il est pour l'instant au Certain Regard mais Brillante veut revenir en compétition.

Nous passerons les trois prochaines semaines en projection, en salle ou à la maison. Dans la liste des films pas prêts, et qui partiront pour l'automne et Venise, il y a deux bons cinéastes : Mel Gibson, de retour derrière la caméra, et Derek Cianfrance, découvert au Certain Regard avec *Blue Valentine*. Mais nous attendons Jeff Nichols, Marco Bellocchio, Ken Loach, Terrence Malick, Jim Jarmusch, Kiyoshi Kurosawa : leurs noms ne surprendraient pas, mais à la fin mars, les savoir dans le radar est une information qui rassure.

Tout ce qu'on regarde est très bien avec, parfois, un truc au-dessus du lot, comme ce coréen réjouissant vu hier : *Train to Busan* de Yeon Sang-ho. Ce « film-catastrophe-de-zombies » extrêmement drôle fera un minuit parfait. Il n'y aurait que nous, il irait droit en compétition, ça mettrait un peu d'ambiance. Mais pas sûr que l'académie critique y soit prête. Les Coréens ne s'absentent jamais de Cannes et on attend Hong Sang-soo, le Rohmer coréen, et l'une de ces stars montantes qui frappent à la porte de la compétition : Na Hong-jin, le réalisateur de *The Chaser*, accueilli à minuit, et de *The Murderer*, qui figura au Certain Regard. Et ce week-end, je verrai le nouveau Park Chan-wook.

Samedi 26 mars

Tullins. Un matin de brume et de silence, la nature recroquevillée dans le froid et les arbres, là-bas, qui ont rejoint le ciel. Trois heures de TGV depuis Paris et me voilà ailleurs, au milieu des herbes couchées par le vent et des sous-bois clairsemés de la fin de l'hiver. Au-dessus de 2000 mètres, la neige restera encore quelques semaines. Le changement d'heure a lieu cette nuit : demain, on aura moins de temps pour voir des films !

La conférence de presse est dans trois semaines. Seulement 25 % de la sélection est dans les tuyaux. Mais ça s'accélère tous les jours. Dix-sept films le week-end dernier – nous sommes tous rentrés à la maison avec une trentaine de DVD chacun. Ceux qui sont amoncelés dans cette pièce me retiendront prisonnier pour le long week-end de Pâques mais ce sont trois jours sauvés de la bousculade. Nous sommes dans une bonne séquence, il faut avancer. Depuis hier soir, j'ai déjà vu cinq longs métrages, « vérifié » six autres films. Aucun ne bouleverse le processus mais il faut savoir se laisser faire : on voudrait aller *ici* et parfois les films vous obligent à aller *là*. Rien que de très logique. On se moque souvent des joueurs de football qui répètent à l'infini des éléments de langage dignes des meilleurs pataphysiciens, préparés à l'avance dans des séances de coaching, du genre « Il faut prendre les matches les uns après les autres » (oui, car sinon, comment ?). Mais nous ne faisons pas mieux : nous prenons les films les uns après les autres. Oui, car sinon, comment ? On commence, on s'excite, on stoppe. On était sûr que tel auteur célébré serait au rendez-vous et c'est un inconnu qui surgit. En fait, nous ne sélectionnons pas les films, ce sont les films qui nous sélectionnent.

Même à la maison, les entre-projections sont rythmées par les échanges téléphoniques avec Stéphanie Lamome, Virginie Apiou, Lucien Logette, Laurent Jacob, Éric Libiot ou Paul Grandsard. Avec Guillemette Odicino aussi, une nouvelle venue qui apporte son regard neuf et spontané, et avec Joël Chapron, d'Unifrance, qui est notre correspondant pour la Russie dont il parle parfaitement la langue. Nous évoquons Kirill Serebrennikov, un metteur en scène de théâtre (« Et un très bon ! » me dit Isabelle Huppert) qui nous a présenté son deuxième film, formidablement joué et photographié, et qui évoque une jeunesse russe soudainement proche de la nôtre. *A priori,* c'est pour le Certain Regard, mais le film a ses supporters pour le porter plus haut. Michèle Halberstadt vient de l'acheter pour la France. D'après Joël, c'est l'un des meilleurs films que nous verrons venus de l'Est. Il me confirme aussi, parce que je le questionne là-dessus, que les poèmes d'Anna Akhmatova *riment.*

Dimanche 27 mars

Je me lève tôt. Depuis quelques semaines, je sens un net regain de forme – les rues parisiennes sont mon vélodrome favori ! Mais je retourne m'enfermer : « Il faut vraiment avoir une réserve énorme de bonheur emmagasiné pour se mettre délibérément dans cette situation d'outlaw, de bonheur, de calme, de santé, d'équilibre dans le caractère, de disponibilité et de bonne volonté... » écrivait Blaise Cendrars, en 1926, quand il s'empêchait de délaisser le manuscrit de *Moravagine*.

Au téléphone, le producteur anglais Jeremy Thomas. Cet amoureux de la France et de Cannes accompagne les auteurs internationaux, grands et petits (Wenders, Oshima, Bertolucci ou cette année un film bhoutanais qui le passionne, réalisé par Khyentse Norbu, déjà auteur de *La Coupe*, que Fabienne Vonier avait distribué) et rien ne semble jamais altérer sa bonne nature. Chaque année, pour rejoindre la Croisette, il part de Londres en voiture et s'en va par des chemins buissonniers où l'accompagne souvent le critique-cinéaste-enseignant Colin MacCabe. À Lyon, il s'arrête à la Villa Florentine, sur les contreforts de Fourvière, et va dîner au Passage d'où il m'appelle en général. Il y a quelques décennies, en bon Anglais qui ne fait pas les choses à moitié, Jeremy a mis sa santé à l'épreuve avec alcool, drogue et excès en tout genre. L'entendre le raconter est touchant, comme lorsqu'il évoque sa maison australienne, sa vie en Jamaïque ou son père, le prolifique cinéaste anglais Ralph Thomas, auquel Tarantino avait rendu hommage lors d'une belle projection, sur la plage Macé de Cannes, de *Deadlier Than the Male*.

Tranquillement installé dans ma minisalle de projection familiale, je regarde *The Handmaiden*, le nouveau film de Park Chan-wook. Depuis *Old Boy*, qui reçut en 2004 le Grand Prix des mains de Tarantino, Park Chan-wook est devenu l'un des barons cannois. En revanche, il n'a jamais été dans les petits papiers des « modernes » français et il n'y parviendra sans doute pas cette fois-ci, à en juger par les réticences de ceux de mes collègues qui l'ont vu cette semaine. Je suis en désaccord avec eux : je suis impressionné par ce film et j'aime qu'il soit un objet de cinéma extrêmement contemporain, qui profite de ce que le numérique offre aux créateurs d'aujourd'hui. Les innovations sont utilisées à leur paroxysme pour mettre en valeur les corps et les décors somptueux de ce thriller historico-érotique qui évoque une dépendance amoureuse entre une femme japonaise et sa servante coréenne. Charme de la transgression, violence de l'amour, destruction sociale : malgré, comme toujours avec lui, une fin languissante, ce conte cruel traversé d'éclats de beauté manipule avec malice le spectateur par un scénario complexe et emportera ceux qui accepteront son invitation au voyage. J'appelle les autres, je veux les convaincre qu'après l'escapade de *Stoker*, son film américain, il serait bon d'avoir Park Chan-wook de retour sur la Croisette. Ça ne va pas être facile : chacun convient que le film n'est pas rien, mais je ne sens guère d'adhésion.

Après une bonne dizaine de films et deux courts repas, mes yeux s'épuisent, comme les feux dans les deux cheminées de la maison. Je n'ai pas mis le nez dehors alors que le printemps est là. Je sors, je marche, il pleut, la nature est silencieuse et mouillée. C'est comme si ma journée n'avait jamais commencé. Je rentre vite. J'écoute l'un des quatre *lieder* de Strauss, *L'Heure du sommeil*, pour voir si ça fait dormir. Sinon, il y a *Sleep* d'Andy Warhol qui dure cinq heures et vingt et une minutes. Ça, ça fait dormir.

Lundi 28 mars

Samedi soir, Jim Harrison est mort. Une grande tristesse s'abat chez tous ceux qui l'aimaient, lui et ses textes qui enrobèrent nos vies d'une étoffe différente. Avec quelques amis, nous voulions écrire aux Suédois pour que le prix Nobel de littérature lui soit attribué ! Il était venu à l'Institut Lumière une première fois en 1993, grâce à Christian et Dominique Bourgois qui l'avaient accompagné. Cela devint une tradition, et il prit l'habitude de revenir régulièrement, m'appelant parfois à la dernière minute – une année, quelques jours avant le début du Festival, j'avais fait l'aller-retour de Cannes pour ne pas rater son passage. Lors de sa dernière visite, il évoqua en public la guerre que se livraient les barons de la drogue au Mexique. Il aimait profondément ce pays. Sinon, il ne faisait que plaisanter, raconter des histoires de nourriture, se moquer d'Hollywood et faire rougir les filles. Dans le film que lui a consacré Brice Matthieussent, il raconte une histoire formidable : « Un jour, Dieu a dit aux Américains : "Je vous ferai payer cher ce que vous avez fait à la nation indienne." Comme rien ne se passait, les Américains lui ont demandé : "C'était quoi la punition ?" Alors Dieu leur a répondu : "J'ai inventé la télévision." » Avant de commencer les visionnages, je jette un œil sur les livres de Jim. Chacun est lié à un souvenir précis. Je possède tout de lui, en français, en anglais, dans ces belles couvertures des éditions américaines illustrées par son ami le peintre Russell Chatham. Rares, en double, en triple, en éditions originales, en *paperback*. Beaucoup sont dédicacés et évoquent un dîner, une signature, une visite, une promenade dans le Vieux Lyon.

Certains de ces ouvrages sont recouverts d'un papier cristal, c'est l'écrivain et historien de la littérature Francis Lacassin qui m'avait enseigné ça. D'après lui, ça donnait aux livres une valeur inestimable, aux auteurs contemporains comme aux œuvres de Gustave Le Rouge. À sa suite, je me suis mis aussi, un temps, à couvrir les miens de papier cristal – je me prenais pour un bibliophile. Ça n'a pas duré, couvrir des livres, c'était trop se souvenir du cauchemar de la rentrée des classes. Mais c'est grâce à Francis, que nul n'a égalé pour parler de Jack London et de Blaise Cendrars, que j'ai commencé à amasser des livres, à courir les bouquinistes, à collectionner quelques raretés pour bâtir cette bibliothèque que j'ai sous les yeux ce matin et qui retarde le moment de reprendre les projections.

Pas grand-chose à se mettre sous la dent aujourd'hui. Huit films visionnés en entier, une quinzaine de notes arrivées directement sur l'ordinateur. Rien d'indigne mais rien pour nous. Pas d'affolement, ces longs tunnels sont classiques et nous savons que nous ne sommes pas démunis.

Mardi 29 mars

Fin du week-end de Pâques, retour à Paris. Deux grosses semaines de cinéma français nous attendent et nous mèneront jusqu'au 14 avril. Nous repérons également les réalisateurs connus mais nous verrons de nombreux films réalisés par des cinéastes dont le nom n'est pas sur la carte.

Par exemple, *La Danseuse*, le film de Stéphanie Di Giusto, une parfaite inconnue qui, en racontant l'histoire de la danseuse Loïe Fuller, livre un « biopic d'auteur » très personnel. La vie de la créatrice de la « danse serpentine » qui fit fureur dans le Paris du XIXe siècle et que les Lumière ont filmée nous ramène à une époque (l'art nouveau, la naissance de la danse moderne) et à des territoires (le film commence dans les montagnes américaines) que la réalisatrice a parfaitement saisis. Le soir, Lucien m'envoie un mail : « J'aime beaucoup le film de cette Stéphanie Di Giusto, d'où sort-elle d'ailleurs ? Juste un détail : on voit un court moment un zootrope, ce qui me semble un peu tardif, le praxinoscope l'ayant alors largement remplacé. » Sacré Lucien. Je ne sais encore ce qu'en pense le reste du comité, mais un premier film réalisé par une inconnue, ça sonne bien.

Question méthode, la subjectivité discrétionnaire et souveraine de notre jugement s'accompagne de règles très strictes, ancestrales et respectées, et je rappelle la règle pour les films français : ce n'est qu'après avoir vu l'ensemble des films (« les uns après les autres », donc) que le choix s'opère. C'est la seule façon de procéder pour mettre tout le monde sur la même ligne, et de ne pas avantager les films terminés en février par rapport à ceux qui arriveront tardivement. En résumé : le Assayas ne nous sera présenté que l'avant-veille de la conférence de presse (projection tout juste confirmée par Charles Gillibert, son producteur) et doit être traité comme les autres. Si nous répondions au fur et à mesure, les trois ou quatre « cases françaises » de la compétition seraient vite comblées et les retardataires, encore en salle de montage, apprendraient que tout le monde a été servi avant eux. De surcroît, nous nous pénaliserions nous-mêmes, à rater une pépite s'annonçant dans les dernières heures de la sélection. Certaines années, cela provoque des embouteillages : les producteurs retardent le moment de leur présentation car ils préfèrent réduire leur attente entre leur projection et le 13 avril au soir, moment de la réponse, veille de la conférence de presse.

Cette règle, les producteurs français continuent à éprouver de la difficulté à la comprendre ou l'admettre… sauf quand ils en bénéficient. Évidemment, la situation se prête à toutes les rumeurs, genre : « J'ai des infos, je *sais* qu'ils ont déjà pris trois films français. » Non, aucun film français n'est préempté à l'avance. Il faut mettre tous les films à égalité.

Mercredi 30 mars

Coucher tardif mais réveil tonique avec un film de boxe réalisé par Juho Kuosmanen (première œuvre, finlandais, photo noir et blanc à grain, cinéaste primé à la Cinéfondation, tout ça est très bien). J'avais arrêté les excès ces dernières semaines mais j'ai rechuté hier soir. Je me console en pensant que rien ne vaudra jamais ceux auxquels se livrait Ozu qui, dans son journal, les relatait d'un lapidaire : « Aujourd'hui, rien. Bourré », qui laissait deviner le caractère spectaculaire de l'acte. Sur la tombe d'Ozu, au cimetière de Kamakura où je suis allé en pèlerinage, la tradition est de déposer, en hommage, non pas des fleurs, mais une bouteille de saké.

Dans la nuit, j'ai reçu de Portland, un mail de Peter Lewis, le grand ami de Jim Harrison : « Nancy Ochoa, sa cuisinière tarahumara, l'a trouvé gisant sur le sol du bureau de sa maison de Patagonia. Elle a dit qu'il semblait en paix. C'est une crise cardiaque, forte et soudaine, son médecin a dit qu'il n'a pas souffert. Il avait une cigarette à la main, un stylo dans l'autre. Il était en train d'écrire un poème. La mort parfaite, non ? » Peter me dit aussi qu'il avait eu du mal à se remettre de la disparition de Linda, sa femme. Alors, avec Jim, ils envisageaient pour juin un voyage à Paris et à Séville, quelque chose de tranquille, juste pour les amis. Jim, qui adorait les jolies filles, s'était pris de passion pour Alicia Vikander : « On ira la rencontrer en Europe. Appelle Thierry, il nous arrangera ça. » Peter me dit que je recevrai un exemplaire de *Dead Man's Float*, son dernier recueil de poésie, publié en janvier, et que ça me consolera un peu. Et il me joint une photo de Jim, prise sur la tombe d'Apollinaire, au Père-Lachaise.

Après un café avec Romain Le Grand, l'un des producteurs de Pathé, rencontre avec Laurent Carpentier, un journaliste du *Monde* qui écrit un papier sur les plaisirs coupables et veut connaître les miens. Je lui réponds : lire *Le Monde*. Ça le fait rire – indice du réchauffement climatique avec le journal.

Avec un léger retard dû à un appel de Paulo Branco qui, au téléphone, me détaille son programme pour la troisième fois en dix jours, début des projections à 13 heures. Le gros morceau de la journée s'appelle *Loving* du très attendu Jeff Nichols, attendu et guetté aussi tant ce jeune cinéaste n'a, depuis *Shotgun Stories*, son premier film, rien raté : *Take Shelter*, *Mud* ou le tout récent *Midnight Special*, tout ça, c'est du très bon cinéma.

Loving raconte l'histoire d'un couple, lui blanc, elle noire, que l'État de Virginie inculpe et arrête pour avoir violé la loi condamnant les mariages interraciaux. C'est un film simple, puissant et émouvant, comme le portrait de ce maçon qui construit l'Amérique et dont le fil à plomb délimite une existence qu'il veut normale par-dessus tout. Mais dans les États-Unis des années 50, cette normalité ne peut passer par l'amour pour une femme noire. Les deux personnages (et les deux acteurs, formidables de réserve, de pudeur : Joel Edgerton et la révélation Ruth Negga) en font un grand film sur la *bonté* : Nichols évite tous les clichés qu'un tel sujet porte naturellement et dont la forme modeste semble faite pour épouser les sentiments de ces gens de peu. Je n'aime guère les « cartons-épilogues » : là, ils sont déchirants. Et dans ce pays dont les médias s'apprêtent à dérouler le tapis rouge à Donald Trump, il est fort de voir un jeune cinéaste livrer un tel objet. Avec ce film, Jeff Nichols affirme un peu plus son rang.

En fin d'après-midi, changement de comité, changement d'ambiance : nous voyons le film d'Alain Guiraudie, *Rester vertical*, produit par Sylvie Pialat qui doit se ronger d'angoisse. Le film décevra ceux qui ont découvert Guiraudie avec *L'Inconnu du lac* mais pas les autres. Il retourne à son cinéma, la campagne, le vent, les visages, les corps qui s'attirent, les vieux qui veulent continuer à faire l'amour et les loups qui nous obligent, parfois, à avoir peur des choses. Le film est un peu foutraque, l'histoire parfois invraisemblable, mais la mise en scène lui donne souffle et mystère. Dans le comité, tout le monde n'aime pas et la discussion est assez vive. Ce qui est un bon indice.

Dans la soirée de cette journée studieuse, je rejoins Sophie et Jérôme Seydoux pour un dîner improvisé chez Le Duc, le restaurant de poissons du boulevard Raspail. Ils n'ont pas reçu le Prix Langlois qui leur était décerné car la Mairie du 16e (de droite) n'a pas souhaité accueillir la ministre de la Culture (de gauche) que les Seydoux avaient invitée. Alors, Jérôme s'est fâché (c'est rare) et a tout annulé. Il a eu parfaitement raison. Son frère Nicolas est là aussi, ainsi que Paul Rassam et les amis de Bologne, venus exprès. On est bien à dîner tous ensemble, comme en famille. Et Audrey Azoulay, qui est fidèle en amitié, fait aux Seydoux le plaisir d'une visite.

Au moment de rentrer, coup de fil de Louis Acariès, qui dîne avec les Dardenne, que je lui avais présentés et qui sont à Paris pour le mixage du film. Je les rejoins dans un bar de Montparnasse. Pour une brève rencontre. C'est que j'ai des films, moi.

Jeudi 31 mars

Hésitant de nature, Forest Whitaker a besoin de temps pour répondre sur le jury. Il m'appelle, on se manque, je le rappelle. « Dis-m'en davantage. » Je lui explique. Il a peur de l'exercice, légitimité, être dans un groupe, la presse, tout ça. Un gros ours tendre et craintif. Il y a quelques jours, il me demande où je suis, je sortais d'une présentation à l'Institut Lumière de la copie restaurée des *Sept Samouraïs*, je le lui dis. « J'adore l'idée que tu fais ça aussi. J'ai vraiment envie de venir pour parler de cinéma pendant deux semaines. » Je le convaincs, je lui assure qu'il sera heureux. « Oui, c'est bon, je viens », dit-il enfin. On raccroche. Un quart d'heure plus tard, il m'envoie un sms : « Give me two more days. » Ah Forest !

Toujours pour le jury, nous pensons à Katayoon Shahabi, une productrice iranienne que nous connaissons bien. Elle incarne ces professionnels de l'ombre qui font le cinéma mondial, qu'on croise dans les grands festivals, qui découvrent de nouveaux auteurs. L'Iran est un royaume du cinéma, autant cinéphile que créatif mais il y a cinq ans, Katayoon a été accusée de véhiculer une prétendue image négative de son pays et emprisonnée pendant deux mois. Avec Jérôme Paillard, du Marché du Film, et de nombreux collègues internationaux, nous nous étions battus pour la faire sortir de prison.

Nous pensons aussi à Vanessa Paradis, que nous souhaitons inviter depuis longtemps. C'est une artiste accomplie dont j'ai toujours admiré le mélange d'extraversion et de discrétion. Bonne comédienne aussi : dans *La Fille sur le pont*, de Patrice Leconte, elle était inouïe. Elle fait partie de l'histoire du Festival depuis qu'elle a illuminé sa cérémonie d'ouverture, en 1995, par son interprétation du *Tourbillon de la vie*, la chanson de *Jules et Jim*, devant Jeanne Moreau qui l'avait rejointe sur scène. Le problème, c'est que Lily-Rose Depp, sa fille, qui est comédienne, joue dans les films de Rebecca Zlotowski et de Stéphanie

Di Giusto. Évidemment, ça la disqualifierait si l'un d'entre eux était en compétition. Il faut donc attendre.

Enfin, parmi les grandes réalisatrices, il n'est guère que Kathryn Bigelow qui ne soit pas venue au jury et la vérité que je dois à ce journal m'oblige à dire que si elle n'est pas une réalisatrice « cannoise », c'est entièrement de notre faute. En effet, elle nous avait montré *Démineurs* et nous ne l'avions pas retenu. La version du film n'était pas définitive, on était en fin de sélection, épuisés, on est passés à côté. Il est parti à Venise, il a gagné sur la Lagune, et six mois plus tard l'Oscar du meilleur film, battant *Avatar* cette année-là. Sur le podium mondial de nos plantages, il y a donc *Démineurs* ! Je n'ose jamais revoir un film refusé, de peur de me morfondre deux fois : ne pas l'avoir pris, et finalement l'aimer quand même. D'autant que j'ai toujours adoré les films de Bigelow (*Blue Steel*, *Point Break*, *Strange Days* ou, depuis, *Zero Dark Thirty*) – il a fallu qu'on reste imperméables au seul film qu'elle nous a jusqu'à présent soumis à la sélection. Je vais passer outre à ma confusion et lui proposer d'être au jury. Si elle m'envoie balader, je l'aurai bien mérité.

AVRIL

Vendredi 1er avril

Le programme du jour est copieux. Nous commençons avec *Paterson*, le nouveau Jim Jarmusch. L'évocation de la beauté et la simplicité d'une vie quotidienne assumée dans la ville de Paterson (New Jersey) par un personnage qui s'appelle Paterson, qui est chauffeur de bus, amoureux de sa femme (la toujours mystérieuse Golshifteh Farahani), fidèle à son chien Marvin (et au bistrot local) et poète à ses heures, nous plonge rapidement dans un état second. Dans ce film où l'image est transpercée de vers assemblés en forme de haïkus, la filiation de Jarmusch avec l'esprit de Greenwich Village, celui que raconte Bob Dylan dans ses fantastiques mémoires, qui ne faisait aucun doute depuis longtemps, éclate à chaque plan. Comme avec les écrivains minimalistes à la Raymond Carver qui disent le plus en faisant le moins. En racontant qu'il est possible de vivre à l'écart de la civilisation numérique qui impose ses codes partout, le film est aussi une illustration secrète et puissante d'une autre façon de penser le cinéma – Jarmusch n'hésite pas à exalter le noir et blanc et le 35 mm. Il faut que je compte, je crois qu'il est venu six ou sept fois à Cannes et comme les Dardenne, il est de ces « abonnés cannois » qui alimentent les clichés. Mais comment ne pas honorer une telle invitation à un cinéma différent ?

Changement de film, de rythme et d'ambiance avec le film d'Andrea Arnold : une autre Amérique, une autre jeunesse. *American Honey* raconte la vie d'une adolescente en rupture de ban familial qui se retrouve embarquée dans un groupe de jeunes gens qui vendent des magazines sur la route à des clients issus de l'Amérique profonde. De là, plein de rencontres et une description des années 2010 à l'image de celle que proposaient Schatzberg et Rafelson dans les années 70. Ce road movie baigné de rap, de corps et de soleil, il fallait être cette Anglaise de feu toujours au bord de la punkitude qu'est Arnold pour le réaliser, produire un tel regard, montrer cette jeunesse bigarrée, fougueuse qui dort à la belle étoile ou sur les parkings des grands « malls » où l'on fait de la musique jusqu'au petit matin. La musique est d'ailleurs l'autre grand personnage du film, il y a même une chanson de Bruce Springsteen – le film a toutes ses chances ! *American Honey* nous plaît beaucoup, son projet, sa forme, sa mise en scène, sa plastique, sa beauté, seules ses 2 h 38 poseront problème : les festivaliers se plaignent toujours de la longueur des films. Mais quoi, y a-t-il trop de pages chez Proust ?

Samedi 2 avril

Bertrand Tavernier est de retour à Lyon, invité du festival Quais du Polar, qui s'occupe de romans (essentiellement) et de cinéma (un peu) policiers. Hier soir nous avons présenté *Dans la brume électrique*, en compagnie de Michel Franne, critique et auteur belge (et drôle, pétillant, cultivé, irrévérencieux, *différent*, comme souvent les Belges). Bertrand a brossé un portrait élogieux de Tommy Lee Jones, acteur exigeant, homme fidèle et « auteur de tous ses personnages ». Éric Libiot, qui s'y connaît en littérature policière, était là aussi. Lors du dîner au Passage, Bertrand nous a fait rire en affirmant que le titre du légendaire *Quand la Chine s'éveillera, le monde tremblera* ne venait pas d'une citation de Napoléon comme Alain Peyrefitte, son auteur, l'a toujours affirmé, mais d'une réplique des *Cinquante-cinq jours de Pékin*, de Nicholas Ray, attribuée à Napoléon mais que les spécialistes n'ont jamais retrouvée ! Après, il nous fait une longue digression sur *La Nuit la plus longue*, le film de José Bénazéraf (musique de Chet Baker !) qui était... trop court. Pour en allonger la durée, Bénazéraf avait ajouté de nombreux plans d'horloges : lorsqu'on le savait, à la deuxième vision, on ne voyait plus que cela et que c'était à se tordre. Ce que je raconte là en un paragraphe, cela lui a pris, sous les rires, plus d'une heure. Après, on a parlé projets, livres, DVD. Il voudrait parler d'Edward L. Cahn au festival Lumière. Avec Bertrand, on est allés présenter des films dans le monde entier et c'est à Lyon qu'on se sent le mieux, quand nous faisons rire le public ou quand telle ou telle histoire impose un silence religieux. Je n'ai pas revu la version finale de son film sur le cinéma français, nous n'en parlons pas. On a fermé le Passage au jacoulot, un marc de Bourgogne. Bertrand est définitivement guéri !

Les week-ends de mars et d'avril, je reste enfermé. Une vingtaine de films au programme, longs métrages à peine montés, non mixés, jamais sous-titrés autrement qu'en anglais précaire. On annonce des avalanches en montagne, alerte rouge, routes coupées, risque maximum. Je resterai calfeutré. Le froid est revenu. L'hiver est encore là et, la semaine prochaine, Paris-Roubaix peut très bien avoir lieu sous une bonne tempête de printemps, les pavés luisants et dangereux, la boue qui macule les visages, le peloton qui s'effraie des orages du Nord. Il pleut depuis deux jours et c'est les vêtements trempés que je suis allé, jeudi, à la demande de Xavier Lardoux, le directeur du cinéma au CNC, parler à ses étudiants de Sciences Po. À ces jeunes gens attentifs, plutôt connaisseurs mais baignés depuis toujours dans l'histoire sainte à la française (les *Cahiers du cinéma*, la Nouvelle Vague, Henri Langlois, etc.), j'ai proposé une promenade en forme de contre-histoire de la cinéphilie qui les a un peu surpris. Ils ne l'entendront pas souvent et je l'ai fait à dessein pour les inciter à penser contre et à remettre en cause ce qu'ils entendent. Il sera toujours temps de revenir au catéchisme.

En fin d'après-midi, j'écris à Arnaud Desplechin pour évoquer sa participation au jury. Cette invitation, qui aurait été parfaitement naturelle il y a seulement un an, paraît aujourd'hui sulfureuse et c'est un peu tremblant que je lui envoie ce mail.

« Cher Arnaud. J'espère que tu vas bien. Comme chaque année à la même époque, on fabrique le groupe qui constituera le jury autour de George Miller, qui en sera le président. Et comme de tradition, le jury sera annoncé quelques jours après la révélation de la sélection officielle 2016.

Je te fais cette lettre pour t'inviter, avec Pierre Lescure, à en faire partie. Non seulement parce que la présence de tes films en compétition à Cannes rend la tienne au jury naturelle (et même : nous n'avons que trop tardé), mais il s'agit également pour nous d'inviter le cinéaste, l'artiste, la personnalité, l'homme qui fait ce parcours singulier et personnel dans le cinéma mondial.

Par ailleurs, et je ne veux pas omettre d'en faire mention, ça serait aussi montrer que les petites querelles médiatiques de l'an dernier autour de *Trois souvenirs* (et j'ai aimé ton silence, comme j'ai préféré aussi observer le même en la matière, puisqu'il était inutile d'en rajouter – même dans l'expression du regret, en ce qui me concerne) ne résistent pas à la longue durée d'une relation entre un cinéaste, son œuvre et un festival qui l'a accueillie. Et que le cinéma, et nous tous, tous ensemble, continue.

Le président, disais-je, est l'Australien George Miller qui est un homme formidable, et formidablement aimable et ouvert. Pour le reste, le groupe est en cours de constitution. Quatre femmes, quatre hommes, des cinéastes, des comédiens choisis à travers la planète cinéma.

Pascal [Caucheteux] m'a dit que tu étais déjà sur le prochain film mais j'espère que, si tu acceptes le principe de cette invitation, tu pourras te libérer douze jours. En gros : Cannes 2016 va du mercredi 11 au dimanche 22 mai, il suffit d'arriver la veille de l'ouverture et de repartir le lendemain de la clôture. En venant bien entendu avec les personnes de ton choix – mais quand on en sera là, c'est que tu auras dit oui. Ce que j'espère ! Amicalement, Thierry »

Dimanche 3 avril

Cette semaine, nous avons eu de bonnes journées de travail, en particulier sur le cinéma français. Ce matin, je vois le Stéphane Brizé qui revient déjà, un an après *La Loi du marché* : cette adaptation de *Une vie*, de Guy de Maupassant, repose sur une qualité de mise en scène et un projet de cinéma radicalement différents de ses entreprises précédentes. Le film n'est pas une paraphrase visuelle du roman, il est une réflexion sur la façon de mener une adaptation littéraire par les images, le son, les plans, le montage, le jeu de la caméra et des visages. L'émotion naît à plusieurs reprises, une émotion esthétique et une émotion intime, comme si ce film très français racontait l'histoire de nos propres familles. Avec une photographie et un cadre très soignés ainsi qu'un brillant travail à la caméra, Brizé prouve, en plus d'une excellente direction d'acteurs, qu'il est un cinéaste passionnant. Et un candidat à la compétition.

Difficile de se remettre à la suite, je vois plusieurs bouts de films, des choses dont on m'a parlé. Rien de convaincant, mais il me faut poser les yeux sur ces images, pour en retenir quelque chose, le mince souvenir de la couleur d'une année, d'un visage, d'un pays. Je fais un grand voyage en Méditerranée : Maroc, Égypte, Palestine. C'est notre devoir que de viser l'universalité du cinéma, d'inviter des cinéastes de tous les pays, de se garder de tout penchant occidental, européen, français. Cannes n'est pas un festival français, c'est un festival en France. Je vois *Mimosas*, un film franco-hispano-marocain, soutenu par Julie

Gayet qui, hors tout ce qu'on a lu d'elle dans la presse depuis trois ans, est une productrice active et combattive. D'elle, nous avons vu aussi *Grave*, réalisé par Julia Ducournau. Stéphanie Lamome, qui a comme toujours le sens de la formule, le décrit dans sa note comme un « film de sœurs cannibales entre *Carrie* et *Trouble Every Day*, un film d'horreur de filles, version *teen-movie* du film de Claire Denis pour pucelles en plein éveil des sens ». Elle a aimé ce premier film extrêmement maîtrisé et moi aussi. Ça peut aller tout droit en séance de minuit, mais ses qualités de cinéma ne doivent pas le réduire au seul genre dont il est issu. Julie me dit que Julia veut absolument aller à la Semaine car c'est là qu'elle a présenté son premier court métrage.

Ces dix prochains jours seront ceux de tous les choix, en particulier des films qui iront au Certain Regard et en séances spéciales. Pour la compétition, nous en sommes à douze films : Almodóvar, les Dardenne, Dolan, Verhoeven, Penn, Puiu, Mungiu, Nichols, Refn, Arnold, Jarmusch et Park Chan-wook. Avec le film de Brillante Mendoza, que nous envisageons en compétition sans le lui avoir encore confirmé, ça fait treize. Et il y a bien sûr le *Toni Erdmann* de Maren Ade, pour l'instant bien caché au Certain Regard. Cela fait quatorze films étrangers.

Il y aura au moins trois films français, peut-être quatre. Mettons quatre. Cela fait dix-huit. En ouverture, celui de Woody est hors-compétition, il y aura donc un maximum de vingt-deux films en compétition : la concentration et le désir des jurés ne sont pas inépuisables.

Nous avons donc encore à « rentrer » entre deux et quatre films étrangers. Or il nous reste à voir le Ken Loach, le Kiyoshi Kurosawa, le Sean Ellis (venu au Certain Regard il y a quelques années), le Pablo Larraín (le cinéaste chilien, réalisateur de *No*), le Marco Bellocchio (un « abonné »), le Wim Wenders (lui aussi !), le Na Hong-jin, le David Mackenzie, le Koji Fukada, le Nae Caranfil, le Asghar Farhadi, le Todd Solondz (un revenant !), le Albert Serra, le Fabrice du Welz, le Alejandro Jodorowsky. Quelques-uns ne sont *a priori* pas destinés à la compétition et il y aura des surprises, mais nous devrions avoir de quoi trouver ce qui nous manque.

En tout cas, nous sommes loin de la situation délicate de 2015 : nous avons beaucoup et nous attendons encore. La compétition s'annonce comme une des plus relevées de ces dernières années – enfin, ça, nous n'en sommes jamais sûrs.

En début d'après-midi, Arnaud Desplechin me répond.

« Cher Thierry. Ça va pas mal ! Je commence un nouveau film, et je suis… empli de trac, comme à mon habitude. Ta lettre si gracieuse vient me ravir à mon angoisse. Oui, je suis très honoré et très touché que tu me proposes de faire partie du jury.

Je ne doute pas que George Miller soit un homme de bien. Il m'aurait été plus difficile de répondre si j'avais eu une réserve morale sur le président. Mais, ma foi, les *Mad Max* sont super, non ? Et *Les Sorcières d'Eastwick* est son chef-d'œuvre à mon goût.

Bien sûr, les choses ne vont pas être simples avec la préparation du nouveau film. Mais oui, je serai très heureux de retrouver Cannes dans ce rôle nouveau. Je l'ai fait une fois, et c'était à Venise avec Quentin. Sélection un peu pauvre, mais Tarantino était passionnant !

Je te remercie fort d'avoir pensé à moi. Alors, comme la Molly de Joyce, OUI !

Il me faudra un nouveau smoking. Bien à toi. Amitiés, Arnaud d. »

C'est l'esprit léger et le cœur rassuré que je retourne dans ma prison dorée.

Lundi 4 avril

C'est la dernière semaine de sélection, semaine complète, je veux dire, avant la conférence de presse du 14 avril qui approche à grands pas. Dans le TGV, je consulte les dizaines d'avis qui m'arrivent quotidiennement, brillants, pertinents et utiles. Les comités de sélection bossent comme des chefs, et les jeunes du troisième groupe, les spectateurs de l'ombre qui fouillent les abîmes, font un travail irremplaçable. Ces gens bouffent de la pellicule ou du grain numérique à longueur de temps – sur les 1 800 films que nous voyons, ils en prennent leur part.

À lire certains jugements lapidaires formulés à la vision de films de très bas niveau, il nous arrive avec Christian Jeune de culpabiliser de leur infliger une telle souffrance : « Film amateur et foutraque. Sans intérêt », « Feel good movie, enfin le genre, mais pas good for Cannes », « Documentaire sur des sujets très américano-centrés », « Esthétique de soap, mièvre », « Série B visuellement vulgaire », « Film historique sur la famine de la pomme de terre au Royaume-Uni, très amateur », « Portrait psychologisant d'une jeune enseignante ayant une relation avec un de ses élèves… Pas pour Cannes ». De nombreux films qui frappent à la porte de la sélection sont parfaitement irregardables : essais expérimentaux abscons, films amateurs autoproduits dans une cuisine, on a droit à tout.

Réunion avec l'AFP pour évoquer le travail à Cannes de leurs journalistes, leurs photographes, leurs cameramen. Depuis toujours, l'agence déploie de grands moyens sur la Croisette, distille de l'information en plusieurs langues et doit se montrer réactive et productive. Le Festival lui fait bon accueil. Christine Aimé, du bureau de presse écrite, et Frédéric Cassoly, de la presse audiovisuelle, sont en charge de tout cela.

J'appelle Charles Tesson, le délégué général de la Semaine de la Critique, pour échanger quelques infos, si je peux l'aider sur tel ou tel film qu'il souhaite ardemment quand nous n'en sommes pas sûrs de notre côté. Un dialogue serein, depuis toujours avec lui, comme avec son prédécesseur, Jean-Christophe Berjon. Ils adorent *Victoria*, de Justine Triet, une comédie avec Virginie Efira et Melvil Poupaud, avec laquelle il veut ouvrir la Semaine. Nous l'aimons aussi mais ça me chagrine : un film français en ouverture, pour la troisième ou quatrième année consécutive, n'est pas un bon signe à envoyer. Je m'abstiens de le lui dire, de peur qu'il ne me soupçonne d'interventionnisme, mais il faudra que je le fasse. Le cinéma français est tellement présent partout, de façon explicite ou non (les acheteurs/vendeurs, etc.), qu'il faut en « masquer » la puissance et faire preuve d'hospitalité vis-à-vis des étrangers. Évidemment, pour la Semaine, un film français réalisé par une égérie de ce qu'une partie de la critique considère comme une « nouvelle Nouvelle Vague », comment résister ?

Un seul film français au programme de la soirée, celui de Katell Quillévéré, d'après *Réparer les vivants*, le roman de Maylis de Kerangal, une histoire sur les morts et ceux qui peuvent vivre grâce à eux, qui s'ouvre par une séquence mystérieuse et brillante. Le reste est à l'avenant, qui oscille entre réalisme et philosophie. Une pointe de regret chez ceux qui ont aimé *Suzanne*, son précédent film dont celui-ci s'éloigne totalement, quand j'aime personnellement l'ambition de celui-là. Et parmi les acteurs, tous très étonnants dont la toujours parfaite Emmanuelle Seigner, on découvre une nouvelle fois le très bon Karim Leklou, qu'on aura vu souvent : chaque année, il y a toujours un acteur qui a travaillé plus que les autres. Cette année, c'est Karim Leklou, promis à un bel avenir, gueule et talent.

Le soir, je retrouve Paul Rassam à Sardegna à Tavola. « J'ai plaisir à vous voir », me dit-il. Rien à le comparer au mien. Visage resté poupin malgré les années, voix grave inimitable, Paul Rassam est *producteur*, pour résumer sa présence dans un monde du cinéma qu'il n'était pas destiné à connaître, n'eût été l'existence de celui qui a rendu son nom de famille célèbre, son frère Jean-Pierre, producteur de Bresson, Godard, Jean Yanne, figure météorique et brillante du cinéma français des années 70. Paul est aussi discret que Jean-Pierre était flamboyant, on ne trouve rien sur lui sur internet et sa filmographie établie par le pourtant impeccable site IMDb est totalement incomplète. Pour résumer, disons qu'il fut un compagnon de route de Claude Berri, qui avait épousé sa sœur, qu'il l'est ensuite devenu de Jérôme Seydoux et que pour le reste, qui compte beaucoup, il a tracé et trace encore un chemin très personnel qui dessine avec les années une filmographie remarquable. Il lit des scénarios, renifle les projets, s'implique financièrement et le fait depuis Londres où il vit, Paris où il vient souvent ou Los Angeles où il fait de longs séjours, toujours au Four Seasons où il est connu comme le loup blanc et fêté chaque matin par toute l'équipe de l'accueil et du breakfast room. Il fait du business, appelle les vendeurs, déjeune et dîne. Ses amis s'appellent Francis Coppola, Milos Forman ou Jean-Jacques Annaud, et il s'occupe maintenant de la génération suivante des Coppola (Roman, Sofia ou Gia) ou des Rassam : ses deux neveux Dimitri Rassam et Thomas Langmann.

Passer un moment à table avec lui est un voyage. Au restaurant, ce fils du Liban et de l'Orient éternel me la fait à la chinoise : on explose les cartes et les menus et on étale tout sur la table pour picorer car comme ses médecins n'autorisent plus aucun excès, il commande de nombreux plats qu'il touche à peine mais qu'il a plaisir à regarder et, surtout, à partager.

Comme souvent chez ce grand sentimental, la mélancolie pointe lorsqu'il évoque son état de santé, comme la nostalgie de n'être plus en mesure de se conformer à l'idée qu'il se fait de lui-même. Et pourtant, il reste grand, dans sa façon d'aborder la vie, le cinéma, les gens. Je le lui dis, il n'est pas d'accord. « Vous savez, quand la vieillesse approche, elle le fait discrètement. Elle ne s'annonce pas, elle agit. Et ce qu'on perd ne revient pas, on le sait, on l'apprend, on en mesure la contrainte car y résister est impossible. Je bouge moins, je reste chez moi, les médecins me surveillent. Je vois ce temps magnifique et je ne peux plus sortir comme avant. Mais qu'est-ce que vous voulez, il faut l'accepter. Alors je lis. Je lis beaucoup. »

Il me parle de l'histoire de ses parents, de l'accident de voiture qui leur a coûté la vie, le 13 septembre 1972, sur une route turque, près d'Ankara. Puis, soudainement, évoque son frère et raconte des choses qu'on ne trouvera dans aucun livre – et pas non plus dans le mien. Nous parlons aussi de Coppola, de *Tucker* devenu invisible, de *Cotton Club*, qu'il a remonté dans sa version intégrale. Du coup, j'envoie un mail à Coppola au sujet de ce documentaire vu à Buenos Aires que j'aimerais montrer à Cannes Classics. Le grand Francis me répond instantanément : « Tu as ma bénédiction ! » Rassam regrette que le dernier projet de Milos Forman, l'adaptation du *Fantôme de Munich*, de Georges-Marc Benamou, ne se tournera sans doute jamais. « Il voulait faire ce film pour honorer la mémoire des siens dont le sort a été réglé par la déconfiture de 1938. » De Forman, il essaie de retrouver le matériel de la version intégrale de *Ragtime*. « C'est un film extraordinaire qu'il faut revoir. Vous savez que Milos faisait partie de ceux qui ont porté le cercueil de James Cagney ? » Pathé vient de restaurer *Valmont*, qu'il avait coproduit avec Claude Berri. Nous le montrerons à Cannes. « Milos ne pourra pas se déplacer. Essayons d'inviter Jean-Claude Carrière. » Il ne touche pas à ses verres de vin, décline le tiramisu mais ça n'a pas d'importance, Paul reste ce viveur d'exception à la conversation et au style incomparables. En partant, il me dit : « Je suis un homme seul et parmi les choses que j'aime il y a de dîner avec vous. » C'est un compliment qui me touche. Il y a en ce monde des gens capables de braver leur pudeur.

Mardi 5 avril

Nous avons des décisions à prendre. Depuis quelques jours, nous procédons par élimination. « J'ai commencé les courriers de refus », me dit Christian Jeune. Lui et moi allons envoyer des mails, passer des coups de fil, parler aux gens. On n'imagine pas le temps que tout cela prend. Nous devons être prévenants, délicats avec les uns et les autres. Certains s'y préparent, d'autres non. Parfois un message de même nature fait comprendre à certains interlocuteurs que la réponse sera négative, quand d'autres le prennent pour le signe évident que rien n'est perdu. Il y a aussi ceux qui ne veulent pas se rendre à l'évidence, même quand on la tourne de plusieurs manières. Ce sont ceux qui ne veulent pas entendre de mauvaises nouvelles, qui nous supplient d'attendre. « Non, ne me dites rien de définitif, parlons-en une nouvelle fois. » Ils poussent, implorent et parfois, nous cédons à leur demande de revoir le film. La suite est prévisible, nous ne changerons pas d'avis et quand la réponse sera explicitement négative, ils raconteront que nous avons été indécis.

Il n'est certes jamais aisé de parler d'un film immédiatement après une projection, et *a fortiori* directement à son réalisateur. Cannes ou pas Cannes, je n'en mène pas plus large qu'un autre. Lorsque je parle aux producteurs ou réalisateurs, je reste toujours dans l'*understatement* que m'a enseigné Gilles : ne rien dire qui puisse être instrumentalisé, ne pas se lier les mains, ne pas donner le sentiment que l'on change d'avis, que l'on a manqué à une prétendue parole qu'ils diraient avoir « entendue ». Cette année, je masque moins l'opinion que j'ai d'un film, tant pis si la joie causée un instant sera ruinée par une mauvaise nouvelle ultérieure. Je ne veux plus cacher aux auteurs ce qu'on a pensé de leur travail, de crainte qu'un compliment leur donne de folles idées. Car nous finissons par passer pour des êtres froids et sans cœur, face aux autres festivals et aux sections parallèles qui s'expriment toujours avec exubérance : ils ont besoin de convaincre, quand nous devons être prudents.

En revanche, Gilles m'avait dit : « Soyez net quand c'est non. » Au début, j'avais du mal. Je ne voulais pas ajouter l'humiliation à la déception. Mais le conseil était avisé car il n'est rien de pire que de laisser un doute. Sauf que parfois… il y a vraiment un doute. Avec le temps, j'ai appris, je crois, à mettre les formes sans céder sur le fond. « Il vaut mieux une balle dans la tête que cinq dans la poitrine », dit Brad Pitt dans *Moneyball* de Bennett Miller.

Ces délais de réponse, qui étonnent dans le mileu, nous sont pourtant nécessaires, y compris pour des films sur lesquels notre opinion, quelle qu'elle soit, ne changera pas. D'ailleurs, elle varie peu. Bien entendu, il y a des centaines d'œuvres que nous déclinons immédiatement. Mais il en reste énormément. Pour douloureuse qu'elle soit, l'attente est aussi une façon de donner le maximum de chances à chacun. Quand un film arrive en cabine, rien d'autre ne compte plus que l'urgence de le voir et rien ne résiste à ce désir-là. Les cinéphiles sont des plantes carnivores, des lions en cage attendant leur viande. Depuis février, chaque matin, l'excitation et l'impatience gagnent les rangs des comités de sélection, le trac aussi, car les nuages de la déception planent au-dessus de chaque projection.

Il est sûr qu'imposer un délai relève d'une stratégie de dissimulation, au risque d'être accusé d'atermoiements, de lenteur et d'indécision. Trois jours permettent de voir le film dès son arrivée, d'y réfléchir le lendemain et d'être prêt à négocier le suivant. Mais parfois (en vérité, souvent), c'est beaucoup plus long. Importance de prendre son temps : un sentiment peut naître au lendemain d'une projection, qui n'était pas celui de la veille. Après quelques heures, réactions et humeurs diffèrent. L'histoire revient, contre la forme qui a pu décevoir, ou le contraire : la mise en scène contre le scénario, l'émotion domine le souvenir, une seule séquence revient et obsède, un bout de dialogue, un plan-séquence, un acteur qu'on a envie d'accueillir. Une œuvre s'insinue d'une façon étrange, inattendue et vaporeuse, sans que la vision initiale en ait annoncé la force et la valeur. Et pour ça, il faut du temps et aucune autre raison. On nous prête parfois mille turpitudes dans nos choix. Mais, « sometimes, a cigar is just a cigar », a dit Freud, paraît-il.

Mercredi 6 avril

Au Café Max, déjeuner avec Michael Barker, de passage à Paris. Il est heureux que Woody fasse l'ouverture mais triste de ne pas être de l'aventure. Le film est entre les mains d'Amazon, jadis, entre les siennes. Avec Harvey Weinstein et Miramax, Michael et sa société Sony Classics portaient le cinéma d'auteur sur le territoire américain avec un talent certain et un amour profond. Trente ans après la création, avec Tom Bernard, de cette antenne de distribution à l'intérieur même du studio Sony-Columbia, le paysage n'est plus le même, il est plus morcelé, le marché est plus fragile et les géants du web veulent l'investir. Michael en perçoit le danger. « Leur carnet de chèques est bien plus épais que le mien. » Il s'inquiète et il a raison : ça va bouger.

Je retourne vite en projection : les autres, qui n'ont rien vu de bon entre-temps, m'attendent pour le Ken Loach. Depuis une semaine, nous enchaînons les grands auteurs (Jarmusch, Jeff Nichols) et les surprises, comme ce film allemand qui vit très bien dans nos têtes. Nous faisons un beau métier. Le film précédent de Loach, *Jimmy's Hall*, plein d'humour et de musique, était annoncé comme le dernier et son ultime plan sur une jeunesse révoltée et pleine d'espoir aurait été le point final magnifique d'une œuvre entamée dans les années 60 par des films qui secouèrent l'Angleterre. Sans s'assagir une seconde, Loach fait de *Moi, Daniel Blake*, co-écrit par le fidèle Paul Laverty, une charge renouvelée contre la destruction humaine, sociale, industrielle, culturelle, familiale imposée par la société post-libérale. De fait, cette œuvre ne changera aucun des qualificatifs qu'on accole généralement au travail de Loach : elle suscite la même colère, la même révolte, la même émotion. Sans doute parce que c'est tout simplement un *auteur*. On aime ou on n'aime pas. Nous aimons, après avoir regardé le film dans un silence absolu qui s'est prolongé plusieurs minutes après la fin du générique.

Célérier : « Ouais, c'est Stéphane, je suis à Los Angeles. Je te laisse un message pour te dire que je viens de résoudre un truc très compliqué, mais ne t'inquiète pas, c'est bon, c'est résolu. Rappelle-moi. Mais je te dis, c'est bon, c'est résolu. Ne me rappelle pas, sauf si tu veux. » Mystérieux. Nous sommes dans l'entonnoir. La nervosité monte. Les décisions s'accumulent, sans espoir de retour, ni possibilité de calcul. À une semaine pile de la dernière journée, je reconnais ce tempo particulier et ces heures qui s'égrènent trop vite. Christian me dit qu'il reste beaucoup de choses en cabine. Des films sont arrivés hors inscription mais que nous avons acceptés tout de même. Aurons-nous le temps de tout voir ?

Jeudi 7 avril

Quelques heures de sommeil, à peine. Il nous manquera du temps mais pas l'envie. Christian enchaîne les lettres de refus. C'est épuisant et difficile. Je descends seul en salle de projection pour visionner le film du Brésilien Kleber Mendonça que les notes de Virginie, Laurent et Paul annoncent très bon.

Je partage leur avis. Cette histoire de femme irréductible qui refuse de quitter son immeuble, de céder au marché, au nouveau monde est extrêmement forte, et la forme très originale. Le film confirme les qualités de Kleber Mendonça, entrevues dans *Les Bruits de Récife*, que le festival de Rotterdam avait découvert. Le brésil pourrait faire son retour en compétition : Ilda Santiago, qui représente Cannes là-bas, sera contente. Et nous accueillerons Sônia Braga !

J'en profite pour poser un œil sur une comédie musicale indienne : des chants, des danses, des beaux garçons, des actrices splendides, une mise en scène très extraordinaire, le cinéma bollywoodien recèle des films étincelants. Mais celui-là ne succédera pas à *Devdas* qui avait marqué en 2002 le retour du cinéma indien. Les collègues arrivent à 13 heures, douze films nous attendent en cabine ou, plutôt, dans l'ordinateur du projecteur numérique : néerlandais, espagnol, japonais, australien, philippin, russe, anglais, etc. Je ne verrai pas tout, il me faudra remonter pour animer des réunions et continuer d'appeler ceux qui, fébrilement, attendent notre jugement.

Pour la Caméra d'or, la compétition des premiers films, nous pensons proposer la présidence à László Nemes, qui s'est imposé l'an dernier avec… un premier film. Cinéphile, polyglotte, défenseur acharné du 35 mm, sa nomination comme président surprendra mais tout le monde trouve que c'est une bonne idée. Au Certain Regard, c'est à la précieuse Marthe Keller que pourrait revenir la tête du jury. Venue la première fois à Cannes avec *Fedora* de Billy Wilder en 1978, elle était là l'an dernier avec *Amnesia* de Barbet Schroeder. Passer deux semaines avec elle serait un enchantement. Si tous deux acceptent, nous serons, avec George Miller au grand jury et Naomi Kawase aux courts métrages, au grand complet. Et en toute parité.

Je retourne dans la salle à 18 heures pour trois films français : *Planetarium* de Rebecca Zlotowski, *Dans la forêt* de Gilles Marchand et *Ouvert la nuit* de Édouard Baer. À minuit, nous savons que tous mériteront d'être évoqués la semaine prochaine.

Vendredi 8 avril

Quand j'étais festivalier, j'ai toujours adoré le Certain Regard, qui est l'autre programmation majeure de la Sélection officielle et la deuxième section compétitive. Mais le Certain Regard est souvent considéré, et à tort, comme le refuge pour ceux qui n'ont pas droit à l'épreuve suprême. S'ils sont nombreux qui se damneraient pour y figurer, certains producteurs se disent : si le sélectionneur m'a mis *là* (à UCR), c'est qu'il ne me voulait pas *là-bas* (en compétition). Le film serait donc moins aimé puisqu'il ne lui est proposé que le deuxième manège. Ce qui permet, on l'a dit, à la Quinzaine de se constituer mécaniquement comme un festival *off*, incarnant à la fois un acte *contre* (« Puisque c'est comme ça, je refuse, je vais à la Quinzaine ») et *pour* (« Je suis heureux d'être à la Quinzaine qui a énormément aimé mon film, etc. »).

On ne peut blâmer ceux qui voient ainsi les choses car elles en ont toutes les apparences. Le prestige de Cannes est tel qu'un cinéaste imaginera toujours que ne pas être projeté en grand apparat, marches rouges et soirée de gala, est un bannissement. Malgré cela, le Certain Regard monte en puissance d'année en année et a affirmé depuis trois décennies une identité propre comme laboratoire et lieu d'expérience. Il est là où de jeunes pousses viennent fleurir la Sélection officielle, où de jeunes cinéastes font des œuvres imparfaites mais énergiques et prometteuses. C'est aussi l'endroit où de grands auteurs font un séjour cannois différent pour un film qui l'est aussi – j'étais festivalier quand Wenders est venu présenter *Lisbon Story*, un « grand petit film » qui marqua l'une de ces résurrections dont il a le secret.

Pour un film fragile, je l'ai déjà dit, aller en compétition peut se révéler dangereux. Un Certain Regard est aussi là pour que la Sélection officielle puisse accueillir tous les types de cinéma, sans surexposer les films. Si l'on compare à d'autres secteurs, après un gros roman qui lui vaut un prestigieux prix littéraire, un écrivain peut envisager un volume plus petit, destiné à être lu par une quantité moindre de personnes, un livre qui ne fera pas les têtes de gondole de toutes les gares de France. Il devrait en aller de même pour le cinéma.

Nous devons avancer. Pour le Certain Regard 2016, il y a les films dont j'ai parlé, qui nous plaisent et que nous allons prendre : *The Happiest Day in the Life of Olli Mäki* du Finlandais Juho Kuosmanen, *La Tortue rouge* de Michael Dudok de Wit, *Apprentice* de Boo Junfeng, *Dogs* de Bogdan Mirica, *Captain Fantastic* de Matt Ross, *Le Disciple* de Kirill Serebrennikov.

Nous avons aussi aimé *After the Storm*, de Kore-Eda Hirokazu, un opus en mode volontairement mineur, *Inversion* de Behnam Behzadi, un émouvant film iranien sur le droit des femmes, ainsi que *Clash* de Mohamed Diab, un huis clos étouffant qui se passe entièrement dans un car de police, une description édifiante de l'Égypte contemporaine, de ses blocages, de ses violences. *La larga noche de Francisco Sanctis* de Francisco Márquez et Andrea Testa est un objet fragile qui se passe pendant la dictature argentine dont nous aimons la délicatesse, le mystère, l'enjeu narratif. *The Transfiguration* de Michael O'Shea est un petit film de vampire new-yorkais, qui lorgne plutôt sur un *Nosferatu* contemporain que sur un remake de *Twilight*. *Omor Shakhsiya*, réalisé par Maha Haj, est « un film de vie quotidienne palestinienne » (devenu presque un genre en soi) très vivant et souvent drôle. *Pericle il Nero* de Stefano Mordini est l'histoire d'un homme de main expéditif, un anti-héros très bien joué par Riccardo Scamarcio. Et *Par-delà les montagnes et les collines* de l'Israélien Eran Kolirin, qui avait impressionné avec *La Visite de la fanfare*, raconte les doutes et le désarroi qui gagnent un homme, dans une réalisation précise et convaincue.

Ce matin, j'ai terminé *Comancheria*, un excellent film américain de l'Écossais David Mackenzie, que nous avons déjà accueilli et qui livre un road movie super réussi, joué en trio parfait par Jeff Bridges, Ben Foster et Chris Pine. Un exercice en forme de western contemporain qui voit deux frères cambrioler les agences d'une banque afin de réunir l'argent leur permettant d'éviter d'être indûment expropriés et de rembourser… cette même banque avec son argent. Le film est drôle, original, profondément ancré dans une Amérique enfuie. Orné d'une signature « noble », ils seraient quelques-uns à s'en enticher. S'il n'a pas véritablement le look auteur-Cannes, le film va surprendre et sera aimé.

Cela fait donc quinze films, peut-être seize avec *Harmonium*, du Japonais Kôji Fukada (une histoire de famille, de mémoire et d'assassin, à la mise en scène ciselée et au mystère jusqu'au bout intact) qui remplit parfaitement les promesses placées en lui – c'est son quatrième long métrage, un jour, il ira en compétition. Il faut ajouter les deux ou trois français que nous arbitrerons mercredi prochain. Nous ne sommes pas loin du compte, et nous avons obtenu tout ce que nous souhaitions. Nous pourrions en montrer plus mais nous resterons dans les clous : un maximum de vingt films au Certain Regard, n'allons pas énerver les critiques en les accablant de projections.

La catégorie « auteur-auteuriste » a été moins fournie qu'à l'habitude. Ce cinéma que j'aime s'inscrit trop souvent dans ce qui est déjà advenu, ne prend plus de risques, surtout pas celui de tomber de très haut en cas d'échec. Nous avons une grande appétence pour les recherches formelles mais également le désir d'un cinéma qui surprend, qui emporte, qui invente, pas qui se contente d'imiter et de reproduire.

Le cinéma d'avant, ces films du passé postulant à Cannes Classics, rappelle qu'une certaine innocence habitait ces réalisateurs qui n'hésitaient pas à traiter de grands sujets. Le cinéma post-moderne emprunte la trace déjà trop usée du radical chic (ou non) dont le succès se construisit, en cinéma comme, me dit-on, dans les autres arts, par connivence, par réseau et par crainte. Un peu de courage et un minimum de culture sauraient pourtant aisément démasquer l'un de ces néo-académismes que l'actualité sacre et que le temps massacre. Ce soir, je revoyais le visage de Lee Remick dans *Experiment in Terror* de Blake Edwards, le générique noir et blanc, la nuit, les voitures, la musique. Certes, cela obéissait aux codes de son époque et des films de cette facture étaient foison. Mais ils ont survécu. Pour ceux des années 2000, nous verrons.

Samedi 9 avril

Il est compliqué, en ces temps de sélection qui réclament toute l'énergie possible et n'acceptent pas le manque de sommeil, les repas copieux, les devoirs élémentaires de la vie familiale et les sujets futiles, de devoir y ajouter la rédaction de ce journal quotidien. Le beau temps est revenu, la luminothérapie nous fera du bien à tous. D'Embrun, Raymond Redon, mon maître de judo, me dit qu'il a neigé tard sur les hauteurs, comme s'il le fallait une dernière fois, comme si les Alpes voulaient reprendre un peu de blanc de printemps.

Je dois parler de quelques films que nous avons vus cette semaine : *Goksung* de Na Hong-jin et *Orpheline* de Arnaud des Pallières, et un documentaire aimé par Laurent Jacob que nous montrerons en séance spéciale : *L'ultima spiaggia* de Thanos Anastopoulos et Davide Del Degan, filmé sur une plage de Trieste où hommes et femmes sont séparés depuis toujours. L'enquête des deux documentaristes les conduit à réfléchir sur l'état du monde et à capter visages, corps, cris, rires, répliques. C'est le genre de film destiné à être vu en dehors du bruit de la Croisette et les festivaliers se demanderont ce qu'ils voient. Mais je suis heureux d'accueillir le Grec Thanos Anastopoulos, rencontré à Athènes en février dernier.

Goksung est un résumé anthologique du cinéma d'horreur coréen qui, à partir d'un réalisme esthétique impressionnant (la pluie reste un grand ingrédient scénaristique), emmène le spectateur aux frontières du surnaturel, du chamanisme, des diableries. Pour son troisième film, Na Hong-jin continue d'affirmer une liberté de ton et de genre formidables. Nous espérions la compétition pour lui : *Goksung*, parfois un poil grandiloquent et trop long, laisse le spectateur épuisé et chancelant. Une séance de minuit serait parfaitement adaptée. La Corée, c'est Christian, il saura les convaincre.

Sur les films français, nous terminerons dans les temps. Jeudi dernier, on a vu celui d'Arnaud des Pallières. S'il est venu en compétition avec son film précédent, il ne semble pas que celui-ci puisse s'y trouver au vu des divergences agitant les deux comités. Ces divergences seront aussi celles des festivaliers. Si la mise en scène et la conviction formelle en font un film intrigant, et souvent très fort, la ligne narrative d'un scénario trop complexe oblige le spectateur à un effort permanent, à courir après la fluidité de l'histoire. Dans la catégorie « objet étrange », la préférence va au Guiraudie chez mes camarades. Mais ça n'est pas rien, ce film, et quel cinéaste, des Pallières.

Comme je m'étais étonné de n'avoir aucune nouvelle du film de Nicole Garcia, son producteur, Alain Attal, m'appelle en fin d'après-midi. « On n'a pas besoin de Cannes, m'avoue-t-il sans cérémonie. Le film est vendu partout et ne sort qu'à l'automne. Pourquoi irions-nous risquer notre vie face à certains critiques qui attendent Nicole avec un fusil ? » On ne peut être plus clair. « Eh bien, moi, j'aimerais vous le montrer, me dit Nicole. Personne ne l'a vu encore, hors ceux qui y sont associés. Ça m'intéresse de savoir ce que vous en penserez. » Je rappelle Alain Attal, qui appelle StudioCanal, et nous décidons que lundi, nous ferons une projection « à l'amitié », hors festival, sans inscription officielle et sans autre enjeu que de voir le film. Et éventuellement d'étudier si quelque chose est possible. Après avoir raccroché, je me dis que je suis idiot d'avoir insisté pour le voir car si jamais nous ne sommes pas convaincus, comment faire marche arrière ?

Je retourne en projection jusque tard le soir. Puis je tombe sur cet extrait du journal de Cocteau que je n'avais pas remarqué : « Il y a un moment de fatigue où les films n'entrent plus en nous. Une sorte de sommeil qui ne fait pas dormir ressemble à celui des enfants qui n'écoutent plus le conte mais seulement le murmure de la voix de leur mère. Je suivais et je ne suivais pas. »

Dimanche 10 avril

Il faut accorder à chacun du temps là où il en reste, même le dimanche. Producteurs, vendeurs et distributeurs, français et étrangers, se succèdent au téléphone : Michèle Halberstadt de ARP, Éric Lagesse de Pyramide, Alexandra Henochsberg d'Ad Vitam, Régine Vial des Films du Losange, Michel Saint-Jean de Diaphana, Carole Scotta de Haut et Court, Ariane Toscan du Plantier de Gaumont ou encore les producteurs Michèle Ray-Gavras, Manuel Munz, Miléna Poylo, Édouard Weil, Marc-Antoine Pineau, Christophe Rossignon, Philippe Martin ou le Canadien Robert Lantos. Stéphane Célérier ne m'appelle plus, il garde son énergie pour mercredi. Chacun essaie de deviner le destin de ses films. Jean Labadie, qui est le plus boulimique de tous, jongle pour caser les siens : il me confirme que *Victoria* de Justine Triet ouvrira la Semaine de la Critique et que la Quinzaine s'intéresse au Jodorowsky, auquel je ne peux garantir les conditions qu'il exige.

Il y a le cas du Bonello, *Nocturama*, que nous avons vu cette semaine. Cette histoire de jeunes nihilistes dostoïevskiens voulant détruire Paris suscite quelques réserves. La démonstration à laquelle se livre le cinéaste pèse peu face au réel, et le réel 2016, ce sont des attentats commis par des jeunes gens qui ne sont pas ceux-là du tout. La métaphore est délicate à filer. Le film est au demeurant un objet de cinéma respectable mais, en plus d'un sujet malvenu, c'est d'avoir voulu réaliser un *beau* film qui dérange. L'art pour l'art, peut-être, mais difficile de se soustraire à la comparaison qui s'impose, à ces brûlures du monde dont il rappelle involontairement la douleur et qui mettent en échec la moindre allégorie. Depuis novembre dernier et surtout depuis mars et les attentats de Bruxelles (et je m'aperçois avec honte que, plongé dans la sélection, je n'en ai rien évoqué), la question terroriste est revenue en force. À Cannes, elle sera dans toutes les têtes. Maraval, qui vend le film à l'international, m'appelle de Hong Kong : ses craintes sont identiques et l'incitent à choisir non le printemps et la France mais l'automne et l'étranger, genre festival de San Sebastian ou de Toronto. La relation avec les attentats y sera moins flagrante. Il a raison : en d'autres temps, l'écho aurait été différent. Reste que Bonello a ses défenseurs et c'est une autre situation délicate qui nous attend : sélectionné, on aurait stigmatisé la présence d'un « abonné » doté d'un sujet scabreux. Refusé, la partie de la critique qui lui est systématiquement favorable nous reprochera son absence et nous donnera tort sur le fond.

En fin d'après-midi, place aux Américains. Depuis Santa Monica, Nick Meyer, au français impeccable juste troublé par les vents du Pacifique qui le rendent quasi inaudible : « Ma compagnie est impliquée dans *Captain Fantastic*. Tu as vu aussi le film de David Mackenzie, *Comancheria*, avec Jeff Bridges, c'est un film étonnant. Et nous avons aussi le Marc Forster mais j'ignore s'il sera prêt. » Puis conversation avec David Linde, le producteur, ainsi qu'avec Roeg Sutherland, de l'agence CAA. Je lui demande si tout va bien avec son père. « Fantastique. Il est ravi de venir à Cannes ! »

Conversation enfin avec Pierre Lescure. D'ici mercredi soir, nous devons préparer la conférence de presse. Nous avons raté celle de l'an dernier à force de la préparer trop, et elle donna du grain à moudre à ceux qui guettaient le moindre signifiant caché. Cet hiver, nous voulions la supprimer et imaginer un dispositif nouveau, plein d'internet, de Twitter, d'Instagram et de je ne sais quoi de branché. Nous y avons réfléchi et avons finalement décidé… de ne rien changer.

Dans la soirée, je visionne *Chouf* de Karim Dridi. J'en aime le sujet : personne n'a montré Marseille comme ça, les quartiers Nord, les enfants utilisés par les trafiquants, les caïds, la circulation des armes, l'inquiétude des mères, des pères, des sœurs, des fiancées et, là, d'un frère. C'est un beau retour pour Karim Dridi et son film est *utile*. Je pourrais dire que son projet est rossellinien (celui de 1943-1946), si je n'imaginais pas à l'avance les cris d'orfraie qu'une telle comparaison susciterait. En tout cas, les maladresses de mise en scène et quelques naïvetés scénaristiques sont compensées par la force de cette analyse sociologique maquillée en série grand public, à laquelle une bande de jeunes comédiens issus de Marseille, et pour la plupart non professionnels, donnent une crédibilité magnifique. Et on a envie de les voir en haut des marches.

Lundi 11 avril

Dernier départ d'un lundi matin de sélection. Comme un voyageur qui s'en va explorer les terres lointaines et promet aux siens de trouver la fortune, je reviendrai sélection en main ou ne reviendrai pas ! J'ai peur que le temps nous file entre les doigts. La semaine est écrite, chaque jour se déroulera plus vite que le précédent. Aujourd'hui et demain : projections et négociations. Mercredi : décisions finales. Jeudi matin : communication de la sélection au conseil d'administration et à la presse. Tout cela exige du calme, ça ne sera qu'agitation.

On se met à l'ouvrage avec le Farhadi. Adaptation très personnelle, dans le Téhéran contemporain, de *Mort d'un commis voyageur*, le film est brillamment écrit, brillamment interprété, brillamment mis en scène. Asghar ne retrouvera plus les conditions du surgissement d'*Une séparation* car ses films sont désormais attendus, mais il poursuit son travail avec obstination et conviction. Cette plongée dans la vie d'une troupe de théâtre est un grand film sur l'intransigeance et sur l'honneur d'un homme. Les acteurs sont prodigieux, comme l'attention accordée aux détails du quotidien. L'impatience est mère de déception : le film suscite quelques divergences d'appréciation, mais la discussion est passionnante, ce qui est un bon indice.

Deuxième film : *Wrong Elements*, réalisé par l'écrivain Jonathan Littell. Cette nouvelle description de l'Afrique en miettes évoque les milices, l'asservissement des paysans, la condition de la femme, l'endoctrinement idéologique et les enfants soldats. Dans une belle scène, les trois « personnages » se retrouvent pour un moment d'espoir et de jeunesse qu'on reverra avec bonheur dans des années quand ça ira mieux là-bas. La démarche de Littell est humble, simple et forte. À moins d'être indifférent au sort de l'Afrique, on comprend que rien ne peut durer de cette souffrance et de cette violence.

À 18 h 30, je reçois un message d'Emir Kusturica qui me dit en substance : « I can show you something. » Deux jours avant l'annonce de la sélection et alors que les places sont devenues très chères, nous ne pensions plus voir son film. Son message est sibyllin : a-t-il totalement terminé ? Est-ce un baroud d'honneur, l'envie de participer, par principe, à la course, lui qui aime tant Cannes ?

Reprise des projections. *Tout de suite maintenant* est peut-être le meilleur film de Pascal Bonitzer. L'ardente jeunesse d'Agathe Bonitzer et de Vincent Lacoste se mêle aux relations tumultueuses du formidable duo vieillissant incarné par Lambert Wilson et Pascal Greggory. Le film est parfois traversé de beaux moments de tristesse, comme cette confession poignante de Jean-Pierre Bacri à une Isabelle Huppert qui lui donne une extraordinaire réplique muette.

Puis c'est au tour d'Olivier Assayas et de *Personal Shopper*. C'est comme si le film devait son existence à l'évaporation soudaine de Kristen Stewart dans *Sils Maria*, qui laissait Juliette Binoche et le public orphelins d'elle. Comme si cela avait donné envie à Assayas de la retrouver. À Lyon, nous avions organisé une rétrospective « Je t'aime, je te filme » : il y a un peu de ça, un cinéaste veut juste filmer une actrice, la regarder, la faire parler, mêler un personnage et une star mondiale, fille de son époque. Le film, qui tourne autour d'une histoire de fantômes, réels ou inventés, est un concentré de contemporanéité. Assayas filme magnifiquement le présent, Paris la nuit, un échange de sms, un scooter place de la République, la nonchalance affichée d'une jeune fille rodée aux jeux de dupes des néo-aristocrates de la mode. Il filme comme un écrivain mènerait l'enquête, tiendrait un journal qui finirait par aboutir à une histoire dont on se fiche bien de la savoir crédible ou non. Quand les lumières se rallument, certains sont sous le charme, dont moi, d'autres plus dubitatifs. La discussion est vive sur une œuvre que sa modestie affichée ne prédestine pas naturellement à la compétition. Je ne la vois pourtant que là. Nous reprendrons tout cela mercredi.

Mardi 12 avril

Dernière grande journée de visionnage. La salle du sous-sol est comme un hall de gare, nous entrons, nous sortons, les gens se croisent, repartent visionner chez eux encore et encore des DVD. Le danger est là : on a vu tant de films qu'on en perd notre jugement. Quelque chose de négatif finit par s'accumuler dans cette infinité d'images, de répliques, de visages, de mouvements d'appareils. Comme si les possibilités illimitées du numérique rendaient des cinéastes épatés par leurs propres images incapables de couper quoi que ce soit et de réfléchir à l'idée que le montage pouvait créer du sens et de la poésie. Parfois, on a envie de crier : « Vive Max Ophuls ! Vive Luchino Visconti ! »

Côté jury, Marthe Keller a accepté la présidence du Certain Regard mais Forest Whitaker a finalement décliné celui de la compétition. Des obligations médiatiques le retiennent à New York pendant le Festival : à un jour près, il était en mesure d'accepter et je le crois quand il se dit désolé et triste.

La journée est consacrée à préparer les réunions de demain. La fébrilité est partout. Pour certains, l'attente dure depuis tellement longtemps. Julia Ducournau, la réalisatrice de *Grave*, accepte une éventuelle proposition au Certain Regard ou à Minuit, mais à l'heure du déjeuner, alors que je me rends à bicyclette dans un studio du 14e pour une séance photos, je reçois un appel de Julie Gayet, sa productrice, qui me dit le contraire : la Semaine de la Critique les invite, elle ne veut pas attendre. On ne peut se soustraire aux règles, je laisse filer le film.

Le Kusturica dure plus de trois heures ! Nous repoussons la projection à vendredi. De retour au troisième étage, je tombe sur une très jolie lettre de Jean-Pierre Léaud : « Mon cher Thierry Frémaux, je vous fais confiance en ce qui concerne le regard que vous avez posé sur le premier film que j'ai tourné avec Albert Serra, *La Mort de Louis XIV*. Je tiens à ce personnage avec la même intensité, aujourd'hui à 72 ans, qu'à celle avec laquelle j'ai tenu, dans ma jeunesse, à Antoine Doinel. Albert Serra, vous l'avez compris, se révèle comme l'un des meilleurs metteurs en scène qui surgissent en ce moment. Je suis très fier d'avoir tourné avec lui. Depuis *Les 400 coups*, le Festival de Cannes est un lieu mythique de ma vie. J'espère à nouveau pouvoir monter et redescendre ses marches grâce à ce Louis XIV. » Ça tombe bien, nous avons aimé le film d'Albert Serra, qui pratique un cinéma d'auteur en effet très neuf, d'une exigence esthétique qui vous lave les yeux, d'un rapport au temps et à la narration qui questionnent l'essence même du cinéma contemporain. Et Jean-Pierre est absolument parfait en Louis XIV au bout du rouleau.

Mon téléphone s'allume et s'éteint à toute allure, un texto après l'autre. Quand je sors de la salle de projection, j'entends Christian s'animer au téléphone : cet être de calme et de sang-froid s'énerve rarement, sauf quand la coupe déborde. C'est visiblement le cas. Pour le reste, l'ambiance est joyeuse, le plaisir de travailler tous ensemble donne du courage. Jérôme Paillard ou François Desrousseaux passent la tête discrètement, et juste avant de prendre l'antenne de « C à vous » à l'autre bout de Paris, Pierre Lescure envoie un message : « Tout va bien les enfants ? » Il a prévu de rester avec nous demain soir.

Changement de comité. Laurent Jacob, Virginie Apiou et Paul Grandsard s'en vont. « Ne partez pas les mains vides », leur dit Christian en leur tendant les films de quelques retardataires.

Avant de reprendre les projections, nous évoquons avec Stéphanie Lamome, Éric Libiot et Lucien Logette le panorama global de ce que nous avons vu, aimé, pas aimé. Sans entrer dans les détails car nous sommes encore pleins d'incertitudes.

Nous voyons le film de Nicole Garcia « pour le plaisir », je veux dire non officiellement. Ainsi, si nous décidons de ne pas le retenir, nul ne le saura (hum hum, tout se sait, je l'ai dit). N'empêche que nous accrochons à l'histoire de cette femme amoureuse d'hommes qui ne veulent pas d'elle, qui rêve d'une vie de passions qu'elle ne connaîtra pas, qui se marie par convention et s'aperçoit tardivement que cet époux, un maçon espagnol qui brûle en silence pour elle, est le seul amour qu'elle ne voyait pas, aveuglée par ses fantasmes de petite fille. « Il fallait oser rassembler les sœurs Brontë, Jane Austen, Thomas Mann, Stefan Zweig (et le *Brèves Rencontres* de De Sica) sans être ridicule », s'exclame Lucien Logette. Les acteurs sont parfaits, Marion Cotillard nourrit son personnage d'accents féministes, parsemés de splendeur et de mélancolie, Louis Garrel donne une admirable composition d'un jeune homme mourant – ce garçon sait tout faire – et l'acteur espagnol Alex Brendemühl prête au personnage du mari une belle humanité qui rappelle que la France d'après-guerre a été bâtie par les Espagnols et les Italiens.

On reste là-dessus, on en parlera demain. En rentrant, je confirme la compétition pour le Park Chan-wook à Manuel Chiche, encore éveillé à cette heure tardive. « Tu ne te trompes pas, c'est un grand film », me dit-il.

Mercredi 13 avril

C'est le jour de tous les dangers, le *money time*, comme à la fin du mercato d'hiver. Il y a encore des films à voir et des décisions à prendre. Certaines seront délicates : établir une sélection n'est pas une science à angles droits. On approche de la délivrance du Grand Secret. Un secret légitime (protéger ceux qui sont impliqués dans chaque film pour privilégier les négociations), magique (la rumeur, le désir font aussi la force de la chose) et impératif (c'est la règle, il faut la respecter) – c'est pour cette raison que Cannes est Cannes.

La clé sera de gérer le temps : nous voulons des délibérations rapides et avoir tout terminé à 23 heures. « On dit ça chaque année ! » se moque Fanny Beauville, qui récolte les informations en prévision du catalogue. Toute la profession est sur le pont : ceux qui pensent être sélectionnés, ceux qui espèrent, ceux qui veulent encore y croire. Les messages affluent, les uns techniques : « Pour tel film, merci d'appeler Untel », les autres déjà dans la bataille d'influence. D'innombrables textos disent tous la même chose : nous avons *besoin* d'aller à Cannes. Et en compétition. Comme le disait Diego Maradona : « Entrer dans la surface de réparation sans tirer au but, c'est comme danser un slow avec sa sœur. » Aller à Cannes sans être en compétition, c'est pareil.

Chacun est convaincu d'avoir le meilleur stand de la foire, ignorant, dans une inconscience assumée, l'idée même que d'autres aient pu faire de meilleurs films. Afin de ne pas grouper leurs doléances, certains distributeurs, qui ont plusieurs fers au feu, font des messages séparés. Il y a aussi ceux qui, sentant que leur film n'y sera pas, le retirent solennellement de la sélection. Ou ceux qui se savent déjà acceptés par Venise (Alberto Barbera est à l'ouvrage depuis plusieurs semaines) et ne se manifestent plus, attendant sereinement une bonne nouvelle cannoise qui serait de nature à bouleverser l'ordonnancement des choses. Et aussi ceux qui me préviennent à l'avance qu'ils ne feront aucune crise, vous nous connaissez, ce n'est pas notre style, de faire du chantage – alors que l'idée même de prendre le temps de le dire en est le commencement. On propose de raccourcir, de couper, de changer, « Tu verras, le film n'est plus le même », etc. Ce qui durait deux heures et demie il y a un mois et que la moindre remarque aurait taché d'opprobre revient soudainement à une longueur classique, les scènes « IN-COU-PABLES » l'ayant été.

Pierre Rissient a été hospitalisé, quelque chose au dos. Il ne m'en dit pas plus. Mais il appelle, ce qui est adorable, même si, incorrigible, il tente de m'extorquer quelques informations, histoire de faire l'*insider* depuis sa chambre d'hôpital. « Bonne journée au plus gros producteur de stress et d'eczéma de la planète », s'amuse Nathanaël Karmitz. Pour éloigner les vibrations négatives, Bruno Barde tourne une métaphore vinicole : « Attention, les bons vins ont parfois un effet tardif. » De Hong Kong, Maraval donne dans une sentimentalité qui n'est pas vraiment le genre de la maison : « Cher Thierry et à toute ton équipe. Depuis deux mois, tout le bureau de Wild Bunch, Brahim, Carole, Noëmie, Esther, Alya, a vécu au rythme de vos visionnages et cela récompense le travail acharné que notre équipe fournit toute l'année. Il n'y a pas de normalité à être sélectionné à Cannes mais chaque bonne nouvelle effacera toutes les déceptions. J'aimerais que vous puissiez ressentir l'effervescence du bureau, vous seriez heureux en retour. On espère être à la hauteur de votre exigence. Elle fonde le succès de Cannes et protège ce cinéma que nous sommes nombreux à défendre. Et si nous pouvons le défendre, c'est parce que le Festival lutte pour lui. » On va tâcher de ne pas flancher.

On me demande souvent comment nos choix s'opèrent. Eh bien, comme le ferait n'importe quel amateur : *in fine*, c'est au sentiment, à l'intuition, à la passion, à quelques instruments de mesure de l'opinion, si tant est qu'on puisse en prévoir l'humeur. On nous prête mille turpitudes, des amitiés non avouées et des pactes secrets. Or, nous n'avons qu'un seul objectif : faire la meilleure sélection possible. Ce dernier jour, il n'y a pas de place pour autre chose. L'horloge tourne, les cerveaux sont en charpie. Ce qui nous paraissait évident ne l'est plus aujourd'hui et tel film qui nous laissait indifférents est revenu en force. La vigilance est de mise, l'attention mutuelle domine. Et la sincérité règne : c'est déjà assez difficile de se tromper en toute bonne foi pour imaginer qu'on commette des erreurs pour de mauvaises raisons. Sur la Croisette, il sera trop tard pour regretter de n'avoir pas voulu affronter les situations délicates quand il le fallait.

Au moment de la construction définitive de la Sélection officielle, nous ne sommes plus dans le « j'aime, je n'aime pas » mais dans le « il faut, il ne faut pas ». C'est le seul critère possible. Des films très réussis ne seront pas retenus quand d'autres, pour lesquels nous avons moins d'appétence, le seront. Pourquoi ? Parce que notre compétence de sélectionneur offre *a priori* la garantie d'une bonne fortune cannoise. En gros : une fois au Festival, il faut que ça se passe bien. Mais nous ne sommes maîtres de rien du tout. Nous avons vu des œuvres passionnantes, qui ont donné lieu à de passionnantes discussions. Maintenant, il faut trancher. Dans nos têtes, la sélection est prête à 75 %. Mais il y a beaucoup plus de films que nous aimons que de places en sélection.

Avec les collègues des comités, on ne s'est pas encore tout dit. Celui qui se sait battu sur l'un de « ses » films se tourne vers un autre qui lui paraît jouable. Qui prend la décision finale ? Moi. C'est la règle. Je signe la sélection, je l'assume. D'où, et c'est un paradoxe si l'on s'en tient à la seule notion de pouvoir, le désir de travailler collectivement : chaque sensibilité exprimée, chaque argument qu'on m'oppose le sera aussi à Cannes, démultipliés à l'infini par les 2200 spectateurs du grand théâtre Lumière du Palais des Festivals. Alors, je tiens compte de tout ce qu'on me dit.

À 9 h 30, premier point avec Christian. Nous nous limiterons à vingt films en compétition afin de laisser la porte ouverte à d'éventuels retardataires – d'Austin, Terrence Malick m'a fait récemment signe pour un documentaire qu'il est en train de terminer, imaginons qu'il le termine et débarque. Il faudra également tenir compte de ceux qui ne veulent « que » la compétition. Position éphémère : face à l'évidence d'un refus, ils accepteront sans doute une autre position. Parler, négocier, réserver une place, attendre leur réponse, se rappeler, tout cela prend du temps. On va passer la journée à surveiller la montre.

On se met d'accord sur une centaine de films à refuser, après quelques autres centaines. Pourquoi ne l'a-t-on pas fait avant ? Parce que 1) nous n'avons pas toujours eu le temps, la priorité allait aux projections ou 2) éliminer un film très vite, d'emblée, après le générique de fin (parfois le sort en est ainsi et immédiatement jeté), revient à vexer producteurs ou cinéastes et cela nous entraînerait dans des arguties de protocole ou 3) il y a énormément de films dont il n'était pas question de se séparer trop vite et 4) au pied du mur, il n'est plus possible de reculer et les procrastinateurs que nous sommes doivent passer aux choses sérieuses. Bref, le temps des amabilités est terminé : si la sentence sera difficile à accepter pour certains, elle ne sera pas facile à prononcer pour nous.

En fin de matinée, comme le Olivier Assayas et le Nicole Garcia ont été vus tardivement, j'appelle leurs producteurs respectifs, Charles Gillibert et Alain Attal, qui ne savent rien de nos sentiments. Je leur annonce qu'ils concourront ce soir pour une place en compétition car « ce qu'on a vu nous a plu » – usage de l'euphémisme, toujours. Le premier ne se départit pas de son calme olympien, mais je le sens bouillir. Le deuxième me rétorque : « Je te répète mes réserves. Mais si nous sentons de l'enthousiasme, nous accepterons. » Trop malin, Alain. Nul ne peut savoir de façon absolue comment un film sera accueilli. En cas de désastre, on nous répliquera : « Vous nous aviez assuré que ça se passerait bien. »

Réunion avec le comité étranger. Comme prévu, nous hissons le *Toni Erdmann* de Maren Ade, que nous aimons énormément, en compétition. Les observateurs lui trouveront toutes les qualités : une comédie, un film d'auteur, de nationalité allemande et réalisé par une femme, quasi inconnue. Brillante Mendoza également en compétition : son film est très réussi, ça n'est pas un « abonné » et il vient d'un pays rare. Dans notre élan mais sûrs de notre affaire, nous décidons qu'*Aquarius*, du Brésilien Kleber Mendonça, figurera également en compétition. Le Brésil, comme l'Allemagne, n'y a pas été représenté depuis plusieurs années et Mendonça monte d'un cran dans la hiérarchie mondiale. Au total, cela fait seize films. Il nous reste celui d'Asghar Farhadi, dont le sort est désormais lié à celui d'Emir Kusturica que nous verrons vendredi. Prendre les deux, ou non, dépendra aussi du nombre de films français. Mais je préviens d'emblée Alexandre Mallet-Guy, producteur du Farhadi, de ne pas attendre une décision pour aujourd'hui.

Le Certain Regard sera celui que j'ai décrit la semaine dernière, même si nous repartons dans de grandes discussions. Reste le hors-compétition, les séances spéciales et les films de minuit. Depuis deux jours, Christian négociait avec les producteurs de *Goksung*, le film coréen de diables, de pluie et de meurtres. Ils acceptent le hors-compétition, mais pas une séance de minuit qui, à leurs yeux, ghettoïserait le film. Si je dis : « Ils acceptent », c'est qu'ils visaient la compétition et auraient pu décliner toute autre offre – Christian a joué de son habileté et de ses bonnes relations avec eux pour les convaincre, avec l'appui du distributeur français, la société Metropolitan Filmexport des frères Hadida, deux amoureux de Cannes. La Corée sera forte puisque Yeon Sang-ho a accepté une séance de minuit pour son excellent *Train to Busan*. De mon côté, j'attire *The Nice Guys*, le film de Shane Black, en hors-compétition. Avec Russell Crowe et Ryan Gosling, nous aurons une belle montée de marches. Ces deux films viennent s'ajouter au Spielberg et au Jodie Foster. Quatre séances de gala, quatre films tous différents les uns des autres, le hors-compétition est complet.

Pour les séances de minuit, nous invitons le deuxième film de Jim Jarmusch, *Gimme Danger* : un documentaire sur Iggy Pop, ci-devant bête de la scène musicale mondiale et pré-inventeur du mouvement punk avec les Stooges, le groupe qui a fait sa gloire et avec lequel il a livré des shows inoubliables qui font partie de la Grande Légende. Jarmusch lui consacre un film de fan, tout dévoué à l'amour de la musique et à une visite ethnologique du rock. Jean Labadie, qui distribuera le film, nous promet la présence de l'Iguane.

Enfin, pour les séances spéciales (des films différents, programmés différemment), il y a quelques œuvres dont je n'ai pas parlé non plus. *Hissein Habré, une tragédie tchadienne*, le documentaire que Mahamat-Saleh Haroun consacre à l'ex-« président » tchadien, relève de la démarche exemplaire d'un cinéaste de fiction qui dirige sa caméra vers le réel quand le mouvement de l'Histoire l'impose : en l'occurrence, la dictature, les exactions, le soutien criminel des Occidentaux, les blessures d'un peuple et l'espoir d'une réconciliation. Haroun, dont la présence régulière en compétition incarne celle de l'Afrique de l'Ouest tout entière, instruit le procès d'Habré en cinéaste, en historien, en journaliste. Ce film le rapproche du travail de Rithy Panh, dont on a aimé *Exil*, un chapitre supplémentaire de son histoire du génocide cambodgien, qui se teinte avec les années d'accents de plus en plus personnels et intimes. C'est une œuvre considérable que Rithy est en train de bâtir, une filmographie unique et bouleversante – c'est justement le cinéma qui empêchera que disparaisse la mémoire d'un peuple. À quand les grands documentaires *d'auteurs* sur le goulag, sur l'apartheid, sur la Chine ?

À 16 heures, le comité français arrive pour un premier tour de piste. Éric Libiot, parti à New York pour « French Cinema Today » organisé par Unifrance, nous a transmis ses recommandations. Sur plus de 180 films, il en reste une vingtaine pour dix places à pourvoir, dont trois ou quatre en compétition. Pour éviter qu'ils connaissent leur sort en lisant la presse, nous appelons tous les recalés. Pendant ce temps, Stéphanie et Lucien descendent en projection pour voir à leur tour le film d'Asghar

Farhadi. Au générique de fin, je les rejoins dans la salle et nous commençons nos discussions finales. Il est presque 20 heures.

Le premier film sélectionné en compétition est celui de Bruno Dumont. Alain Guiraudie est également une évidence : *Rester vertical* est plus sauvage, moins adapté à la compétition que ne l'aurait été en 2013 *L'Inconnu du lac*, mais c'est un nouveau venu en compétition, signe guetté par les observateurs. Guiraudie est seul dans sa catégorie et il est temps d'exposer son travail. En dix minutes, une deuxième entrée en compétition : nous allons vite.

Discussion plus complexe sur le Nicole Garcia. À Cannes, il est devenu risqué de présenter un tel film, qui dispose d'atouts *a priori* incontestables (grand public, de facture classique, avec des acteurs reconnus), quand le Guiraudie sera passionnément défendu pour les raisons inverses (fragile, marginal et indépendant). À mes yeux, ces deux cinémas peuvent parfaitement cohabiter, mais la presse est plus friande d'expériences esthétiques poussées. Contrairement aux apparences et aux idées reçues, le cinéma « commercial » est plus difficilement toléré – sauf s'il porte la griffe d'un auteur estampillé. Mais nous ne voulons pas lui tourner le dos.

Sans prendre de décision, nous passons à la suite. Olivier Assayas est venu si souvent que lui-même, dans sa grande élégance, conviendrait que c'est là un motif idéal pour l'éconduire (comme Ken Loach qui, à l'annonce de sa sélection en compétition, m'a dit : « Tu es sûr ? Ça ne fait pas trop ? »). Mais pas une bonne raison : nous sélectionnons un film, pas un cinéaste. Cinq ou six films se confrontent. Dans cette « compétition pour la compétition » extrêmement relevée, *Personal Shopper* d'Olivier Assayas l'emporte. Dumont, Guiraudie, Assayas : Nicole Garcia, qui relève d'un autre projet de cinéma, peut les accompagner. Cela fait quatre films français en compétition !

Il reste à finir le Certain Regard. Le même crève-cœur se reproduit chaque année : nous ignorons si les sections parallèles pourront être une issue de secours pour ceux que nous excluons.

D'autant que nous nous limiterons à deux films français. On sait le Julia Ducournau et le Justine Triet à la Semaine – nous les aimions aussi, ils seront sur la Croisette, tant mieux. Aux côtés de *Voir du pays* de Delphine et Muriel Coulin (qu'a produit Denis Freyd, qui me dit : « Toutes les sections le veulent ! », ce que je ne peux vérifier), que nous aimons beaucoup, *La Danseuse* de Stéphanie Di Giusto s'impose : il n'entre pas tout à fait dans les codes du cinéma d'auteur mais sa maturité visuelle et narrative est étonnante. Nous décidons de donner sa chance à ce premier film réalisé par une jeune réalisatrice qui confirme le talent de Soko et révèle celui de Lily-Rose Depp et où Mélanie Thierry et Gaspard Ulliel sont formidables. Et nous terminons la sélection française en faisant une place à Paul Vecchiali : *Le Cancre*, d'une inspiration très « Un homme se penche sur son passé », a maintenu son rang dans notre esprit. Il sera programmé, s'il l'accepte, en séance spéciale.

Une nouvelle nuée de messages s'est accumulée sur l'écran de mon ordinateur : Fabien Charlot m'a installé un super logiciel qui me permet de recevoir, rédiger et envoyer directement les miens au clavier. Un jour comme celui-là, la technique me sauve. Les sms, c'est toujours de l'inquiétude. Nous avons des problèmes avec quelques films étrangers : *La Tortue rouge* car les coproducteurs japonais ne veulent pas du Certain Regard – ils rêvaient de la grande salle ; *Comancheria* car Jeff Bridges n'est pas sûr de pouvoir venir, mais de Los Angeles, Richard Klubeck, actif et accrocheur, protège la présence du film ; *Loving*, le Jeff Nichols, car les producteurs exigent une date précise, alors que le calendrier n'est pas commencé – je crois aussi que, vu notre enthousiasme, ils se demandent s'ils ne vont pas garder leur film pour l'automne, dans l'aspiration de la campagne des Oscars. Ce type de bras de fer de dernière minute est classique. Problèmes encore avec le *Neruda* de Pablo Larraín, qui ne veut aller qu'en compétition.

Il est presque 21 heures. La rue Amélie est calme. Pierre Lescure est arrivé. Bruno Munoz et Fanny Beauville, qui prennent soin de la cohésion du bureau, sont allés chercher les pizzas, les bières et le mouton-cadet. Nos portes sont ouvertes aux grands vents et les gens viennent s'enquérir de l'état des troupes, du front, des batailles. Je préviens Pierre des décisions en cours. Geneviève Pons, qui surveille « son » Certain Regard, est descendue, et Christine Aimé, qui attend nos listes pour terminer le dossier de presse, nous a également rejoints.

Alain Attal : « Deux réalisatrices se consument à feu fort, Thierry » (il parle de Nicole Garcia et de Stéphanie Di Giusto). Il ne saura rien avant une bonne heure – nous voulons éviter les fuites. Il y a quelques jours, des journalistes se sont vantés de connaître toute la sélection et l'ont immédiatement balancée sur internet. Ils se trompent peu, d'ailleurs et dans l'absolu, ça n'est pas gênant, sauf pour ceux annoncés à tort en sélection dont l'absence apparaîtra dès lors comme une offense.

Prévenir tout le monde, à Paris, en France, à l'étranger, provoque un nouveau coup de chaud. Chez les Français, nous commençons par les perdants. En y allant doucement. Le temps m'aura appris à me déprendre d'une trop grande franchise ou d'une compassion toujours mal acceptée comme d'un sang-froid trop affiché. De surcroît, il est parfois difficile de masquer une petite angoisse de fond. Il arrive que cela prenne l'allure d'une rupture amoureuse, doutes compris, à se demander si le film dont on ne veut pas n'ira pas faire le bonheur d'un autre festival. Nous assumons notre subjectivité et savons l'enrober d'une panoplie d'arguments. Mais tout s'effondre vite sous les assauts. Que dire à des gens qu'on déçoit ? Et comment faire pour ne pas blesser ? Le plus cruel, c'est que notre refus est forcément violent – comme en amour, vraiment. Nous le faisons au téléphone ou par écrit. Exemple du sms que j'envoie à la productrice Alexandra Henochsberg sur l'un de ses films : « Alexandra, je préfère t'écrire. Ça ne sera pas la compétition. Tu en seras déçue. Nous faisons d'autres choix. Nous nous parlerons, si tu le souhaites, une fois la déception passée. Que je suis désolé de t'infliger. Thierry. » « D'autres choix », la belle affaire. Les précautions que l'on prend sont autant de maladresses. Je ne connais pas une bonne manière d'annoncer une mauvaise nouvelle.

Par sms, le producteur Christophe Rossignon : « Je suis comme un con la gueule rivée devant mon téléphone, j'attends et je me dis que, tant que vous délibérez, tout espoir est encore permis. » Non, malheureusement. Je le lui dis et lui inflige une grande peine. Stéphane Célérier à qui on a refusé un film, laconique : « C'est ta décision. » Il est ravagé par la déception. Le reste est à l'avenant. Il n'empêche : je suis épaté par le respect montré par ceux-là mêmes qui endurent le camouflet d'une sentence négative qu'ils vont devoir annoncer à leurs cinéastes, à leur bureau, à leurs proches.

Au milieu de tout cela, les éclairs de joie des sélectionnés. Par mail écrit en couleur et en capitales, Viggo Mortensen me dit à quel point il est heureux de présenter *Captain Fantastic*. Brillante Mendoza fait de même depuis Manille et annonce le nouveau titre de son film : *Ma' Rosa*. Les Allemands sont aux anges et les amis brésiliens aussi, dont Walter Salles qui se réjouit pour Kleber Mendonça (en honnête homme, il m'avait soigneusement caché qu'il en était le coproducteur) et aussi pour Eryk Rocha, fils du grand Glauber : son documentaire sur le cinéma Novo est sélectionné à Cannes Classics. Chez ceux-là, le ravissement, et surtout le soulagement. Cela compense le malheur que nous avons causé aux autres.

Il est plus de 23 heures, Alain Attal hurle au téléphone. De joie. Pendant que je tente de joindre Charles Gillibert, Nicole Garcia, prévenue immédiatement par lui, s'affiche déjà sur l'écran du téléphone. Charles me passe Olivier Assayas, qui ne savait rien de ce que je pensais de son film. Comme toujours avec lui, nous parlons immédiatement cinéma. Heureux d'annoncer la sélection du Guiraudie à Sylvie Pialat. Elle me répond d'une voix blanche qui m'inquiète mais ça n'est que l'épuisement lié à l'attente : après avoir raccroché, elle me renvoie immédiatement un texto affectueux et drôle. Pareil pour Bruno Dumont, très classe dans son message et pour Nicole Garcia, touchante à me dire son humble fierté autant que sa peur d'être sélectionnée.

J'avais dans mes carnets un vieux numéro de Paul Vecchiali dans sa maison du Sud, datant de l'époque où il venait à Lyon parler d'Albert Valentin et de ce cinéma français des années 30 auquel il a consacré un livre magnifique, plein d'érudition, d'amour et de mauvaise foi. Je l'appelle : « C'est la première fois que je viendrai en sélection officielle », me répond-il de sa voix reconnaissable entre mille. Je vérifie : le 28 avril prochain, il aura 86 ans.

Cannes est une machine qui ne s'arrête jamais : alors que cette journée cruciale n'est pas terminée, Laurence Churlaud, toujours sur le pont, me transmet des noms d'invités, des propositions de menus, des idées d'événements. Puis Laure Cazeneuve m'alerte sur le jury : les noms de Donald Sutherland et d'Arnaud Desplechin vont sortir dans la presse ! Pas grave.

Thierry Lounas, qui a produit *La Mort de Louis XIV* d'Albert Serra avec Jean-Pierre Léaud, préfère le Certain Regard à une séance spéciale. Il doit consulter ses partenaires et nous rappellera. On va perdre du temps. Tout en évoquant la conférence de presse avec Pierre, je continue d'expédier messages et emails partout dans le monde. Christian ne s'est pas levé de sa chaise depuis plusieurs heures. De manière prévisible, tous ceux qui ne concouraient « que » pour la compétition, « et uniquement cela », demandent à aller au Certain Regard. Que ne l'ont-ils pas dit plus tôt ? Il y a tous ces films que nous voudrions montrer, tous ces artistes que nous laissons en carafe. Jean Labadie : « Thierry, rappelle-moi, explique-moi, dis-m'en plus. Je ne peux pas dire juste "non" aux metteurs en scène. » Il a raison, même à 1 heure du matin, les gens veulent savoir. Je le rappelle. Tout le monde est épuisé mais pas de parler de cinéma.

1 h 57. On n'arrivera jamais à finir tôt. Les bureaux sont déserts, comme les rues de Paris. Je trouve un message de Marie, qui date de plusieurs heures : « Tu t'en sors ? Victor est bien rentré, il a fait de la sauce bolognaise et la vaisselle ! Et j'ai acheté un vélo à Jules. » Et un autre de Paul Rassam : « Demain, vous verrez le soleil d'Austerlitz ! » La Sélection officielle 2016 est terminée. Fanny me donne les chiffres qui figureront au dossier de presse. Pour l'établir, nous avons vu 1869 longs métrages. Et nous aurons dit plus de 1800 fois : « Non. »

Jeudi 14 avril

La nuit a été courte mais les prochaines heures produiront assez d'énergie pour contenir notre fatigue. En route vers le CNC, dans le 16e arrondissement de Paris, je poursuis quelques conversations à l'oreillette en roulant par un beau soleil sur les berges du quai d'Orsay. J'informe, j'écoute, je console, j'explique, je repousse. Je sais que dès cet après-midi, tous ceux qui pensent avoir encore une mince chance la joueront comme s'il en allait de l'avenir du monde.

Le règlement veut qu'avant d'être présentée à la presse, la Sélection officielle soit validée par le conseil d'administration. Elle l'est, ce matin, dans la grande salle de réunion de la rue de Lübeck. Pierre Lescure anime le conseil, la réunion est rapide, l'atmosphère bienveillante, tout le monde est excité par cette journée qui revient chaque année.

À 11 heures, Cannes monte sur scène. Pierre et moi faisons face à trois cents journalistes à l'UGC Normandie, sur les Champs-Élysées. Nous avons été maquillés, nos propos sont traduits en anglais et tout est diffusé sur le net et les chaînes d'infos. En face de nous, des gens de toute nationalité et beaucoup de Français. Plus loin, une guirlande de caméras posées sur pied. Quelques intermittents du spectacle demandent à ouvrir la conférence de presse, Pierre leur laisse la parole puis prononce sobrement quelques mots d'accueil. À sa suite, je décline la liste des films sélectionnés sans la parsemer de plaisanteries, comme on m'a parfois reproché de le faire.

Je débute par les séances spéciales et termine par la compétition, histoire de maintenir l'attention jusqu'au bout. Les noms de Maren Ade, Kleber Mendonça, Alain Guiraudie surprennent. Chacun approuve la présence de ses favoris et les Français m'interpellent sur l'absence du Bonello. Je dis que nous ne l'avons pas vu, ce qui n'est pas vrai mais c'est une façon de le protéger. J'explique également que la sélection sera enrichie, à la marge, dans les jours qui viennent. Il y a quelques années, cela surprenait, plus maintenant. Comme on s'étonne de ne voir aucun film de clôture figurer dans la liste, j'explique que nous projetterons, le dernier soir, la nouvelle Palme d'or. Nous avions juste évoqué l'hypothèse entre nous. Dans mon élan, je fais comme si c'était décidé. Pierre approuve, un murmure de satisfaction parcourt l'audience.

Quand s'achève l'exercice, qui aura duré une heure, une forêt de micros nous encercle. Frédéric Cassoly organise des groupes et Pierre et moi répétons peu ou prou ce que nous venons de dire, en donnant les précisions qui s'imposent puisque chaque pays a son propre questionnement, qui se limite souvent à, par exemple pour un journaliste mexicain : « Pourquoi n'y a-t-il pas de films mexicains ? » Enfin, je ne vise pas spécialement les Mexicains : les Français ne s'intéressent qu'à la sélection française. Radios, télévisions, un direct dans le journal de la mi-journée de France Info, un autre pour I-télé et BFM TV, tout s'enchaîne harmonieusement. Je double les interviews en anglais et en espagnol. L'actualité n'est pas très intense, on nous laisse du temps. Fred dit qu'on a eu plus de monde que d'habitude – encore un autre bon signe.

Je passe une tête au cocktail de Canal+ organisé deux rues plus bas : la chaîne expose aux journalistes son dispositif cannois. Un dispositif très amoindri, non conforme aux annonces faites en janvier. Des images de Cannes 2015 défilent en boucle sur les écrans. Je revois les larmes de Vincent Lindon, le sourire des Coen, l'arrivée de Catherine Deneuve et d'Emmanuelle Bercot à l'ouverture. L'effet « un an plus tard » est puissant : Cannes fonctionne toujours comme une émotion rétroactive. Aujourd'hui, une autre sélection est née. Je me dis qu'avec les années, le même trac nous noud le ventre mais qu'un jour, on dira aussi de l'année 2016 qu'elle était belle.

Vendredi 15 avril

Hier soir, à 23 h 02, le réalisateur de *La Loi de la jungle*, pas véritablement fait pour Cannes, m'a écrit : « Cher monsieur Frémaux, votre sélection m'a beaucoup amusé, je vous demande maintenant de redevenir sérieux cinq minutes en sélectionnant ma comédie puisque après un nouveau travail de montage, le film est encore mieux. N'importe quelle sélection fera l'affaire. En vous remerciant, Antonin Peretjatko. » Ça donne presque envie de revoir son film ! Dans l'après-midi, j'avais enchaîné les rencontres avec les journalistes (Rhonda Richford du *Hollywood Reporter*, Elsa Keslassy et Peter Debruge de *Variety*, le Mexicain David del Rio de *Notimex*, l'Espagnol Alex Vicente d'*El País*, l'Anglaise Melanie Goodfellow de *Screen International*, la Française Sophie Laubie pour l'AFP) avant de me retrouver au « Grand Journal » de Canal+, assis en plateau à côté du pittoresque et intarissable supporter de l'OM René Malleville. Après, je suis allé manger un couscous chez Mélita Toscan du Plantier avec Bruno Barde et Monica Bellucci, qui sait que nous voyons le film d'Emir aujourd'hui.

Longue conversation avec Maelle Arnaud, qui me commente la sélection de façon instructive, en cinéphile, en *non-Parisienne*, en habituée du Festival. Elle ne masque jamais ses doutes mais dit n'en avoir aucun et qu'elle a envie de tout voir. Nous avons pas mal de réactions de la sorte. Il y a des années comme ça, la sélection suscite gourmandise et bienveillance. Ce qui est dangereux : le risque d'une déception augmente d'autant. Je sais, on n'est jamais contents.

Au bureau, chacun commente ce qu'il a lu. « Pour *L'Obs*, la sélection est plus excitante que d'habitude », me dit Christian. Le savoir me suffit. Autrefois je me damnais pour connaître le moindre détail, je m'enthousiasmais, je m'énervais, j'éructais et j'avais un plaisir fou à entretenir ce dialogue invisible avec les journalistes. La déférence passionnée des uns et la mauvaise foi récurrente des autres m'amusaient et j'étudiais en historien du présent les subtilités de traitement et de sensibilité venues de chaque journal, français ou étranger. Puis je me suis éloigné de tout cela. Pierre Lescure, lui, reste super informé et débarque, plus hilare que jamais : « Tu as vu *Le Monde* ? Leur papier s'appelle "Opération déminage" et en gros, c'est : Cannes est en mode rétropédalage, ils nous ont écoutés, ils ont redressé la barre. » Visiblement, il faudra s'attendre à ce que le journal s'en prenne de nouveau à nous.

Dans l'après-midi, je retrouve le comité étranger pour la projection de *On the Milky Road*, le film d'Emir Kusturica, que son monteur est venu installer lui-même en cabine – comme tous les cinéastes, Emir est un perfectionniste. Silencieux et impatients, nous constatons rapidement que ce que nous voyons est une copie de travail. Il y a d'évidence un film à l'intérieur de tout ça mais il nous est impossible de nous prononcer sur ce *work in progress*. Je le fais savoir discrètement à la productrice en lui demandant de ne rien dire encore à Emir : je dois sauter dans le TGV et je veux prendre le temps de lui parler tranquillement. Ex-jeune génie du cinéma mondial, Emir est l'un des rares cinéastes à avoir obtenu deux Palmes d'or et c'est un grand tempérament : il mérite attention et respect. Mais sans doute est-il difficile de résister à ses tumultueuses injonctions : la productrice ne peut s'empêcher de l'informer. À peine arrivé sur le quai n° 19 de la gare de Lyon, je reçois un sms : « You are not my friend anymore ! Emir. »

Samedi 16 avril

Hier soir, j'ai pu trouver le temps d'aller avec Marie écouter Patrick Bruel chanter Barbara à l'Amphithéâtre de Lyon. Nous nous sommes ensuite retrouvés pour un dîner tardif au Passage. Un concert de premier rang : chanter *Mon enfance* devant un Dauphinois est un test imparable et il l'a passé haut la main.

Premier week-end de liberté. Enfin pas exactement : même quand elle s'arrête, la sélection continue. Depuis trois jours, les producteurs reviennent à la charge. Je n'aurais pas dû annoncer d'éventuels ajustements, d'autant que nous savons quoi faire : Asghar Farhadi en compétition, *Comancheria* de David Mackenzie au Certain Regard et *Blood Father,* le polar de Jean-François Richet, à minuit.

La sélection est lisible, structurée et, nous le savons, pleine de bons films qui disent l'état du cinéma en 2016. Elle a ce qu'il faut de surprises (Maren Ade, Alain Guiraudie, Kleber Mendonça), de choses intrigantes (le Bruno Dumont, le Cristi Puiu, le Verhoeven), de retours (Pedro Almodóvar, Sean Penn, Cristian Mungiu), de jeunes pousses (Dolan, NWR, Jeff Nichols) et de glamour : George Clooney, qui vient rarement sur la Croisette, offrira son bras à Julia Roberts. Nous aurions tout ignoré des œuvres que notre choix n'aurait pas été différent. On peut rêver, dans cet art où l'effet de signature est si important, de projeter les films sans leur générique. Mieux : le faire à Cannes. Il y aurait des surprises.

La sélection est bien accueillie, mais comme chaque année, les journalistes cristallisent leurs analyses sur une prétendue domination des « habitués ». Autre marronnier : leurs interrogations sur la présence des femmes réalisatrices. Mais l'innovation de l'année est venue d'Amérique. Suite à la controverse liée à l'absence des minorités de couleur aux Oscars, il y en a qui se sont dit qu'il y avait peut-être un sujet pour Cannes. « La sélection n'est-elle pas un peu *blanche* ? » m'a-t-on demandé. Impossible d'avoir la moindre discussion de fond. Ça doit être juste un truc de saison et on va tout droit vers le débat à l'emporte-pièce.

Dimanche 17 avril

Jeudi, j'ai eu plaisir à voir Gilles Jacob au conseil d'administration. Depuis qu'il n'est plus président du Festival, je ne le croise que rarement. En le voyant assis face à Pierre, je repensais à nos années communes. Entre lui et moi, tout s'est toujours bien passé, ou alors qu'est-ce qu'on appelle « mal passé » ? Nous ne sommes pas en sucre. La société cinématographique parisienne, qui se hisse toujours sur la pointe des pieds aux premières loges de la cour cannoise afin de pouvoir raconter une supposée vérité sur des dissensions internes, n'aura jamais rien trouvé. Gilles a souvent porté de sévères jugements sur moi, et ne s'en est guère caché, mais il est comme ça avec tout le monde. Et je n'allais pas faire la même chose en retour. J'étais une cible parfaite, on m'avait prévenu, alors je n'y ai rien vu de personnel. C'est sa nature, comme dans l'histoire du scorpion et de la grenouille. Au début, il ne supportait pas ma vie : Lyon, le vélo, le foot, me voir sympa avec tout le monde. Je partais toujours le dernier des dîners ou des cocktails, contrairement à lui qui s'en esquivait discrètement bien avant l'heure. Il s'agaçait de me voir donner mon numéro de portable à tout le monde quand lui avait passé sa vie à se cacher, stratégie qui pouvait avoir cours jadis mais plus quand internet est arrivé. Le pouvoir aujourd'hui n'est pas de conserver secrètement des informations, mais d'être à l'origine de leur circulation – c'est un peu comme les histoires drôles. Je me couchais très tard, j'avais un dîner tous les soirs, je pouvais prendre l'avion pour aller voir l'OL à Madrid, assister à l'enterrement d'André de Toth à Los Angeles ou écouter un concert de Springsteen n'importe où.

Au bout du compte, rien de grave. Je n'étais pas toujours au bureau mais Gilles comprit que je travaillais dans le train, les aéroports, les salles d'attente. Le matin, je le retrouvais, toujours assis à la même place, et toujours disponible. Nous échangions des infos et chacun aimait impressionner l'autre avec la dernière actualité du métier. Nous parlions beaucoup politique aussi. Peu à peu, et parfois à mon insu, il m'a installé dans la position solennelle de « délégué général ». La première année, il s'amusait de me voir aborder avec d'infinies délicatesses les ors de Cannes. Lui qui n'aimait rien tant que déjeuner d'un riz cantonnais et d'une pomme avant de s'engouffrer dans la salle de projection m'apprenait à donner le change quand les projecteurs s'allument sur le Festival. Il terminait ses phrases par : « Ça, vous verrez » ou : « Ça, vous déciderez. » J'avais l'impression d'être Pacino écoutant les ultimes conseils de Don Corleone dans *Le Parrain*. Les dernières années, et sur les conseils de son médecin, il s'absentait du bureau en milieu de matinée pour une petite marche. Il me demandait parfois de l'accompagner, nous faisions ensemble le tour des Invalides.

Il avait pour le Festival un amour qui m'inspirait et il le savait, il le sentait. Je ne cessais de l'interroger sur l'histoire de Cannes. La première question que je lui posai fut : « Est-il vrai que Coppola n'a accepté de présenter *Apocalypse Now* à Cannes qu'à la seule garantie qu'il obtienne la Palme d'or ? » Et il me répondit : « Non, il n'a accepté qu'à la seule garantie de figurer en compétition. » C'était un secret des dieux et il m'en faisait profiter (et je pus en vérifier la véracité car j'eus à affronter l'intransigeance de Francis qui refusa en 2009 de nous donner *Tetro* car je souhaitais le présenter… hors compétition).

Gilles a toujours été un peu geek, ce qui est surprenant pour un homme de son statut, mais cela en dit long sur son énergie. Lui qui n'aimait rien tant qu'endosser les habits du gardien du temple et se faire à juste titre « le garant du mystère cannois » n'hésita pas, les trois dernières années, à tweeter abondamment, même sur le jury. « On n'avait pas prévu que la maladie du tweet allait contaminer le président de "l'usine", comme il l'a lui-même tweetée-baptisée, avait écrit Gérard Lefort dans *Libé*. Gilles Jacob, capo du Festival de Cannes, véritable toxico de cette activité proche du lâcher de missiles. Et ce jusqu'aux dernières heures du Festival, expédiant en direct des délibérations du jury auxquelles il assiste, des aphorismes censément cryptés ("Fiat lux !" hier à 15 h 30) mais aussi moult photos, dont celle du président Nanni Moretti se tenant la tête dans les mains. »

Concernant les choses du Festival (le jury, la sélection, l'équipe, la communication, les relations publiques), nous nous entendions parfaitement, sur l'essentiel comme sur le détail. Nous partagions l'amour du cinéma classique aussi, et il y a quelques années, il me fit le cadeau d'un joli film lorsqu'on m'a remis la Légion d'honneur. Il est même finalement venu à l'Institut Lumière présenter *Chacun son cinéma*, le film du 60e anniversaire – il y avait revu Raymond Chirat et Bernard Chardère, qu'il avait connus dans les années 50. Il s'était engagé à me laisser ce pied à Lyon. Il aura tenu sa promesse, même quand des vents contraires se levaient. Au début, lui se disait sans doute : « Au bout de trois ans, il quittera Lyon. » Moi, je me disais : « Au bout de trois ans, je reviendrai à Lyon. » Cela a duré quinze ans.

Lundi 18 avril

Le week-end s'est terminé avec une grande déclaration d'Emir Kusturica dans un journal russe expliquant que le refus du Festival viendrait de ses « bonnes relations avec le président Vladimir Poutine ». Je ne sais si cette affirmation est avérée ou non. Nul n'aurait été au courant de son infortune cannoise s'il n'en parlait pas lui-même. Il a dû se faire piéger. « Mais qu'est-ce qu'il lui prend ? » s'inquiète Monica Bellucci au téléphone. Tout ça n'est pas très grave. Alberto Barbera m'a appelé de Venise pour s'étonner de l'absence d'Emir dans nos listes. Je lui ai conseillé de ne pas le lâcher, histoire qu'il soit vraiment prêt pour la Mostra.

Un autre casse-tête a commencé : le calendrier. Quel film sera programmé et quand ? Au début, au milieu, à la fin du Festival ? En séance de 19 heures ou 22 heures ? Comment combiner compétition et Certain Regard ? Les impondérables sont nombreux et les désirs des uns et des autres contradictoires. Tout cela suscite énormément d'intox et exige beaucoup de diplomatie. Et repose sur de nombreuses incertitudes aussi : car si l'on ne peut jamais jurer de rien à l'avance sur l'accueil qui sera réservé à un film, la façon dont il arrive dans le Festival n'est pas anodine. Alors tout le monde est sur les dents.

À peine sélectionnés, les producteurs, les vendeurs, les distributeurs demandent à connaître leur date de passage. La jouissance de la bonne nouvelle est d'environ trente secondes, remerciements et expression de gratitude emballés et pesés, et le couperet tombe : « On refuse le premier jour, et on ne veut pas être à la fin. » Ou alors : « Les acteurs ne sont libres que le premier samedi pour la grande séance de 19 heures. » Ben voyons. Et de brandir de saugrenus prétextes pour obtenir la meilleure date.

Tous ne sont pas comme ça, même si tous n'envoient pas un bouquet de fleurs, comme Nicole Kidman. D'autant que pour établir le calendrier, une mission qui incombe à Christian, il n'y a pas de règle absolue. Longtemps, les observateurs croyaient deviner une stratégie, une manière de jouer sur la cote de tel ou tel favori. Outre que la Croisette n'est pas l'hippodrome de Longchamp, l'expérience prouve que faire des pronostics se révèle hasardeux. Nul n'a jamais réussi à établir qu'il y avait privilège à être programmé tel ou tel jour. De nombreuses futures Palmes d'or furent projetées à la fin du Festival, on en fit une théorie, jusqu'au moment où l'on s'aperçut que pas mal de futurs vainqueurs furent alignés très tôt. Puis, ce fut au tour des « séances d'après-midi » d'être considérées comme porteuses de chance. Bref, on croit pouvoir lire dans notre jeu, mais non. Et rien n'expliquera jamais les humeurs souveraines d'un jury.

Mardi 19 avril

La vie normale reprend. Je ne peux plus invoquer une projection, une urgence, une raison suprême imposée par la sélection, le genre de chose à quoi on me répond pendant l'hiver : « Oui, bien sûr, pardon de t'importuner. Tu dois être tellement occupé, je ne sais pas comment tu fais… » Laurent Gerra à dîner hier soir. On ne s'est pas vus depuis plusieurs semaines, lui sur la route, moi enfermé dans les salles. L'hiver exige une préparation physique simple : ne pas trop manger, ni trop boire, veiller à son sommeil. Nous avons fait tout le contraire. « La sélection est bien accueillie, s'est marré Laurent, je vais avoir du mal à me moquer de Cannes à la radio. » Il imitait déjà les Dardenne et Almodóvar, preuve qu'il a vu leurs films. Et il s'est foutu de nous : « Vous voyez des centaines de films et le vainqueur sera Ken Loach ! » Je ne conteste pas le paradoxe : on a vu 1869 longs métrages (un chiffre qui progresse : c'était moins de mille il y a dix ans) et quelques noms connus dominent la sélection. Mais quand Woody Allen est dans une forme étincelante, on ne va pas se priver de l'accueillir, pas plus que Jarmusch ou Park Chan-wook. Dans *Le Parisien*, Alain Grasset, qui me questionne là-dessus ce matin, reconnaît que quatre réalisateurs figurent pour la première fois en compétition, mais il ne dit pas qu'une dizaine d'autres sont rarement venus. Je me retiens de lui demander : il y aurait dans ce monde une île déserte ou un protectorat inconnu où de grands cinéastes se réuniraient pour se montrer les films entre eux et refuseraient toute apparition en salles, dans les festivals ? Ils refuseraient d'aller à Cannes, aux César et aux Oscars ? Des usurpateurs prendraient leurs places ? Dans les années 60, Cannes avait aussi ses « abonnés ».

Ils s'appelaient Fellini, Bergman, Tarkovski ou Antonioni. Le Louvre doit-il décrocher la Joconde et le 100 mètres olympique se priver d'Usain Bolt, histoire de changer ? Chaque sélection révèle son lot de gens nouveaux et comme ils sont souvent talentueux, ils reviennent au film suivant, puis à l'autre, et deviennent à leur tour des « abonnés ».

Après la Semaine de la Critique, la Quinzaine des réalisateurs vient d'annoncer sa sélection. Les deux sections parallèles font une belle place au cinéma français. À 20 heures, je rejoins la BNF pour la projection d'*Itinéraire d'un candide*, le film de Yannick Kergoat. Je n'aurais raté pour rien au monde cet hommage rendu à Régis Debray, deux heures d'images et d'entretiens qui racontent son siècle, ses rencontres, ses combats. En deux parties : « Révolution » et « République ». Costa-Gavras et Michèle sont là, ainsi que Robert Guédiguian et Ariane Ascaride. Un seul regret : comme il est à la fois l'auteur et le sujet du film, Debray ne laisse pas entrer une voix qui vanterait le caractère extraordinaire de son périple humain, intellectuel et politique ou qui affirmerait qu'il est l'un des plus grands stylistes de la scène littéraire française. Trop modeste, comme toujours, Régis, dont le *Modernes Catacombes* m'a accompagné cet hiver, entre trois cents projections.

Mercredi 20 avril

Moi qui suis rarement à l'heure, me voilà en avance, comme on l'est pour un rendez-vous important. *C'est un rendez-vous important.* Quand je La vois s'approcher de la terrasse du Récamier, un restaurant du 7e arrondissement en face de l'hôtel Lutetia en pleins travaux, un trac terrible me gagne. Je déjeune avec Catherine Deneuve. Celle dont Roman Polanski a dit : « Travailler avec elle est comme danser le tango avec une cavalière farouche. » Ou André Téchiné, parlant comme dans un de ses films : « Elle est l'émanation de la lumière du soir, de l'étendue et du silence. »

Au moment de passer à la table, nous croisons la productrice Marie Masmonteil qui, comme beaucoup de gens à travers le monde, pleure la disparition de Ronit Elkabetz dont elle avait coproduit *Le Procès de Viviane Amsalem* avec Denis Carot et Sandrine Brauer. Catherine nous stupéfie à évoquer Ronit avec admiration, ses films, la femme qu'elle était, la trace fulgurante qu'elle laissera dans le cinéma mondial.

Puis elle ouvre le déjeuner en commandant un café – je ne peux la suivre, j'en ai bu des seaux depuis ce matin. Et elle allume une cigarette, d'où la terrasse. Je ne suis pas fumeur, mais je préfère ça : Catherine Deneuve n'est pas du genre à vous planter pour aller fumer ailleurs. Elle fume. Aussi lointaine peut-elle être parfois, dans une majestueuse réserve qui renverrait n'importe quelle célébrité éphémère dans la cour de son immeuble, Catherine vous gratifie d'une présence réelle et *merveilleuse*. Sa curiosité, sans doute, l'intérêt qu'elle a pour tout. Elle me questionne sur le festival Lumière, veut savoir ce qu'elle aura à faire et quand j'évoque une carte blanche, commence à égrener des titres. Mademoiselle Deneuve, puisque c'est ainsi qu'il convient de l'appeler, est une star et qui s'intéresse à elle est vite ébloui par l'existence qu'elle mène, les gens avec qui elle travaille, ceux qu'elle a rencontrés, les circonstances qu'elle a connues, les cinéastes qui l'ont filmée, la carrière qu'elle aura réussi à mener. Je suis en face de l'Hélène d'*Hôtel des Amériques*, de celle du *Vent de la nuit*, en face de la Geneviève des *Parapluies de Cherbourg*, de l'héroïne d'*Indochine*. De la Tristana de Buñuel, même. Et je crois que je n'en reviens pas.

Catherine Deneuve aura eu cette manière de passer dans nos vies et d'en être, discrètement, l'une des références. Sa *normalité* impressionne, celle d'une femme vivante, avec ses passions, ses humeurs, ses livres, son style, sa famille, sa façon de prendre soin de ses amis. Et d'un petit chien, qui ne la quitte jamais. Catherine est une *contemporaine*. Quelle que soit l'époque dont un film, une photo, une interview, une cause à défendre, témoignent encore, elle est, elle a été, toujours de son temps. Vincent Lindon, qui vit dans son quartier, me dit que, lorsqu'il rentre tardivement, il ne peut s'empêcher de vérifier si sa fenêtre est allumée. « Elle n'est pas couchée, quel film peut-elle bien regarder ? » se demande-t-il à chaque fois. Catherine possède l'une des plus belles filmographies qui soient mais elle s'intéresse à celle des autres et cherche toujours à savoir qui sont les jeunes créateurs. Elle a plein de projets, des films qui se feront, d'autres qui ne se feront pas, elle traverse la vie avec splendeur. Quand je la quitte, j'ai envie de révéler au monde qu'elle recevra le Prix Lumière 2016 ! Mais je tiendrai bon, j'attendrai l'annonce du mois de juin. Et nous nous retrouverons en octobre.

L'air est doux, presque chaud. Vanessa Paradis accepte d'être au jury : j'attendais d'être sûr que sa fille, Lily-Rose Depp, n'ait pas un film en compétition avant de le lui proposer. Le grand jury est quasi complet. En début de soirée, après une longue séance de travail avec François Desrousseaux, je traverse la Seine par le pont Bir-Hakeim, pour penser à Bertolucci, à Brando et au bandonéon de Gato Barbieri. Je pédale doucement pour ne pas arriver en sueur. Petit plateau, grand pignon, les mains sur les cocottes – ceux qui roulent comprendront. Laurence Churlaud m'attend à l'Acajou, le restaurant de Jean Imbert, le chef qu'elle souhaiterait inviter pour l'un des dîners officiels du Festival. Un type jeune, timide, médiatique paraît-il, ami de quelques vedettes françaises. Nous faisons connaissance : il a été élève de l'Institut Paul Bocuse à Lyon, c'est un fou de cinéma, le genre qui venait à Cannes seul, s'accréditer, se faufiler, se disputer avec les contrôleurs, voir des films à tout prix. Un bon point, ça. Nous testons le menu. Un deuxième bon point. Nous terminons par mon dessert préféré (une attention de Laurence) : un vacherin glacé vanille-fraise, j'en reprends deux fois. Ce que nous buvons est délicieux, j'en ai des étourdissements. La vie vous apporte des compensations, parfois.

Jeudi 21 avril

Tout a passé vite et tout s'efface déjà. Depuis quatre mois, les équipes en charge de l'organisation, de la presse, des accréditations, des séjours, des voyages sont à la manœuvre, une foule de gens extraordinairement motivés et qu'on n'a pas besoin de diriger.

Avec Gérald Duchaussoy nous avons terminé le programme de Cannes Classics, la partie patrimoine de la Sélection officielle. Avec Gilles Jacob, le Festival prenait déjà soin des « films anciens », je m'échappais de la compétition pour les voir. À l'orée des années 2000, il fallait passer à la vitesse supérieure et offrir au passé ce que nous donnions au présent : une vitrine, une force, une capacité à exposer, à l'échelle internationale, le travail des archives et des cinémathèques du monde entier. Au début, j'ai fait ça avec les copains, puis c'est devenu une véritable sélection, et depuis, Venise a créé Venise Classics. C'est un autre crève-cœur que, là encore, devoir dire non trop souvent.

Le programme 2016 est magnifique, une affirmation que je peux aisément assumer – personne ne viendra dire que Mizoguchi (dont Scorsese apporte une copie restaurées des *Contes de la lune vague après la pluie*), Grémillon ou Becker ne sont pas de grands cinéastes. Des « abonnés » de *l'Histoire*, quoi. Ces projections seront une récréation bienvenue, comme l'hommage croisé aux deux géants du cinéma documentaire, Frederick Wiseman & Raymond Depardon, ou, cinquante ans plus tard, les deux Palmes d'or ex æquo de Cannes 1966 : *Un homme et une femme* de Claude Lelouch et *Ces messieurs dames* de Pietro Germi, dont personne n'a jamais remarqué qu'ils portaient un titre d'inspiration similaire.

Et il y aura le documentaire de Bertrand Tavernier. Devais-je ou non me retenir de le sélectionner ? Il méritait même cent fois d'être projeté en grand apparat et je l'aurais fait avec n'importe quel autre film de cette ampleur. Mais l'amitié oblige à la prudence. Ça sera Cannes Classics, donc, et en craignant tout de même le soupçon. Pour le catalogue, Bertrand envoie un texte à Fanny : « Ce travail de citoyen et d'espion, d'explorateur et de peintre, de chroniqueur et d'aventurier qu'ont si bien décrit tant d'auteurs, de Casanova à Gilles Perrault, n'est-ce pas une belle définition du métier de cinéaste que l'on a envie d'appliquer à Renoir, à Becker, au Vigo de *Zéro de conduite*, au Duvivier de *Pépé le Moko*, aussi bien qu'à Truffaut, Franju ou Demy ? À Max Ophuls et aussi à Bresson ? Et à des metteurs en scène moins connus qui au détour d'une scène ou d'un film illuminent une émotion, débusquent des vérités surprenantes. La mémoire réchauffe : ce film, c'est un peu de charbon pour les nuits d'hiver. »

Vendredi 22 avril

Réveillé trop tôt. Cinq heures de sommeil. Pas moyen de me rendormir. Appelé Garnier à Los Angeles, vu un bout de film, tenté de lire. Me suis recouché mais j'ai passé en revue ceux que je n'ai pas appelés : allez vous rendormir avec ça.

Côté presse, ça n'est pas terminé. La Sélection est connue, les secrets soigneusement conservés (et remarquablement respectés jusque-là) sont levés : il faut désormais communiquer sans relâche, répondre aux interviews en France et à l'étranger. Nous passons nos journées devant un micro, une caméra, un carnet de notes, à commenter nos choix, à justifier tel film ou tel cinéaste. J'ai vu des journalistes précis, attentifs et connaisseurs – je les ai vus aussi dans l'incertitude de leur avenir, tant les pages culture se rétrécissent partout. J'admire beaucoup certains d'entre eux, leur courage, leur esprit et, en ce moment, cette capacité à écrire vite quand je m'épuise à tenir ce journal.

Ce matin, très bon moment avec deux jeunes types qui compensent leur inexpérience par un bel enthousiasme – mieux vaut cela que le contraire. La présence d'Amazon comme coproducteur de plusieurs films (Jarmusch, Park Chan-wook, Woody

Allen) intrigue, jusqu'à la bêtise : une journaliste affirme, pour m'en faire le reproche, que les films iront directement sur le web : « Non, lui réponds-je. Les films coproduits par Amazon, vous les recevrez en colis à la maison. »

Nous annonçons les compléments de programme. À coups d'emails, Harvey Weinstein est revenu à la charge sur *Hands of Stone*, le « film de boxe ». « Si tu as adoré De Niro dedans, pourquoi ne pas lui consacrer une séance hommage ? » Harvey aime Cannes. Cela dit, pourquoi pas : tenter quelque chose de nouveau en organisant une séance *cool*, accueillir Robert De Niro en haut des marches, montrer un film latino de plus ? J'accepte son offre en posant une condition : qu'on nous transmette les disponibilités de Bob dans les deux jours. « Tu les auras », me dit Weinstein, tout content.

Samedi 23 avril

Premier jour d'un week-end qui s'ouvre par une visite à quelques bouquinistes du Vieux Lyon. J'aime le cinéma mais « je ne connais pas de plaisir qui vaille celui des livres », comme disait Pessoa. La librairie Diogène est un de mes lieux de perdition préférés. Je trouve une édition rare de *La Banlieue de Paris*, de Cendrars/Doisneau. J'avais rencontré Robert Doisneau à l'Institut Lumière quand il avait exposé son travail de photographe de plateau sur *Un dimanche à la campagne*. Je l'avais fait parler de Cendrars et de ses légendaires clichés de l'homme à la main coupée à Villefranche-sur-Mer. Et je reprends un exemplaire des œuvres complètes de Jean Reverzy, l'écrivain lyonnais. « C'était autrefois une ville du Nord. Nous ne distinguions pas les vivants des fantômes. Mais le brouillard s'en est allé avec ses souvenirs, cher exilé qui revient parfois envelopper notre regret. Lyon n'est plus, par la faute de l'azur : il semble maintenant que le rayonnement de la mer ait atteint nos collines ; la clarté de la Provence a remonté le cours du fleuve, et, au bord du

Rhône, maintes soirées d'hiver ont la douceur de Rome, la ville mère. Que notre amour des ombres ne soit pas offensé. Sous la lumière nouvelle, une autre cité est en train de renaître. » On dirait qu'il a écrit ça ce matin.

Puis je ne peux réprimer l'envie d'acheter des DVD – cela fait des années que j'aurais dû me faire interdire de magasins, comme ces joueurs repoussés par les physionomistes à l'entrée des casinos. À la Fnac Bellecour officie Alan Schoenauer, qui est aussi photographe et s'accrédite chaque année à Cannes. Je renonce à aller le voir, je n'en sortirai pas vivant. Mais en remontant vers Ainay, je dévalise le soldeur de la rue Victor Hugo. À l'heure de la dématérialisation, et peut-être avec les manies de l'âge, j'achète, j'amasse, je thésaurise. Il est impérieux d'avoir les films que l'on aime près de soi, de vivre entouré d'eux comme nous vivons entourés de nos livres, et non d'en disposer potentiellement dans un *cloud* dont, un jour, on nous dira qu'il a disparu dans l'incertitude numérique.

Dimanche 24 avril

Sûr de n'avoir abusé de rien qui m'aurait empêché de prendre le volant, j'ai filé dans la nuit. Des trombes d'eau se sont abattues sur la plaine, accompagnées de bourrasques qui auraient pu emporter la maison. Le ciel se vide de ses pluies. Tant mieux, il fera beau en mai. Quand je me réveille, une lumière étincelante domine le jour, une clarté de début de printemps, sèche et lumineuse, qui me plonge dans le regret : j'ai l'impression de ne pas avoir vécu depuis plusieurs semaines. Je n'ai pas mis les pieds à Chougnes depuis une éternité. Je rêve de solitude, de silence et de repos. Une mélancolie de fin d'hiver m'assaille, à laquelle s'ajoute le *baby blues* de la sélection. À chaque étape, c'est le même mélange de bonheur et d'affliction. Dans son journal, Joyce Carol Oates cite Conrad quand il termina *Nostromo* : « Mes amis peuvent me féliciter d'avoir guéri d'une maladie. »

Parenthèse : un nom illustre, Oates, celui de la comète Warren Oates, l'acteur de Peckinpah, de Monte Hellman et John Milius, et qui disait au sujet de *La Horde sauvage* : « Je ne me sens pas complètement à l'aise de jouer dans un western. Le western, c'est John Wayne. Je ne suis qu'une petite merde. » Fin de la parenthèse.

Il fallait une bonne dose de sérénité et de conviction pour renoncer à ces petites choses qui font la vie, passer des journées dont le temps est compté et auquel on retranche des heures consacrées aux projections. Je prépare mon vélo pour l'été et trie les archives 2016, déjà. Je me promène dans les bois en téléphonant aux uns et aux autres. Depuis dix ans, de nombreuses décisions cannoises se sont prises dans ces chemins d'enfance où l'on faisait du moto-cross avec le cousin Philippe, et où je courais pour perdre les derniers cent grammes en vue des compétitions de judo. Le jour où je n'aurai plus rien, j'irai dans le Vercors faire ce que faisait mon oncle Christian : acheter des coupes de bois et, avant de procéder, regarder les grands arbres dans le silence des matins.

Comme la sortie de *Café Society* est fixée le jour de l'ouverture du Festival, les projections de presse ont commencé et elles sont triomphales. Personne ne se plaint de la présence de Woody à Cannes. À l'heure du bilan, sur le long terme des évaluations sereines, les critiques rejoignent les sélectionneurs sur une conclusion identique : les bons cinéastes font les bons films.

Le jury du Certain Regard est terminé. Marthe Keller sera accompagnée de Céline Sallette, une actrice singulière et tendre et, s'ils confirment, de la cinéaste autrichienne Jessica Hausner, du Suédois Ruben Östlund, réalisateur du merveilleux *Snow Therapy*, et de l'acteur-réalisateur Diego Luna, qui représentera le Mexique, absent en films en Sélection officielle. Le Certain Regard est une petite famille à l'intérieur de la grande – ils feront tous merveille.

Pendant ce temps, les films arrivent encore et encore, obligeant les soutiers du troisième comité à faire des notes : « Voici, extrait au hasard de la pile, un film indien inexportable et interminable, bourré d'inventions grotesques », écrit Emmanuel Raspiengeas. Ou : « Une histoire d'errance et c'est ça le problème : le film erre », ajoute Lorenzo Chammah.

Lundi 25 avril

De New York, Catherine Corsini, qui représente la SRF au jury de la Caméra d'or, se dit candidate à la présidence si la place n'est pas pourvue. László Nemes l'avait acceptée mais cette proposition rend possible ce que nous envisagions : l'accueillir au grand jury, célébrer l'une des figures marquantes de l'année dernière. Catherine présidera donc la Caméra d'or, ce qui fera, avec Naomi Kawase à la Cinéfondation et Marthe Keller au Certain Regard, trois femmes présidentes sur quatre. Et autour du président George Miller, le grand jury a belle allure : Valeria Golino, Katayoon Shahabi, Kirsten Dunst et Vanessa Paradis d'un côté, Donald Sutherland, Arnaud Desplechin, Mads Mikkelsen et, donc, László Nemes de l'autre. Le communiqué de presse partira ce soir.

Retour à Lyon pour accueillir Roman Polanski : depuis un mois, l'Institut Lumière projette ses films devant des spectateurs stupéfaits du caractère gigantesque et multiple de son œuvre.

Les apparitions publiques de Roman sont rares, il me fait un beau cadeau en venant, mais je suis inquiet pour lui car l'annonce de sa présence a suscité des protestations. Nous avons pourtant programmé les documentaires de Marina Zenovich et de Laurent Bouzereau, qui en disent plus long que tous les papiers écrits depuis bientôt quarante ans sur « l'affaire ». Mais la spectaculaire arrestation au festival de Zurich, il y a bientôt sept ans, a laissé les fantômes de sa vie revenir dans le jeu. Nul ne connaît la vérité de ce qui s'est passé en 1977 sauf les deux intéressés. Que Polanski ait été jugé et qu'il ait payé (ce qu'on passe généralement sous silence et que lui ne cesse de répéter) et que Samantha Geimer ait décidé de retrouver une vie normale, en réclamant qu'on lui fiche la paix et en pardonnant à Polanski, n'intéresse visiblement personne. Ce qui finit par être fascinant, c'est la façon dont on ne veut pas les laisser tranquilles. Depuis, Polanski est condamné à jouer pour toujours le rôle de coupable utile pour des causes qui n'ont plus rien à voir. Ainsi, dans l'après-midi, le planning familial s'est manifesté dans une lettre ouverte et publique qui n'évite pas les raccourcis. « Pour le planning familial, titre *Lyon-Capitale*, cette invitation envoie un signe clair : la volonté de rester dans l'entre-soi masculin, la solidarité à Roman Polanski et l'affranchissement des décisions de la justice américaine. » Rien de tout cela : à la rencontre, il y avait un nombre majoritaire de femmes ; inviter Polanski n'est en rien lui exprimer une quelconque « solidarité » ; enfin, nul n'agit, en France, et en tout cas, pas nous, en fonction des décisions de la justice américaine, que même la Suisse a jugées irrecevables.

Au moment d'entrer dans la salle archibondée, Roman, qui sait ce qui se passe, n'en laisse rien paraître. Mais personne ne vient troubler la séance. Des acclamations accueillent son arrivée. La rencontre, suivie par un public plein de ferveur entassé partout, se déroule formidablement bien. Cet homme a des choses à dire sur la vie. Quelques heures plus tard, alors que nous le raccompagnons à l'hôtel après un dîner au Vivarais, un restaurant de la place Gailleton, Maelle me confie être épatée et intriguée par ce cinéaste dont l'énergie, l'intelligence et l'intransigeance l'ont impressionnée.

Mardi 26 avril

Après un petit déjeuner en famille et une visite à nos trois salles de cinéma, j'organise quelques réunions, genre le chef est là. La préparation du festival Lumière d'octobre prochain est lancée. Autour de Catherine Deneuve (je tais encore sa venue), et par coïncidence, le festival sera très féminin : nous projetterons les films de Dorothy Arzner (après ceux d'Ida Lupino, de Germaine Dulac ou de l'extraordinaire cinéaste russe Larissa Chepitko) et rendrons hommage aux stars hollywoodiennes dont Antoine Sire, dans *Hollywood, la cité des femmes* que nous publierons chez Actes Sud, a écrit des biographies inattendues et raconte les conditions dans lesquelles Olivia de Havilland est parvenue à mettre fin à l'asservissement des actrices par les studios et comment ces dernières ont reconquis leur liberté d'artistes et de femmes.

Le soir, invité par le préfet Jacques Lambert, président de l'organisation de l'Euro 2016, j'assiste au dîner de la Fondation Neurodis qui réunit, sous la houlette du professeur François Mauguière, des médecins, des bénévoles, des donateurs. Avec Gérard Houllier, l'entraîneur de football, et Bruno Bonnell, désormais à l'avant-garde de la robotique après avoir été à celle des jeux vidéo à l'époque d'Infogrames, nous parrainons cette action de *bienfaisance* en faveur de la recherche sur les maladies du cerveau. Je cite Truffaut : « La critique de cinéma avait vingt ans d'avance sur la médecine puisque, lorsque j'ai sorti mon deuxième film, *Tirez sur le pianiste*, certains critiques s'étaient interrogés sur le fonctionnement de mon cerveau. » Il est mort d'une tumeur, le raconter me bouleverse toujours. Le professeur Mauguière, un cinéphile amateur de rugby, évoque les « grands films incompréhensibles » et la manière dont le cerveau travaille d'une autre façon quand il s'agit de les recevoir. Je cite Kubrick, qui sera resté mystérieux sur le monolithe de *2001*, Michael Haneke, qui ne s'est jamais expliqué sur le scénario de *Caché* et Lynch, qui s'amuse des internautes convaincus d'avoir résolu l'énigme de *Mulholland Drive*. J'ose questionner à mon tour les médecins sur une caractéristique spécifique aux cinéphiles français : leur grande tolérance aux films ennuyeux – ceux que, dans les interviews, j'appelle « les films à structure narrative lente ». Pas de réponse. Il est des domaines où la science est impuissante.

Mercredi 27 avril

À la Maison de la Radio, dans les studios de France Culture. Michel Ciment est plein d'énergie, d'érudition et de questions qui fâchent exprès. Il n'attend que ça, Michel, le début de son millième Cannes. De retour au bureau, Christian me dit : « Tu dois rappeler Valeria Bruni Tedeschi, Charles Gillibert, Sylvie Pialat, Werner Herzog, Julie Bertuccelli, Pascal Bonitzer et Stéphane Célérier qui veut te montrer le film de Marc Forster. – On est hors délais. – Même. Il veut te le montrer. » Pour Charles Gillibert, cela doit concerner l'agenda compliqué de Kristen Stewart qui doit jongler entre le Woody Allen et le Assayas. Sinon, la composition du jury est saluée de toutes parts, sauf par une jeune journaliste qui me dit : « C'est une volonté particulière de ne pas mettre de gens connus ? »

Après avoir reçu Juan Manuel Gómez Robledo, l'ambassadeur cinéphile du Mexique, je réunis Fanny Beauville et Stéphane Letellier pour évoquer la Welcome Party, une fête que nous avons décidé d'offrir le soir de l'ouverture à tous les accrédités. Elle aura lieu sur la plage du Majestic, pendant la projection du film de Woody Allen et le dîner de gala au salon des Ambassadeurs : comme dans *La Règle du jeu*, il y aura l'étage des bourgeois et la cuisine du peuple – mais c'est là qu'on s'amusera. « C'est bien, ça change », me dit Pierre-Louis Renou, le directeur du Majestic Barrière, venu de Cannes avec son chef. Quand ils partent, l'esprit de la soirée est défini et le menu décidé. S'ouvre alors un débat sur la musique : Fanny penche pour un DJ parisien branché, moi, pour un orchestre Côte d'Azur, un groupe de baloche, variété française et chansons italiennes. Ambiance bières du samedi soir. Cela déclenche chez elle un rire légèrement moqueur. Mais quand tout le monde reprendra en chœur Nino Ferrer et Johnny Hallyday, elle fera moins la maligne.

Jeudi 28 avril

Dernier jour à Paris, levé tôt, café à la Bastille, lecture des journaux. Ce soir, je rejoindrai Caroline Scheufele à Genève pour rencontrer ceux qui, dans les ateliers de Chopard, fabriquent la Palme d'or. En allant au bureau, je manque de me faire percuter par une voiture. Ça serait dommage de me retrouver à l'hôpital à cette époque de l'année. Un frisson violent m'a parcouru l'échine et, dans un éclair, j'ai pensé à Michel Piccoli dans *Les Choses de la vie* : « Je ne vais pas mourir, je n'ai pas vu ma vie défiler à l'envers. »

La troupe de Cannes quitte Paris et va s'installer sur la Côte d'Azur. Nous ne reviendrons que début juin. Marie-Caroline Leroy surveille minutieusement la préparation des caisses et des bagages. Aussi en charge des voyages de nos collaborateurs comme de nos invités, elle jongle avec des centaines de billets d'avion, réglant les derniers détails de la migration. Elle a fait également partir les malles dans lesquelles elle a entassé les tenues de soirée, robes longues, smokings, chemises blanches, nœuds papillons et chaussures vernies – et les enceintes portables, pour écouter *Born to Run* et *Like a Rolling Stone* très fort dans les bureaux. Avec Nicole Petit, qui veille sur Pierre Lescure, elles règnent sur un protocole et des pratiques collectives qui ne cessent de m'épater. Quand commence le Festival, leur efficacité est au zénith.

Tout est déménagé, ordinateurs, photocopieuses, poubelles, les placards sont vidés, les dossiers empaquetés. Seul Christian et ses collaborateurs restent ce week-end pour terminer le catalogue et les différentes publications. Comme chaque année, j'observe, admiratif, cette effervescence organisée qui m'échappe un peu. Il n'y aurait pas un film à voir ? De quinze salariés, l'équipe du Festival va passer en quelques jours à mille personnes. Pour les prénoms de chacun, j'aurai du mal.

À l'heure du déjeuner, Audrey Azoulay reçoit en son ministère les professionnels et les artistes français sélectionnés. Autrefois, la République invitait à dîner. Mais tout le monde est là, dont les jeunes courts-métragistes, c'est bien d'avoir les forces vives avec nous. C'est notre premier cocktail cannois, un *warm up* de ceux qui nous attendent sur la Croisette.

Depuis quelques semaines, les rumeurs sur mon éventuelle arrivée à Pathé sont reparties de plus belle, sans doute propagées par ceux qui ont raté le début (et la fin) de l'histoire. Quelqu'un m'a envoyé un article sympa de Serge Kaganski publié sur le site des *Inrocks* en… février. Papier-bilan bienveillant d'ailleurs car c'est, au fond, assez stimulant de lire sa nécrologie professionnelle de son « vivant ». Mais, dans le métier, circule une croyance tenace affirmant que « même s'il a dit non, ça sera oui ». « Tu devrais opposer un démenti, ça n'est pas bon pour le Festival », me dit-on. Bah, je ne vais pas démentir quelque chose dont le grand public se fiche. J'ai parlé récemment à Jérôme Seydoux, rien n'a changé de notre belle relation.

En fin de journée, alors que je tente de rejoindre la voiture 12 située au bout du dernier quai du hall 2 de la gare de Lyon, en courant plusieurs minutes dans un de ces coups de stress qui vous font débarquer transpirant dans le wagon, quelqu'un m'appelle : « À Pathé, ils sont forts d'avoir pensé à toi. Tu serais une belle prise de guerre. » Essoufflée, la prise de guerre.

Vendredi 29 avril

Pourquoi y a-t-il aussi peu de réalisatrices en compétition ? Chaque année, la question inonde les journaux et il me faut bien l'aborder ici. D'évidence, les femmes cinéastes sont moins nombreuses que les hommes. Je ne parviens guère à convaincre ceux qui s'adressent à moi en des termes parfois vifs que Cannes n'est coupable de rien dont ne le serait le cinéma lui-même. Depuis quelques années, leur nombre augmente et, pour le dire simplement, toutes (à part Kathryn Bigelow et Suzanne Bier) sont passées par Cannes, en Sélection officielle ou dans les sections parallèles : Agnès Varda, Andrea Arnold, Agnès Jaoui, Pascale Ferran, Catherine Breillat, Catherine Corsini, Marjane Satrapi, Delphine Gleize, Isabel Coixet, Kelly Reichardt, Nicole Garcia, Rebecca Zlotowski, Valérie Donzelli, Marina de Van, Valeria Bruni Tedeschi, Maïwenn, Céline Sciamma, Claire Denis ou Mia Hansen-Løve, et j'en oublie sans doute.

Le débat sur la place des femmes dans le cinéma est essentiel et quand il a surgi, à l'occasion d'une violente mise en cause du Festival, je n'étais guère habitué à la joute publique sur d'autres sujets que les miens et face à des gens dont c'est le juste combat de tous les jours. J'ai grandi dans une famille où les minorités étaient défendues et célébrées. Mais une sélection cannoise, c'est autre chose : l'engagement de l'individu ne peut être celui du sélectionneur. Les œuvres sont là pour leurs qualités propres. Comment faire ? On ne va pas sélectionner un film qui ne le mérite pas simplement parce qu'il est réalisé par une femme. Cela mènerait à une politique de contingentement inefficace. Le processus de sélection n'est soumis à aucun critère autre que notre goût, fût-il éventuellement mauvais (et ce mauvais goût s'applique dès lors de façon parfaitement égale entre les femmes et les hommes !).

Nous faisons avec l'état des choses : un festival n'est que le reflet d'une situation globale. À l'évidence, la place faite aux femmes est insuffisante, dans le cinéma comme ailleurs. Se contenter de faire de Cannes le bouc émissaire du problème ne nous avancera à rien. Nous avons l'habitude de servir les combats des autres – c'est même très bien que le Festival soit *aussi* utilisé pour ça. Mais ce n'est pas à Cannes, une fois par an au mois de mai, qu'il faut poser le problème de la présence des femmes dans le cinéma, c'est partout et toute l'année.

Hors le processus de sélection, nous prêtons attention à la représentation féminine. Le jury, on l'a vu, est composé selon une stricte parité, même si on me rétorquera avec raison que le « rattrapage » prendrait des années. Nous ornons nos affiches plus souvent avec une femme qu'avec un homme, mais on nous blâme pour cela aussi. Il y a quatre ans, quatre femmes figuraient en compétition, chiffre rarement atteint dans l'histoire. Je m'en étais naïvement réjoui, ignorant que je mettais l'anomalie en valeur. Dont acte. Mais j'aurais aimé aussi que l'on remarque que, question sexisme, les coups pleuvent en effet à Cannes, mais pas là où l'on croit. Quand une femme préside le jury, les insinuations commencent et il en est qui relaient abondamment les ignominies. Isabelle Huppert, présidente en 2009, fut l'objet d'une campagne effrayante. Nous n'étions guère nombreux à nous insurger lorsqu'elle a été accusée d'avoir « offert » la Palme à Michael Haneke pour *Le Ruban blanc* au prétexte qu'ils avaient tourné ensemble et qu'elle cherchait à s'attirer à nouveau ses faveurs. Un homme aurait-il été pareillement accusé comme elle le fut d'attribuer une récompense en échange d'un rôle futur ? L'indignation devrait commencer là.

L'année où elle était membre du jury, Andrea Arnold avait mis les choses au point : « Je suis venue deux fois en compétition. J'espère bien que c'est parce qu'on a aimé mes films, pas parce que je suis une femme. » Le débat continue.

Samedi 30 avril

« Alors, cette fin de sélection, ça a été la grande bagarre ? » me demande Juliette Favreul ce matin. Non, tout s'est bien passé. Aucun psychodrame de coulisses, aucune protestation publique de cinéaste, de pays qui s'offusque ou de producteur qui clame à des oreilles complaisantes que vous n'avez pas tenu vos promesses. On s'en est bien sortis. « Au fond, il te faut rester copain avec tout le monde. Ça n'est pas fatigant à la longue ? » enchaîne Juliette. La première fois qu'elle me l'avait dit, ce fut au festival de Rio où l'on célébrait Cannes. Elle se moquait de ma prudence. Elle était vendeuse de films, elle connaissait le monde et ses environs. Les grands vendeurs, et les français sont parmi les plus actifs, ont un rapport à la planète cinéma très fascinant à observer. Ils mènent une vie spéciale, voyagent beaucoup, négocient tout le temps. Grâce à eux, un inconnu réalise un film dans un pays lointain qui se retrouvera au bas d'un contrat signé dans un restaurant de Cannes, une boîte coréenne ou un café branché de Toronto.

Je n'ai pas d'ennemis dans notre milieu, quoique ceux dont j'ignore l'existence sursauteront à m'entendre l'affirmer. Sans doute des gens que j'ai déçus, des producteurs ou cinéastes meurtris par mes décisions. J'en connais quelques-uns, ils peuvent même former un club. L'un d'entre eux m'a dit un jour : « Tu es mon héros mais le jour où tu me refuses un film, je te prendrai pour le dernier des derniers. » Évidemment, c'est arrivé.

À ce niveau de responsabilités, on ne peut vivre dans le conflit. Il faut faire la part des coups que l'on prend et, passé le jeu de matamore auquel on se prête facilement si l'on n'y prend garde, délaisser ce mélange de « victimisme » et d'arrogance, qui est mauvais conseiller. Avoir de bonnes relations avec autrui fait partie de mon travail – je trouve même que c'est un beau programme, dans la vie. Être « clivant », cet horrible mot utilisé par les politiques pour mieux favoriser leur camp, n'est pas dans mon caractère. Même si l'on fait toujours tardivement l'apprentissage de la paix.

Jadis, dans une jeunesse cinéphile échauffée par quelques brûlantes passions et une volonté adolescente d'exister, deux vertus qu'il fallait s'octroyer comme des médailles au plastron afin d'en user dans les batailles cinéphiles (nous ne l'avions pas fait en politique, nous voulions le faire en cinéma), il m'est arrivé de mal me comporter. Une colère, un mélange d'insolence et de mépris envers ceux qui critiquaient les cinéastes dont j'aimais le travail autant que la personnalité. Avec le goût du paradoxe en sus : défendre Sautet ou Blier devant les uns, Akerman ou Straub devant les autres. Cela m'a passé : un jour, j'ai décidé d'avoir une cinéphilie heureuse. Manier l'insulte comme Aragon ou Rivette, faire dans le ricanement de connivence ou agir comme nos devanciers n'eût été que reproduire leur comportement, en moins bien, et si je veux bien reconnaître que ma génération n'a pas fait grand-chose de notoire, au moins n'aura-t-elle succombé à aucun mirage, en cinéma ou en politique. Je retrouve ça avec Olivier Assayas, qui n'offense jamais sa fidélité à sa famille d'origine mais reste aussi imprévisible que généreux dans ses goûts et courtois dans l'existence. Je n'ai jamais voulu être critique. Dans quelques chroniques commises pour *Le Cri du Coyote* (!), un fanzine de rock et country, j'avais eu de la réticence à exprimer des idées qui me semblaient périmées quelques mois plus tard (j'avais cependant deviné la part grandissante que prenait Patti Scialfa, la *chorus girl* du E Street Band, auprès de Springsteen, qui l'a épousée !). Comment assumer la trace de l'écrit sur une pensée de cinéma qui par essence évolue en fonction de ce qu'on apprend chaque jour de son histoire et de son avenir ? Dire « C'est bien, ça n'est pas bien », « Allez-y, n'y allez pas » ? Je préfère aimer, sacrer, consacrer et reprendre à mon compte cette citation que Tavernier attribue à Victor Hugo : « J'admire comme une brute. »

Une fois entré dans ce milieu, j'ai vite compris qu'on ne pouvait mépriser le travail des cinéastes. Tous les films *font* le cinéma. Les artistes sont des êtres à part. On n'a pas idée de l'énergie qu'il faut pour réussir un film. Ou le rater. Certains en sont morts, de trop de désir, de désespoir, de solitude. Aucun cinéaste ne se lève le matin en pensant faire un mauvais film. Un désastre est un désastre, je ne vois pas l'intérêt de s'en réjouir, ni de couvrir d'opprobre ce qui est à l'évidence une catastrophe.

Parfois, il s'avérait également que des cinéastes peu passionnants étaient des personnalités étonnantes ou que ceux-là mêmes qui flirtaient avec l'académisme artistique étaient des êtres singuliers à la vie sauvage. Et vice versa. Bref, la complexité des choses conduit à l'humilité et, en effet, je veux rester copain avec tout le monde. Et inviter qui je veux à boire une bière.

MAI

Dimanche 1er mai

Il en va de même pour les critiques. Il y en a peu avec qui je n'ai pas plaisir à être, même ceux qui se montrent radicaux et outranciers. Dans la balance, ce qu'ils produisent de pensée originale l'emporte. À Cannes, la critique fait la loi pour le meilleur et pour le pire car rien n'est plus important que parler de cinéma, l'actualité du monde s'éloignant chaque jour un peu plus. Sauf une fois, où elle s'est imposée de façon cinglante avec l'affaire Strauss-Kahn dont le surgissement en plein Cannes (en 2012, le jour de la présentation de *The Artist*, qui s'en est bien remis) a fait trembler les murs et les téléviseurs du Palais qui diffusaient non-stop les chaînes d'infos. Quelques jours plus tard, Pedro Almodóvar, qui présentait *La piel que habito*, s'en amusa : « C'est fini la politique française ? Parce qu'aujourd'hui, c'est mon film ! »

Pendant le Festival, pourtant, je ne prête guère attention à ce qui s'écrit : veiller à son bon déroulement occupe tout mon temps. Et puis je n'en mène pas large non plus. Mon visage changerait de couleur à la lecture de chaque papier selon qu'il s'écrirait du bien ou du mal de la Sélection. Chaque blessure infligée à une œuvre me fait saigner aussi. Quand j'étais simple festivalier, je me régalais des joutes et des bagarres, sport qui me tourmente désormais mais dont je sais que l'intensité et l'intelligence passionnée font aussi le prix de Cannes.

Devenu délégué général en 2007, j'ai vite éprouvé ce sentiment étrange que m'avaient évoqué des cinéastes régulièrement aspergés à l'acide, de se faire étriller par nos journaux préférés. D'où mon éloignement provisoire. Les lire chaque matin m'inciterait à tenter de répliquer. Je préfère sentir la rumeur, écouter ce qui se dit, me contenter des gros titres. Et éviter les balles perdues. Le volume des applaudissements de fin de projection, les commentaires du lendemain en haut des marches et quelques sms d'exclamation ou d'indignation suffisent. Cela établit un jugement réel qui n'est pas troublé par telle analyse fulgurante ou injuste – car il s'écrit parfois des choses brillantes mais fausses.

Et puis, le désir de convaincre est vite identifié à de la nervosité. Alors que mon propre goût pour la discussion, si vive puisse-t-elle être, relève seulement de l'appétence pour un sujet qui me tient à cœur. « Tu ne devrais pas te formaliser autant de ce qui s'écrit sur Cannes », me dit Jean-Michel Frodon, qui officiait autrefois au *Monde* et qui reste un actif contributeur à un débat public qu'il considère plus riche quand le cinéma en est, et il a bien raison. En effet, je me formalise. Mais si l'agacement que certains papiers m'inspirent laisse penser que je suis le genre de type à qui la critique pose problème, il n'en est rien : la critique est l'un des éléments structurants et constructeurs de l'amour du cinéma. Elle me passionne, outre qu'elle est constitutive de ce « tout » que Cannes rassemble et dont il est fait : artistes, professionnels, cinéphiles, opposants, purs amateurs, ricaneurs et touristes ; et presse, donc. La critique produit de la pensée, de l'opinion, du désir, du plaisir, du regard, elle a contribué jadis à ma formation intellectuelle et cinéphile, et d'un seul papier, un bon critique est capable de vous ouvrir les yeux sur le travail d'un cinéaste ou sur le mystère d'une œuvre.

Comme l'époque est soupçonneuse, on imagine qu'être au centre d'enjeux comme Cannes vous donne vite des envies de domination. Alors que je pense le contraire : la puissance du

Festival exige la nécessité d'un contre-regard. En aucun cas, ça n'en amoindrira le prestige – puisque la critique sait la plupart du temps de quoi elle parle. Et elle tient l'objet Festival de Cannes pour important, je n'ai aucun doute là-dessus et j'espère que cela ne cessera jamais.

La critique participe à l'entendement de ce que le cinéma est, et à la façon dont il a fini par compter dans nos vies depuis, disons, les années 20 et son invention par Louis Delluc. D'autres ont succédé à ce dernier (ou à Ricciotto Canudo, le poète, l'ami de Cendrars, l'inventeur de l'expression « septième art ») et il me plaît d'énumérer ici le nom de quelques-uns d'entre ceux qui ont compté dans l'éducation des gens comme moi, qui ont appris le cinéma autant en le *voyant* qu'en le *lisant* : Georges Sadoul, François Truffaut, André Bazin, Roger Tailleur, Robert Benayoun, Pierre Billard, Jean de Baroncelli, Michel Pérez, Francis Lacassin, Serge Daney. Je ne parle que des disparus, envers lesquels ma dette est infinie.

Claude Sautet n'aimait pas les critiques mais détestait l'idée qu'ils n'existent plus. À sa façon, Jean Douchet ne dit pas autre chose, dans ce texte définitif qui s'appelle *L'Art d'aimer*. Quand je suis arrivé, Léonard Haddad avait dit sa surprise, dans *Technikart*, de voir quelqu'un dans ma position interpeller la critique. J'avais répondu que je le faisais naturellement, c'est-à-dire frontalement, jamais de biais et jamais publiquement (sauf ici, parce que j'ai dit vouloir me confier en respect de la vérité des choses). Il ne s'agit pas de surcroît de faire des généralités en parlant de *la* critique car on trouve de tout, là comme ailleurs. Et en débattre est une façon de ne pas endosser l'habit du prélat cannois qui juge les opinions d'autrui de très haut en s'époussetant les épaulettes dans un sourire crispé au moindre écart de langage. Je ne peux me contenter de ma seule fonction cannoise si elle ne m'offre pas ce qui fonde le processus cinéphilique : le débat sur les œuvres et sur l'art du cinéma et son histoire. C'est pourquoi l'Institut Lumière m'est nécessaire. Signer la Sélection officielle, la revendiquer, me place dans une position inédite mais pas supérieure dans une relation avec des journalistes qui accordent autant d'importance à la chose que moi.

Quelque chose a changé, enfin : le dogme ancien qui conduisait le Festival à ne jamais répondre s'est terminé avec l'apparition d'internet et du tout-médias mondial. Il y a tellement d'âneries qui se publient sur le net, tellement de trucs idiots qui circulent que la désinformation devient trop forte et que le n'importe quoi l'emporte vite s'il fait nombre. La plupart des critiques font parfaitement bien leur métier et nombre d'entre eux sont des gens dont j'admire le talent et l'engagement. Les écouter se disputer au « Masque et la Plume » le dimanche soir est souvent un enchantement. J'adore leur fréquentation, même dans l'ambiance bizarre de non-dits qui naît parfois de la confrontation entre, quand on s'est trompés, nos choix et les regards navrés qu'ils me lancent d'un air compatissant. Mais il est toujours productif de parler et de se disputer, comme de refuser le cloisonnement de l'esprit, même dans la conscience et le respect de ce qu'André Bazin appelait l'Ordre cannois dont je suis, autrefois avec Gilles Jacob et désormais avec Pierre Lescure, le garant.

Lundi 2 mai

Cannes. Les techniciens et les perceuses électriques règnent sur une cité balnéaire qui s'apprête à délaisser la clientèle d'hiver, les nouveaux riches russes (moins nombreux qu'avant), les congressistes des grands hôtels et les caniches nains. En fin de journée, rien n'a le même aspect que la veille. Les images géantes fleurissent, publicités ou photos fixées sur des toiles imprimées immenses qui enjambent les rues de la ville.

Autrefois, je me rendais à Cannes en voiture, comme tous les Lyonnais qui vont sur la Côte d'Azur. De Lyon, on va en voiture partout, même la famille Frémaux à Katmandou, dans les années 70. Attraper l'autoroute du Sud par la bretelle de Saint-Fons, passer la raffinerie de Feyzin, laisser à droite les collines pentues de la Côte-Rôtie puis descendre la vallée du Rhône à travers les arbres fruitiers et les champs de lavande étaient les premiers signes annonciateurs de l'été. Le voyage prenait une journée et permettait d'observer ce qui nous entourait, de s'acclimater, de prendre conscience que le plus grand festival de cinéma au monde allait commencer.

Aujourd'hui, une heure d'avion suffit. Ça n'est pas assez, mais en m'installant sur le siège, me prend l'irrésistible envie d'être sur la Côte d'Azur. Ça tombe bien : le vol se termine dans un beau travelling méditerranéen de Cannes à Nice, de la Croisette à la promenade des Anglais avec, au loin, les sommets enneigés des montagnes. À l'aéroport, Dominique Ferry, un chauffeur historique du Festival, me donne des nouvelles du pays puis me dépose au Palais. Je ressens le même plaisir, chaque année, à franchir l'entrée des artistes et saluer le personnel d'accueil, les agents de sécurité, les contrôleurs, les employés de la mairie de Cannes et Claire-Anne Reix, la présidente des lieux, qui m'offre le café dans son bureau de verre donnant sur la mer et les îles de Lérins. Avec sûreté et savoir-faire, Jean-Pierre Vidal, notre « homme de Cannes », est sur le pont depuis deux semaines : il installe le Festival en son royaume et dirige de main de maître les derniers travaux avec sa fille Virginie. On a peine à croire que tout commence dans dix jours.

L'équipe a pris ses quartiers festivaliers dans une belle effervescence collective, revenue en même temps que le soleil. À 19 heures, dîner léger au Carlton avec Jérôme Paillard et François Desrousseaux. Je retrouve mes habitudes. Je sors dans la nuit pour m'enfoncer dans la ville en passant mes coups de fil.

Mardi 3 mai

Bien dormi. Pour la dernière fois, mon iPhone laisse filtrer la voix de Fabienne Sintes sur France Info. Au retour du petit déjeuner, je reçois un mail de Bertrand qui délaisse la préparation de son film pour alimenter les rubriques de *100 ans de cinéma américain* : « Pour l'année 1964, écrit-il, il faut rajouter l'interprétation mémorable de Victor Buono en étrangleur schizophrène, obèse, égotiste avec son sourire terrifiant vampirisé par sa mère (Ellen Corby, saisissante) dans *The Strangler* de Burt Topper. Budget modeste, décors minimalistes, réalisme brut. Le film est une première version de *L'Étrangleur de Boston* et il sortit quelques semaines avant les aveux de l'assassin. » Les cinéphiles chantent leurs paradis perdus, leurs prairies souillées, leurs cachettes découvertes, leurs nostalgies enfuies, quelque chose qui dit que ce qui vivait ne revivra plus. Bertrand n'est pas comme ça, il regarde toujours devant.

Pour l'heure, on est loin du cinéma et tout ramène à quelques problèmes d'intendance : chambres d'hôtel, organisation des salles, voitures, chauffeurs, etc. Nous passons nos journées à visiter les palaces, à désigner les suites des uns et des autres. Une grande star se transforme en un nom sur une ligne. Des agents et des publicistes en mal de reconnaissance et fatigués de vivre dans l'ombre des acteurs en rajoutent sur les exigences, deviennent pires que les stars elles-mêmes et s'effondrent au téléphone, à bout de nerfs. Nous, nous alternons entre l'angoisse et l'impatience d'en découdre, comme des sportifs avant l'épreuve. Dans les vestiaires de Liverpool, ils écoutent du rock, paraît-il, et ils boiraient de la bière si on les y autorisait.

Le soir, Jeff Domenech, un Cannois ancien patron d'un McDo devenu auteur et réalisateur, m'emmène dîner au Michelangelo, dans le Vieil Antibes, où le légendaire Mamo nous accueille avec force pâtes aux cèpes, risotto aux calamars et vins italiens, dont un extraordinaire barolo. Au retour, je fais quelques pas en direction du port Canto en pensant à Hubert Mounier, le chanteur de l'Affaire Louis' Trio, dont la mort vient d'être annoncée – un auteur de BD, un poète, un type bien, Hubert, que j'avais connu à Lyon. Du côté de la mer, on distingue les lumières des paquebots et de l'autre, formant la crête de la nuit, les collines de la Californie, ce quartier de Cannes où se nichent ces villas qui accueilleront fêtes et banquets. Dans le soir, la mélancolie gagne mais se retrouver là, au pied des palaces qui illuminent la Croisette, à contempler cette baie mystérieuse, est un inépuisable privilège.

Mercredi 4 mai

Fin de la fabrication du calendrier. Les films qui sortent pendant Cannes sont programmés le même jour : le Woody Allen à l'ouverture, le Jodie Foster le premier jeudi et le Bruno Dumont le lendemain. Comme le Almodóvar sort le deuxième mercredi, il est placé la veille ; idem pour *Elle*, le film de Verhoeven. Sinon, nous avons promis à Steven Spielberg le premier samedi, à Jeff Nichols le lundi et à Sean Penn le vendredi suivant. Le deuxième jeudi à 22 heures, c'était la place de *Mommy* (et, avant, de *La Vie d'Adèle*) : Xavier Dolan, par superstition, a demandé à la retrouver. Asghar Farhadi fermera le ban, le samedi 21 mai, à 22 heures. Le reste des films s'est glissé de façon harmonieuse dans un agenda qui doit ménager à chacun sa bonne position.

Journée studieuse, d'une élasticité stimulante : une série d'interviews sur des sujets totalement différents. À une semaine de l'ouverture, les films intriguent plus que jamais. Il y a deux écoles pour en parler : celle consistant à crier au chef-d'œuvre, ce qui permet aussi de s'octroyer quelques compliments à soi-même. Dans le métier, il en est qui pratiquent cette forme d'autosatisfaction (mais sans doute dissimule-t-elle le doute qui est constitutif de celui du sélectionneur) et une partie de la presse en reprend l'argumentaire, alors qu'elle n'a pas vu les films. L'autre manière, que je préfère, vise à minimiser volontairement la portée des œuvres, afin de laisser les commentateurs être surpris. Je ne dois ni m'approprier les films que nous présentons, ni me substituer à la critique : une sélection est un voyage, une photographie instantanée de l'état du cinéma, et elle doit être livrée sans filtre, brute et immédiate, à ceux qui vont ensuite en évaluer la qualité.

Alexander Bryan, de *USA Today*, m'interroge sur les stars, les scandales et le tapis rouge, et Frédéric Theobald, de *La Vie*, sur le cinéma de genre qu'on s'étonne parfois de trouver à Cannes. J'ai toujours été frappé par la contradiction entre le prestige dont le cinéma de genre jouit dans l'Histoire et la faible reconnaissance qu'il a « in vivo ». Dans les années 90, les grandes réussites hongkongaises de John Woo n'avaient pas droit de cité dans les festivals prestigieux et quand Gilles avait sélectionné en compétition *L.A. Confidential*, le merveilleux film de Curtis Hanson, certains s'indignèrent. Hitchcock, c'est le « cinéaste du suspense » ou c'est un grand cinéaste ? Ford, quoiqu'il le déclarât, n'est pas seulement « un Américain qui faisait des westerns ». Et les films de Jean-Pierre Melville offrent une vision du monde qui dépasse le « polar ». Le cinéma de genre, c'est d'abord du cinéma. On se demande s'il ne s'agit pas historiquement d'une question de *noblesse* qui relève d'un certain mépris de classe pour un cinéma destiné au grand public. Le roman policier a longtemps connu ça, avant que Gide ne célèbre Simenon, je crois. L'an dernier, *Sicario*, de Denis Villeneuve, un « film de cartel », n'a pas été apprécié comme il aurait dû l'être. Comme cette géniale comédie noire argentine qui s'appelle *Les Nouveaux Sauvages*, qui a fait mourir de rire les festivaliers mais pas le jury. Le genre se retrouve rarement au palmarès, comme si les jurés n'osaient primer ce qui n'est pas explicitement artistique. Aujourd'hui, les cinéastes pratiquent volontiers l'impureté des styles. Sans le genre, le cinéma mondial serait vidé de 80 % de sa substance.

Jeudi 5 mai

Footing en direction de Juan-les-Pins, le long de la voie ferrée Marseille-Nice, celle des *Chaussons rouges*, qui impressionne toujours Martin Scorsese, quand nous dînons chez Tétou, car il pense immanquablement à la mort tragique de Moira Shearer dans le film de Michael Powell. J'ai beaucoup couru cet hiver mais je dois encore perdre quelques grammes pour entrer dans mon smoking. Croisant de petits pelotons de cyclistes, des dames revenant du marché et des Cannois dans des canots (on dirait du Boby Lapointe), j'écoute en boucle le nouvel album de Renaud, dont les nombreux arrangements à la guitare sèche me ravissent. Vincent Lindon avait raison, ce n'est pas son dernier bal, à Renaud.

En passant devant le Martinez, quelque chose me saute aux yeux. Canal+, qui occupait la plage à l'extrémité de la Croisette en installant au pied du palace le plateau de « Nulle part ailleurs » puis du « Grand Journal », n'est plus là. Même si elle fut parfois stigmatisée comme l'excès d'un Festival se dévoyant à la tyrannie médiatique, nul ne conteste que la chaîne a écrit quelques belles pages de son histoire. Canal+, c'était à la fois une bande d'enfants terribles, de folles échappées dans une boîte de nuit légendaire, l'invention télévisuelle permanente, le talent de gros déconneurs que rien n'arrêtait et qui exprimaient en public ce que Cannes était secrètement dans les antichambres des fêtes et des soirées. Ce matin, l'évidence de cette absence surgit soudainement et le Festival en sera le premier puni.

Pour éloigner cette sensation d'abandon, je rends visite à Jérôme Paillard, qui me fournit d'excellents chiffres sur le Marché du Film, et à Fabrice Allard qui fait de même sur les accrédités du Festival, dont le nombre est en augmentation. De retour au 3e étage du Palais, François Desrousseaux, qui, avec les années, a pris beaucoup d'assurance dans la gestion de nos affaires techniques et administratives, me confirme que Bernard Cazeneuve et David Lisnard tiendront lundi prochain une conférence de presse sur la sécurité : un sujet que je préfère ne pas aborder moi-même en interviews. J'appelle Pierre pour le tenir informé de tout ça. Il arrive demain, je le sens impatient. Tant mieux.

Dîner joyeux à la table d'hôte de Bruno Oger, le deux étoiles du Cannet. Christian Jeune et Samuel Faure racontent leurs histoires de Cannes, de fêtes réussies, de feux d'artifice ratés, du cargo russe accueillant, dans la nuit et à coups de verres de vodka, mille festivaliers venus célébrer le film *Bouge pas, meurs, ressuscite* de Kanevski. Cette folie reviendra-t-elle ou n'était-elle que le signe d'une époque ? Il va falloir réinventer les choses, débusquer l'utopie là où elle s'est dissimulée. Ça évitera de se laisser dominer par ceux qui râlent sur la composition du jury – les critiques parce qu'ils voudraient des critiques, les écrivains des écrivains et les techniciens des techniciens.

Fabienne Vonier, la productrice, me manque. Il y a trois ans, elle s'éteignait doucement, dans une dignité exemplaire, épargnant à ses deux fils et à Francis le surcroît de chagrin qu'apporte le spectacle de la souffrance physique et morale. Lors de son dernier Cannes, qu'elle suivit depuis Paris, nous échangions des textos, comme si de rien n'était, elle voulait tout savoir sur les films et les artistes. Je me souviens des jours heureux et je pense à elle. Elle s'inquiétait pour moi, me félicitait pour ceci, m'engueulait pour cela. Elle aurait pu être cette année encore dans sa chambre du Grand Hôtel, je l'aurais embrassée en haut des marches, la vie aurait continué.

Vendredi 6 mai

Jean-Pierre Léaud a accepté de recevoir la Palme d'or d'honneur. Ça n'est pas tant pour son extraordinaire présence dans le film d'Albert Serra que parce qu'à l'occasion de nos échanges, je l'ai senti heureux, affectueux et en bonne forme – depuis la mort de Truffaut, qu'il donnait l'impression de ne pas réussir à surmonter, il paraissait en fuite, ou en exil. L'entendre ainsi l'a ramené au présent et j'ai envie d'en faire profiter tout le monde. Nous célébrerons l'enfant turbulent et extraverti qui naquit à Cannes en 1959, l'acteur singulier et poétique et l'accompagnateur fidèle, pendant plus de quatre décennies (de Truffaut et Godard à Bertolucci et Eustache, de Rivette et Assayas à Kaurismäki et Tsai Ming-liang) des plus grands auteurs : il faut savoir rendre à ceux qui nous ont donné beaucoup. Jean-Pierre Léaud est dans ce cas.

Dernière promenade nocturne avant le week-end. J'écoute David Darling, ce musicien qui illumine les derniers films de Godard (je m'aperçois que je reviens toujours à lui, Jean-Luc) et les plans sur le lac de Genève, on devrait dire le lac de Rolle. Piano et violoncelle venus du froid, instruments graves et musique de glace. Je suis le genre de type qui aimerait être en hiver l'été et en été l'hiver. Dans ma jeunesse, j'allais en juillet dans le froid austral prendre des bus patagoniens et passais Noël à Abidjan en y allant par la Gazelle qui venait de Ouagadougou où atterrissaient les charters du Point Mulhouse. La solitude me soulage, me ravit et m'attriste. Dans cet ordre. Lui succède désormais une inquiétude qui ramène aux enfants. Le besoin d'éloignement n'est plus le même. Juillet sous le climat latino-américain était la chose que j'aimais le plus au monde, quand un bateau naviguait de l'île de Chiloé vers Puerto Montt, d'où un bus remontait dans la nuit jusqu'à Santiago. Je traversais la Cordillère par les cols et par les lacs, par les bus et les 4×4, vers Mendoza ou Neuquén, pour découvrir des itinéraires que je ne connaissais pas ou vérifier à Buenos Aires que le train vers Bariloche partait toujours de la Plaza Constitución. Depuis, il n'en part plus du tout. J'aimerais refaire ces voyages patagoniens, descendre jusqu'à Punta Arenas, m'endormir dans la chambre de ces petits hôtels orange et bleu, me réveiller près de la mer et me sentir perdu, sans téléphone et loin d'internet avec, comme avant, le courrier au consulat, la poste restante à Comodoro

Rivadavia et des appels de mauvaise qualité, facturés par des pulsations effrayantes qui en augmentaient le prix toutes les vingt secondes.

Samedi 7 mai

Arrivée spectaculaire pour Pierre Lescure : hier soir, nous sommes allés tester le dîner que Christian Sinicropi, le deux étoiles du Martinez, offrira au jury mardi prochain. Laure Cazeneuve, sur le qui-vive dès qu'il s'agit des jurés, était là, en exigeante goûteuse de plats, ainsi que le patron de l'hôtel, Alessandro Cresta, qui a fait un éloge vibrant du Festival. Une belle soirée.

Avant d'aller au Palais, je tombe sur la fin de *Saboteur* qui montre qu'Hitchcock, dont on sait qu'il mettait sa caméra partout dès lors qu'il s'agissait du corps et du cerveau, était aussi un homme engagé, et un cinéaste tout-terrain : avant la mort spectaculaire du vilain tombant de la statue de la Liberté dans ce film qui dit tout de la nécessaire entrée en guerre de l'Amérique de 1942, il y a ces plans de New York, la foule, les voitures, le port, les camions, la mort dans une salle de cinéma, un bateau qui s'affaisse et s'échoue, des plans d'ensemble de Manhattan qu'on a l'impression de voir pour la première fois. Revoir mécaniquement tous les Hitchcock, c'est un beau projet. Je m'appliquerai à ça l'été prochain, et je ferai la même chose avec Dreyer, Mizoguchi, Pasolini, le Lang allemand, le Buñuel mexicain. Welles disait que le cinéma était un formidable train électrique – pour nous, les programmateurs, les cinéphiles, son histoire est une immense pâtisserie.

Au prochain festival Lumière, après Duvivier l'an dernier et avant Clouzot en 2017, nous visiterons l'œuvre de Marcel Carné. De loin, le fait de s'intéresser à trois cinéastes délaissés par l'académie cinéphile pourrait passer pour du révisionnisme. L'an dernier, le Duvivier en ouverture, *La Fin du jour*, avait fortement irrité l'ami Jean Douchet qui s'était évertué à en diminuer les mérites, cherchant quelques oreilles où déverser un discours façonné il y a soixante ans. En gros : « Vive Renoir, à bas Duvivier (et quelques autres). » Nous, on aime Renoir et Duvivier, Becker et Carné. Grémillon, Melville et Grangier. Et plein d'autres.

« Ça va Marie-Caroline ? » dis-je à mon assistante, visiblement contrariée. « Ça va, ça va. Je vais juste m'énerver contre deux ou trois personnes. » Dans ces cas-là, mieux vaut se cacher : avec elle, les intérêts du Festival sont bien gardés. Il règne une belle ambiance dans le bureau et du vent sur la mer – puisse-t-il chasser les nuages qui s'annoncent pour l'ouverture. Nous travaillons en musique, Bruno Munoz fait le DJ, Nicole Petit réclame Jean Ferrat. Les affaires courantes cadenassent nos journées : rassurer les productions, classer les dizaines d'invitations qui s'amoncellent, préparer la Welcome Party, faire et refaire, avec une Laurence Churlaud plus impliquée que jamais, les tables du dîner d'ouverture.

Magistralement achevé dans les temps par Christian, le calendrier est sur internet et chez l'imprimeur. Nous craignons toujours l'erreur fatidique mais tout semble aller bien. Presque trop bien. D'habitude, le samedi attire déjà du monde, touristes ou festivaliers précoces. Or, un calme étrange enrobe la Croisette. Nos chiffres promettent un déferlement de festivaliers, mais les autres, ceux qui font aussi l'atmosphère du Festival ? Ce soir, c'est la fête d'équipe mais Pierre et moi lui ferons faux bond : nous nous envolons vers le match Lyon-Monaco. Au parc OL, qui épate l'ancien patron du PSG qu'est Pierre, Lyon l'emporte très aisément. L'équipe terminera donc deuxième du championnat. Les « Bad Gones » du virage Nord animent joyeusement la soirée qu'ils achèvent en lançant une ola en faveur de Jean-Michel Aulas, qui en a les larmes aux yeux. Ils profitent un peu trop du score fleuve pour chambrer le reste du monde. Pour m'en excuser auprès de Vincent Maraval, supporter de Monaco, je cite Lino Ventura dans *Ne nous fâchons pas* de Lautner : « Je critique pas le côté farce mais pour le fair-play, y aurait quand même à dire. » Pas sûr que ça le console…

Dimanche 8 mai

Ce matin, Jérôme Paillard, qui possède ses brevets de pilote, nous fait la surprise de nous ramener à Cannes en avion. Un coucou de cinéma qui s'élève lentement au-dessus du Vercors et du mont Aiguille, non loin de la Meije et des Écrins. Nous frôlons les sommets, on se croirait en hélicoptère. « Un coucou ? Un hélicoptère ? De mieux en mieux, s'insurge Jérôme. C'est un Cirrus SR20, la Rolls des monomoteurs, on va à 250 km à l'heure ! » En ligne droite vers le sud, avec plongée sur l'aéroport de Cannes-Mandelieu, le chemin est venteux mais court. Ou court mais venteux, selon que l'on a peur ou pas. Jérôme, souverain, devise gaiement et me propose de prendre le manche. Pierre fait les gros yeux. Et s'il nous arrivait quelque chose ? Nous parvenons à destination sains et saufs : le Festival aura bien lieu !

Au bureau, la note la plus importante de Laure Cazeneuve : « Thierry, voici les arrivées et installations des membres du jury ».

Lundi		
12 h 15	George Miller	Majestic
14 h 25	Kirsten Dunst	Martinez
15 h 20	Donald Sutherland	Carlton
Mardi		
11 h 00	Valeria Golino	Carlton
11 h 10	László Nemes	Majestic
12 h 05	Mads Mikkelsen	Carlton
12 h 35	Vanessa Paradis	Majestic

14 h 15	Katayoon Shahabi	Marriott
16 h 50	Arnaud Desplechin	Martinez

Dans l'après-midi, nous décidons de confirmer… un nouveau film en Sélection officielle. Il s'agit de *Peshmerga*, le documentaire que Bernard-Henri Lévy a réalisé en suivant la ligne de crête qui sépare les combattants kurdes des territoires contrôlés par Daech. Un film sérieux, au service des peshmergas, ces hommes que le monde ignore. Le film explique qu'il n'y a aucune sorte de fatalité à voir l'État islamique terroriser le monde entier, avec ces guerriers de fortune qui disent en regardant la plaine : « Mais pourquoi ne nous laisse-t-on pas attaquer ? » La vaillance et le courage de ceux qui apparaissent comme une poignée de résistants esseulés provoquent une émotion considérable et un extraordinaire sentiment de reconnaissance. Pour moi, pour Christian, pour Pierre, qui l'a vu aussi, il n'y a aucun doute : le Festival est le lieu pour un tel film et si les peshmergas se font, comme on nous le dit, une fierté à l'idée d'être invités à Cannes, alors nous allons les célébrer ! Mais tout à coup me vient une pensée qui n'avait jusque-là pas effleuré ce qui me reste de cerveau actif : et si un film qui démontre que Daech sera vaincu mettait la sécurité du Festival en danger ? Je confirme sa sélection à Bernard-Henri Lévy mais, par précaution, nous l'annoncerons à la dernière minute.

Le soir, dîner chez Tétou avec Laurence et Paul Rassam… qui n'est pas là : il a dû rester à Londres mais a refusé que nous annulions ce rendez-vous annuel. C'est en pensant à lui que nous dégustons bouillabaisse et chapon servis par Pierre-Jacques et son équipe dans le décor marin du restaurant de Golfe-Juan. Lui aussi trouve que l'ambiance est calme. Au téléphone, Paul se dit fier de nous. Et cet humaniste le sera plus encore : il y a quelques jours, j'ai découvert, dans une dépêche AFP très émouvante, écrite par Joris Fioriti, l'histoire des deux acteurs qui jouaient dans *Osama*, un film afghan montré à Cannes en 2003 et vainqueur ensuite d'un Golden Globe. Réfugiés en France, Marina Golbahari et Noor Azizi vivent dans les conditions précaires d'un foyer de Dreux et essaient d'obtenir le droit d'asile. Joris Fioriti m'a donné leurs coordonnées et j'ai promis de les inviter et de les aider. Laurence, qui est née Samaritaine, est entrée en contact avec eux : ils seront là.

Lundi 9 mai

D'après Christine Aimé, tout se présente au mieux côté presse avec des accréditations en hausse, beaucoup de journalistes américains et des articles bienveillants. La forte présence de sites internet et des professionnels des réseaux sociaux prouve que Cannes est en phase avec l'époque. Mais le lien cinéma/people ne doit pas se déséquilibrer en faveur du second. Autre souci : quelques journaux étrangers, en proie comme chez nous à la crise financière, peinent à envoyer du monde et certains « historiques », ayant contribué à la gloire du Festival, ne peuvent, la retraite venue, s'offrir un séjour à Cannes. Nous en invitons mais il nous faudrait faire plus.

Avec Geneviève Pons et Alain Miro, derniers réglages micro et lumières du Certain Regard dont nous répétons le protocole à la salle Debussy. Avec Frédéric Cassoly et Clément Lemoine, efficaces et jamais rassasiés, détails du marathon télés/radios à venir. Réunion, enfin, avec Michel Mirabella qui devient, le temps du Festival, un rouage essentiel à sa réussite. Michel, d'un naturel posé, silhouette élégante des bureaux parisiens, se révèle, une fois à Cannes, transcendé par les problèmes, l'agitation, la centaine de décisions à prendre, les équipes de films, le remplissage des salles. Lui, si je décide de monter une expédition à l'Everest, je l'emmène !

À 16 heures, un ballet de voitures dépose le ministre de l'Intérieur, le maire de Cannes et le président du Conseil général venus donner, au salon Croisette du Palais, une conférence destinée à présenter les dispositifs de sécurité du 69e Festival. Il flotte un air solennel : « Le risque terroriste est élevé », « L'événement sera encadré », « Des moyens policiers exceptionnels ». Nous avions quelques réserves sur le caractère anxiogène d'une telle démonstration médiatique mais Bernard Cazeneuve, David Lisnard et Éric Ciotti, qui font preuve de convictions fortes dans une forme brillante frisant le concours d'éloquence, les lèvent : « C'est une manière de dire que Cannes est le dernier endroit sur terre où une attaque terroriste peut se produire. Plus nous évoquerons une sécurité maximale, moins le Festival sera vulnérable. » Dont acte. En raccompagnant le ministre de l'Intérieur à sa voiture, nous évoquons avec Pierre, pour ne pas donner l'impression que nous la lui cachons, la présence du film de Bernard-Henri Lévy et de son sujet sensible. « Je suis au courant, nous dit Bernard Cazeneuve. Faites ce que vous devez faire. »

Si l'impression générale d'une ville désemplie de ses touristes s'est confirmée ce week-end, les festivaliers commencent à débarquer. Parmi eux, les escouades de Cannes Cinéphiles, une association regroupant des accrédités « amateurs » venus de la France entière et qui chauffent la Licorne, une salle municipale de La Bocca. Ces gens sont parmi les fleurs les plus splendides du bouquet cannois : je ne manque jamais ce rendez-vous qui booste mon moral pour tout le Festival.

Deux heures plus tard, dans la salle Debussy du Palais, ouverture des Rencontres AFCAE, qui réunissent les exploitants des salles d'art et essai. C'est aussi grâce à eux que la France est un grand pays de cinéma. À leur présence et aux films choisis et, déjà, commentés, je sens que Cannes 2016 commence.

À 20 heures, Vincent Alvarez, mon nouveau chauffeur, un jeune homme aimable et taiseux, m'attend à l'entrée des artistes. Je n'ai rien mangé depuis ce matin. C'est avec une double gourmandise que je rejoins George Miller pour dîner. Nous nous sommes beaucoup parlé par messages interposés, nous nous retrouvons enfin. Il commente la composition du jury et me questionne sur chacun de ses membres dont il a revu les films et révisé la biographie. Rapidement, c'est moi qui l'interroge sur son travail, son rapport à Hollywood, sur la nouvelle vague du cinéma australien des années 70. Sur *Lorenzo* aussi, son chef-d'œuvre inconnu, un film sur un enfant malade sauvé par ses parents Susan Sarandon et Nick Nolte. Il répond avec beaucoup d'affabilité, me raconte comment il est passé de la médecine au cinéma, me parle de son frère jumeau ou de l'importance qu'a eue David Stratton, le journaliste de *Variety*, pour les cinéphiles de Sydney. Précis, souriant : on a du mal à voir dans cet homme civilisé de 71 ans le cinéaste réinventant le film d'action et de violence dans le bush australien.

Malgré le temps humide, je termine à pied sur la Croisette pour les réjouissances téléphoniques nocturnes et là, surprise : Michael Cimino. Quand Cannes commence, les gens pensent à moi. Je suis heureux de parler à Michael. Nous convenons qu'il reviendra à Lyon en octobre – j'ai eu tort l'an dernier de laisser passer l'année sans l'avoir avec nous. Il est venu souvent, j'avais peur que cela fasse trop, c'est idiot. Quand je raccroche, je me sens léger et invincible. La nuit est tombée, l'air est frais, le vent fait claquer les drapeaux des bateaux du port Canto. C'est comme un dernier soir. On annonce de la pluie pour mercredi. Je m'en fiche. J'appelle Jerry Schatzberg, juste pour entendre sa voix. Des gens comme lui ou Michael, comme Jerzy Skolimowski ou Abbas Kiarostami, je suis à deux doigts de leur dire de me rejoindre à Cannes, là, maintenant. J'aimerais avoir toujours tous les amis autour de moi.

Mardi 10 mai

Le jour s'est habillé de gris mais la mer est belle. Dans la grande salle à manger du Carlton, je suis accueilli avec un large sourire par ceux avec lesquels nous vivons trois semaines par an : femmes de chambre, serveurs, cuisiniers, majordomes. Je croise les patrons, François Chopinet et Eric Aceto : ils affichent leur satisfaction sur le remplissage, « sauf en fin de semaine prochaine où c'est mou ! » Ils disent toujours ça. C'est mon dernier matin ici : après, petit déjeuner dans la chambre. Avant de partir, ultimes réglages au téléphone avec Thomas Valette, à l'Institut Lumière, du montage dédié à George Miller qui sera projeté à l'ouverture. Encore un dossier qu'on va boucler à la dernière minute.

Au beau milieu d'une interview, un message d'évacuation fait trembler le Palais. Des grappes de personnes s'enfuient, d'autres ne bougent pas. Ça n'était qu'un test des alarmes. Point positif : pas d'affolement ni d'hystérie. J'y retourne, je m'étonne de la présence de journalistes de la télévision kurde : savent-ils quelque chose de l'éventuelle présence d'un film sur les peshmergas ? Non, ils sont là, « parce qu'on veut être dans le plus grand festival du monde, Monsieur Thierry ». Je crois comprendre que celui qui me parle est une vedette locale. Ses questions sont formidables, pleines d'amour pour Cannes et le cinéma. Ça aussi, ça remonte le moral.

Woody Allen est arrivé, « et en grande forme ! », me dit Jean-Pierre Vincent, son attaché de presse. Tout à l'heure, dans une interview, je l'ai comparé à Molière, et dit que sa présence récurrente à Cannes était comme celle de l'auteur de *L'École des femmes* à la Comédie-Française : naturelle, désirée et incontestable artistiquement. Au bar du Carlton, j'embrasse sa productrice Letty Aronson et sa publiciste, Leslee Dart, qui me lance son annuel : « Best wishes, darling ! »

Après m'être changé, je file au Martinez : Pierre et moi accueillons le jury pour la première rencontre officielle, une heure de réunion puis dîner dans les salons de la Palme d'or. Laure Cazeneuve a préparé le plan de table et disposé divers documents pour chacun. Pendant une heure, nous détaillons les conditions de leur séjour et le règlement du Festival, dont l'article 8 qui précise l'attribution des prix et, par exemple, la différence de nature entre la Palme d'or et le Grand Prix, ou l'interdiction d'attribuer un prix supplémentaire au récipiendaire de la récompense suprême.

Dans un mélange de révérence et de respect des usages, Pierre est désormais parfaitement à l'aise avec l'exercice et moi, j'ai mes propres blagues – les mêmes chaque année, je l'avoue. Je connais chacune et chacun d'entre eux, sauf Vanessa Paradis, seulement croisée à Lyon un soir, et qui fait d'emblée belle impression. Alex Campbell, l'interprète, fluidifie les conversations en traduisant allègrement les bribes de phrases nécessaires. Un brouhaha se fait, signe d'un groupe qui se forme. Quand George Miller, à qui nous remettons « les clés du Festival », prend la parole pour le speech final, on se dit avec Pierre que c'est bien parti. Impression confirmée par le dîner dont l'énergie bruyante semble être la seule chose qui anime les trottoirs de la Croisette, autrefois pleine de badauds présents pour les répétitions du « Grand Journal » et de paparazzis guettant l'apparition du jury au balcon. Donald Sutherland, que je ne cesse de questionner sur le tournage de *Klute*, *Casanova* ou *1900*, est accompagné de son épouse, l'actrice québécoise Francine Racette, assise à côté de Pierre. Bavard, enjoué, tendre, il va faire le spectacle, Donald.

Pour l'after, les traditions sont toujours les mêmes : il y a les timides qui préfèrent regagner leur chambre, ceux à qui le jet lag ferme déjà les yeux et les jurés dont on sent vite qu'ils ne seront pas du genre à se coucher tôt. Avec Kirsten Dunst, Mads Mikkelsen et son épouse, László Nemes et Arnaud Desplechin, nous allons au Maschou, un restaurant du Vieux Cannes. « Vous ne traînez pas trop, promis ? » avertit Laure, soucieuse de les récupérer en forme demain. Si, on traîne un peu. Kirsten et Mads se lancent dans des discussions enflammées, comme Nemes et Desplechin. Avec ce dernier, particulièrement gai et avenant, nous évoquons nos sujets : ce qui s'écrit sur le cinéma, la question de la critique. C'est un authentique écrivain, Arnaud. Je suis très heureux de le retrouver.

Demain, les choses sérieuses commencent. Je fais un petit signe à la troublante Kristen Stewart, qui dîne avec des amis à la table d'à côté. Je la retrouverai demain pour le photocall de *Café Society*. En me couchant, je tombe sur le net sur une interview de moi où, en gros titre, je déclare : « Ce Festival sera celui de toutes les surprises. » J'ignore ce qui m'a pris de dire une chose pareille.

Mercredi 11 mai

Pas de plus beau message pour commencer : « Cher Thierry, à qui vas-tu faire vivre, cette année, un Cannes de rêve, comme celui inoubliable et merveilleux que tu m'as offert l'année dernière ? Je te souhaite, à toi, un grand et beau festival ! Emmanuelle Bercot. »

Parmi les choses à régler ce matin, et pendant que la presse mondiale visionne le film de Woody Allen, des demandes spécifiques d'accréditation, venues de la part de gens que l'organisation a prétendument mal traités. On ne se rend pas compte à quel point le Festival construit autant du désir que de la solitude, combien les gens veulent un signe de nous. Une position sociale avantageuse, la beauté, l'argent, le talent, ne comptent plus ici : chacun est comme un enfant face à l'officialité du Festival.

Je me conforme aux décisions de nos services, ainsi que le faisait Gilles Jacob. Car le règlement est précis. Chacun intègre une catégorie correspondant à son statut professionnel : de la plus modeste, qui ne vous laisse guère de chance de pouvoir assister à la moindre séance, jusqu'au « protocole », le nec plus ultra de la position festivalière. Atteindre la dernière rangée du « carré cinéma » qui, face à l'écran, devance l'espace réservé aux vedettes des films que vous apercevez juste en vous retournant, est un *must* de la hiérarchie cannoise. Ce n'est pas comme se retrouver au balcon, près du mur du fond. Là, vous vous sentez parfois un peu seul. Enfin, pas vraiment, j'y ai usé mes fonds de smoking, je m'en accommodais, j'étais heureux, j'étais dans la grande salle, je voyais des films. Je m'en souviens comme si c'était hier, et aujourd'hui, lorsque j'interviens sur scène, je chambre toujours les spectateurs du balcon, ces enfants du paradis cannois, ce *lumpenprolétariat* des amoureux du cinéma : j'essuie les sifflets que je mérite et autant de rires et d'applaudissements car ils savent que je ne les oublie pas – j'étais l'un d'eux.

Les répétitions de la cérémonie d'ouverture sont presque terminées, la télévision du Festival, qu'avait créée Véronique Cayla, est prête à ouvrir l'antenne. Les amis continuent d'envoyer des messages : Martin Scorsese et Margaret Bodde, Darren Aronofsky et Alexander Payne, Daniel Auteuil, Jean-Claude Killy, même. Voilà qui est plus encourageant que la météo, annoncée comme épouvantable, ce qu'un regard sur le ciel dément heureusement. À 11 h 50, ouverture du « festival des photographes », réunis sur le toit du Riviera. Je les remercie, en saluant, comme de tradition, leurs doyens. Amassés sur les gradins du photocall, c'est-à-dire la *séance photo*, qu'on ne sait désigner que par cet anglicisme, ils chantent, se moquent les uns des autres et s'amusent. Je les adore, ils *sont* Cannes. Quand Woody Allen, Kristen Stewart, Blake Lively et Jesse Eisenberg arrivent quelques minutes plus tard, ils leur font une belle fête, de flashes, de cris et d'applaudissements. Rien de plus réconfortant pour une équipe avant d'affronter le Grand Jugement Cannois.

En début d'après-midi, c'est le tour des jurés. Resplendissants, impatients de commencer. Nous rejoignons Tristan Carné et l'équipe de KM, qui réalise la soirée d'ouverture, ainsi que

Laurent Lafitte, qui officiera comme maître de cérémonie. On explique à chacun la façon d'entrer en scène et à George Miller l'endroit où il prononcera un rapide discours. Vincent Lindon et Jessica Chastain, qui déclareront le festival ouvert, s'avancent à leur tour. Je suis content de les avoir tous les deux, j'aime que mes amis deviennent amis. En coulisse, stupeur, Catherine Deneuve est là : Laurent l'a invitée pour un petit baiser-happening-surprise. Soudainement redevenue petite fille, Jessica, qui n'en revient pas de se trouver face à elle, lui fait un éloge passionné. Il règne une belle atmosphère de travail. Les jurés ne sont pas les moins impressionnés. Je leur explique qu'à partir de maintenant, ils vivront leur vie, loin de Pierre et moi, pour qu'ils se sentent totalement libres. « Mais on va parler des films quand même, on va se voir un peu, non ? » me dit Valeria Golino.

17 h 30. Je disais qu'il flottait un calme étrange ? Plus maintenant. J'accueille Audrey Azoulay, la ministre de la Culture, qui arrive au Grand Hôtel. Plantu consacre son dessin du *Monde* au Festival, autre tradition. Je me faufile salle Debussy où Jeffrey Katzenberg organise une promo de *Trolls* avec Justin Timberlake et Anna Kendrick, juste pour écouter en live leur superbe version acoustique de *True Colors*, la chanson de Cyndi Lauper. Quatre minutes sauvées du tumulte. Ils nous rejoindront sur les marches tout à l'heure. Le Palais tressaille de monde, le soleil est revenu, c'est l'excitation des grands jours. Les spectateurs, les touristes et les *aficionados* s'amassent sur la Croisette et le parvis. Au moment où les portes s'ouvrent aux invités du 69e Festival de Cannes, Pierre et moi donnons, en smoking, une interview à l'immarcescible Michel Denisot. Nous sommes enfin en haut des marches et nous ne les quitterons que lorsque l'équipe de *Café Society* fermera le cortège et que commencera la cérémonie d'ouverture.

19 h 15. Le tapis rouge redevient le centre de l'univers. La Croisette est noire de monde. Woody et ses acteurs y arrivent

sous de belles acclamations. La grande salle s'éteint. À Laurent Lafitte de jouer. Et… il joue mal. Non, je suis injuste, il fait un beau numéro de music-hall, il est élégant, le décor est splendide, il est bien filmé. Mais une plaisanterie ruine le reste du show : « Ces dernières années, dit-il en regardant Woody Allen, vous avez beaucoup tourné en Europe alors que vous n'êtes même pas condamné pour viol aux États-Unis. » La salle, composée le soir de l'ouverture d'un public officiel, moyennement habitué à se taper sur les cuisses de rire, se glace. Du côté du rang I, où l'équipe est assise, les têtes remuent, les gens se regardent. Je le sens, quand ça foire. Et là, ça foire. Laurent, dont j'ignore s'il se rend compte de quoi que ce soit, rame dans l'indifférence et ne récupère pas le public qui n'a nulle envie de l'encourager. Si la salle ovationne Catherine Deneuve et le jury, elle fait au bel hommage de Matthieu Chedid à Prince, qui ferme la cérémonie, un accueil à peine poli.

À l'entracte, les commentaires vont bon train. Mais il en est qui ont trouvé Laurent Lafitte très bon. Un ami m'appelle : « Les plaisanteries de Laurent Lafitte étaient limites mais il ne fallait pas s'attendre à autre chose avec lui. Moi, il m'a fait rire. Matthieu Chedid était super aussi. L'ensemble avait de l'allure, ça changeait. » Un ami. Qui ajoute : « Mais tu n'as pas eu connaissance du texte ? » Non, nous n'avons pas le texte à l'avance, car la cérémonie d'ouverture relève de la responsabilité de Canal+. Avec Pierre, nous avons assisté, hier, à une partie des répétitions, nous avons entendu la vanne incriminée et quelques autres supprimées entre-temps, mais il ne nous est pas venu à l'idée de nous en mêler. Nous aurions dû. « Si la salle avait marché, on n'en parlerait même pas », me dit Christian Jeune. Le problème, c'est que ce type d'humour n'est pas fait pour Cannes. Ricky Gervais a eu les mêmes problèmes aux Golden Globes. Mais on ne s'en aperçoit qu'après.

Alors que la séance a repris après l'entracte, et après être passé à la Welcome Party dont la belle réussite m'indiffère tant je suis préoccupé, je rejoins Woody Allen. Il était prévu qu'il n'assiste pas à la projection et revienne seulement au générique de fin – son siège vide a tout de même fait jaser. Woody discute tranquillement au bar du 6e étage avec son épouse, Soon-Yi. « Woody, je suis désolé si vous vous êtes senti attaqué. – Ne t'en fais pas, je sais bien que ça n'était pas mal intentionné. Je connais le métier. – Il n'empêche… – Non, vraiment, tout va bien. Tu sais, moi aussi j'aurais tout osé pour un bon mot. » Et il ajoute : « J'ai été plus embarrassé quand, à la télévision, tu m'as comparé à Molière ! »

Jeudi 12 mai

Dans la catégorie « les meilleurs démarrages de Cannes », il y aura *Café Society*, formidablement accueilli. Au dîner de gala, comme le veut l'étiquette, j'avais l'équipe à ma table, mais aussi Jessica Chastain, Vincent Lindon et Leïla Bekhti. Pierre Lescure accueillait à la sienne la ministre, le maire, la présidente du CNC, les officiels et Catherine Deneuve que tout le monde regardait.

Pour le jury, qui dispose d'une table réservée, c'était une projection de plaisir. En 2002, j'ai réussi à faire venir Woody Allen à Cannes – il n'y était encore jamais venu. Peut-être pourrais-je le convaincre d'accepter un jour la compétition ? Je n'y crois pas trop. J'espère juste qu'il reviendra. Plus personne en tout cas ne parlait de l'incident, les gens avaient oublié et avaient mieux à faire : au dîner d'ouverture, le salon des Ambassadeurs devient un immense hall de gare aux heures de pointe, de nombreux invités se lèvent pour faire leurs relations publiques, s'embrasser, échanger des cartes de visite, sortir fumer. À un moment, aucune table n'était au complet tant ça circulait.

Dehors, sur la plage du Majestic, la Welcome Party battait son plein, avec deux mille festivaliers qui s'enivraient de jambon et de chanson populaire. La presse sortait du premier film de la compétition, qui est toujours projeté pour elle le mercredi soir, et une partie d'entre elle s'est jointe à la fête. Rare : les critiques, qui travaillent durement, se couchent tôt.

Je traîne toujours à la fin des dîners – comme s'il me fallait rester pour tout ranger. Marie, arrivée dans l'après-midi, avait envie de s'amuser. Des amis étaient là, dont Virginie Efira, qui va triompher avec *Victoria* à la Semaine de la Critique et *Elle* en compétition, Alice Rohrwacher qui a remporté le Grand Prix en 2014 ou Paolo Sorrentino, qui m'a confié le sujet de son prochain film, alors qu'il est en fin de montage de *The Young Pope*. Ou Fatih Akin, le cinéaste allemand, dont nous étions sans nouvelles depuis longtemps, qui m'a dit : « Quand j'étais au jury, *Sin City* était en compétition. On l'avait détesté et on t'avait détesté de nous l'avoir montré. Eh bien, je l'ai revu récemment et j'ai changé d'avis. C'est un film superbe. Je voulais te le dire. » On a parlé longtemps, c'était le premier soir, on s'est couché tard, sans même s'en rendre compte.

Je vais tenter de décrire une de mes journées. La première. Cette description ne vaut que pour moi, j'adorerais connaître celles des autres – on devrait ouvrir une page spéciale sur notre site internet, des festivaliers s'y raconteraient. Que n'ai-je pris des notes lorsque j'étais dans les files d'attente, incapable d'imaginer qu'un jour, je puisse me retrouver là où je suis ?

Le premier film est projeté à 8 h 30 dans l'auditorium Lumière de 2200 places pour la presse mondiale et une partie de la profession (mondiale aussi). C'est l'heure où j'émerge. Il me faut dormir au moins cinq heures : la nuit, je rejoins donc le Carlton entre 2 et 3 heures du matin. Moins de cinq heures, c'est physique, ça n'est pas tant le sommeil qui pose problème, car je peux tenir debout à l'énergie (mais mettez-moi dix minutes dans une salle et je m'endors), qu'un mal de jambes terrible et une lassitude générale. Je prends mon petit déjeuner dans la chambre pour être au Palais vers 9 h 30, 10 heures maximum. J'avale deux cafés. Christian Jeune a déjà lu toute la presse mais s'abstient de m'en parler. Frédéric Cassoly, qui met les photographes en place, m'envoie alors un message, le même depuis quinze ans : « Les voitures du film arrivent pour le photocall. » Ce matin, c'est le Guiraudie. Pendant que crépitent les appareils photographiques, je discute avec les attachés de presse qui évaluent les premières réactions de la critique. Elles sont bonnes chez les Français, un peu étonnées à l'étranger. Guiraudie, qui n'a pas hésité à tourner une séquence d'euthanasie (homo)sexuelle, s'écroule de rire quand Maraval lui dit : « Tous ceux qui n'aiment pas le Guiraudie, on les encule ! »

Puis je conduis tout le monde en conférence de presse, comme je le ferai avec chacune des équipes pendant les dix jours qui viennent. Aujourd'hui, le photocall sera aussi dédié à *Sieranevada*, l'autre film en compétition, *Personal Affairs* et *Clash*, en lice au Certain Regard, *L'ultima spiaggia* en séance spéciale, *Retour à Howards End* pour Cannes Classics avec James Ivory et Vanessa Redgrave (ah ! Vanessa Redgrave) pour les 25 ans du film, et *Money Monster* en hors-compétition.

De retour dans mon bureau, je reçois des délégations, je règle divers problèmes – liés aux films et aux projections, toujours et quasi uniquement. Et je réponds aux messages, comme celui de Stéphane Célérier : « *Café Society* a fait hier l'un des meilleurs démarrages de Woody. Lui et son équipe, magnifiques. Suis vidé. C'est intense ce métier, putain. Merci pour tout. » Et il ajoute en post-scriptum : « Maintenant *Loving* ! » C'est loin, Stéphane, *Loving*, c'est lundi.

Des cris viennent du quai où s'arrêtent les voitures. Premier emballement de la foule et impatience gourmande des photographes : Jodie Foster, Julia Roberts et George Clooney arrivent au cinquième photocall de la journée. Je les accueille. Quand je m'aperçois de la présence de Julia, je la salue, j'essaie de jouer au type indifférent, en fait je suis fou de joie. Quand elle prend mon bras pour se laisser conduire, je suis à deux doigts de saigner du nez. Puis, avec George, allez savoir pourquoi, nous parlons de… tracteurs. De nos tracteurs. D'un geste habile, il me montre le sien sur son téléphone : « Regarde ça, c'est ma femme qui me l'a offert. Un Kubota ! » Et il m'en parle de façon savante, de ce qu'il en fait, comment il le manœuvre. Pour faire le malin, je lui montre mon Massey Ferguson. Le photocall se rappelle à nous, il est animé et spectaculaire, trop rapide, les photographes protestent joyeusement, mais Pierre Zéni doit faire l'entretien pour la télévision du Festival et une foule de journalistes attend l'équipe en conférence de presse.

Compétition, Un Certain Regard, séances spéciales, Cannes Classics ou Cinéma de la plage : autant d'artistes à accueillir, de festivaliers à choyer, d'œuvres à présenter. Je me glisse dans les salles pour observer le public. Ou juste jeter un œil, comme ce matin, à la copie restaurée de *Masculin Féminin*, plaisir furtif et infini. Salle Buñuel, qui accueille les films de patrimoine, je retrouve quelques heureux qui sèchent la compétition, comme Todd McCarthy, le pape critique du *Hollywood Reporter*. Aujourd'hui, Jean-Claude Carrière présente *Valmont*, restauré par Pathé. Sur scène, je profite de sa lumineuse introduction comme si j'étais au premier rang, regrettant ce temps où je me noyais dans les salles, rien d'autre à faire que de regarder des films, en parler avec les copains, passer au suivant.

Ce 12 mai est « une journée à trois films », c'est-à-dire à trois montées de marches (à 15 h 30, 19 h 30 et 22 h 30), trois équipes qui entreront en majesté dans le grand auditorium Lumière, deux en compétition et un hors compétition. La séance de 19 h 30 est la plus courue pour d'évidentes raisons de prestige symbolique, d'excitation médiatique et de mondanité sociale : on peut aller dîner après le film, ce qui n'est pas un mince enjeu. À Cannes, on mange très bien.

Cette séance de gala est illuminée par Julia Roberts qui vient pour la première fois à Cannes et qui, quand on évoque la mort ou la banalisation des stars, prouve à chaque sourire que le mot fut inventé pour que des artistes comme elle en perpétuent le sens. Elle arpente majestueusement le tapis rouge et lorsqu'elle soulève sa robe pour monter les premières marches, on s'aperçoit qu'elle est… pieds nus. Les photographes sont aux anges, les échos fusent immédiatement sur internet ! Julia est entourée de Jodie Foster, qui ne fait pas injure non plus au mot star, et de George Clooney, accompagné de son épouse Amal, robe jaune à l'interminable traîne, qui ne laisse pas deviner son statut d'avocate pugnace investie dans de nobles causes.

Sitôt le film lancé, réglés son et image, je change de salle – et d'ambiance – avec l'ouverture du Certain Regard et *Clash*, le film choc du jeune cinéaste égyptien Mohamed Diab. Là, pas de smokings, des festivaliers, beaucoup de journalistes. Pendant dix jours, la salle Debussy recevra des gens de pays et de langues différents.

N'allez pas croire que lorsque tout le Festival est en projection, je me rends dans je ne sais quel lieu mystérieux me livrer à des festins pour VIP. Le chauffeur m'attend à l'entrée des artistes pour me conduire là où je dois être : par exemple, dans une suite du Martinez, à la remise du trophée Chopard, où je ne peux m'attarder car je reviens pour le générique de fin : à Cannes, quand les lumières se rallument, le verdict est immédiat. Jodie Foster, qui me confiait ce matin avoir été surprise par sa sélection, même hors compétition, l'est plus encore d'être si applaudie. Je suis content pour elle, heureux aussi pour Tom Rothman, le patron de Sony-Columbia, qui prenait un risque en engageant le studio à venir à Cannes.

J'ai quelques minutes pour passer au bureau avant de retourner à 22 heures au Certain Regard présenter *Personal Affairs*, le film très réussi de l'Israélo-Palestinienne Maha Haj tourné entre Ramallah et Nazareth. Présenter, c'est-à-dire saluer le public, prononcer quelques mots sur un film, un ou une artiste, inviter une équipe à me rejoindre sur scène. Cela vaut pour Un Certain Regard, Cannes Classics, les séances spéciales ou les séances sur la plage. Parfois, mais plus rarement, dans le grand auditorium Lumière lors des projections de minuit. Mais pas pour la compétition, où seul le nom du metteur en scène est annoncé. Je m'y retrouve à 22 h 30 pour la projection de gala avec Alain Guiraudie et son équipe de comédiens totalement inconnus (« Inconnus mais pas amateurs », précise toujours Alain, grand découvreur d'acteurs). Film lancé, je file saluer place du Miramar le dîner des producteurs français, qui créent ce soir un nouveau syndicat, et faire l'aller-retour à Antibes où est partie dîner la troupe de *Money Monster*. C'est moins une tradition qu'un plaisir de visiter chaque soir les équipes, une manière de leur dire au revoir. La journée de Jodie Foster a été éclatante et elle me dit sa gratitude de façon touchante. Quant à Julia Roberts, elle se sera montrée charmante, curieuse, d'une craquante timidité. « Je suis heureuse d'avoir comblé une lacune dans ma vie d'actrice », dit-elle, en m'obligeant à prendre une assiette de pâtes aux truffes de Mamo. Je suis triste de les voir repartir (la promo du film continue à Londres) et je resterais bien au Michelangelo. Mais je dois rentrer au Palais pour le générique du Guiraudie. Le film est acclamé. Autrefois, il aurait choqué. Le public aime plus ce cinéma qu'on ne le croit, ne craint pas les formes audacieuses du cinéma contemporain et exige du Festival qu'il l'emmène ailleurs. Cet après-midi, Cristi Puiu a eu droit à une longue ovation. Avec ces deux-là, la compétition est lancée de manière spectaculaire, comme si le Tour de France commençait par l'étape du Tourmalet.

Je n'ai pas vu le jury, aujourd'hui. Il mène sa propre sa vie et c'est très bien. J'ai terminé la journée par un passage au dîner-cocktail-party organisé par Sylvie Pialat dans une villa. À un moment, les voisins ont appelé la police – la musique était trop bruyante. Il était 2 heures et demie quand je suis arrivé au Carlton. J'ai vu que le bar et le lobby avaient été transformés en boîte de nuit et qu'une grosse fête s'y déroulait. En prenant l'ascenseur, où chaque soir, je quitte mon nœud papillon, j'ai prié pour que de ma chambre, on n'en entende qu'un écho étouffé, mais en vérité, je m'en fichais : j'avais envie que ça soit impétueux, que ça soit libre et que ça dure toute la nuit.

Vendredi 13 mai

Chaque jour, je déjeune à l'Agora, notre restaurant éphémère situé en bord de plage à l'arrière gauche du Palais en regardant la mer, juste avant la longue esplanade qui mène du Village international au Majestic. C'est un lieu dont l'existence est due au défunt Blue Bar, qui jouxtait l'ancien Palais. Les festivaliers s'y réunissaient dès la sortie de projection, refaisaient le monde et la sélection. C'était le genre de grandes légendes cannoises que nul n'évoque sans regret ni sentiment nostalgique d'avoir participé aux campagnes de Napoléon. « Mastroianni ou Burt Lancaster débarquaient boire un café. Toute la presse s'y retrouvait. Cannes se jouait là aussi », m'a dit l'immortelle Danièle Heymann qui, elle, a bien connu Napoléon.

Dans les années 80, le Blue Bar a quasiment disparu avec l'avènement du nouveau Palais. Il y a quelques années, nous avions évoqué avec Gilles Jacob l'endroit en question car il fallait repenser l'accueil de nos invités. Nous imaginâmes alors un lieu nouveau, destiné aux déjeuners. On le baptisa l'Agora. Gilles me laissa généreusement m'en occuper. Il aurait pu considérer qu'il lui revenait d'en présider le lancement mais son royaume, c'étaient les dîners officiels, au Carlton – et, pendant Cannes, il aimait déjeuner avec son épouse Jeannette. Lui le soir ; moi, le midi : cela se complétait bien. Mais l'Agora n'est pas le Blue Bar et la question d'un emplacement destiné aux festivaliers et, en particulier, à la presse, reste posée.

L'Agora est un minipalais de toile, de tentes et de livres. L'usage en a imposé la nécessité. Ça n'est pas encore une « légende cannoise » – y en aura-t-il d'autres ? – mais ceux qui y viennent savent de quoi il retourne, et pas seulement pour l'impérissable souvenir qu'ils conservent du risotto aux asperges de Bruno Oger ou de l'affectueux accueil de Laurence Churlaud, dont la souveraine présence vous console de n'importe quelle dévastation critique. Les jurés s'y installent légèrement à l'écart et ne lient que peu conversation avec le reste du monde. Sauf avec moi : je me suis retrouvé, au moment du café, dans quelques fascinantes discussions, mais sans recueillir le moindre secret d'alcôve, à l'exception d'une fois, notoire, que je raconterai peut-être plus loin.

Tout à l'heure, le jury arrivait de la projection du Ken Loach. Donald Sutherland s'est approché, m'a remercié. Il a tenté de parler du film et ses yeux se sont embués. Ça n'a duré que d'infimes secondes. Drôle de voir un géant, au sens propre comme au figuré, être à ce point bouleversé. Kirsten Dunst avait mis ses lunettes noires et ça n'était pas un truc de star. Je n'ai pas été surpris : *Moi, Daniel Blake* nous avait mis par terre, en avril, et depuis hier, il en est allé de même, aux projections de presse et au Marché. À part ça, que deux jurés ne masquent pas leur émotion ne signifie strictement rien d'un palmarès futur : ça n'est que deux voix sur neuf et la compétition est encore longue.

La journée s'est parfaitement déroulée. C'était l'entrée russe à Un Certain Regard : réalisé par Kirill Serebrennikov, cinéaste et homme de théâtre, statut que trahissent quelques citations incrustées dans les images pour en ponctuer le récit, *Le Disciple* est une œuvre de pur *cinéma*, qui existe par la photo, la mise en scène, le vent, le soleil, la mer, les visages et les formes de ces jeunes filles et garçons qui ne sont pas si différents là-bas qu'ici. Le premier film de Stéphanie Di Giusto et sa *Danseuse*, Loïe Fuller, à laquelle Soko prête grâce et chagrin, fut une autre belle arrivée au monde. Vanessa Paradis s'est s'engouffrée discrètement salle Debussy pour assister aux fulgurants débuts de sa fille Lily-Rose au cinéma. « Je n'ai rien vu, aucune image, je suis dans un drôle d'état ! » disait-elle. La projection a levé ses inquiétudes. Au Nikki Beach, sur la plage du Carlton, le Hollywood Foreign Press de Lorenzo Soria, qui organise les

Golden Globes, donnait sa réception annuelle et *Madame Figaro* d'Anne-Florence Schmitt organisait la sienne en l'honneur du Bruno Dumont dont c'est le grand retour en compétition.

Ma Loute enchante des foules stupéfaites, hors quelques festivaliers étrangers déroutés par la singularité de l'objet. Pouvait-on imaginer, après *La Vie de Jésus* ou *L'Humanité*, voir Bruno Dumont livrer une œuvre aussi extravagante que cette « comédie sociale nordiste » ? Je suis resté un peu à la projection de gala car je voulais voir l'éclat du grain des images sur l'écran géant de la salle Lumière, dans laquelle le grandiose Fabrice Luchini est entré avec une attendrissante timidité, lui qui n'est pas un habitué du Festival. Mais son naturel a vite repris le dessus. Quand je l'ai félicité, il a ri : « Et encore, comme disent certains critiques, c'est un film qui pactise beaucoup trop avec le public ! »

Après, je suis retourné au Palais pour *Dernier Train pour Busan*, de Yeon Sang-ho, qui ouvrait les séances de minuit. L'ovation a résonné jusqu'à La Bocca et m'a donné des regrets de ne pas être resté au film. Mais pendant la projection, Laurence avait improvisé une pizza-party sur la terrasse du 4e étage. C'est le début du week-end, la ville est vibrante d'intensité. D'après quelques informateurs croisés dans le Palais (des critiques, des professionnels et des amis que je sollicite quand je peux, histoire de tout savoir des sentiments, étonnements, agacements, emportements, émotions, commotions, bouleversements des uns et des autres), Cannes 2016 est bien parti. De surcroît, la projection presse de *Toni Erdmann*, ce soir, a fait sensation : on y a vu des journalistes rire, s'enthousiasmer, frapper dans leurs mains et ne rien cacher de leur joie. Malgré nos imprécations, la météo est incertaine. Ce matin, Ken Loach a dit : « Les Anglais sont là, il va pleuvoir ! » Mais ça se lève demain, nous promet-on.

Samedi 14 mai

Rien écrit aujourd'hui. Je me contenterai de la note de service sur les montées de marches du jour.

Note de service

De : Jean-François Couvreur et Thierry Frémaux

Objet : Montée des marches – 14 mai

Date : 14 mai 2016, 12 h 45

À : Michel Mirabella, Bruno Munoz, Frédéric Cassoly, Clément Lemoine, Laurence Churlaud, Samuel Faure, Christine Aimé, Jean-Pierre Vidal, Virginie Vidal, Sylvain Laurédi, Claude Touati, Anne Boulithe, Patrick Fabre, Didier Allouch, Sophie Soulignac, Laurent Weil, Nadège Leberrurier et équipe KM & Canal

C.C. : Pierre Lescure, François Desrousseaux, Christian Jeune, Nicole Petit, Marie-Caroline Leroy

Bonjour à tous, veuillez trouver ci-joint la liste des projections officielles et le déroulé de la montée des marches du samedi 14 mai. Aujourd'hui, trois films. Bonne journée !

15 heures : *Toni Erdmann* de Maren Ade (2 h 42)

Équipe du film : Maren Ade, Sandra Hüller, Peter Simonischek, Vlad Ivanov, Ingrid Bisu, Thomas Loibl, Trystan Pütter, Lucy Russell, Ms. Janine Jackowski, Jonas Dornbach.

Contact : Richard Lorman

Personnalités présentes à la projection : Alice Rohrwacher, Laurent Bécue-Renard, Claire Burger, Catherine Corsini ainsi que Farnoosh Samadi et Ali Asgari, coréalisateurs du court métrage en compétition *Il silenzio*.

L'équipe partira du Grand Hôtel en voiture. À noter pour la télévision du Festival : le Spielberg terminera sa conférence de presse lorsqu'on ouvrira la montée de *Toni Erdmann* au public.

Si jamais elle se prolonge, il faudra bien switcher vers les marches lorsque les voitures du Maren Ade arriveront.

19 heures : *The BFG* de Steven Spielberg (1 h 55)
Équipe du film : Steven Spielberg, Kate Capshaw Spielberg, Mark Rylance, Ruby Barnhill, Penelope Wilton, Rebecca Hall, Jemaine Clement, Kathleen Kennedy, Frank Marshall, Lucy Dahl, Kristie Macosko.
Contact : David Toscan

L'équipe partira du Carlton en voiture. Nous vous rappelons que nous sommes samedi et qu'il y aura énormément de circulation sur la Croisette, en particulier sur le secteur Carlton-Marriott-Grand Hôtel. Toutes les personnes en charge des équipes doivent surveiller leurs horaires et avertir du moindre problème. En haut des marches, Anne appellera les attachés de presse dans les voitures s'il le faut pour prévenir Thierry en cas de problème. De fait, attention à ne laisser passer au pied des marches que les voitures disposant d'un macaron officiel. Jean-Pierre y veillera.

Pour les groupes présents et annoncés : application des règles habituelles. Il est demandé à Alex de ne pas les faire demeurer trop longtemps sous le dais comme s'il s'agissait de films en compétition – le temps sera compté. Les différentes montées, dont celles des égéries, procéderont dans les timings prévus à cet effet. Si des équipes sont attardées, de leur fait ou non, le protocole officiel passe en priorité. Tous les retardataires monteront après l'équipe du film en compétition.

L'équipe du Spielberg sera au pied des marches à 18 h 40. En cas de retard, on demandera à Didier, Sophie et Laurent de raccourcir les interviews.

Le jury : Laure nous confirmera à la dernière minute si des jurés assisteront ou non à la projection en passant par le tapis rouge.

Sylvain Laurédi et ses équipes feront passer le plus de monde possible sous le dais, en particulier pour la demi-heure qui précède l'arrivée des personnalités. Mais on veillera à rendre la montée la plus rapide possible. Les séances photo intempestives ou trop longues sur les escaliers, idem les selfies, seront réduites au strict minimum.

Personnalités présentes : Max von Sydow, Sônia Braga, Blake Lively, Rai Aishwarya, Paz Vega, Daniel Brühl, Bérénice Bejo, Camélia Jordana, Richard Klubeck, Rena Ronson, Eero Milonoff, Magic Johnson, Maître Gims, Mélissa Nkonda, Antoine Duléry, Loubna Abidar.

Ainsi que les réalisateurs : Ken Loach, Kleber Mendonça Filho, Boo Junfeng, Santiago Amigorena, Djamel Bensalah, Michel Hazanavicius, Cédric Klapisch, Tonie Marshall, Hervé Renoh, Agnès Varda, Patrick Braoudé.

Kleber Mendonça Filho et Sônia Braga, en compétition mardi pour *Aquarius*, monteront ensemble.

Montée du film *Un homme et une femme* (Cannes Classics) : Claude Lelouch, Valérie Perrin, accompagnés d'Elsa Zylberstein. Gérald sera avec eux et ils iront au Café des Palmes avant la projection.

Montée du film *Wrong Elements* (Séance spéciale) : Jonathan Littell (réalisateur), Joachim Philippe (directeur de la photo), Yolande Decarsin (chef opérateur du son), Jean-Marc Giri (producteur), Thomas Kufus (coproducteur), Benoît Roland (coproducteur), Jean-Charles Morisseau (producteur associé). Fanny sera avec eux. Elle les conduira au salon des Ambassadeurs avant la salle du 60e.

22 heures : *Mademoiselle* de Park Chan-wook (2 h 42)

Équipe du film : Park Chan-wook, Kim Min-hee, Kim Tae-ri, Ha Jung-woo, Cho Jin-woong, Syd Lim, Manuel Chiche.

Contact : Céline Petit & Bruno Barde (Public Système)

L'équipe partira du Gray d'Albion en voiture. Avant la montée du film principal, il y aura la montée des deux films du Certain Regard, *The Transfiguration* et *Fuchi Ni Tatsu* (*Harmonium*), ainsi que de *Bright Lights* (Cannes Classics).

Personnalités présentes : Costa-Gavras, Jia Zhang-ke, Gilles Marchand, Kleber Mendonça Filho, Alexandre Aja, Tao Zhao, Olias Barco.

Montée du film *The Transfiguration* de Michael O'Shea (réalisateur, premier film), Eric Ruffin et Chloe Levine (comédiens), Sung Rae Cho (directeur de la photographie), Kathryn Schubert (monteuse), Susan Leber (productrice), et Joyce Pierpoline (productrice associée). Leur montée de marches n'est pas suivie de la projection qui a eu lieu cet après-midi.

Montée du film *Bright Lights* de Fisher Stevens (Cannes Classics) : Fisher Stevens (réalisateur), Brett Ratner (producteur et réalisateur), Carrie Fisher (actrice et scénariste). Gérald les accompagnera sur les marches et les conduira à la salle Buñuel.

Montée du film *Fuchi Ni Tatsu* (*Harmonium*) de Kôji Fukada (Un Certain Regard) : Kôji Fukada (réalisateur), Tadanobu Asano (acteur), Mariko Tsutsui (actrice), Kanji Furutachi (acteur), Masa Sawada (producteur français), Hirochi Niimura (producteur japonais). Geneviève récupérera l'équipe en haut des marches pour les conduire à Debussy. Après avoir lancé la projection de *Mademoiselle*, TF les rejoindra pour présenter le film.

Pour les gens de KCPK (Fabrice Brovelli, Christophe Caurret et Isabelle Tardieu) : processus habituel sur les musiques. Veiller sur les musiques choisies par les films. Aussi quelques attentions pour celles de John Williams dans les films de Steven Spielberg et les morceaux d'*Old Boy* (*The Last Waltz*, *Look Who's Talking*), de Park Chan-wook. Sinon, comme c'est samedi, Pierre a demandé *Viva Las Vegas*, version Presley, et moi, vous me mettez *Born to Run*, comme tous les soirs.

Dimanche 15 mai

En voiture, 10 h 15

Couché trop tard et réveillé à l'aube, ce qui n'est pas bien : qualité du sommeil et récupération sont essentiels, comme pour les coureurs du Tour. J'ai traîné dans la chambre. Maintenant, suis en retard. J'arrive à peine au Palais que Frédéric Cassoly envoie son texto : « Les voitures arrivent. » Celles du Nicole Garcia.

À mon bureau, trente minutes plus tard

Je surveille le photocall sur les images de la télévision du Festival, en buvant un deuxième café. Petit point avec Christian. « On n'a pas vu un si bon démarrage depuis des années », dit-on partout. Un plaisir simple, sentiment rare mais vite contagieux, règne. Tant mieux. « Tu peux même lire la presse », se moque Christian. Je reste sur mes gardes. Depuis que je fais ce métier, j'ai dû me défaire de deux naïvetés : d'abord, croire que la sélection serait l'ensemble de « mes » films préférés car, on l'a vu, c'est plus complexe. Ensuite, rêver que tout le monde aimerait tous les films que nous aimons. J'ai dû déchanter. Un grand cinéaste que nous savons en petite forme sera toujours mieux accueilli qu'un jeune inconnu. La presse est exigeante quand il s'agit de sacrer. Mais l'accueil fait à *Toni Erdmann* prouve qu'elle en est capable. Le film a sidéré la Croisette.

Fin du photocall. Marion Cotillard est si belle à regarder et si empreinte de timidité que rien des poses classiques et des allures obligées pour photographes pressés ne semble banal. J'enchaîne, je vais présenter le roumain du Certain Regard, *Câini*, saluer le jury de la Caméra d'or et passer une tête au colloque du ministère de la Culture autour du financement de la création où les Français protecteurs du droit d'auteur veulent lancer quelques offensives contre quelques néolibéraux européens qui ne le sont pas.

Sur la « Passerelle », 14 heures

Laurence a rassemblé à déjeuner tout ce que Cannes compte d'artistes mais c'est la présence de Max von Sydow qui a impressionné. Quand j'ai rencontré Max pour la première fois, et que je me souvenais à quel point il m'avait fichu la trouille dans *Les Trois Jours du Condor*, je lui avais dit : « Merci de ne pas avoir flingué Redford dans l'ascenseur. » Il m'avait répondu : « Je n'avais pas d'instructions. » Et il a ajouté : « Et le film se serait arrêté trop tôt ! » Puis, avec lui et sa femme Catherine, nous sommes devenus amis.

Après le café, tout le monde va au cinéma. Moment de mélancolie où surgissent les démons du passé : la vie est triste, hélas, et j'ai vu tous les films. Je ne peux plus jouir du plaisir de les découvrir ici. Je redeviendrais bien festivalier, parfois. Mais je dois filer accueillir l'équipe de *The Nice Guys*. « Les voitures arrivent… »

Baie de Cannes, 14 h 30

Je ne devrais pas prendre le risque d'aller sur un yacht alors que je dois être sur les marches dans une demi-heure. Mais Len Blavatnik, le patron de l'*Odessa II* (et de Warner music), veut me détailler son projet pour Miami. Et il y aura le boxeur Roberto Durán, « Manos de Piedra », celui qui avait abandonné son 983e combat en déclarant : « No mas », avant de se raviser en disant : « *Uno* mas. »

En haut des marches, 15 h 20

L'enfant du rock, Pierre Lescure, est épaté par la scène : la montée des marches du film d'Andrea Arnold, *American Honey*, est un extraordinaire spectacle. Dans la salle, tout le monde a les yeux fixés sur l'écran, dehors tout le monde danse. Explication : quand la réalisatrice et ses comédiens se sont avancés devant les photographes, ils ont commencé à bouger sur *Choices (Yup) (Out Now !)*, un rap gangsta du musicien américain E-40, qu'on entend dans le film. Puis tout s'est emballé. En ce dimanche de mai, sous un soleil dominateur, le tapis rouge est animé comme jamais : des jeunes gens de 2016 dansent, chantent, battent la mesure, agitent leurs bras comme des rappeurs. Chacun est vêtu à sa manière, ni smoking réglementaire ni robe longue classique, juste de belles tenues conformes à leur énergie, leur poésie – l'après-midi, on s'habille comme on veut. Une jeunesse pleine d'allégresse qui s'empare du tapis rouge. Aux côtés d'Andrea Arnold (lunettes noires, veste sombre, chemise blanche et bottes de chantier), Shia LaBeouf (qui m'a confié ce matin endosser bientôt le rôle de John McEnroe, ce qui lui ira comme un gant) joue l'aîné d'un groupe dominé par ces filles qui irradient la ville de leur magnificence et de leur charme immense. Parmi elles, Sasha Lane, la révélation du film, et la belle Riley Keough, petite-fille de Presley – quand même, la petite-fille d'Elvis. Au pied des marches, une autre jeune beauté attend son tour : Kristen Stewart, venue voir le film de ses copines. Elle non plus ne peut s'empêcher de danser, comme Pierre et moi, qui devinons tout de même, à quelques mots attrapés ici et là et dont le sens ne nous échappe pas, que les paroles du morceau de E-40 ne sont pas du genre à être déclamées en conseil d'administration du Festival.

Salle Buñuel, 5e étage du Palais, 17 heures
Présentation de la copie restaurée de *Rendez-vous de juillet* de Jacques Becker par son fils Jean – il était jeune lorsque son père est mort si prématurément mais il a travaillé avec lui et a achevé *Le Trou*. Bertrand est là. Normal. Becker.

À mon bureau, 18 h 45
Message de Fabrice Allard, aux accréditations : « Problème : quelqu'un veut nous offrir 150 euros en échange de places. Que fait-on ? 1) On lui rend son enveloppe en se montrant indignés. Ou alors : 2) On lui rend son enveloppe et on lui supprime son accréditation. Ou encore : 3) On garde son enveloppe et on se fait un resto. » J'opte pour la première solution.

En voiture, 19 h 45

Touchante Nicole Garcia, anxieuse et batailleuse. Somptueuse montée de marches. Déjà repartis avec Vincent, le chauffeur. Nous n'avons qu'une heure pour faire l'aller-retour à Antibes saluer les invités de la *party* annuelle d'Harvey Weinstein et à Golfe-Juan embrasser De Niro qui vient d'arriver à Cannes et qui dîne chez Tétou, son lieu favori, avec Jean Imbert, qui nous a fait un beau dîner officiel hier soir. On se fait quelques sueurs à slalomer entre les voitures. Oui, en respectant le code de la route et sans avoir touché au moindre verre (de toute façon, je ne bois pas pendant Cannes).

Place de la Castre, Cannes, 22 h 45

J'ai dit que je ne buvais pas ? Parfois. Enfin, un verre ou deux, guère plus. Comme ce soir, beau dîner à l'invitation de Kering, partenaire du Festival (ajouté-je, pour faire comme les journaux sommés de citer leurs actionnaires), au sommet de la colline du Suquet. Les deux vedettes de *Thelma et Louise*, Susan Sarandon et Geena Davis, sont honorées par François-Henri Pinault, et splendides d'humour féministe. Anne-Sophie Pic, la seule chef trois étoiles de France, compose le dîner. J'ai quatre-vingt-dix minutes devant moi, une éternité : je peux me laisser aller, bavarder avec Salma Hayek, qui fait partie de la famille cannoise, échanger des blagues avec Mads Mikkelsen, que je n'ai pas vu depuis un siècle. Il ne me dit rien sur la compétition, pas plus que la mystérieuse et capiteuse Céline Sallette sur Un Certain Regard – elle a envie de fumer mais, vu les règles en vigueur (rester à table !), n'ose pas se lever, ce qui m'amuse beaucoup. De son inimitable rire, Juliette Binoche offre à la table une joie communicative.

En voiture, 0 h 30

De la place de la Castre, la ville de Cannes n'est qu'illuminations : un Luna Park dont on voudrait ne jamais quitter la magie. Aujourd'hui, il y avait *Chouf*, le film de Karim Dridi : les acteurs/personnages, sortis tout droit des quartiers Nord de Marseille mais soudainement impressionnés par la solennité de l'instant, ne faisaient plus les marioles en montant les marches. Dans la voiture qui me ramène au Palais, coup de fil de Philippe Garnier : Arsenal est passé devant les Spurs, étrillés à Newcastle 5-1. Il n'y a pas que le cinéma dans la vie. Mais j'ai rendez-vous avec deux « nice guys ». J'avais rencontré Russell Crowe lorsque *Robin des Bois* de Ridley Scott fit l'ouverture. C'est un musicien, un guitariste et au dîner, il avait demandé aux invités de reprendre avec lui *Highway Patrolman*, la chanson de Springsteen. Ryan Gosling, pareil, famille cannoise : *Drive*, bien sûr, et son premier film, *Lost River*, tourné dans les paysages dévastés de Détroit, d'abord mal accueilli, puis mieux. Ce soir, ils sont là tous les deux. Bien accueillis.

Chambre 447, hôtel Carlton, 2 heures

Le dimanche soir, c'est un premier Festival qui s'achève. Cinq jours de passés et premier bilan. On a franchi l'obstacle. Et pas de problèmes extra-sélection, ni rien de menaçant à l'horizon. Demain, deuxième round : il durera jusqu'à jeudi. Après, c'est le grand inconnu, le rush, les derniers films, la fin du Marché, le palmarès, la clôture. Trop tôt pour y penser. Il est temps de rentrer et de faire ce dont je rêve depuis ce matin : me recoucher.

Lundi 16 mai

Dormi six heures, le grand luxe. Début de la deuxième semaine : remise en jeu, balles neuves. De l'art délicat de la programmation : les premiers jours, ne pas assommer avec des œuvres trop sombres, ne pas lasser avec des thèmes similaires, célébrer quand il faut, mêler les surprises, la respiration, l'excitation. Nous n'avons aucun favori, et nous feignons d'organiser le suspense. Début de la semaine. Le film brésilien intrigue et le Dolan excite les esprits, comme le Sean Penn, dont on ne sait rien, ou le Mungiu, qui n'est jamais reparti bredouille de la compétition.

De sa chambre d'hôpital, Pierre Rissient me dit : « En matière de critique, plus grand-chose ne m'impressionne. Hélas. » Moi pareil. C'est comme en politique : les extrêmes imposent leur agenda. À l'arrivée, plus rien nulle part, défaite dans les deux cas – le peuple, ou le public, regarde ailleurs. Il est pourtant prêt à toutes les aventures. En cinéma, la famille « radicale » a longtemps dessiné la ligne de crête, comme s'il n'en existait qu'une. Aujourd'hui, elle dit à un quarteron de supporters ce qui est honorable et ce qui ne l'est pas. L'espace est étroit, comme sa générosité critique. Fausses audaces, effets dévastateurs : une audience envolée et une pensée en chute libre. « L'homme vraiment sage est celui qui n'a de dédain pour rien », dit Krishna que cite Camus.

Tornade *Toni Erdmann*, comme prévu. Cannes aime la chair fraîche, tendre et mystérieuse. Très bon film, à part ça. Et Maren Ade, belle personne. *Comancheria* et *Apprentice* font de l'effet à Un Certain Regard. Et d'autres encore. On fait un beau festival parce que les gens font de beaux films, réalisateurs, producteurs, auteurs, distributeurs, techniciens, attachés de presse, les valeureux combattants de l'ombre.

J'accueille Pedro Almodóvar et son frère Agustín. *Julieta* est un échec en Espagne – à un moment, les films de Bergman ne marchaient plus non plus en Suède. Montée de marches demain, sortie en France mercredi. Avant Cannes, les projections à Paris se sont bien passées mais une fois ici, tout le monde a peur. Qu'importe : il a fait un film superbe. Retour de Kristen Stewart pour le Assayas, qui lui a offert un César pour *Sils Maria* : l'ado prodige de *Twilight* est devenue grande comédienne de films d'auteur.

Rissient, deuxième appel. Il me parle de son livre d'entretiens avec Samuel Blumenfeld, que l'Institut Lumière publie chez Actes Sud. J'évoque un projet pour le festival Lumière, une histoire des formats : « Alors, n'oublie pas *The Bat Whispers* de Roland West, tourné en 1930 en "Magnifilm 65 mm". Aucune salle n'était équipée, ce fut un désastre. Aussi *Le Testament du docteur Mabuse*, deux ans plus tard, mais le contraire : image réduite. Les films Lumière, c'est quoi ? – 1.33. – Là, 1.22. Super carré. Et bien sûr, il faudra montrer *The Big Trail* de Walsh et *Blackmail* d'Hitchcock. » J'adore *The Big Trail*, le premier film en 70 mm, issu de ce moment particulier 1928/1932 où il y avait du parlant dans le muet, comme dans le Hitchcock, donc, et encore du muet dans le parlant – comme dans le Walsh.

Sônia Braga : « Avant, à Cannes, on faisait notre journée et on la terminait par les fêtes. Là, il y a plus de travail et moins de fêtes. » Longtemps, la fête cannoise, « on en parlait moins mais on la faisait plus », comme disait Tognazzi à propos de l'amour dans *La Tragédie d'un homme ridicule* de Bertolucci. Désormais il y a les photos volées, qu'internet engloutit par milliers. Quelque chose du star-system s'abîme sous nos yeux, une innocence et une magie disparaissent sous les assauts de la communication mondiale généralisée qui impose que tout soit dévoilé, expliqué, montré.

Mélancolie du lundi, donc. Je me souviens de ma solitude de festivalier et des McDo de la rue d'Antibes. Hier, j'ai failli rater la fin du Park Chan-wook. George Miller, que ma manie de mesurer la durée des films amuse, m'a sauvé en me demandant où en était mon chronomètre. Et Loach m'a parlé de Don Hélder Câmara, l'évêque brésilien, qui disait : « Quand je nourris des pauvres, on dit que je suis un saint ; quand je demande pourquoi ils sont pauvres, on me traite de communiste. »

À son arrivée sur scène, Bertrand reçoit une splendide ovation qu'il prend avec bonheur et simplicité. Il a 75 ans, la maladie s'est enfuie, il fait le film de sa vie : *Voyage à travers le cinéma français*. Cette saison si difficilement commencée se termine triomphalement.

Laure Cazeneuve me dit : « Il faut que je te parle du jury. » Petite inquiétude. « Non non, tout va bien. Ils ont eu déjà deux réunions, ils sont sérieux sur les films, et fêtards en général. George est un président parfait. » Sait-elle quelque chose sur leurs débats ? Je ne lui demande pas, elle ne dira rien.

Le protocole. Au moins n'en discute-t-on plus le bien-fondé. En 2011, quand on a projeté *Tous au Larzac*, le film de Christian Rouaud, José Bové vint sur les marches. En smoking. J'admire, il me dit : « Quand j'accepte une invitation, j'en respecte les conventions. » Chacun ses coutumes, les nôtres et celles des autres. Ça m'a aussi fait penser à la citation de Léo Ferré : « Je suis un vrai anarchiste. Je traverse dans les clous, comme ça je suis sûr qu'on ne m'emmerdera pas. »

Journée à trois séances de gala. Jim Jarmusch est là avec son film-haïku identifiable à rien de connu. Il a un peu fallu batailler pour qu'il accepte la séance de l'après-midi, laquelle n'offre pas l'éclat de la nuit. Mais elle offre autre chose, c'était aussi l'avis de Jean Labadie, son distributeur. Ce matin, Jim m'a dit que ça lui allait. Je l'ai trouvé en grande forme : allure de prince et Sara Driver, sa femme, à son bras. Un jour, il m'a expliqué l'Amérique : « À New York, quand les chauffeurs de taxi vous disent "Fuck you !", ça veut dire "Good morning !" À Los Angeles, quand ils vous disent "Good morning !", ça veut dire "Fuck you !" »

Le soir, belle lumière sur les marches. Sourires partout. Pierre a demandé *Brown Eyed Handsome Man* de Chuck Berry. J'aurais bien proposé *Los Hermanos* d'Atahualpa Yupanqui mais ça se danse moins. Ceux qui s'étonnent de notre aversion pour les selfies ne « vivent » pas les marches. Ces spectateurs ne se rappelleront de rien. Sans appareil photo, je me souviens de mon premier tapis rouge comme si c'était hier : une fascination, une sensation physique, une peur même. La crainte de me faire virer aussi. Je pense à De Niro regardant les nouveaux clients en chemise à fleurs dans *Casino*. Jerry Lewis avait dit la même chose dans *Un chef de rayon explosif*. Pour me chambrer, des jeunes me demandent une photo avec eux. J'accepte. Ils font un selfie à la volée en éclatant de rire. Moi aussi, ça me fait rire.

Aucun sentiment de droit divin, un Festival se fait avec des films, des artistes et des spectateurs, rien de plus : une maison avec des murs, comme celle du héros de *Loving*. Extraordinaire film qui n'en a pas l'air, avec Jeff Nichols en nouveau fils prodigue du cinéma américain. À la fin de l'année, il sera dans tous les classements (je ne devrais pas prendre le risque de dire des choses pareilles). Dans *Télérama*, Pierre Murat n'a pas aimé. C'est bon signe. Nan, je plaisante, Pierre.

Dernière séance. Hommage à De Niro. Il est là, avec les Latinos-Américains de *Hands of Stone*. Bel éloge d'Édgar Ramírez sur scène. Bob inhabituellement volubile. On accueille rarement ce genre de célébrations, à tort. Harvey avait raison. La salle Lumière acclame, le film est bien reçu. Laurent de Aizpurua qui, avec Laurent de Minvielle, s'occupe des flottes de voitures d'Ambassador (ils portent des noms de personnages de *La Reine Margot* – comme dit Marie-Caroline : « C'est de la haute »), est ravi : « Des soirées comme celles-là, c'est génial, il en faut plus, Thierry ! » Avec Bob, on boit un verre après le film. « On a le droit d'être président du jury une deuxième fois ? »

Je rentre au Carlton, qu'aimait tant Scott Fitzgerald. Et comme chaque soir, épuisé mais sans sommeil, j'attrape le livre en cours, je lis quelques pages, les mêmes que la veille déjà oubliées et je m'endors.

Mardi 17 mai

À relire mes agendas quotidiens, je me sentirais devenir une machine purement fonctionnelle. Ici celui du mardi 17 mai, rédigé comme tous les jours par Marie-Caroline.

« Thierry.

Voici votre agenda.

Parmi les arrivées : Régis Debray, Pierre Assouline, Olivier Guez, Pascal Thomas, Jalil Lespert et Sonia Rolland. Comme vous le savez, William Friedkin est là également. Il déjeunera demain à l'Agora avec Michel Ciment qui fera la leçon de cinéma.

Départs de : Gael García Bernal, Alice Rohrwacher, Aurore Clément, Max von Sydow.

Lorenzo Soria du Hollywood Foreign Press souhaiterait vous voir à propos des Golden Globes de janvier prochain. Il s'en va demain. Mara Buxbaum arrive jeudi et voudrait également vous rencontrer. Sinon : Nandita Das est passée, Piera Detassis veut vous parler de l'exposition Scola de Rome et Anne Georget du jury de l'Œil d'or de la Scam. Dans les infos : la Ministre ne sera pas présente à la clôture. On doit caler une interview pour FR3 au sujet d'Isabelle Huppert.

8 h 30 Projection presse *Julieta* (Compétition, 1 h 36) Grand Auditorium

9 h 00 à 11 h 00 Petit déjeuner *Short Film Corner* sur la terrasse du Festival – Jérôme Paillard vous y attendra quand vous voulez

9 h 00 à 13 h 00 *Shoot the Book* au Salon des Ambassadeurs – Accueil : Paul Otchakovsky-Laurens

10 h 06 Fin de projection *Julieta*

10 h 30 Photocall *Julieta* : Pedro Almodóvar, Emma Suárez, Adriana Ugarte, Inma Cuesta, Michelle Jenner, Daniel Grao et Agustín Almodóvar.

10 h 40 Photocall *Captain Fantastic* : Matt Ross, Viggo Mortensen et les enfants du film ainsi que Lynette Howell Taylor et Jamie Patricof que vous connaissez.

10 h 50 Photocall *La Forêt de Quinconces* : Grégoire Leprince-Ringuet, Paulo Branco et les comédiennes Pauline Caupenne et Amandine Truffy.

11 h 00 Conférence de presse *Julieta.* Modérateur : José Maria Riba.

Pedro Almodóvar se rendra ensuite sur la terrasse de Fred pour une interview avec TF1

11 h 00 Projection de *Personal Shopper* (Compétition, 1 h 50) Grand Auditorium

À partir de 11 h 00 : Cocktail du *Sundance Institute* au Silencio – 5, rue des Belges

11 h 00 Projection *Voir du pays* (Un Certain Regard, 1 h 42) Salle Debussy. C'est vous qui présentez. Sur scène : Delphine et Muriel Coulin, Soko et Ariane Labed (et sans doute Denis Freyd)

12 h 00 Photocall *Personal Shopper* : Olivier Assayas, Kristen Stewart, Lars Eidinger, Sigrid Bouaziz, Anders Danielsen Lie, Nora von Waldstätten et le producteur Charles Gillibert

12 h 10 Photocall *Voyage à travers le cinéma français* (Cannes Classics) : Bertrand Tavernier sera là avec Bruno Coulais, le musicien du film

12 h 15 Photocall "Talents Adami Cannes" : Bernard Menez, Philippe Ogouz, Jean-Jacques Milteau et Bruno Boutleux. Dominique Besnehard a produit le film avec les jeunes comédiens. Vous vouliez dire un mot sur Tina Charlon, qui ne sera hélas pas là.

12 h 30 Conférence de presse *Personal Shopper*. Modérateur : Robert Gray.

12 h 30 : Déjeuner à l'Agora. Laurence vous a fait passer les listes. Il y aura les équipes du jour et le jury du Certain Regard. Rossy de Palma ne sera pas à la projection ce soir.

12 h 30 à 14 h 30 Déjeuner de l'ARP sur la Terrasse du Festival. Essayez d'y passer. Pierre y sera.

12 h 42 Fin de projection *Voir du pays*

12 h 45 Fin de projection *Personal Shopper*

13 h 30 Projection *Julieta* (Compétition, 1 h 36) Grand Auditorium

14 h 00 Projection *Captain Fantastic* (Un Certain Regard, 2 h 00) Salle Debussy

15 h 06 Fin de projection *Julieta*

15 h 30 Haut des marches

16 h 00 Projection *Aquarius* (Compétition, 2 h 00) Grand Auditorium

Dans l'équipe : Kleber Mendonça Filho, Sônia Braga et d'autres acteurs, ainsi que les producteurs Émilie Lesclaux, Saïd Ben Saïd et Michel Merkt.

16 h 00 Projection *Ugetsu Monogatari* Cannes Classics (1 h 37) Salle Buñuel. Vous me direz si vous présentez le film.

16 h 00 Fin de projection *Captain Fantastic*

16 h 30 Projection *Voir du pays* (Un Certain Regard, 1 h 42) Salle Debussy. Sans présentation

17 h 00 Rendez-vous avec M. Lorenzo Codelli dans votre bureau

17 h 30 à 19 h 00 Réunion des Réalisateurs et Jury Caméra d'or sur la Terrasse du Festival. Dites-moi si vous y passez

17 h 37 Fin de projection *Ugetsu Monogatari*

18 h 00 Projection *Adieu Bonaparte* Cannes Classics (1 h 55) Salle Debussy. Vous m'avez dit vouloir présenter. Costa-Gavras et Frédéric Bonnaud seront présents pour la Cinémathèque française.

18 h 00 Réception à bord de l'USS *Mount Whitney* au Port de la Santé de Villefranche-sur-Mer (navettes entre 17 h 15/17 h 45). Je vous l'indique par principe.

18 h 12 Fin de projection *Voir du pays*

18 h 20 Fin de projection *Aquarius*

18 h 30 à 21 h 15 Délibération d'étape du jury d'Un Certain Regard au Café des Palmes. Marthe Keller aimerait vous voir.

18 h 45 Interview Michel Denisot. Il vient à votre bureau et vous accompagne dans l'escalier, entretien au Grand Foyer et il vous laisse avant les marches (durée : 5')

19 h 00 Haut des marches

19 h 30 Projection *Julieta* (Compétition, 1 h 36) Grand Auditorium

Parmi les invités : Terry Gilliam, Guy Bedos, Faye Dunaway, Adam Driver, Marisa Paredes, Chema Prado, Michelle Yeoh, Elia Suleiman, Olivier Dahan.

Stéphane Letellier attire votre attention sur la présence des réalisateurs concourant à la Caméra d'or : Vatche Boulghourjian (*Tramontane*), Julia Ducournau (*Grave*), Mehmet Can Mertoglu (*Albüm*), Asaph Polonsky (*Shavua Ve Yom*) et K. Rajagopal (*A Yellow Bird*) pour la Semaine de la Critique. Claude Barras (*Ma vie de courgette*), Houda Benyamina (*Divines*), Shahrbanoo Sadat (*Wolf and Sheep*) et Sacha Wolff (*Mercenaire*) pour la Quinzaine. Michael Dudok de Wit (*La Tortue rouge*) et Michael O'Shea (*Transfiguration*) pour Un Certain Regard. Pierre Filmon (*Vilmos Zsigmond*, Cannes Classics), Sally Sussman (*Midnight Returns*) et Shirley Abraham et Amit Madheshiya (*The Cinema Travellers*) pour Cannes Classics.

Parmi les présents : Jury Fipresci, équipe *La Forêt de Quinconces*, Jury Caméra d'or, équipe *Voir du pays*.

19 h 45 Projection *La Forêt de Quinconces* (Hors Compétition, 1 h 49) – Salle du 60e. Vous présentez. Gregoire Leprince-Ringuet sera là avec son équipe.

19 h 55 Fin de projection *Adieu Bonaparte*

20 h 30 Projection *Midnight Returns : The Story of Billy Hayes and Turkey* Cannes Classics (1 h 39) Salle Buñuel. En présence de Sally Sussman et Billy Hayes

21 h 06 Fin de projection *Julieta*

21 h 15 Dîner officiel à l'Agora. Laurence vous fera directement passer ses listes.

21 h 30 Dîner de la Caméra d'or à l'hôtel Martinez, salon Acajou. 150 invités. Stéphane Letellier vous attendra là-bas avec tous les réalisateurs présents. Charles Tesson (Semaine de la Critique) et Édouard Waintrop (Quinzaine) seront également là.

21 h 30 Dîner puis soirée du film *Julieta* Plage du Petit Paris (en face du Martinez). Vous m'avez dit vouloir y passer.

21 h 30 Projection *Le Dictateur* (2 h 05) au Cinéma de la Plage. Présentation par Gérard Camy

21 h 30 Haut des marches

Personnalités présentes : Jia Zhang-ke, Alexandre Aja, Boo Junfeng (*Apprentice*), Davy Choo (Semaine de la Critique), Catherine Corsini, Mohamed Diab

21 h 30 Arrivée de l'équipe du film *Captain Fantastic* (Un Certain Regard) en bas des marches. Geneviève les attendra pour les conduire à Debussy où vous les rejoindrez.

21 h 34 Fin de projection *La Forêt de Quinconces* (Salle du 60e)

22 h 00 Projection *Personal Shopper* (Compétition, 1 h 50) Grand Auditorium

22 h 09 Fin de projection *Midnight Returns : The Story of Billy Hayes and Turkey*

22 h 15 Projection *Captain Fantastic* (Un Certain Regard, 2 h 00) Salle Debussy. Vous présentez. L'équipe sera présente. (cf. Laurette Monconduit)

Dans la salle : Orlando Bloom et Katy Perry, Isabelle Danel et le Jury Fipresci que vous présentez (vous avez reçu un mail).

22 h 30 Projection *Terrore nello spazio* Cannes Classics (1 h 28) Salle Buñuel. Nicolas Winding Refn souhaite présenter le film. Manuel Chiche sera également présent.

22 h 30 Soirée du film *Voir du pays* à la Villa Schweppes au Palais entrée Casino Barrière. Denis Freyd demande à ce que vous l'appeliez quand vous y êtes.

23 h 35 Fin de projection *Le Dictateur*

23 h 45 Fin de projection *Personal Shopper*

23 h 58 Fin de projection *Terrore nello spazio*

00 h 15 Fin de projection *Captain Fantastic*

Selon Barbara, Pedro vous attendra à sa fête. Je lui ai dit que vous y seriez vers minuit trente. »

Mercredi 18 mai

J'ai commencé ma journée en tombant sur un « chapeau » de *Télérama*, au sujet de *Julieta* : « Récit à tiroirs, avalanche de drames et chronologie sophistiquée : à Cannes, Almodóvar sort le grand jeu pour dire la fragilité des liens entre les êtres. Un grand cru du maître espagnol présenté sur la Croisette en compétition et dans les salles dès aujourd'hui… »

En France, comme chacun sait, le jour du cinéma est le mercredi. Partout ailleurs, c'est le vendredi, sauf en Chine, où ça change tout le temps. Aucune ville au monde ne sort autant de films que Paris. Certaines semaines, plus d'une quinzaine trouvent le chemin des salles. Le meilleur cinéphile du monde ne peut les engloutir, les journaux en rendre compte en totalité et voilà que la livraison suivante débarque en trombe. Alors on a créé les notations. Ça prend moins de place mais ça fait parfois des dégâts. Deux ans de travail, un as de pique contre un as de cœur et un film est en danger de mort. Qui a inventé ces étoiles et ces ronds, les carrés des uns et les petits bonshommes des autres ? Attribuer une note ? Juger de A à E, comme à l'école ? Le cinéma aurait-il sur les autres arts l'apanage de ces jugements à l'emporte-pièce où la grimace d'une caricature l'emporte sur un discours élaboré ? Imagine-t-on la critique littéraire faire dans l'appréciation chiffrée pour comparer Philip Roth, Orhan Pamuk ou Georges Simenon ? Une défaite pour les critiques, ce système.

Sauf à Cannes où, tout allant vite, ces étoiles peuvent avoir du bon : comme en foot où, à la fin d'un match, les « stats » disent tout de l'activité d'un joueur, il y a dans ces éphémères agences de notation une dimension arithmétique qui ne trompe pas quand il s'agit de comparer les films entre eux. Les Anglo-Saxons sont très friands des notes de *Screen International* ou de Rotten Tomatoes, la terreur des productions hollywoodiennes : le site est populaire et une mauvaise note (en l'occurrence, une tomate pourrie) peut signer une déroute au box-office. Les Français préfèrent *Le Film français*, qui produit en dernière page un tableau éclectique où les barons critiques distillent leur opinion. Christian Jeune, lui, consulte Todas Las Críticas, un site latino-americain, dont il affirme qu'il est le plus crédible.

Les premiers jours, je suis dans l'incapacité de m'affronter à la vérité d'un tel envoi critique. Ça n'est que vers la mi-temps du Festival que j'y parviens – en début de journée, après deux tasses de café. Nous sommes aux deux tiers de la compétition 2016 et, dans la presse, le grand favori est *Toni Erdmann* de Maren Ade, en tête chez *Screen* et *Le Film français* dont j'ai le tableau sous les yeux : six critiques sur quinze lui attribuent une Palme d'or, les autres lui octroyant trois étoiles sauf deux réfractaires à l'engouement général qui font la grimace. *Ma Loute* et *Mal de pierres* sont généreusement notés. En avril, je disais les risques que nous encourions à aligner *Mal de pierres* en compétition. Le film y est à sa place. L'accueil de *Mademoiselle* de Park Chan-wook est positif mais en deçà de mes espérances. Bruno Barde, qui en est l'attaché de presse, me dit : « T'inquiète, ceux qui tordent le nez changeront d'avis à l'automne. Ils ne peuvent passer à côté d'un tel film. » *Sieranevada* de Cristi Puiu et *Aquarius* de Kleber Mendonça sont de très belles surprises, comme *Loving* de Jeff Nichols qui met Stéphane Célérier sur des charbons ardents. « Tu as vu l'accueil ? » me demande-t-il par texto, comme si je n'étais pas dans la salle avec lui. Le Guiraudie, le Andrea Arnold et le Assayas divisent mais ceux qui aiment adorent. Quant à ces vétérans, dont la presse fait toujours mine à Paris de rejeter la présence, ils tirent plus que leur épingle du jeu : on peut même avancer que Loach, Jarmusch et Almodóvar raflent la mise. « Tu vois, si la compétition se terminait aujourd'hui, elle serait considérée comme une grande réussite », me dit Christian. Nous verrons : en comptant le programme d'aujourd'hui, qui sera noté demain, il reste quatre jours et huit films. Et si les étoiles illuminent les conversations cannoises, personne ne sait ce qu'en pense le jury.

Hier, le Assayas a suscité des commentaires inhabituels pour lui. Quand les journalistes se retrouvent à la séance qui leur est réservée chaque soir en salle Debussy, l'air est parfois irrespirable tant la tension, l'excitation, l'odeur du sang et de la passion sont palpables. Ça peut se transformer de manière positive (voir en triomphe, comme avec *Toni Erdmann*) et c'est souvent le cas : cet après-midi, la séance de *Ma' Rosa*, où la presse s'est précipitée, fut extrêmement chaleureuse.

En revanche, *La Fille inconnue* des Dardenne n'a pas tout à fait rencontré le succès attendu. Est-ce dû à une certaine lassitude ? À un film peut-être moins surprenant ? On ne pardonne rien aux grands auteurs et une partie de l'opinion considère que nous n'avons pas à leur réserver systématiquement un rond de serviette au banquet cannois. Ce n'est pas le cas : *La Fille inconnue* est un beau film froid. Mais les grands cinéastes ont trop peu la liberté de montrer leur travail différemment et d'être jugé en conséquence. Comme l'a dit un jour Bruce Springsteen d'un nouvel album de Dylan : « Signé par un inconnu, on aurait crié au génie. » À Cannes, on veut de la surprise et du neuf. Et deux chefs-d'œuvre par jour, rien de moins. « À quelle heure le chef-d'œuvre, ce soir ? 19 heures ou 19 h 30 ? » Le nouvel opus de Kore-Eda était plus à sa place au Certain Regard qu'en compétition : il y a été mieux accueilli.

Serge Kaganski, lui, a adoré le film des Dardenne et m'a envoyé un texto revigorant. Son avis compte pour moi. Quand les gens aiment des films, c'est comme s'ils nous en étaient reconnaissants – sentiment ultime qui renvoie à son extrême : dans le cas contraire, ils nous en veulent à mort. L'amitié peut en prendre un coup. Mais lorsqu'ils sont à Cannes, ils peuvent être réellement bouleversés par ce qu'ils voient, l'existence leur apparaît sous un meilleur jour. Ils ont dévoué leur vie au cinéma et ils trouvent là de quoi en justifier le bien-fondé. Je comprends tellement bien ça.

Cet après-midi, William Friedkin a donné une « leçon de cinéma », animée par Michel Ciment. Cette tradition, initiée il y a des années par Gilles Jacob, permet au public de s'approcher des artistes, de faire une pause dans le marathon des projections et de prendre le temps de la réflexion et de l'écoute. Passionnant, Friedkin, je le disais cet hiver quand on s'est vus au Four Seasons – demain, il présente la copie restaurée de *Police fédérale Los Angeles*, pas revu depuis des années mais grand souvenir.

Au Certain Regard, on a également projeté *Inversion* de l'Iranien Behnam Behzadi, produit par notre jurée Katayoon Shahabi, et montré le premier film d'un génie de l'animation, Michael Dudok de Wit, *La Tortue rouge*, dont Pascale Ferran a co-écrit le scénario. Un film promis à une grande carrière. Dans la grande salle, il y avait aussi *Goksung*, le troisième film coréen de la Sélection officielle. « Un film superbe, me dit un ami. Pendant toute la projection, je me suis demandé pourquoi tu ne l'avais pas mis en compétition. Et j'ai compris à vingt minutes de la fin : ça se gâte un peu, ça devient trop long, trop insistant. Dommage. Mais les cinéastes coréens, ils sont là. »

À 19 h 30, après avoir présenté Paul Vecchiali et son *Cancre*, en présence de Françoise Arnoul, j'ai rejoint Pierre à la Villa Domergue pour l'émission de Laurent Ruquier, « On n'est pas couché ». Valeria Bruni Tedeschi accompagnait Bruno Dumont dont le film marche très bien en salles. C'est bien de voir France Télévisions réinvestir Cannes. Je n'y ai fait qu'une brève apparition, je devais repartir pour la sortie des Dardenne. De retour au Palais, quelqu'un m'a agrippé le bras : « Mais pourquoi sont-ils comme ça ? » C'était Monica Donati, l'attachée de presse du film de Xavier Dolan, qui venait d'être projeté aux critiques. Et qui s'est fait chahuter. Monica craquait, visiblement. C'était le premier écho, et le seul, que j'avais de la projection. Ça m'a un peu déstabilisé, mais je suis resté avec elle pour la consoler et lui dire que ça n'était que la première projection et que demain serait un autre jour. Enfin, je me suis cru obligé de lui infliger ce genre de banalités pour tenter d'endiguer son accablement. Exprimer tant de douleur pour une œuvre qu'on aime et un cinéaste qu'on doit défendre : c'était à la fois triste mais rassurant de la voir comme ça, Monica. Une heure plus tard, je suis allé à la suite Chopard qui organisait un dîner. Xavier Dolan était là, déjà au courant, lui qui ne rate jamais rien de ce qu'on écrit sur ses films. Abattu, incompris et seul. Je lui ai dit qu'entre-temps, face à la rumeur abusive selon laquelle « le Dolan s'était fait siffler », de nombreuses voix s'étaient élevées pour dire à l'inverse la qualité de son travail et la beauté de son film mais je n'étais pas audible. Comme pour Monica, le voir ainsi était triste. Mais, aussi, rassurant. Les cinéastes croient à ce qu'ils font.

Je suis retourné au Palais. Quand les derniers applaudissements ont retenti dans l'auditorium Lumière, j'ai rejoint Kirsten Dunst et Mads Mikkelsen qui dînaient dans un petit restaurant des vieux quartiers. On n'a même pas parlé de cinéma. Puis, Vincent m'a ramené à l'hôtel, d'où j'écris. Je ne suis pas mécontent de terminer cette journée éprouvante. Il est 2 heures du matin, l'air de la nuit est doux et le mistral a nettoyé le ciel. Du fond de la baie, les orages qui menaçaient ne viendront pas.

Jeudi 19 mai

Juste la fin du monde est finalement très bien accueilli. Contre-magie cannoise : quelques spectateurs sifflent, produisant du bruit et de la rumeur, et tout s'amenuise au petit matin. Xavier Dolan le sait quand il arrive au photocall, rassuré et combatif, comme Monica Donati qui a retrouvé le sourire. On ne peut comparer les époques mais rien ne change : Alain Sarde, le producteur, me rappelait que *Les Choses de la vie* fut sifflé à Cannes. Une vidéo d'archive témoigne de l'agacement de Claude Sautet, même s'il s'énervait beaucoup en général et rendait la monnaie de sa pièce à cette critique qui le détestait. Xavier doit accepter de déranger autant qu'il est adulé, mais, à 27 ans et six longs métrages, il a tout le temps devant lui. « Je projette mon film en 35 mm ! » se réjouit-il. Signe des temps : il sera le seul projeté en pellicule, quand tous les autres le seront en numérique.

Certains jours, le photocall est aussi glamour que le tapis rouge : Nathalie Baye, Léa Seydoux, Vincent Cassel, Gaspard Ulliel, Marion Cotillard, Valeria Golino et Riccardo Scamarcio, ainsi que Jim Jarmusch et Iggy Pop qui déchaînent les photographes. On se retrouvera ce soir sur les marches. Hasard de la grille : c'est le film « auteur » qui est en séance de gala, celui de Cristian Mungiu (enchanté des premières projections de presse), et celui avec vedettes qui se retrouve à 22 heures.

Cannes 2016 est aussi celui de Jean-Pierre Léaud, comme en 1959 : aujourd'hui le film d'Albert Serra ; dimanche la Palme d'or d'honneur. Accompagné de son épouse, Jean-Pierre est détendu, aussi affectueux qu'Albert est réservé, élégant. *La Mort de Louis XIV* qu'ils ont fait ensemble est un film définitif qui va laisser des traces et nous aurions dû, sans doute, le programmer « plus haut ». Ils ne m'en font pas la remarque. La classe. Le jeune enfant turbulent de la Nouvelle Vague (dont Audiard disait : « Elle semble plus vague que nouvelle », mais je n'ose faire circuler la plaisanterie) ressemble maintenant à un homme d'un autre temps, mais il reste dans le timbre de sa voix, dans ses gestes ou son visage, quelque chose de cette fantaisie de jadis. Ah ! cette scène de *Domicile conjugal* avec Claude Jade où il confond volontairement « collation bien méritée » et « call-girls bien excitées » – la drôlerie de Jean-Pierre était sans limite. À le regarder, je me dis qu'il reste peu de témoins de cette année 1959, avec Truffaut et Cocteau, et Resnais qui présentait *Hiroshima*.

À l'Agora, je retrouve Kleber Filho Mendonça et Sônia Braga. La projection du film, mardi, a donné lieu à un extraordinaire moment, lorsqu'en arrivant sur les marches, les membres de l'équipe ont sorti des tracts très politiques en soutien à Dilma Rousseff, menacée de destitution. On en a tous eu le cœur serré. L'information est partie dans les journaux du monde entier et la Présidente brésilienne a fait un communiqué de presse. Cannes sert à ça *aussi*.

L'après-midi s'écoule tranquillement. Je partirais bien en mer, faire juste le tour des îles de Lérins, sur cet Aquariva amarré au ponton du Majestic. Marie, revenue à Lyon : « Tout va bien ? Quand on sort de la bulle cannoise, les manifs contre la loi travail à Paris et ailleurs vous remettent bien les idées à l'endroit. Comment ça se passe ? Tu m'appelles, tu me raconteras pour les films ? » Une réunion avec Tristan Carné, Gaspard de Chavagnac et François Jougneau pour préparer la cérémonie de clôture, une interview avec Pascale Deschamps de France 2, la présentation de *La Mort de Louis XIV*, aussi celle de *Santi-Vina*, un film thaïlandais de 1954 à Cannes Classics et celle du film finlandais, une bande de joyeux lurons qui débarquent à quinze sur scène. Juho Kuosmanen, le réalisateur, est un poulain de la Cinéfondation du Festival, dont la nouvelle session se déroule depuis hier.

« Ce soir, le haut des marches est à 18 heures », me prévient Marie-Caroline quand je reviens. Chaque jour, elle prépare tout pour que ça aille vite et m'enferme à double tour. Sur les portes de nos bureaux, discrétion absolue, aucun nom, aucune inscription. J'aurais voulu y écrire ce que Jack London avait accroché à la porte du sien : « S'il vous plaît, ne frappez pas trop fort. S'il vous plaît, ne frappez pas. » C'est le seul moment de la journée où je peux rassembler mes affaires et mes esprits. Sur les tables, des livres, des bouteilles de vin, des DVD, des cadeaux. Plus que quatre soirs – c'est le moment où l'on peut encore chasser les regrets. Je me change toujours au son de la même chanson : cette année, j'ai choisi *La Princesse et le croque-notes*, un joyau méconnu de Brassens. Quatre minutes et vingt-deux secondes, c'est plus qu'il n'en faut pour enfiler mon smoking – Gilles disait : « Notre bleu de travail. » Le haut des marches est dans quinze minutes et l'arrivée de l'équipe du Mungiu trente minutes plus tard. Les couloirs du Palais sont presque vides, les gens courent vers leurs films. Par la fenêtre, j'entends les DJ qui testent leur sono pour les fêtes du soir et les musiciens régler les balances des concerts. En deux minutes, je dévale quelques escaliers secrets pour rejoindre le tapis rouge déjà plein de monde.

Les marches accueillent les équipes des films du jour, mais aussi de la veille ou du lendemain. La musique et les commentaires de Patrick Fabre animent le grand escalier d'une belle atmosphère, ce qui n'empêche pas les gens de se sentir seuls. Et, souvent, leur unique réconfort, c'est nous. Au début, je n'ai pas vraiment mesuré combien il faut prendre soin de chacun. Une effusion trop longue, une poignée de main insistante et vous perdez les quelques secondes qui vous auraient permis de saluer quelqu'un d'autre qui se sent alors délaissé, et parfois vexé. Depuis le début des années 2000, les hommes s'embrassent en France et sur le tapis rouge, c'est quasiment systématique. Ça prend plus de temps que de se serrer la main !

En haut des marches, les conversations qui se nouent ne sont pas toujours de haut vol : on évoque les films, la météo, on parle de foot, on se raconte des blagues – un soir, Bernard Fixot a déclamé trois strophes de *La Mémoire et la mer*. Et aux côtés des stars et du public, on trouve de tout aussi, sur le tapis rouge : des ringards, des marchands, des trafiquants d'images, de marques, de médias. Il y a ceux qui arrivent en protestant parce que la file d'attente était trop longue, qui trouvent la Croisette trop embouteillée ou râlent parce qu'un appariteur n'était pas aimable. Il y a quelques grands classiques aussi. Jusqu'au premier week-end, on me dit : « Bonne chance » ou : « Espérons qu'il ne pleuve pas trop. » Puis, après quelques jours, ça devient : « Bon, ça a l'air de mieux se passer que prévu », comme si la catastrophe était imminente. Il y a aussi les : « Tout va bien ? », que je préfère à : « Tout roule ? » Et après une semaine, on nous dit : « Allez, c'est bientôt fini », alors que non, c'est loin d'être terminé. Et à partir de demain, ils nous diront, d'un air navré : « Pas trop fatigué ? », ce qui est mieux que : « Vous avez l'air fatigué. » Pour eux, vous *devez* être fatigué.

Il y en a qui vous préviennent d'en bas, genre : « Tu me vois ? Ne me rate pas »… et qui trébuchent au moment d'arriver. Il y a ceux qui me disent, de façon parfaitement innocente : « Hier, j'ai vu une de ces merdes. Je ne sais pas qui a sélectionné ce film, c'était nul ! » Comme il n'y a que moi pour apprécier le comique de la chose, je me désigne immédiatement comme coupable pour couper à toute nouvelle envolée critique.

Il y a aussi ceux dont la physionomie ne vous revient pas. N'être pas capable de reconnaître certains visages, même lorsqu'il s'agit de gens qu'on fréquente souvent, ça s'appelle la prosopagnosie. Les articles sur cette étrange maladie se multiplient parce que Brad Pitt a déclaré dans le magazine *Esquire* qu'il pensait y être sujet. Je crains d'en être atteint aussi – une forme bénigne et sans doute passagère car les vrais grands malades ne reconnaissent pas leurs propres amis. Je n'en suis pas là et j'espère que Brad non plus – tant que je reconnaîtrai Eddy Merckx sur les photos, tout ne sera pas perdu.

Moi, c'est une forme « tapis rouge » de la maladie qui m'accable chaque mois de mai lorsque je peine parfois à appliquer sur des visages avenants et souvent très affectueux un nom ou même un vague repère. Des gens effusifs comme si on avait festoyé ensemble la veille alors qu'on ne voit pas de qui il s'agit. Grands moments de solitude. Le pire arrive lorsqu'ils vous disent : « Tu me présentes à Pierre Lescure ? » – ou, autrefois, Gilles. Là, j'ai une technique : je dis bien fort le nom de Pierre en face de mon interlocuteur et je tourne la tête vers lui au moment où je suis supposé prononcer celui de la personne, en murmurant souvent : « Ne me demande pas qui c'est, JE-N'EN-SAIS-RIEN… » Avec la musique et le bruit du haut des marches, tout le monde se quitte dans un grand sourire.

Le Mungiu est lancé. Le chef des projectionnistes m'envoie son texto quotidien : « Retour pour début du générique : 20 h 32. » J'ai le temps de rejoindre Sean Penn chez Tétou, pour un petit dîner organisé par Bryan Lourd, le grand patron de CAA, qui est aussi son agent et ami. Sean vient d'arriver. Je suis très heureux de le revoir, je l'avais juste croisé à Paris fin avril, quand Luc Besson lui avait offert l'hospitalité – c'était le jour de la mort de Prince. Je le sens un peu fébrile, ce qui est normal. Je le sens seul aussi : la postproduction du film s'est terminée dans la douleur. Autre inquiétude : un appel de Jean-Pierre Vincent. « Thierry, je veux que tu le saches, ça ne va pas être facile demain pour Sean. » Il a vu le film à Paris avant Cannes, l'a testé auprès de quelques journalistes. « Cela aurait fait une belle séance de gala mais en compétition, ça risque de cogner un peu. » Je minimise, lui explique que le Festival se passe bien, que la presse est dans un très bon état d'esprit et qu'on est en fin de semaine. « Hum, nous verrons mais je ne suis pas très optimiste. Ils ne lui feront aucun cadeau. Ni à toi d'ailleurs. »

Je bavarde avec Sean, lui tiens les propos d'usage, de ceux qu'on adresse à un cinéaste qui entre dans l'arène. Il est très amical, me présente sa fille et me parle comme si c'était à lui de me rassurer : « J'ai fait le film que j'ai fait, on verra bien. » À mon retour au Palais, juste après la belle réception du Mungiu, j'apprends que *The Neon Demon* de Nicolas Winding Refn a provoqué à son tour quelques remous en projection de presse. J'appelle Éric Libiot, le critique de *L'Express* : « Oui, accueil partagé. Pas mitigé, partagé. Comme le Dolan, que j'ai revu et qui est formidable, Refn suscite juste beaucoup de débats. » On en susciterait à moins : sa radicalité, son désir de provoquer, sa virtuosité. Ce cinéma, brillant pour les uns, est considéré comme clinquant par les autres. Cas similaire au Park Chan-wook : on peut ne pas aimer et l'exprimer violemment (on est à Cannes), mais qui connaît le cinéma reconnaîtra le talent, la conviction et l'inventivité du cinéaste. Je sais le film solide et Nicolas prêt à affronter la polémique – je le soupçonne même de la désirer.

Séance de minuit *tonight*, je reste au Palais. « Thierry, c'est où les pizzas ? » me demande Céline Sallette, qui sort de la projection du Dolan. Laurence a improvisé un petit dîner sur la terrasse du Café des Palmes, d'où la vue sur le port du Suquet est si spectaculaire. Jean-Michel Jarre est également là, avec Xavier Beauvois. C'est bon de prendre le temps de parler un peu. Vers 23 h 30, je descends sur le tapis rouge, où me rejoint le maire de Cannes, David Lisnard, qui embrasse sa ville d'un regard gourmand : « Quand même, quel spectacle ! » Nulle démarche officielle ne motive sa présence ce soir, sauf que ce connaisseur de rock anglais, amateur des Clash et des Sex Pistols, n'allait pas rater la séance. À minuit, Iggy Pop apparaît, accompagné de Jarmusch.

Je monte sur scène pour dire quelques mots. On a tous remarqué que l'Iguane boite un peu (il aura bientôt 70 ans) mais aussi qu'il dégage une extraordinaire énergie et un magnétisme rare. Jim est tout sourire, comme un jeune frère couvant son aîné d'attention, premier membre du fan-club d'un homme qu'il aime appeler par son vrai nom : James Osterberg. La projection est triomphale. Après le film, je reste à bavarder avec Iggy au Madame Monsieur, le Lounge Club d'Antoine Dray situé sur l'une des terrasses du Carlton où Jean Labadie, le distributeur de *Gimme Danger*, accueille les spectateurs. Ma chambre est quatre étages plus haut, mais je reste un peu. Un verre de rouge à la main, Iggy parle de musique, de cinéma et de… Joe Dassin, qu'il a connu aux États-Unis et qu'il aimait beaucoup. Le Michigan n'est donc pas que le pays de Jim Harrison. Dans son album de reprises de chansons françaises que Pierre m'a fait découvrir (et où l'on trouve une belle version des *Passantes* de Brassens), il y a *Et si tu n'existais pas*. Iggy me fredonne en français les premiers vers de la chanson : « Et si tu n'existais pas / Dis-moi pourquoi j'existerais… » Je lui raconte que le nom de la famille Dassin, des juifs d'Ukraine, vient d'*Odessa* que les agents d'immigration ont réduit à *Dassin*. On regarde sur nos portables des photos du père et du fils.

Je ne voulais pas m'attarder, c'est raté : il est plus de 3 heures. À Cannes, du premier café du matin au dernier whisky de la nuit, on parle cinéma. Je file me coucher. La fin du Festival approche. Le Marché du Film a fermé ses portes, de nombreux festivaliers sont repartis. Ce fut encore une belle soirée. La séance de gala du film de Xavier Dolan a été grandiose, effaçant tous les doutes entrevus hier. La fête du film, chez Albane, est l'une des plus courues. La Croisette retrouve la foule des grands soirs. Quand les voitures sont bloquées, entre le Marriott et le Grand Hôtel, c'est bon signe. Mais pour moi, la journée de demain s'annonce rude.

Vendredi 20 mai

« Tough morning », me dit Sean en arrivant au photocall. Jean-Pierre Vincent et Stéphane Célérier ont leur tête des mauvais jours, Mara Buxbaum, la publiciste de Sean, a les larmes aux yeux. La catastrophe s'est produite. La presse rejette *The Last Face*. Depuis ce matin, des textos me parviennent par dizaines. « Les journalistes voulaient se payer un film depuis trois jours, dit quelqu'un. Ils se sont jetés sur celui-là. » Non. On peut toujours chercher une explication mais il n'y en a qu'une : le film ne plaît pas. La foudre va lui tomber dessus. Et je connais les lois cannoises : Sean sera traité comme un moins-que-rien. Je m'en sens coupable, parce que c'est un ami, parce que je l'ai emmené là. Il va juste falloir vivre avec ça.

Je file à la projection du Certain Regard, offerte à un public très large auquel se joint la critique internationale. Ça en fait une séance très recherchée par les productions et un beau rendez-vous pour les festivaliers. La salle de mille fauteuils déborde de monde,

Christian ou moi présentons les films, il flotte une énergie très spéciale et les jurés sont souvent présents – je les distingue au fond de la salle, Jessica Hausner, Ruben Östlund, Diego Luna et Céline Sallette, pleins d'attention pour leur présidente Marthe Keller.

Je retourne au bureau, j'échange quelques messages avec Javier Bardem qui s'enquiert du film de Sean, avant de me rendre au déjeuner en plein air offert par le maire de Cannes place de la Castre au sommet du Suquet. C'est une tradition désormais solidement établie le dernier vendredi : un aïoli provençal proposé à la presse internationale et au jury. Sous le soleil, je retrouve un groupe en pleine forme. Ils sont quelques-uns à ne pas vouloir masquer leur enthousiasme sur l'expérience en cours – contents aussi de nous retrouver, Pierre et moi. Ils me confient qu'ils vivent leur vie, qu'ils ont leur propre agenda, qu'ils n'écoutent rien de ce qui se dit ou s'écrit. Autrefois, ce rendez-vous me terrifiait tant j'avais peur que le jury me toise. Avec le temps, j'ai appris à moins m'en faire pour « ma » sélection. Et avec eux, avec George Miller, avec l'année que nous passons, je ne m'en fais pas du tout.

Cet après-midi, le Festival de Cannes accueille les peshmergas du film que leur consacre Bernard-Henri Lévy. Ils sont là, en uniformes : le major général Sirwan Barzani, le général Jaafar Mustafa Ali et le commandant Baktyar Mohamed Siddiq, ainsi que Ala Hoshyar Tayyeb, le cameraman, Kurde iranien. Il y a d'autres compatriotes, des civils, des militaires ainsi que Helly Luv, une chanteuse populaire qu'on surnomme la « Shakira kurde ». Chacun ressent l'évident paradoxe de se trouver sur la Côte d'Azur pour évoquer un tel sujet et alors que la guerre fait rage « là-bas ». Mais quand l'écran s'allume, le miracle opère, et à la fin de la projection, le film de Bernard-Henri Lévy est salué par une longue ovation. Le cameraman, blessé sur le tournage, sanglote. Les militaires kurdes sont tels qu'ils apparaissent dans le film : valeureux, intelligents, lancés dans une guerre « exemplaire », si tant est que ça existe, uniquement motivés par l'idée de vaincre l'État islamique. Quand nous sortons, la lumière nous aveugle presque et nous ramène au Festival. Nous n'étions plus à Cannes, deux heures durant. Chaque spectateur présent ne pensera plus à ces combattants de la même façon.

« Thierry, le haut des marches est à 18 h 30. » Je m'y précipite. Pierre est déjà là, on ne s'est quasiment pas croisés de la journée. Nous avons une demi-heure devant nous pour accueillir le public, bavarder et évoquer les questions en cours.

À 19 heures, l'équipe de *The Last Face* arrive, au complet. Je ne l'aurais pas parié. La presse people a fait des gorges chaudes de la relation puis de la rupture entre Sean et Charlize Theron. Ils s'aimaient et ne s'en cachaient pas. J'ignore à quoi Sean faisait allusion ce matin en évoquant la dureté des temps : l'amour ou le cinéma ? C'est un type qui ne prend pas la pose mais son visage est marqué. Il l'est par les ans, par les combats et les nuits courtes. Et par ce qu'il est en train de vivre. C'est un comédien qui a eu une belle jeunesse, qui a conquis les foules et gagné deux Oscars, un prix d'interprétation à Cannes, c'est aussi un cinéaste qui a réalisé de grands films. C'est l'ami de Jack Nicholson comme il était celui de Brando, c'est un homme qui veille à sa façon sur une certaine idée d'Hollywood, sur une généalogie dont il se sait l'héritier. Aujourd'hui, il est dans le doute et la souffrance. « Mon film est ce qu'il est et chacun a le droit d'en penser ce qu'il veut », a-t-il dit en conférence de presse. Sur le tapis rouge, il fait bonne figure mais l'équipe est désemparée depuis l'accueil de ce matin. D'autant qu'un incident technique vient troubler le lancement de la projection. Décidément, on aura tout eu.

Pendant le film, je remonte à mon bureau. Hier, j'ai bu un verre avec Abel Ferrara, qui accompagnait Willem Dafoe pour la projection du film de Friedkin, *Police fédérale Los Angeles*. J'étais à la fois heureux et surpris qu'il se montre aussi avenant à mon égard. Nous n'avions pas été d'accord sur *Welcome to New York* et il m'en avait voulu. Aujourd'hui, nulle trace d'amertume.

Nous nous connaissons depuis longtemps maintenant – les films passent, l'amitié reste. Je lui ai demandé de ses nouvelles : « Je vis en Italie et j'ai rencontré quelqu'un. Nous venons d'avoir un enfant. Je suis mieux à Rome, je ne veux plus retourner à New York, les risques sont trop élevés pour moi là-bas. J'ai changé de vie. Tu sais, j'ai commencé par la clope puis le hasch et la cocaïne. Après, tu ne contrôles plus rien et tu prends des trucs de plus en plus durs. J'ai 64 ans, je me suis rendu compte très tardivement que tout ça, c'était de la merde. – Tu regrettes des choses ? – Je regarde devant moi. » Il a un nouveau projet en tête, un film d'aventure et de neige avec Willem Dafoe. Avant le Friedkin (qui se sera montré absolument formidable en toutes choses), j'ai présenté Abel dans la salle. Le public l'a si généreusement accueilli qu'il en était touché. Certains n'aimaient sans doute pas ses films mais un cinéaste de cette trempe, à Cannes, c'est sacré.

Quand je reviens pour le générique de fin de *The Last Face*, je n'en mène pas large. Un accueil public est toujours plus généreux que celui de la presse mais on ne sait jamais rien à l'avance. Celui de ce soir balaie en quelques minutes les tourments du jour. Jean-Pierre Vincent me regarde – il n'en espérait pas tant. Le film ne sera sans doute pas au palmarès, la presse ne retirera rien de ce qu'elle pense, mais l'essentiel d'un respect pour une équipe qui présente une œuvre nouvelle aura été préservé. À la descente des marches, je sens Sean soulagé. On se retrouvera dans la nuit.

Il reste la projection de *The Neon Demon*. Nicolas Winding Refn arrive sur le tapis rouge avec Elle Fanning et les autres comédiennes et au bras de Liv, son épouse, à qui le film est dédié. « Ça y est, Cannes 2016 a son scandale… » m'a dit Philippe Garnier dans l'après-midi, qui sera resté tout le Festival. La presse est incroyablement divisée. On trouve de talentueux thuriféraires mais ceux qui n'aiment pas n'aiment *vraiment* pas. Toutefois, le vent souffle en faveur du film. Maraval le défend avec véhémence : « Ce qui se passe sur Twitter est instructif :

plus il y a d'opinions négatives émises par des spécialistes, plus le public dit qu'il veut le voir. » Même attitude de combat à Gaumont, qui vend le film à l'international, avec Ariane Toscan du Plantier, très remontée, ou chez Manuel Chiche, son distributeur et coproducteur français : « On entend des mecs évoquer David Hamilton pour parler de *The Neon Demon* : ils n'ont jamais vu un film de David Hamilton ou quoi ? Comment peut-on dire une chose pareille ? » Après une montée de marches très spectaculaire, la projection se déroule dans une attention extrême, proche de la tension. Nicolas obtient ce qu'il recherche : un public actif, qui accepte le voyage et essaie de comprendre son projet. Les applaudissements en témoignent.

La nuit est avancée. Il y a des fêtes partout, les invitations arrivent en nombre sur mon téléphone. Du coup, je lis tous mes textos en retard. Maelle Arnaud, qui était là depuis le début et qui a vu tous les films : « Je rentre, Cannes est terminé. Je vais faire mon palmarès : j'ai droit à combien de Palmes d'or ? » Elle sait comment me parler. Et elle ajoute : « Nous t'attendons à Lyon. » Lyon ! Oui, elle sait comment me parler. Paul Rassam, qui avait coproduit *Into the Wild* de Sean Penn : « J'étais loin mais j'ai pensé à vous tous ce matin. » Alexandre Mallet-Guy, distributeur du *Client* d'Asghar Farhadi, montré ce soir à la critique : « Je crois que tu ne t'es pas trompé avec le Farhadi ! Super retour de la presse française, et de *Variety*. Merci. » Oui, c'est vrai, il reste encore une journée de compétition : le Farhadi et le Verhoeven.

Samedi 21 mai

Message d'Aureliano Tonet : « On dit que ce serait ton avant-dernier Cannes et que tu l'annoncerais bientôt avant d'aller chez Pathé ? » Sabrina Champenois et Julien Gester, dans *Libération* :

« “Thierry Frémaux quitte le festival pour coacher un club de foot”, entendons-nous au bar d’une soirée où se massent tous les plus fins limiers de la Croisette. La *Libé* team s’étant empressée de ne pas vérifier cette information, tous nos vœux de réussite au déjà regretté délégué général du Festival dans sa nouvelle carrière à la tête de l’AS Minguettes. » Restent drôles, à *Libé*, quand même. Et citer l’AS Minguettes, quelle fierté. Coup de fil de Véronique Cayla : « Thierry, je ne suis pour rien dans les bruits qui courent que je quitterais Arte pour succéder à Pierre ! » C’est décidément la foire aux rumeurs.

Au Festival, Véronique et moi avons passé de belles années. Chacun dans son rôle, son style et ses envies. Et l’ambition commune de penser le futur. Mais un dogme régnait : *Cannes allait très bien*. Un dogme et un danger. Certes, nous étions impressionnés d’avoir été choisis par Gilles Jacob et de surcroît adoubés par des administrateurs prestigieux, dont Daniel Toscan du Plantier, gâchette suprême du cinéma français, qui fut le premier à me féliciter. Nous étions dépourvus de la moindre arrogance mais exercer son apprentissage sous le contrôle du prédécesseur-devenu-président rendait l’analyse du passé compliquée. Moi, j’avais l’Institut Lumière mais Véronique, qui est l’impatience née, vivait dans un mouvement perpétuel, s’assagissant seulement par le sport, ski, tennis, marche – à Cannes, elle se baignait chaque matin, quelle que soit la température de l’eau (elle le fait toujours). Gilles Jacob s’amusait de sa nature intempestive mais prenait son temps. Sur la Sélection, il avait déclaré : « Il faudra trois ans au nouveau venu pour comprendre comment ça marche. » Il achetait du temps mais il fallait bien former le jeune scarabée. Avec moi, Véronique, dont les réseaux parisiens sont inégalables, se montra toujours fidèle et protectrice. Un jour, elle quitta le Festival pour présider le CNC, puis Arte, où elle fait toujours merveille – et nous continuons à aller en montagne ensemble. « Donc, conclut-elle ce matin, n’écoute pas ce qui se dit. Je rentre. C’était un beau Cannes. »

Elle n'est pas la seule à quitter la Croisette. Col Needham, le patron d'IMDb : « Nous repartons enchantés, on se verra à Toronto ou peut-être à Lumière ? Et bravo pour avoir dansé sur le rap d'*American Honey.* » Dominique Païni : « Suis à Paris. Sois zen : ne réponds à aucune critique de mauvaise foi ! » Il n'y en a pas. Quelque chose s'estompe de la tension des dernières semaines. J'ose consulter les étoiles et les notes. Facile : la sélection est jugée comme l'une des meilleures depuis longtemps. C'est toujours bon à prendre. La moyenne des notes est élevée et les écarts de jugement souvent stimulants. Au moins est-ce la preuve qu'aucune pensée absolue ne vient expliquer le vrai et le faux et dire le laid ou le beau. Les 1 800 films vus en sélection nous ont tous ramenés au cinéma, au désir d'en faire et de le voir exister, et la chose s'est reproduite en cette divine ville de Cannes et en ce moment particulier de ce Festival qui dit l'actualité d'un art et l'humeur d'une époque. Comme des pêcheurs de haute mer, nous sommes partis au grand large des eaux cinématographiques mondiales pour en revenir chargés de trésors. La fête fut belle. Du grand spectacle et du cinéma d'auteur. Des professionnels, des spectateurs et des critiques. De vrais bijoux et de grandes promesses. Cannes, ce rendez-vous fixé à la fin du printemps, aura suivi comme chaque année une ligne délicate et passionnante : le cinéma est une manière de connaître le monde.

La reine Isabelle Huppert est là, pour *Elle* de Paul Verhoeven. Détendue, joyeuse et amicale. Ce soir, le public saisira l'intensité de la passion qui l'habite et la modestie fondamentale qui la conduit à faire des choix extraordinairement risqués. Maîtresse de cérémonie, jurée, présidente du jury, un nombre incalculable de sélections, prix d'interprétation (deux fois) et actrice de quelques Palmes d'or : sa relation avec le Festival est sans égale. À Venise, Berlin, les César, les BAFTA, les Oscars, les Donatello, elle s'est alignée partout, elle s'est battue, elle a perdu, elle a gagné. Une centaine de films au compteur, Isabelle est une force qui va. Volonté de fer et physique de jeune fille, l'esprit suit : elle connaît le cinéma comme artiste jamais rassasiée et comme spectatrice toujours assidue. Sa filmographie témoigne qu'elle est prête à toutes les aventures. Et je ne parle pas de théâtre où je me rends rarement (je me dis qu'à la place, je pourrais voir deux films, quelle honte) – sauf quand Isabelle est de passage aux Célestins, à Lyon.

Si elle n'arrive devant les photographes qu'aujourd'hui, elle est à Cannes depuis dix jours, tournant dans le plus grand secret le film du Coréen Hong Sang-soo. « Film super improbable mais tellement excitant à faire », dit-elle en riant. À Lyon, elle rendit un hommage mémorable à Michael Cimino qui en eut les larmes aux yeux. « C'est tellement fort de voir Michael revivre comme ça. À l'époque, la première à New York de *La Porte du paradis* fut épouvantable. On se demandait quel crime nous avions commis. » Sa passion pour la culture populaire n'a d'équivalent que son extraordinaire curiosité pour la création contemporaine. Lundi dernier, à la fin du dîner que Sidonie Dumas donnait sous l'œil bienveillant de son père Nicolas Seydoux en l'honneur du film de Tavernier, c'est elle qui a déplacé les tables pour improviser une piste de danse et lancer la fête à coups de variété des années 80. Nous pourrions lui laisser les clés du Festival, elle saurait faire.

Bruno Oger au sommet pour l'ultime déjeuner à l'Agora. Marina Golbahari et Noorullah Azizi, les deux acteurs afghans de *Osama*, ont répondu à notre invitation et leur bonheur émeut. À 14 heures, sortant de la projection du *Client*, le film d'Asghar Farhadi, le jury arrive en rangs serrés. Je parle quelques instants avec George Miller qui, en réponse à un journaliste, a transcendé son devoir de confidentialité d'une phrase formidable de banalité : « Nous voyons des films intéressants. » Impeccable. « Tout va bien, me confirme-t-il. On se réunit ce soir. – Mais vous ne décidez rien, hein ? – Non, non, c'est juste pour préparer demain. » Un peu à l'écart du jury, George se tient exactement là où était Steven Spielberg en 2013 lorsqu'il me prévint qu'il y avait un problème dans le sien. Cela avait commencé avec Nicole Kidman : « Tu affirmais qu'arriverait le moment où nous allions te détester, eh bien c'est maintenant. – Il y a un film que vous n'avez pas aimé ? – Non, mais le règlement qui interdit de donner à un film un prix d'interprétation en l'additionnant à la Palme d'or, ça ne va pas. – Non, en effet, c'est interdit. – Eh bien, voilà, c'est pour ça qu'on te déteste ! » Juste après, Steven me prit à part : « Pourquoi ne peut-on pas donner la Palme d'or et un prix aux acteurs ? » Daniel Auteuil m'avait évoqué leur « intérêt » pour le film de Kechiche, *La Vie d'Adèle*. Il ne pouvait s'agir que de celui-là. Steven me dit carrément : « Il est possible, je dis bien possible, que *La Vie d'Adèle* remporte la Palme d'or, mais nous voulons dans tous les cas récompenser Léa et Adèle. – Pas si le film a la Palme. C'est interdit. – On sait. Comment faire ? – L'an dernier, Nanni Moretti a demandé à ce que Jean-Louis Trintignant et Emmanuelle Riva montent sur scène avec Michael Haneke pour la Palme d'or d'*Amour*. Si vous voulez cela, c'est d'accord. – On veut plus… – C'est-à-dire ? – On veut que les deux actrices soient récompensées aussi. – De la Palme d'or ? – Oui, de la Palme d'or. » Une conversation avec Steven Spielberg fait toujours un certain effet. Avec Gilles, nous acceptâmes : une grande règle mérite parfois une grande exception.

Dernière soirée de compétition. Je me change en écoutant Brassens, je serre la main de tous celles et ceux qui étaient là chaque soir – dans nos organisations, il n'y a aucun personnage secondaire. J'embrasse Patrick Fabre et Anne Boulithe, irremplaçables à mes côtés en haut des marches. Ici comme ailleurs, il flotte un air d'au revoir, un peu de fatigue et beaucoup de mélancolie. Mais la vigilance reste de mise. Jeudi, la grande Helen Mirren s'approchait du haut des marches quand, parvenue à ma hauteur, elle s'est mise à mes pieds. « Permettez-moi de lacer votre soulier. Vous pourriez tomber ! » m'a-t-elle dit affectueusement. Et moi de lui sourire, rouge de confusion. Elle se relève, nous nous embrassons. Or, un photographe a immortalisé la scène mais d'en bas. La photo a fait le tour du monde, accompagnée de la légende suivante : « Helen Mirren est tombée sur les marches et Thierry Frémaux s'est moqué d'elle ! » Tout ça n'est que tourment provisoire, comme celui du Martinez faisant appel à un rapace pour chasser les goélands qui picorent dans les buffets de la plage. Mais l'inquiétude est réelle d'apprendre que le journaliste Emmanuel Maubert se trouve dans un état grave dans un hôpital de Cannes. Pierre, qui a le sens de la communauté, en est très affecté.

Frédéric Cassoly : « Pour le Red Carpet, voilà comment le film aimerait procéder. 1re vague : Paul Verhoeven, Isabelle Huppert. 2e vague : Alice Isaaz, Charles Berling, Anne Consigny, Laurent Lafitte, Virginie Efira, Jonas Bloquet, Judith Magre, Christian Berkel. 3e vague : David Birke, Philippe Djian, Anne Dudley, Saïd Ben Saïd, Michel Merkt. Et en haut des marches, photo générale. Qu'en penses-tu ? Moi c'est OK, sinon, ça sera la méga-pagaille. » Je lui donne mon accord. « Pendant que je te tiens, RTL décentralise son 18/20 à Cannes. Tu les autoriserais à t'interviewer sur les marches ? »

« Bien, le Verhoeven. Tu termines sur une bonne note », me dit Pierre Rissient, qui ne l'a pas vu mais qui sait tout. Éric Libiot : « Revu le Verhoeven. Je n'ai plus aucun doute. Le programmer en dernier, parfait. » À 20 h 39, le film est acclamé par la foule des grands jours. Je raccompagne l'équipe sur le tapis rouge : monter les marches, oui, mais encore faut-il savoir les redescendre.

Le dernier samedi, c'est la distribution des prix : FIPRESCI, François Chalais, Palme Dog, Queer Palm, Œil d'or, jury œcuménique. Demain, ça sera Caméra d'or et Palme d'or du court métrage. Et ce soir, remise par Marthe Keller et ses jurés des prix du Certain Regard. *Olli Mäki* gagne, ce qui donne à nouveau aux Finlandais le prétexte d'envahir joyeusement la scène, ainsi qu'à Viggo Mortensen et Matt Ross, prix de la mise en scène pour *Captain Fantastic*. Autres vainqueurs : *Harmonium* de Kôji Fukada, Delphine et Muriel Coulin pour *Voir du pays* et *La Tortue rouge* de Michael Dudok de Wit. « Belle et émouvante cérémonie. C'est toujours bien, le Certain Regard », m'écrit Pauline De Boever de l'Institut Lumière, une cinéphile au goût très sûr !

Le temps de saluer Teddy Riner, présent pour le documentaire que lui consacrent Yann L'Hénoret, Éric Hannezo et Thierry Cheleman (émotion de revoir Jean-Luc Rougé, premier champion du monde français de judo en 1975) et je file au dîner officiel. Avec le cuisinier argentin Mauro Colagreco aux fourneaux, Laurence officie une dernière fois. J'adore comme elle prend soin de chacun, comme elle s'agace de la mauvaise répartition d'une table, de voir quelqu'un se lever, des fumeurs déculpabilisés qui remplacent l'impolitesse de crachoter en public par celle de quitter les tables. Folle, surannée, irremplaçable étiquette cannoise dont nous sommes à notre tour les garants, fidèles au protocole d'une manifestation inventée dans un autre monde dont nous devons perpétuer l'esprit.

Face aux éloges, le balancier s'est remis en route : ferons-nous aussi bien l'année prochaine ? Audrey Azoulay nous a demandé de réfléchir à l'avenir. La 70e édition se prêtera à l'introspection. Le Festival, qui doit sa légende à ses épisodes les plus extravagants autant qu'à une solide permanence, est un paquebot au gouvernail fragile. 2016 semblant parti pour rester dans les mémoires, rien de superficiel ne nous contraindra. 2017 sera une fête partagée, plus d'altruisme et d'opulence et moins de « Vous êtes qui ? Vous allez où ? Montrez-moi votre badge ? ».

Pierre Lescure et moi adressons quelques mots aux deux cents invités. Je fais applaudir Jean-Pierre Léaud, Guy Bedos et Mel Gibson, qui remettra la Palme d'or en compagnie de George Miller. Un type dit : « Un alcoolique antisémite qui bat sa femme, vous cherchez les ennuis, vous ! » Non, nous croyons à la seconde chance des repentis et le sujet de son prochain film parlera pour lui. Pierre conclut en citant Gainsbourg pour évoquer le 70e anniversaire :

De leur lit par le hublot
Ils regardent la côte
Ils s'aiment et la traversée
Durera toute une année
Ils vaincront les maléfices
Jusqu'en soixante-dix.

Le 69e fut magnifique.

Ce soir, on entend des chants iraniens sur le tapis rouge : *Le Client*, le film de Farhadi, connaît un immense succès. Et *Blood Father* de Jean-François Richet aussi. À 1 h 58, c'est lui qui ferme la présentation de la 69e Sélection officielle du Festival de Cannes. Je retourne rapidement au bureau. J'aime quand le Palais est vide, surtout cette dernière nuit un peu spéciale. Je me couche trop tard, je le sais – demain, c'est le jour du jury. Je jette un œil sur le blog Springsteen de Laurent Samuel : Bruce vient de donner un beau concert à Madrid. Ça me fait une excuse pour demander *Born to Run* une dernière fois sur les marches. Je consulte les derniers mails, messages et textos. Tim Roth : « Good luck for tomorrow. Big love from me and Nikki ! » Xavier Dolan : « Je sais, je suis émotif. » Michel Saint-Jean : « Évidemment, demain, tu vas encore ne rien vouloir me dire. » Vincent Lindon : « Il y a un an pile, c'était le plus beau jour de ma vie. » En rentrant au Carlton, je tombe sur Sean Penn qui me dit : « On s'est fait déchirer, non ? » Il part demain à Istanbul. Venir à Cannes, c'est obtenir un peu d'immortalité. Ou y mourir. Malgré l'échec, Sean semble soulagé, prêt à repartir au combat. Il reste un grand cinéaste et un immense acteur.

Dimanche 22 mai

8 heures

Marie-Caroline : « Thierry. Rappel : le chauffeur vous attend avec Pierre au Carlton à 8 h 30. Il s'agit de Christopher, voiture n° 12. Au retour, Vincent vous ramènera. Laure est là-bas et vous attend. Bonne journée. »

Ce « là-bas » restera inconnu des pages de ce journal. Si Cannes est le grand mystère en général, le dernier dimanche, jour des délibérations, est soumis à une confidentialité qui frise la paranoïa. Nous invitons les jurés à rejoindre un « lieu tenu secret », comme le veut la formule – nul n'en percera le mystère, pas même la NSA (hum, allez savoir). C'est une maison qui a été choisie par Laure Cazeneuve, à laquelle nous faisons confiance : elle en profite pour en changer chaque année. Longtemps, les délibérations eurent lieu à la Villa Domergue, qui appartient à la ville de Cannes, une belle bâtisse aux somptueux jardins dont l'architecture aurait été inspirée par celle des palais vénitiens au peintre Jean-Gabriel Domergue. Il y eut des exceptions, comme en 2000 lorsque le président Luc Besson emmena son jury ailleurs, il y eut des bateaux, il y eut d'autres maisons. Et sur les cinq dernières années, nous avons visité cinq endroits différents.

Où que l'on se trouve sur les hauteurs de Cannes, le paysage et la vue sont sublimes. Cette splendeur méditerranéenne, ces allées bordées d'oliviers et de cyprès, rappellent ces villas de Taormina ou de Palerme où, dans *Le Parrain 3*, Al Pacino/Michael Corleone tente une nouvelle fois de « faire entrer les affaires de la famille dans la légalité ». Ça y ressemble : la maison est entourée de voitures officielles et d'agents de sécurité qui chasseront les éventuels intrus et veilleront à ce qu'aucun photographe ne puisse pénétrer dans le périmètre.

8 h 30

Les jurés sont déjà là – dans le monde du cinéma, on a l'habitude des heures matinales et des nuits courtes. Nous sommes tous heureux de nous retrouver. Les conversations sont d'emblée animées et concernent exclusivement la sélection : je leur dis qu'elle a été très aimée par l'opinion, ils me disent qu'elle l'a été par eux également. Tant mieux : je pourrai supporter leurs regards.

On leur confisque tablettes et portables. Ils étaient prévenus : ils ne communiqueront plus avec personne avant la cérémonie. Leurs tenues de gala sont prêtes car ils ne repasseront pas non plus par leur chambre d'hôtel. Délibérations, déjeuner, repos, piscine, le programme est précis et immuable. Ils sont là pour une chose, que le monde entier, ou presque, attend : délivrer le palmarès du 69e Festival de Cannes.

9 heures.

Nous nous installons autour d'une longue table, sur laquelle ont été disposés tous les catalogues et dossiers de presse. Chacun dispose aussi d'une copie du règlement et de l'article 8 qui, en termes simples, va faire leur journée et leurs tourments.

« *Article 8 : Longs métrages en compétition*

Le Jury doit obligatoirement attribuer dans son Palmarès :

La Palme d'Or

Le Grand Prix

Le Prix de la Mise en Scène

Le Prix du Jury

Le Prix du Scénario

Le Prix d'Interprétation Féminine

Le Prix d'Interprétation Masculine.

Le Palmarès ne peut comporter qu'un seul Prix ex æquo et cette disposition ne peut s'appliquer à la Palme d'Or.

Un même film ne peut recevoir qu'un seul des prix du Palmarès. Cependant, le Prix du Scénario et le Prix du Jury peuvent être, sur dérogation du Président du Festival, associés à un Prix d'Interprétation. »

Techniquement, chaque prix fait l'objet d'un vote, au bon déroulement duquel nous veillons et pour le reste, le jury décide de la façon dont il veut travailler. Je leur rappelle que Pierre et moi resterons silencieux et n'interviendrons en rien dans leurs débats – sauf sollicitation explicite du président du jury. Je leur précise également que, contrairement à eux, nous conservons nos portables afin de pouvoir communiquer avec les productions. Il nous revient en effet d'organiser le retour au Palais des lauréats pour ce soir. C'est une petite épreuve qui m'attend : une journée comme celle-là rend les gens véritablement hystériques et si je me crois rapide à envoyer des textos, c'est le moment de le prouver.

George Miller est assis au milieu. À sa droite, László Nemes et Kirsten Dunst, à sa gauche, Donald Sutherland et Mads Mikkelsen. À l'un des bouts de table, Valeria Golino et Arnaud Desplechin ; à l'autre, Katayoon Shahabi et Vanessa Paradis. Pierre et moi sommes en face, côte à côte. George prononce quelques paroles très aimables sur le Festival et sur le plaisir qu'ils ont eu à le vivre. Il décrit ensuite à ses « fellow jurors » la manière dont il souhaite procéder.

Les délibérations commencent. Et je n'en parlerai pas, m'imposant sur la nature des discussions le même silence que celui que nous exigeons du jury. Une seule conduite en effet : ne rien dire, ne rien révéler, ne rien trahir.

…

15 h 30

Seuls le jury, Laure, Pierre et moi connaissons le palmarès. Je le transmets à Christian afin qu'il établisse l'ensemble des documents. Ce palmarès, le voici :

Prix d'interprétation masculine : Shahab Hosseini dans *Forushande* (*Le Client*) de Asghar Farhadi

Prix d'interprétation féminine : Jaclyn Jose dans *Ma' Rosa* de Brillante Mendoza

Prix du jury : *American Honey* de Andrea Arnold

Prix du scénario : Asghar Farhadi pour *Forushande* (*Le Client*)

Prix de la mise en scène : ex æquo, Cristian Mungiu pour *Bacalaureat* (*Baccalauréat*) et Olivier Assayas pour *Personal Shopper*

Grand Prix : *Juste la fin du monde* de Xavier Dolan

Palme d'or : *I, Daniel Blake* (*Moi, Daniel Blake*) de Ken Loach

Consciemment ou non, quelque chose se dessine à travers leurs choix. Olivier Assayas parle de sa foi dans le cinéma, Dolan de la famille et de l'amour, Andrea Arnold évoque une jeunesse différente et splendide, Mungiu un avenir possible dans le ratage de nos vies, Farhadi questionne les traditions, Mendoza montre la dignité des survivants des pays du Sud. Et Loach met tout le monde en colère et en larmes. Comme souvent, le palmarès en dit autant sur le monde que sur le cinéma.

Quoi que le jury fasse, il est rare qu'il ne soit pas critiqué ou soumis à la suspicion. Ça fait partie de la légende cannoise. Mais c'est ignorer qu'un débat, une délibération, une attribution de récompenses reposent sur la pure subjectivité de l'affection ou du rejet qu'on peut éprouver envers des œuvres d'art qu'on doit juger collectivement et, en l'espèce, sans disposer du temps nécessaire pour le faire – sélectionneurs, jurys, critiques, tout le monde est dans le même cas. L'exercice est délicat. Parfois, un rien, une hésitation, un tressaillement dans la discussion plonge le jury dans la réflexion. Plus tard, il suffit d'une rumeur pour supputer qu'un prix fut remis par défaut, pour faire plaisir à un juré ou parce que le président l'aura accepté pour éviter que son groupe ne se déchire. Comme chaque année, nous avons vu des jurés penchés sur l'ouvrage, heureux de travailler, soulagés d'en avoir terminé et tristes de faire des déçus. Ils ont été formidables.

Ce jour, Ken Loach entre dans le cercle fermé de ceux qui ont gagné deux Palmes d'or. Il ne va pas en revenir. Les jurés s'inquiètent de savoir si c'est un « beau palmarès ». Je leur demande de ne pas s'en faire, que le palmarès parfait n'existe pas, qu'on leur demande juste de dire leurs préférences, pas de produire une quelconque « vérité ». Même si je sais qu'on va s'étonner, par exemple, de l'absence de *Toni Erdmann*. Chaque année ou presque, un grand favori est oublié par le jury : *No Country for Old Men* des Coen ou *Timbuktu* d'Abderrahmane Sissako, ces dernières années. Leur position est délicate et je sais ce qu'ils vivront : moi-même, j'ai jugé le cinéma mondial, puis le jury a jugé ma sélection et maintenant l'opinion jugera son palmarès. Mais lorsqu'on déplore l'absence de tel ou tel film, cela signifie qu'il n'y avait pas assez de prix pour tous les films aimés. J'avoue que cela suscite en moi une secrète volupté.

16 heures

Au téléphone, je termine le tour des équipes auxquelles, pendant les délibérations, j'ai transmis par textos les décisions du jury. Une par une et chacune imperméable à l'autre. Mes messages ne peuvent être plus laconiques : « Le film n'a rien, hélas », « Le film a quelque chose, l'équipe doit revenir ». En général, on me répond : « Mais encore ? » Je ne peux rien expliquer aux perdants, juste leur dire leur infortune. Là non plus, il n'y a pas de bonne manière d'annoncer une mauvaise nouvelle. Aux lauréats, je suis tenu de cacher volontairement la nature exacte de leurs prix. J'ai pris un air distrait pour dire à Rebecca O'Brien, la productrice de Ken Loach : « Ça serait bien que Paul Laverty et toi reveniez aussi, ça fera plaisir à Ken. » Impossible qu'elle devine. Une année où j'avais annoncé à Michel Saint-Jean, leur distributeur, que les Dardenne étaient au palmarès, il m'avait tellement cassé les pieds que je lui avais balancé un cruel : « Je ne veux rien te dire, tu pourrais être déçu. » Ça l'avait calmé. Or, c'était la Palme d'or. Il ne m'en a pas voulu.

Vincent, le chauffeur, me ramène en ville et me dépose un instant à l'hôtel puis au bureau dans lequel, avec Christian et l'équipe du département films, nous resterons enfermés. Nul ne connaît le palmarès mais il est dans toutes les conversations. Les gens que je croise me regardent étrangement : *ils savent que je sais.* Les pronostics abondent sur internet et de partout, on essaie de connaître les lauréats. À ce jeu, l'attaché de presse Jean-Pierre Vincent et la distributrice Michèle Halberstadt sont les plus forts. Ils activent leurs réseaux, appellent les équipes des films en compétition, pour savoir qui a quelque chose, qui n'a rien, opèrent de savants calculs et font des déductions souvent crédibles. Certains journaux ont même des gens postés dans les halls d'hôtel ou à l'aéroport afin de repérer les artistes de retour à Cannes.

17 heures

En matière de cérémonies, le Festival de Cannes a tout connu et tout essayé mais rien ne vaut le dévoilement des prix en direct même si, pour les intéressés, l'attente est à la limite de la souffrance. Jadis, l'annonce avait lieu la veille de la soirée de gala, et non en direct, mais il arriva également que les prix soient annoncés par une conférence de presse l'après-midi et remis le soir. Et longtemps, ce ne fut pas le week-end mais le lundi. Aujourd'hui, sauf exception, c'est le dimanche soir et en ces temps d'instantanéité médiatique, nul ne voudrait se priver de ce « live » spectaculaire.

Depuis deux jours, Canal+ et KM préparent la mise en scène de la soirée. Eux aussi tentent de connaître le palmarès avant tout le monde : « Allez, Thierry, dis-le-nous, c'est juste pour placer les caméras », implorent-ils. Pas question de prendre le moindre risque : le donner à une personne, c'est le transmettre à une dizaine d'autres. Ils l'auront vingt minutes avant la prise d'antenne et je suis sûr qu'ils parviendront à positionner leurs caméras quand même.

De nombreux messages d'amitié parviennent au bureau, des cadeaux, des fleurs. Un nombre réduit de personnes sont informées de la répartition des prix. Fanny Beauville et Bruno Munoz donnent discrètement à Vinca Van Eecke les éléments à intégrer au site internet. Michel Mirabella a préparé la salle Debussy, qui accueillera encore une fois la presse mondiale et, en salle Lumière, il a organisé le placement des équipes, des officiels et du public. Comme le Loach fut projeté en début de Festival, beaucoup ne l'ont pas vu : *Moi, Daniel Blake* fera un merveilleux film de clôture et validera notre décision de projeter la Palme d'or le dernier jour.

Dans le Palais, Christine Aimé met au point l'ordre dans lequel le jury puis les équipes de films passeront en conférence de presse et sur le toit du Riviera, Frédéric Cassoly et Clément Lemoine vérifient l'installation des caméras, des radios, des photographes. Cet ultime photocall est toujours l'un des plus émouvants de tout le Festival.

18 heures

Ouverture de la soirée de clôture. Dans quelques heures, le 69e Festival de Cannes sera terminé. Le temps est splendide, la Croisette noire de monde. Une dernière fois, le vacarme du tapis rouge, les clameurs des photographes, la vue sur le ciel derrière le Majestic, la musique, les spectateurs en bas, aux balcons, partout. Il n'y a aucun autre endroit sur terre où je voudrais être en ce moment. Depuis plusieurs heures, une machine invisible a fait revenir tout le monde à Cannes. On nous annonce que Ken Loach atterrit à peine à l'aéroport de Nice mais qu'il sera dans les temps ; pareil pour Assayas, qui vient de Paris. Les gens se pressent de partout. Quand les artistes révèlent leur présence, les photographes découvrent peu à peu qui est là, qui n'est pas là, s'imaginent un palmarès. Il y a quelque chose de solennel et de radieux, la victoire d'un bonheur collectif qu'on sent partout.

Chez les heureux élus bien entendu. Ces prix sacralisent un cinéma qui appartient au monde et des artistes en pleine possession de leurs moyens et de leur dialogue avec les spectateurs.

Avec Pierre, nous nous tenons une dernière fois en haut des marches. En bas, Didier Allouch, Laurent Weil et Sophie Soulignac font les ultimes interviews. Eux non plus ne savent rien, surtout pas ! Les DJ nous composent une belle ambiance musicale. J'accueille Marina Foïs, qui dévoilera la Palme d'or du court métrage en compagnie de la présidente du jury Naomi Kawase, Catherine Corsini qui remettra la Caméra d'or avec Willem Dafoe, qui fait partie de la famille – une fois au jury ou en Sélection officielle, vous faites partie de la famille ! Moment spécial quand arrive Jean-Pierre Léaud qu'accompagne Albert Serra : il ignore lui aussi qu'il recevra la Palme d'or d'honneur des mains d'Arnaud Desplechin. Des réalisateurs de la compétition, non récompensés par le jury, ont néanmoins annoncé leur présence. Ils veulent être de la fête. Les équipes des films primés montent les unes après les autres. Derrière les sourires et les éclats de joie, on devine l'incertitude, le désir fou de savoir. Ils sauront vite.

19 heures

Pendant les cérémonies, je ne m'assois pas en loge. Je préfère me tenir debout, avec les photographes et techniciens, afin d'être prêt à parer au moindre problème. Cela me laisse la possibilité de faire quelques pas dans la salle, me lever quand le public se lève. Laurence Churlaud est toujours à mes côtés, comme Alain Besse, de la CST, qui fait le relais avec Canal+ dont les équipes sont au taquet. À cause de sa prestation d'ouverture très commentée, cette soirée revêt un enjeu particulier pour Laurent Lafitte. Mais dès qu'il entre en scène, le public déclenche des applaudissements nourris, du type : « Vas-y Laurent, on est avec toi. » Entre deux vidéos très inventives, il livre un brillant numéro. Le reste de la cérémonie est à l'avenant. Quand Ibrahim Maalouf s'empare de la scène, joue le thème de Johnny

Mandel dans *M*A*S*H* et que les caméras saisissent le visage de Donald Sutherland, on sait que c'est gagné. La remise des prix peut commencer.

20 h 27

Le silence est revenu dans la salle. Tous les prix ont été remis, sauf un. Laurent Lafitte interroge George Miller : « Monsieur le Président du Jury, qui va recevoir la Palme d'or ? » Aux côtés de Mel Gibson, George dévoile le titre du film : « Well… The Palme d'or goes to *I, Daniel Blake…* » Il n'a pas le temps de donner le nom du vainqueur. Une immense clameur embrase le Palais. Ken Loach se lève, presque timidement. Il donne un baiser à son épouse, prend la main de Rebecca O'Brien pour l'emmener avec lui et, d'une tape amicale sur la poitrine, fait de même avec Paul Laverty, son scénariste.

Arrivé sur scène, on voit qu'il est épaté par la chaleur de la salle. Les gens sont debout. Ken Loach lève les deux poings puis s'approche du micro pour faire cesser l'ovation. Il va parler.

« [*En français*] Merci de la part de toute l'équipe, la productrice, l'écrivain [*sic*], le cameraman, de nous tous. Merci aussi à tous ceux qui travaillent au Festival car c'est grâce à vous que nous vivons une si belle expérience. Merci au jury, vous êtes très gentils [*re-sic*]. Et merci à Cannes, si important pour l'avenir du cinéma. Que Cannes reste fort !

[*En anglais*] C'est curieux de recevoir la Palme pour un tel film car il faut se rappeler que les personnages qui l'ont inspiré sont des démunis, ceux de l'Angleterre, qui est la cinquième puissance mondiale.

Le cinéma donne du rêve mais il dit aussi ce qu'est notre monde. Et ce monde est en danger, soumis aux pratiques néolibérales qui risquent de le mener à la catastrophe et ont déjà entraîné des millions de personnes dans la misère, de la Grèce au Portugal, avec une petite minorité qui s'enrichit de manière honteuse. Le cinéma est porteur de nombreuses traditions, l'une d'entre elles est de protester, de défendre le peuple contre les puissants. J'espère que cette tradition continuera toujours. Des moments de désespoir s'approchent et l'extrême droite peut en profiter. Certains d'entre nous sont assez âgés pour se rappeler de ce que ça a pu donner. Nous devons dire qu'autre chose est possible, et nécessaire. Nous devons dire qu'un autre monde est possible. »

ÉPILOGUE

D'une clôture à une clôture. Douze mois de cinéma et de rencontres, de livres et de voyages. De Cannes, de Paris, de Lyon, d'une existence que je m'étais engagé à raconter au quotidien. Je n'ai rien caché de ce qui advenait, même si ce livre sur un Festival, qui commence par la fin d'un autre, ne s'annonçait pas aussi volumineux ! Comme disait le critique André Bazin en remettant ses articles, reprenant en cela le mot de Pascal dans sa seizième *Provinciale* : « Je n'ai pas eu le temps de faire court. » J'ai voulu dire comment ça se passe, écrire sur une communauté professionnelle, différente et semblable à tant d'autres, qui fait preuve de cohésion, d'indiscipline, de conviction et de talent. Et j'ai voulu être fidèle à ces paroles de Roberto Rossellini : « Je ne suis pas là pour prendre ou pour juger, je suis là pour donner. » Ce récit, que nul n'a jamais produit sous cette forme, il revenait au délégué général du plus grand festival de cinéma au monde de le livrer. Pardon pour le « name dropping », le plateau du Vercors, Bruce Springsteen et l'Olympique Lyonnais, c'était plus fort que moi. Mais j'espère que, comme dans *Jeremiah Johnson*, « le voyage valait la peine ».

Les paroles de Ken Loach furent les dernières de Cannes 2016 et *Moi, Daniel Blake* est devenu un succès mondial – l'effet Palme d'or, toujours. Lorsque tous les films sortiront, on savourera définitivement la qualité du millésime 2016, comme il fut salué sur la Croisette. Dès la clôture, les films se sont envolés.

Ils ne nous appartiennent plus. Partout dans le monde, ceux de Cannes, ceux des autres festivals et ceux d'ailleurs vont au gré des salles et des pays rappeler aux spectateurs que le cinéma est vivant et continue de dire les femmes et les hommes que nous sommes. Je ne veux pas tout ramener à Louis Lumière mais son rêve n'est pas près de s'achever.

En septembre dernier, à Paris et à Cannes, avec Pierre Lescure et l'équipe de la rue Amélie, nous avons célébré le premier Festival de 1946, histoire de bien lancer celui de mai prochain. À Lyon, avec l'équipe de l'Institut, nous avons préparé la sortie du film *Lumière !* en salles, prévue pour cet hiver. Et organisé une autre édition du festival Lumière. Succédant à Martin Scorsese, Catherine Deneuve s'est montrée aussi irrésistible que généreuse : elle a dédié son Prix aux « agriculteurs de France ». Les grands artistes ne sont jamais loin de la vie. Et le lendemain, rue du Premier-Film, Catherine a réalisé son… premier film, un remake de *La Sortie des usines Lumière.*

À Paris, j'habite toujours rue de Lyon et je fréquente les mêmes restaurants. À Lyon, avec Marie et les enfants, nous avons déménagé. De seulement cent mètres mais ça m'a rapproché de la gare. J'ai repris mes allers-retours en TGV et mes slaloms en vélo dans la circulation parisienne. Et je suis reparti sur les routes, dans les airs et les salles de projection. Le prochain Cannes sera vite là.

Cet hiver, mes voyages me conduiront en Afrique et au Moyen-Orient, en Asie et aux États-Unis. Il faut aller chercher le cinéma là où il se trouve. Me voici de retour à Buenos Aires, où j'écris cet épilogue dans un bar de ce quartier de San Telmo où les vieux hôtels particuliers et les rues pavées sont à mourir de beauté. Tout à l'heure, dans ma chambre, j'ai vu en DVD la suite de l'histoire du cinéma français de Bertrand Tavernier. Les films de Guitry, Grémillon et Pagnol se sont, un instant, mêlés à la chaleur des vents du sud.

Depuis deux jours, je relis pour la première fois en continu les épreuves de ce journal rédigé au fil des semaines. Ce matin, j'ai vraiment failli tout envoyer balader. Pas par coquetterie mais par doute. Cet « étranger qui me ressemble » mène une drôle d'existence, au service d'un drôle de métier qui suppose une drôle de passion… À me relire, je mesure la valeur de l'éphéméride des notes écrites – sans elles, mes souvenirs auraient été différents. Nous devrions tous nous astreindre un jour à cet « exercice psychique » quotidien. Je viens de le faire et j'espère qu'un peu de ma propre mémoire subjective peut servir la mémoire collective du Festival de Cannes, comme une petite pierre posée sur un édifice qui m'a précédé et me survivra. Et la vie continue, comme le titre du long métrage d'Abbas Kiarostami, parti filmer le ciel, où il a retrouvé Michael Cimino. Ce livre aurait pu s'appeler comme son film : *La Porte du paradis*.

Nous avons une nouvelle édition à préparer. Et en ce mois de décembre, vous aurez deviné que nous n'avons pas de président du jury, pas d'affiche et pas de film d'ouverture. Nous attendons, ignorons beaucoup de choses et n'avons aucune certitude.

Sauf une. Le 70e Festival International du Film aura lieu à Cannes, du mercredi 17 au dimanche 28 mai 2017.

Buenos Aires, le 2 décembre 2016

Cet ouvrage a été imprimé par
BRODARD & TAUPIN
par le compte des éditions Grasset
en décembre 2016

Mise en pages PCA
44400 Rezé

N° d'édition : 01 – N° d'impression : 3020951
Dépôt légal : décembre 2016
Imprimé en France